Gerald Seymour

Aus nächster Nähe

Gerald Seymour

Aus nächster Nähe

Aus dem Englischen
von Werner Richter

List Verlag

Die Originalausgabe erschien unter dem Titel »At Close Quarters«
1987 im Verlag Collins Harvill, London.

ISBN 3-471-78631-7

 Printed in Austria
Satz: Fotosatz Bruno Leingärtner, Nabburg
Druck und Bindung: Wiener Verlag, Himberg

Für
Gillian, Nicholas und James

1. Kapitel

Verärgert drehte er sich um. Er mochte es nicht, wenn man ihn anfaßte. Er schüttelte die bläßliche Hand an seinem Ärmel ab. Im Saal kam der Empfang allmählich in Schwung. Einen Augenblick lang war er allein. Bis auf diesen Mann, der ihn am Jakkett zupfte, um seine Aufmerksamkeit zu erlangen.
Wenige Sekunden zuvor hatte er im Gespräch mit seinem australischen Kollegen ein kleines, aber lästiges Problem aus der Welt geschafft, und ein paar Minuten vorher war er in eine Unterhaltung mit dem Vertreter Frankreichs vertieft gewesen. An sein Ohr drangen die Klänge von Englisch und Französisch, Spanisch, Arabisch und Russisch. Sein Glas war leer; der Australier hatte sich auf die Suche nach dem Kellner gemacht. Der Gastgeber der Gesellschaft, die sich in dem weiß-goldenen, mit Wandteppichen behängten und von Kronleuchtern erhellten Salon eingefunden hatte, erwartete vor der hohen Flügeltür die Ankunft des Generalsekretärs. Die Flut der vielen Sprachen wogte ihm durch den Kopf, und da legte sich die Hand schon wieder auf seinen Arm.
Der Australier war in der Menge nicht mehr zu sehen. Cosse-Brissac hatte sich in die Nähe der Tür geschlängelt, bestimmt um dem Generalsekretär als einer der ersten die Hand zu drükken. Sein Privatsekretär sah nicht her, er war von einer eckigen Blondine aus der finnischen Delegation voll in Anspruch genommen. Er packte die Hand an seinem Arm und schüttelte sie ab, als hätte er es mit einem klebrigen Bonbonpapier zu tun, das an seinem Jackett haften geblieben war.
Der Mann war klein und etwas dicklich. Der Anzug, den er trug, hatte gewiß mehr gekostet als jedes Stück in seiner eigenen

Garderobe. Die grellorange Seidenkrawatte des Mannes war breit gebunden, ganz im Gegensatz zu seinem eigenen schmalen Knoten, auf dem das verblichene Emblem des »All England Lawn Tennis and Croquet Club« prangte. Den Mann hüllte eine krause Mischung von Düften ein, und sein dichtes schwarzes Haar glänzte ölig.

»Wenn Eure Exzellenz wohl die Güte hätten, mir einen Augenblick lang Ihre Aufmerksamkeit zu schenken ...«

»Ich wäre Ihnen wirklich dankbar, wenn Sie Ihre Hand wegnehmen würden«, sagte er.

»Sir Sylvester Armitage?«

»Der bin ich.«

»Der Botschafter von England?«

»Des Vereinigten Königreichs«, korrigierte er.

Für den Bruchteil einer Sekunde konnte er über den glänzenden Kopf dieser Kreatur hinweg den Blick des Außenministers auffangen; der Außenminister hob beide Hände mit weit gespreizten Fingern, um ihm zu signalisieren, der Generalsekretär würde in zwei Minuten hereinkommen, dann wandte er ihm den Rücken zu. Wieder wurde an seinem Ärmel gezupft.

»Bitte tun Sie das nicht noch einmal.«

»Ich, Exzellenz, habe die Ehre, politischer Berater an der Botschaft der Arabischen Republik Syrien zu sein.«

»Tatsächlich?« Seltsam, daß der Australier nicht längst den Weinkellner vereinnahmt hatte. Und mit seinem Privatsekretär würde er ein ernstes Wörtchen reden müssen, weil der ihn nicht von diesem Syrer loseiste.

»Gegenwärtig ist es kein besonders guter Kontakt zwischen unseren Regierungen. Stimmen Sie mir zu, Exzellenz?«

Er sah deutlich eine Verkehrsmaschine auf einem Langstrekkenflug. Er sah die Passagiere auf ihren Sitzen. Er sah die Kabinencrew in den Reihen des Großraumflugzeugs herumgehen.

»Er ist als nicht besonders gut beabsichtigt, sonst hätte meine Regierung nicht die diplomatischen Beziehungen mit der Syrischen Arabischen Republik abgebrochen.«

Der politische Berater hatte sich unmerklich näher herangedrängt. Rhythmisch preßte er die gefalteten Hände zusammen. Er trug zwei schwere Goldringe an den Fingern der Rechten und an der Linken noch einen dritten.

»Es hat Mißverständnisse gegeben, Exzellenz. Durch eine Rückkehr zurück zu normalen Beziehungen zwischen unseren Regierungen werden solche Mißverständnisse verschwindend sein.«

Er sah eine junge Passagierin. Er sah ihre Nervosität. Es war ihre erste lange Flugreise. Er sah die Tasche, die ihr Verlobter ihr mitgegeben hatte; jetzt stand sie zwischen ihren Füßen, direkt neben der mit farbigem Teppichboden verkleideten Innenwand des Flugzeugs. Er sah die rastlosen Ziffernwechsel auf der digitalen Zeitanzeige des Taschenrechners, der unter dem Gepäck lag.

»Die Einschätzung, es handle sich lediglich um ein Mißverständnis, teilt meine Regierung nicht«, sagte er.

Die Stimme des politischen Beraters senkte sich zu einem Flüstern. »Nach Ansicht meiner Regierung ist es keinem unserer beiden Staaten nütze, wenn die Situation der Mißverständnisse weiterhin fortwährt. Geben Sie mir bitte Ihr Gehör, Exzellenz. Ich habe eine Vollermächtigung von unserem Staatsoberhaupt, Ihnen zu sagen ...«

Er sah den Lichtblitz. Er sah, wie die Wand des Flugzeugs aufgerissen wurde. Er sah, wie die junge Frau, die Passagierin, zerfetzt wurde.

»Wie interessant.«

Der Syrer blickte überrascht auf, fuhr jedoch fort: »Unser Staatsoberhaupt will für die britische Regierung das Folgende klarstellen: In Damaskus eingesteht man inoffiziell, daß einige rangniedere Offiziere einer bestimmten Militärdivision einen Anschlag auf eine Maschine der El Al auf der Strecke London-Tel Aviv geplant und sogar eingeleitet haben. Außerdem habe ich die Anweisung, Exzellenz, Sie davon in die Kenntnis zu setzen, daß unser Staatsoberhaupt die Handlungen dieser Offiziere, die inzwischen hart bestraft wurden, aufrichtig bedauert.«

Er sah die verschneiten Gipfel der österreichischen Alpen. Er sah, wie die Maschine trudelnd abstürzte, den Zacken der schartigen Felsblöcke entgegenraste.
»So, wirklich?«
Er bemerkte nicht, daß der australische Botschafter mit zwei Brandygläsern nur einen Schritt hinter ihm stand. Und es fiel ihm auch nicht auf, daß sein Privatsekretär zu ihm getreten war.
»Ich kann Ihnen versichern, daß diese rangniederen Offiziere aus dem Militär entfernt worden sind. Meine Anweisung lautet, Ihnen zu sagen, daß mein Land den internationalen Terrorismus absolut und mit aller Nachdrücklichkeit verurteilt. Wir sind froh, daß der Anschlag auf das Flugzeug in London vereitelt werden konnte. Uneingeschränkt mißbilligen wir solche Anschläge. Nunmehr, Exzellenz, sind wir an eiliger Wiederherstellung der diplomatischen Beziehungen und an einer Beendigung dieser höchst unerfreulichen Phase von Mißverständnissen interessiert.«
Er erwiderte: »Ich werde Ihre Worte selbstverständlich nach London weiterleiten.«
»Ich wäre Ihnen sehr verbunden, Exzellenz.«
»Keine Ursache.«
»Wir sehen also der baldigen Wiederkunft Ihres Botschafters nach Damaskus entgegen und des unsrigen nach London.«
»Meine – ganz persönliche – Meinung ist, daß wir eher Taten statt Worte von Ihnen erwarten.«
Die Stirn des politischen Beraters legte sich in Falten. »Was für Taten?«
»Ach, suchen Sie sich was aus ... Die Ausweisung sämtlicher Terrorgruppen aus Syrien – wie Abu Nidal und all die anderen Schlächterbanden. Den Abbruch der finanziellen Unterstützung für diese Gruppen ...«
In die Wangen des politischen Beraters war eine leichte Röte gestiegen. »Wir sind unschuldig an diesen Aktivitäten.«
Weil er wütend war, weil er müde war, weil er lieber mit seinen Freunden zusammengewesen wäre, hob er die Stimme. Er wollte diese Kreatur loswerden.

»Und dann könnten Sie vielleicht auch ein *wenig* von Ihrem Einfluß im Libanon geltend machen und sich für die Freilassung der ausländischen Geiseln verwenden.«
»Wir sind unschuldig an Geiselnahmen.«
Er bemerkte nicht, daß sich Blicke auf ihn richteten, daß rings herum die Unterhaltung erstarb.
»So unschuldig, daß wir zusätzliche Computer anschaffen mußten, um alle Hinweise auf eine syrische Beteiligung am Terrorismus verarbeiten zu können. Nein, mein Bester, wir haben Ihr Land zu oft mit dem Finger am Abzug, mit der Handgranate in der Hand erwischt.«
Der politische Berater sagte: »Ich bestehe auf unserer Unschuld.«
Er bemerkte nicht, daß sich rings um sie ein Publikum gebildet hatte. »Unsinn.«
»Wir verabscheuen Terrorismus.«
»Lauter Unsinn.«
»Man hat mir befohlen ...«
»*Dann sind eben Ihre Befehle lauter Unsinn.*«
Im Saal war es recht still geworden; die meisten verfolgten die Auseinandersetzung. Der Australier lachte laut auf.
»Unschuldig.«
»Auch im Bordell, mein Herr, würde man Ihnen das nicht glauben. Hohe Offiziere Ihres Landes haben die Zerstörung einer vollbesetzten Passagiermaschine geplant, und sie haben sich verflucht viel Mühe gegeben, diesen Plan in die Tat umzusetzen. Sie und Ihre ganze Bande widern mich an.«
Vereinzelte Lacher. Belustigtes Tuscheln breitete sich im Saal aus.
Der politische Berater schien sich auf die Zehenspitzen zu erheben.
»Sie beleidigen meine Regierung.«
Er brüllte zurück: »Der Mann muß erst geboren werden, der das fertigbrächte.«
Der politische Berater wirbelte auf dem Absatz herum und bahnte sich einen Weg durch die Menge der Diplomaten. Das

Gelächter hinter ihm mußte in seinen Ohren klingen. Dann war sein Rücken nicht mehr zu sehen.
Der Australier reichte dem britischen Botschafter ein Glas. »Etwas gepfeffert, Sylvester, aber wenigstens mal was zum Lachen.«
Er sah seinen Freund scharf an. »Meine älteste Tochter Aggie ist gerade für ein Jahr in Südisrael, sie arbeitet dort in einem Kibbuz. Wenn diese Schweine ihren Plan ausgeführt hätten, wäre sie mit dreihundert anderen Menschen zerfetzt worden. Zufällig war sie Passagier auf diesem Flug.«
Nach zwei weiteren Drinks und einer Unterhaltung von einer vollen Minute Dauer mit dem Generalsekretär verließ er den Empfang und ging die Stufen hinunter zu seinem wartenden Wagen. Ihn fröstelte. Die deprimierende Düsternis des Herbstes senkte sich auf Moskau.

2. Kapitel

Kurz vor Mitternacht setzte die Boeing 737 der British Airways in Scheremetjewo auf, dem modernen, armseligen Tor zu Moskau.

Eine Stunde später, nach einem unsäglichen Gebummel der Zoll- und Grenzpolizeibeamten, traf Holt seine Geliebte.

»Kommst verdammt spät, mein Lieber.«

»Sie mußten in London mit dem Start warten, damit ich noch meiner Freundin auf Wiedersehen sagen konnte.«

»Du Schwein«, sagte Jane und zog eine Grimasse.

Dann kam sie auf ihn zu und packte ihn und umarmte ihn und küßte ihn.

Der Zweite Botschaftssekretär hielt sich im Hintergrund, sah auf die Uhr, ging auf und ab und räusperte sich und fragte sich, ob das Ministerium für Außen- und Commonwealth-Angelegenheiten auch noch den Ressortbereich Heiratsvermittlung übernommen habe, zum Donnerwetter. Er mußte sich noch zweimal räuspern, und zum Schluß hatte Holt um den Mund einen Ring aus rosa Flecken, wie Blütenblätter.

»Fünfzehn Paar, stimmt ... Genau wie immer. Fünfzehn Paar XL, *mit* Zwickel, ja ... Hauptsache, du vergißt sie nicht ... und liebe Grüße an Hermione ... Wiedersehen, Liebling, paß auf dich auf.«

Der Botschafter legte auf und hob den Blick. Mein Gott, sah der Bursche jung aus. Weder groß noch klein, aber mit einer gewissen Statur wegen der breiten Schultern und der kräftigen Kontur seiner Hüften. Die Sorte, die den Kapitän des Rugby-Teams von Marlborough abgab, ein erwachsener Körper und das Gesicht eines Jugendlichen. Während der Hälfte des Telefongesprächs hatte er im Zimmer des Botschafters gestanden, auf halbem Weg zwischen der Tür und dem Schreibtisch, wie auf dem Paradeplatz in Rührt-euch-Stellung, entspannt und doch förmlich.

»Sie sind also Holt. Willkommen in Moskau, Mr. Holt.«

»Vielen Dank, Sir.«

»Keine Formalitäten bitte. Ich bin kein ›Sir‹. Wir sind hier eine Familie. Ich mag zwar der Patriarch sein, aber kein furchteinflößender, hoffe ich. Wie heißen Sie mit Vornamen, Mr. Holt?«

»Peter, Sir, aber für gewöhnlich nennt man mich einfach Holt.«

»Dann schließen wir ein Abkommen. Ich nenne Sie Holt, und Sie nennen mich nicht ›Sir‹. Abgemacht?«

»Vielen Dank, Herr Botschafter.«

»Sie haben's wohl mit der Etikette, junger Mann ...« Sah er nicht enorm jung aus? Sein Lächeln war das eines Teenagers, breit und fröhlich. Seine Natürlichkeit gefiel ihm. Für ihn war ein Mensch, der ein gutes Lächeln hatte, ein ehrlicher Mensch.

»... Was halten Sie denn von der Aufgabe, mit der man Sie betraut hat?«

»Ich finde, Privatsekretär des Botschafters ist so ziemlich der beste Posten, den man sich als UdSSR-Spezialist für den Anfang erwarten kann.«

»Wo Sie jetzt sind, da war ich drei Wochen vor dem Beginn der Schweinebucht-Affäre. Ich habe damals jeden Tag dieses Jahres hier genossen – und Ihnen wünsche ich das gleiche ... Das war übrigens kein Geheimcode eben am Telefon. Meine Frau mußte zurück nach London – ihrer Mutter geht es nicht gut –, und unter Umständen bleibt sie ein paar Wochen dort. Wir haben uns angewöhnt, unserem Personal, dem sowjetischen Personal, immer etwas von zu Hause mitzubringen. Geld bedeutet ihnen nicht viel, deshalb verschenken wir Dinge, die hier nur schwer zu bekommen sind. Die Damen, die unsere Wohnungen saubermachen und für uns kochen, werden Sie noch nicht gesehen haben, aber es sind alles ehemalige Olympiasiegerinnen im Kugelstoßen; wir besorgen ihnen Strumpfhosen in Übergrößen, und das hält die Zimmerecken frei von Spinnweben und die Küche blitzblank. Wir sind eine kleine, kompakte Einheit. Jeder muß sein Bestes geben. Der Posten ist für mich genauso interessant und aufregend wie für Sie, aber über Wasser halten können wir uns nur durch verflucht harte Arbeit. Für Faulenzer ist in der Botschaft kein Platz. So, jetzt zu den Realitäten Ihres Lebens in der Sowjetunion: Alles, was man Ihnen in London über die Risiken regelwidriger Kontakte zur hiesigen Bevölkerung erzählt hat, ist wahr. Wir nennen so etwas ›Mausi-Falle‹. Wenn der KGB Sie in eine peinliche Situation bringen kann, tut er es. Falls Sie mir nicht glauben, gehen Sie zu den Amerikanern und fragen Sie die Marine-Infanteristen. Die werden Ihnen bestätigen, wie schnell so eine Mausi-Falle zuschnappt. Unser Sicherheitsoffizier wird Sie noch ausführlich instruieren, aber mein Rat ist: Seien Sie immer, immer, immer auf der Hut.«

»Verstanden.«

Die Antwort gefiel dem Botschafter. Schwätzer konnte er nicht ausstehen.

»Miss Davenport, die Sie empfangen hat, ist meine persönliche Assistentin, aber als mein Privatsekretär sind Sie für meinen Terminkalender verantwortlich. Sie sind mein organisatorischer Entstörungsdienst, und Sie werden bald merken, daß meine Sicherungen schnell durchbrennen, wenn die Organisation nicht klappt.«

»Ich hoffe, dazu wird es gar nicht erst kommen.«

»In zwölf Tagen machen wir eine Reise auf die Krim; betrachten Sie es als Sondervergütung, daß Sie so schnell aus dem Rattenkäfig hinauskommen. Wir sind dort fünf Tage lang, verlegen unser Domizil nach Jalta. Einzelheiten finden Sie in der Akte, die Miss Davenport Ihnen geben wird – bedauerlich, daß Ihr Vorgänger Sie nicht einarbeiten kann.«

»Ja, ich habe gehört, daß er eine Lungenentzündung hat.«

»Wir haben ihn ausgeflogen. Wer krank wird, kommt sofort nach Hause zurück, das machen wir immer so ... Ich möchte,

daß Sie die Akte durchgehen und das Programm in allen Einzelheiten kontrollieren. Ich habe keine Lust, in einem Hotel anzukommen, wo kein Zimmer frei ist, und ich tauche ungern mit schwarzer Krawatte auf, wenn die Gastgeber im Pullover dastehen.«
»Ich mache mich gleich an die Arbeit.«
Der Botschafter senkte den Kopf, aber sein Blick fixierte Holt immer noch. Um seine Mundwinkel spielte ein leises Lächeln.
»Wie ich höre, sind Sie frisch verlobt.«
Holt wurde ein wenig rot, ohne es zu wollen. »Nicht offiziell, aber lange dauert es bestimmt nicht mehr.«
»Eine prachtvolle Frau, unsere Miss Canning; sie hat allen Junggesellen hier das Herz gebrochen, und ein bißchen Romantik kann uns nur guttun. Sie werden beide sehr beliebt sein. Aber ich erwarte von Ihnen, daß Sie Ihre Romanze mit Diskretion handhaben.«
»Natürlich, Herr Botschafter.«
»Also dann: an die Arbeit, Holt.«
Holt verstand den Wink und ging.
Der Botschafter war Sir Sylvester Armitage. Als Junge hatte er seine Eltern für den altmodischen Vornamen verflucht, doch während seines Aufstiegs im diplomatischen Korps, bei dem sich immer mehr Auszeichnungen und Medaillen auf seiner Brust ansammelten, war dem Namen allmählich eine gewisse Distinguiertheit zugekommen. Er war ein großer, vierschrötiger Mann, der sich bei der Arbeit tief über den Schreibtisch beugte, das Jackett seines Anzugs über den Stuhl hängte und grellrote Hosenträger sehen ließ. Er mochte Holt; wenn dieser Bursche Jane Cannings Herz erobert hatte, dann mußte er schon etwas Besonderes sein. Eine verrückte Idee ging ihm durch den Kopf, die ihn laut auflachen ließ. Er hatte etwas übrig für die klare, heitere Frische der Jugend. Er hatte etwas übrig für Romantik; deshalb gab er auch eine Menge Geld für Sekundärliteratur über elisabethanische Dichtung aus. Er hatte es ernst gemeint; er sprach meistens aus, was er meinte: Eine jugendliche Romanze in der Botschaft, die jenseits des Flusses ge-

genüber den Türmen der Kreml-Zitadelle lag, würde allen, die dort arbeiteten, die Zeit bis zum Moskauer Frühling versüßen, und Holt machte auf ihn den Eindruck, als wäre er der rechte Mann, sie diskret zu handhaben.
Er lachte in sich hinein, während er etwas auf seinem Schreibblock notierte.

Er hieß seit jeher Holt.
Der Name war an ihm hängengeblieben seit der Zeit, als er aus seinem Zuhause bei Dulverton in Devon auf das Internat nach Südengland geschickt worden war. Irgend etwas an seinem Gesicht, an seiner Erscheinung hatte ihn immer jünger wirken lassen, als er war. Im Internat hatte er seinen Vornamen verloren, und es waren in den Ferien meist genügend Schulkameraden da, die ihn beim Nachnamen riefen. Von den Freunden hatten seine Eltern den Namen übernommen. Zu Hause hieß er einfach Holt. Auf dem University College in London, während der sechs Semester bis zu seinem ausgezeichneten Diplom in Zeitgeschichte, hieß er einfach Holt. In den neun Monaten am Institut für Osteuropakunde und slawische Sprachen hieß er einfach Holt. Zwei Jahre in der UdSSR-Abteilung des Außenministeriums, und immer noch einfach Holt. Er wehrte sich nicht dagegen. Eigentlich gefiel ihm der Name; er fand, er klinge nach etwas Besonderem.
Der ganzen Vormittag jenes ersten Tages im Vorzimmer des Botschafters wurde er von Miss Davenport beobachtet. Sie hatte große Eulenaugen, und ihre Aufmerksamkeit ließ derart nach, daß ihr in hundertvierzig Minuten mehr Tippfehler unterliefen, als sie normalerweise in einem ganzen Monat machte. Holt hatte sie einmal angesehen, kurz überlegt, ob sie wohl auch mit einer Strumpfhosengabe von Lady Armitage rechnen dürfte, den Gedanken aber sogleich als gemein verworfen.
Sie brachte ihm drei Tassen Kaffee, während er langsam die Akte mit den Vorbereitungen der Jaltareise durchkaute. Pech, daß sein Vorgänger so plötzlich ausgefallen war; Holt hätte viel darum gegeben, auf die sanfte Tour in seine Aufgaben einge-

führt zu werden. So aber saß er vor einem chaotischen Plan – nichts Halbes und nichts Ganzes –, weil genau die letzten zwei Wochen Feinarbeit fehlten. Holt kam die Akte wie ein Teil der Eignungsprüfung vor, die er im Außenministerium nach den Aufnahmetests hatte bestehen müssen. Mit Elan machte er sich an die Arbeit und wünschte sich dabei, Miss Davenport würde nicht rauchen. Holt war selbst Raucher, gewöhnte es sich aber gerade ab, und die Camelschwaden stellten eine große Verlokkung dar.

Er verpaßte dem Programm für die Krim die nötigen Konturen, bekam die Sache in den Griff. Zuerst Frühflug nach Simferopol. Im Hubschrauber weiter nach Jalta, gleich ins Hotel, Mietwagen von Intourist. Mittagessen beim Stadtrat mit dem Vorsitzenden und dessen Stellvertreter, dann zurück ins Hotel für eine einstündige Pause vor dem Treffen mit der Presse der Stadt. Abendessen im Hotel, die Briten als Gastgeber, und auf der Gästeliste derselbe Ratsvorsitzende samt Stellvertreter und die ganze Legion von Freibeutern, die sie mit sich schleppten. Das war Tag eins ... Tag zwei in Sewastopol, Tag drei in Feodossija, und der Botschafter hatte gesagt, wenn er diese Reise schon machte, wollte er es sich um den Tod nicht nehmen lassen, an das englische Engagement im Krimkrieg zu erinnern und das Einsatzgebiet der Light Brigade abzuschreiten – die Notiz seines Vorgängers zu diesem Punkt war doppelt unterstrichen.

Da war noch eine Notiz in der krakeligen Handschrift seines Vorgängers. Der Botschafter hatte die Absicht, auf irgendeinem vorzeigbaren britischen Militärfriedhof einen Kranz niederzulegen. »Mit Pulver und Blei in vollem Sturm / Pferd und Reiter attackieren den Turm.« Nette Idee von Sir Sylvester, General Cardigans Helden aus dem Gedicht von Tennyson mit einem Kranz zu ehren, nur mußte man dazu erst den passenden Friedhof auftreiben. Diese Fleißaufgabe hatte ihm sein Vorgänger überlassen.

Holt arbeitete an diesem ersten Tag bis spät in die Nacht; Jane bekam er gar nicht zu sehen. Ein mysteriöser Zettel von ihr auf dem Telefon besagte, daß sie vom Büro direkt zur Probe von *Oklahoma* gehen würde und er lieber einen Schönheitsschlaf halten solle.

Für Holt verging die erste Woche wie im Flug. Ganz ohne Zweifel lernte er in dieser einen Woche mehr über das Leben in der sowjetischen Hauptstadt als während der zwei Jahre, in denen er in der UdSSR-Abteilung des Außenministeriums Akten gewälzt und das Ganze »politische Analyse« genannt hatte.

Er begleitete den Botschafter ins sowjetische Außenministerium und war bei einem Vorbereitungsgespräch mit dem Sekretariat des Vizeaußenministers zugegen, auf dem die im nächsten Monat bevorstehende Ankunft einer Delegation der Interparlamentarischen Union aus London in Moskau besprochen wurde. Er nahm an einem Empfang der britischen Handelsdelegation für eine schottische Firma teil, die an der Erdgaspipeline quer durch Sibirien beteiligt war. Er erkundete die Metro. Zusammen mit Jane wurde er vom Vizeleiter der Handelsabteilung und dessen Frau in ein Restaurant ausgeführt. Wiederum zusammen mit Jane wurde er vom Leiter der Politischen Abteilung und dessen Frau zum Abendessen eingeladen. Er ging mit Jane in die Disco des Britischen Clubs. In dem Leyland Maestro, über den er verfügen durfte, fuhr er mit Jane zu einem Wochenendpicknick in die botschaftseigene Datscha – zusammen mit ihrem Chef, dem Militärattaché, und dessen Frau. Pech war dabei nur, daß er fest entschlossen war, Diskretion walten zu lassen, und daß außerdem Jane ihre Tage hatte.

Gegen Ende der Woche hatte er das Programm für Jalta fertig und ebenfalls das Konzept für die erwarteten Parlamentarier; er hatte Miss Davenport dazu gebracht, seine Kaffeeration auf zwei Tassen pro Tag einzuschränken, und er hatte die Weisheit des Botschafters erkannt.

Dank seiner Freundin stand er im Zentrum der Aufmerksamkeit der abgeschotteten Oase, die die Botschaftsleute bildeten. Natürlich faßte er sie nicht an, nicht in der Öffentlichkeit, nicht wenn irgend jemand sie sehen konnte. Dennoch verströmten die beiden einen strahlenden Glanz. Ihr Lachen und ihre gute Laune und ihre Verliebtheit hoben die Stimmung bei allen Angestellten der Botschaft nach den kurzen Tagen und den endlos langen Nächten des Moskauer Winters.

Bei seiner morgendlichen Besprechung mit dem Botschafter legte ihm Holt das Programm für Jalta vor.

»Es gibt nur ein Problem. Lady Armitage ist noch nicht zurück; ihr Sitz auf den Flügen bleibt leer. Sollen wir ihn stornieren?«

»Das ist eigentlich nicht nötig.«

»Wen wollen Sie statt dessen mitnehmen, Herr Botschafter?«

»Ich hätte gerne eine Gastgeberin für unsere Empfänge dabei, und dafür möchte ich die kompetenteste Slawistin meiner Belegschaft. Für Sie mag sie unter anderem nur die persönliche Assistentin des Militärattachés sein, aber für mich ist sie ein sehr wichtiges Mitglied des ganzen Teams ...«

»Jane?« Ein wohliger Schauer überlief ihn.

Der Botschafter senkte die Stimme. »Miss Davenports Gehör stellt noch die ausgefeiltesten Abhörsysteme des hiesigen Staatssicherheitsdienstes in den Schatten ... Aber ich kann mir kaum vorstellen, daß Sie etwas dagegen haben, einmal für ein paar Tage den Klauen der Gattinnen unserer Mitarbeiter zu entrinnen.«

»Das ist wirklich nett von Ihnen.«

»Sie fährt nicht zum Vergnügen mit. Und denken Sie daran, in jedem einzelnen Hotel, in dem wir absteigen, ein Extraeinzelzimmer für sie zu buchen.«

»Wird gemacht.«

»Ein gutes Programm, Holt, Sie haben das prima hinbekommen. Ich erfahre aus solchen Reisen mehr über das wirkliche Leben in der Sowjetunion als jemals sonst. Und, was noch wichtiger ist, wir stehen dabei im Rampenlicht. Wir müssen unser Land repräsentieren. Sie werden also Miss Canning meine Verehrung übermitteln und sie bitten, uns zu begleiten, wobei Sie allerdings zuvor noch den Militärattaché fragen sollten, ob er sie entbehren kann. Dann kümmern Sie sich um die

Hotelbuchungen und besorgen vom sowjetischen Außenministerium die erforderliche Reiseerlaubnis für sie ... An die Arbeit, Holt.«

»Liebling, laß dich doch nicht verschaukeln ... Lou ist bestimmt nicht die Heilsarmee ...«
»Er sagte, daß er uns aus den Klauen der Botschaftsgattinnen befreien will.«
Sie saßen in der Bar des Britischen Clubs, nicht vorne an der Theke, wo es lärmend zuging, wo Reporter und Geschäftsleute sich scharten, sondern hinten in einer Ecke. Sie trank ihren zweiten Campari und war auf eine seltsame Weise angespannt, die er nicht an ihr kannte. Er hatte ein Tonic mit Eis und Zitrone vor sich, denn außer dem Nikotin hatte er von Montag bis Freitag auch dem Alkohol abgeschworen, und er litt deshalb.
»Sei nicht albern, Holt, du glaubst doch nicht etwa, daß er mich bloß nach Jalta mitnimmt, damit wir dort rumschmusen können, ohne daß einer zusieht.«
»Und weshalb nimmt er dich dann mit?«
»Schalt doch mal dein Gehirn ein, Holt. Ich bin eine verdammt gute Sprachexpertin. Am Osteuropainstitut war ich im mündlichen Examen besser als du. Hast du das schon vergessen? Und jetzt bin ich in Moskau. Ich bin die persönliche Assistentin des Brigadekommandeurs, der hier den Militärattaché abgibt. Und soeben ist ein plausibler Grund dafür gefunden worden, daß ich mit auf die Krim fahren kann.«
Er starrte sie an. Sie war größer als er. Das blonde Haar fiel ihr auf die Schultern. Sie hatte metallisch graue Augen, die er anbetete. Sie trug eine mattblaue Bluse und ein strenggeschnittenes marineblaues Kostüm.
»Wie gesagt, Lou denkt nicht etwa an dich und mich, Lou denkt nur an die Arbeit.«
»Und in Sewastopol gibt es etwas zu ...«
»Ich möchte nicht über Sewastopol reden und über Simferopol auch nicht – ich möchte einfach meinen Drink und das Ende eines aufreibenden Tages genießen.«

Er grübelte immer noch. »Ich hätte es ehrlich nicht für möglich gehalten, daß das dein Job ist.«
»Wann soll man so was einem Mann erzählen? Gleich beim ersten Rendezvous? Nach dem ersten Mal im Bett? In der Hochzeitsnacht? Na ja, das wäre wohl etwas spät. Lassen wir's ... Trinken wir auf Lou – morgen sind meine Tage vorbei, du Ärmster ...«
Er stemmte die Ellenbogen gegen die Tischplatte und stützte das Kinn auf den Fingerknöcheln auf. Er wußte nicht, ob er schockiert oder stolz sein sollte. Bisher hatte er Jane immer als eine bessere Sekretärin betrachtet, und nun ging ihm auf, daß sie jedenfalls wichtig genug war, um auf der Krim etwas erledigen zu müssen. Teufel auch. Wahrscheinlich hatte sie sogar einen höheren Rang als er.
»Auf Lou«, sagte sie. Holt hob sein Glas und stieß mit ihr an. »Auf benachbarte Zimmer in Jalta.« Unter dem Tisch berührte sie sein Knie.
»Warum nennst du den Botschafter eigentlich Lou?«
Sie sprach so leise, daß er sich zu ihr beugen mußte, um sie zu verstehen, und von der Theke her sah es wohl aus wie ein trauliches Getuschel unter Verliebten.
»Erinnerst du dich an den Kerl, der im Frühling '86 die El-Al-Maschine hochgehen lassen wollte? Ein Typ vom Nachrichtendienst der syrischen Luftwaffe namens Nezar Hindawi. Ein ziemlich mieser Vogel, hat seine Freundin mit drei Pfund tschechoslowakischem Sprengstoff im Boden ihrer Handtasche in das Flugzeug gesetzt, und über den Alpen sollte das Ganze in die Luft fliegen. Bei der Sache haben sich die Syrer nicht nur die Finger verbrannt, sie waren bis zu den Achseln glatt verkohlt. Haben zwar lautstark ihre Empörung vermeldet, aber als Hindawi sein Geständnis herausplapperte, standen sie ziemlich dumm da. Also brachen wir die diplomatischen Beziehungen ab – klarer Fall – und sagten den Syrern, wer sich nicht wie Gentlemen benimmt, der fliegt eben raus aus dem Club. Das hat sie ziemlich getroffen, ein gewaltiger Gesichtsverlust, und sie fingen an, Himmel und Hölle in Bewegung zu setzen, um

unseren Botschafter zurückzukriegen. Die allerersten Annäherungen gab es hier in Moskau, bei einem Empfang im Kreml. Einer ihrer Diplomaten machte sich an Armitage heran und überbrachte ihm die frohe Botschaft, die El-Al-Sache sei ein schrecklicher Irrtum gewesen, nur die versponnenen Träume von ein paar dummen Gefreiten, und außerdem habe Syrien mit dem Terrorismus noch nie was am Hut gehabt. Nun konnte dieses Bürschchen allerdings nicht wissen, daß Sylvesters werte Tochter in ebendieser Maschine hätte fliegen sollen. Na, du kennst ja seine dröhnende Stimme. Jedenfalls hat man's im halben Kreml gehört, als er die inbrünstigen Unschuldsbeteuerungen des Syrers mehrmals und in höchst barschem Ton als ›lauter Unsinn‹ abgekanzelt hat. Man hätte glauben können, da scheißt ein Feldwebel seine Mannschaft zusammen. Die haben ganz schön aufgehorcht, die Leute auf dem Empfang; hören konnten ihn jedenfalls alle. ›Lauter Unsinn … lauter Unsinn … Dann sind Ihre Befehle eben lauter Unsinn!‹ Klipp und klar.«

»Ziemlich deutlich.«

»Und alle haben es gehört. Ob erste, zweite oder dritte Welt, sie haben ihn alle gehört. Dauerte nur ein paar Tage, da nannte man ihn überall Lauter-Unsinn-Armitage. Das haben sie bald zu L. U. verkürzt, und daraus wurde dann Lou. In dieser kleinen Welt hier heißt er Lou, oft nicht einmal hinter seinem Rükken.«

»Und unser Mann in Moskau wird seinen Sommerurlaub wohl nicht gerade in Damaskus verbringen.«

»Sehr schlau bist du heute, mein Geliebter.«

»Wenn ich bloß früher gemerkt hätte, wie schlau *du* bist«, sagte Holt.

»Noch schlauer, als du denkst. Schlau genug, um Penny und Rose für morgen Ballettkarten zu besorgen. Der Herr hat hoffentlich noch keine Verabredung am Abend?«

Er hätte sie gerne geküßt, doch die Diskretion behielt die Oberhand, und er grinste einfach nur und sah ihr tief in die schönen grauen Augen, die ihn anlachten und ihre häßlichen kleinen Geheimnisse verbargen.

»Sie sind also Holt. Wollte Sie schon mal besuchen, aber jetzt kommen Sie mir ja zuvor. Was kann ich für Sie tun?«
Er war zum ersten Mal in der Sicherheitsabteilung der Botschaft. Nach der diplomatischen Abteilung nahm die Sicherheit den größten Raum ein. Die ehemaligen Polizisten und Militärs sonderten sich ein wenig ab, das hatte er schon gemerkt. Im Britischen Club hatten sie ihre eigene Ecke, und instinktiv brachen sie sofort das Gespräch ab, wenn jemand anders in Hörweite kam.
Jane hatte ihn darauf aufmerksam gemacht und dazu bemerkt, daß sie vermutlich darüber redeten, für wieviel Kopeken ihre Frauen auf dem Markt Kartoffeln bekamen oder warum das frisch gezapfte Whitbread neuerdings so trübe war, aber sie verstummten trotzdem.
Das Gesicht des Sicherheitsoffiziers war tief gerötet, ein Flußdelta aus geplatzten Äderchen. Er saß am Schreibtisch und senkte den Kopf, um über seine winzigen halbmondförmigen Brillengläser hinweg sehen zu können. Er trug ein dickes Wollhemd, grellbunt kariert, mit zerknautschtem Kragen und eine Krawatte, die zwischen den Wappenmotiven einen Flecken hatte. Holt hielt ihn für einen ganz normalen Oberstleutnant, der an die Londoner Sicherheitsabteilung und von dort gleich weiter ans Außenministerium abkommandiert worden war.
»Sie sollten sich erst mal in Ruhe eingewöhnen. Gibt eine Menge zu lernen, was? Ich habe gemerkt, wenn ich meinen Sicherheitsvortrag gleich am Anfang auf die Neuen loslasse, sind die oft ein bißchen eingeschüchtert, also warte ich lieber, was? Nehmen Sie Platz.«
Sie befanden sich im Herzen des Gebäudes. Holt vermutete, daß am Ende des Kellergangs das Stille Zimmer liegen mußte. Schon in London hatte er von dem Stillen Zimmer gehört, dem unterirdischen Raum mit Stahlwänden, in dem selbst die heikelsten Themen ohne Furcht vor elektronischer Überwachung beredet werden konnten. Er war nur enttäuscht darüber, daß man ihn noch zu keiner Besprechung ins Stille Zimmer gebeten hatte.

»Erst gestern abend sagte meine Frau, daß wir Sie unbedingt einmal zum Essen einladen müssen, Sie und Miss Canning – ein prächtiges Mädchen übrigens. Meine Frau wird sich mit Miss Canning in Verbindung setzen, so läuft das hier normalerweise.«

Im Lauf seiner ersten zwei Tage in Moskau hatte Holt den Sicherheitsoffizier im Geiste eingeordnet, ihm seine Funktion zugeteilt. Das war eine Art Zeitvertreib, doch er musterte immer noch prüfend die Gesichter nach dem Oberspion, dem Kerl vom Geheimdienst, der Janes wahrer Vorgesetzter war – vielleicht der von der Handelsabteilung mit dem rötlichen Bärtchen, der aussah wie ein Marineoffizier, vielleicht auch der aus der Konsularabteilung, der Miss Davenport immer die Hand küßte, wenn er den Botschafter aufsuchte.

»Ich bin vielbeschäftigt, junger Mann, also: Was haben Sie auf dem Herzen?«

»Nichts Gravierendes.«

»Wär ja auch etwas früh dafür.«

»Es geht darum, daß ich am Samstag mit dem Botschafter und Miss Canning auf die Krim fahre, und da wollte ich wissen, ob es für mich noch etwas Besonderes zu beachten gibt.«

»Wobei?«

»Nun ja, in puncto Sicherheit und solchen Dingen ...« Er kam sich jetzt absurd und aufgeblasen vor. Er hätte an seinem Schreibtisch sitzen bleiben sollen.

Der Sicherheitsoffizier blickte ihn scharf an. »Nur das Übliche. Was sich von selbst versteht. Besprechen Sie vertrauliche Themen nicht in Ihrem Hotel und auch nicht im Auto oder im Flugzeug. Nehmen Sie spät abends keine Einladungen mehr in russische Privatwohnungen an – wie man es Ihnen schon in London gesagt hat. In Ihren Hotelzimmern können Wanzen angebracht sein. Sie werden bestimmt einen Beamten des KGB dabeihaben, getarnt als Fahrer oder Dolmetscher, eine logische Vermutung. Aber seine Exzellenz und Miss Canning kennen sich gut aus. Dürfte eine ganz nette Reise werden. Gute Idee vom Botschafter, das Schlachtfeld vom Krimkrieg mitzunehmen, wäre gerne mit dabei – wenn man da mit einem Metalldetektor entlanggehen könnte, mein Gott, da ließe sich ein Vermögen machen ...«

»Und sonst gibt es nichts, was ich wissen sollte?«

»Zum Beispiel?«

»Na ja, ich habe mir nur überlegt ...« Holt hielt inne, wollte sich nicht allzusehr blamieren.

»Ach, jetzt begreife ich.« Der Sicherheitsoffizier strahlte wie ein netter Onkel. »Sie machen sich um die Sicherheit Sorgen, um Ihre persönliche Sicherheit, ja?«

»Genau.«

»Das hier ist nicht Beirut, junger Mann. Der Botschafter hat in Rußland nicht einmal Aufpasser. Es ist ein sehr friedliches Land. Ich sage es nur ungern, aber der Botschafter kann in jeder Stadt der Sowjetunion zu jeder Tages- und Nachtzeit herumspazieren, und das Risiko, daß er dabei überfallen, tätlich angegriffen oder bedroht wird, ist weit geringer als in vielen Städten zu Hause in England. Die polizeiliche Überwachung ist straff durchorganisiert. Unser Posten in Moskau wird intern mit der geringsten Gefährdungsstufe bewertet. Ich bin kein Bodyguard, die körperliche Unversehrtheit des Personals steht so ziemlich am Ende meiner Sorgen, und genauso verhält es sich bei jeder anderen westlichen Botschaft in der Stadt. Ich bin dafür zuständig, den Geheimnisschutz in dieser Botschaft aufrechtzuerhalten und den KGB daran zu hindern, unsere Leute zu kompromittieren und zu rekrutieren, und das beansprucht den größten Teil meiner Zeit. War's das?«

»Mehr wollte ich nicht wissen.«

»Gut – also wie gesagt, meine Frau wird sich mit Miss Canning in Verbindung setzen.«

»Vielen Dank noch mal.«

Holt ging hinaus. Mit Grausen dachte er daran, daß er sich eines Tages den detaillierten Vortrag über Sicherheitsfragen würde anhören müssen. Das dürfte ebenso unerfreulich sein wie die Aussicht auf ein Abendessen mit diesem Mann und seiner Frau.

»Woran du wohl gerade denkst, Geliebter?«
Sie lag auf der Seite, ihre Kleider waren auf dem Boden verstreut, das Licht von der Straße schien durch den dünnen Vorhang, und ihre Finger spielten mit den Haaren auf Holts Brust.
Was sollte er ihr sagen? Daß er deshalb schon wieder so mies im Bett gewesen war, weil es ihm nicht aus dem Stahlbetonschädel gehen wollte, daß seine entzückende Freundin die Mitarbeiterin des Botschaftsspions war? Daß er das Spionieren für eine schäbige, schmierige Angelegenheit hielt? Daß er geglaubt hatte, L. U. Armitage wolle ihnen eine Gefallen tun, wo es bloß darum gegangen war, daß eine hochqualifizierte Agentin unter möglichst plausiblem Vorwand die Gelegenheit bekam, ihren geschulten Blick über die Hafenanlagen der sowjetischen Flotte in Sewastopol und über die Abzeichen auf den Mützenschirmen der Soldaten in der Garnisonsstadt Simferopol gleiten zu lassen?
Er dreht sich zu seiner Jane um. Er nahm seine fremde Freundin in die Arme. Über ihre Schulter sah er den Reisewecker – wieder keine Zeit, denn in einer halben Stunde würden ihre Zimmergenossinnen aus dem Bolschoitheater zurückkommen. Keine Zeit, es ihr zu erzählen. Körper an Körper, sein Kopf lag zwischen ihren weichen Brüsten, und seine Liebe zu ihr schmerzte. Er hätte es zu Ende denken können, er hätte sich alles klarmachen können, aber bis dahin wäre eine Ewigkeit vergangen. Er hatte geglaubt, alles von ihr zu wissen, jeden Winkel ihrer Gedanken und ihres Körpers zu kennen, und dabei wußte er gar nichts. Was er zu besitzen geglaubt hatte, gehörte nicht ihm. Er preßte sich an sie, suchte Trost in der Umarmung.
Dann ließ er sie los. Ihr Kopf mit dem seidigen Haar lag auf seinem Arm.
»Bin nur ein bißchen müde, sonst nichts …«
Sie küßte ihn, feucht und süß und vertraut.
»Paß auf dich auf, Liebes.«
»Aber natürlich doch.« Sie lachte ihn an, warf den Kopf zurück, ihr Haar flog durch die Luft.

3. Kapitel

Eigentlich hätten sie für die Fahrt zum Flughafen Wnukowo, wo die Binnenflüge der Aeroflot starteten, den botschaftseigenen Range Rover nehmen sollen. Der Range Rover war für alle inoffiziellen Fahrten des Botschafters vorgesehen. Doch Holt hatte beschlossen, die Abreise stilvoll zu gestalten, und deshalb war Walerij etwas früher aufgestanden, um den Rolls Royce Silver Cloud blitzblank zu polieren.

Der Botschafter saß mit Jane hinten auf dem bequem gepolsterten Rücksitz, während Holt vorne neben Walerij eingestiegen war. Holt schätzte, daß der Fahrer etwa so alt wie er selbst sein mußte. Er hatte ein altes Faktotum erwartet und nicht damit gerechnet, daß der Fahrer des Botschafters ein adretter junger Bursche sein könne, mit einem Haarschnitt, auf den sich jeder Privatchauffeur in Mayfair etwas eingebildet hätte. Es war noch dunkel, als sie aus dem Hof der Botschaft auf die Uferstraße gegenüber dem Kreml fuhren. Verkehr gab es nicht. Holt wußte inzwischen, daß Autos sich zu allen Tageszeiten großer Nachfrage und geringen Angebots erfreuten und daß die Straßen selbst zu Stoßzeiten genug Platz für ein flottes Tempo boten, aber zu dieser Stunde waren sie völlig leer. Nur auf den Bürgersteigen regte sich Leben. Die Nachhut der Nachtschicht verschwand in den Metro-Eingängen, aus denen die Vorhut der Büroangestellten und Trupps von Straßenkehrern ins Freie traten, und alle hasteten über die breiten Fahrdämme.

Er hatte nur wenige Worte mit Jane gewechselt, während sie auf den Botschafter gewartet hatten. Zum Glück hatte dieser sie nicht warten lassen, war mit einem überflüssigen Blick auf die Uhr, der auf seine Pünktlichkeit hinweisen sollte, die Stufen hinuntergeschritten. Holt war ratlos gewesen – sollte er mit ihr reden und worüber? Gut, sie hatten ein Problem, das Problem vom vorigen Abend, und er wollte nicht darüber reden, nicht im Flüsterton.

Er kannte Jane seit drei Jahren minus zwei Wochen. Hatte sie an der Uni kennengelernt. So, wie die meisten jungen Männer das Mädchen kennenlernen, das eines Tages ihre Frau werden wird – ein freier Stuhl am Mensatisch und ein Stück Räucherschinken, dessen Ränder sich schon einrollten und das unbedingt veredelt werden mußte, also: Kann ich bitte mal die Ketchupflasche haben? Zwei junge Leute, beide etwas älter als die übigen Studenten rings herum, sie reichte ihm den Ketchup, er bot dafür Salz und Pfeffer an. Was für ein Zusammentreffen – der junge Mann hielt die junge Frau für ausnehmend schön, und sie fand, daß er recht interessant aussehe. Der junge Mann konnte ruhig und ohne Selbstgefälligkeit davon erzählen, daß er die Aufnahmeprüfungen für die Staatsbeamtenlaufbahn und danach die Eignungsprüfungen für den diplomatischen Dienst gut bestanden hatte. Sie hatte gesagt und ihm dabei in die Augen gesehen, sie sei nur eine Kabinettssekretärin, nichts Besonderes, und sie habe verteufeltes Glück gehabt, daß unter all ihren Kolleginnen ausgerechnet sie ausgewählt worden sei, um Russisch zu lernen. Sie hatten sich näher kennengelernt, und er hatte geglaubt, daß sie sich in manchen Kursen ein wenig schwer tue, und ihre Beziehung begann, als er regelmäßig in ihrer Einzimmerwohnung in Earl's Court auftauchte, um ihr bei dem Aufsatz zu helfen, den sie alle zwei Wochen abliefern mußte. Finger berührten sich, Lippen fanden einander, das allmähliche Entstehen von etwas Wunderbarem. Wochen und Monate des Lernens, in denen sie ihr Leben, die Arbeit, die Freizeit teilten. Ein junger Mann, der sich vorgenommen hatte, in seinem erwählten Beruf etwas Besonderes zu werden, und eine junge Frau, die nur eine Kabinettssekretärin war. Klar, keine Frage, daß sie ihn am Ende des Kurses ziemlich verblüfft hatte – insgesamt war sie nicht ganz so gut wie er gewesen, aber nicht sehr weit darunter –, doch Holt hatte sich nie darüber gewundert, wie es kam, daß eine Frau, die nur Kabinettssekretärin war, mit Noten abschloß, die fast so gut wie seine eigenen waren …

»Wie gefällt Ihnen Moskau, Mr. Holt?«

»Ganz gut, danke, Walerij.«

Seine Gedanken entfernten sich von Jane, von seinem hoffnungslosen Unterfangen im Bett mit ihr, von seiner Enttäuschung. Jetzt dachte er über den Chauffeur des Botschafters nach. Der war ja wohl ein Auserwählter, oder? Nicht von den Briten, sondern von den russischen Staatssicherheitsbehörden auserwählt. Sah gut aus, der Bursche, aber er hatte große Ohren, und die waren garantiert gut gewaschen. Sie würden alles hören, was im Auto gesprochen wurde. Holt fragte sich, wie das wohl ablief. Kamen die Männer vom KGB jeden Freitagabend nach Walerijs Dienst zu ihm nach Hause, wo er kurz zusammenfaßte, was er in dieser Woche am Lenkrad des Rolls mitbekommen hatte? Oder schrieb er samstags morgens einen knappen Bericht, ehe er seine Kinder in die Tanzschule oder zur Eislaufbahn brachte? Holts Phantasie ging mit ihm durch, und er überlegte, ob Walerij wohl eine L-Frau hatte oder gar eine XL-Frau, ob er auf Lady Armitages Geschenkliste für Sondergrößen mit Zwickel stand.

Sie fuhren auf der ganz linken Spur, die den Wagen der Regierungsbeamten vorbehalten war. Dröhnendes Hupen, um dem Botschafter Ihrer Majestät den Weg zu bahnen. Man sah Männer mit Besen, alte Frauen mit Reisigbündeln: Das Säubern der Straßen und Bürgersteige hatte begonnen.

Holt hätte heulen können, so verflucht elend war ihm.

Aber wie hätte sie es ihm denn sagen sollen? Natürlich konnte sie es ihm nicht einfach erzählen, verdammt.

Am Flughafen gab es bereits mehrere langsam vorandrängende Schlangen mit unklarer Zielsetzung. Walerij stellte ihr Gepäck am Ende einer der Schlangen ab und besprach mit Holt, wann sie zurückkommen würden, Ankunftszeit und Flugnummer. Er wünschte ihnen alles Gute und sagte, die Krim wäre bestimmt wunderschön nach dem Moskauer Winter. Er hatte allen Grund, sich zu freuen. Wenn der große Chef weg war, hatte er jede Menge Zeit und endlich Gelegenheit, in aller Ruhe die Motorhaube des Rolls zu polieren. Holt nahm dem Botschafter die Aktentasche ab, Jane trug ihre selbst, und Holt hoffte inständig, daß es mit den Tickets keine Probleme geben würde. Es gab keine.

Was es aber auch nicht gab, war eine Sonderbehandlung für den Botschafter und sein Team. So hatte er es am liebsten. Wollte keinen Aufmarsch von Funktionären, die ihm am Rollfeld die Hand drückten und gute Reise wünschten. Das hatte er Holt ausdrücklich erklärt. Auf einer solchen Reise könne er die Stimmung im Lande am besten erspüren, und diese Luft lasse sich in der VIP-Lounge nun einmal nicht atmen. Also nahmen sie ihren Platz in der Schlange ein. Der Botschafter zündete sich eine Pfeife an und schlug die Londoner *Times* vom Vortag auf. Holt sehnte sich nach einer Zigarette; die Abstinenz wurde ihm zu anstrengend. Jane berührte seinen Arm. Sie standen nun seit fünf Minuten in der Schlange und waren keinen Zentimeter vorangekommen.

»Kennst du den uralten Witz über das Anstehen hierzulande? Wenn ja, erzähl ich ihn dir trotzdem noch mal. Da steht also der gute Iwan zwei Stunden lang Schlange, um ein Paar Winterstiefel zu ergattern, und er schimpft die ganze Zeit, daß es ihm jetzt langsam reicht und daß er zum Kreml rübergehen und Gorbatschow erschießen will, um damit seinen Protest gegen die Versorgungsmängel in der Sowjetunion auszudrücken. Iwan geht also los, aber drei Stunden später kommt er zurück. Alle wollen wissen, ob er den Genossen Gorbatschow tatsächlich erschossen hat, aber Iwan sagt: ›Nein, so lange wollte ich nicht warten, die Schlange war zu lang.‹ Wie findest du den?«

Holt brachte ein mattes Lächeln zustande. Jane drückte seinen Arm, wie um ihn zu beruhigen, wie um ihm zu sagen, daß er für die Schlange am Flughafen Wnukowo nichts könne.

»Uralt ist er auf jeden Fall, Miss Canning«, dröhnte der Botschafter. »Diese Anekdote habe ich über die Herren Breschnew, Tschernenko, Andropow und jetzt auch Gorbatschow gehört. Allerdings dürfte ich wohl recht gehen in der Annahme, daß sie während der Regierungszeit des verehrten Onkel Joe Stalin nicht laut erzählt worden ist ... Machen Sie sich keine Sorgen, Holt, die werden schon nicht ohne uns abfliegen.«

Das Hindernis am Anfang der Schlange verschwand. Ein Mann wurde beiseite geschoben, unter wütendem Protest und wildem Schwenken seines Tickets. Jane erklärte, der Flug sei offenbar überbucht und der unwichtigste Passagier würde ausgeladen. Am Schalter untersuchte eine mürrische Frau mißtrauisch ihre Tickets, als handelte es sich möglicherweise um Fälschungen. Am Ausgang wurden sie nochmals von einem gelangweilten Milizionär beäugt, der eine halbe Ewigkeit brauchte, um Holts und Janes Reiseerlaubnis zu überprüfen. Dann die Sicherheitskontrolle, die aus zwei weiteren Milizionären, einem Durchleuchtungsgerät und einem Metalldetektor bestand. Jane hatte eine Kamera, eine winzige Olympus, die sie aus der Handtasche nahm, bevor sie sie auf das Laufband stellte. Das Brillenetui des Botschafters löste die roten Alarmlichter aus und brachte ihm ein flüchtiges Abtasten ein.

Sie saßen in der Abflughalle. Holt und Jane gingen eine Tasse Kaffee für sich und einen Orangensaft, leicht verdünnt, für den Botschafter auftreiben.

»Ein bißchen übertrieben, die Kontrolle vorhin, oder?«

»Die haben auch ihre bösen Buben, genau wie wir.« Seit er in Moskau war, fiel ihm auf, wie gern sie ihm kleine Stückchen Insider-Wissen vermittelte. In London wäre das undenkbar gewesen, als er seine ersten Jahre im Außenministerium ableistete und sie nur eine Kabinettssekretärin war. »Georgier und Juden, Esten und Ukrainer, alle haben ihre Forderungen, und überall gibt es kleine Grüppchen, die unbedingt rauswollen. Aber leicht ist das nicht. Früher wurden entführte Maschinen manchmal sogar von Jagdfliegern abgeschossen. Und wenn es auf dem Boden auch nur eine schwache Aussicht auf Erfolg gibt, schicken sie ein Scharfschützenkommando hin. So wie letztes Jahr. Die fackeln hier nicht lange, für geduldige Verhandlungen haben die wenig übrig. Erstürmen und erschießen heißt die Devise. Aber sie würden nie zugeben, daß es sich um ein politisches Problem handelt. Es geht immer nur um Drogensüchtige und Kriminelle. Wenn ich von einer Flugzeugentführung in Rußland höre, lache ich mich jedesmal halb krank. Ist doch echt Ironie des Schicksals, oder? Der kleine Dreckskerl Carlos ist an der Patrice-Lumumba-Universität mitten in Moskau ausgebildet worden. Und der ist bloß die Spitze des Eisbergs. Erst bringen sie denen lauter gräßliche Sachen bei, die sie uns antun können, dann berichten wir im *BBC World Service* oder in der *Voice of America* über ihre Aktionen, und es dauert gar nicht lange, da machen ihre eigenen Leute das einfach nach.«

»Ist das dein Spezialgebiet?« fragte Holt.

Sie lächelte ihn an, ein breites, offenes Lächeln. Dann sagte sie: »Der Himmel mag wissen, warum Lou unbedingt Orangensaft haben will, der sieht ziemlich ungenießbar aus ... Nächsten Samstag ist auf der Datscha das Kostümfest, als was wollen wir uns verkleiden?«

»Ich gehe als Bär mit einem Ring in der Nase, und du kannst dich ja als Bäuerin verkleiden und mich im Kreis herumführen, damit alle wissen, wer bei uns die Richtung bestimmt.«

Sie lachten miteinander. Sie fand es lustig, und er fand es traurig, und der Saft für den Botschafter sah so abscheulich aus, wie ihr Kaffee schmeckte.

Sie gingen an Bord; die Maschine startete mit nur fünfundzwanzig Minuten Verspätung. Der Botschafter saß hinter ihnen, auf dem Gangsitz neben einem Mann in dunklem Anzug mit einer dicken Aktentasche. Noch ehe die Anschnallpflicht vorbei war, dröhnte der Botschafter schon in seinem Konversationsrussisch auf den Mann ein und suchte nach Gemeinsamkeiten. Es war eine einklassige Maschine, eine Tupolew-134, mit den Motoren im Heck und mit Platz für zweiundsiebzig Passagiere. Holt hatte kaum geschlafen, nachdem sie ihn zur Botschaft zurückgefahren hatte, all die tausend kleinen Sorgen wegen der Reise waren nochmals auf ihn eingestürmt – jedenfalls nickte er jetzt ein. Hinter sich hörte er die dröhnende

Stimme, und er fragte sich, wie der Botschafter die Stimmung in der öffentlichen Meinung der UdSSR herausfinden wollte, wenn er selbst soviel redete, daß sein Sitznachbar es kaum fertigbrachte, drei zusammenhängende Worte einzuflechten. Er würde alles klären. Er würde alles mit Jane klären, weil er es ganz einfach tun mußte, weil er sie liebte. Dann hatten sie ihre Flughöhe erreicht, und er döste weg, eben noch waren die Augen offen, dann fielen sie ihm zu, so verflucht müde war er. Er war ein Bär, und sie zerrte ihn im Kreis herum, und alle lachten, all die Zweiten und Dritten Sekretäre und ihre Ehefrauen und alle Assistenten, sie alle hielten sich den Bauch vor Lachen, weil seine Freundin ihn am Strick zappeln ließ.

Der Kurs führte genau nach Süden. Ein Flug von 750 Meilen. Über Tula, Kursk und Charkow hinweg. In 8850 Metern Höhe und mit einer Geschwindigkeit von 830 Stundenkilometern.

Er spürte, wie sie ihn nach vorn und dann zu sich zog. Seine Augen waren geschlossen, und er wartete auf den sanft streichelnden Kuß hinter sein Ohr, wie er es von ihr kannte; er wartete. Dann öffnete er die Augen. Sie sah auf die Armbanduhr, ganz konzentriert. Sein vorgebeugter Kopf verbarg ihre Brust, ihre Hände und ihren Schoß vor den Mitreisenden. Dann sah sie nicht mehr auf die Uhr, sondern aus dem Kabinenfenster; die Sicht war grandios, draußen herrschte blendende Helligkeit, Felder und Straßen waren deutlich zu erkennen, und unter ihnen lag eine Stadt wie ein Baukastenmodell. Rasch machte sie drei Fotos, die Kamera glitt in ihre Tasche zurück, und sie grinste ihn an und schob ihn in seinen Sitz zurück. Sie küßte ihn, hinters Ohr, eine flüchtige Berührung.

Er war ein Bär am Nasenring und hatte nicht die Kraft, sich zu wehren.

Die Kondensstreifen des Flugzeugs fünfeinhalb Meilen über der Erde zeichneten eine majestätische Spur. Die erste Maschine des Tages, und ein LKW-Fahrer beugte sich aus seinem Führerhäuschen, um zu beobachten, wie die luftigen weißen Narben langsam durch den blauen Himmel drifteten. Der

Mann transportierte vorgefertigte Wandelemente für die Erweiterung eines Fabrikkomplexes östlich von Charkow. Der Neubau nahm ein Gelände von zweieinhalb Hektar ein, und wenn die Fabrik fertiggestellt war, würde sie in einem Stück gegossene Geschütztürme für den T-72-Panzer produzieren. Nach Einschätzung der Spezialisten im britischen und amerikanischen Geheimdienst, die sich mit einschlägigen Untersuchungen befaßten, war der Standard-Gefechtsfeldpanzer T-72 den Tanks der NATO-Streitkräfte technisch überlegen. Mit Inbetriebnahme des Neubaus würde die Fabrik ihren Ausstoß gewaltig forcieren können. Die neuen Geschütztürme mit ihrer Flachkontur erforderten zweifellos Besatzungen, die nicht größer als 1,63 Meter sein durften. Ein Foto dieser neuen Fabrik für Panzertürme zu bekommen, wäre nicht gerade ein spektakulärer Spionagecoup, aber es wäre von Nutzen. Es gab wenig spektakuläre Coups in dieser emsigen Branche, aber vieles, was seinen Nutzen besaß. Aus der Größe des Fabrikanbaus würden Experten Rückschlüsse auf die möglichen Produktionsziffern des neuen T-72 ziehen können.

Die Kondensstreifen verzogen sich. Der LKW-Fahrer kam vor dem Tor der Baustelle an.

Auf einem Militärflughafen westlich von Moskau wurde eine Antonow-Transportmaschine mit den Emblemen der Luftwaffe der Arabischen Republik Syrien gerade fertigbeladen. Die Frachtpapiere waren auf diverse Kisten mit Ersatzteilen für MiG-Abfangjäger ausgestellt, eine Ladung von beachtlichem Gewicht, die die Maschine aber nicht ganz füllte, denn im vorderen Teil des Frachtraums war etwas Platz für Notsitze freigelassen worden. Der Pilot ging alle Kontrollinstrumente durch, während er auf die Startfreigabe für seinen Flug wartete, dessen Route am Tower schriftlich vorlag und eine Zwischenlandung in Simferopol zur Aufnahme von Passagieren und danach den sofortigen Weiterflug zum Militärstützpunkt El-Masr bei Damaskus vorsah.

An diesem frühlingshaften Samstagmorgen hatte ein Major das Kommando über die Stadtmiliz von Jalta. Seine Vorgesetzten saßen zu Hause in ihren Gärten oder waren mit ihren Frauen einkaufen oder mit den Kindern in die Berge gefahren. Dieser Major der Miliz war neunundvierzig Jahre alt und zweimal bei der Beförderung übergangen worden. Er nippte an einer schwachen Imitation von körnigem türkischem Kaffee und ließ den müden Blick über die zu erledigenden Berichte schweifen, die sich auf seinem Schreibtisch türmten. Er war zuständig für die Bekämpfung der Spekulation und des Diebstahls von Volkseigentum, für die Untersuchung von Kapitalverbrechen, für die Ausweisausstellung, für die staatliche Kraftfahrzeuginspektion, für die Einteilung des Streifendienstes und für die Erhaltung der öffentlichen Ordnung sowie für die Ausgabe von Sichtvermerken und das Registrieren ausländischer Staatsbürger. Unerledigt warteten die Meldungen der Häuserblockwarte, Berichte über die Suche nach Wehrdienstverweigerern, ein Essay über das Versagen der Ampelanlage in der Botkin-Straße, der Rapport über die Aktivitäten zweier Letten, die in der kommenden Woche verhaftet werden und antisozialer und parasitärer Lebensweise angeklagt werden sollten.
Das Funkgerät im Wachzimmer erwachte gelegentlich krächzend zum Leben und störte seine mäßige Konzentration. Bis sechs Uhr abends mußte er noch durchhalten, dann konnte er seine Uniformjacke ablegen, den Pullover überziehen und zu seiner Familie nach Hause gehen.
Tief unter den Meldungen und Berichten lag eine Nachricht, daß der britische Botschafter in Begleitung seines Privatsekretärs und einer Dolmetscherin zu einem halboffiziellen Besuch in Jalta erwartet wurde und im Hotel Oreanda wohnen würde. Er war nicht aufgefordert worden, eine Milizeskorte für die Delegation bereitzustellen.
Der Major war fest davon überzeugt, daß es wegen der defekten Ampel in der Botkin-Straße bald einen Unfall geben würde; die Überzeugung half jedoch wenig, da er nichts dagegen unternehmen konnte. Die reinste Zeitverschwendung, am Wochen-

ende einen Techniker vom Straßen- und Verkehrsamt ausfindig machen zu wollen.
In seiner Aktentasche steckte ein Buch, das ihm die Zeit bis zum Abend vertreiben würde.

An der Botkin-Straße hielt ihn eine kaputte Ampel auf. Eine große Kreuzung, alle Seiten hatten Rot, und diese Idioten warteten stur und blöde davor, als hätten sie den ganzen Tag Zeit.
In Moskau wäre so etwas nie passiert. So etwas konnte nur in diesem zweitklassigen Mistkaff passieren, in das sie ihn beordert hatten. Nach elf Monaten in dem Provinznest Jalta schmerzte es ihn immer noch, daß er aus der Hauptstadt herversetzt und vergessen worden war.
Er war Hauptmann im Komitee für Staatssicherheit gewesen. Eine vielversprechende Karriere im KGB hatte ihm gewunken. Durch harte Arbeit und durch gute Prüfungsergebnisse hatte er es bis zu einer hohen Stellung im Direktorium für Personenschutz gebracht. Er war der persönlichen Leibwache eines Politbüromitglieds zugeteilt gewesen, das den Posten des Ersten Stellvertretenden Ministerpräsidenten bekleidete. Man hatte ihn sogar als Leibwache des Generalsekretärs der KPdSU vorgeschlagen. Und dann hatte er einmal zu viel getrunken, sich sternhagelvoll laufen lassen. Man hatte ihn zum Korporal degradiert und versetzt.
Jetzt verkehrte er nicht mehr in höheren Sphären. Er besaß nicht mehr die Plastikkarte, die ihm Zutritt zu den Luxusgütern im Sondergeschäft der Staatssicherheit verschaffte. Er wohnte nicht mehr in einer Vierzimmerwohnung mit Blick über den Park. Eine Flasche Wodka, und zwar nach einundvierzig Dienststunden, hatte ihn mit einem Schlag die ganze Leiter hinabrutschen lassen. In Uniform betrunken auf der Straße erwischt, der Länge nach im Rinnstein, und schon war er samt Frau und zwei Kleinkindern auf eine dreiundzwanzigstündige Bahnfahrt ins Nirgendwo, nach Jalta geschickt worden. Natürlich schmerzte es noch. Von ganz oben, von der persönlichen Leibwache eines Politbüromitglieds, mit der Zauberkarte aus

Plastik und dem Recht, eine automatische Makarow-PM-Pistole, Kaliber 9 mm, zu tragen, hinunter in den Keller, auf den Rang eines KGB-Korporals. Er war unbewaffnet. Er saß am Steuer eines klapprigen Tschaika, der dringend ein neues Getriebe brauchte. Er war ein Chauffeur, der vor der Ampel an der Botkin-Straße festsaß, und sein Job war es, den Botschafter von Großbritannien vom Hotel abzuholen.
Der KGB-Korporal drückte auf die Hupe, um die sturen Idioten zum Weiterfahren zu bewegen.

Holt wartete nicht auf den Fahrstuhl. Die Schlange war zu lang. Er ging die zwei Treppenabsätze hoch, dann durch den Korridor zum Zimmer des Botschafters, klopfte und trat ein.
»So, der Wagen ist da, endlich.«
»Ganz ruhig, Holt. Sie sind in einer der unpünktlichsten Gegenden eines Landes, das für seinen vagen Zeitbegriff bekannt ist. Wenn wir rechtzeitig ankämen, würden wir mutterseelenallein herumstehen und uns am verlängerten Rücken kratzen – Miss Canning natürlich nicht, aber Sie und ich ganz bestimmt.«
»Ich habe das Zimmer für heute abend bestellt, und das Essen ...«
»Meine Güte, seien Sie nur nicht zu perfekt, Holt. Patzer in der Planung machen das Leben doch erst interessant ... Ich fühle mich schon ein ganzes Stück jünger, wunderbare Luft hier.«
Der Botschafter streifte das Jackett über, zupfte seine Krawatte zurecht und klopfte die Pfeife im Aschenbecher aus.
»Dann gehe ich jetzt und setze Jane in Bewegung.«
Der Botschafter sah seinen Privatsekretär mit gerunzelter Stirn an. »Verdammt noch mal, Holt, hören Sie nicht zu? Ich habe es nicht eilig. Ich will mit Würde ankommen. Aber mit der Würde ist es nicht weit her, wenn ich als erster da bin. Wenn Sie wollen, schreiben Sie es meiner Nostalgie für das alte Empire zu. Auf jeden Fall soll es *würdevoll* zugehen, wenn ich die Größen der Stadtverwaltung von Jalta besuche. Kapiert?«
»Kapiert.«
»Haben Sie die Bridport-Unterlagen dabei?«

»In meiner Aktentasche.« Holt fragte sich, wie in aller Welt Bridport an der englischen Südküste dazu kam, sich Jalta als Schwesterstadt auszusuchen; die Besuchsreisen mußten die armen Steuerzahler ein Vermögen kosten.
»Dann also los, Holt.«
Er machte die Tür auf. Er trat auf den Gang hinaus und klopfte leise an Janes Tür. Der Botschafter ging schon den Korridor entlang, sah mit keinem Blick zurück; wie der Vizekönig marschierte er davon; Jane stürmte aus ihrem Zimmer, schob dabei noch ihre kleine Olympus in die Handtasche. Ins Treppenhaus, der Botschafter vorne weg und Jane fröhlich hinterher.
»Ein Glück, daß wir die Kamera immer dabeihaben«, sagte Holt. In sarkastischen Bemerkungen war er nie gut gewesen.
»Sei nicht kindisch, Holt«, sagte sie ruhig, leise, damit der Botschafter es nicht hörte.
Die Treppe hinunter, durch die Empfangshalle. Der Botschafter lächelte freundlich einer Gruppe von erschöpften Touristen zu, die deutsch sprachen und sich um Zimmer bemühten, und keiner von ihnen hatte die geringste Ahnung, wer sie da anlächelte.
Holt war als erster an der Tür, öffnete sie und trat zurück. Er sah, wie der Fahrer ausstieg und die hintere Wagentür öffnete. Er sah einen jungen Mann mit dunkler Haut und langem Haar, der über die Straße auf das Hotel zuschlenderte und einen Anorak lose vor dem Bauch hielt. Ein kurzes Durcheinander, weil der Botschafter als erster an der Tür war, aber den Kavalier alter Schule spielte und Jane vorgehen lassen wollte. Dann war Jane draußen, stand auf den Stufen und zögerte kurz, als wäre das Licht der Krimsonne zur Mittagszeit zu grell für sie, als müßte sie sich erst daran gewöhnen. Langsame, abgehackte Augenblicke, jeder langsamer als der vorige. Jane trat vor und schenkte dem Fahrer ihr gewinnendes Lächeln, und der Fahrer nickte zur Antwort mit dem Kopf, und der Botschafter strahlte, und Holt kam aus der Tür. Jede Bewegung, jeder Augenblick immer langsamer. Und der dunkelhäutige Mann mit dem langen Haar hatte die Straße überquert und trat nun auf

den Bürgersteig, und der Anorak fiel herab, an seinen Knien, seinen Schienbeinen, seinen Knöcheln. Und etwas Schwarzes, Kurzes, Kompaktes lag in seinen Händen, etwas, das er auf Schulterhöhe hob, etwas, das wie ein Auswuchs seines Kopfes, seines Mundes, seiner Nase wirkte, und das Etwas war ein *Gewehr*, verdammt!
Er starrte den Mann an. Er starrte auf den Lauf des Gewehrs. Keine Zeitlupe mehr, es war der Moment, in dem die Welt stehenblieb.
Jane vor dem Botschafter, Holt an der Tür, der Fahrer mit dem Rücken zu allen, in den Wagen gebeugt, um die Decke glattzustreichen, mit der die Ledersitze abgedeckt waren.
Alles eingefroren. In Holts Kehle war keine Stimme mehr. Der Warnschrei blieb in seinem Kopf stecken.
Er starrte dem Mann ins Gesicht, und dann kam der Blitz, und dann noch ein Blitz und das Rauchwölkchen. Jane wirbelte herum, wurde nach hinten geworfen, getreten, gestoßen. Jane fiel gegen Lou, und Lou war nicht da, um sie aufzufangen. Lou ging langsam in die Knie, sank zu Boden. Links und rechts von ihnen klirrendes Glas, durchlöcherte Scheiben. Holt schüttelte den Kopf, weil er nicht begreifen konnte ... er sah in das Gesicht, über dem die Perücke leicht nach rechts übers Ohr verrutscht war, sah die Narbe auf der linken Wange des Mannes, wunderte sich noch, wie ein Gesicht zu einer Narbe kam, die aussah wie ein Krähenfuß.
Der Mann ließ das Gewehr sinken. Er spähte nach vorn, als wollte er sichergehen, daß seine Arbeit erledigt war.
Jetzt war alles in Bewegung, die Welt gewann ihr Tempo abrupt zurück.
Der Mann rannte.
In diesem Augenblick spürte Holt in seinen Ohren das Krachen der Schüsse, den Pulvergeruch in seiner Nase und den Schrei in seiner Kehle.
Er war auf den Knien. Sein Körper bedeckte ihre Körper, wie um sie zu schützen.
Zu spät, verdammt.

4. Kapitel

Er lag über ihnen, gab ihnen Schutz, als wären sie immer noch in Gefahr. Blut war an seinen Händen und an seinen Manschetten, rot auf weiß. Er hielt Janes Hand umklammert, eine widerstandslose Hand, wie manchmal, wenn sie erschöpft war oder schlief.

Der Schrei in seiner Kehle war mit ihrem Leben erstorben.

Er nahm Männer und Frauen wahr, die rings herum standen, verängstigt. Sie bildeten eine Traube neben der Tür, standen auf den Stufen und auf dem Bürgersteig. Die Schuhe eines von ihnen zertraten knirschende Glassplitter, und die Schuhe eines anderen ließen die leeren Patronenhülsen davonrollen.

»Krankenwagen«, sagte Holt auf englisch. »Wir brauchen einen Krankenwagen.«

Der Empfangschef rief ihm zu, der Krankenwagen sei bereits unterwegs. Holt sah sein Gesicht, es zitterte und war tränenüberströmt. Er sah, daß der Fahrer eindringlich in ein Funkgerät sprach, verstand zwar nichts, konnte aber erkennen, daß der Mann kreidebleich und geschockt war. Der Blick auf die Straße war Holt verstellt, er sah nur eine Reihe von Knien und Röcken und Hosen und Schuhen. Ein freies Stück Boden zwischen den Beinen und Füßen und der Stelle, wo Holt über den Körpern von Jane und Lou kauerte, eine freies Stück Boden, das mit Blut besprenkelt und mit Glassplittern übersät war. Er hielt Janes Hand fest gedrückt, während Trauer in ihm aufstieg. Er hatte das Gesicht des Mannes gesehen. Er hatte die glatte nußbraune Haut gesehen, die Augen, die an blankpoliertes Mahagoni erinnerten, die schmale, hervorspringende Nase und den kurzgeschnittenen Schnurrbart. Er hatte das vernarbte Loch auf der

Wange des Mannes gesehen und die Furchen, die dem Loch entsprangen, vier Furchen in der Form eines Krähenfußes.
Von fern hörte er eine Sirene näherkommen.
Er war hinter Lou und Jane gegangen. Er war hinter ihnen gewesen, in Sicherheit. Er hatte den Mann mit dem Gewehr im Anschlag gesehen, und er hatte nichts unternommen. Er konnte sich nicht erklären, warum er zugesehen hatte, wie der Mann in langsamen, pantomimischen Bewegungen sein Gewehr gehoben und angelegt hatte, ohne etwas zu tun. Die ganze elende Szene war so schrecklich langsam vor seinen Augen abgelaufen. Er drückte Janes Hand, ihre Finger, so fest, daß es ihr weh tun mußte, aber sie zuckte nicht zusammen.
Der Fahrer durchbrach den Kreis der Schaulustigen. Er schob sie beiseite, brüllte, sie sollten zurücktreten, machte einen Korridor frei. Holt blickte durch diesen Korridor, auf die Stufen, auf den Bürgersteig, über die Straße hinweg. Er konnte genau sehen, wo der Mann gestanden und genug Zeit zum Zielen gehabt hatte. Er hörte das ersterbende Gejaule der Sirene.
Der Blick auf die Straße wurde von dem weißen Umriß des Krankenwagens verstellt.
Der Fahrer zerrte an seinen Schultern, versuchte ihn hochzuziehen, mühte sich vergeblich ab, seinen Griff um Janes Hand zu lockern. Er hielt sie weiter fest, während die Krankenpfleger Lou hastig auf eine Tragbahre legten und durch den Korridor zu der weit offenen Hecktür brachten. Dann kamen sie zurück, um sie, seine Jane, zu holen. Er sah ihr Achselzucken. Das Achselzucken und ihr Gesichtsausdruck sagten ihm, daß es keine Sache für den Krankenwagen mehr war. Sie hoben sie vorsichtiger hoch als eben noch Lou und auch ungeschickter, denn die ganze Zeit über ließ er ihre Hand nicht los.
Die Türen schlossen sich hinter ihm. Lous Bahre lag auf der einen Seite des abgedunkelten Krankenwageninneren, Janes auf der anderen. Holt hockte auf der schmalen Fläche dazwischen. Der eine der Sanitäter war mit ihm eingestiegen und prüfte den Opfern jetzt routinemäßig den Puls, beugte sich vor, um zuerst

an Lous und dann an Janes Brust zu horchen. Der Krankenwagen fuhr sehr schnell, die Sirene jaulte.
Ihre letzten Worte klangen deutlich in seiner Erinnerung nach. Vernichtende Worte.
»Sei nicht kindisch, Holt.«
Holt hatte Jane Canning geliebt, und als er zum letzten Mal ihr Gesicht gesehen hatte, war es mißgelaunt und ärgerlich verzogen gewesen. Er biß sich auf die Lippe. Er sah hinab auf das Erschrecken, das wie eine Wachsmaske auf ihrem Gesicht lag. Das war das Scheußlichste daran: daß all die schönen Zeiten, all die guten Erinnerungen wie ausgelöscht waren.
»Sei nicht kindisch, Holt.«

Vor ihm standen eine Schüssel mit Rote-Rüben-Suppe, eine Schale saure Sahne und zwei Scheiben Schwarzbrot. In der Schreibtischschublade hatte er eine Viertelliterflasche Wodka. Der Major der Miliz steckte sich gerade eine Serviette in den Kragen, als die Nachricht wie eine Bombe im Wachzimmer einschlug.
Zusammenhangloses, hektisches Chaos. Eine Schießerei auf der Lenin-Straße. Er würgte einen Löffel Suppe hinunter. Ein Mord vor dem Hotel Oreanda. Die Serviette rutschte ihm in die Suppe. Jemand hatte mit einem Gewehr auf Ausländer geschossen. Er sprang vom Schreibtisch auf, die saure Sahne ergoß sich über seine Papiere. Ein Hilferuf ... Es war Samstag und Mittagszeit. Die Tageszeit, zu der in Jalta alles geschlossen hatte und das Miliz-Hauptquartier nur zu einem Drittel besetzt war. Ihm wurde schlecht. Der Nachgeschmack der roten Rüben und der Zwiebelwürfel stieg in seinem Hals hoch.
Hinüber ins Wachzimmer. Ein Rundruf der Notrufzentrale kam über den Lautsprecher. Der junge Feldwebel am Kontrollpult war am Telefon und schrieb hastig mit. Dann knallte er den Hörer hin.
»Major, die Leitung des Hotel Oreanda in der Lenin-Straße hat eben gemeldet, daß vor dem Hotelgebäude auf den britischen Botschafter und seine Dolmetscherin geschossen worden ist ...«
»Sind sie tot?«

»Weiß man noch nicht ... Die Notrufzentrale gab eben durch, daß ein Krankenwagen zwei Leichen und einen Überlebenden in die Klinik an der Uferstraße ...«
Ein ausländischer Diplomat, vermutlich ermordet ... Alles, was er von jetzt an tat, würde bei den Ermittlungen in einer Woche, in einem Monat, mit der Lupe betrachtet werden.
»Informieren Sie den KGB, sagen Sie denen alles, was man uns gemeldet hat.«
Der Feldwebel griff nach dem Telefon. Was nun? In die Klinik, zum Oreanda, oder im Hauptquartier bleiben? Was war das beste?
Er ging ebenfalls zum Telefon. Er rief bei der Kriminalabteilung zwei Etagen höher an. Das Telefon klingelte, seine Finger trommelten auf dem Pult, und seine Füße scharrten. Die Dreckskerle waren essen gegangen. Der Feldwebel legte auf, und der Major wies ihn an, alle Streifenwagen der Miliz zum Oreanda zu schicken.
Dann rannte der Major hinaus, brüllte im Hof nach einem Fahrer und ließ sich selbst zum Oreanda bringen.
Der KGB war ihm zuvorgekommen. Schon ein halbes Dutzend Leute war da. Schaulustige scharten sich auf der anderen Straßenseite. Er drängte sich durch, bahnte sich einen Weg zu dem Knäuel von Männern, die alle Funkgeräte in der Hand hielten und entweder hineinsprachen oder auf die Rückmeldungen horchten. Vor der zerbrochenen Eingangstür aus Spiegelglas sah er die Blutlachen. Vielleicht, so hatte er im Auto vage gehofft, war die chaotische Meldung ans Hauptquartier ein Irrtum gewesen ... nun ja, daß irgendein Dummkopf hysterisch geworden war ... Die Blutspuren und die durcheinanderrennenden KGB-Leute vor dem Hotel zerstörten diese Hoffnung.
Sie behandelten den Major der Miliz wie Dreck. Sie waren vom Komitee für Staatssicherheit, er war ein gewöhnlicher Polizist. Mit knappen Worten erklärte man ihm, was passiert war.
»Sie sind aber rasch informiert worden«, sagte der Major.
Die Antwort war eine flüchtige Geste zu einer schwarzen Tschaika-Limousine. Am Lenkrad saß ein blasser Mann, in der

Hand ein Funkgerät, und schüttelte den Kopf als Antwort auf die Fragen von zwei Männern, die bei ihm standen. Der Chauffeur, begriff der Major: Der KGB hatte den Fahrer für den britischen Botschafter und dessen Team gestellt.
»Dann haben Sie also eine Beschreibung, irgend etwas, was ich an die Straßenposten weitermelden kann?«
Der Mann, mit dem er sprach, wich seinem Blick aus.
»Wenn ich die Stadt abriegeln soll, wenn ich Straßensperren aufstellen soll, brauche ich eine Beschreibung.«
»Er hat nichts gesehen.«
»Was? Eine Schießerei aus nächster Nähe, direkt vor der Nase Ihres eigenen Mitarbeiters, und der hat nichts davon gesehen? Wie ist das möglich?«
»Wir haben keine Beschreibung des Täters.«
»Aber Sie müssen eine haben«, schrie der Major der Miliz.
»Er hat den Mörder nicht kommen sehen. Als die Schießerei anfing, ist er in Deckung gegangen. Und die Flucht des Mörders hat er auch nicht gesehen. Wir haben keine Beschreibung.«
»Schöne Scheiße«, fluchte der Major der Miliz. »Sie suchen sich Ihre Leute ja gut aus.«
Der KGB-Offizier ging weg. Der Major der Miliz seufzte erleichtert. Die Angst vor einem Patzer war verflogen. Der KGB war zuständig, der KGB hatte es verpatzt. Besser hätte es gar nicht kommen können.
Er folgte dem KGB-Offizier.
»Was erwarten Sie von mir?« fragte der Major der Miliz schroff.
»Wir haben den Flughafen gesperrt, wir haben den gesamten Telefonverkehr der Stadt nach draußen unterbrochen, und wir haben die Einzelheiten an Moskau weitergeleitet. Sie sollten Straßensperren auf allen Ausfallstrecken errichten.«
»Und wonach sollen die suchen?«
Keine Antwort.

Er saß auf einer langen Holzbank in einem Gang mit weißen Wänden und blankgescheuertem Linoleumboden. Zuerst hatten zwei alte Damen die Bank mit ihm geteilt, doch sie waren schon vor langer Zeit von dem Milizionär verscheucht worden, der mit verschränkten Armen vor ihm stand und Wache hielt. Durch die Flügeltür aus Gummi am anderen Ende des Ganges kamen und gingen Ärzte und Chirurgen mit wehenden weißen Kitteln und Schwestern in weißen Röcken. Er wartete. Ein zweiter Milizionär hielt direkt vor der Gummitür Wache. Er hatte keinen Einspruch erhoben, hatte sich nicht darum gerissen, in den Notoperationssaal hineinzukommen. Er war jetzt hellwach, war sich dessen bewußt, was um ihn herum vorging, klar genug jedenfalls, um zu wissen, daß er nicht dabei zusehen wollte, wie die letzten medizinischen Rituale an der Frau, die er liebte, und dem Mann, den er bewunderte, vollzogen wurden. Alle, die in den OP-Saal hineingingen oder ihn verließen, betrachteten ihn kurz und blickten dann beiseite, wenn er ihnen in die Augen sah.

Schließlich kam jemand auf ihn zu, ein älterer Arzt. Weißhaarig und hager, mit blutverschmiertem Kittel. Er redete mit den Händen, und seine Hände sagten, daß alle Hoffnung vergebens sei. Auf russisch erfuhr Holt dann, daß der Mann der diensthabende Chefchirurg der Klinik war. Er erfuhr, daß die schweren Verletzungen jede Behandlung erübrigt hatten. Er drückte dem Chirurgen die Hand und dankte ihm.

Holt sagte, daß er telefonieren müsse. Wieder gerieten die Hände des Arztes in Bewegung, die Bitte lag außerhalb seiner Zuständigkeit. Der Chirurg entfernte sich. Zwei Rollbetten, mit Tüchern verhüllt, wurden aus der Gummitür hinaus und den Gang entlang geschoben. Reglos saß er da und sah ihnen nach.

Jemand sprach ihn von rechts an. Der Mann trug Hosen mit perfekten Bügelfalten und ein elegant geschnittenes Wollsakko. Er ließ kurz eine Ausweiskarte sehen, schnell und routinemäßig, aber lange genug, daß Holt die Worte »Komitet Gosudarstwennoj Besopasnosti« erkennen konnte. Holt las den Namen des KGB-Offiziers.

»Ich will telefonieren«, sagte Holt auf russisch.

Der KGB-Mann fischte einen Notizblock aus der Tasche, dann einen Kugelschreiber.
»Ich sagte, ich will telefonieren.«
»Sie werden Gelegenheit zum Telefonieren bekommen, Mr. Holt. Aber es ist meine vorrangige Aufgabe, die Verantwortlichen für diese verabscheuungswürdige Tat dingfest zu machen.«
»Nur ein kurzer Anruf... Die Straße war doch gerammelt voll. Sie brauchen mich nicht als Zeugen.«
»Mr. Holt, wir müssen von Ihnen eine Beschreibung bekommen.«
Er befand sich in einem Polizeistaat, in einem Land, das von dem gigantischen Apparat seiner Staatssicherheitsbehörde beherrscht wurde. In einem Staat, in dem der KGB jede Opposition zermalmte und die Straflager gefüllt hielt. Er war in einem Land, das sich damit brüstete, keinen Terrorismus zu kennen, keine Störung von Ruhe und Ordnung, keine bewaffneten Gewaltverbrechen. Er war so fest wie nie zuvor davon überzeugt, daß in diesem Land nichts passierte, nichts geschehen konnte, ohne daß es vom KGB gebilligt wurde. Und jetzt diese Komödie über die Notwendigkeit einer Beschreibung.
»Fragen Sie jemand anders, wie das Schwein ausgesehen hat«, schrie Holt den Mann an.
Der Milizionär neben ihnen ballte die Faust, und der Milizionär vor dem OP-Saal spielte mit dem Holzknüppel, der an seinem Gürtel hing.
Der KGB-Offizier ging wortlos davon.
Alles war Holt jetzt sonnenklar. Der Staat hatte sie abgeschlachtet. Die Polizeispitzel hatten sie umgebracht... Er ging durch den langen Gang, machte sich schroff von seinem Milizaufpasser los, als dieser ihn zaghaft aufzuhalten versuchte. Er ging in ein Büro, das sonntäglich leer war. Dort nahm er den Telefonhörer ab, wählte 07 für das Fernamt, hörte aber nur ein Klicken; dann versuchte er es direkt, mit der Moskauer Vorwahl und der Nummer der Botschaft. Es kam nur der Ton für

»Leitung nicht frei«. Er probierte es noch zweimal. Beide Male das gleiche unergiebige Tuten.
Hinaus aus der Klinik. Den kurzen Fußweg am Meer entlang folgten die beiden Milizionäre ihm, blieben aber auf Distanz, als könnte er plötzlich auf sie losgehen, sich auf sie stürzen.
Er kam beim Hotel Oreanda an. Straße und Eingangstreppe waren abgesperrt, braune Pappe dort, wo die Glasscheiben gewesen waren, und auf den Stufen glänzte Seifenwasser. Vorbei an den Milizionären und weiteren KGB-Leuten in die Halle hinein, an den Empfangsschalter. Er wolle ein Gespräch nach Moskau. Bedauerlicherweise bestehe derzeit keine Telefonverbindung mit Moskau. In diesem Fall wolle er eine Telexverbindung mit Moskau, und zwar jetzt, auf der Stelle. Bedauerlicherweise bestehe auch keine Telexverbindung mit Moskau. Auf wessen Anweisung? Auf Anweisung der Staatssicherheitsbehörde.
So müde, so elend erschöpft. Ganz langsam und deutlich: »Ich muß unbedingt mit Moskau telefonieren.«
»Es tut mir wirklich leid, Mr. Holt, aber momentan kann niemand nach Moskau telefonieren. Alle Leitungen sind gesperrt.«
»Gibt es hier ein Postamt?«
»Es ist Samstag nachmittag, da ist die Post geschlossen, Mr. Holt.«
»Ich *muß* bei meiner Botschaft anrufen.«
»Ich bin überzeugt, Mr. Holt, daß das Telefon bald wieder funktionieren wird.«
Der Empfangschef gab ihm den Zimmerschlüssel, langte dann unter die Theke und schob ihm Janes Handtasche entgegen. Sie hatte sie fallen lassen, als sie getroffen wurde. Es war eine kleine, freundliche Geste von den Leuten an der Rezeption, die Handtasche sicherzustellen und für ihn aufzuheben. Er bedankte sich. Dann ging er langsam die Treppe hinauf in sein Zimmer. Er schloß hinter sich ab. Er kippte ihre Tasche auf dem Bettüberzug aus. Ihr Portemonnaie, ihr Paß, ihr Notizbuch, ihr Kugelschreiber, ihr Botschaftsausweis, ihr Lippen-

stift, ihr Taschenspiegel, ihre Haarbürste, ihr Brief von zu Hause, ihr Foto von Holt in London, das in einen schmalen Silberrahmen gefaßt war, ihre Kamera …

Er war ein Schiffbrüchiger. Seine einsame Insel war ein Zimmer im zweiten Stock des Hotel Oreanda in Jalta. Sein Meer war eine abgeschaltete Telefon- und Telexverbindung nach Moskau und eine Mauer des Schweigens. Schock und Kummer und Wut; jetzt versagten seine Kräfte. Allein, wo niemand ihn sehen konnte, kniete Holt neben seinem Bett und weinte, legte das Gesicht auf ihre Habseligkeiten und sagte wieder und wieder ihre letzten Worte vor sich hin.

»Sei nicht kindisch, Holt.«

Die codierte Nachricht ließ einen Fernschreiber in der Zentrale am Dserschinskij-Platz leise rattern. Eine Meldung vom KGB Jalta an den KGB Moskau; eine Mitteilung, ein Entscheidungsersuchen. Samstagnachmittag in der Hauptstadt. Die Botschaft, immer noch codiert, wurde an das Zweite Direktorium (Anti-Subversion Inland) und an das Fünfte Hauptdirektorium (Abwehr oppositioneller Aktivitäten) weitergeleitet. Reihenweise leere Schreibtische im Zweiten und im Fünften, Staubabdeckungen über den Computerschirmen, nur eine Stammkaderbesatzung. Die Minuten verstrichen. Der diensthabende Beamte vom Zweiten Direktorium setzte sich mit seinem Vorgesetzten in Verbindung, sein Vorgesetzter rief den Leiter der Zweiten Direktoriumsabteilung zu Hause an, der Leiter der Zweiten Direktoriumsabteilung erwartete den Rückruf des Direktoriumsdirektors, der gerade mit seinem Hund spazieren war. Das Fünfte Hauptdirektorium wartete ab, was das Zweite Direktorium entscheiden würde. Die Außenministeriumsabteilung für Kontakte mit ausländischen Botschaften erklärte, man würde nichts unternehmen, bis das Zweite Direktorium eine Stellungnahme abgegeben hätte und man mit dem Fünften Hauptdirektorium in Kontakt getreten wäre. Der Hund war ein junger Schäferhund und brauchte samstags einen ordentlichen Auslauf.

Der diensthabende Beamte in der britischen Botschaft schlug an diesem Nachmittag in dem nahezu verlassenen Gebäude die Zeit tot und betrachtete von seinem Zimmer aus die gekräuselten Wellen auf der Moskwa.

Er war die Lenin-Straße hinuntergerannt. Von der Uferpromenade war er in eine schmale Gasse abgebogen. Von da ab rannte er nicht mehr. Im Gehen hatte er den Anorak angezogen. Einen unangenehmen Moment hatte es gegeben, als der Anorak auf dem Boden gelegen hatte und er sich bücken mußte. Das Gewehr unter die Achsel des Anoraks geschoben. Noch einmal nach rechts, dann nach links, und er stand vor dem Wolga, und der Fahrer ließ den Motor an.

Das Gewehr – mit herausgenommenem Magazin und umgeklapptem Metallschaft – wurde eingewickelt und auf dem Boden des Wagens deponiert. Sie fuhren schnell aus der Stadt hinaus und nahmen die Straße nach Aluschta.

»Warst du erfolgreich?«

Als Antwort reckte er kurz die Faust in die Luft und erwiderte dann das breite, freudige Grinsen seines Kompaniechefs.

Niemand hielt sie auf. Sie waren den Straßensperren zuvorgekommen.

Er hieß Abu Hamid. Abu Hamid lautete der Name, den er angenommen hatte, als er der Volksfront zur Befreiung Palästinas beigetreten war. Er war achtundzwanzig, ein knochendürrer, magerer Bursche, als äße er nicht viel, als gäbe er sich keinerlei Genüssen hin. Sein Gesicht war ebenmäßig, bis auf die Narbe unter dem linken Auge. Er trug keinen Schnurrbart, und sein dichtes dunkles Haar war kurz geschoren. Abgesehen von der Narbe sah er unauffällig aus, schwer wiederzuerkennen.

Man hatte ihn auserwählt.

Er sog tief, wie außer Atem, an seiner Zigarette. Heftig stieß er den Rauch aus. Er hatte die Straßenkleidung ausgezogen, in der er auf der Straße vor dem Hotel Oreanda aufgetaucht war. Jetzt trug er einen grünen Overall. Hinter der Stadt hatten sie kurz angehalten, und im Schutz einiger ergrünender Bäumchen hatte

Abu Hamid rasch ein Loch im Straßengraben ausgehoben und Anorak, Hose und Hemd, Schnurrbart und Perücke darin vergraben.
Jalta lag jetzt hinter ihnen. Die weiten Hügel mit den Eichen- und Birkenwäldern am Rande der Stadt wurden keines Blicks gewürdigt. Auf dem Parkplatz des Setschonow-Instituts für Klimaforschung und Physiotherapie, im Schutz von kleinen, erst vor kurzem gepflanzten Akazien, Lorbeerbäumen und Magnolien, waren sie aus dem Wolga in einen Armeejeep umgestiegen. Das Auto würde niemand mit ihnen in Verbindung bringen können. Es war von Intourist gemietet und dann mit gefälschtem Kennzeichen ausgestattet worden. Später würde jemand die Kennzeichen erneut wechseln, das Auto zurückgeben und die Rechnung bezahlen. Mit alldem brauchte sich Abu Hamid nicht zu befassen.
Der Kompaniechef wußte, daß die Fahrt von Jalta nach Simferopol ungefähr eindreiviertel Stunden dauern würde. Sie donnerten durch Gursuf, vorbei an den beschilderten Abzweigungen zur Kurklinik des Verteidigungsministeriums und zum Jugendlager »Sputnik«. Der Kompaniechef warf einen raschen Blick in den Rückspiegel des Jeeps. Niemand folgte ihnen. Durch Aluschta, als existierte es gar nicht, als wären die engen Straßen des Ortes lediglich ein lästiges Hindernis auf ihrer Fahrt. Der Kompaniechef lauschte auf das eventuelle Geräusch einer Sirene hinter ihnen. Er hörte nichts. Der Jeep kämpfte sich nun die Ausläufer des Tschatyrdag empor, der höher als alle Berge des Libanons war, höher als der heilige Berg Hermon in Syrien, höher als jeder Berg in Palästina, dem Heimatland von Abu Hamid.
Jetzt sollte das Flugzeug in Moskau starten. Sie hatten einen Termin einzuhalten. Auf dem Scheitelpunkt der Strecke, unterhalb des Tschatyrdag-Gipfels, verloren sie keinen Blick nach unten auf Jalta und die dunstverhangene Küste.
Abu Hamid beugte sich vor. Er hob das AK47-Sturmgewehr vom Boden des Wagens auf und wickelte es aus der Umhüllung. Er leerte das Magazin. Auf eine Entfernung von fünf oder

sechs Schritt hatte er mit seinen Feuerstößen elf Schuß abgegeben. Die Waffe kannte er so gut wie sich selbst. Er legte die restlichen Patronen mit dem Magazin und dem Gewehr behutsam in den Sack, wickelte alles zu einem festen Bündel und steckte es unter den Sitz. Das Handwerkszeug hatte seinen Zweck erfüllt.

Holt lag auf dem Bett.
Er hatte die geflüsterte Unterhaltung im Gang vor seinem Zimmer gehört. Vor einer Weile war er in Lous Zimmer und in Janes Zimmer gewesen, um ihre Sachen einzupacken. Ihre Koffer standen jetzt am Fußende seines Bettes. Er vermutete, daß die leisen Stimmen draußen Wachen gehörten. Zu seinem Schutz? Um ihm das Hinausgehen zu verwehren?
Alle halbe Stunde rief er die Rezeption an, um zu fragen, ob die Leitung wieder funktioniere, und alle halbe Stunde verneinte man seine Frage. Alle halbe Stunde verlangte er ein Gespräch mit dem KGB-Hauptquartier von Jalta, und jedesmal sagte man ihm, beim KGB seien alle Nummern besetzt.
Es gab keine andere Erklärung. Natürlich hatten sie Lou und Jane umgebracht. Er lag auf dem Bett, ihr Blut an seinen Händen und auf seinem Hemd.

Simferopol liegt in der Mitte der Halbinsel Krim. Die Stadt ist mit fast 300000 Einwohnern der Nabel der Krim, und aus diesem Zentrum reichen strahlenförmig die Landstraßen nach Jewpatorija und Sewastopol, nach Jalta und Feodossija und Dschankoi. Es ist eine alte Stadt, die heute von Industriekomplexen, ihrer Universität und mehreren Forschungsinstituten geprägt ist. Und in Simferopol gibt es eine Militärakademie.
Für den Kommandanten (Ausbildung ausländischer Kader) war dieser Samstag ein ausnehmend erfreulicher Tag an der Militärakademie. Sogar der beste Tag seit sechs Monaten, fand er. Denn an diesem Tag wurde der Kommandant endlich die Palästinenserdelegation los, und er würde ihr keine Träne nachweinen. Für die Äthiopier, die Kubaner, die Angolaner, selbst für

die Nordvietnamesen konnte er ein paar Worte des Lobes aufbringen. Aber über diese palästinensischen Tiere ließ sich einfach nichts Gutes sagen, nicht einmal aus Höflichkeit bei der Abschiedsparade am Flughafen, bevor die Tiere in ihre Transportmaschine einsteigen würden. Wenn die Türen des Flugzeugs sich erst geschlossen hatten, würde er endlich seine ganze Wut ablassen können ... Vor seinen Offizierskollegen im Kasino hatte er jeden Abend ihre Schandtaten aufgelistet. Drei von den Tieren waren bei dem Versuch erwischt worden, nach dem Zapfenstreich über die Mauer zu klettern und per Autostop in die Stadt zu kommen. Einer hatte die Frechheit besessen, sich zu beschweren, eine Prostituierte in Simferopol habe ihm die Brieftasche gestohlen. Einen hatte die Miliz beim Versuch verhaftet, gefälschte amerikanische Dollars schwarz zu tauschen. Einen hatte die Miliz total betrunken und um sich schlagend zurückgebracht. Vier würden bis zum letzten Moment in Einzelhaft sitzen, weil sie einen ranghohen Ausbildungsoffizier angegriffen hatten. Einer war von einem ehrenwerten Parteimitglied beschuldigt worden, seine ehrenwerte Tochter geschwängert zu haben. Seine Kollegen im Kasino zerflossen nicht gerade vor Mitgefühl, und der widerliche Kompaniechef dieser Tiere behandelte ihn mit unverhohlener Frechheit. Ein Gewehr war verlorengegangen, und in dem gesamten Kursus herrschte eine Disziplinlosigkeit, die dem Kommandanten einfach unerträglich war. Er würde es feiern, wenn sie endlich weg waren, jeder einzelne dieser Kerle aus ihren Gruppen mit den lächerlichen Namen. Volksfront, Sa'iqa, Demokratische Front, Befreiungsfront, Palästina-Oberkommando, Palästinensisches Kampfkommando – idiotische Titel. Der Kommandant war Berufssoldat. Er verachtete diese Tiere.
Durch das Bürofenster des Kommandanten kam das Geplärre westlicher Musik, dröhnend und dekadent, auf volle Lautstärke aufgedrehte Kassettenrecorder. Die Tiere wollten ihre Ausbilder ein letztes Mal ärgern, bevor sie nach Hause fuhren.
Sein Telefon klingelte.
Die Tiere saßen mit ihrem Gepäck in der Sporthalle und warte-

ten auf den Bus, der sie zum Flugplatz bringen sollte. Ein Freiheitskämpfer von Sa'iqa hatte mit einem Freiheitskämpfer vom Palästinensischen Kampfkommando Streit bekommen und ihn mit dem Messer angegriffen. Der Mann von Sa'iqa saß in einer Zelle der Militärpolizei, der Mann vom Palästinensischen Kampfkommando lag im Krankenrevier.
»Wo ist ihr Kompaniechef?«
Der Kompaniechef war nicht zu finden.
Das reichte. Wutentbrannt ließ er die Faust auf die Tischplatte knallen. Verdammte Scheiße, jetzt reichte es wirklich!

Die Fernschreibverbindung zwischen Moskau und Jalta wurde den ganzen Nachmittag und am frühen Abend beansprucht. Aus Moskau kamen Fragen und Anforderungen zusätzlicher Informationen. Aus Jalta kamen nur sehr dürftige Antworten zurück.
Am Dserschinskij-Platz tagte ein Krisenstab, der jedoch mangels Informationen zu keinen Ergebnissen kam. Keine brauchbare Beschreibung des Todesschützen, kein Hinweis auf einen Fluchtwagen. Patronenhülsen von irgendeinem Kalaschnikow-Modell – im ganzen Land gab es über zwei Millionen Waffen, aus denen mit dieser Munition geschossen werden konnte. Man studierte das Aktenmaterial über Dissidentenelemente auf der Krim.
Der Mann von der Außenministeriumsabteilung für Kontakte mit ausländischen Botschaften saß in seinem Büro vor dem stummen Telefon und machte sich die Fingernägel sauber.

Der Kompaniechef bog mit dem Jeep durch das Haupttor der Militärakademie von Simferopol.
Dem Posten winkte er fröhlich zu. Er bremste leicht ab und ließ einen Trupp sowjetischer Rekruten über die Straße marschieren. Die Soldaten mußten immer marschieren, wenn sie innerhalb der Kaserne irgendwohin gingen – ein gewaltiger Unterschied, so sinnierte er, zwischen dem, was die Rote Armee verlangte, und dem, was man beim Kampf im Libanon tatsächlich

brauchte. Er sah prüfend auf die Uhr. Seiner Meinung nach lagen sie gut in der Zeit, die Antonow-Transportmaschine müßte gerade im Anflug auf Simferopol sein. Vor der Sporthalle hielt er an und boxte Abu Hamid auf die Schulter. Er war in Gedanken zu sehr mit seinem knappen Zeitplan beschäftigt, um auf die drei Militärpolizisten zu achten, die vor dem Tor des Gebäudes postiert waren.

Der Kompaniechef brauchte dem jungen Mann nicht einzuschärfen, daß er in der Sporthalle vor den anderen Stillschweigen bewahren und sich entspannt und unbelastet geben mußte. Sein Abu Hamid würde das selbst wissen. Er fuhr los, hinüber zum Büro des Kommandanten.

Er stürmte in dessen Arbeitszimmer hinein. Zu anderer Gelegenheit hätte er etwas respektvoller an der Tür gewartet, doch es war sein letzter Tag, und es war der Tag, an dem eine schwierige und gefährliche Mission hervorragend abgeschlossen worden war.

»Später geworden, als ich dachte, Oberst. Bitte vielmals um Entschuldigung ...«

Er legte die Zündschlüssel des Jeeps auf den Schreibtisch des Kommandanten.

»... Ein letzter Einkauf in der Stadt, die letzte Gelegenheit, Dinge zu erstehen, die mich während all der mir verbleibenden Tage im Dienste der Palästinensischen Revolution an die Warmherzigkeit gemahnen werden, die uns das Sowjetvolk entgegenbrachte ...«

Die mühsam unterdrückte Wut des Kommandanten entging ihm nicht.

»... Ich hoffe, meine Verspätung hat Ihnen keine Unannehmlichkeiten bereitet, Oberst. Das Einkaufen in der Stadt geht nicht immer so rasch, wie man es sich wünscht.«

»Sie sind sieben Stunden lang weggewesen.«

»Ein paar Einkäufe, ein gutes Mittagessen, die Zeit verrinnt so rasch ...« Er sah die zur Faust geballte Hand, die weißen Knöchel. »Es hat doch keine Probleme gegeben?«

»Keine Probleme! ...« schnaubte der Kommandant. »Während

Sie eingekauft und zu Mittag gegessen und Wein getrunken haben, haben Ihre Halbstarken eine Schlägerei veranstaltet. Einer von ihnen liegt im Krankenrevier, den anderen habe ich im Postenhaus eingesperrt.« Der Kommandant knallte ein kleines Messer mit zweischneidiger Klinge auf den Tisch. »Eine Messerstecherei, während Sie essen, saufen und einkaufen waren. Ich darf Ihnen vielleicht mal mitteilen, wie ein solches Vergehen militärgerichtlich zu ahnden ist. Tätlicher Angriff eines Truppenangehörigen auf einen anderen Truppenangehörigen gleichen Ranges, darauf stehen mindestens zwei Jahre Arrest, Höchststrafe zwölf Jahre ...«

»Ich bitte untertänigst um Verzeihung, Oberst. Ich werde den Übeltäter sofort zur Rede stellen ...«

Der Kommandant erhob sich. »Sie werden überhaupt nichts tun. Sie werden sich darüber klarwerden, daß es in meiner Macht steht, Ihre ganze Truppe hier festzuhalten, bis der Vorfall genau untersucht worden ist.«

Der Kompaniechef dachte daran, wie Abu Hamid schwer atmend in den Wolga eingestiegen war. Er dachte an die Kalaschnikow, die in der großen Einkaufstüte des *Berjoska*-Andenkengeschäfts von Simferopol versteckt war, und an die Spur, die direkt auf ihn wies: Er hatte das Gewehr als »während des Manövers verlorengegangen« gemeldet.

»Aber unser Flugzeug ...«

»Ihr beschissenes Flugzeug ist mir egal. Ihre Leute haben sich in Ihrer Abwesenheit einen ernsthaften Verstoß gegen die Disziplin geleistet.«

»Wir müssen das Flugzeug kriegen.« Der Kompaniechef hatte seine schwülstige Sprache abgelegt. Jetzt war er nervös und redete hastig. »Es ist außerordentlich wichtig, daß wir dieses Flugzeug kriegen.«

»Mit zwei Wochen Verspätung und einer gründlichen Untersuchung werden diese Schläger schon lernen, was Disziplin ist.«

»Das darf auf keinen Fall passieren.«

»Erzählen Sie mir nicht, was passieren darf. Es muß passieren, und es wird auch passieren.«

Aus der Verwirrung in Jalta würde bald ein klares Bild entstehen. Der Kompaniechef zitterte. Die Falle würde zuschnappen.
»Ich mache Ihnen einen Vorschlag.«
»Sie sind gar nicht in der Lage, mir irgendwelche Vorschläge zu machen: Über Dienstvorschriften wird nicht verhandelt.«
»Geben Sie mir eine Pistole ...«
»Wozu?«
»Und Lappen und Eimer ...«
»Wozu?«
»Und Zutritt zum Postenhaus.«
»Wozu?«
»Damit ich den Messerstecher erschießen und die Schweinerei gleich saubermachen kann. Dann ist Ihr Problem gelöst.«
Der Kommandant erbleichte und setzte sich hin. »Das würden Sie tun?«
»Mit eigenen Händen. Geben Sie mir die Pistole.«
Das Messer verschwand wieder in der Schublade. »Nehmen Sie ihn mit. Nehmen Sie sie beide mit, und bestrafen Sie sie zu Hause.«
»Eine kluge Lösung. Der Verletzte ist transportfähig?« Er bekam zur Antwort, daß der Verletzte ohne weiteres mitfliegen könne.
Der Kommandant betrachtete den Palästinenser voller Ekel – und mit Scheu.
Er wies seinen diensthabenden Offizier an, den Bus zur Sporthalle zu schicken.

Selbst in der überfüllten Enge des Busses, achtundfünfzig Sitze für einundsechzig Mann und Berge von Gepäck im hinteren Kofferraum und auf dem Mittelgang, kam es dem Kompaniechef vor, als höbe sich Abu Hamid von den übrigen ab, als träume er seinen eigenen Traum in seiner ganz privaten Welt. Der Mann vom Palästinensischen Kampfkommando saß hinten im Bus, bleich und mit dem linken Arm in einer Schlinge. Der Mann von Sa'iqa stand in Handschellen ganz vorne beim

Kompaniechef im Gang. Sie fuhren durch das Tor hinaus. Die einzigen, die nicht vor Freude aufjohlten, als sich die Schranke hinter ihnen senkte, waren der Kompaniechef, Abu Hamid, der Mann von Sa'iqa und der Mann vom Palästinensischen Kampfkommando. Durch die farblose Stadt von tristem Grau, das selbst im hellen Sonnenlicht nicht verflog, am Hotel Ukraina entlang und über die breite Salgir-Brücke, vorbei am Museum, am Stadtpark, am Bahnhof, dann durch ein Industriegebiet und hinaus zum Flughafen.
Entlang des Schutzzauns um den Flughafen. Am Tor zum militärischen Teil hindurchgewinkt. Vorbei an den Gebäuden und am Tower, bis an den Rand der asphaltierten Rollbahn.
Die Sonne stand schon tief im Westen und spiegelte sich auf dem runden Silberrumpf der Antonow-Transportmaschine. Die Antonow war mit den grün-weiß-schwarzen Ringsymbolen der syrischen Luftwaffe geschmückt. Der Kompaniechef atmete gepreßt durch die Zähne aus. Rings um ein kleines Pult stand eine Militärkapelle gruppiert. An die vordere Flugzeugtür war schon eine Gangway herangerollt worden. Ein Tankwagen fuhr gerade davon.
Aus der Gesäßtasche zog der Kompaniechef ein zusammengefaltetes kariertes Tuch, schüttelte es auf und schlang es sich um Kopf und Gesicht, als wäre er ein Revolutionskämpfer in Palästina, nicht ein Passagier im militärischen Teil des Flughafens von Simferopol auf der Krim. Als er aus dem Bus stieg, traf auch der Wagen des Kommandanten ein. Die Ausbilder des Lagers, alle in makellosen Uniformen, sprangen heraus.
Die einundsechzig Mann stellten sich in zwei Gruppen auf. Die Kapelle der Roten Armee spielte die sowjetische Nationalhymne, endlos, während sie nur einen Telefonanruf von der Katastrophe entfernt waren. Ein Anruf von Jalta nach Simferopol. Ein Kriegsmarsch der palästinensischen Revolution wurde von der Kapelle grausam verunstaltet. In den Ohren des Kompaniechefs gellte ein Telefon.
Der Kommandant der Militärakademie, kühl und verächtlich, machte bei seiner Ansprache an die Männer kaum Pausen für

den Dolmetscher. Falls jemand sie gesehen hatte, als sie auf dem Parkplatz aus dem Wolga in den Jeep umgestiegen waren ... Im Geiste hörte der Kompaniechef ein Telefon schrillen.
»Unsere Partei hat die Völker dieser Erde immer in ihrem Freiheitskampf unterstützt und wird dies weiterhin tun. Niemals werden wir der unannehmbaren amerikanischen Forderung nachgeben, die Sowjetnation solle die Hilfe an befreundete Staaten einstellen.«
Der Kompaniechef stand zackig vor seiner Mannschaft. Niemand anders als der Major, mit dem er gut befreundet war, niemand als Major Said Hasan konnte eine derartig gewagte Aktion planen. Welche Kühnheit, welche Brillanz. Er betete, daß die Rede endlich zu Ende ginge.
»Ich wünsche Ihnen gutes Gelingen im Kampf um Ihr Heimatland. Lang lebe das freie Palästina. Lang lebe die Sowjetunion. Lang lebe unsere eherne Freundschaft ...« Die letzten Worte gingen im Dröhnen der anlaufenden Motoren unter.
Der dünne Applaus aus den beiden Reihen der Ausbilder hinter dem Kommandanten wurde ebenfalls vom Lärm des Flugzeugs übertönt. Kommandant und Kompaniechef salutierten voreinander und tauschten einen nicht eben herzlichen Händedruck. Die Palästinenser nahmen ihr Gepäck und machten, daß sie in die Maschine kamen.
Der Kompaniechef machte das Schlußlicht, bedeutete Abu Hamid mit einer Gebärde, voranzugehen. Zwischen den Holzkisten, die sich in der Mitte des Laderaums stapelten, zwängten sie sich zu den Segeltuchsitzen an der Seitenwand hindurch. Vor dem Licht am Einstieg schloß sich die Tür, ein Besatzungsmitglied legte den Riegelgriff um. Eine schreckliche Nervosität packte den Kompaniechef, als die Antonow langsam anrollte, um auf der Rollbahn zu wenden. In Gedanken glaubte er das Telefon im Büro des Kommandanten klingeln zu hören und dann den krächzenden Funkspruch vom Tower. Sein Magen zog sich zusammen – sie konnten immer noch zurückgeholt werden. Der Mann von der Besatzung brüllte ihn im Motorengeheul an, er solle sich anschnallen.

Vier Stunden und drei Minuten nach einem Zwischenfall in Jalta hob eine Antonow-Transportmaschine von der langen Rollbahn in Simferopol ab. Im Höhersteigen ging sie auf südwestlichen Kurs, überflog die Küstenlinie der Krim dicht bei den alten Schlachtfeldern von Sewastopol und Balaklawa, dann bog sie südwärts über das Schwarze Meer, das schon in der Dämmerung lag. Die Genehmigung zum Durchqueren des türkischen Luftraums hatte die Maschine vorher eingeholt, eine Standardprozedur. Der Flug würde zwei Stunden und zwanzig Minuten dauern, Reisegeschwindigkeit 720 Kilometer pro Stunde, Flughöhe 7600 Meter. Innerhalb von zwölf Minuten hatten die vier riesigen Turboprop-Motoren vom Typ Kusnezow NK-12MV die Maschine aus dem Bereich der sowjetischen Gerichtsbarkeit getragen.
Der Captain gab diese Positionsmeldung bekannt. Aufgeregt schrien im Flugzeuginnern alle durcheinander. Der Kompaniechef sank in seinem Sitz zusammen, die Energie zum Feiern brachte er nicht mehr auf. Neben sich sah er, wie Abu Hamid sich in seinem Sitz zurücklehnte, sanft gewiegt von den Bewegungen des Flugzeugs. Der Attentäter ist vollkommen entspannt, dachte der Kompaniechef und staunte. Durch den Gang kam jetzt jemand auf sie zu, stützte sich an den festgezurrten Kisten ab; es war Major Said Hasan.
Die Frage stand in der seidigen Haut um die Augen des Majors.
»Wir haben Erfolg gehabt«, sagte der Kompaniechef. »Das Ziel ist vernichtet.«
Abu Hamid sah, daß der Major eine elegante Uniform der syrischen Luftwaffe trug, das Gesicht jedoch mit einem Wollschal und den Kopf mit einer breiten Schirmmütze verborgen hielt. Nur die Augen waren zu sehen. Abu Hamid beugte sich vor. In seiner Stimme schwang Stolz, als er sagte: »Es war eine Frau dabei, neben dem Botschafter, die ist auch tot.«
Major Said Hasan nickte anerkennend, klopfte beiden Männern mit seiner lederbehandschuhten Hand auf die Schulter. Dann hangelte er sich wieder nach vorn zum Cockpit.
Die nächste Landkennung würden sie von der türkischen Ha-

fenstadt Samsun bekommen, von wo die Route über das zentralanatolische Bergland bis zur syrischen Grenze östlich von Aleppo führte, und dann würde es langsam hinunter nach Damaskus gehen.

Die Worte, die man ihm vor dem Flug nach Simferopol in den Lagern von Damaskus eingehämmert hatte, waren tonlos in Abu Hamids Kehle.

Gedanken gingen ihm durch den Kopf. Er dachte an den Alten vom Berge, der vor tausend Jahren seine Festung im Tal von Alamut gebaut und dort seine Gefolgsleute, die Assassinen, um sich versammelt hatte. In diesem paradiesischen Tal gab es Paläste und lauschige Pavillons, Bäche, in denen Wein und Honig floß, und junge Mädchen, die tanzten und sangen. Alle Freuden gab es dort für die Assassinen, bis der Alte vom Berge einen von ihnen zu sich rief.

»Gehe fort von hier und töte den Mann, dessen Namen ich dir geben werde ... Wenn du zurückkehrst, wirst du wieder im Paradies weilen können ... und solltest du nicht zurückkehren, werden meine Engel dich finden und zu unserem Paradies bringen.«

Vor tausend Jahren hatte sich die Kunde von der Meisterschaft und der Hingabe der syrischen Assassinen, die aus dem Tal von Alamut ausschwärmten, über die ganze damals bekannte Welt verbreitet. Unvergleichlich in der Kunst der Verkleidung, unerreicht in Tatkraft und Fanatismus, unbarmherzig im Morden, waren die Assassinen von Königen und Prinzen, von Feldherren und Zivilherrschern und von den sunnitischen Priestern gefürchtet. Abu Hamid sah sich als Nachkomme der alten Assassinen von vor zehn Jahrhunderten.

Und die Worte, tonlos in seiner Kehle, waren die Worte des Alten vom Berge, durch ein Jahrtausend hindurch überliefert:

»Diese Menschen zu töten, ist ebenso Gottes Wille wie der Regen, der fällt.«

Es gab keine Vorwarnung. Der Wagen kam unangemeldet in den Hof der Botschaft gefahren. Drei Männer saßen im Wagen,

alle aus dem Wochenende geholt und zu dieser Aufgabe zwangsverpflichtet. Der Erste Stellvertretende Außenminister, ein Protokollbeamter, ein Oberst des Zweiten KGB-Direktoriums. Man führte sie in ein Vorzimmer im Erdgeschoß, wo sie von einem Sicherheitsoffizier beobachtet wurden.
Der diensthabende Beamte an diesem Wochenende war ein Zweiter Sekretär aus der Handelsabteilung. Noch im Eintreten knöpfte er sich den Kragen zu. Verbissene Gesichter starrten ihn an, alle drei Männer standen. Sie stellten sich vor, sogar der vom Geheimdienst. Unangebracht, ihnen Tee anzubieten oder sie zu bitten, Platz zu nehmen. Ihr hoher Rang bedeutete dringende Angelegenheiten, die keinen Aufschub zuließen.
»Ich bin der diensthabende Botschaftsangehörige«, sagte er. Er zog Papier und Bleistift aus der Tasche und wartete.
Der Erste Stellvertretende Außenminister schien einen Moment lang versunken in das Studium des eng verschlungenen Musters des Teppichs, eines Buchara, dann hob er den Kopf.
»Ich komme voll des aufrichtigen Bedauerns als Vertreter meiner Regierung zu Ihnen. Ich habe die traurige Pflicht, Sie davon in Kenntnis zu setzen, daß Seine Exzellenz Sir Sylvester Armitage und Miss Jane Canning heute in der Stadt Jalta einem feigen und grausamen Verbrechen zum Opfer fielen. Das Verbrechen kostete Seine Exzellenz und Miss Canning das Leben. Mr. Holt, der dritte Angehörige der Delegation, blieb unverletzt. Ich habe den Auftrag, Ihnen mitzuteilen, daß die sowjetische Regierung ein Militärflugzeug bereitgestellt hat, das auf Wunsch eine beliebige Anzahl Ihrer Botschaftsmitglieder nach Jalta bringt. Die Maschine ist zu diesem Zweck jederzeit startklar. Ich kann Ihnen außerdem versichern, daß in Jalta bereits eine umfassende Untersuchung der Kriminalpolizei angelaufen ist, und wir haben die aufrichtige Hoffnung, daß diese Untersuchung in Kürze Ergebnisse zeitigen wird.«
Der Handelssekretär machte sich Notizen, in Langschrift. Ungläubigkeit auf seinem Gesicht. Er bewegte die Lippen, konnte aber den Schwall von Fragen nicht formulieren.
»Die Opfer wurden durch Schußverletzungen getötet. Seine

Exzellenz und Miss Canning wurden mehrfach getroffen, als sie das Hotel verließen, auf dem Weg zu einem Mittagessen mit der Stadtverwaltung; bei der Einlieferung ins Krankenhaus waren sie bereits tot. Erste Indizien weisen darauf hin, daß der Täter den Plan hegte, in das Hotel einzudringen, um die Kasse zu überfallen, und in Panik geriet, als er sich unvermutet der aus der Tür kommenden britischen Delegation gegenüber sah.«
»Wo ist Holt?« Die erste gestammelte Frage.
»Im Hotel in Jalta. Er befindet sich in Sicherheit.«
»Aber Sie sagten doch, es sei am Vormittag passiert. Weshalb hat er uns nicht angerufen?«
»Mr. Holt hat einen Schock erlitten.«
Die Gedanken des Handelssekretärs wirbelten ohne Zusammenhang durcheinander. »Hatten sie denn keinen Schutz in Jalta?«
»Die Gelegenheit zum Klären derartiger Einzelheiten wird sich in Bälde ergeben.«
Der KGB-Oberst setzte hinzu: »Es war ein Angehöriger der Staatssicherheitsbehörde anwesend beim Hotel. Er hat seine Pflicht mit Tapferkeit erfüllt, doch unglücklicherweise konnte er die Tat nicht verhindern.«
»Gütiger Gott ...«
»Wir sind im Ministerium, falls Sie uns brauchen«, sagte der Erste Stellvertretende Außenminister. »Wir stehen dem britischen Volk in diesem schmerzvollen Augenblick zur Seite.«
»Es war also kein terroristischer Akt?«
»Es war die Tat eines gewöhnlichen Kriminellen, der einen Raub verüben wollte«, stellte der KGB-Oberst entschieden fest.

Im Dunkel der Nacht, mitten in einem Meer von punktförmigen Navigationslämpchen an der Landebahn setzte die Antonow auf dem Luftwaffenstützpunkt El-Masr auf. Mit militärischer Gründlichkeit wurden die Passagiere nach Schmuggelgut durchsucht. Sie waren zu Hause, jedenfalls soweit sich die Arabische Republik Syrien als Zuhause für die versprengten

Flüchtlinge des Nahen Ostens anbot. Sechs Monate lang waren sie zusammengewesen, jetzt kam der Moment der Trennung. Die Minibusse warteten schon, je einer für das Palästinensische Kampfkommando, für Sa'iqa, für die Demokratische Front, für das Palästina-Oberkommando und die Befreiungsfront. Dem Missetäter von Sa'iqa waren die Handschellen fünf Minuten nach dem Start abgenommen worden, und sein Opfer vom Palästinensischen Kampfkommando umarmte ihn zum Abschied. Dem Kompaniechef kam der Gedanke, daß die Russen seine Schützlinge wohl nie verstehen würden.

Alle fuhren in den Bussen davon, mit Ausnahme von Abu Hamid und dem Kompaniechef, die den Stützpunkt in dem Mercedes verließen, der Major Said Hasan abholte. Abu Hamid, unrasiert, mit dem Schweißgeruch, den der Sprint vom Hotel Oreanda erzeugt hatte, saß in den weichen Polstern zwischen dem Geheimdienstoffizier der syrischen Luftwaffe und dem Kompaniechef der Volksfront zur Befreiung Palästinas.

Als der Wagen mit vollem Tempo auf der breiten Autobahn vom Flughafen in die Stadt fuhr, sagte der Kompaniechef leise zu Major Said Hasan: »Es war wundervoll, Said. Es war genau so, wie du es vorausgesagt hattest.«

Die Stimme kam gedämpft durch den Schal. »Du hast mit dazu beigetragen, mein Freund.«

Zwei Männer, die sich leise über Abu Hamid hinweg unterhielten, ganz zwanglos, als wäre er gar nicht vorhanden.

»Aber du hast ein großes Risiko auf dich genommen.«

»Wer nichts riskiert, kann den Sieg nicht erringen.«

»Wann wird der Bekennerbrief herausgehen?«

»Bekennerbrief?«

»Was geschehen ist, war ein Triumph für die Volksfront. Also sollte, also muß die Volksfront auch ...«

»Es wird keinen Bekennerbrief geben. Es wird nur Schweigen geben.«

Abu Hamid hörte die Kälte in der Stimme. Er spürte, wie der Major sich tiefer in den Sitz vergrub.

Er lag im Dunkeln auf dem Bett, als das leise Klopfen an der Tür ertönte. Vielleicht hatte er sogar geschlafen. Er spürte die Nässe der Tränen auf seinem Gesicht, als er sich die Augen rieb. Dann hörte er seinen Namen. Er stand auf, öffnete die Tür, ließ das grelle Licht hereinfluten.

Der Sicherheitsoffizier sagte: »Gott sei Dank, daß wir Sie endlich gefunden haben, junger Mann.«

Holt blinzelte ihn an, wandte sich von der Tür ab.

»Sie haben uns eine Sondermaschine zur Verfügung gestellt.«

»Ist ja verflucht anständig von denen.«

»Ich bin mit dem Botschaftsrat hergekommen. Er ist ins Krankenhaus gefahren, und ich komme vom Miliz-Hauptquartier.«

»Bestens, alles prima.«

»Schon gut, Holt. Muß verdammt hart für Sie gewesen sein, was?«

Holt starrte dem Sicherheitsoffizier ins Gesicht. »Blödsinn. Was soll daran ›verdammt hart‹ sein, wenn man bei einer Schießerei *zusieht* ...«

»Ganz ruhig, junger Mann.«

Holt brauste auf. »Ach so, ruhig ... ruhig soll ich sein, ja? Zum Teufel, wir kommen hierher, geringste Gefährdungsstufe, ja, verdammt noch mal, und dann werden wir abgeknallt wie die Tontauben ...«

»Soweit ich gehört habe, waren Sie nicht sehr kooperativ der Miliz gegenüber.«

»Wozu sollte ich mit denen zusammenarbeiten? Wozu sollte ich denen was erzählen? Gerade haben die meinen Boss und meine Freundin umgelegt, und jetzt soll ich ihnen bei ihrer beschissenen Untersuchung helfen, ihnen ihre verdammten Lügen auch noch bestätigen. Natürlich war ich nicht kooperativ.«

Eine gewisse Schärfe lag in der Stimme des Sicherheitsoffiziers. »Ich muß Ihnen sagen, daß die sowjetischen Behörden mir gegenüber nicht entgegenkommender und hilfsbereiter hätten sein können. Sie haben mir detailliert über die kriminaltechnische Untersuchung und deren Ergebnisse berichtet ...«

»Dann haben die Sie also eingewickelt.«

»Ich sagte, ein detaillierter Bericht über die kriminaltechnische Untersuchung und deren Ergebnisse.«
Holt senkte die Stimme. »Was für Ergebnisse?«
»Als Täter wurde ein Deserteur aus der Armee identifiziert, der einen bewaffneten Raubüberfall auf das Hotel geplant hatte. Als der Botschafter, Miss Canning und Sie aus der Tür kamen, ist er in Panik geraten und hat das Feuer eröffnet. Sie hatten gute Augenzeugenbeschreibungen von ihm, und am Abend kam das Auto, in dem er saß, am Stadtrand in eine Kontrolle. Beim Versuch, sich der Verhaftung zu widersetzen, wurde er erschossen ...«
»Was haben die Ihnen sonst noch erzählt über diesen ›Deserteur‹?«
»Daß der Mann zweiundzwanzig Jahre alt war und aus Weißrußland kam.«
»Aus der Gegend von Minsk also – dann wäre er ein Europäer gewesen.«
»Haben Sie ihn gesehen, Holt, haben Sie sein Gesicht erkennen können?«
»Aus fünf Meter Enfernung? Klar hab' ich sein Gesicht gesehen.«
Der Sicherheitsoffizier zündete sich eine Zigarette an. Der Rauch kräuselte sich in dem stillen, dunklen Zimmer.
»Holt, hätte der Mann, den Sie gesehen haben, aus Weißrußland sein können?«
»Die haben Sie eingewickelt und vollgequatscht.«
»Sagen Sie mir einfach, was Sie wissen, ja?«
»Wenn der aus Minsk war, dann müssen die dort den ganzen Winter lang eine Hitzewelle gehabt haben.«
»Eingewickelt und vollgequatscht; Sie haben völlig recht. Es tut mir leid, wirklich sehr leid, wegen Ihrer Freundin.«
Holt ging ans Fenster, drehte dem Sicherheitsoffizier den Rükken zu.

Am Sonntagmorgen wurde eine VC-10 der Royal Air Force nach ihrem Start in Zypern auf dem Flug zum Luftwaffenstützpunkt Brize Norton bei London angewiesen, einen Umweg über Simferopol zu machen.

Ein Kommando sowjetischer Marineinfanteristen brachte die Särge mit den Leichnamen von Sir Sylvester Armitage und Jane Canning an die Frachtklappe der Maschine. Sie trugen die Särge an einer Ehrengarde von Offizierskadetten der Militärakademie vorbei, die stocksteif Haltung angenommen hatte, Köpfe und Gewehrläufe gesenkt.

Der Anblick der Särge und die Anwesenheit Holts, des Botschaftsrats und des Sicherheitsoffiziers dämpfte die Stimmung bei der Fallschirmjägerkompanie, die von einmonatigen Manövern nach Großbritannien zurückkehrte, ganz erheblich.

5. Kapitel

»Es ist sehr freundlich von Ihnen, daß Sie gekommen sind. Wir danken Ihnen.«
Sie war eine kleine Frau, sehr bunt gekleidet und stark geschminkt, was wohl die Spuren des Kummers überdecken sollte. Sie stand in der Eingangstür, und der Regen prasselte Holt auf Kopf und Schultern nieder. Eigentlich sonderbar, daß er Jane so lange gekannt hatte und nie zu ihren Eltern nach South-London eingeladen worden war. Er sah das Wasser von den schwarzen Dachbalken im Pseudo-Tudorstil und von dem getünchten Stuck herabrinnen. Er hatte keinen Hut auf, und sein Haar war klatschnaß.
Behutsam fragte er: »Ob ich wohl hereinkommen könnte, Mrs. Canning?«
Ihre Hand fuhr zum Mund; sie geriet plötzlich in Bewegung, es war ihr schrecklich peinlich.
»Was müssen Sie nur von mir denken! Aber natürlich, kommen Sie bitte herein ... Vater, Mr. Holt ist gekommen.«
Janes Vater nahm ihm den Mantel ab und trug ihn in die Küche, und Janes Mutter führte ihn ins Wohnzimmer. Ein gemütlicher Raum, voll mit Möbeln, die noch aus der ersten Einrichtung nach der Hochzeit stammten. Abgewetzte Armlehnen am Sofa und an den Sesseln, ein Brandfleck im Teppich vor dem Kamin, wuchernde Pflanzen. Auf dem Kaminsims stand ein gerahmtes Foto von seiner Geliebten, ein Porträt im Profil bis zu den Schultern. Er stand mit dem Rücken zum Feuer, mit dem Rükken zu Janes Foto, und seine nassen Hosenbeine dampften. Er fragte sich, wie es für die Eltern sein mußte, den Mann kennenzulernen, der ihre Tochter geliebt, der mit ihrer Tochter ge-

schlafen hatte. Im Zimmer bemerkte er vier weitere Fotos von ihr, von seiner Jane. Janes Mutter hatte sich hingesetzt, in *ihren* Sessel, der der abgenutzteste war; sie hielt Strickzeug auf dem Schoß und wühlte nach Nadeln und Wolle. Sie bat ihn, Platz zu nehmen, doch er sagte, er habe eine lange Bahnfahrt hinter sich und wolle lieber stehen. Er fand, sie habe bei der Wahl ihrer Garderobe für diesen Tag viel Tapferkeit bewiesen: knallroter Rock, weiße Bluse, buntes Halstuch. Er bewunderte eine Frau, die sich zum Begräbnis ihrer Tochter so kleidete. Janes Vater kam ins Zimmer und trocknete sich die Finger mit einem Taschentuch ab. Er trug seinen besten Anzug, ein gestärktes weißes Hemd und eine Krawatte, die dunkelblau oder schwarz war. Er wirkte erschöpft, als habe ihn die Anspannung der vergangenen zehn Tage ausgezehrt.

»Sehr nett von Ihnen, daß Sie vorbeikommen, junger Mann – sie hat uns nie Ihren richtigen Namen gesagt, sie hat Sie immer nur Holt genannt«, sagte Janes Vater.

»So heiße ich auch. Ich meine, so nennen mich alle. Bitte sagen Sie einfach Holt zu mir ... Es bedeutet mir sehr viel, daß ich heute bei Ihnen sein kann.«

Er meinte es aufrichtig. Die ersten zwei Tage war er in London gewesen und hatte seine Geschichte erzählt. Dann hatte er ein langes Wochenende im Haus seiner Eltern verbracht; lange einsame Spaziergänge in der regennassen Wildnis des Exmoor Forest. Aber am Tag von Janes Begräbnis wollte er mit ihren Eltern zusammensein. Janes Vater bot ihm Kaffee an, und er sagte, nein, er wolle gar nichts haben, und dann fragte der Vater, ob er sich setzen wolle, und wieder lehnte er ab, und Mrs. Canning strickte, und Mr. Canning studierte seine Fingernägel.

»Ich wollte Sie heute besuchen, weil Jane und ich Ihnen sicher bald gesagt hätten, daß wir uns verloben und heiraten wollen ...«

Sie sah nicht auf. Ihr Mann betrachtete immer noch seine Finger.

»Ich habe sie geliebt, und ich glaube, sie hat mich auch geliebt.«

»Sie müssen das alles vergessen«, sagte Janes Mutter.
»Als ich in Moskau ankam und sie am Flughafen auf mich gewartet hat, da war das der glücklichste Augenblick meines Lebens.«
»Jane ist nicht mehr da, Mr. Holt, und Sie sind ein junger Mann, der noch sein ganzes Leben vor sich hat.«
»Im Moment sehe ich das nicht so.«
»Das werden Sie aber noch, und je eher, desto besser. Das Leben ist zum Leben da.«
Holt sah, wie sie sich auf die Unterlippe biß.
Janes Vater hob den Kopf. Seine Lippen bewegten sich, als studierte er eine Frage ein, als sei er sich der Formulierung noch nicht sicher. Als die Frage kam, war es kaum mehr als ein Flüstern. »Hat sie leiden müssen?«
Die acht Schuß waren aus kaum zehn Schritt Entfernung mit gewaltiger Mündungsgeschwindigkeit abgegeben worden, so hatte es im Obduktionsbericht geheißen. Er spürte die leblose Hand, sah die tischtennisballgroßen Austrittswunden.
»Sie hat nicht gelitten, sie hat keine Schmerzen gehabt. Was hat Ihnen das Außenministerium erzählt?«
»Nur daß es eine scheußliche Sache gewesen ist. Dieser Mann war ein heroinsüchtiger Deserteur – sie haben uns gesagt, was dort in der Zeitung stand, daß er das Hotel gerade überfallen wollte. Sie sagten, es sei eine Wahrscheinlichkeit von eins zu einer Million gewesen, daß er sich für seinen Überfall gerade den Moment aussuchte, als unsere Jane mit Ihnen und dem Botschafter aus der Tür kam. Die sowjetischen Behörden seien sehr verständnisvoll gewesen. Und dann sagten sie noch, man habe den Mann erschossen, als er fliehen wollte.«
Er sah das fahlbraune Gesicht des Mannes mit dem Anorak und dem Gewehr und der Krähenfußnarbe auf der Wange.
»Viel mehr werden Sie vermutlich nie erfahren«, sagte Holt.
Janes Mutter starrte auf ihre Strickarbeit, ihr Gesicht angespannt vor Selbstbeherrschung. »Wir waren so stolz auf Jane, alle beide, als sie ins Ministerium kam und für ihr Land zu arbeiten begann. Es ist nicht leicht für eine Frau, dort eine gute

Stellung zu bekommen, und ich glaube, alle haben sie für hervorragend gehalten. Nicht daß sie uns viel erzählt hätte, eine sehr diskrete kleine Person war sie, aber wir wußten jedenfalls, daß sie beim Nachrichtendienst war. Ihnen wird sie ja mehr gesagt haben.«

Er erinnerte sich an das Foto über Charkow. Er erinnerte sich an seine Bemerkung wegen der Kamera. Und er erinnerte sich an die letzten Worte, die er von ihr gehört hatte: »Sei nicht kindisch, Holt.«

»Sie ist von allen Kollegen sehr geschätzt worden.«

Janes Vater erhob sich aus dem Sessel. »Wie Mutter schon sagte, Sie haben Ihr Leben noch vor sich. Es war sehr nett, daß Sie heute gekommen sind, aber wir rechnen nicht damit, Sie wiederzusehen.«

Holt sah das schwarze Taxi vor dem Haus. Er sah, wie Janes Mutter ihre Handarbeit beiseite legte und die Stricknadeln in die bestickte Tasche schob. Er sah, wie Janes Vater seine Krawatte zurechtrückte.

»Ich habe Sie geliebt, Mr. Canning. Wir wollten heiraten.«

Er spürte den Anflug von Ungeduld.

»Machen Sie Ihre Karriere, gehen Sie daran, Ihr Leben weiterzuleben ... Schade, daß es so regnet, Mutter.«

Rasch ging Holt hinter Janes Mutter den kurzen Weg durch das Gartentor und zum Taxi. Janes Vater verriegelte sorgfältig die Tür. Er setzte sich zu ihnen auf den Rücksitz, und sie wurden zum Krematorium gebracht, das weit im Westen in der Nähe des Flusses lag. Sie sprachen nicht mehr miteinander während der Fahrt, und Holt fragte sich, ob sie seinetwegen oder wegen des Fahrers schwiegen. Sobald sie am Krematorium angekommen waren, entfernte sich Holt von ihrer Seite. Es waren Reporter dort, das Fernsehen und Pressefotografen mit Kameras, und er nahm an, er könne die Aufmerksamkeit der Objektive und der klickenden Verschlüsse von ihnen ablenken, indem er langsamer ging. Holt war das ideale Futter für die Kameraleute. Es war durchgesickert, daß er und Jane einander sehr nahegestanden hatten, daß er Augenzeuge des Doppelmords gewesen war. Er versuchte, den Kopf hoch zu halten, das Kinn hervorzustrecken. Vorbei an den Bergen von Blumen, an den Kränzen. Er sah die Unterschrift des Außenministers und die des Chefs der UdSSR-Abteilung im Außenministerium, und auf vier Sträußen standen nur Vornamen. Unter dem Vordach der Kapelle sah Holt einen großen, hageren Mann stehen, der Janes Eltern die Hand schüttelte. Draußen war ihnen schon von Außenministeriumsleuten kondoliert worden, aber Holt verstand: Der Direktor des Geheimdienstes konnte sich nicht vor den Kameras aufstellen, und ebensowenig konnten seine Leute Kränze mit vollem Namen schicken. Er überlegte kurz, was wohl aus Janes Fotoapparat geworden war, aus den Bildern, die sie im Flugzeug gemacht hatte. Er fühlte Wut in sich aufsteigen, als wären diese namenlosen Leute und der Leiter des Geheimdienstes für ihren Tod verantwortlich.

Es war ein kurzer Gottesdienst. Er saß allein hinter ihren Eltern. Beim Singen von Psalm 23 versagte ihm die Stimme. Er sah, wie der Sarg weggerollt wurde, er sah, wie der Vorhang zuging. Im Innern des Herzens weinte er. Er dachte an ihre Stimme, ihre grauen Augen, ihr weiches Haar und an ihre leblose Hand. Er dachte an den Mann mit dem Gewehr. Er sah, wie ihre Eltern aus der Kapelle gingen; sie drehten sich nicht mehr zu ihm um. Er blieb sitzen und starrte auf den zugezogenen Vorhang.

»Sie sind Holt, nicht wahr?«

Er wandte sich um. Die Kapelle hatte sich rasch geleert. Der untersetzte Mann hatte imposantes, silberweißes Haar, und zwischen Mund und Nase klemmte ein buschiger militärischer Schnauzer.

»Der bin ich.«

»Wir müssen raus hier. Draußen warten schon die nächsten, eine verfluchte Fließbandabfertigung ist das. Sind Sie motorisiert?«

Er hatte sich darauf eingestellt, den Tag mit Janes Eltern zu verbringen. Deshalb hatte er sich auch nicht überlegt, wie er vom Krematorium wegkommen würde, und vorhin war ihm deut-

lich gesagt worden, daß man in dem kleine Haus in Motspur Park nicht noch einmal mit ihm rechnete.
»Nein.«
»Haben Sie am Nachmittag schon etwas vor?«
Sein Londoner Apartment war untervermietet. Der Vertrag lief noch über fast ein ganzes Jahr. Vor sich hatte er nichts als die Zugfahrt nach Devon; am Nachmittag gingen genug Züge, auch am Abend noch. Sein Vater würde ihn in Exeter abholen, wenn er anrief. Ein Saaldiener tauchte neben dem Mann auf und versuchte, sie zur Eile zu drängen.
»Warum?«
»Mein Name ist Martins, Percy Martins. Angehöriger des Dienstes. Ihre erste Stellungnahme gegenüber dem Außenministerium ist auf meinem Tisch gelandet.«
Er sah zu Percy Martins auf. Er sah klare, hellblaue Augen, die seinem Blick standhielten. »Worüber sollen wir dann noch reden?«
»Über das, was Sie gesehen haben, was passiert ist.«
Holt spürte seine Beherrschung entgleiten, seine Stimme laut werden. »Ich dachte, jeder weiß genau, wie es passiert ist. Ich dachte, jedermann hätte diesen Quatsch von den Sowjets geschluckt.«
»Nicht jeder hat ihn geschluckt – kommen Sie.«
Holt folgte ihm gehorsam. Er bemerkte, daß Martins ein gutes Stück vor ihm aus der Kapelle trat, so daß er nicht ins Bild kam, als sich die Kameraleute von neuem auf Holt stürzten. Auf der Straße stand ein kleiner Kombiwagen. Martins saß schon hinter dem Lenkrad, der Motor lief, er stieß die Tür für Holt auf.
»Mein Sohn studiert in York. Er hat heute ein Fußballspiel hier in London, da fahren wir hin. Meine Frau bringt mich um, wenn ich heute abend heimkomme und das Spiel nicht gesehen habe. Wir können uns dort unterhalten.«
Er fuhr schnell und bewahrte völliges Schweigen, sah nur ab und zu auf die Uhr am Armaturenbrett. Kein anderes Auto überholte sie auf der M25. Holt dachte, es müsse sich wohl um ein verteufelt wichtiges Spiel handeln, ein entscheidendes Liga-

match oder das Pokalendspiel. Er war auf Unterhaltung nicht scharf, war froh, in Ruhe gelassen zu werden. Er hatte darüber schon genug geredet. Im Außenministerium hatte er zwei volle Tage lang das Programm, das er für den Besuch auf der Krim ausgearbeitet hatte, aufzählen müssen und seine Beschreibung der Schießerei wieder und wieder durchgekaut, und jedesmal, wenn er die anscheinend allgemein akzeptierte sowjetische Version der Ereignisse in Frage stellte, war man ihm über den Mund gefahren und hatte versichert, es werde sich schon alles aufklären.

Sie erreichten eine Reihe von Fußballfeldern. Während der Fahrt hatte es zu regnen aufgehört, aber jetzt fing es wieder an. Martins stieg hastig aus und lief zum Kofferraum, um ein Paar Gummistiefel herauszuholen. Holt sah, daß der Wagen hinten mit Angelzeug vollgestopft war. Ein extragroßes Futteral für Ruten, ein gewaltiges Netz, um die Beute an Land zu ziehen, eine solide Kiste für die Kleinutensilien. Nur im Laufschritt konnte er den Kerl einholen.

Es war das hinterste Feld der Sportanlage.

»Wer spielt denn eigentlich?« fragte Holt, als sie an der schlammigen Seitenlinie standen.

»Die York-Chemiker gegen eine Truppe Juristen vom Londoner University College.«

»Ist Ihr Sohn gut?«

»Eine Flasche ist der.«

»Welcher von ihnen ist es?«

»Der, der mit dem linken Fuß überhaupt nicht und mit dem rechten auch nicht besonders schießen kann.«

Sie waren die einzigen Zuschauer. Nirgendwo gab es Schutz vor dem Wetter. Es war das vermutlich schlechteste Fußballspiel, das Holt je gesehen hatte.

»Wie gesagt, der Bericht über Ihre Stellungnahme ist auf meinem Schreibtisch gelandet.«

Holt drehte das Gesicht in den peitschenden Regen. Er mußte gegen den Wind anschreien. »Wieso kaufen Sie denen diesen Quatsch mit dem Raubüberfall eigentlich ab?«

»Es paßt uns in den Kram.«
»Wem kann denn das in den Kram passen?«
»Allen – fast allen jedenfalls.«
»Wer soll das sein: alle?«
»Gute Frage. Überlegen Sie mal, Holt: In der Sowjetunion wird jemand erschossen, verdammt peinliche Sache für die, und sie haben nicht den geringsten Hinweis, wer es gewesen ist. Am ehesten werden sich die Wogen legen, wenn man mit einer plausiblen, zumindest nicht zu widerlegenden Geschichte aufwartet, bei der der Schuldige gleich hopsgeht und die Iwans nicht gerade total mies dastehen. Eben ein unglücklicher Zufall, nicht wahr? Jemand ist zur falschen Zeit am falschen Ort gewesen. Ebensogut hätten sie beim Spazierengehen von einem Auto erwischt werden können, dem gerade ein Reifen platzt. Als Profi muß man das wohl als den erfolgreichen Versuch einer Schadensbegrenzung betrachten ...«
»Und alle sind dermaßen träge, daß diese Lüge ihnen in den Kram paßt?«
»Ich bin nicht alle.«
»Warum sagen wir nicht in aller Deutlichkeit, daß ein Araber diesen Mord begangen hat – daß der Mord an unserem Botschafter und an Miss Canning von den Sowjets eingefädelt worden ist?«
»Jetzt folgern Sie zu schnell. Sie haben vermutlich recht darin, daß der Mörder Araber war, aber nicht darin, daß die Sowjets das Ganze eingefädelt hätten. Verdammt peinliche Sache, wie gesagt. Für mich war das ganz klar ein Terrorakt auf sowjetischem Territorium. Aber das können die anderen schlecht zugeben, nicht wahr? Ach, du meine Güte ...«
Einer der Verteidiger hatte versucht, den Ball wegzuschießen, der im knöcheltiefen Matsch umherkollerte, hatte danebengetroffen und war auf den Rücken gefallen, während ein Gegenspieler den Ball seelenruhig ins Tor setzte.
»Das ist mein Sohn und Erbe. Mein Gott, ist er nicht erbärmlich, ganz die Mutter ... Also, das Außenministerium hat wohl

kaum eine andere Wahl gehabt, als die Version der Iwans zu übernehmen.«

»Haben Sie mich zu diesem absurden Fußballspiel mitgenommen, um mir einen Vortrag über englisch-sowjetische Beziehungen zu halten?«

»Nein, ich bitte Sie um Ihre Hilfe. Jane Canning hat dem Dienst angehört, und wir werden den Mord an ihr nicht einfach zur Kenntnis nehmen.«

Holt sah, daß der Spieler, der das Tor verschuldet hatte, auf die Linksaußenposition geschickt worden war. Der junge Mann war zaundürr und bläßlich. Der Bursche tat Holt allmählich fast leid, schon weil er einen so aufgeblasenen Widerling wie Percy Martins zum Vater hatte.

»Was heißt das in der Praxis – Sie werden es nicht einfach zur Kenntnis nehmen?«

»Ist doch klar. Holt, Sie waren auf der Krim, und in der Mitte der Krim liegt Simferopol. In Simferopol gibt es eine Militärakademie, die Gruppen ausländischer Rekruten ausbildet ...«

»Worauf wollen Sie damit hinaus?«

»Hören Sie doch mal zu ... Unter diesen ausländischen Rekruten sind immer auch Palästinenser, von den Syrern dort hingeschickt. Die Schüsse fielen um die Mittagszeit; am selben Samstag machte eine Maschine der syrischen Luftwaffe eine Zwischenlandung in Simferopol und flog von dort nach Damaskus ...«

»Woher wissen Sie das?«

»*Hören Sie endlich zu ...* Außerdem geht Sie das nichts an. Es ist jedenfalls ziemlich wahrscheinlich, daß der Botschafter und Miss Canning von einem Palästinenser, zumindest von einem Araber, erschossen wurden, der noch am selben Abend in den Nahen Osten zurückflog. Und es ist nicht unwahrscheinlich, daß die Sowjets von diesem Plan keine Ahnung hatten.«

»Weshalb erzählen Sie mir das?«

»Wir brauchen Ihre Hilfe, um den Mann zu identifizieren, der Armitage und ein Mitglied unseres Vereins – Ihre Freundin – getötet hat.«

»Und dann?«
»Auch das geht Sie nichts an.«
»Man sollte ihn umbringen.«
»Dann sagen Sie mir, wie er aussah, alles, was Sie wissen.«
Vereinzelte Hurrarufe; das Spiel war zu Ende. Martins' Sohn zockelte vom Platz. Er sah seinen Vater nicht einmal an. Martins machte eine Bewegung, als wolle er ihn begrüßen, aber der junge Mann ging weiter. Holt nahm an, Martins sei zu stolz, um hinterherzulaufen. Und dann war es zu spät. Die beiden Teams verschwanden in dem Kabinengebäude. Martins und Holt schritten an der Seitenlinie auf und ab. Sie waren immer noch da, als der Platzwart längst die Tornetze eingerollt und die Eckfahnen verstaut hatte. Sie waren auch noch da, als die beiden Busse mit den Chemikern aus York und den Jurastudenten aus London vom Sportplatz abfuhren. Holt kramte aus seinem Gedächtnis jedes kleinste Detail über den Mann hervor, der mit dem Kalaschnikow-Sturmgewehr geschossen hatte. Wie er sich bewegt hatte, Größe, Gewicht, Alter, Kleidung, Perücke, Augenform, Gesichtszüge und Mimik. Und immer wieder die krähenfußartige Narbe. Sie redeten noch, als es so dunkel war, daß Holt Martins' Gesicht nicht mehr erkennen konnte.
Schließlich gingen sie zum Auto zurück.
»Sie haben mit Ihrem Sohn nicht einmal gesprochen.«
»Hab' ihn doch spielen sehen, oder? Das hatte ich seiner Mutter versprochen – aus welcher Entfernung wäre denn die Narbe zu erkennen?«
»Also, ich stand zehn Schritt entfernt und konnte sie so deutlich erkennen, wie ich sie Ihnen beschrieben habe. Ich meine, man kann sie praktisch nicht übersehen, wenn man dem Mann begegnet. Wollen Sie ihn sich greifen?«
»Sie war eine von uns.«

Martins setzte Holt bei Paddington Station ab, dankte ihm nochmals und sagte, er würde sich in ein paar Tagen wieder melden. Dann fuhr er quer durch London, über die Themse und parkte seinen Wagen im Keller des Century-Gebäudes. Es war nicht ungewöhnlich, daß er noch einmal ins Büro kam, wenn alle anderen Feierabend machten. Martins wohnte in einer langweiligen Sackgasse in Putney, aber sein Zuhause war im siebenten Stock von Century. Er brauchte seine Frau nicht anzurufen, um ihr zu sagen, daß er spät heimkommen würde. Sie war daran gewöhnt, daß er sechs Tage pro Woche elf oder zwölf Stunden arbeitete und am siebenten angeln ging. Er war seit siebenundzwanzig Jahren beim Geheimdienst. Er war auf Zypern, in Amman und Tel Aviv stationiert gewesen. Viele Jahre, bevor die Stadt von den Kämpfen verwüstet worden war, hatte er an der American University of Beirut sein Examen gemacht.

Die Meldung über Holt hatte ihn erst nach Tagen erreicht. Sie trug eine ganze Latte von Initialen aus dem Außenministerium, und bei Century war sie zuerst durch die UdSSR-Abteilung gegangen. Für den Nahen Osten war der siebente Stock zuständig. Hier hatte Martins die drittwichtigste Stellung. Der Chef der Abteilung war zwölf Jahre jünger als er, sein direkter Vorgesetzter vierzehn Jahre. Martins würde nicht mehr weiterkommen. Manchmal nagte es an ihm; ehrlich gesagt, oft. Trost fand er in seiner Arbeit.

Auf dem Tisch lagen die Meldung über Holts erste Aussagen und Mitschriften von Funksprüchen, die eine Antonow mit Flugziel Damaskus abgesetzt hatte. Sie waren von dem Horchposten Dhekelia auf Zypern aufgefangen und in Cheltenham, dem Hauptquartier der Fernmeldedienste, dechiffriert worden. Es ging Holt tatsächlich absolut nichts an, daß der Funkspruch, den die Antonow wenige Minuten nach dem Verlassen des sowjetischen Luftraums gesendet hatte, im Code des syrischen Luftwaffen-Nachrichtendienstes und nicht in dem der regulären Luftwaffe abgefaßt war.

Während der nächsten zwei Stunden schrieb er in seiner ordentlichen Schrift alles auf, was Holt ihm erzählt hatte. Als er sieben große Seiten vollgeschrieben hatte, war er sich sicher, nach diesen Angaben die Züge eines Gesichts, das brauchbare Abbild eines Mannes anfertigen zu können. Besonders zufrie-

den war er darüber, daß er ganz genau wußte, wo sich die Krähenfußnarbe befand.
Später, als der Intercity 125, in dem Holt saß, schon westlich von Taunton dahindonnerte, fuhr Percy Martins mit dem Lift in dem neunzehngeschossigen Gebäude zwei Stockwerke höher zu einem winzigen Kämmerchen, in dem ein Techniker sich seit Stunden die Zeit damit vertrieb, das Modell eines Weltkriegsveteranen aus Balsaholz zu basteln: einen Churchill-Tank im Maßstab eins zu fünfzig. Es würde eine lange Nacht werden. Der Techniker sollte zusammen mit Martins das Gesicht eines Mörders rekonstruieren.

Am nächsten Abend brachte ein Regierungskurier in seiner ansonsten fast leeren Aktentasche einen großen braunen Umschlag mit dem Porträt in Originalgröße und einem vier Schreibmaschinenseiten langen Bericht nach Tel Aviv. Für die Dauer des Fluges, knapp vier Stunden, war die Aktentasche mit einer dünnen Stahlkette am Handgelenk des Kuriers befestigt. Er hätte unmöglich das Flugmenü einnehmen können, ohne daß jemand die Kette bemerkte, und aß deshalb nichts.
In Tel Aviv wartete der Geheimdienstoffizier der britischen Botschaft auf den Kurier. Die Papiere wechselten den Besitzer, der Empfang wurde quittiert. Nachdem er zwanzig Minuten im Restaurant und vier Stunden in der Transitwartehalle verbracht hatte, flog der Kurier mit derselben Maschine zurück.
Noch vor Morgengrauen brannte Licht in einem der oberen Zimmer an der Rückfront der britischen Botschaft in der Yarkon-Straße. Dieses Zimmer bot keine Aussicht auf die weite Fläche des Mittelmeers. Die Wände waren aus dickem Stahlbeton, die Fenster aus extrastarkem Glas. Der Korridor, der zu dem Zimmer führte, wurde von einem Tor aus schweren, senkrechten Stahlstäben versperrt. Hinter der abgeschlossenen Zimmertür studierte der Geheimdienstoffizier das Porträt, das man für ihn zusammengebastelt hatte, und las Martins' Bericht.
Der Mörder von Sir Silvester Armitage und Jane Canning war mutmaßlich Araber, höchstwahrscheinlich Palästinenser. Be-

sonderes Kennzeichen des Arabers war eine krähenfußartige Narbe von etwa zweieinhalb Zentimeter Durchmesser auf der oberen linken Wange. Der Geheimdienstoffizier lächelte über das, was er als Martins' Markenzeichen ansah, seine hölzerne Grammatik, aber inhaltlich war der Bericht gut. Am Ende der dritten Seite fand sich – rot unterstrichen, typisch für Martins – der Text des Funkspruchs, den die Antonow nach Verlassen des sowjetischen Luftraums gesendet hatte.

»Das Ziel ist getroffen.«

Es blieb dem Geheimdienstoffizier überlassen, ob er sich mit der Bitte um Unterstützung an den Mossad, Israels Auslandsnachrichtendienst, an die Leute von Shin Bet, der Organisation für Binnenaufklärung und Terrorismusabwehr, oder an den militärischen Geheimdienst wandte. Seit dem Prozeß gegen Nezar Hindawi und dem Abbruch der diplomatischen Beziehungen zwischen Großbritannien und Syrien funktionierte die Zusammenarbeit zwischen London und Tel Aviv ungewöhnlich reibungslos. Er zweifelte nicht daran, daß er die von Martins erbetene Hilfe bekommen würde.

Als die ersten Sonnenstrahlen die klotzigen, bräunlich gefärbten Wohnhäuser von Tel Aviv beschienen, wählte der Geheimdienstoffizier die Privatnummer des Mannes beim militärischen Nachrichtendienst, dessen Freundschaft er am meisten schätzte. Er fand es erfreulich, daß dort um diese Zeit gearbeitet wurde. Er schloß seine Zimmertür ab und fuhr mit dem Phantombild in der Tasche zum Verteidigungsministerium an der Kaplan-Straße.

In Vogelfluglinie – und nur ein Vogel könnte diese Linie fliegen, ohne ein Sperrfeuer von Boden-Luft-Raketen auszulösen – sind es zweihundert Kilometer von Tel Aviv nach Damaskus. Die wichtigsten Städte der alten Feinde liegen nach den Maßstäben moderner Kriegsführung praktisch direkt nebeneinander. Hinter der trennenden Grenze haben Syrien und Israel divisionenweise Panzer- und Panzergrenadierverbände, Artillerieregimenter und Schwadronen von Abfangjägern konzentriert.

Die beiden Klienten der Supermächte beäugen sich mißtrauisch im Schutz der modernsten Technik amerikanischer oder sowjetischer Provenienz. Zwei mächtige, sprungbereite Armeen, die auf die Order warten, mit dem Blutvergießen zu beginnen, die auf das optimale Überraschungsmoment lauern.
Und während sie lauern, während die Soldaten in ihren Unterständen und Kasernen die Zeit totschlagen, werden die Panzer gewartet und geprüft, liegen Stapel von Munition neben schweren Geschützen, sind die Flugzeuge mit ihrer Ladung von Granaten, Sprenggeschossen und Splitterbomben startklar.
So warten sie, zwei Nationen, die besessen sind vom Verlangen nach dem endgültigen Sieg durch einen einzigen, gewaltigen Schlag.
Den Israelis fällt das Warten schwerer. Sie sind das kleinere Land, und die Kosten der Fehde ruinieren sie.
Für die Syrer ist das Warten leichter. Sie haben eine Reservestreitmacht, die ihnen strikten Gehorsam leistet. Sie haben die Palästinenser von der Befreiungsfront. Die PLO-Kämpfer in den Stützpunkten im Libanon oder in den Lagern rund um Damaskus sind immer bereit, Israel anzugreifen, Israel zu zermürben, Israel zu verwunden. Und die Palästinenser sind entbehrliches Material.

Es war ein trockener, staubiger Morgen. Es war ein Morgen, an dem den Männern, die auf dem ungepflasterten Hof des Lagers Yarmouq paradierten, die Fliegen hartnäckig in Augen und Nasenlöcher krochen. Die Sonne kletterte höher und machte die Schatten kürzer, und der Gestank der flachen Latrinengruben hing über dem Lager.
Die Rekruten standen seit über einer Stunde in der zunehmenden Hitze; die Besucher aus Damaskus hatten sich verspätet; da es keine Mitteilung über den Grund gab, wagte niemand, die Männer abtreten zu lassen. Sie kamen aus den Flüchtlingslagern von West-Beirut, aus Sidon und Tyrus und aus Lagern in Jordanien und im Südjemen. Sie waren zwischen siebzehn und neunzehn. Der Volksfront zur Befreiung Palästinas waren sie

beigetreten, weil sie in dieser Bewegung die größte Chance sahen, dem Zionistenstaat Schaden zuzufügen. Manche trugen Uniformen und Stiefel aus syrischen Militärrestbeständen, andere hatten Jeans, T-Shirts und Pullover an. Manche hatten sich den Kopf bereits kahlgeschoren, andere trugen das Haar schulterlang. Jeder von ihnen hielt sein ungeladenes Gewehr, als wäre es Teil seines Körpers. Sie waren Kinder, die die Gewalt mit der Muttermilch eingesogen hatten.

Der Kommandant stand am Tor und sah nervös auf die Uhr.

Abu Hamid stellte sich vor den achtzig angetretenen Rekruten auf. Seine Uniform saß perfekt. Er trug Jacke und Mütze einer syrischen Kommandoeinheit mit grün-braun-gelbem Tarnmuster. Von seinem Ellenbogen baumelte ein Kalaschnikow-Sturmgewehr. Hie und da bellte er die Rekruten an, befahl ihnen, Haltung anzunehmen. Er war sich seiner neuen Autorität bewußt. Außer dem Kompaniechef wußte niemand im Lager von seiner Rolle bei dem Vorfall in Jalta, doch es gab Indizien, daß irgend jemand Abu Hamid mit Wohlwollen bedachte. Er war zwei Tage später nach Yarmouq gekommen als die anderen, mit denen er in der Sowjetunion trainiert hatte; als er aufgetaucht war, hatten seine Kameraden ihn in einem Mercedes ins Lager fahren sehen, am Steuer ein Chauffeur in der Uniform der Luftwaffe. Seitdem hatte er das Lager schon dreimal verlassen, war erst spät am Abend zurückgekommen, mit einer Fahne, die nach importiertem Whisky roch; er durfte Besuch von seiner Freundin bekommen, und außerdem war er befördert worden, weshalb er jetzt vor den übrigen Rekruten stand.

Als die Wagen eintrafen, wirbelten sie eine Staubwolke auf. Abu Hamid brüllte seinen Männern zu: »Stillgestanden!«, genau wie die Ausbilder in Simferopol. Er sah den Kompaniechef eine unterwürfige Ehrenbezeigung zu einem Offizier machen, dessen Rangabzeichen ihn als Brigadegeneral auswiesen.

Dann stockte Abu Hamid der Atem. Er war sich sicher, daß jeder der Rekruten hinter ihm ebenso verblüfft auf den Offizier starrte, der aus dem Dienstwagen stieg, der hinter dem des Bri-

gadegenerals in das Lager gefahren war. Der Offizier setzte sich in Bewegung. Er hielt seine Mütze in der linken Hand.
Der Gang des Offiziers war ganz normal. Sein Oberkörper war nicht weiter auffällig. An der rechten Hand hatte er keine Finger mehr. Am bemerkenswertesten aber war sein Kopf. Die Gesichtszüge hatten keinerlei feste Konturen. Die Haut über Wangen, Nase, Oberlippe und Kinn wirkte zart und straff gespannt wie die durchschimmernde Haut eines Schmetterlings- oder Mottenflügels. Die Haut hatte etwas Lebloses – totes Gewebe, das zur Wiederverwertung aufbereitet und über die Knochen und Muskeln gezogen worden war, nicht von der Natur, sondern von Menschenhand. Die Nase des Offiziers ähnelte der einer lädierten Gummipuppe, sein Mund war ein ausgedörrter Schlitz. Die Ohrläppchen fehlten. Die Augenbrauen ebenso. Die wenigen Haare waren offenbar entlang einer Linie eingepflanzt worden, die vom Scheitel direkt abwärts zu den entstellten Ohren verlief. Das Haar war völlig ausgebleicht.
Eine leise, dünne Stimme. Eine Stimme, die er wiedererkannte. Eine Stimme mit der Melodie eines einschmeichelnden Liedes.
»Schönen guten Morgen, Hamid.«
Er schluckte hörbar. »Guten Morgen, Major Said Hasan.«
Er starrte unverhohlen in das zerstörte Gesicht. Er sah auf der glatten Haut das schiefe, belustigte Lächeln aufblitzen. Er sah die Ordensspangen auf der Brust der Uniformjacke.
Major Said Hasan winkte Abu Hamid herbei. Der Kompaniechef wurde übergangen, als der Major Abu Hamid dem Brigadegeneral vorstellte. Der hohe Offizier wußte, was Abu Hamid geleistet hatte; in seinen Augen konnte Abu Hamid es lesen, ein gemeinsames Geheimnis.
Abu Hamid führte den Brigadegeneral und Major Said Hasan die vier Reihen der Rekruten entlang. Nur eine Wolke trübte Abu Hamids Gedanken an diesem Vormittag. Natürlich hatte er damit gerechnet, daß der militärische Abschirmdienst alle an die Rekruten ausgegebenen Waffen überprüfen würde, um sicherzustellen, daß bei der Parade keine scharfe Munition verwendet wurde. Nur daß auch seine eigene AK-47 untersucht

werden würde, daß auch er den Lauf öffnen und das leere Magazin vorzeigen mußte, damit hatte er nicht gerechnet. Eine kleine Wolke ...

Nach dem Appell ließ der Brigadegeneral die Rekruten dicht zu sich herantreten.

»... In der Welt von heute kann niemand neutral sein. Entweder steht man auf der Seite der Unterdrückten oder auf der der Unterdrücker. Wir müssen bis zum letzten Atemzug kämpfen. Besser ein Tod in Ehren als ein Leben in Schimpf und Schande ...«

Als sie ihm zujubelten, als die Rekruten die erhobenen Fäuste schüttelten, lächelte der Brigadegeneral zufrieden. Abu Hamid klatschte in die Hände und schickte drei Rekruten zum Verwaltungsgebäude hinüber.

Der Rest seiner Rekruten stellte sich mit den Gesichtern nach innen zu einem Kreis auf. Ein Fotograf drängte sich vor, erhob sich auf die Zehenspitzen, um besser sehen zu können. Ein europäischer Fotograf. Abu Hamid sah, wie der Brigadegeneral dem Fotografen bedeutete, er solle noch näher herangehen. Dann wurde ein Dutzend lebendiger Hühner gebracht, in hohem Bogen mitten in den Kreis geworfen. Dabei rief Abu Hamid: »Tod allen Feinden der palästinensischen Revolution!«

Der Kreis schloß sich. Die Hühner wurden gepackt und zerfetzt, Flügel von Körpern, Beine von Bäuchen, Köpfe von Hälsen gerissen. Hände tasteten blind in einem Wirbel von Bewegungen und Geräuschen. Das rohe, warme Fleisch der Hühner wurde gegessen, das Blut geschlürft. Junge Gesichter, deren Münder rosa Fleisch verschlangen und vor rotem Blut trieften.

Es war eine Tradition der Volksfront, der erste Schritt, um die menschliche Scheu vor dem Töten abzubauen. Bei diesem ersten Ritual genügten lebendige Hühner als Ersatz für die Feinde der Revolution.

Der Fotograf war von einem Nachrichtenmagazin der Deutschen Demokratischen Republik nach Syrien geschickt worden. Er verschoß mit zwei Kameras je eine Rolle Film. Unter den Fotos war das eines Mannes, der ein Palästinensertuch um den Hals geschlungen trug und auf einem Hühnerflügel kaute.

Der Brigadegeneral beglückwünschte Abu Hamid zur Motivation seiner Rekruten, und Major Said Hasan legte ihm zum Abschied den Arm und die Schultern. Abu Hamid schwamm in Seligkeit.

Die Wagenkolonne des Premiers bog in die Downing Street ein.
Einige der älteren Männer und Frauen an der Spitze des Regierungsstabs konnten sich an die Zeiten erinnern, als ein Premierminister nur von einem Kriminalbeamten und seinem Chauffeur begleitet wurde.
Doch angesichts der Hotelruine in einem englischen Seebad, aus der ein ganzes Ministerkabinett von den Feuerwehrleuten geschleift und von den Leibwächtern der Polizei geleitet worden war, hatte ein Sprecher der irischen Befreiungsbewegung erklärt: »Ihr müßt jedesmal Glück haben, wir nur einmal.«
Der Premier verabscheute das ganze Brimborium der Leibwächter, der internen Überwachungskameras und Alarmanlagen im Haus an der Downing Street.
Der Direktor des Geheimdienstes, der den Premier im Vorzimmer erwartete, wußte genau, wie unbeliebt die Sicherheitsmaßnahmen waren.
Als er aus dem Fenster im oberen Stock blickte, sah er den Premier, umringt von den Männern vom Special Branch, die den kritischen Augenblick zwischen dem Aussteigen und dem Betreten des Amtssitzes absicherten. Das kurz aufblitzende Gesicht war gerötet von der Reise durch die sonnigen asiatischen Staaten und von dem langen Flug. Der Direktor hatte immer Zugang. Er war dem Premier direkt unterstellt.
»Ziemlich gräßliches Begräbnis«, sagte der Premier kurz darauf und ließ den Mantel von den Schultern gleiten. »Lady Armitage war erstklassig, hätte uns ebensogut zu einer Cocktailparty willkommen heißen können, aber leider war eine Enkelin da, die aus vollem Hals heulte und plärrte, ziemlich störend. Was für ein Empfang: vierzehn Stunden im Flugzeug und dann gleich in die Kirche ...«

Der Direktor des Geheimdienstes kannte das Zeremoniell. Er ließ das Geplauder dahinplätschern. Keiner der Premierminister, für die er gearbeitet hatte, hatte sich beeilt, um ihn die Bombe, die er zweifellos mitgebracht hatte, sofort zünden zu lassen.

»... Übrigens hat der sowjetische Botschafter auch einen Bibeltext gelesen, und zwar gar nicht so übel. Ich habe es jedenfalls für eine sehr mitfühlende Geste gehalten ...«

»Eine mitfühlende Geste seines Landes war aber auch höchst angebracht, Premierminister«, murmelte der Direktor.

»Da kann ich Ihnen nicht ganz folgen.«

»Die Morde an Sylvester Armitage und Miss Canning sind sehr peinlich für die Sowjets. Diese Morde waren die Tat eines politischen Terroristen«, stellte der Direktor tonlos fest.

»Meine Information vom Außenministerium ließ keinen Zweifel daran, daß unsere Diplomaten von einem gewöhnlichen Verbrecher erschossen wurden.«

»Dies ist bedauerlicherweise unwahr.«

»Und das heißt?«

»Das heißt, daß die Sowjetunion gelogen hat. Wir haben das letzte Glied der Beweiskette noch nicht gefunden, Premierminister, aber wir sind der Ansicht, daß das Attentat von einem palästinensischen Terroristen verübt wurde, der an einem Kurs einer Militärakademie auf der Krim teilgenommen hat. Wir glauben, daß er noch am selben Tag mit dem Flugzeug die Sowjetunion verlassen hat.«

»Wohin führt seine Spur?«

Bedächtig sagte der Direktor: »Sie führt direkt nach Damaskus.«

»Womit er außerhalb unserer Reichweite ist.«

Der Direktor des Geheimdienstes zog ein kleines ledernes Notizbuch aus der Innentasche. »›Sie dürfen niemals außerhalb unserer Reichweite sein‹, Premierminister. Ich darf Ihre eigenen Worte zitieren? Ich trage diesen Satz immer bei mir. Vor zwei Jahren sagten Sie über die terroristische Bedrohung: ›Wir brauchen Taten, damit die Terroristen wissen, daß sie keinen sicheren Unterschlupf, keine Heimstatt besitzen.‹ Ihre eigenen Worte, Premierminister. Soweit ich mich erinnere, bekamen Sie heftigen Applaus.«

»Was haben Sie bis jetzt?«

»Ein Gesicht; und hoffentlich bald den Namen dazu.«

Der Premier schüttelte den Kopf; der Blick schweifte durch das Zimmer, vermied das Gesicht des Direktors. »Wir können schließlich nicht die Stadt stürmen, nicht Damaskus.«

»Miss Canning war ein Mitglied meines Teams, Premierminister. Ich habe Ihre Worte nie als leere Rhetorik betrachtet.«

»Er wird schwer zu fassen sein«, sagte der Premier.

»Er wird sich sehr gut verstecken müssen.«

»Eines muß ich noch wissen.«

»Ja, Premierminister?«

»Geschah das Attentat auf den Botschafter und auf Ihre Miss Canning mit Billigung der Regierung der UdSSR?«

»Wir glauben, daß die Sowjets nichts wußten – vielleicht immer noch nichts wissen. Deshalb die Verlegenheit und das Täuschungsmanöver.«

»Es fällt mir schwer zu glauben, daß Syrien als Staat, der schließlich von den Sowjets abhängig ist, auf sowjetischem Boden einen Terroranschlag verübt.«

»Syrien mag von den Sowjets abhängig sein, Premierminister, aber ein Vasallenstaat ist es nicht. Bei ihren Raketenstellungen lassen sie die sowjetischen Techniker nicht einmal an die sowjetischen Geräte heran. Auf jeden Fall läßt sich Syrien nichts befehlen. Sie hatten ein Ziel – und auch ein Motiv, wenn man sich auf ihre abstruse Logik einläßt –, und sie konnten mit einer gewissen Berechtigung hoffen, die Aktion ungehindert durchzuführen.«

»Ich darf mich wiederholen ... Wir können schließlich nicht Damaskus stürmen.«

»Und ich darf mich ebenfalls wiederholen ... Wir brauchen Taten, damit die Terroristen wissen, daß sie keinen sicheren Unterschlupf besitzen ... Ich halte Sie ständig auf dem laufenden.«

Die Fliegen surrten im Raum umher und störten sich nicht an den nervösen Armbewegungen des Kompaniechefs.
Er bedeutete Abu Hamid mit einer Geste, Platz zu nehmen. Er holte ihm eine Dose Pepsi aus dem Kühlschrank. Die Geräusche des Lagers drangen gedämpft durch die Fenster herein.
»Was wolltest du von mir wissen?«
»Major Said Hasan«, sagte Abu Hamid.
»Du hast ihm gut gefallen.«
»Sein Gesicht.«
»Was ist mir seinem Gesicht?«
»Was ist mit seinem Gesicht, mit seinen Händen passiert?«
»Du bist doch kein Kind, das sich fürchtet, Hamid. Du bist ein Kämpfer.«
»Erzähl mir, wie es passiert ist.«
»Er war Pilot einer MiG-21. Beim Kampf um die Golanhöhen 1973 hat ihn ein ›Sidewinder‹ getroffen, eine Luft-Luft-Rakete, die eine ›Phantom‹, ein F4-Jäger, abgeschossen hatte. Er hatte schon Feuer im Cockpit. Aber bevor er aussteigen konnte, mußte er erst die schlingernde Maschine abfangen. Er ist kein Mann, der zur Panik neigt, also hat er abgewartet. Sobald er den Schleudersitz auslösen konnte, hat er es getan. Sein Fallschirm brachte ihn dann hinter die eigenen Linien. Das Gesicht haben sie ihm in Leningrad wieder zusammengeflickt. Vielleicht hat man in den Krankenhäusern dort keine Erfahrung mit solchen Verletzungen.«
Abu Hamid leerte die Dose. »Ich wollte es nur wissen.«
Der Kompaniechef beugte sich vor, sein Gesicht näherte sich dem Abu Hamids. »Hamid, du solltest dir klarmachen, daß ein Mann, der nicht einmal in Panik gerät, wenn sein Gesicht und seine Hände in Flammen stehen, und dann noch den richtigen Moment zum Aussteigen abwartet, mit Vorsicht zu behandeln ist.«
»Was willst du mir damit sagen?« Abu Hamids Fingerspitze fuhr zu dem Narbenloch auf seiner Wange.
»Daß Major Said Hasan jetzt für den Nachrichtendienst der Luftwaffe arbeitet, daß er eine Menge Einfluß hat ...«

»Ich habe ihm einen Dienst geleistet. Ich bin sein Freund.«
»Sei vorsichtig, Hamid.«
»Er hat mir heute gesagt, daß ich eine Belohnung bekomme für das, was ich getan habe. Er hat persönlich den Passierschein für meine Freundin abgezeichnet, damit sie in das Lager darf. Auf seinen Befehl werden mir Autos mit Chauffeur geschickt und meine Rechnungen bezahlt.«
»Dann bist du wirklich sein Freund«, sagte der Kompaniechef leise.

Er war ein intelligenter junger Mann mit einem Diplom in Physik von der Hebrew University of Jerusalem. Als Reserveoffizier der israelischen Verteidigungsstreitkräfte hatte er den Rang eines Feldwebels inne, im Zivilleben war er in der Forschungsabteilung einer Firma beschäftigt, die sich auf die Herstellung von elektrooptischen Geräten für das Militär spezialisierte. Es hieß von ihm, daß er sich von allen Reservisten am besten in den labyrinthischen Computerdateien auskannte, die der militärische Abschirmdienst über Palästinenser angelegt hatte.
Das Merkmal einer krähenfußartigen Gesichtsnarbe war in diesen Dateien nicht gespeichert. So wußte der Feldwebel immerhin, daß der Mann auf dem Phantombild nicht von der israelischen Armee festgenommen worden war, seit er diese Narbe hatte. Ein frustrierender Anfang ... Nun blieben ihm nur der Computer und Tausende von Fotos aus den Archiven von Armee und Abschirmdienst. Es gab nur wenig Konkretes in der Information, das ihm erlauben würde, Teile dieses Bildmaterials von vornherein als unnütz auszusortieren. Der Flug nach Syrien sagte ihm, daß der Gesuchte nicht zur »Streitkraft 17« der Palästinensischen Befreiungsfront gehören konnte. Ein Mitglied der Streitkraft 17 würde niemals via Damaskus reisen. Doch diese Leute wechselten des öfteren die Fahnen. Ein Kämpfer, der heute in der Volksfront oder in der Inlandsfront oder im Kampfkommando war, hätte vor ein paar Jahren durchaus in der Streitkraft 17 sein können ... Es würde eine lange Schinderei am grünen Schirm und vor den Diakästen werden.

Aus dem Alter des Gesuchten und aus der Tatsache, daß er in Simferopol als Zugführer ausgebildet worden war, schloß der Feldwebel, daß der Mann möglicherweise in Beirut gewesen sein konnte, als die Palästinenser sich im Sommer 1982 von dort abgesetzt hatten. Der Feldwebel hatte 1787 Fotos aus den Tagen zur Verfügung, in denen die Palästinenser zum Hafen hinuntermarschiert und an Bord der Schiffe gegangen waren, die sie ins Exil gebracht hatten. Diese Fotos waren Vergrößerungen von amerikanischem Nachrichtenmaterial, das der israelische Fernsehsender IBC ungekürzt aufgekauft hatte. Der Feldwebel schob jedes Bild zur Vergrößerung in einen Projektor. Jedes Foto wurde in allen Einzelheiten studiert.

Fünf Tage lang blitzten die Fotos in dem Zimmer vor ihm auf; die Jalousien waren heruntergelassen, nur ein schmaler Lichtkegel vom Projektor bis zur Leinwand.

Er war ein hartnäckiger Mensch.

Nach 1411 Fehlschlägen hörte man in den benachbarten Zimmern und Korridoren seinen Triumphschrei. Er hatte das Bild eines jungen Mannes gefunden, der auf dem Führerhäuschen eines Pritschenwagens saß, eines jungen Mannes mit kurzem Haar und einem spärlichen Schnurrbärtchen. Die eine Hand des Mannes schwenkte ein Gewehr durch die Luft, die andere war zum Victory-Zeichen erhoben. Der Feldwebel sah die Wunde auf der oberen linken Wange. Ganz dicht vor der Leinwand, mit einer Lupe in der Hand, erkannte er die Furchen, die der Bericht als Krähenfuß bezeichnete ... Zurück zum Computer. Die Nummer des Fotos eingeben. Suchbefehl nach sämtlichen Querverweisen. Ein langer Moment der Stille, dann begann es hervorzusprudeln.

Volksfront zur Befreiung Palästinas.

Von den sechs auf dem Foto abgebildeten Personen waren bislang zwei identifiziert worden.

Den Namen eines der Männer auf dem Foto hatte man nach seiner Gefangennahme in der Sicherheitszone erfahren ... Aber er war freigekommen, als man 1190 Palästinenser und libanesi-

sche Schiiten gegen drei israelische Soldaten ausgetauscht hatte. Der Feldwebel fluchte.
Der zweite Mann, dessen Namen man mittlerweile kannte … gefangengenommen, nachdem sein Dingi von einem Patrouillenboot an der Küste aufgebracht worden war. Ein nächtlicher Schußwechsel am Strand in der Nähe von Nahariya, im grellen Licht der Helikopterscheinwerfer. Vier Infiltranten tot, einer verhaftet. Verbindung zur Volksfront.
Spät am selben Abend, als im Ramla-Gefängnis schon alles schlief, fuhren zwei Verhörspezialisten der Armee in den flutlichtbestrahlten Hof. Ein verurteilter Häftling wurde auf seinem Feldbett geweckt und in einen Raum gebracht, zu dem kein Gefängniswärter Zutritt hatte.
Man zeigte dem Häftling das Foto. Er kannte den Mann. Er erinnerte sich an seinen Namen.

Vier Tage später erschien die neuste Ausgabe eines DDR-Nachrichtenmagazins. Auf Seite achtzehn war eine Gruppe palästinensischer Rekruten zu sehen, die sich um die Ehre stritten, ein Huhn in Stücke zu reißen. Einer der Männer auf dem Foto trug ein kariertes Tuch um den Hals; es war von seinem Gesicht herabgerutscht, als er in den Hühnerflügel biß, der noch voller Federn war.
Sein Gesicht war ganz scharf zu erkennen.

6. Kapitel

Während sein Freund den Kaffee einschenkte, starrte der englische Geheimdienstoffizier auf das Foto.

Sein Freund war Zvi Dan. Das Foto aus der Zeitschrift war inzwischen vergrößert worden; man konnte die Narbe mit bloßem Auge gut erkennen.

»Du hast mir verdammt viel geholfen. Jetzt hab' ich einen Namen für das Kerlchen und sogar seinen Aufenthaltsort mit Datum.«

»Aber außer diesem Beirut-Foto haben wir nicht viel über ihn. Wir können nur Vermutungen anstellen.«

Zwi Dans Karriere als Infanterieoffizier hatte vor fünfzehn Jahren ein abruptes Ende gefunden, als ihm ein explodierendes Artilleriegeschoß auf den Golanhöhen den linken Unterschenkel knapp über dem Knie abgetrennt hatte, nur zwei Tage vor dem Waffenstillstand und dem Ende der Kampfhandlungen des Yom-Kippur-Kriegs. Er hatte vor der Alternative gestanden, entweder Zivilist zu werden oder eine Aufgabe beim Militär zu finden, die sich außerhalb der Einsatzgebiete bewegte. Er war Major beim militärischen Abschirmdienst geworden. Spezialisiert hatte er sich auf das komplizierte Geflecht der Palästinensergruppen, die für feste Verbindungen mit dem Ausland bekannt waren und deren Aktionen gegen Israel oft in weiter Ferne von den Grenzen seines Heimatlandes stattfanden.

»Dieser Bursche macht London ziemlich viel Kopfzerbrechen. Ich glaube, die wären über jede Vermutung froh.«

»Dann wollen wir mit dem Puzzle anfangen.«

Zvi Dan arbeitete in einem Büro des Verteidigungsministeriums. Sein Arbeitsplatz war nicht in dem Hauptgebäudekom-

plex, der sich entlang der Kaplan-Straße erstreckte. Das Haus, in dem er sich befand, war von einem Zaun aus Stacheldrahtrollen umgeben und hatte bewaffnete Posten an der Einfahrt. Er besaß Zugang zu den Akten des Mossad und zu den Protokollen der Vernehmungen gefangengenommener Palästinenser, die Shin Bet durchgeführt hatte. Er verschlang gewaltige Mengen an Lesestoff. In dem kleinen Kreis, der seinen Namen kannte, schrieb man ihm das Verdienst zu, den Hinweis auf den Jordanier gegeben zu haben, der verhaftet wurde, als er zwei Handgranaten an Bord einer Maschine der Swissair schmuggeln wollte, um auf der Etappe von Zypern nach Jordanien eine Entführung zu versuchen. Er hatte auch der belgischen Polizei den Tip gegeben, eine Videothek in einer kleinen Stadt im Norden des Landes näher unter die Lupe zu nehmen, wobei die Beamten zwei Palästinenser und ein belgisches Pärchen verhaftet und achtzehn Kilo Plastiksprengstoff sichergestellt hatten. Seine Informationen hatten außerdem zur Aufbringung der *Casselardit* und der *Ganda* geführt, zweier Motorjachten, mit denen palästinensische Infiltranten an der Küste landen wollten. Wenngleich Major Zvi Dan diese Fälle als kleine Siege betrachten durfte, so mußte er sich andererseits katastrophale Niederlagen eingestehen: den Anschlag auf die Synagoge von Istanbul, zweiundzwanzig tote türkische Juden; das Blutbad auf dem römischen Flughafen Fiumicino, sechsundachtzig Tote und Verletzte; das Massaker auf dem Flughafen Wien-Schwechat, neunundvierzig Tote und Verletzte.
Der englische Geheimdienstoffizier sagte: »Dann lege ich meine Puzzleteile jetzt auf den Tisch. Erstens: der britische Gesandte in Moskau beleidigt einen syrischen Diplomaten, gewissermaßen über Megaphon und in Anwesenheit der gesamten internationalen Diplomatie, mitten im Wohnzimmer der Schutzmacht der Syrer. Beteuerungen syrischer Unschuld an der Bombe in der El-Al-Maschine werden in der Öffentlichkeit mit Hohngelächter bedacht. Totale Demütigung für die Syrer. Zweitens: unser Mann in Moskau wird Opfer eines Attentats/Mordes auf der Krim, in nächster Nähe einer Militärakademie,

wo Palästinenser trainieren. Drittens: am selben Abend landet eine Maschine der syrischen Luftwaffe auf dem Flugplatz gleich neben der Akademie und fliegt weiter nach Damaskus, wobei sie unterwegs eine Nachricht abschickt, die praktisch ›Auftrag ausgeführt‹ bedeutet. Viertens: unser Augenzeuge des Mordes kann eine genaue Beschreibung des Kerlchens geben, und damit verfolgen wir eine Spur bis zur Evakuierung Beiruts 1982 und zu einem Mitglied der Volksfront-Gruppe. Das letzte Puzzleteil, das ich dazulegen kann, nenne ich einstweilen mal das Dresden-Foto, und das zeigt unser Kerlchen vor etwa einer Woche in einem Lager vor Damaskus. Das ist alles, was ich habe.«

»Ihr wollt diesen Abu Hamid erwischen?«

»Wir wollen ihn erwischen, und wenn wir nach Damaskus gehen müssen, um ihn zu kriegen.«

Zwi Dan lachte, ein leises Krächzen in der Kehle, und das Lachen löste den heiseren Husten des Gewohnheitsrauchers aus.

»Damaskus wäre kein Problem. Damaskus hält sich für eine Weltstadt. Geschäftsleute fahren nach Damaskus, Akademiker und Archäologen. Es ist eine Stadt, in der Millionen von Menschen leben. In so einer Stadt kann man an jemanden bis auf Körpernähe herankommen. Man kann ein Messer oder eine Pistole mit Schalldämpfer einsetzen, oder man kann Sprengstoff unter seinem Auto anbringen. Wenn er in Damaskus wäre, dann würde ich euch auf die Schulter klopfen, ich würde euch heute schon gratulieren ... Die Narbe ist bloß zwei Zentimeter lang, man muß also ziemlich dicht dran sein, um den Kerl zu identifizieren.«

»Die Frau, die er erschossen hat, war eine von uns«, sagte der Geheimdienstoffizier leise. »Laß es unsere Sorge sein, wie dicht wir an ihn herankommen müssen. Wir würden ihm notfalls die Nase plattdrücken. So lautet der Inhalt meiner Information aus London.«

Das Husten hörte auf. Zvi Dan klopfte sich auf die Brust. Dann kam das raschelnde Wühlen in der Schachtel, das Aufflammen des Feuerzeugs, die zarten Kringel des Rauchs. Die Spitze eines nikotingelben Fingers tippte auf das Dresden-Foto.

»Sieh dir die Jungs an. Außer dem Mann, den ihr haben wollt, sind das alles blutjunge Rekruten. Das sind Kinder, die eben erst in die Volksfront eingetreten sind, und hier nehmen sie am allerersten Initiationsritus teil. Dazu wird es eine Parade gegeben haben, und ein hohes Tier von der Regierung war bestimmt auch da und hat eine Rede gehalten. So läuft das immer ... Die waren sicher nur ein paar Tage lang in Damaskus. Danach werden sie verlegt. Sie kommen in ein Ausbildungslager, wo man ihnen – nicht sehr gut – die Kunst der Kommandoaktion in kleinen Gruppen beibringt. Der Mann, den ihr haben wollt, der ältere unter ihnen, wird als Ausbilder dieser Kinder mitkommen. Vielleicht sogar zur Belohnung für seinen Erfolg in Jalta. Sie werden mit ihrem Ausbilder für ungefähr ein halbes Jahr ins Trainingslager gehen.«

»Und wo würde dieses Lager liegen?«

»Wo ihr unmöglich dicht herankommen könnt, von Körpernähe ganz zu schweigen.« Für einen kurzen Augenblick war Zvi Dans Gesicht in den Rauchschwaden verschwunden. »In der Bekaa-Ebene.«

»Ach, prima«, sagte der Geheimdienstmann. »Fährt da nicht der Neunzehner-Bus mitten durch?«

Die Ebene ist eine gewaltige Verwerfung, Ergebnis einer Verschiebung der Gesteinsschichten vor vielen Jahrtausenden.

Das Tal der Bekaa-Ebene ist etwa siebzig Kilometer lang, aber an keiner Stelle breiter als fünfzehn Kilometer. Es bildet einen scharfen Einschnitt zwischen einem Höhenzug im Westen, an dessen Fuß der Mittelmeerhafen Beirut liegt, und den Bergen, die die weit landeinwärts gelegene Stadt Damaskus überragen. An seinem Nordende liegt das alte Baalbek, eine Festung aus der Römer- und Phönizierzeit, im Süden der Staudamm des Qaraaoun-Sees.

Die kargen, steinigen Ränder des Tals, durch die sich die tiefen Rinnen der winterlichen Schmelzwasserbäche ziehen, bieten allenfalls Ziegen und abgehärteten Schafen Nahrung. Anbauen läßt sich dort nichts. Aber in der Ebene finden sich die frucht-

barsten Felder im ganzen Libanon. Der Litani-Fluß, der in der Nähe von Baalbek entspringt, teilt in seinem Lauf nach Süden zum Qaraaoun-See das Tal in zwei Hälften. Die ganze Ebene ist ein großes Netzwerk von Bewässerungskanälen, die weder modern noch besonders wirtschaftlich sind, aber die Felder mit dem lebenswichtigen Naß versorgen. Die besten Weintrauben des Libanons, das beste Obst und das beste Gemüse, all das wächst in der Bekaa-Ebene, und auch das beste Haschisch.
Die Geschichte der Bekaa-Ebene ist eine Geschichte von Mord, Verschwörung, Kleinkrieg und Schmuggel. Die Bewohner dieser Gegend, egal ob Christen, Drusen oder schiitische Moslems, gelten als gesetzlos und unabhängig. Die Autorität von Regierungen wurde von den Grundbesitzern und Dorfbauern noch nie besonders ernst genommen.
Natürlich ist die Zeit auch in der Bekaa-Ebene nicht stehengeblieben. Die Bauern sind heute gut bewaffnet, jede Gemeinde besitzt ein paar Granatwerfer des Typs RPG-7, schwere DSKM-Maschinengewehre und so viele Kalaschnikows, daß sie sogar unter den Kindern ausgeteilt werden.
Verglichen mit anderen Gegenden im zerrissenen, geteilten Libanon geht es den Bauern gut, denn im schlimmsten Fall bringen ihnen immer noch die Haschischplantagen Geld. Dieser Handelsweg verläuft ganz ungehindert über jede politische und religiöse Kluft hinweg. Die Drusen verkaufen an die Schiiten, die verkaufen an die Christen weiter, die es dann den Syrern verkaufen.
Heutzutage ist die Bekaa-Ebene ein Tal der Ausweise und Kontrollpunkte. Schiiten-Kontrollpunkte vor schiitischen Dörfern, Drusen-Kontrollpunkte, Kontrollpunkte der syrischen Armee auf der Hauptstraße von Damaskus nach Beirut und besonders auf den Wegen zu ihren Kasernen, palästinensische Kontrollpunkte auf den Zufahrten zu ihren Trainingslagern.

Sie hatten den höchsten Punkt erreicht. Die Zollbaracken und die Raketenbasis lagen hinter ihnen. Vor ihnen erstreckte sich der gelblich bräunliche Boden der weiten Ebene.

Die Rekruten saßen in zwei Militär-LKWs, während Abu Hamid in dem Jeep mitfuhr, den Fawzi, sein Verbindungsoffizier, lenkte. Fawzi war bei prächtiger Laune und genoß seine neue Rolle als Mittelsmann zwischen dem Trainingslager der Volksfront-Kämpfer und den Offizieren des Luftwaffen-Nachrichtendienstes. Abu Hamid dachte, jeder echte Mann müsse sich eines solchen Jobs eigentlich schämen, aber diesem Kerl war nur eins wichtig, und über nichts anderes redete er auch während des steilen Anstiegs zur Paßhöhe und der Fahrt in die Ebene dahinter: eine neue Gelegenheit zum Handel. »Handel«, so nannte er es. Aus Beirut kamen Fernseher und Videorecorder und Kühlschränke in die Bekaa-Ebene, die als Gegenleistung Haschisch bot, und Fawzi konnte auf der Fahrt zum Bazar von Damaskus soviel davon mitnehmen, wie sich auf der verdeckten Ladefläche seines Jeeps verstauen ließ. Für Abu Hamid war der Mann widerlich, ein Krimineller. Er wunderte sich, daß Major Said Hasan es einem solchen Mann überhaupt gestattete, eine Rolle in der palästinensischen Revolution zu spielen.
Doch er hörte Fawzi kaum zu. Natürlich, da war das Gebrabbel des Mannes, das aus den dicken, speichelglänzenden Lippen quoll, aber bald achtete er nicht mehr darauf und dachte nur noch an Margarethe.
Abu Hamid wußte nicht, wie lange es dauern würde, bis er Margarethe wiedersehen konnte. Man hatte es ihm nicht gesagt. Er stellte sich vor, daß er nur mit der Hand in die Uniformjacke und unter das Hemd zu fahren und fest an der Haut zu reiben brauchte; wenn er dann an der Hand roch, würde er den süßen Duft Margarethes in der Nase haben. Bei anderen Frauen machte ihn seine Schüchternheit brutal. Auch das erste Mal mit Margarethe hatte so begonnen, aber sie hatte ihn geohrfeigt, erst auf die rechte, dann auf die linke Wange ... und dann war sie auf ihn losgegangen, hatte ihn auf den Rücken gerollt und genommen. Er konnte sich nicht vorstellen, wo eine Frau die Liebe auf so wilde, schöne Weise hatte lernen können. Seit jenem ersten Mal hatte Margarethe mit ihm jedesmal bei

hellstem Lampenlicht geschlafen; immer zog *sie ihn* aus, und immer setzte sie sich rittlings auf ihn. Er verstand nicht, warum Margarethe Schultz Abu Hamid liebte, der nicht einmal genug Geld hatte, um sich Schuhe zu kaufen. Er begriff nicht ihre Hingabe an die Sache eines palästinensischen Heimatlandes, verstand nicht, was die Rote-Armee-Fraktion war, als deren Mitglied sie sich bezeichnete. Während seiner Zeit in Simferopol hatte er ihr an jedem Monatsletzten geschrieben. Und wenn sie nackt war, war sie wunderschön ...

Wundervoll war auch, daß sie auf ihn gewartet hatte, sechs Monate lang seine Rückkehr erwartet hatte.

Sie kamen in der Ebene an.

Er konnte das widerwillige Quietschen der LKW-Bremsen hinter dem Jeep hören.

»Aber den besten Preis kriegt man für Haschisch. Ich kaufe es hier ein, und dem Major zahle ich vierzig Prozent Provision von dem, was ich gezahlt habe. Dann verdopple ich meine gesamten Ausgaben, und für diesen Preis verkaufe ich es in Damaskus. Wieviel derjenige nimmt, der es in Damaskus weiterverkauft, weiß ich nicht. In Europa ist der Preis irrwitzig hoch. Ich staune nur immer wieder, daß die Europäer sich so leicht ...«

Sie passierten zwei Kontrollpunkte, die von syrischen Einheiten bemannt waren. Sie fuhren durch die Senke des Tals. Die Straße führte an einem kleinen Dorf vorbei, und auf den Feldern hackten Frauen den feuchten Boden für den ersten Weizen im Frühsommer auf. Dann verließen sie die Straße und holperten sechs oder sieben Kilometer lang auf einem steinigen Pfad dahin. Für Abu Hamid gab es hier viel zu sehen. Da waren alte Bombentrichter, immer noch geschwärzt vom Feuer, trotz all der Regengüsse der vergangenen Jahre. Dann ein ganzes Panzerregiment, das als Verteidigungsstellung eingegraben worden war. Er sah ein weites Netzwerk von Splittergräben, frisch ausgehoben und mit hell aufblitzendem Wellblech ausgekleidet. Sie überquerten zwei Bewässerungskanäle auf militärischen Behelfsstegen, rumpelten dann auf einer Holzbohlenbrücke über

den Hauptarm des Litani. Sie umrundeten eine Formation von Bunkern, die mit Tarnfarbe angestrichen waren. Jetzt waren sie fast am anderen Ende der Bekaa-Ebene angekommen.
Er sah das kleine Zeltlager. Ein Dutzend Zelte. Zusammengewürfelt am Fuß des ansteigenden Geländes. Er zog ein Gesicht. Aber es kam nichts anders als ihr Ziel in Frage.
»Ist das da unser Lager?« Der Widerwille war Abu Hamids Frage anzuhören.
»Fehlen dir Orangenhaine und schöne Villen? Dann mußt du im Land der Zionisten kämpfen. Da kriegst du so viele Orangenhaine und Villen, wie du dir nur wünschen kannst.«

Als die Dunkelheit sich über das Lager Yarmouq gesenkt hatte, als die Flutlichter am Stacheldraht nur noch scharf umgrenzte Lichterkegel waren, fuhr ein Wagen durch das Tor und zum Verwaltungsgebäude. Ein Bote wurde vom Verwaltungsgebäude zu der Hütte geschickt, wo der Kompaniechef sein Quartier hatte. Der Bote sah noch, wie der Kompaniechef kurz mit den Männern in dem Wagen sprach und sich dann auf den Rücksitz setzte. Zwei Stunden später war der Kompaniechef tot – Kopfschuß. Er wurde in einem flachen Grab neben der Straße nach Kuneitra verscharrt, hinter dem Flughafen, hinter dem Hauptquartier des Luftwaffen-Nachrichtendienstes. Bei seiner Vernehmung durch hohe Offiziere der Volksfront, die das Verschwinden des Kompaniechefs untersuchten, konnte der Bote später wahrheitsgemäß aussagen, er habe die Männer in dem Wagen wegen der Dunkelheit nicht erkennen können und sie hätten sich nicht ausgewiesen.
Für Major Said Hasan war der Kompaniechef wertlos geworden. Er war ein gefährlicher Zeuge eines Komplotts gewesen, und vor allem kannte er den Urheber dieses Komplotts. An Abu Hamid hingegen hatte Major Said Hasan keinerlei Zweifel.

Martins war in den neunzehnten Stock hinaufgefahren.
Mit seinen Schriftstücken auf dem Schoß saß er in einem Sessel. Er nahm eine unbequem aufrechte Haltung ein. Es war eine

seltsame Marotte des Direktors, seine Besprechungen immer auf Polstermöbeln abzuhalten und nie den polierten Tisch und die Stühle mit gerader Lehne am anderen Ende des Zimmers zu benutzen. Wenn Percy Martins zum Direktor des Geheimdienstes gerufen wurde, was nicht oft geschah, fühlte er sich immer höchst unwohl. Der Direktor schien es nicht zu bemerken. Percy Martins las hastig den Bericht vor, der von Graham Tork eingegangen war, dem Kontaktmann in der Botschaft in Tel Aviv.

»Demnach zieht er den Schluß, daß sich Abu Hamid inzwischen entweder bereits in der Bekaa-Ebene befindet oder in Kürze dorthin verlegt wird.«

»Was uns nicht sehr gelegen kommt.«

»Nach Torks Meinung – die ich ohnehin schon recht optimistisch finde – wäre es in Damaskus noch einigermaßen unproblematisch, in der Bekaa-Ebene aber völlig unmöglich.«

»Der Dienst kennt das Wort ›unmöglich‹ nicht, Percy.«

Martins schnalzte mit der Zunge. »Mit Verlaub, Sir, die Bekaa-Ebene ist praktisch ein waffenstarrendes Heerlager. Dort liegt die syrische Armee mit mindestens einer Panzerdivision, ganzen Artillerieregimentern und allen möglichen Kommandoeinheiten. Die Dörfer werden von militant antiwestlichen Schiiten bewohnt. Außerdem sind dort die Stützpunkte der Fanatiker von der Hisbollah, der ›Partei Gottes‹, und die Kampfgruppen vom Islamischen Heiligen Krieg, die zwar nicht sehr groß sind, aber immerhin stark genug waren, um mit ihren Bombenkommandos die Amerikaner aus Beirut zu vertreiben. Darüber hinaus gibt es über ein halbes Dutzend weiterer extremistischer Palästinenser-Fraktionen ...«

Der Direktor spielte mit seiner Pfeife. »Sie haben es bei mir nicht mit einem Schuljungen zu tun, und vor allem gehen Sie am Kern der Sache vorbei, Percy. Sie reden immer nur von Problemen, aber ich darf Ihnen einen Ausspruch von Sir Winston Churchill zitieren: ›Unter dem Galgenbaum wächst nie wieder Gras.‹ Wenn man den Terroristen in seinem sicheren Unterschlupf erwischt, dann vernichtet man nicht nur ihn, sondern

man zerstört die Moral seiner Kampfgefährten. Kennen wir die genaue Position dieses Trainingslagers?«
»Noch nicht, Sir. Tork glaubt, daß seine Mitarbeiter vor Ort sie ihm innerhalb von zwei Wochen beschaffen könnten.«
»Wir brauchen die genaue Position, wir brauchen ein Ziel.«
»Denken Sie daran, die Israelis darum zu bitten, einen Luftangriff zu führen?«
»Zeitverschwendung.« Der Direktor winkte verächtlich ab. Das war eine typische Geste. Er war nur zwei Jahre älter als Martins. Seine Geste hatte immer den Effekt, daß die Nummer Drei der Nahost-Abteilung sich wie ein Dummkopf vorkam. »Ein Luftangriff sagt den Syrern überhaupt nichts. Derjenige, der diesen Abu Hamid zu seinem Mordanschlag angestiftet hat, soll wissen, daß wir bis ans Ende der Welt gehen, um Auge um Auge Vergeltung zu üben.«
Martins erkannte die vertrauten Zeichen. Je mehr Gegenargumente er geltend machte, desto mehr Ärger zog er auf sich. Andererseits hätte er später im Fall einer Blamage um so weniger Ausreden, je weniger Einwendungen er jetzt machte.
»Sie erwägen tatsächlich, ein Team in die Bekaa-Ebene loszuschicken?« Manchmal fragte sich Martins, ob die Aktionen des Geheimdienstes auf einem Spielzeugglobus geplant wurden. »Aber das ist doch aus diversen Gründen, die ich eben nannte und die auch Tork dargelegt hat, völlig unmöglich ...«
»Vielleicht haben Sie es vorhin nicht mitbekommen, aber dieses Wort möchte ich hier nicht hören. Fahren Sie also zum SAS nach Hereford, Percy.«
Ohne Aufforderung erhob sich Percy Martins aus dem niedrigen Lehnstuhl. Er ging im Zimmer auf und ab. Sprich jetzt, oder gib für immer Ruhe. Er hörte seine eigene erregte Stimme. »Ich soll also mit dem Ministerium und mit dem Special Air Service reden, und was werde ich als erstes von denen zu hören bekommen? Wenn die Narbe auf Abu Hamids Backe bloß zwei Zentimeter lang ist, werden die mich fragen, wie nahe man wohl herangehen muß, bis man einen Mann mit einer so kleinen Narbe identifizieren kann.«

»Wir haben einen Zeugen, und irgendwo wird sich schon ein Feldstecher auftreiben lassen.«

Martins zögerte. »Unser Zeuge ist Diplomat, Sir, kein Soldat.«

»Beim Lesen Ihres Berichts über die Unterredung mit diesem jungen Mann – Zitat: ›Man sollte ihn umbringen‹ – hatte ich den Eindruck, daß er durchaus bereit wäre, das Soldatenleben zu lernen. Und noch etwas: unser Zeuge hat nicht nur die Narbe gesehen – er hat den Mann Abu Hamid gesehen, seine Körperhaltung, seinen Gang, seine Art zu rennen.«

»Einen jungen Mann ohne Training für eine Geheimoperation in die Bekaa-Ebene zu schicken ... Sir, ist das Ihr Ernst?«

»Als wir Leila Khaled, die Flugzeugentführerin von der Volksfront, auf einem Polizeirevier von Ealing sitzen hatten, da war ich dagegen, sie gegen die britischen Passagiere auszutauschen, die als Geiseln in Amman festgehalten wurden – man hörte nicht auf mich. Als der Plan besprochen wurde, eine Bande von Mordbuben des Provisorischen Flügels der IRA für eine nette kleine Plauderei mit der Regierung von der Royal Air Force nach London jetten zu lassen, war ich dagegen – man hörte nicht auf mich. Damals hörte man nicht auf mich, weil ich nicht genug Autorität besaß. Jetzt habe ich die Autorität, und jetzt sollen die Herrschaften ruhig merken, wie lang und hart unser Arm sein kann, und ich hoffe, mit Verlaub, daß sie dabei vollgeschissene Hosen bekommen.«

Martins sagte: »Gut, ich rede mit dem SAS.«

»Sie werden noch mehr tun. Sie bringen unseren Zeugen nach Albury, räumen das Haus auf und bringen den Diplomaten auf Vordermann. Daß es keine Mißverständnisse gibt, Percy: diese Sache wird auf jeden Fall durchgezogen.«

Sie hatten ihr weder gesagt, wie schnell die Zimmer fertig sein sollten, noch wie viele Leute kommen würden. Sie wußte nicht, ob sie in einem Tag oder in einer Woche zu erwarten waren.

Sie hatte den alten Staubsauger, einen Eimer mit heißem Seifenwasser und eine Scheuerbürste, drei alte Wischlappen und eine Flasche Fensterputzmittel. Vor dem Küchenherd trockneten

vier frischgewaschene Garnituren Bettwäsche. Zum letzten Mal war der Unterschlupf im Wald bei dem Dorf Albury in Surrey vor sieben Monaten benutzt worden. Sie hatte immer befürchtet, man würde das Haus irgendwann gar nicht mehr brauchen und verkaufen, und George und sie säßen dann auf der Straße.
An diesem Tag blieb George keine Zeit zum Mittagessen. Sie hatte ihm aufgetragen, jeden einzelnen Kohleneimer im Haus zu füllen, alle Öfen im Erdgeschoß anzuheizen, mehr Brennholz zu hacken, den Heißwasserboiler zu reparieren, mit ihrer langen Liste nach Guildford zum Einkaufen zu fahren und sein schreckliches Hundevieh von den frisch geputzten Böden fernzuhalten.
Agnes Ferguson hatte schon viel erlebt. Ein Buch hätte sie darüber schreiben können. Seit neunzehn Jahren hielt sie das entlegene Haus im Auftrag des Geheimdienstes in Ordnung. Man hatte es ihr anstelle einer Witwenpension anvertraut. Sie hatte Überläufer aus dem Ostblock beherbergt, Agenten, die nach der Rückkehr aus langer Haft ihren Bericht abfaßten, Männer, die sich auf geheime Missionen in Übersee vorbereiteten. Es war ein langer, sorgenvoller Winter gewesen, und George war auch keine große Abwechslung. Als sie angerufen hatten, war es wie neues Leben, neue Hoffnung gewesen, denn nun war ihre Zukunft wieder sicher.

»Es ist einfach absurd, anders kann ich es nicht nennen.«
»Der Direktor hat die Aktion gebilligt«, sagte Martins verbissen.
»Ist mir doch egal, wer das gebilligt hat. Es läuft einfach nicht«, sagte der Brigadekommandeur.
»Zu gefährlich, oder weshalb?«
»Wir drücken uns nicht vor Herausforderungen, aber genausowenig geben wir uns für Aktionen her, die keine Aussicht auf Erfolg haben. Kommt überhaupt nicht in Frage.«
Draußen im Nebel vor dem Ziegelbau stand Percy Martins' Wagen neben dem breiten Sockel des Uhrturms. Beim Aussteigen hatte er die Namen gesehen, die auf einer Steintafel unter

dem Zifferblatt eingraviert waren, die Einsatzopfer unter den Männern vom 22. Regiment des Special Air Service. Hätte er nicht seine Befehle gehabt, wäre er höchstwahrscheinlich einer Meinung mit dem Brigadekommandeur gewesen.
»Keine Aussicht auf Erfolg, ich darf Sie zitieren?«
»Versuchen Sie doch nicht, mich auszutricksen«, warnte der Brigadekommandeur. Ein harter Mann, stechende graublaue Augen. »Wir haben keine Erfahrung in der Bekaa-Ebene. Niemand im ganzen SAS hat je einen Fuß in die Bekaa-Ebene gesetzt. Sie lag und liegt außerhalb unseres Einsatzgebiets. Das ist was anderes als die Radfan-Operation in den Sechzigern oder die Aktion in Oman in den Siebzigern. Da konnten wir uns immer auf Erfahrungen aus erster Hand stützen; außerdem ging es beide Male durch menschenleere Gebiete. Mit der Bekaa-Ebene haben wir kein bißchen Erfahrung, und menschenleer ist sie schon gar nicht. Es würde monatelange Erkundungen und Vorbereitungen brauchen, ehe wir uns mit einer halbwegs realistischen Überlebenschance dahin wagen könnten.«
»Ich werde Ihre Ansicht weiterleiten.«
»In der Bekaa-Ebene werden alle Geiseln festgehalten. Der Grund dafür ist, daß die Geiselnehmer sie für den sichersten Platz im Libanon halten. Und für Fremde ist sie ein gefährliches, enges Tal. Ein Fremder bleibt dort nicht mal lange genug am Leben, um sich in der Nase zu bohren. Ehrlich gesagt, und ich sage das höchst ungern, hätten wir dort nicht die geringste Chance.«
»Ich werde melden, daß Sie nicht weiterhelfen können.«
»Doch, weiterhelfen kann ich«, sagte der Brigadekommandeur. »Ich kann Ihnen jemanden nennen, der Sie in die Bekaa-Ebene bringen kann und möglicherweise sogar wieder hinaus.«
Percy Martins spürte die Erregung in sich aufsteigen. Er bekam einen Namen gesagt. Er schrieb ihn in sein Notizbuch, dann bat er darum, ein sicheres Telefon benutzen zu dürfen.

Das letzte Licht des Nachmittags.
Die Sonne war ein oranger Ball zu seiner Linken und rutschte immer tiefer.

Es war eine gute Zeit für ihn, weil der Boden vor ihm jetzt abkühlte und die flirrenden Schleier verschwanden, die seine Sicht getrübt hatten, und der Lauf seines Gewehrs war auch nicht mehr warm.
Das rechte Auge, mit dem er in das Zielfernrohr spähte, tat ihm weh. Der Schmerz hinter dem Augapfel war bohrend. Der Schmerz war nicht neu, aber er trat jetzt häufiger auf und stach heftiger, und das machte ihm Sorgen.
Das Ziel war sechshundert Meter entfernt. Natürlich hatte er die Distanz nicht abgemessen. Seit zwei Tagen und einer Nacht hatte er sich kaum geregt, außer um die Hüfte ein paar Zentimeter zu heben, so daß er in eine Plastiktüte urinieren konnte. Er war gut im Schätzen von Entfernungen. Ohne die Fähigkeit zum Abschätzen einer vor ihm liegenden Strecke wäre seine ganze Arbeit ja auch umsonst. Eine Skala in seinem Kopf informierte ihn über die Fallkurve einer abgefeuerten Kugel. Er kannte die Werte auswendig. Zwischen fünfhundert und sechshundert Metern betrug der Unterschied hundertdreiundfünfzig Zentimeter. Zwischen fünfhundert und sechshundert Metern war der Unterschied so groß wie ein erwachsener Mensch. Aber er kannte seine Entfernung zum Ziel, ganz automatisch hatte er sie ausgerechnet und das Zielfernrohr entsprechend eingestellt. Hinter dem Ziel, etwas zu seiner Rechten, brannte ein kleines Feuer, das ein Hirte entzündet hatte. Er hatte den Hirten den ganzen Tag lang beobachtet und gehofft, der Mann möge seine Schafe in der Nähe des Wassers lassen und von seinem Versteck auf der Anhöhe fernhalten. Für das Feuer war er dem Hirten sogar dankbar. Der Rauch wehte von rechts nach links. Aus der Bewegung des Rauchs konnte er die Windstärke ablesen, die seine Kugel ablenken würde. Wieder eine Kurve. Er schätzte die Windgeschwindigkeit auf fünf Meilen pro Stunde. Damit läge die Abweichung für ein sechshundert Meter entferntes Ziel bei elf Zoll.
Es amüsierte ihn, daß er manchmal metrisch rechnete, manchmal in Zoll und Fuß und Meilen, so wie er mal auf hebräisch und mal auf englisch dachte. Er schätzte, daß der beste Moment

jetzt sehr nahe war, deshalb verlor der bohrende Schmerz hinter seinem rechten Auge an Bedeutung. Er war alt für einen Scharfschützen. Er war achtundvierzig, und es war ein schmaler Grat zwischen seiner Erfahrung beim Abschätzen von Distanzen und Windstärken und dem Schmerz seines müden Auges. Auf dem Schießstand lagen seine Treffer auf sechshundert Meter höchstens eine Handbreit auseinander. Der Kopf eines Menschen war größer als eine Handbreit. Daß so ein Kopf keine Zielscheibe auf dem Schießstand war, machte wenig Unterschied für ihn. Wäre er noch jung gewesen, hätte er jetzt vielleicht vor Anspannung gezittert und einen Krampf in den Beinmuskeln bekommen. Aber er war nicht mehr jung, er war entspannt, und als Mittel gegen den Krampf hatte er gelernt, die Zehen im Stiefel kreisen zu lassen. Er plante ohnehin keinen Kopfschuß. Das Zielfernrohr zeigte ihm, im Kreuz der Fadenlinien, den Oberarm der Zielperson, die ihm jetzt das Profil zuwandte. Er wartete darauf, daß sie sich umdrehte, er wartete darauf, daß das Fadenkreuz auf dem Oberkörper der Zielperson lag.
Ruhige Hände auf dem Gewehr jetzt. Keine Regung im Ellenbogen, der das Gewehr stützte. Die Zielperson wandte sich ihm zu, gestikulierte. Die Zielperson nahm sich nicht im mindesten in acht. Dazu bestand auch keinerlei Anlaß. Die Zielperson stand in übersichtlichem Gelände, gut vier Meilen vom Rand der Sicherheitszone, vom Machtbereich der israelischen Patrouillen entfernt. Er wußte, daß die Zielperson, der Mann mit dem wallenden Bart und dem alten Kampfanzug in Tarngrün, Kommandant einer Einheit der Hisbollah war. Sonst wußte er nichts über ihn. Er wußte nicht, warum der Mann zur Zielperson erklärt worden war. Darüber machte er sich keine Gedanken. Er bekam seine Befehle, und er führte sie aus. Er war nur dankbar dafür, daß er noch wichtig war, daß man ihn noch haben wollte, als regulären Soldaten.
Sein Finger glitt langsam vom Abzugsbügel in die Krümmung des Abzugs hinein. Das Fadenkreuz lag nun genau auf der Brust des Ziels, es schwankte um den hellen Reflex eines klei-

nen Goldanhängers. Er wußte, daß die Männer der Hisbollah gern über den Ruhm des Märtyrertodes schwafelten. Ein trokkenes, kaltes Lächeln lag auf seinem schmutzverschmierten Gesicht.

Crane feuerte.

Der Knall eines Schusses. Das Zusammenbrechen eines Mannes. Das Krächzen eines auffliegenden Krähenschwarms. Das Blöken einer flüchtenden Schafherde. Die Schreie der Leute, die neben der Zielperson gestanden hatten ... Und dann die große Stille.

Die Sonne verschwand. Die Dämmerung brach herein. Eine graue Decke schob sich über die Täler und Wasserläufe und Felsvorsprünge und *djebels* des Südlibanon. Schatten verdichteten sich, die Dinge verloren ihre Konturen.

Es würde keine Suche nach ihm geben, das war der Vorteil eines Schusses am Spätnachmittag. Im Dunkeln konnte man nicht suchen gehen, und wo sollte man auch anfangen? Keiner der Männer, die neben dem Kommandanten der Hisbollah-Einheit gestanden hatten, hätte zeigen können, aus welcher Richtung dieser einzelne Schuß gekommen war.

In der schwarzen Nacht, unter einem Firmament voller Sterne, wanderte Crane mit Gewehr und Rucksack heimwärts auf die Sicherheitszone zu. Mit jedem Schuß, mit jedem Treffer glaubte er sein Dasein als regulärer Soldat zu verlängern, den Tag hinauszuschieben, an dem das Leben nur noch darin bestehen würde, in einem Café an der Dizengoff-Straße die Zeit totzuschlagen. In der Dunkelheit pochte es nicht mehr in seinem überanstrengten rechten Auge, der bohrende Schmerz hatte aufgehört.

Am Rand der Sicherheitszone erwartete ihn ein gepanzerter Mannschaftswagen. Aus einiger Entfernung rief er ein Losungswort, und als die Antwort erfolgte, näherte er sich.

Die Besatzung des Wagens bestand aus jungen Leuten, alles Rekruten. Sie starrten Crane ehrfürchtig an, als er in dem polternden, schlingernden Wagen sofort einschlief. Jeder der Rekruten kannte seinen Namen, seinen Ruf. Sie sahen die abgeschabten,

verdreckten Stiefel und die zerrissenen Hosen, die schmutzige Tarnjacke, das geschwärzte Gesicht und die Wollmütze, in der sich kleine Zweige der Dornbüsche verfangen hatten. Er war für sie eine Legende.
In der Kaserne, hoch über der Stadt Kiryat Shmona, zwei Meilen innerhalb der Staatsgrenzen von Israel, sprang Crane behende von der Heckklappe des Wagens ab. Kein Blick zurück, kein Dankeschön, kein Geplauder.
Man sagte ihm, es stehe ein Hubschrauber bereit, um ihn nach Tel Aviv zu bringen.

»Gut gemacht.«
»Ich muß zugeben, Sir, daß ich zunächst meine Zweifel hatte. Jetzt verschwinden sie langsam.«
»Das freut mich zu hören, Percy. Ich bin es leid, daß der Dienst von jeder Zeitung in London durch den Schmutz gezogen wird. Ich möchte einmal ein Ergebnis vorlegen, auf das wir stolz sein können.« Der Direktor zog sich den Mantel an. Seine Aktentasche lag auf dem Schreibtisch, gefüllt mit Lesestoff für den Abend. Der Leibwächter von der Kripo wartete an der Tür.
»Ich würde die Sache gerne leiten, Sir.« Martins schob das Kinn vor.
»Sie würden *was*?«
»Ich würde die Show gerne leiten, Sir – hier und in Tel Aviv.« Er sah, wie der Direktor des Geheimdienstes innehielt, sich besann und dann den Mantel zurechtzog.
»Ich dachte eigentlich an Fenner.«
»Hat nicht meine Erfahrung, Sir. Ich würde mein Bestes geben, Sir. Sie könnten sich auf mich verlassen.«
»Sind Sie nicht ein bißchen alt, um im Außendienst herumzukrebsen?«
»Es ist meine Show, Sir, und ich möchte dabeisein, das möchte ich.«
Der Direktor schlang sich den Schal um den Hals. Er zog die Handschuhe über.

»Und was soll ich Fenner sagen?«
»Daß das Leben nicht mit fünfzig zu Ende ist, Sir.«
Der Direktor lachte. »Sehr gut ... Es ist Ihre Show, Percy. Hals- und Beinbruch.«

Holt war den ganzen Tag über durch das Moor gewandert.
Er kam auf der langen, geraden Straße ins Dorf hinein. Auf dem ganzen Weg den Hügel hinab konnte er den Vorgarten und die Eingangstür des Hauses sehen, wo seine Eltern wohnten und sein Vater die Praxis hatte. Vor dem Zaun parkte ein Auto. Er sah es schon von weitem vor dem Haus stehen.
Er hatte jeden Regenschauer des Tages abbekommen, und der Westwind hatte ihn vorwärtsgetrieben. Er hatte Rehe gesehen und einen Fuchs, und er war ziemlich sicher, einen Otterbau gefunden zu haben. Und er hatte beschlossen, nach London zurückzukehren, seinen unbefristeten Urlaub aus familiären Gründen zu beenden. Dieser Entschluß war Nässe und Kälte wert gewesen. Zu Hause hätte er ihn nicht treffen können, nicht unter den besorgten Blicken seiner Mutter.
In raschem Tempo kam er den Hügel hinunter, freute sich auf ein Bad und eine Tasse heißen Tee mit viel Zucker. Er sah ihr Gesicht vor sich, spürte ihre Arme um seinen Hals, hörte ihre Stimme. Im Moor hatte er im Regen um sie geweint, im Wind hatte er nach ihr gebrüllt.
Er sah die Haustür aufgehen. Er sah, wie sein Vater heraustrat, die Straße entlangblickte, wie er ihn entdeckte und zu winken begann.
Der Vorgarten war eine Pracht. Osterglocken und Krokusse, grün sprießende Blätter an den Büschen, der Gartenweg sauber gefegt. Er kam an das Tor. Er sah die Schubkarre des Vaters, auf der sich der Unrat des Winters türmte, er sah die Mistgabel, die Heckenschere, den Besen, der an der Schubkarre lehnte, als wäre der Vater bei der Arbeit gestört worden.
»Wir warten schon eine Ewigkeit auf dich, Holt. Da ist einer aus London gekommen, der dich abholen will. Ein Mr. Martins. Percy Martins, so heißt er wohl.«

Es kam ihm vor, als würden Schnüre um seine Handgelenke zusammengezogen.
Er sah ihr Gesicht vor sich, spürte ihren Körper, hörte ihre Stimme.
»Sei nicht kindisch, Holt.«
»Macht einen ganz anständigen Eindruck«, sagte sein Vater. »Nur ein bißchen ungeduldig ist er. Deine Mutter hat ihm Tee gemacht.«

7. Kapitel

Holt kam mit behutsamen Schritten die Treppe herunter.
Der Teppich war so abgetreten, daß seine Mutter ihn nicht einmal mehr einer karitativen Organisation angeboten hätte. Die Haltestangen aus stumpfem Messing wackelten an fast allen Stufen. Oben an der Treppe prangten drei Ölgemälde, die nur mit Mühe als viktorianische Militärbilder zu identifizieren waren und offenbar jahrelang über einem Feuer von nassem Holz geräuchert worden waren. Im Licht des frühen Morgens machte das Haus auf Holt einen noch schlechteren Eindruck als bei seiner Ankunft am Vorabend. Aber er war ausgeschlafen, und immerhin hatte die Bettwäsche nicht muffig gerochen.
Durch eine Tür am Ende des Korridors beobachtete ihn eine schon etwas ältere Frau im Morgenrock. Sie trug ein Kopftuch, und an den scharfen Kanten darunter sah er, daß sie über Nacht Lockenwickler getragen und sie noch nicht herausgenommen hatte.
»Guten Morgen«, sagte Holt. Er gab sich größte Mühe, es munter klingen zu lassen.
Sie stellte sich als Mrs. Ferguson vor und sagte, sie sei die Haushälterin.
Er hatte sie am Abend nicht gesehen. Die Fahrt von Exmoor her hatte fünf Stunden gedauert, und als sie ankamen, war das Haus fast völlig dunkel gewesen, kein Essen stand in der Küche, keine Spur von einem Willkommensdrink, nicht einmal das. Martins hatte eisern seine Rolle durchgehalten, hatte die ganze Fahrt über kein Wort geredet, nur am Anfang kurz gemurmelt, er wolle keine halben Sachen machen und deshalb würde er sich die großen Enthüllungen für den nächsten Mor-

gen aufsparen. War auch besser so, fand Holt. Er konnte warten.

Gedämpft, durch geschlossene Türen hindurch hörte er, wie Martins telefonierte.

»Er wird in fünfzehn Minuten frühstücken«, sagte Mrs. Ferguson. Sie schien ihm böse zu sein, als hätte er sie durch sein Herunterkommen aus dem Konzept gebracht, als hätte er auf dem Zimmer warten sollen, bis man ihn rief.

Holt schob die schweren Verriegelungen an der Haustür auf und zog die Sicherheitskette weg. Er hörte immer noch Martins' Stimme am Telefon. Dreizehn Minuten bis zum Frühstück. Frühstück schien hier so etwas wie ein Appell zu sein. Das Türschloß war ein neues, ziemlich teures Chubb-Modell, und er hatte auch die frisch verlegten Alarmdrähte an den Fenstern gesehen.

Er trat hinaus und sah sich um. Das Haus war ein Klotz in seinem Rücken, ein verblichener roter Ziegelbau, um die sechzig bis siebzig Jahre alt, mit abgerundeten Kanten und mit Pseudo-Zinnen oben auf der Mauer. Vor sich sah er eine weite Rasenfläche, die nach dem Winter nicht gemäht worden war, Beete mit Narzissen und Margeriten und Rosenstöcke, die im Herbst niemand zurückgeschnitten hatte. Aus den Eichen, Buchen und Platanen, die den Rasen säumten, erklang das Flügelschlagen auffliegender Tauben. Er hörte das Trappeln eines fliehenden Eichhörnchens durch die wildwuchernden Rhododendronbüsche, hinter denen der Plattenweg ums Haus verschwand. Mit ein bißchen Mühe könnte der Garten ein Paradies werden ...

Auf einmal raste ihm ein Hund entgegen. Mächtige Schultern, schwarz-braunes Fell, die Ohren eng angelegt, ein Maul, in dem weiße Zähne aufblitzten. Holt kam mit Hunden gut aus. Während seiner Kindheit waren immer Hunde im Haus gewesen. Er stemmte sich in Erwartung des wuchtigen Sprungs ab, klatschte mit der flachen Hand auf den Oberschenkel, begrüßte den Hund. Dann erklang ein Ruf, ein Befehl an den Hund, aufzuhören, stillzustehen, »Platz« zu machen, zurückzukommen. Der Hund rannte weiter, setzte mit großen Sprüngen über das

Gras auf ihn zu. Holt erkannte, daß es ein schwerer Rottweiler war. Hinter dem Haus tauchte jetzt atemlos ein Mann mittleren Alters auf, der so gebaut war wie sein Hund und ihm zu folgen versuchte, dabei seine Kommandos brüllte, aber nicht beachtet wurde.

Der Hund erreichte Holt. Er setzte sich vor Holt auf die Hinterbeine und leckte Holt die Hand. In den großen dunkelbraunen Augen des Hundes lag ein verträumter, freudiger Ausdruck.

Der Mann erreichte sie. Er keuchte.

»Sie sollten hier draußen nicht herumspazieren, nicht wenn sie von der Leine ist. Sie kann verflucht ungemütlich werden ...«

Den Hund sah er dabei gar nicht an. Die feuchte Zunge des Hundes leckte über Holts Handrücken.

»... ist nämlich ein ausgebildeter Wachhund, wissen Sie.«

»Wunderschöner Hund, ist doch sanft wie ein Lamm. Ich heiße Holt.«

»Ich bin George, und Sie sollten sich besser keine Spielchen mit ihr erlauben. Kann echt bösartig werden, das Tier.«

Holt kraulte den Hund unter dem Kinn. Er sah die selige Wonne in den Augen des Hundes. Holt vermutete, dieser Wahnsinn müsse irgendeine Methode haben. Ein zutraulicher Hund, der als bösartig bezeichnet wurde, ein wunderschöner Garten, den man einfach verwildern ließ, ein eindrucksvolles, beinahe prächtiges Haus, um das sich offensichtlich niemand kümmerte. Er konnte geduldig sein, aber eins war sicher: Irgendwann mußten sie ihm ein paar Fragen beantworten.

»Frühstück, Holt.« Ein Ruf von der Haustür. Er sah, daß Martins Cordhosen und einen groben Wollpullover trug. »Halten Sie bloß diese Bestie im Zaum, George.«

Holt ging davon. Als er sich kurz umdrehte, sah er, daß der Hund ihm nachblickte. Er kam ins Haus zurück, wo ihm Martins mit gezwungener Leutseligkeit auf die Schultern klopfte.

»Gut geschlafen? Nette Gegend hier. Bloß sollten Sie nicht einfach rausgehen. Sie hatten Glück, daß George da war, um dieses Vieh zur Ordnung zu rufen. Kleine Warnung noch wegen des Frühstücks: Essen Sie alles auf, sie nimmt es persönlich, wenn ein Krümel oder ein Fetzen Schinken auf dem Teller bleibt. Danach kommen wir zur Sache.«

Sie aßen das Frühstück in einem Speisezimmer, in dem ein Billardtisch von Turnierabmessungen hätte stehen können und vermutlich auch einmal gestanden hatte, doch jetzt war Linoleum auf dem Boden, und fünf quadratische Tischchen mit Platikdecken verschandelten den Raum. Holt erinnerte es an die Kantine einer Behörde; auch das Essen schmeckte nach Kantine, der Kaffee noch etwas schlechter. Martins erzählte, das Haus sei im Jahre 1947 dem Staat vermacht worden, und da niemand es hatte haben wollen, sei es am Geheimdienst hängengeblieben. Er sagte, es koste ein kleines Vermögen, das Haus zu heizen und instand zu halten. Mrs. Ferguson sei die Witwe eines Spezialagenten, der kurz vor der Invasion der Alliierten mit dem Fallschirm in Frankreich abgesprungen, gefangengenommen und erschossen worden war. George sei ein ehemaliger Mitarbeiter des Dienstes, der während der Zypernkrise eine Schrapnellverletzung erlitten hatte und vom Dienst jetzt als Hausmeister, Gärtner, Chauffeur und Mädchen für alles beschäftigt wurde. Holt fragte sich, ob Jane jemals in einem solchen Haus gewesen war.

Martins führte ihn durch den Korridor in einen großen Salon. In der Mitte des Raums türmten sich die Schonbezüge; der Kamin war nicht ausgeräumt, geschweige denn mit Holz bestückt. Martins fluchte. Er nahm die Decken, schleppte sie zur Tür und schleuderte sie hinaus. Dann leerte er den Kohleneimer über dem Kaminrost aus, schob einen Wachszünder darunter und zündete ihn an. Als der Rauch in den Raum zu quellen begann, fluchte er nochmals, ging zur Tür und stieß sie weit auf.

»Typisch für die alten Kästen. Immer muß man die Tür aufreißen, wenn man Feuer machen will, sonst kriegt man gleich eine Rauchvergiftung. Weshalb der Dienst sich so etwas antun muß, geht über meinen Verstand ... Also, ich kann mir denken, daß Ihnen das mit Miss Canning sehr zu schaffen macht.«

Der Moment war gekommen, das geduldige Warten war vorbei. Martins kauerte vor dem Feuer und stocherte mit einem Schürhaken darin herum. Holt stand in der Mitte des Salons und starrte aus dem Fenster. Draußen sah er den Hund, der freudlos auf ein Rosenbeet zutrottete, sich dann aber hinsetzte.

»Ich habe ganz schön lange nachgedacht, während ich zu Hause war.«

»Sie müssen völlig am Boden zerstört gewesen sein, ist ja ganz verständlich.«

»Anfangs schon, aber ich bin jetzt darüber weg. Ich gehe zurück ins Außenministerium. Das Leben ist zum Leben da, das hat Janes Mutter zu mir gesagt.«

»Da kann ich Ihnen nicht ganz folgen.«

»Ich fange wieder zu arbeiten an; ich will versuchen, Jalta zu vergessen ...«

Martins richtete sich am Kamin auf, den Schürhaken ließ er achtlos im Feuer liegen. Sein Blick war verstört, sein Gesicht heftig gerötet.

»Ihre Freundin wird umgebracht, kaltblütig niedergeschossen, am hellichten Tag abgeschlachtet, und Sie erzählen mir, daß das ›Leben zum Leben‹ da ist – ich traue kaum meinen Ohren!«

»Halten Sie mir keine Predigt, Mr. Martins. Meine Gefühle gehen Sie nicht das geringste an, sie gehen überhaupt niemanden etwas an, nur mich.«

»Ach so, na bestens. Sie ist kaum tot, und Sie wollen sie vergessen, die Erinnerung begraben ...« In Martins Stimme schwang Verachtung mit, und daneben glaubte Holt eine leise Besorgnis herauszuhören.

»Sie war meine Freundin, ich habe sie geliebt, und sie ist tot.«

»Und muß vergessen werden?«

»Sie sind ein arrogantes Schwein, *Mister* Martins. Ich habe nur gesagt, daß ich beabsichtige, meine Arbeit wieder aufzunehmen, mein Leben weiterzuleben.«

»Dann sind Sie ein erbärmlicher, egoistischer Wicht, Holt.«

»Wenn Sie mich durch halb England in diese Bruchbude geschleppt haben, um mich zu beleidigen ...«

»Ich bin nur erstaunt, dieses memmenhafte Gequatsche von einem jungen Mann zu hören, der über den Mörder seines Mädchens gesagt hat: ›Man sollte ihn umbringen.‹«
»Was soll ich denn tun?«
»Das klingt schon besser. Genau diese Frage wollte ich von Ihnen hören.« Martins lächelte kurz.
»Was kann ich schon tun, zum Teufel!«
»Viel besser.« Martins tat einen tiefen Atemzug, als wäre eine schwere Last von ihm gewichen. »Einen Moment lang haben Sie mir einen richtigen Schrecken eingejagt. Ich war tatsächlich schon am Überlegen, ob Sie überhaupt noch einen Funken Mumm in den Knochen haben.«
»Ich sehe nicht, wie ich Ihnen in irgendeiner Weise helfen könnte«, erklärte Holt knapp.
Martins redete rasch, als wollte er die Gelegenheit nicht verpassen. »Sie haben irgendwann mal schriftlich bezeugt, daß Sie von dem Gesetz über Amtsgeheimnisse Kenntnis genommen haben, und Sie wissen, daß diese Unterschrift Sie bei allem, was mit der Arbeit des Geheimdienstes zu tun hat, zur Verschwiegenheit verpflichtet. Was ich Ihnen jetzt sagen werde, unterliegt den Bestimmungen dieses Gesetzes, und jede Verletzung dieser Bestimmung Ihrerseits würde dazu führen – und zwar so sicher wie das Amen in der Kirche –, daß Sie sich unter Ausschluß der Öffentlichkeit vor Gericht wegen des Verstoßes gegen Paragraph eins des Gesetzes verantworten müßten.«
Es war, als fiele er in ein tiefes Loch, als risse die Erde unter ihm auf, als könnte er nicht dagegen ankommen.
»Was kann ich tun?«
Weit weg hörte er den Hund bellen. Er sah das Tier in die Höhe springen, er sah die gefletschten Zähne, er sah George, der in Schulterhöhe einen Stock schwenkte und den Hund damit reizte.
»Sie können dem Mann, der Ihre Freundin ermordet hat, zu einem baldigen Begräbnis verhelfen.«
Die Gefühle wirbelten Holts Gedanken durcheinander. Sie war

die Frau gewesen, mit der er seine Jugend und seine späteren Jahre und das Alter hatte verleben wollen.
»Und Sie können Ihr Land bei einem Vergeltungsakt unterstützen.«
Der Name Lou Armitage war nicht gefallen, der ermordete Botschafter mit keinem Wort erwähnt worden. Doch jetzt war Holt in der Zange, obwohl ihm Armitage persönlich nichts bedeutete.
Die Gefühle machten ihn schwindelig. Er verabscheute Gewalt. Er verabscheute Janes Mörder. Aber er hatte die Augen des Mörders gesehen, er hatte gesehen, was das Gewehr des Mörders angerichtet hatte.
»Was verlangen Sie von mir?«
»Daß Sie ein Team in die Bekaa-Ebene im östlichen Libanon begleiten und daß Sie Abu Hamid identifizieren, den Mörder Ihrer Freundin.«
»Und dann?«
»Dann wird er erschossen.«
»Und danach gehen wir alle einfach nach Hause?«
»Sie ziehen sich zurück.«
»Und das soll durchführbar sein?« Hohn lag in Holts Stimme; er blickte Martins jetzt ins Gesicht, durch den Qualm des Kaminfeuers hindurch.
»Wenn Sie den Mut dazu haben.«
»Wer geht mit, und wer gibt den Schuß ab?«
»Ein Mann, der im Durchqueren von feindlichem Terrain Experte ist, ein Mann, der als Scharfschütze Experte ist.«
»*Ein* Mann?«
»Für Sie ist es so am besten. Für *ihn* wäre es ohne Sie am besten, aber Sie sind der einzige, der die Zielperson mit eigenen Augen gesehen hat. Also müssen Sie mitgehen.«
»Kann es klappen?«
Martins wedelte die Qualmwolken weg. »Wir glauben schon.«
»Ich bin nur eine verdammte Marionette, und Sie sind ein brutaler Mistkerl, wenn es ums Manipulieren geht.«

»Ich wußte, daß wir auf Ihre Hilfe zählen können, Holt ... Jetzt trinken wir erst mal einen Kaffee.«
»Ich habe ja gar keine Wahl, abzulehnen.«
»Wir wären sehr enttäuscht von Ihnen, wenn Sie es täten ... Ich koche den Kaffee selbst. Es ist ein erstklassiger Mann, den Sie begleiten werden, ein Könner. Er heißt Noah Crane.«

»*Star* kommt vom Wort ›Starren‹. Sie haben grauen Star im rechten Auge, das ist eine Trübung der Linse, die eigentlich durchsichtig ist. In Ihrem Alter ist es gar nicht ungewöhnlich, daß sich erste Anzeichen einer Augenkrankheit zeigen, die wir ›Altersstar‹ nennen.«
Für den Augenarzt war er ein Patient unter vielen. Die Untersuchung war vorüber. Nach der Besprechung würde im Vorzimmer eine Rechnung geschrieben werden. Der Arzt wußte, daß der Mann Ausländer war, er nahm an, daß es ihm um die Diagnose ging, um eine Bestätigung, nicht um die Weiterbehandlung.
Der Patient lehnte sich in dem gepolsterten Behandlungsstuhl zurück. Er zeigte keine Emotionen.
»In dem vom Star befallenen Auge kommt es zu einer Verhärtung und Schrumpfung des Linsenzentrums, die zum Zerfall der Linse führt. Der Star selbst wird eine Beeinträchtigung Ihrer Nahsicht zur Folge haben. Tja, Mr. Crane, grauer Star läßt sich operativ behandeln, aber leider scheint es bei Ihnen noch eine Komplikation zu geben ...«
Sie waren vor der Untersuchung seine Symptome durchgegangen. Lakonisch hatte Noah Crane erwähnt, daß er häufig Kopfschmerzen bekam, wenn er das Auge überanstrengte, und daß er in weit entferntem Dunkel oft Lichtblitze wahrzunehmen glaubte. Er hatte auch gesagt, daß er in der Dämmerung am besten sah.
»Die Komplikation bei Ihnen – aber da müßte ich Sie noch genauer untersuchen, um sicherzugehen – ist wahrscheinlich eine Erkrankung der Netzhaut Ihres rechten Auges. Ich mache meinen Patienten nichts vor. Eine Netzhauterkrankung

schließt eine erfolgreiche operative Behandlung des grauen Stars aus.«
»Wieviel Zeit bleibt mir noch?«
»Sie werden noch jahrelang sehen können.«
»Wie lange werde ich noch so gut sehen können wie jetzt?«
»Nicht mehr lange. Ihr Sehvermögen verschlechtert sich bereits. Das geschieht bei jedem Menschen ab einem gewissen Alter. Bei mir auch, so wie bei Ihnen. Ohne das Problem mit der Netzhaut würde ich sagen, wir könnten Sie wieder dahin bringen, wo Sie vor ein paar Jahren waren, aber Ihre Netzhaut ist geschädigt, und das heißt, daß Sie allmählich immer schlechter sehen werden ... Nein, das hätte ich anders formulieren sollen: Die Erkrankung betrifft ausschließlich Ihr rechtes Auge. Das linke ist in hervorragendem Zustand. Arbeiten sie in geschlossenen Räumen?«
»Nein, draußen.«
»Dann besteht kein Grund für unnötigen Pessimismus. Im Freien werden Sie meist Ihre Fernsicht brauchen, Kurzsichtigkeit wirkt sich dort weniger störend aus ... Sie sollten einen Chirurgen aufsuchen, wenn Sie wieder zu Hause sind.«
»Ich habe von dieser Klinik in Houston gehört ...«
»Tja, aber die Amerikaner setzen Behandlungsmethoden ein, die bisher nicht erprobt sind. Eventuell geben Sie da eine Menge Geld aus, Mr. Crane, und zwar eine ziemliche Menge, ohne eine Erfolgsgarantie zu haben.«
Der Behandlungsstuhl kippte in die Senkrechte. Noah Crane blieb einen Augenblick lang mit gesenktem Kopf und verschränkten Händen sitzen. Zum Zielen benötigte er das rechte Auge. Nur konnte er dem Augenarzt nicht erklären, daß er zwar im Freien arbeitete, aber dennoch seine Nahsicht brauchte, und zwar lebensnotwendig. Die Fernsicht brauchte er nicht, wenn er durch das Linsensystem des Zielfernrohrs spähte. Er kletterte aus dem Stuhl und ging hinaus.
Nun wußte er es also. Er hatte gefragt, und er hatte die Antwort bekommen. Die Zeit lief ihm davon.
Auf der Straße spürte er die schneidende Kälte. Der Wind blies

aus einer Seitenstraße in die Wimpole Street hinein. Er trug eine leichte Hose, ein Oberhemd mit offenem Kragen und einen dünnen Anorak darüber. Zu warm für zu Hause, für die Kaserne in Kiryat Shmona, zu kalt für den Londoner Frühling. In einer kleinen Reisetasche hatte er all seine Habseligkeiten. Kleider zum Wechseln, seinen Waschbeutel, eine lederne Brieftasche mit dem Foto seiner Mutter und dem ihrer Schwester und einem kleinen braunen Umschlag. Sonst nichts, denn alles andere, was dieser Mann benutzte, war Eigentum der israelischen Streitkräfte.
Er ging zu Fuß durch die Londoner Innenstadt, dann über die Brücke zum Bahnhof. Er hatte seine Tante besucht, er hatte in einem kahlen Zimmer im dritten Stock des Century-Gebäudes seinen Preis ausgehandelt, und die Sehkraft seines rechten Auges verließ ihn allmählich – es gab für ihn in London nichts mehr zu tun. Er war bereit, in den Zug zu steigen.

Es wurde langsam dunkel im Salon, das Feuer erzeugte zukkende Schatten. Percy Martins stand mit dem Rücken zum Kamin.
»Crane zu rekrutieren war ein Meisterstreich ... Sie werden es noch merken, Holt: Wenn der Dienst etwas haben will, dann kriegt er es auch. Wenn der Dienst einen Mann haben will, dann bekommt er ihn. Sie werden Teil eines Teams sein, eines Zwei-Mann-Teams. Keiner von Ihnen beiden kann die Aufgabe ohne den anderen erfüllen. Ohne Sie kann Crane unsere Zielperson nicht identifizieren, und ohne Crane können Sie den Attentäter nicht eliminieren. Zwei Männer, ein gemeinsames Ziel, so muß es sein.«
Holt saß weniger als zwei Meter entfernt vor Martins und versuchte, das bißchen Wärme vom Kamin abzubekommen, das nicht von Martins' Beinen absorbiert wurde. Er fragte sich, warum der Mann so dozieren mußte, als wendete er sich an einen voll besetzten Hörsaal.
»Noah Aaharon Crane ist achtundvierzig Jahre alt. Da fällt Ihnen wohl ein Stein vom Herzen, was? Kein Problem, mit einem

so alten Burschen mitzuhalten. Sein Vater war britischer Soldat, beim Ausbruch des Zweiten Weltkriegs in Palästina stationiert; er heiratete dort und fiel später in der Normandie.
Seine Kindheit hat Noah Crane in Israel, die Jugendjahre in England verbracht. Mit achtzehn trat er in ein Bataillon der Fallschirmjäger ein, das war 1959. Sein Regiment war in Borneo, Aden und Nordirland eingesetzt, er brachte es zum Feldwebel, und in den Akten wird er als erstklassiger Soldat geführt. Aber 1971 starb dann seine Mutter, und aus einer Reihe von persönlichen Gründen verließ er die britische Armee, flog nach Israel und schloß sich der sogenannten Golani-Brigade an. Aus dem Bericht über ihn geht hervor, daß er sich Vorwürfe machte, weil er seine Mutter – die in Jerusalem geboren und aufgewachsen war – am Ende ihres Lebens jahrelang nicht besucht hatte; kurz gesagt, es scheint so, als wäre er aus Schuldgefühlen in ihr Heimatland zurückgegangen. Nach seinem Eintritt in die israelische Armee erwarb er sich jedenfalls hervorragende Verdienste. Er war bei den Golanis, als sie 1973 den Berg Hermon zurückeroberten, er war '78 im Libanon mit dabei, und er gehörte dem Kommando an, das '82 das alte Kreuzfahrerschloß von Beaufort einnahm. Er war gut genug, um bei den regulären Streitkräften zu bleiben, durch seine Einsatzerfahrung war er abgehärtet, aber anscheinend hat er so gut wie kein Interesse an einer Beförderung gehabt. Eigentlich läßt sich sogar schwer sagen, ob er überhaupt Interessen außerhalb der Armee hat. Von seinen Verwandten lebt nur noch die Schwester seiner Mutter, die wohnt irgendwo in North-London. Geheiratet hat er nie. Er nimmt sich niemals Urlaub. Solche Männer gibt es in unserer Armee auch, jede Kampfmaschinerie produziert Typen wie ihn. Es sind immer schwierige, komplizierte Männer. Im Krieg sind sie ein Segen, aber in Friedenszeiten können sie einem verflucht auf die Nerven gehen ... Aber jetzt schweife ich ab ... Nachdem sie also die Palästinenser aus der Burg von Beaufort – im 12. Jahrhundert gebaut, aber eine ausgezeichnete Stellung für Artilleriebeobachter – vertrieben hatten, eine besonders blutige Schlacht, wurde Cranes Einheit

wieder und wieder quer durch die Bekaa-Ebene beordert, und er war immer dabei. Die ganze Zeit über. Während der drei Jahre israelischer Besatzung nistete er sich dort richtig ein. Irgendein schlauer Bursche im Verteidigungsministerium vertrat damals offenbar die fixe Idee, die Bekaa-Ebene stelle einen Schleichweg nach Damaskus dar, auf dem man die Golanhöhen umgehen kann. Als sich die Israelis aus ihren Stellungen zurückzogen, kannte Noah Crane die Gegend jedenfalls besser als jeder andere Mann in der Armee. Unserer Ansicht nach kann er, und zwar nur er, in die Bekaa-Ebene hineingelangen, dort einen Auftrag durchführen und danach wieder hinausgelangen.«

»Wird diese Sache von der Regierung gebilligt?«

»Gesetz über Amtsgeheimnisse, Holt – aber es ist von ganz oben gebilligt worden.«

»Sie haben ihn ›schwierig‹ und ›kompliziert‹ genannt.«

»Sie kommen schon klar mit ihm.«

Holt stand auf. »Ich hatte von Anfang an keine Wahl, was?«

»Natürlich nicht. Sie sind ein Werkzeug der Regierungspolitik geworden, Holt.«

»Und wenn ich nun sagen würde, ich hätte Angst?«

»Angst? Dankbar sollten Sie uns sein. Schließlich geht es um den Mörder der Frau, mit der Sie gevögelt haben. Man sollte doch meinen, daß Sie sich darum reißen würden, bei der Aktion dabeizusein.«

»Ich werde dabeisein«, sagte Holt.

»Spielen Sie bloß nicht gleich den Helden«, grinste Percy Martins.

»Ich werde in die Bekaa-Ebene gehen, und ich werde einen palästinensischen Terroristen identifizieren, damit er mit Billigung meiner Regierung getötet werden kann.«

»Erwarten Sie vielleicht einen Tusch?«

»Und wenn ich wiederkommen, dann schlage ich mir an Ihrer Nase die Knöchel blutig.«

Ein noch breiteres Grinsen von Percy Martins. »Das machen Sie mal.«

Es wurde Abend, und die Pendler strömten in Scharen zu den Bahnhöfen und Überlandbussen und U-Bahn-Stationen Londons. Es war die Tageszeit, zu der der Direktor des Geheimdienstes meistens im Whitehall-Eingang des Kabinetts verschwand, um den diskreten unterirdischen Gang zur Downing Street zu benutzen.

Der Premier las die Liste: »Versuchter Brandanschlag auf das Tourismusbüro von Israel – verantwortlich: Al-Fatah. Gescheitertes Attentat auf den irakischen Botschafter – verantwortlich: Al-Fatah. Bewaffneter Überfall auf einen Transferbus der El Al mit Todesopfern – verantwortlich: die Gruppe Wadia Haddad. Briefbombe an die irakische Botschaft – Absender unbekannt. Verhaftung eines Irakers, der Sprengstoff zu einer Kontaktperson der IRA bringen wollte – Verbindung unbekannt. Eigentor durch die verfrühte Explosion einer Bombe im Hotelzimmer – verantwortlich: Gruppe Wadia Haddad. Erschießung des israelischen Botschafters – verantwortlich: die Gruppe Abu Nidal. Brandlegung im Jüdischen Club – Täter unbekannt. Bombenanschlag bei der israelischen Bank Leumi – Täter unbekannt. Bombenanschlag beim Hauptsitz des Kaufhauses Marks & Spencer – Täter unbekannt. Vereitelter Versuch des Ankaufs elektronischer Sabotagegeräte – verantwortlich: Volksfront zur Befreiung Palästinas/Oberkommando. Bombenexplosion in einem Reisebüro mit jüdischem Besitzer – Täter unbekannt. Verhaftung eines Sprengstoffkuriers – Verbindung zur Gruppe Abu Nidal. Versuchte Einbringung einer scharfen Bombe in eine Maschine der El Al – verantwortlich: der syrische Luftwaffen-Nachrichtendienst ... Das ist ja eine schauderhafte Liste.«

»Und das ist nur der arabische Terrorismus in London in den letzten Jahren, Premierminister. Dazu kommt ja noch die Aggression gegen britische Staatsbürger im Ausland – die Attakken mit Maschinengewehren auf Frauen und Kinder unserer Streitkräfte auf Zypern; Handgranatenanschläge auf griechische Hotels, in denen britische Touristen ihren Urlaub verbrin-

gen; das ist noch eine zweite lange Liste, die mit den Morden an unserem Botschafter und an Miss Canning endet.«
»Sir Sylvester Armitage war ein guter Mann, ein großer Diener seines Landes.«
»Dessen Tod gerächt werden sollte.«
Der Premier zögerte. Die Anregung war gemacht worden, doch die Entscheidung lag allein beim Premier.
»Könnten wir denn Erfolg haben?«
»Mit einem gezielten operativen Eingriff in der Bekaa-Ebene? Ja, das könnten wir.«
»Wie viele Leute?«
»Nur zwei. Ein britischer Jude, der mit dem Terrain vertraut ist, der mit geheimen Operationen Erfahrung hat und heute als Scharfschütze arbeitet; begleiten würde ihn der junge Holt, zum Identifizieren der Zielperson.«
»Nur zwei?« murmelte der Premier. »Würden die Israelis Unterstützung bieten?«
»Innerhalb Israels – ja. Im Libanon vermutlich ebenfalls.« Der Direktor richtete sich zu seiner vollen Größe auf, wurde onkelhaft und vertraulich. »Aber es wäre unsere Show, Premierminister.«
»Gegen den Mann, der beim Mord an unserem Botschafter den Finger am Abzug hatte?«
»Richtig, gegen ebendiesen Mann ... Wir würden genau dort in Aktion treten, wo *andere* von Aktionen höchstens *reden*. Wir würden keine Bomben in einer dichtbewohnten Großstadt hochgehen lassen, in der vagen Hoffnung, daß es den Richtigen erwischt. Wir würden uns genau den Mann vornehmen, mit dem wir eine ganz bestimmte Rechnung zu begleichen haben.«
»Ein Scharfschütze und ein Späher«, sinnierte der Premier. »Würden sie wieder herauskommen?«
»Wir haben den bestmöglichen Soldaten für die Aufgabe ausgesucht.«
Die Entscheidung mußte ohne Hilfe getroffen werden. Die Erinnerung an die Holzbank in der kleinen Dorfkirche, an die Tränen von Armitages Enkeltochter, an den Anblick des mit

Frühlingsblumen bedeckten Sarges, der zwischen den Reihen hinausgetragen wurde. Die Erinnerung an viele Gewalttaten, an Fernsehnachrichtenbilder von zerstörten Geschäftsfassaden, an Blutlachen auf Bürgersteigen im Herzen Londons, an gepanzerte Limousinen, in denen man zwischen Leibwächtern eingezwängt saß.
»Bringen sie mir den Kopf des Mörders«, sagte der Premier barsch.

Die Vorhänge waren vorgezogen, das Feuer heruntergebrannt. Holt saß auf einem Sofa. Das Licht im Salon war schummrig, weil zwei der fünf Glühbirnen der Deckenlampe kaputt waren. Percy Martins sagte gerade: »Die Yankees könnten eine solche Operation nie auf die Beine stellen. Sie glauben mir nicht? Na, ich erklär' Ihnen, warum. Die haben eine Spezialtruppe mit einem Jahresbudget von über einer Milliarde Dollar, können Sie sich das vorstellen – soviel Geld für eine Einheit von Divisionsstärke? Bringt aber alles nichts. Sie haben ihre Delta Force, das Hubschrauber-Einsatzkommando 168 und das Geschwader für Sonderaufgaben der Air Force, aber die sind alle keinen Schuß Pulver wert. Da interessiert man sich mehr für schicke Medaillen und fürs Spesenmachen. Stellen Sie sich vor: Als sie eine Einheit für eine Kommandoaktion gegen ein gekapertes Flugzeug im Mittelmeer losschicken wollten, mußte das Pentagon für die Hälfte der Männer bürgen, sonst hätten sie die USA gar nicht verlassen dürfen, und warum? Weil gegen die ganze Einheit gerade eine Untersuchung wegen Spesenbetrug lief. Ihre Ausrüstung funktioniert nicht, und sie kommen immer zu spät am Tatort an. Die Deutschen sind nicht übel, innerhalb gewisser Grenzen, aber als sie in Mogadischu den Lufthansa-Jet gestürmt haben, da war vorher ein britisches Kommando dagewesen, das den Büchsenöffner an die Maschine angesetzt und Blendgranaten hineingeworfen hat. Und wenn die Italiener mal ein Problem haben, dann sind sie verdammt schnell am Telefon und rufen uns um Hilfe ...«
Holt fragte sich, wieso es Martins in den Geheimdienst getrie-

ben hatte. Eigentlich hätte der Mann Präsident eines geselligen Vereins von Kriegsveteranen werden sollen.

»... Als mein Direktor vorhin angerufen hat, war er restlos zufrieden. Ein Hund mit zwei Knochen im Maul.«

»Ist das alles, was Ihnen wichtig ist?«

»Ich will zeigen, daß wir eine Aktion sauber durchführen können, das ist mir wichtig.«

»Damit Sie vor den Amerikanern damit prahlen können – werde ich deswegen in den Libanon geschubst?«

»Sie werden nicht geschubst, Sie haben sich freiwillig gemeldet. Falls wir uns mißverstanden haben, junger Mann ...«, Martins schritt auf dem Teppich auf und ab, richtete das Wort an die düstere Zimmerdecke und die Spinnweben, die jenseits der Reichweite von Mrs. Fergusons Staubwedel hingen, »... falls Sie mir nicht ganz folgen konnten, möchte ich eines klarstellen: Sie haben das Glück, dafür ausgewählt worden zu sein, eine Operation durchzuführen, die Ihrem Land unendlich viel mehr nützt als alles, was Sie in einer jahrelangen Karriere im diplomatischen Dienst erreichen können. Statt Ihr Leben damit zu vergeuden, Berichte abzufassen, die in einigen Tageszeitungen schon einen Monat früher und besser recherchiert erscheinen, werden Sie etwas *unternehmen*. Sie werden etwas *tun*, auf das Sie für den Rest Ihres Lebens stolz sein können.«

Man hörte das Dröhnen eines Automotors. Das Knirschen von Reifen im Kies. Holt hörte das heisere Bellen des Hundes.

Er stand auf und ging ans Fenster. Er zog den Vorhang beiseite. Er sah im Schein der grellen Lampe, die über dem vorderen Balkon montiert war, das Taxi vorfahren. Der Passagier hatte offenbar schon vorher bezahlt, denn er stieg sofort aus, und das Taxi fuhr davon.

Der Mann dort draußen war natürlich Noah Crane. Holt konnte ihn deutlich im Licht der Lampe erkennen. Ein extrem hagerer Mann. Kein Fleisch auf den Knochen, keine besonderen Kennzeichen, runde Schultern, ein flacher Brustkasten und spindeldürre Arme. Der Wind blies gegen seine Baumwollhose und ließ die schmalen Konturen seiner Beinmuskulatur hervor-

treten. Kurz gestutztes Haar in einer Mischung aus Braun und Grau, darunter hohle Wangen. Ledrige, braungebrannte Haut, kräftige, schmale Kieferknochen, eine hervorspringende Nase.
Holt beobachtete Noah Crane, der keine Anstalten machte, zur Tür zu gehen, sondern statt dessen in die schwarzen Schatten des Gartens starrte, die neue Umgebung in sich aufnahm. Dann ging die Haustür auf. Der Hund kam heraus, in vollem Tempo, und Holt hörte George, der ihm zubrüllte: Halt, Platz, Sitz! Der Hund raste direkt auf Crane zu. Holt hörte, wie George warnte, der Hund sei gefährlich. Dann lag der Hund auf dem Rücken, und Crane kniete neben ihm. Der Hund streckte alle vier Pfoten in die Luft, und Crane kraulte sein weiches Bauchhaar. Schließlich griff Crane nach seiner Reisetasche und ging gelassen, ohne Eile, die Stufen zum Eingang hinauf, während der Hund ihm die Hand leckte.
Damit hatte Holt alles gesehen: Der Hund hatte ein Gespür für Autorität. Als er sich vom Fenster abwandte, merkte Holt, daß er allein war, daß Martins das Zimmer verlassen hatte, hinausgegangen war, um Crane zu begrüßen. Der Hund hatte die Kraft und Autorität des Mannes gespürt. In diesem Moment fühlte Holt, in was für ein Loch er gefallen war, wie tief dieses Loch war und wie steil seine Wände. In diesem Moment wußte Holt, daß er in das Gesicht eines Killers blickte. In diesem Moment erahnte Holt die Gefahren, die Risiken der Bekaa-Ebene. Crane kam ihm anders vor als jeder Mensch, den er bisher getroffen hatte. Es lag etwas Leichtes und Unbeschwertes an der Art, wie Crane die alten Steinstufen zur Tür hinaufging. Er erinnerte sich daran, wie er selbst diese Stufen erklommen hatte, bebend, willfährig und ängstlich gespannt auf das, was ihn erwarten mochte. Crane hatte die Stufen genommen wie ein Henker, wie ein Scharfrichter ohne Gewissen.
Und nun packte ihn die Angst erst recht ...
»Sei nicht kindisch, Holt.«
Das Quietschen der Flügeltür.
Das hereinflutende Licht aus dem Korridor.

»Holt, ich möchte Sie mit Noah Crane bekannt machen«, sagte Martins.
Holt blieb reglos stehen, wie angewurzelt. Er war größer und wog vermutlich gut zehn Kilo mehr als Crane. Er kam sich vor wie ein Zuchtbulle auf dem Viehmarkt, der von einem Käufer beäugt wird. Crane musterte ihn prüfend vom Scheitel bis zur Sohle. Holt trug eine frisch gebügelte Freizeithose, ein sauberes weißes Hemd mit Schlips und ein unauffälliges, kariertes Sportjackett, seine Schuhe waren geputzt. Er fühlte sich wie ein Schuljunge, der sich für einen Ferienjob vorstellt. Cranes Schuhe waren schmutzig, an seinem Hemd standen drei Knöpfe offen. Ausdrucksloser Blick. Crane wandte sich an Percy Martins. Martins stand neben Holt, spielte den Viehhändler.
»Das ist er?«
»Ja, das ist Holt, Mr. Crane.«
»Militärdienst?«
»Nein, beim Militär ist er nicht gewesen.«
»Irgendwelche harten Einsätze im Gelände?«
»In seinen Akten steht nichts davon.«
»Treibt er Sport?«
»Seit seiner Rückkehr aus Moskau nicht, jedenfalls nicht daß ich wüßte.«
»Gibt es irgendeinen Grund, ihn mitzunehmen, abgesehen davon, daß er Augenzeuge war?«
»Er hat Abu Hamid gesehen, Mr. Crane, deshalb kommt er mit.«
»Womit haben Sie ihn denn unter Druck gesetzt?«
»Seine Freundin war das Opfer, er brauchte nicht lange überredet zu werden.«
»Weiß er schon etwas über die Bekaa-Ebene?«
»Ich dachte, es wäre am besten, damit zu warten, bis Sie zu uns stoßen.«
Der Akzent klang nach London. Nicht der rauhe Klang des East End, eher das gedehnte Nölen von West London. Crane sprach Martins aus dem Mundwinkel an, hielt dabei aber den

Blick die ganze Zeit fest auf Holt gerichtet. Crane kam auf Holt zu. So nahe, daß Holt die winzigen Narben auf seinen unrasierten Wangen sah, so nahe, daß Holt den Imbißbudengeruch in seinem Atem roch, so nahe, daß Holt die Kälte in seinen Augen spürte.
Er kam von unten, aus der Höhe von Cranes Oberschenkel, ohne Ausholen, ohne Warnung. Ein kurzer Schlag mit der geballten Faust, genau in Holts Solarplexus. Die Faust bohrte sich in Holts Jackett, in das Hemd, in das Unterhemd, in seinen Magen. Er keuchte nach Luft und sank nieder.
Holt war auf den Knien.
»Nicht persönlich gemeint«, sagte Crane. »Aber deine Bauchmuskeln sind ziemlich schlaff.«
Holt fürchtete, sich gleich zu übergeben. Er kniff die Augen fest zu. Er hörte ihre Stimmen.
»Wenn er keine Kondition hat, ist er mir auf dem Hinweg eine Last und auf dem Rückweg erst recht.«
»Wir werden ihn ein bißchen trainieren lassen.«
»Wird auch nötig sein.«
Holt zog sich mit Hilfe einer Sessellehne wieder auf die Beine. Er zwang sich, die Hände vom Bauch wegzunehmen. Er schluckte heftig, um seine Übelkeit niederzuringen. Er preßte die Augen mehrmals zu, um die Tränen zu unterdrücken.
»Ich entschuldige mich nicht, Holt. Wenn ich eine Niete mitnehmen muß, dann scheitere ich. Und wenn ich scheitere, dann bist du tot und ich möglicherweise auch.«
»Ich werde keine Niete sein«, brachte Holt hervor.

Major Zvi Dan bedeutete dem britischen Geheimdienstoffizier, Platz zu nehmen. Höllisch heiß im Zimmer; der Ventilator war durchgebrannt.
Der Fußweg vom Auto in das Gebäude und der Gang durch die Korridore hatten erste Schweißtropfen auf die Stirn des Geheimdienstoffiziers treten lassen.
»Es tut mir leid, aber sie haben es wieder abgelehnt.«
»Scheiße.«

»Ich habe ihnen erklärt, die Bitte um erneute Prüfung käme vom Direktor des britischen Geheimdienstes – aber ich wußte, wie die Antwort lauten würde. Schon Tradition bei uns Israelis. Wir treffen eine Entscheidung, und dann bleiben wir eisern dabei.«

Der Engländer biß sich auf die Lippen. »Ich glaube, ich habe die Antwort auch gewußt.«

»Bevor man dich als Laufburschen einsetzt, hat man sich da in London eigentlich überlegt, was es logistisch bedeutet, einen Hubschrauber loszuschicken, um mitten in der Bekaa-Ebene ein Team abzuholen?«

»Vermutlich nicht genau.«

»Dann solltest du das denen mal erzählen.«

Der Geheimdienstoffizier nahm einen Notizblock aus der Aktentasche und zog einen Kugelschreiber aus der Hemdtasche.

»Also, schieß los.«

»Zunächst einmal: so eine Abholaktion ist auch ohne Boden-Luft-Raketen schon schwer genug, wenn man nur mit kleineren Feuerwaffen beschossen wird. Auf jeden Fall wird es wie ein Stich ins Hornissennest sein, wenn ihr euren Mann da umlegt. Letztes Jahr hatten wir eine ähnliche Situation – da ist uns eine Phantom in den Hügeln bei Sidon abgeschossen worden. Der Pilot war unverletzt und hatte Elektronik dabei, mit der wir seine genaue Position orten konnten. Wir schickten Flugzeuge und Cobra-Helikopter los, um ihn mit einem Vorhang aus Bomben und MG-Feuer zu schützen, den kein Angreifer durchdringen konnte. Anderthalb Stunden lang, bis es dunkel wurde. Die Bomber kamen in wechselnden Schichten, die Kampfhubschrauber blieben die ganze Zeit über der Stelle. Muß ich dir vorzählen, wie viele Flugzeuge, wie viele Helikopter dazu nötig waren? Hoch oben hatten wir die gesamte Zeit eine fliegende Kommandozentrale stationiert. Als wir dann den Schutz der Dunkelheit hatten, kamen wir mit einer Cobra runter, um den Piloten aufzunehmen, und weitere Cobras sorgten für einen Korridor, durch den die erste hinausfliegen konnte. Beim Treffpunkt blieb keine Zeit zum Aufsetzen, der Pilot mußte sich an den Landekufen des Hubschraubers festhalten und daran hängen bleiben. So sieht die Sache aus, wenn man es *nicht* mit Boden-Luft-Raketen zu tun hat.«

»Das werden sie in London begreifen können.« Mit verbissenem Gesicht schrieb der Geheimdienstoffizier alles mit.

»Aber in der Bekaa-Ebene ist man eine *Zielscheibe* für ihre Raketen. Gegen Angriffe aus großer Höhe haben sie die SA-2 Guideline, für mittlere Flughöhen die SA-8 Gecko und für Tiefflieger die SA-9 Gaskin. Wenn man da bei Alarmstufe Rot mit einem Helikopter reingehen will, braucht man Jagdflugzeuge als Schutz. Und diese Jäger müssen auch vor den Raketen geschützt werden. Und um diesen Schutz zu erreichen, muß man einkalkulieren, auch die Abschußrampen der Raketen zu zerstören.

Im Jahr 1982 haben wir die Raketenabschußrampen in der Bekaa-Ebene unter Beschuß genommen. Voraussetzung dafür war folgendes: Wir mußten ferngesteuerte Attrappen dorthin schicken, wo unserer Vermutung nach die Raketen stationiert waren; diese Attrappen haben starke Reflektoren, die sie auf dem Radar wie normalgroße Flugzeuge mit Pilot aussehen lassen. Als die Syrer dann ihre Radargeräte voll aufdrehten und die Raketen startklar machten, konnten wir sie mit Hilfe einer EC-135, einer umgebauten Boeing, und einer E2C-Hawkeye lokalisieren. Nachdem wir die genaue Position der Abschußrampen kannten und außerdem mit Störsendern ihre Elektronik lahmgelegt hatten, schlugen wir von oben zu, mit Maverick-Raketen und Walleye-Sprengköpfen, die sich ihr Ziel in der Energiequelle der Raketenbasis suchen ... Es war also ein Riesenaufwand. Alles mitgekriegt? Aber all das war *Voraussetzung*. Und außerdem mußten wir die ganze Zeit noch die syrischen Abfangjäger in Schach halten. Es war eine regelrechte Schlacht ...«

»Ich verstehe schon.«

»Mein Freund, so etwas wäre aber nötig. Mit so etwas hätten wir zu rechnen, wenn wir euren Wunsch erfüllen wollten, jemanden aus der Bekaa-Ebene auszufliegen.«

»Also keine Helikopter-Unterstützung ...«

»Wie sollen wir das machen? Und es ist ja nicht einmal unsere Aktion.«
»Dann müssen Sie zu Fuß rauskommen.«
»Unser Scharfschütze und euer Augenzeuge, aus einem aufgescheuchten Hornissennest … Glaubst du eigentlich, daß man sich in London über die Gefahren der Bekaa-Ebene so recht im klaren ist?«
»Längst zu spät, sich diese Frage zu stellen – sie können nicht mehr zurück.«
Aus einer Schublade in seinem Schreibtisch holte Major Zvi Dan ein einzelnes großformatiges Foto. Er erklärte dem Engländer, daß die kleinen, hellen Flecken im Zentrum der starken Vergrößerung die Zelte eines Lagers darstellten, das vermutlich der Volksfront zur Ausbildung neuer Rekruten diente. Dann ging er zu seiner Wandkarte und bezeichnete die genauen Koordinaten des Ausbildungslagers.
»Wir nehmen an, daß ihr euren Mann dort finden werdet. Es ist ein langer Fußmarsch dorthin und ein langer Fußmarsch von dort zurück.«
Der Geheimdienstoffizier schob seinen Block zurück in die Aktentasche. Er beugte sich vor. »Crane ist doch euer Soldat.«
»Er ist an euch abgestellt worden. Und er wird von euch bezahlt. Es ist eure Aktion.«
Der Geheimdienstoffizier dankte seinem Freund für das Foto.

»Gut, werde ich weiterleiten. Vielen Dank, Tork.«
»Ich fand, Sie sollten es gleich erfahren, Mr. Fenner. Die beiden werden im Libanon eine Solovorstellung geben.«
Sie unterhielten sich auf einer abhörsicheren Leitung. Henry Fenner, die Nummer Zwei der Nahost-Abteilung von Century, und Graham Tork, der Kontaktmann des britischen Geheimdienstes in Tel Aviv.
»Ich werde es weiterleiten, mich geht es nichts an.«
»Leiten Sie die Aktion denn nicht, Mr. Fenner?«
»O nein. Der Alte hat sie Percy Martins überlassen.«
»Soll das ein Witz sein …? Der muß doch bald in Rente gehen?«

»Ehrlich gesagt bin ich nicht traurig darüber, vor allem nach dem, was Sie mir eben erzählt haben. Wissen Sie, daß der SAS die Sache glatt abgelehnt hat? Unter uns, und Anstruther ist da mit mir einer Meinung: Das Ganze ist absolut aussichtslos. Ich gebe Ihnen den guten Rat: Bleiben Sie auf Abstand. Wenn Martins dorthin verschwindet, wo er schon seit Jahren hingehört, passen Sie auf, daß Sie nicht mitgerissen werden. Also, bis dann, Tork.«

»Danke, Mr. Fenner.«

In seinem Büro in der Botschaft legte der Geheimdienstoffizier den Hörer auf. Was für eine wundervolle Welt ... Anstruther und Fenner, die Aufsteiger der Nahost-Abteilung, die ihm den Wink mit dem Zaunpfahl gaben. Er hatte Percy Martins auf seiner letzten Reise nach London getroffen, und der Mann war ihm vorgekommen wie aus dem Mittelalter. Er dankte dem Herrn, daß er einen Auslandsposten hatte, daß er seine Tage nicht an einem Schreibtisch des Century-Gebäudes verbringen mußte.

Er fragte sich, ob der junge Bursche, dieser Holt, auch nur ansatzweise Bescheid wußte, und er hoffte inständig, daß er ahnungslos war.

Die harte, barsche Stimme weckte Mrs. Ferguson. Sie warf sich im Bett herum. Sie blinzelte und sah verschlafen zum Wecker auf dem Tisch neben sich. Es war sechs Uhr zweiundzwanzig, acht Minuten bis zum Klingeln des Weckers.

Sie hatte gute Ohren, sie konnte die Worte verstehen.

»Ein trainierter Soldat in deinem Alter macht fünfzig Klappmesserübungen in der Minute, du hast zehn geschafft. Liegestütze schafft man normalerweise fünfundzwanzig, bei dir waren es bloß sechs. Und Kniebeugen schafft man dreißig, da kamst du nur bis acht ...«

Sie raffte sich den Morgenrock um die Schultern und stieg umständlich aus dem Bett. Sie ging ans Fenster.

»Entweder du wirst fit, und zwar schnell, oder du bist eine Belastung für mich ...«

Sie sah Holt in Unterhemd und Unterhose, der schwer keuchend flach auf dem Bauch vor dem Haus lag. Mr. Crane stand über ihm und hielt eine Stoppuhr in der Hand.
»So, jetzt machst du ein paar Sprints, dreimal vierzig Meter.«
Sie versteckte sich halb hinter dem Vorhang. Sie sah zu, wie Holt versuchte, vom Ende der Terrasse zum ersten Rosenbeet zu sprinten; er lief wie ein Betrunkener oder ein Behinderter, aber er rannte, er gab nicht auf.
»Ich schätze, sechsmal um die Wiese sind anderthalb Meilen. Wenn du es in etwa elf Minuten schaffst, dann ist das hervorragend, alles über sechzehn Minuten reicht mir nicht ... Also, los geht's ...«
Holt rannte immer noch, als Mrs. Ferguson sich gewaschen und angezogen und den dünnen Lippenstift aufgetragen hatte; er war noch auf den Beinen, bewegte sich immer noch vorwärts.

8. Kapitel

Ein leichter Wind fing sich in den Zeltklappen und blähte sie auf. Die Rekruten hatten Kuppelzelte. Vom Zeltplatz verlief ein deutlicher Trampelpfad zu einem einzeln stehenden, kleineren Zelt, und ein weiterer Pfad führte zur Kochstelle, wo ein Stück rostiges Wellblech, das auf vier Pfosten genagelt war, als Wetterschutz diente. Acht Zelte für die Rekruten, das kleinere Zelt für Abu Hamid – und für Fawzi, wenn er da war – und die Kochstelle, alles stand dicht beieinander. Etwas abseits der Zelte und der Kochstelle, etwa dreißig Meter entfernt, stand ein Verschlag, der auf drei Seiten mit Sackleinen bespannt war; das war die Latrinengrube des Camps.

In der Nähe der Rekrutenzelte waren Luftschutzgräben angelegt worden, die durch den Erdboden bis in den Fels hineinreichten. Sie gingen tief hinunter, man betrat sie über Stufen aus Holzplanken; sie waren mit Blechdächern abgedeckt, über denen man das ausgehobene Erdreich und die Steine aufgetürmt hatte. In einem Extragraben war eine Tür eingelassen, die genau mit dem schweren Holz der Einfassung abschloß. In diesem Graben wurden die »Strelja«-Boden-Luft-Raketen aufbewahrt, die zum Verteidigungssystem des Camps gehörten. Darüber hinaus waren etwas weiter entfernt, am Rande des Lagers, drei separate 14,5mm-Fliegerabwehrgeschütze vom Typ ZPU-4 aufgestellt. Nach außen wurde das Lager von einer dicht gewickelten Rolle Stacheldraht gesichert, in der Papier- und Kartonfetzen, weggeworfene Munitionspackungen und Schachteln hingen. Hinter dem Stacheldraht war mit Bulldozern ein Graben ausgehoben worden, der steil genug war, um Panzer aufzuhalten.

Im Westen des Camps endete die Bekaa-Ebene an einem Abhang, drei Meilen weiter nördlich befand sich ein kleines syrisches Lager mit einer Kompanie regulärer Soldaten, nach Osten erstreckte sich das breite Tal, und ein Stück weiter südlich lag ein von Schiiten bewohntes Dorf.
Das Camp war vierundzwanzig Meilen entfernt vom südlichen Ende der Bekaa-Ebene errichtet worden, die israelische Grenze war sechsunddreißig Meilen weit weg. Das Camp galt als sicherer Unterschlupf.
Abu Hamid haßte das Lager, er haßte den Schmutz und den Dreck und den Gestank des Camps. Er haßte die Rekruten, für die er verantwortlich war. Er haßte die Fliegen am Tag genauso wie die Moskitos, die in der Dämmerung aus dem Bewässerungsgraben hinter dem Stacheldraht ausflogen, und die Ratten, die in der Nacht darunter hindurchhuschten. Er haßte das Essen, das der Koch auf dem offenen Feuer unter dem Wellblechdach regelmäßig anbrennen ließ. Er haßte die lässige Ruhe von Fawzi, dem syrischen Spion, der da war, um ihn zu überwachen. Er haßte die Langeweile des Ausbildungsalltags. Und am meisten haßte er die Isolation im Lager.
Er hatte Fawzi gebeten, ihm den Ausweis zu besorgen, mit dem er nach Damaskus hätte fahren können, um seine Margarethe zu besuchen. Natürlich schlug man ihm seine Bitte nicht ab. Die Syrer schlugen einem niemals eine Bitte ab, sie leiteten sie nur weiter, und es gab immer die versteckte Andeutung, daß es noch ein bißchen dauern könne.
Seit zwei Wochen wurde er hier gefangengehalten.
In diesen zwei Wochen hatte er weder Major Said Hasan noch jemanden von der Volksfront zu Gesicht bekommen. Natürlich wußte er, daß der »Doktor«, der Anführer der Volksfront, nicht in die Bekaa-Ebene kommen konnte, daß er sich nicht so nahe der Grenzen des zionistischen Feindes zeigen durfte, doch es gab andere, die durchaus hätten kommen können, die von den Syrern Zutritt zu ihm und den neuen Rekruten hätten verlangen können.
Das Lager war für ihn die Hölle. Und dann nagte etwas an ihm,

das sein Selbstvertrauen aufzehrte. Abu Hamid hatte der palästinensischen Sache einen Dienst erwiesen, und auch der Arabischen Republik Syrien, die diese Sache förderte. Nur mußte dieser Dienst geheim bleiben und durfte nicht herumerzählt werden. Das nagte an ihm. Natürlich wußten die Rekruten, daß er 1982 an den Schlachten von Tyrus und Sidon und Damour und West-Beirut teilgenommen hatte. Doch die Rekruten, jeder einzelne von ihnen, waren auch alle bei der einen oder anderen dieser Schlachten dabeigewesen. Als halbe Kinder hatten sie Verwundete nach hinten und Munition nach vorn gebracht. Die halben Kinder waren zurückgeblieben, in den Lagern Rashidiye, Aïn el-Helwe und Miye ou-Miye, in den Lagern von Sabra und Shatila, während die Kämpfer von ausländischen Friedenstruppen sicheres Geleit zu den davonfahrenden Schiffen bekommen hatten. Die Kinder waren in Palästina geblieben, unter der zionistischen Besatzung. Sie erwiesen ihm einen gewissen Respekt, weil er die Ausbildung an der Militärakademie von Simferopol bekommen und dort als bester Offizierskadett abgeschlossen hatte, aber der Respekt hatte seine Grenzen. Wenn sie nur wüßten ...

»Wann können wir endlich nach Israel hinüber?« war ihr einziger Gedanke. »Wann dürfen wir im wirklichen Krieg kämpfen?« bettelten die Rekruten Abu Hamid an. »Wann können wir ihnen zeigen, daß wir keine Angst haben?«

Abu Hamid hatte Männer gekannt, die nach Israel gegangen waren, die den wirklichen Krieg gekämpft und keine Angst gezeigt hatten. Vor der israelischen Invasion des Libanon 1982 hatte er sie in den Lagern kennengelernt. Er hatte sie aufbrechen sehen. Er hatte nie einen von ihnen zurückkehren sehen.

Nur eines linderte den Haß, den er gegen das schmutzige, stinkende Lager empfand. Vor den Rekruten mußte er es geheimhalten, aber er hatte seinen Einsatz bereits in Simferopol geleistet, und nun würde er ihn nie wieder leisten müssen. Von ihm würde man nie erwarten, daß er durch die Sicherheitszone nach Israel ging.

Ein sehr privater Gedanke. Ein Gedanke, den er nie jemandem mitteilen konnte.
Sie kamen den sanft geneigten Abhang ins Tal hinunter. Die Rekruten marschierten in loser Formation, zwanzig Reihen von je drei Mann nebeneinander, und Abu Hamid spielte die Rolle des Ausbilders im Offiziersrang der Militärakademie und ging zackig neben ihnen her, gab den Takt des Gleichschritts an. Die Rekruten sangen voller Inbrunst ein Lied der Volksfront, ein Lied vom Töten und vom Sieg. In dem Lied ging es um den Tod und ums Kämpfen, doch das Tal war ein Ort des Friedens. Von dem erhöhten Pfad aus sah Abu Hamid über die bestellten Felder des Tals, über das scharfe Gittermuster der Wassergräben und auf die sanft geschwungene Schotterpiste, die zu ihrem Camp führte – ein Bild ungestörter Ruhe. Er sah Frauen aus dem Schiitendorf im Olivenhain die Bäume beschneiden und andere Frauen, die in den Haschischfeldern knieten. Zwischen den Weinreben arbeiteten Männer, andere trieben ihre Schafherden durch die kahl bewachsenen Rinnen auf bessere Weidegründe. Rauchwölkchen stiegen über dem Camp der syrischen Truppen auf.
Er hörte Vögel singen. Er sah zwei Jeeps auf das Camp zufahren, die auf der Piste kleine Staubwolken aufwirbelten.
Sie kamen den Hügel hinunter. Sie erreichten das Tor des Camps, die Lücke im Stacheldraht, als der erste Jeep noch hundert Meter vom Lager entfernt war.
Abu Hamid gab seine Befehle. Die RPG7-Granatwerfer mußten gereinigt und in die unterirdische Waffenkammer zurückgelegt werden. Die Gewehre waren auseinanderzunehmen und zu reinigen. Das Mittagessen mußte gekocht werden.
Er wartete an der Einfahrt des Camps. Der erste Jeep bremste knirschend direkt vor ihm. Der zweite blieb fünfzig Meter weiter hinten stehen. Die Motoren wurden ausgeschaltet. Beide Jeeps trugen die rot-weißen Streifen der syrischen Militärpolizei auf den staubbedeckten Türen. Er sah, daß der Fahrer des vorderen Jeeps den weißen Helm der MP trug, er sah Fawzi auf der Beifahrerseite aussteigen. Fawzi war drei Tage und drei

Nächte lang weg gewesen. Er sah das Grinsen, die Vorfreude in Fawzis Miene. Fawzi grüßte Abu Hamid mit einer lässigen Handbewegung, dann ging er um den Jeep herum und öffnete die Heckklappe.
Die Frau war verschnürt wie ein Päckchen. Fawzi hob sie ohne Schwierigkeiten aus dem Jeep heraus. Unterhalb des Saumes ihres langen Rocks hatte man ihr die Fußknöchel viele Male mit einer Schnur umwickelt, wie man sie zum Bündeln von Stroh oder Heu als Viehfutter verwendet. Ihre Arme waren mit Handschellen auf den Rücken gekettet. Fawzi legte sie sich über die Schulter. Sie wimmerte nicht, wehrte sich nicht. Abu Hamid konnte ihr Gesicht nicht sehen, weil ihr Kopf schlaff vor Fawzis Brust herabhing. Sie trug kein Kopftuch, ihr langes Haar war dreckverfilzt, die helle Erde der Bekaa-Ebene in die schwarzen Zöpfe geschmiert. Er sah, daß der Militärpolizist am Steuer sitzenblieb und sich eine Zigarette anzündete. Er folgte Fawzi ins Lager, ging hinter den reglosen Beinen der Frau her. Sie hatte keine Schuhe an, und ihre Fußsohlen waren wund und blutverkrustet. Abu Hamid fuhr sich mit dem Finger an die Narbe auf seiner Wange.
Hinter den Zelten ließ Fawzi die Frau fallen. Der Aufprall war hart, sie fiel auf Hüfte und Schulter. Kein Laut des Schmerzes, nur ein keuchender Atemzug.
Abu Hamid schluckte. Die Rekruten kamen heran, bildeten zögernd einen Kreis um Fawzi, Abu Hamid und die Frau. Fawzi atmete schwer, schweigend, bereitete seine Ansprache vor. Jetzt sah Abu Hamid das Gesicht der Frau. Er vermutete, daß ihre Nase gebrochen war, weil die Nasenspitze ein wenig seitwärts zeigte, als wäre sie aus Knetmasse und könnte leicht in alle Richtungen gebogen werden. Sie hielt die Augen geschlossen, vielleicht weil sie lieber nichts sehen wollte, vielleicht weil sie von den Schlägen so geschwollen waren, daß sie sie nicht öffnen konnte; tiefdunkle Blutergüsse bedeckten die weiche, fahle Haut. Er sah, daß die Knöpfe ihrer groben Bluse abgerissen worden waren, er sah die Schwären an ihrem Hals und auf der Haut ihrer Brüste. Es sah ihm danach aus, als hätte man sie

mit brennenden Zigarettenstummeln gefoltert. Abu Hamid kämpfte einen heftigen Brechreiz nieder.
»Diese Frau heißt Leila Galah«, begann Fawzi. »Ihre Eltern leben in Nablus, in den besetzten Gebieten. Sie selbst kommt aus dem Lager Bourdj el-Baradjneh bei Beirut. Sie ist dreiundzwanzig. Vor sieben Jahren hat sie die besetzten Gebiete verlassen, um sich der Demokratischen Volksfront anzuschließen – all das hat sie uns selbst erzählt.«
Niemand sah Fawzi an. Alle Blicke aus dem Kreis der Rekruten richteten sich auf den reglosen Körper der Frau, der zu Fawzis Füßen lag.
»Außerdem hat sie uns erzählt, daß sie seit zwei Jahren eine Agentin des zionistischen Feindes ist ...«
Abu Hamid hörte das wütende Knurren seiner Rekruten. Er hörte das heftige Einatmen. Er sah das Lächeln, das sich über Fawzis Gesicht breitete. Er fragte sich, ob die Frau die Anschuldigung hörte.
»Sie hat uns gestanden, daß sie eine Spionin ist.«
Nach der Evakuierung von Beirut war Abu Hamid in die Hafenstadt Aden gekommen, die Hauptstadt der Volksrepublik Südjemen. Mit ein paar Freunden war er einmal in einem Fischerboot weit aufs Meer hinausgefahren, bis sie das Festland nicht mehr sehen konnten; dort hatten sie einen Sack Schlachtabfälle und Innereien ins Wasser gekippt, und als die Haifische von dem bluttriefenden Fleisch angelockt worden waren, hatten sie mit ihren Schnellfeuergewehren auf sie geschossen ... zum Spaß. Er erinnerte sich gut an die Gier der Haie, an ihren unerbittlichen Ansturm auf das Fleisch und das Blut und die Haut. Die Frau war das rohe Fleisch; daß sie für Israel spionierte, war das Blut, das im Wasser die Spur zog, und die Rekruten waren die Haifische des scharlachfarben aufschäumenden Roten Meeres.
»Aus ihrem eigenen Mund hörten wir, daß sie eine Agentin für den Shin Bet ist. Sie hat die Schekel des israelischen Geheimdienstes genommen. Sie hat ihren Namen verraten, den Namen ihrer Eltern. Sie hat ihr eigenes Volk verraten, das Volk der Pa-

lästinenser. Und sie hat euch verraten, die Kämpfer und Verteidiger der palästinensischen Revolution.«

Der Kreis schloß sich um sie, immer enger. Das Knurren war zum Geheul geworden. Abu Hamid sah vom Gesicht der Frau in die Gesichter der Rekruten. Funkelnde Augen, haßverzerrte Münder, geballte Fäuste, die wütend durch die Luft schlugen. Er sah, wie er in Jalta vor dem Hotel Oreanda über die Straße ging und den leichten Anorak fallen ließ, unter dem die Kalaschnikow verborgen war. Er starrte in das Gesicht der jungen Frau, als sie durch die Tür heraustrat, die ihr der Mann aufhielt, den er erschießen sollte. Er sah, wie er die vorspringende Schulterstütze hob und fest gegen das Schlüsselbein preßte. Er sah, wie er den Abzug der Kalaschnikow drückte ... Gleich mußte er sich übergeben ... Er sah, wie die Frau nach hinten geschleudert, von den Beinen gerissen, gegen den Körper der Zielperson geworfen wurde, wie dann auch die Zielperson zu Boden ging. Er hatte keine Wut dabei empfunden ... Er hatte nicht den Gefühlssturm dieser Rekruten verspürt.

Er fand die Frau schön, sogar mit den blauen Flecken und den Brandwunden. Er spürte die Würde in ihrer Ruhe, die Würde, die in dem Schweigen lag, mit dem sie die Schmerzen erduldete.

»Sie wurde vor acht Tagen von Militärangehörigen verhaftet. Man hat sie verhört, sie hat ein volles Geständnis über ihren verbrecherischen Verrat abgelegt, und sie wurde von einem Gericht verurteilt. Sie ist des Todes.«

Weil ihm speiübel war, weil er die Frau schön fand, weil das Opfer gefesselt war und nicht frei durch die Glastüren des Hotel Oreanda gehen konnte, weil ihm das pulsierende Adrenalin der aufregenden Flucht durch die Straßen von Jalta fehlte, fühlte er Schwäche in sich aufsteigen.

Abu Hamid brüllte: »Wir werden die stinkende Spionin töten!« Der Schrei sollte seine Schwäche überspielen.

Blutgier brodelte rings um die Frau auf. Abu Hamids Schrei, der das Recht forderte, sie abzuschlachten, die Schreie der Rekruten, die das Recht forderten, an dem Blutvergießen teilzuhaben.

Fawzi stand jetzt über dem Oberkörper der verschnürten Frau. Seine gespreizten Beine waren über ihrer Hüfte. Die Frau zeigte keinerlei Furcht. Abu Hamid fand sie faszinierend. Warum flehte und bettelte sie nicht?

»... Weil sie euch gefährdet hat, sollt ihr es auch sein, die das Urteil des Gerichts ausführen.«

Warum bespuckte sie ihre Peiniger nicht? Warum kreischte sie nicht vor Angst?

»Denkt immer daran: Ihr seid hier unter dem Schutz Syriens. Ihr seid hier sicher dank der Wachsamkeit der syrischen Streitkräfte. Aber für Verräter gibt es in der Bekaa-Ebene keine Sicherheit. Verräter werden aufgespürt und vernichtet.«

Zentimeter um Zentimeter, Stiefelbreite um Stiefelbreite drängte der Kreis sich an die gefesselte Frau heran. Abu Hamid starrte ihr ins Gesicht. Einen kurzen Moment lang sah er, wie Leben in ihren Augen aufflackerte, wie sie die Lippen schürzte. Sie starrte zurück. Wenn er an ihrer Stelle wäre ...? Wenn dort Abu Hamid gelegen und seinen Tod durch Lynchjustiz erwartet hätte, an den Füßen gefesselt und in Handschellen, wäre er imstande gewesen, keine Angst zu zeigen? Abu Hamid begriff, welche Macht Syrien über die Rekruten der Volksfront besaß. Die Syrer hatten ihnen eine Spionin gebracht, zum Beschimpfen, zum Niedermetzeln, genau wie sie denselben Rekruten damals im Lager von Yarmouq die Hühner zum Zerfleischen zur Verfügung gestellt hatten. Syrien benutzte seine Macht, um sie zu verhöhnen, als Abschaum abzustempeln. Eine gefesselte, verschnürte Frau als Ausbildungsmaterial. Sie starrte Abu Hamid an. Jetzt sah er auch die Verachtung in ihren Augen, den Spott auf ihren Lippen.

Abu Hamid riß den Sicherungshebel seiner Kalaschnikow zurück.

In die Verachtung und den Spott im Gesicht der Frau feuerte er ein ganzes Magazin. Er zerfetzte den Körper der Frau noch lange, nachdem sie keinerlei Lebenszeichen mehr von sich gab. Dann erstarb der Lärm der Schüsse, erstarb mit dem Leben einer jungen Frau, die als Spionin gebrandmarkt worden war.

Der Lauf des Gewehrs hing lose an seinem Oberschenkel herab. Der tote Körper war eine Masse aus Blut und Kleidern und Fleisch. Der Kreis war größer geworden, hatte sich geweitet. Die Rekruten hatten gesehen, in welcher Trance Abu Hamid gefeuert hatte – keiner hatte es gewagt, in seiner Nähe stehenzubleiben. Er sah Fawzis Kinnlade zittern.

Er ging davon. Er ließ den Kreis der Rekruten, den Syrer und die tote Frau hinter sich. Er ging auf den Stacheldrahtzaun am Rand des Lagers zu.

Dahinter, auf dem unbefestigten Weg, stand gegen die Motorhaube des zweiten Jeeps gelehnt Major Said Hasan.

Der Major klatschte in die Hände, er applaudierte.

Abu Hamid wandte sich ab. Er ging auf die andere Seite des Lagers. Kurz bevor er hinter einer Zeltbahn verschwand, wandte er sich noch einmal dorthin um, wo er die Frau erschossen hatte. Er sah die hüpfenden Schultern und die Köpfe, die auf und nieder gingen, und er wußte, daß die Rekruten jetzt über dem blutigen Leichnam einer Frau tanzten, die für Israel spioniert hatte.

Er ging hinter die Zelte und erbrach sich, bis sein Magen leer war, bis seine Kehle brannte.

Er wischte sich mit dem Handrücken den Mund ab, dann ging er zurück, zur Lagereinfahrt hinaus und den Weg entlang.

Er stellte die Frage an Major Said Hasan mit gepreßter Stimme.

»Wozu war sie hier?«

»Die Israelis wollen über die Situation in der Bekaa-Ebene immer Bescheid wissen.«

»Aber warum mein Camp? Warum gerade das Camp, wo ich bin?«

»Zufall, nichts weiter als Zufall.«

»Hat sie nach mir gesucht?«

»Sie sollten sich nicht ganz so wichtig nehmen. Sie sind wie ein Floh am Hals eines Hundes. Ihr Biß hat weh getan, aber man kann Sie nicht finden ...« Die Stimme von Major Said Hasan wurde hart wie Metall. »Warum haben Sie Ihren jungen Soldaten nicht erlaubt, die Spionin hinzurichten?«

»Als Führer habe ich die Aufgabe, sie durch mein Beispiel anzuleiten«, sagte Abu Hamid.
»Eine gute Antwort ... In ein paar Tagen werden Sie nach Damaskus abgeholt.«
Er sah, wie sich die glatte Haut von Major Said Hasans Gesicht bei dem Versuch eines warmen Lächelns in Falten warf.
»Warum haben Sie für Jalta eigentlich mich ausgesucht, Major?«
»Ich hatte von Ihnen gehört.«
»Was hatten Sie gehört?«
»Haben Sie früher schon einmal getötet, Hamid? Vor Jalta, meine ich.«
Er sprudelte die Antwort hervor. »1978 habe ich bei Bent Jbaïl gekämpft. Damals war ich noch jung. 1982 war ich auch Soldat. Ich war in Tyrus, dann in Sidon, dann in Damour und dann in Beirut. Da habe ich viele ...«
»Beantworten Sie meine Frage.«
»Ich habe viele Kämpfe durchgemacht.«
»Die Frage ist doch ganz einfach: Hatten Sie vorher jemals getötet, Abu Hamid?«
»Ich habe gegen die Israelis gekämpft ... natürlich. Ich habe Israelis getötet ...«
Die ruhige Stimme. Eine Stimme voll endloser Geduld. »Hatten Sie schon einmal in die Augen eines Mannes, eines lebendigen Mannes geblickt, ihm in die Augen geblickt und ihn dann getötet? Antworten Sie mir, Abu Hamid!«
Er konnte das Stottern nicht unterdrücken. »Wenn man gegen die Israelis kämpft, kann man nicht lange stehenbleiben und sich ein Ziel suchen ... Man kann gar nicht anders als mit großer Feuerkraft schießen.«
»Ihm in die Augen gesehen und ihn dann getötet?«
»Wenn man so dicht an einen Israeli herankommt, ist man tot.«
»Haben Sie die Angst in den Augen eines Mannes gesehen, der ganz genau weiß, daß Sie ihn töten werden?«
»Einmal«, flüsterte Abu Hamid.
»Erinnern Sie sich daran, für mich.«

Die Worte kamen in einem Schwall, wie ein Sturzbach. »Als wir aus Beirut weg mußten, nach der Evakuierung, kamen wir in den Südjemen. Wir durften jeder nur eine kleine Tasche und unser Gewehr mitnehmen. Die Führer der arabischen Welt ließen unsere Erniedrigung zu, nachdem wir unter gewaltigen Opfern die Schlacht der ganzen arabischen Welt geschlagen hatten ...«

»Im Südjemen also ...« Ermutigend, nicht zurechtweisend.

»Wir waren in einem Zeltlager. Ich hatte einen Radiorecorder, und eines Tages wurde mir das Gerät gestohlen. Ich fand den Dieb. Ich ging in sein Zelt. Er spielte gerade eine Kassette ab. Zuerst lachte er mich aus, aber ich wartete, bis er winselte – ja, bis ich ganz sicher war, und dann habe ich ihn erschossen.«

Seine Hand wurde ergriffen, von den Stummeln und dem Daumen gedrückt. Er schloß die Augen. Er spürte die glatte Haut über seine Wangen streichen. Er spürte Lippen, auf denen keine Feuchtigkeit war, seine Wange küssen.

»Davon hatte ich gehört. Und das war der Grund, weswegen ich Sie ausgewählt habe.«

Er sah noch lange den Staubwolken nach, die die Hinterreifen des Jeeps beim Wegfahren aufwirbelten.

Der Händler hatte schon zwei Straßensperren der syrischen Armee hinter sich gebracht. Er kam jeden Montag und Samstag auf dieser Route aus Beirut, und jeden Dienstag und Sonntag fuhr er in die Hauptstadt zurück. Die Posten mochten ihn alle recht gern. Der Händler verkaufte hauptsächlich Elektromaterial, von Glühbirnen über Stecker und Verlängerungskabel bis zu Ersatzteilen für die Kleingeneratoren, die in den Gegenden der Bekaa-Ebene abseits der beiden Hauptstraßen und fern der Überlandleitung für Strom sorgten. Der Händler machte den Soldaten immer kleine Geschenke, Kisten mit Limonade oder Wegwerf-Feuerzeuge. Unter dem auf Pappe aufgezogenen, vom Wind gebeutelten, leicht verwitterten Foto des grimmig dreinblickenden Präsidenten der Arabischen Republik Syrien an den Straßensperren hatte er wieder einmal ein wenig geplau-

dert, seine Ausweise für die flüchtige Kontrolle hingehalten und war durchgewinkt worden. Seine Ladung war um zwei Stangen Camel erleichtert.
Der Händler fuhr südwärts und nahm die gerade Hauptstraße entlang der Ostseite der Bekaa-Ebene. Sein Wagen war ein Mercedes, elf Jahre alt und mit 180 000 Kilometern auf dem Tacho. Der Rücksitz war herausgerissen worden, um zusätzlichen Laderaum für seine Waren zu schaffen. Er fuhr immer sehr langsam und erzählte den Wachtposten an den Straßensperren immer, er sei ganz sicher, daß sein Motor es nun wirklich nicht mehr lange machen und bald verrecken würde. Er machte jedesmal einen Witz daraus. Das Schneckentempo des überladenen, verrosteten Mercedes war eine wohlbekannte Quelle der Belustigung. Durch sein langsames Fahren konnte der Händler sehr viel besser beobachten.
Er war jetzt südlich des Dorfes Haoush el-Harimé, im Norden lag die kleine Stadt Ghazzé vor ihm. Er bremste den Wagen ab, verließ den Asphalt und kam auf dem Schotter zum Stehen. Er ging von seinem Wagen zu einem kleinen Olivenhain. Er machte den Reißverschluß seiner Hose auf. Beim Urinieren hatte er genug Zeit, um festzustellen, daß der alte, umgestülpte Eimer vor ihm nicht bewegt worden war, seit er zum letztenmal hier angehalten hatte. Er brauchte gar nicht erst im Versteck unter dem Eimer nachzusehen. Wenn der Eimer so dalag wie letztesmal, gab es keine Nachricht für ihn. Er schauderte. Falls ihn jemand beobachtete, aus der Ferne und mit einem Feldstecher, hätte es so ausgesehen, als würde er nur die allerletzten Tropfen abschütteln. Er schauderte vor Trauer und Angst.
Der Händler hatte erfahren, daß seit seiner letzten Fahrt aus der Bekaa-Ebene nach Beirut ein Agent festgenommen worden war. Die Gespräche an den Straßensperren hatten ihm Hinweise darauf geliefert. Und der unbenutzte Eimer zeigte ihm jetzt, welcher Agent es gewesen war. Der Spion konnte nicht gewußt haben, wer die Nachrichten abholte, aber der Spion hätte in einem Verhör aussagen können, wo sich der tote Briefkasten befand. Er drehte sich um. Falls ihn jemand durch einen

Feldstecher beobachtete, hätte er nur gesehen, wie der Händler den Reißverschluß hochzog und dann zu seinem Mercedes zurückschlurfte. Er würde seine Fahrt nie wieder an diesem Olivenhain unterbrechen.
Der Händler fuhr nach Ghazzé und nahm dann die gewundene Straße südlich von Djoub Djanin, die auf die Hügel des Djabal Aarbi hinaufführte, bis er das Dorf Baaloul erreichte. Im Dorf wurde er wie ein Held empfangen, weil er endlich den neuen Starter für die benzingetriebene Pumpe des gemeindeeigenen Trinkwasserbrunnens mitbrachte. Am nächsten Morgen, nachdem er die ganze Nacht mit den Dorfbewohnern geplaudert und in dem Betonhaus des Anführers geschlafen hatte, würde er weiter nach Süden fahren. Er würde seine eigene Nachricht in der Nähe von Qaraaoun deponieren, dann ginge es erst nach Westen und schließlich nach Norden, zurück nach Beirut.
Der Händler war ein Mann um die vierzig mit einem deutlichen Ansatz zur Fettleibigkeit, von Geburt Marokkaner, dem Glauben nach Jude, ein Bürger des Staates Israel, und wurde vom Mossad bezahlt.
Im Haus des Anführers des Schiitendorfes Baaloul hatte der Händler schlecht geschlafen. Er konnte sich das Bild eines gefolterten Kollegen, das Schicksal eines gefangengenommenen Agenten nicht aus dem Kopf schlagen.

»Wir können nicht bestätigen, daß die Rekruten wirklich in diesem Camp sind«, sagte Major Zvi Dan, »und auch nicht, daß sie unter dem Kommando von Abu Hamid stehen.«
»Ich wußte gar nicht, daß ihr euch in dieser Sache noch bemüht«, sagte Tork.
»Wir haben uns bemüht, aber leider ohne Erfolg. Wir hatten einen Agenten in der Gegend, aber sie haben ihn leider gefangengenommen ...« Major Zvi Dan seufzte, als würde es ihm persönlichen Kummer verursachen.
»Ihr hattet einen Agenten in dem Lager?«
»Das nicht, aber in der näheren Umgebung.«

»Das ist doch Wahnsinn. Womöglich ist Abu Hamid jetzt alarmiert und die ganze Sache von vornherein geplatzt.«

»Wir haben einen wertvollen, vertrauenswürdigen Agenten eingesetzt, der jetzt verloren ist. Brüll mich nicht an.«

»Scheiße ... vielleicht ist jetzt alles umsonst, Zvi.«

»Falsch. Die Informationen, die unser Agent bekommen hatte, waren ziemlich vage und bezogen sich auf alles mögliche. Was auch immer diese Schweine aus ihr herausprügeln, es kann der Zielperson keinen direkten Hinweis geben.«

»Aus *ihr*? Ihr habt eine Frau dort hingeschickt?«

Major Zvi Dan ließ die Faust auf den Tisch krachen. »Spar dir bloß deine britische Ritterlichkeit. Wir befinden uns im Krieg. Wir nehmen, was wir kriegen können. Greise, Frauen, Kinder, was wir eben kriegen. Du verstehst mich nicht ganz.«

»Was versteh' ich nicht?«

»Lieber Freund, ihr bereitet alles wunderbar vor, und vielleicht schafft ihr es sogar – Crane und der Junge, meine ich – bis in die Bekaa-Ebene und bis zu einer Scharfschützenstellung oberhalb dieses Camps, und dann stellt sich womöglich heraus, daß das Opfer gar nicht da ist, vielleicht niemals dort war. Das habe ich euch ersparen wollen.«

»Es tut mir leid«, sagte Tork leise.

»Was?«

»Daß ihr eure Agentin verloren habt.«

»Mein Freund, nicht wir sollten dir leid tun. *Sie* muß dir leid tun, ein Mensch, der unter wilde Tiere gefallen ist. Ich habe vielleicht ein Scharmützel verloren, aber sie wird ihr Leben verlieren, wahrscheinlich hat sie es schon verloren.«

»London wird dankbar sein«, sagte Tork.

»Sehr nett«, sagte Major Zvi Dan, »aber ich brauche keine Dankbarkeit. Ich will, daß dein Verein die Risiken dieser Aktion ernsthaft abwägt, ehe es zu spät ist. Sag ihnen das, damit sie endlich was vom wirklichen Krieg begreifen.«

»Ich bin schon viel besser geworden.« Unter der Trainingsjacke rann der Schweiß herab. »Können Sie nicht wenigstens zugeben, daß ich besser werde?«
»Als Klappmesser bist du durchschnittlich, bei Liegestützen bist du durchschnittlich, bei Kniebeugen bist du durchschnittlich. Und dabei hechelst du noch die ganze Zeit und vergeudest deine Kraft«, sagte Crane. »Du bist immer noch eine Flasche, Holt, also streng dich ein bißchen an.«
»Ich bin fit, bloß Sie haben nicht den Anstand, das auch zuzugeben.«
»Ach, wirklich?«
»Ja, zum Teufel. Sie haben so ein Riesenego im Schädel, daß Sie nicht eingestehen können, daß ich fit genug bin, um mit Ihnen aufzubrechen. Ich kenne Ihre Sorte, Crane, Sie gehören zu denen, die nicht die innere Größe besitzen, einmal zuzugeben, daß der andere auch gut ist.«
»Aha, gut bist du also?« Crane lächelte grimmig.
Holt blickte an der Hausmauer empor. Er sah Mrs. Fergusons Gesicht hinter dem oberen Fenster. Es war jeden Morgen dort oben zu sehen, wenn er das Trainingsritual durcharbeitete, und wenn er duschen ging, würde sie in die Küche hinunterkommen. So begann jeder Tag.
»Ich sag' Ihnen, was ich glaube. Ich glaube nämlich, daß ich ein ganz gutes Stück besser in Form bin als Sie ...« Mist, das war dumm gewesen. »Entschuldigung«, sagte er und sank auf den feuchten Steinplatten in sich zusammen.
»Warte hier.« Crane bellte den Befehl hervor. Er ging rasch davon, verschwand im Haus.
Holt rollte sich auf den Rücken. Der Schweiß kühlte seine Haut ab. Seine Wut kühlte ebenfalls ab, aber ihm war klar, was ihn so aufgebracht hatte. Planung und Logistik wurden nur zwischen Percy Martins und Crane besprochen. Sie hockten vor dem Kaminfeuer im Wohnzimmer, sie steckten die Köpfe über Landkarten, Luftaufnahmen und Listen der notwendigen Ausrüstung zusammen. Holt wurde nie nach seiner Meinung gefragt. Er war *wirklich* ein Nichts, verflucht. Sie hatten ihm noch nicht

einmal die Luftaufnahme des Ausbildungslagers gezeigt. Sie hatten ihm nichts erzählt, weder über die Bekaa-Ebene noch über das, was ihn dort erwartete. Er wußte nicht, wie sie hineingelangen würden, und schon gar nicht, wie sie wieder herauskommen sollten.

George stellte sich ein paar Meter von Holt entfernt auf und beobachtete ihn. Er hatte ein listiges Grinsen aufgesetzt, als gäbe es gleich etwas Lustiges zu sehen. Der Hund saß neben George, ausnahmsweise einmal ganz still, voller Interesse. Martins war mit George herausgekommen. Er sog prüfend die Luft ein, als könne er so feststellen, ob es später regnen würde. Weder George noch Martins würdigten Holt eines Grußes. Irgend etwas, was sie offenbar verdammt spaßig fanden, lag in der Luft. Holt erhob sich. Er schwankte leicht. Er fühlte sich schwach auf den Beinen. Natürlich war er schwach, zum Teufel, er hatte ja eben das Training aus Klappmesserübungen, Liegestützen und Kniebeugen hinter sich, die drei Sprints und danach den Dauerlauf. Er atmete tief, sog den Sauerstoff in seinen Körper hinein, tief in die Lungen, tief in den Blutkreislauf ...

Crane kam durch die große Glastür auf die Veranda. Er hatte einen alten Rucksack und eine Badezimmerwaage dabei. Die Waage stellte er ab, dann ging er in den Garten. George lachte leise auf. Martins machte ein Gesicht wie ein Oberlehrer, der einen Schüler beim Rauchen ertappt hat und ihn nun bestrafen muß – mir tut das hier noch mehr weh als dir. Crane war jetzt im Steingarten und zerrte an den Felsbrocken. Er lud Steine in den Rucksack. Als er ihn auf die Waage stellte, sah Holt, daß er fünfunddreißig Kilo wog. Crane warf sich den Rucksack lässig über die Schulter.

»Du meinst also, du wärst besser in Form als ich. Wenn wir in der Bekaa-Ebene sind, dann werde ich diese Last hier tragen, und du trägst das gleiche. Wir werden jetzt sechs Runden um den Rasen machen, im Dauerlauf ... nur darfst du es ohne die Last machen, und ich werde dich trotzdem schlagen.«

»Ich habe mich schon entschuldigt.«

»Kann nicht verstehen, was du sagst«, knurrte Crane.

In der ersten Runde führte Holt. Er bemühte sich, leichtfüßig und locker zu laufen, er wollte sich schonen. Vorbei an der verrottenden Gartenlaube, vorbei an der kahlen Birke, vorbei an den Rosenbeeten, vorbei an dem Rhododendrondschungel, vorbei an der verwucherten Stechpalmenhecke, vorbei an der Veranda mit dem grinsenden George und dem immer noch gequält wirkenden Martins. Hinter ihm die ganze Zeit die rhythmischen Schritte von Crane.
In der zweiten Runde führte Holt.
In der dritten Runde führte Holt. Die dritte Runde fiel ihm schwer, denn er bemühte sich, das Tempo zu erhöhen. Sein letzter Wettlauf war vor zehn Jahren gewesen, in der Schule hatte er so etwas gemacht, und schon damals hatte er keinen Spaß daran gehabt. Er machte längere Sätze und versuchte so, Crane abzuhängen, den Abstand zu vergrößern. Die Beine taten ihm weh, die Lunge tat ihm weh, er hatte Seitenstechen, und immer noch war das stampfende Geräusch der Schritte hinter ihm, dabei trug der Dreckskerl fünfunddreißig Kilo auf dem Rücken.
In der vierten Runde führte Holt. Sobald er schneller wurde, steigerte Crane ebenfalls das Tempo, als wären sie mit einer Gummischnur verbunden. Wenn Holt langsamer wurde, fiel auch Crane zurück. In der vierten Runde begriff Holt. Der Kerl spielte mit ihm.
In der fünften Runde führte Holt. Sein Atem war ein schmerzhaftes Keuchen, seine Beine waren aus Blei, sein Kopf schlenkerte hin und her. Crane war dicht hinter ihm, klang jetzt auch etwas außer Puste, ließ sich aber nicht abhängen. Keine Chance mehr, daß Holt ihm davonlaufen könnte. Es ging nur noch ums Überleben. Überleben hieß weiterlaufen. Überleben hieß Stolz. Er konnte nicht gewinnen, er wußte genau, daß der Dreckskerl ihn in der letzten Runde überholen würde. Plötzlich mußte er an Jane denken. Janes Gesicht stieg vor ihm auf, nachdem es lange weg, fern gewesen war, tagelang ... Jane, mein Liebling, geliebte Jane ... Jane, deren Körper er gespürt hatte ... Jane, die ihr Leben mit ihm teilen wollte ... Jane, die

ihn beobachtete ... Jane, die jetzt in Sicherheit war ... Er brüllte los: »Wieso mußtest du dich vor diesen alten Knacker stellen?« Doch er hörte die eigene Stimme nicht. Er hörte nur das Stampfen von Cranes Füßen und das Pfeifen des eigenen Atems.
In der sechsten Runde führte Holt. Am Anfang jedenfalls. Er führte an der Gartenlaube. Er führte an der Birke. Er führte an den Rosenbeeten, aber Crane war bereits auf Schulterhöhe heran. Er führte an den Rhododendronbüschen, aber Crane war neben ihm, lag nur ein winziges Stück zurück. Er sah Cranes Gesicht. Er wußte, daß er verloren hatte, als er den Kopf herumwarf und Cranes gelassenes Gesicht sah. Vorbei an der Hecke, und nun rannte er hinter Crane her. Seine Beine waren wie aus Gelee. Als er an der Veranda ankam, streifte sich Crane schon den Rucksack ab. Er sank ins Gras, geschlagen.
»Bring die Steine wieder dorthin, wo ich sie her habe«, sagte Crane. »Dann gehst du unter die Dusche.«
Der Hund leckte ihm das Gesicht, großflächige, sanfte Berührungen der Hundezunge. Die Veranda war leer. Crane und Martins und der grinsende George hatten Holt seinem Selbstmitleid überlassen und dem Bild seiner Braut. Er würgte, er hatte nichts mehr zu verlieren. Es begann zu regnen. Zuerst konnte er den Rucksack gar nicht anheben. Er kroch zum Steingarten hinüber, zerrte die schwere Last hinter sich her, während der Hund ihm die Schnauze in die Ohren stupste. Er kippte die Steine aus dem Rucksack über die wuchernden Ausleger der Erdbeeren.
Der Hund folgte ihm ins Haus, und es war ihm völlig egal, daß der Hund mit seinen schmutzigen Pfoten nicht hereinkommen durfte, es war ihm verdammt egal.
Holt stand in der Tür zum Eßzimmer.
Martins und Crane saßen an einem Tisch hinten im Zimmer. Crane wischte sich gerade mit einer Serviette den verschwitzten Nacken ab.
Seine Stimme kam als Stammeln, die Mattigkeit verriet ihn.
»Warum, Mr. Crane? Warum war das nötig?«
»Damit du siehst, was ich unter ›in Form sein‹ verstehe.«

»Und was passiert, wenn ich nicht in Form bin?«
»Auf dem Hinweg kostest du mich Zeit, weil ich nur in deinem Tempo vorankomme. Und auf dem Rückweg – wenn du da nicht in Form bist, lasse ich dich zurück. Und wenn ich dich zurücklasse, bist du entweder tot oder man nimmt dich gefangen. Wenn man dich gefangennimmt, wirst du wünschen, du wärst tot.«
Martins warf ein: »Sie machen sich hier lächerlich, Holt.«
»Ich bin nicht Ihr Sohn, *Mister* Martins. Behandeln Sie mich nicht wie Ihren Sohn, verdammt noch mal!«
»Reden Sie nicht in diesem Ton mit mir, und denken Sie daran, daß ich schon für den Geheimdienst gearbeitet habe, als Sie noch gar nicht auf der Welt waren. Ich werde ein Unternehmen wie das hier nicht noch einmal bekommen, und ich werde verflucht gut dafür sorgen, daß dieses hier Erfolg hat. Also reißen Sie sich zusammen. Es war *Ihre* Braut, und ich habe nie behauptet, daß es eine Vergnügungsreise wird. Und schmeißen Sie endlich den verdammten Hund raus!«

9. Kapitel

Für Holt war es eine triste Fahrt.
Ihm wurde der Beifahrersitz zugewiesen, neben George, der wortkarg am Steuer saß. Martins und Crane saßen auf den Rücksitzen des alten Volvo, und hinter ihnen war der Rottweiler, den ein festes Drahtgitter vom Fahrgastraum trennte. George war wütend, weil Martins der Ansicht gewesen war, das Auto sehe einfach erbärmlich aus, und kategorisch verlangt hatte, George solle es vor der Abfahrt waschen, die Fußmatten ausschütteln und die Aschenbecher leeren. Martins war in seine Papiere vertieft, und neben ihm schlief Crane mit der Gelassenheit eines Mannes, der überall Ruhe findet, ganz egal, wo er ist. George fuhr gut – als wäre es das einzige, was er gut konnte – und konzentrierte sich auf die Straße. Holt war wieder einmal sich selbst überlassen.
Doch er war jetzt im Grunde elf Tage lang allein gewesen, und er hatte auch jeden Versuch aufgegeben, an der Planung der Aktion teilzuhaben. Er konnte damit fertigwerden. Er war gut im Alleinsein, hatte es seit seiner Kindheit geübt. Die Kindheit im Haus eines Landarztes, mit einer Mutter, die nebenbei auch Sprechstundenhilfe, Sekretärin und Krankenschwester sein mußte, hatte zur Folge gehabt, daß es in den Schulferien lange Phasen gab, in denen er sich selbst beschäftigen mußte. Alleinsein hieß nicht Einsamkeit, nicht in Holts Erfahrung. Alleinzusein, sich ganz in sich zurückzuziehen, war Holt ganz recht. Noah Crane war auch so ein Einzelgänger, dachte Holt, sie müßten sich eigentlich gut verstehen; nur daß Crane so verdammt gut im Alleinsein war, daß er nicht einmal das teilen konnte. Der Abend im Salon, nach Mrs. Fergusons Abendes-

sen, das wieder einmal scheußlich gewesen war, hatte Holt gut gefallen: Martins mit seiner Predigt über den »langen Arm der Rache« und die »ethische Verwerflichkeit des Terrorismus«, dieser Blödsinn, daß »diejenigen mit der tieferen Überzeugung, dem stärkeren Willen und der größeren Entschlossenheit am Ende den Triumph erringen«, und dann noch das mit der »Befriedigung beim Überrumpeln des Feindes und bei der Vergeltung mit eiserner Faust«. Stumpfsinn erster Güte, und Crane hatte deutlich gezeigt, was er davon hielt: Er hatte die Augen geschlossen und war eingeschlafen. Eigentlich sollten sie Freundschaft schließen, der junge Holt und der alte Noah Crane. Daß sie es nicht getan hatten, war jammerschade, weiter nichts, und er würde es schon noch schaffen, früher oder später, und wenn er dabei umkam.

Er wußte, daß sie zu einer Kaserne fuhren. Mehr wußte er nicht, weil man ihm nichts gesagt hatte, und inzwischen hatte er sich das Fragen abgewöhnt. Ausnahmsweise war es ein klarer, frischer Morgen, sonnig und schön. Ein guter Tag zum Wandern durch die Wildnis des Exmoor Forest, sogar ein guter Tag für eine Fahrt neben George, der kein Wort redete, immer nur Pfefferminzbonbons lutschte. Sie kamen auf die Salisbury Plain, vorbei an den uralten Klötzen von Stonehenge, über die große offene Ebene, auf der unzählige Spuren von Panzerraupen einander kreuzten, vorbei an Dörfern mit Steinhäuschen, gemütlichen Pubs und normannischen Kirchen. Es war das erste Mal seit elf Tagen, daß er aus der feuchten Ruine und dem überwachsenen Garten herauskam, der mit einem drei Meter hohen Drahtgeflechtzaun auf Betonpfosten gesichert war. Gott sei Dank, endlich eine Abwechslung. Sie kamen durch Warminster, einen kleinen, geschäftigen Ort, dann folgten sie einem roten Wegweiser zu der Kaserne.

Der Posten an der Einfahrt überprüfte sie. Man salutierte, als sie durchfuhren. Holt drehte sich nicht extra um, aber aus dem Rascheln hinter sich schloß er, daß Martins mit fürstlicher Geste den Gruß erwiderte. Vor einem Kasten aus roten Ziegeln hielten sie an.

Man eskortierte sie alle, außer George, zu einem Zimmer im oberen Stock, in dem es nach frischem Kaffee duftete. Sie waren in der Welt des Militärs. Freundliches Händeschütteln, warme Worte der Begrüßung. Auf dem Boden lag eine lange, massive Kiste, halb unter den Tisch geschoben, auf dem Kaffee und Kekse serviert waren.

Dann hatten alle ihre Tassen auf den Tisch zurückgestellt. Drei Offiziere in schicken, frisch gebügelten Uniformen und blankgeputzten Stiefeln, Martins in einem Tweedanzug, Holt mit seinem Sportjackett und Crane in denselben Hosen und demselben Anorak, die er seit seiner Ankunft trug. Man kam zur Sache.

»Wie viele Scharfschützen?«

»Nur einer«, sagte Martins. »Mr. Crane ist der Scharfschütze.«

Holt meinte, daß die Soldaten bis dahin geglaubt hatten, er, Holt, sei der Scharfschütze. Überrascht starrten alle Crane an. Auch heute hatte Crane sich nicht die Mühe gemacht, sich zu rasieren.

»Mit welchen Waffen sind Sie vertraut, Mr. Crane?«

»Mit mehr, als Sie je in der Hand gehabt haben«, erwiderte Crane desinteressiert.

Holt sah es in den Augen des Offiziers aufblitzen. »Aha. Lassen Sie es mich so formulieren. Mit welchem Gewehr für Scharfschützen sind Sie am besten vertraut, Mr. Crane?«

»Galil 7,62 mm, Halbautomatik.«

»Wir finden unser Modell besser.«

»Sparen Sie sich den Reklamespot – ich nehme Ihre Waffe, weil man mir gesagt hat, daß ich sie nehmen soll.«

Holt mußte kichern, es rutschte ihm heraus, dann biß er sich sofort auf die Lippen. Er fragte sich, ob es überhaupt einen Menschen gab, zu dem Crane höflich sein konnte.

»Es ist eine britische Show, und deshalb wird britisches Material benutzt«, sagte Martins.

Holt glaubte, begriffen zu haben. Es sollte britisches Material benutzt werden, und es wäre wohl auch niemand böse, wenn das britische Material nach einem Erfolg des Heckenschützen

zurückgelassen würde. Britische Munitionskisten ... eine Visitenkarte für die Syrer.
Die Kiste wurde unter dem Tisch hervorgezogen. Holt sah das Gewehr flach in den Aussparungen eines Schaumgummikissens liegen. Das Gewehr war in braun-grünem Tarnmuster eingefärbt. Er sah das abgeschraubte Zielfernrohr, das in einer separaten Rille steckte.
Die Beschreibung war dem Offizier der reinste Genuß. »Das ist das Parker-Hale M.85 mit Kammerverschluß, abnehmbarem Magazin und militärtauglicher Zweibeinstütze, vorgesehen für Schwenk- und auch Kippnachstellung. Dazu gehört ein 6x44 mm-Zielfernrohr, für Tageslicht und mit Restlichtverstärker für nachts. In den richtigen Händen, würden wir schätzen, bietet es eine hundertprozentige Trefferquote beim ersten Schuß auf alles unter sechshundert Metern, aber das hintere Blendenvisier ist für eine Distanz bis zu neunhundert Metern geeignet.«
»Gewicht?«
»Mit einem vollen Magazin und dem Zielfernrohr kommt es auf knapp sechseinhalb Kilo ... Längerer Spaziergang geplant, was?«
»Das geht Sie gar nichts an«, sagte Martins.
»Lang genug jedenfalls, daß das Gewicht eine Rolle spielt«, sagte Crane.
»Wollen Sie mal damit schießen?«
»Ja, lieber das als Mittagessen.«
»Dann werden Sie was zum Anziehen haben wollen.«
»Richtig, und für ihn hier auch.« Crane wies mit dem Daumen auf Holt, dann wandte er sich direkt an ihn. »Du gehst jetzt aufs Klo, und dort wirst du so ausgiebig scheißen und pinkeln wie in der ganzen Woche noch nicht. Danach treffen wir uns wieder hier.«
Holt blieb ungefähr zehn Minuten weg.
Er kam zurück ins Zimmer. Crane trug bereits einen Kampfanzug mit Tarnmuster; seine Kleider lagen sauber gefaltet auf dem Rand des Tisches. Er warf Holt Hose und Jacke zu, deutete auf ein Paar Stiefel und dicke khakifarbene Socken daneben.

Sie gingen eine halbe Stunde lang zu Fuß, bis sie eine Stelle erreichten, mit der Crane zufrieden war. Außerhalb der Kaserne, tief in der Ebene, jenseits der roten Fahne, die vor Schießübungen mit scharfer Munition warnte. Sie ließen sich zwischen zertrampelten Farnbüschen nieder. Crane sagte, Holt solle weder sprechen noch sich bewegen. Hunderte von Metern vor ihnen, auf der anderen Seite einer kleinen, mit jungen Bäumen bestandenen Schlucht erkannte Holt mit Mühe einen Wall aus Sandsäcken und davor das Ziel, eine Puppenfigur.

Fünf Stunden und fünfunddreißig Minuten nachdem sie ihre Positionen eingenommen hatten, wobei Holt eine halbe Körperlänge hinter Crane und einen Meter rechts von ihm lag, feuerte der Scharfschütze.

Ein einziger Schuß. Kein Wort, keine Vorankündigung.

Holts Beine waren abgestorben, seine Blase war voll und sein Geist leer.

Sie blieben nach dem Schuß noch volle zehn Minuten im Farn liegen, dann stand Crane auf und hängte sich das Gewehr um und ging davon, als hätte er auf Ringeltauben oder Wildenten Jagd gemacht.

Holt stolperte hinterher, bückte sich dabei und massierte seine Beine, um den Blutkreislauf anzuregen.

Crane hielt den Kopf gegen den Wind gesenkt. »So, wie du herumgezappelt hast, wären wir keine Stunde unentdeckt geblieben.«

»Um Himmels willen, ich habe mich doch kaum gerührt!«

»*Kaum* ist nicht genug, nicht in der Bekaa-Ebene.«

Sie stiegen in einen wartenden Landrover und wurden in die Kaserne zurückgefahren.

Während Holt und Crane sich die Kampfanzüge auszogen, brachte jemand die Attrappe ins Zimmer.

Holt sah den Einschuß. Das Loch saß oben in der Mitte der Brust. Um die Puppe bildete sich eine Gruppe: zwei der Offiziere, Crane und Martins; man ging eine Inventarliste durch und hakte einzelne Posten ab, Insider-Abkürzungen, die Holt nicht verstand. Beim Anziehen bemerkte er, daß seine Blicke immer wieder zu dem Loch in der Puppe schweiften – ein einziger, tödlicher Schuß. Lieber Gott, und er konnte sich kaum die Schuhe zumachen. Er schaffte keinen ordentlichen Krawattenknoten. Selbst das Hemd knöpfte er schief zu. Als würde es nun wirklich ernst werden ... als wäre alles, was seit dem Verlassen des Hotel Oreanda geschehen war, nichts als ein Comic gewesen.

Erwachsene Männer, die mit leiser Stimme das Geschoßgewicht verschiedener Munitionsarten, die Fassungskapazität eines Bergen-Rucksacks, Nachtmarschgeschwindigkeiten und die benötigte Menge von »Preßrationen« diskutierten. Erwachsene Männer, die logistische Fragen einer Heckenschützen-aktion durchsprachen ... verflucht ernst war das, Holt.

Der dritte Offizier trat zu ihm.

»Wir haben Sie erst für eine Stunde in Ruhe gelassen, dann sind wir auf den Hügel und haben nach Ihnen Ausschau gehalten. Wie weit waren Sie eigentlich auseinander?«

»Wieso?«

»Sie hatten wir ja recht bald entdeckt, aber ihn haben wir nicht gefunden. War er weit weg von Ihnen?«

»Ein ganzes Stück«, log Holt.

»Es war ein verteufelt guter Schuß. Auf siebenhundert Meter Distanz, unglaublich. Wissen Sie, in Belfast hatte ich mal in einer Woche sieben Treffer, alle zwischen fünfhundert und neunhundert Metern, aber da kannte ich die Waffe genau, hatte immer dieselbe in der Hand. Ich sag' Ihnen, beim ersten Schuß aus einer fremden Waffe einen so perfekten Treffer zu landen, das ist sagenhaft.«

»Vielleicht bringt er einfach gern Leute um«, sagte Holt.

»Tun wir das nicht alle? Mein größter Kummer ist ja, daß ich zur Zeit nur Fasane abknallen darf ... Ich beneide Sie. Aber ihn beneide ich noch mehr.«

»Dann sind Sie ganz schön gestört.«

»Wollte ja bloß ein bißchen plaudern«, sagte der Offizier grinsend.

Auf der andere Seite des Raums wurde noch immer ununterbrochen gemurmelt. Holt verstand hie und da Satzfetzen und einzelne Begriffe. Es ging um ein sogenanntes Rifleman-Sturmgewehr, um dessen geringe Sichtspur nach dem Feuern, um Mündungssprengkraft, um minimale Einschulung, es ging darum, daß ein Rifleman-Sturmgewehr genau das Richtige für Holt wäre. Doch Crane schüttelte den Kopf, ohne Holt dabei anzusehen, bedeutete dem Offizier nur, daß er so etwas nicht für Holt haben wollte.

Holts Hände nestelten immer noch hilflos an der Krawatte. Der Offizier kniete sich vor ihn und band ihm ohne viel Federlesens die Schnürsenkel zu.

»Mit ihm haben Sie gute Aussichten. Scharfschützen sind ein besonderer Menschenschlag. Normalerweise überleben sie. Wo immer Sie hinwollen, wer immer Ihr Gegner sein mag, er wird den Tag verfluchen, an dem dieser Bursche bei ihm auftaucht. Viel Glück.«

»Mr. Crane vertraut nicht auf das Glück.«

»Ich hoffe, Sie schaffen es.«

»Ich habe schrecklichen Schiß.«

Der Offizier machte ein betretenes Gesicht, band die Schleife zu Ende, erhob sich und lächelte unsicher.

Als sie die Treppe herunterkamen und zum Volvo gingen, stand George neben der offenen Heckklappe des Wagens und hielt den Rottweiler an der Leine.

Unter der Aufsicht eines Zeugmeisters luden drei Gefreite gerade die Ausrüstung ein; Holzkisten, Pappkartons und die beiden Rucksäcke. Als sie fertig waren, mußte George die Ladung zurechtschieben, damit sein Hund überhaupt noch Platz fand.

Martins unterzeichnete dem Zeugmeister drei Formulare.

Die Offiziere winkten ihnen nach, winkten so lange, bis sie um die Ecke und außer Sicht waren.

Hinaus auf die Hauptstraße.

George fuhr schnell. Der Hund schnarchte.

»Morgen geht's los, Holt«, sagte Martins.

Er fragte nicht, ob er bei seinen Eltern anrufen könnte, wenn sie

wieder im Haus waren, um ihnen zu sagen, daß er ein paar Tage lang verreisen würde.
Er fragte nicht einmal, was ein Rifleman-Sturmgewehr war, warum man dafür nur minimale Einschulung brauchte und warum es nicht das Richtige für den jungen Holt war.
Er dachte an einen jungen Mann am anderen Ende der Welt, einen jungen Mann seines Alters, einen jungen Mann mit einer krähenfußartigen Narbe oben auf der linken Wange.
Sie fuhren schweigend.
Es war schon Abend, als sie am Haus ankamen.
Sie überließen es George, den Wagen zu parken, die Ausrüstung auszuladen und sich um den Hund zu kümmern. Martins stürzte sofort ans Telefon. Crane sagte, er wolle duschen. Es war, als hätten plötzlich alle so viel zu tun, daß sie sich einfach nicht mit Holt befassen konnten, der so voller Angst war, daß er am liebsten aufgeschrien hätte, und in einem Tag sollte die Reise in die Bekaa-Ebene losgehen. Alle waren viel zu beschäftigt.
Holt saß im Wohnzimmer, blätterte in einer Zeitschrift, las den Text nicht, sah sich nicht einmal die Fotos an.
Dann kam Martins ins Zimmer gestampft.
»Das ist einfach gräßlich. Sie wird langsam einfach unmöglich ...«
Er ging nicht darauf ein, fragte nicht, was denn so gräßlich und wer unmöglich sei. Zu verbittert, um bei Percy Martins' kleiner Show die Stichworte zu liefern.
»Sie kocht bei einem Essen im Dorf unten, statt für uns zu sorgen. Die gesellige Veranstaltung der Dorffritzen ist ihr offenbar wichtiger als wir. Manchmal geht diese Frau wirklich zu weit.«
»Ich gehe heute abend aus«, sagte Holt.
»Kleines Tänzchen in der Dorfkneipe? Ein ziemlich schlechter Scherz, Holt.«
»Das hier ist alles ein verflucht beschissener Scherz, Mr. Martins. Ich gehe heute abend aus.«
»Jetzt warten Sie mal einen Moment ...«
»Und zwar allein. Keine Sorge, Mr. Martins, ich laufe nicht

weg. Den Widerlingen, die Ihnen Ihre Befehle geben, können Sie sagen, daß Holt findet, Sie hätten verdammt gute Arbeit geleistet, um ihn in die Falle zu locken.«
»Aber verstehen Sie denn nicht: Es ist für Ihr Vaterland.«

Er hatte sieben Halbe getrunken, dunkles, starkes Bier, und drei Whisky pur.
Er stand auf der Bühne.
Der Kabarettist war schon lange zu Hause. Der Zauberer hatte eingepackt und Schluß gemacht.
Auf dem Klavier standen ein frisches Bier und ein Glas Whisky.
Die Uhr des viereckigen Turms der Dorfkirche drüben am Platz schlug mit melodischem Klang Mitternacht.
Er hatte sein gesamtes Repertoire angebracht. Er hatte ihnen sein Potpourri aus dem Musical *South Pacific* vorgesungen, hatte seine Elvis-Stücke und die Songs von Jim Reeves hervorgeholt. Er hatte sie bei den Refrains zum Mitsingen gebracht, sie hatten zum hämmernden Anschlag des blassen jungen Pfarrers am Klavier neben ihm mitgeklatscht.
Er schwankte leicht. Sein Gesicht war gerötet. Er hörte das Geschrei und Gejubel der Zuschauer. Er verstand sein Publikum gut. Es war ein Publikum, wie er es aus seinem eigenen Dorf kannte. Es waren die Landarbeiter mit ihren Frauen und die Postbeamten mit ihren Frauen und die Rathausangestellten mit ihren Frauen und die Baumeister und Tischler mit ihren Frauen. Weil er leicht betrunken gewesen war, hatte er sich durch die Menge gedrängt und war auf die Bühne geklettert, nachdem der Zauberer sich ein paarmal verbeugt hatte. Er hatte etwas unternommen, als er gefunden hatte, der Abend drohe langweilig zu werden.
»Ein Lied noch, Junge.« Der Ruf von hinten, aus der Dunkelheit hinter den Lampen und dem Zigarettenrauch.
Der Pfarrer zuckte die Achseln. Holt flüsterte ihm etwas zu.
Holt begann zu singen.

Wish me luck, as you wave me goodbye,
With a cheer, not a tear, make it gay.
Give me a smile,
I can keep all the while,
In my heart while I'm away.
Till we meet once again, you and I,
Wish me luck, as you wave me goodbye.

Wie viele von ihnen wußten, wo die Bekaa-Ebene war? Wie viele von ihnen hatten die geringste Ahnung von der Volksfront zur Befreiung Palästinas? Sie fielen in den Refrain ein:

Wish me luck, as you wave me goodbye,
Cheerio, here I go, on my way,
Wish me luck, as you wave me goodbye …

Holt bemerkte die sich ausbreitende Stille nicht. Sein Lied, seine Stimme erfüllten seine Gedanken. Ein junger Mann, der sein Abschiedslied sang und morgen in die Bekaa-Ebene aufbrechen sollte, zusammen mit einem Scharfschützen, der mit einem Gewehr modernster Bauart auf knapp siebenhundert Meter Entfernung jemanden töten konnte. Ein junger Mann, dem man gesagt hatte, er würde in die Bekaa-Ebene gehen, um zu helfen, für sein Land einen Mann umzubringen. Ob das einen dieser Menschen interessierte? Kleine ungefährdete Leute, die ihr kleines ungefährdetes Leben führten in einer kleinen ungefährdeten Gemeinde. Eine einsame Stimme, dazu ein Klavier, das dringend gestimmt werden mußte, und beide erklangen in einer Versammlungshalle mit Blechdach irgendwo in Englands Provinz.

Wish me luck, as you wave me goodbye,
Wish me luck,
Wish me luck,
Wish me luck …

Als die Morgensonne strahlend hell am Rand des Tals aufstieg, fuhr der Jeep aus dem Camp hinaus.

Noch war keine Hitze in der Luft, und Abu Hamid fror ein wenig auf dem Beifahrersitz. Er wußte nicht, wie lange er in Damaskus sein würde, man hatte es ihm nicht gesagt. Er wußte nur, daß er dem Lager und dem Schießplatz beim Wadi am Fuß der Anhöhe für eine Weile entkam; und das, zusammen mit der Aussicht, daß er wahrscheinlich mit Margarethe allein sein würde, genügte vollauf, um seine Laune aufzubessern.
Während sie noch über die Schlaglöcher und Felsbrocken der Piste rumpelten, sah er das Rudel Hunde.
Er begriff sofort. Er hätte sie beim Schaufeln des Grabes beaufsichtigen sollen. Langsam fuhren sie an den Hunden vorbei. Es waren sechs oder sieben, vielleicht noch mehr. Der Jeep hatte keine Seitenfenster. Er hörte das Knurren, die egoistische Wut der Hunde. Die Hunde zerrten, schnappten, rissen an dem verschmierten, fleckigen Bündel. Der Fahrer neben ihm grinste. Sie fuhren weiter. Die kämpfenden Hunde blieben in dem Staub zurück, den die Räder des Jeeps aufwirbelten.
Sie fuhren quer durch die Ebene. An den Kontrollpunkten wurden sie durchgewinkt. Sie kamen auf die gut ausgebaute Asphaltstraße nach Damaskus.

Was Lawrence von Arabien auf seinen Wanderungen eine Perle in der Morgensonne nannte, ist eine gewaltige archäologische Fundgrube. Außerdem ist es die älteste dauernd bewohnte Stadt der Welt. Die heutige Bevölkerung, deren Zahl bei sieben Millionen liegt, besteht aus den Nachfahren jener, die vor fünftausend Jahren als erste am Djebel esh-Sharqi, östlich des Djebel Khashin siedelten. Damaskus hatte die Verehrung der heidnischen Götter erlebt und den römischen Jupiterkult. Damaskus hatte Paulus zum Bürger gehabt und das aufkeimende Christentum beherbergt, es war das Zentrum der islamischen Welt, es war eine wichtige Stadt der ottomanischen Despoten und später ein Protektorat Frankreichs. Heute ist es eine Promenadenmischung der Kulturen. Auf den breiten, französisch wirkenden Boulevards von Damaskus spazieren heimliche Moslemfundamentalisten, diskrete, unauffällige Juden, Sunniten, Angehörige der herrschenden Alawiten von der Nordküste, russische Berater, grelle Prostituierte, die das nachäffen, was sie für westliches, aufreizendes Gebaren halten. Das Regime, das seinen Bankrott mit Darlehen der ölreichen Golfstaaten vertuscht, wird von einem Mann geführt, dessen Karriere in der Luftwaffe in keiner Hinsicht auffällig gewesen war, der den Posten des Verteidigungsministers 1967 gerade rechtzeitig für die katastrophale Niederlage gegen Israel an sich gerissen und es danach bis zum Präsidenten gebracht hatte, gerade rechtzeitig für das militärisch noch verheerendere Desaster des Yom-Kippur-Krieges. Das Regime hält sich durch eine Herrschaft des Schreckens und der Unterdrückung. Es gibt acht verschiedene Regierungsbehörden für die innere und äußere Sicherheit. Die Sicherheitsbeamten sind die Herrscher im Damaskus von heute; sie und ihre Methoden kennen keine Gnade. Es gibt Befehle für öffentliche Hinrichtungen an einem transportablen Galgen auf dem Semiramis-Platz. Befehle zur Beförderung von zweihundert Anhängern der Moslembruderschaft in Lastwagen ins Zentrum von Aleppo, wo sie von Erschießungskommandos exekutiert werden. Befehle zum Abholen von dreihundert islamischen Fundamentalisten aus dem Tadmor-Gefängnis in Palmyra, die dann zu einem von Bulldozern ausgehobenen Loch geschafft und dort lebendig begraben werden. Befehle an die Stadt Hama, wo nach der Niederschlagung einer Revolte fünfzehntausend männliche Bewohner im Alter von über zehn Jahren umgebracht werden. Befehle zur Folter, Befehle zum Mord. Gnade ist in Damaskus ein Fremdwort; vielleicht war das schon immer so.

Er kannte Damaskus inzwischen gut genug, um zu wissen, daß sie jetzt den südlichen Bezirk Abu Rumaneh erreicht hatten.

Er wurde zum Gebäudekomplex des Luftwaffenministeriums gefahren. Sie fuhren auf der Avenue El-Mahdi. Der Fahrer sagte kein Wort. Abu Hamid konnte mit Leuten wie seinem Fahrer umgehen. Ein Palästinenser lernte in Damaskus als er-

stes, daß von einem Syrer keine Wärme zu erwarten war, außer man hatte etwas anzubieten.
Bis jetzt war er noch nie im Luftwaffenministerium gewesen, einem ausgedehnten, fünf Stockwerke hohen Gebäudekomplex; er hatte bisher keine Veranlassung dazu gehabt.
In der Umgebung des Ministeriums bemerkte Abu Hamid die Leute vom Sicherheitsdienst auf der Straße. Junge Männer in unauffälligen Anzügen, die unter den Bäumen herumlungerten, an Laternen lehnten, auf dem Trottoir flanierten. Jeder dieser jungen Männer trug eine Kalaschnikow. Als er noch in Damaskus gewohnt hatte, waren da immer diese Gerüchte gewesen. Sogar draußen vor der Stadt, im Lager Yarmouq, hatte er nachts die Explosionen der Bombenfallen gehört, die an sechs verschiedenen Stellen gegen Militärlastwagen hochgegangen waren; glaubte man den Gerüchten, hatte es dabei sechzig Tote gegeben. Eine Autobombe im Stadtzentrum, vierzig Tote. Er verstand, warum die Sicherheitsbeamten an den Straßenecken herumstanden, an den Laternenmasten lehnten, auf dem Bürgersteig spazierten.
Hinter dem Tor zum Luftwaffenministerium war ein Hindernis aus Betonpollern aufgebaut. Abu Hamid wurde vor dem Tor abgesetzt. Er hatte noch ein Bein im Jeep, als der Fahrer schon wieder Vollgas gab. Dreckskerl ... Er rettete sich mit einem Sprung. Dann ließ er die mißtrauischen Blicke der Posten über sich ergehen, blitzblanke Helme, makellose Uniformen. Er kam sich schmutzig vor, wegen des Staubs der Bekaa-Ebene. Während der Leibesvisitation lächelte er insgeheim. Wenn vor dem Ministerium eine Autobombe hochging, dann würden es die arroganten Posten am Tor sein, denen Vorderachse, Motorblock und Kurbelwelle um die Ohren flogen.
Er wurde in das Gebäude eskortiert. Das Einholen der Bestätigung, daß er erwartet wurde, hatte fünfundzwanzig Minuten gedauert.
Die sauberen, weitläufigen, farbigen Korridore und Treppenhäuser des Luftwaffenministeriums waren eine neue Erfahrung für ihn. Er war zum ersten Mal in so einem Gebäude. Eine ganz

neue Welt war das. Am Ende eines langen Gangs kam ein Stahlgitter mit einem bewachten Tor. Der Posten öffnete das Tor, ließ ihn durch und schloß unter lautem Klirren wieder ab. Nun befand er sich im Allerheiligsten.

Er schauderte leicht, fragte sich, was man von ihm wollen mochte.

Eine Tür, an der seine Eskorte unterwürfig klopfte. Ein Sekretär in Uniform begrüßte Abu Hamid, ließ ihn eintreten, durchquerte den Raum und klopfte hinter dem schweren Schreibtisch an eine weitere Tür. Ein Ruf. Das dahinterliegende Zimmer tat sich für Abu Hamid auf.

In all den Jahren seines jungen Lebens hatte er soviel Luxus noch nie erlebt. Mit großen Augen sah er sich um. Sein Blick schweifte über die leise wispernde Klimaanlage in der Wand, die massige Weichheit des Ledersofas, den Teakholztisch mit der funkelnden Karaffe und den Gläsern darauf, den Veloursteppich, die Stereoanlage, das angelaufene Silber der gerahmten Fotografien ... er konnte sich nicht sattsehen, er war wie ein Kind in einer glitzernden Märchenwelt.

Er sah das Lächeln von Major Said Hasan, das ihn willkommen hieß. Der Major saß am Ende des Zimmers, lässig in seinem Stuhl zurückgelehnt, die blank geputzten Schuhe auf den polierten Schreibtisch gelegt. Er winkte ihn herein, winkte ihm mit seiner verstümmelten Hand, er solle in seinen staubigen Stiefeln über den weichen Teppich kommen. Den Mann, der sich auf dem mächtigen Sofa rekelte, kannte Abu Hamid. Er kannte ihn allerdings nur bei seinem Codenamen. Er wußte, daß der Mann seit kurzem der Führer des militärischen Flügels der Volksfront war. Er wußte, daß der Mann in der Kommandostruktur der Volksfront mindestens die Nummer Drei, wahrscheinlich sogar die Nummer Zwei war. Er wußte, daß der Mann vor langer Zeit ein Paket geöffnet hatte, das aus Stockholm an das Volksfront-Büro in Beirut geschickt worden war ... Das war schon viele Jahre her, aber auch viele Jahre ließen weder den rechten Arm, den die Bombe am Ellenbogen abgerissen hatte, noch die drei Finger der linken Hand nachwach-

sen, und die Splitternarben an Hals und Kinn würden auch für immer bleiben.
»Willkommen, Hamid. Ihren Kameraden hier werden Sie ja kennen. Ich höre viel Gutes über das, was Sie mit den jungen Soldaten zustande bringen. Ich höre überhaupt nur Gutes über Sie ...«
Er sah die beiden Männer an, diese Veteranen im Krieg gegen den israelischen Staat, und er sah auf die Narben, die dieser Krieg bei ihnen hinterlassen hatte. Ein entstelltes Gesicht, ein abgerissener Arm, eine unbrauchbare Hand. Würde auch er so enden? Mit einem Gesicht, vor dem es seiner Margarethe grauen würde, mit Händen, die nicht mehr die weiche, weiße Haut seiner Margarethe streicheln konnten ...
»Kommen Sie, Hamid, setzen Sie sich.«
Die Tür wurde hinter ihm geschlossen. Er setzte sich auf den Rand des Sofas und spürte, wie er in das Leder einsank.
»Ich habe eine traurige Nachricht, Hamid. Ihr Kompaniechef in Simferopol hat den letzten Ruheplatz der Märtyrer gefunden. Aber er starb in seiner Uniform, er gab sein Leben im Dienste Palästinas ... Ein Autounfall ... sehr bedauerlich. Wir alle sind über seinen Tod sehr betrübt.«
Die straffgezogene Haut auf dem künstlichen Gesicht des Majors ließ keinen Ausdruck zu. Im Blick und in der Miene des Volksfront-Kameraden bemerkte Abu Hamid keine Veränderung. Wie ein Stich durchfuhr ihn plötzlich die Bedeutung der Nachricht. Der Kompaniechef, Abu Hamid und Major Said Hasan waren die einzigen gewesen, die direkt mit dem Attentat in Jalta zu tun gehabt hatten. Drei Personen, jetzt nur noch zwei.
»Ich brauche zwei Männer, Hamid. Ich brauche zwei Ihrer besten Rekruten.«
Abu Hamid sah auf dem breiten Sofa zu seinem Kameraden hinüber. Ihre Blicke trafen sich nicht. Wieder begriff er. Sie, die Palästinenser, waren Marionetten. Er lernte rasch.
»Welche Fähigkeiten sollten diese zwei Männer haben?« Abu Hamids Rekruten standen erst am Anfang, sie hatten keine Kenntnisse von Waffen oder Sprengstoffen.

»Tapferkeit, Einsatzbereitschaft. Sie werden mit einer Gruppe gehen. Sie fahren deshalb noch heute vormittag zurück in die Bekaa-Ebene und wählen die zwei Männer aus. Dann bringen Sie sie ins Lager Yarmouq ... Was ist los, Hamid? Ich spüre Ihre Ungeduld? Verärgerung? Oder Leidenschaft? Morgen, Hamid, morgen werden Sie Zeit haben, sich Ihrer Freundin zu widmen. Heute braucht Sie die Revolution ... Also, Ihre zwei besten Männer, denken Sie daran.«

»Ich werde daran denken, Major.«

Holt hatte Kopfschmerzen. Er ging einen halben Schritt hinter Martins und Crane. Dies war ein Teil des Flughafens, den er nicht kannte. Nach Israel oder Südafrika war er noch nie geflogen, daher war er nicht hierhergekommen. Es war der Hochsicherheitskorridor des Flughafens, der für »gewöhnliche« Passagiere gesperrt und für die beiden Flüge reserviert war, bei denen man das Risiko eines Terroranschlags am höchsten einschätzte. Im Fernsehen hatte er ihn natürlich schon einmal gesehen, doch der Anblick der Polizisten, der Hunde und der Heckler&Koch-Maschinenpistolen schockierte ihn dennoch. Patrouillierende Polizisten, die scharfe Kampfhunde an kurzen Leinen hielten und die MP schußbereit vor der Brust hatten. Er fragte sich, wieviel Zeit ihnen im Ernstfall bleiben würde, in wie vielen Sekundenbruchteilen sie einen Anschlag abwehren mußten. Er fragte sich, wie lange sie brauchen würden, um von der einlullenden Dudelmusik im Korridor zu erwachen, den Sicherungshebel beiseite zu schieben, den Finger vom Bügel zum Abzug zu bringen. Er fragte sich, ob sie nachts wohl gut schliefen, wie sie die Freizeit verbrachten und mit ihren Kindern spielten. Und wenn er den Mann in der Bekaa-Ebene nun fand und Crane ihn umbrachte, würde das ihr Leben leichter machen?

Sie ließen sich auf den Stühlen in der Abflughalle nieder, in derselben Abflughalle, in der Monate zuvor ein aufmerksamer El-Al-Sicherheitsbeamter beim Untersuchen des Handgepäcks der Passagiere bei einer Tasche mißtrauisch geworden war, die

der zweiunddreißigjährigen Irin Anne Murphy gehörte. Nach dem Ausleeren der Tasche fand der Sicherheitsbeamte sie immer noch zu schwer. Als er den Taschenboden aufschnitt, fand er drei Pakete mit weichem, ölglänzendem, orangefarbenem Plastiksprengstoff, der in der Tschechoslowakei hergestellt war. Die Sprengkraft der drei Pfund schweren Bombe hätte etwa der gleichzeitigen Detonation von dreißig Handgranaten entsprochen. Den Sprengstoff, den Zeitzünder und den Detonator hatten hochrangige Offiziere des Nachrichtendienstes der syrischen Luftwaffe an einen pausbackigen Jordanier namens Nezar Hindawi geliefert. Dem Plan zufolge hätte die schwangere Miss Murphy gemeinsam mit allen Passagieren und der Besatzung über den österreichischen Alpen in der Luft zerfetzt werden sollen, so daß das Flugzeug in unwegsamem Gelände zerschellt und damit jeder Hinweis auf die Täterschaft zerstört worden wäre.
Holt nahm seine Umgebung kaum wahr. Sein Kopf schmerzte von dem Übermaß an Alkohol der vergangenen Nacht. Doch gerade er hätte in dieser Abflughalle an jene Ereignisse von damals denken sollen. Als Vergeltungsmaßnahme hatte die britische Regierung die diplomatischen Beziehungen zur Arabischen Republik Syrien abgebrochen. Bald darauf hatte Sir Sylvester Armitage bei allen Kollegen vom Außenministerium mit seinem dröhnenden »Lauter Unsinn!« einen neuen Spitznamen bekommen. So war Sir Sylvester Armitage zur Zielperson geworden, und Miss Jane Canning war vor ihm die Stufen des Hotel Oreanda in Jalta hinuntergegangen. Ihren Anfang hatte die Geschichte vor vielen Monaten in dieser Abflughalle genommen, die zum Flugsteig 23 des Abfertigungsgebäudes Eins führte. Holt ließ den Kopf nach vorn sinken und lauschte dem Pochen in seinen Schläfen. Crane schlief im Sitzen. Percy Martins versuchte, die letzten Denksportaufgaben im Kreuzworträtsel der *Times* zu lösen.

Kurz vor fünf Uhr, im tiefgrauen Dunst der Morgendämmerung, setzte eine Tristar der British Airways auf der von Gum-

miabrieb gezeichneten Landepiste des internationalen Flughafens östlich von Tel Aviv auf.
Genau neunundzwanzig Tage waren seit dem Morgen vergangen, an dem drei britische Diplomaten auf dem Moskauer Flughafen Wnukowo an Bord einer Maschine nach Jalta gegangen waren.

10. Kapitel

In demselben Jeep mit demselben wortkargen Fahrer am Steuer begleitete Abu Hamid seine beiden auserwählten Rekruten in das Lager Yarmouq.

Beide waren siebzehn Jahre alt. Am Vortag hatte er während der ganzen Rückfahrt von Damaskus überlegt, wen von seinen sechzig Mann er vorschlagen sollte.

Bei Mohammed war die Entscheidung leicht gefallen, weil der sich immer am lautesten über das langweilige Training beklagte und vor den Kameraden Reden darüber schwang, daß sie alle nur Zeit vergeudeten, anstatt den Krieg ins Land der Zionisten zu tragen; er würde jetzt die eigenen Reden schlucken müssen und daran ersticken. Der zweite, Ibrahim, war Abu Hamid als Dieb denunziert worden; es hieß, er stehle das armselige Hab und Gut seiner Kameraden. Tja, nun würde er nach Herzenslust im Staate Israel stehlen dürfen. Abu Hamid hatte die Wahl allein getroffen. Als er ins Camp zurückgekehrt war, hatte er Fawzi nicht angetroffen. Der Kerl war sicher auf Schmuggeltour gegangen, oder er organisierte die Frühsommerernte auf den Haschischfeldern, oder er strich seinen Profit von den Kaufleuten ein, die sich bei ihm mit Transistorradios und westlichem Schnaps und Obst und Gemüse aus der Bekaa-Ebene versorgten. Abu Hamid hatte beide Männer nacheinander zu sich ins Zelt bestellt. Er hatte mit ihnen über den Ruhm eines Kampfeinsatzes gegen Israel gesprochen, von der Liebe des palästinensischen Volkes zu seinen heldenmütigen Kriegern und von dem Geld, das sie bekommen würden, wenn sie zurückkehrten. Beide hatten unabhängig voneinander eingewilligt. Es war Abu Hamid leichter gefallen, als er erwartet hatte. Die

Überredungskunst und die Bestechung, immer gute Bettgenossen, wirkten auch hier hervorragend. Er hatte sich gefragt, ob sie Angst haben würden, ob sie an den Tod denken würden. Er fragte sich jetzt, ob sie wohl errieten, daß der eine ausgesucht worden war, weil er allen im Camp schrecklich auf die Nerven fiel, und der andere, weil er als Dieb galt.
Eigentlich war es Abu Hamid ganz egal, wieviel sie ahnten.
Der Jeep hielt an der Einfahrt zum Lager Yarmouq; die Wachposten riefen über Funk einen Offizier aus der Verwaltung.
Abu Hamid pfiff leise vor sich hin. Er hatte die Statistiken im Kopf, ihre Chance lag bei eins zu hundert. Ein Prozent Wahrscheinlichkeit dafür, daß er die beiden je wiedersah.
Der Kamerad vom Vortag kam selbst ans Tor. Abu Hamid sah den leeren Ärmel an der Jacke des Mannes lose herunterbaumeln. Er nannte ihm die Namen der zwei Männer, die er mitbrachte, er sah zu, wie der Kamerad in den Jeep hineinsah und die beiden musterte. Der Kamerad übergab Abu Hamid zwei verschlossene Umschläge, dann bat er Mohammed, den Angeber, und Ibrahim, den Dieb, höflich, mit ihm zu kommen.
Abu Hamid sah ihnen nach. Er sah, wie sich die Schranke vor ihnen hob und dann wieder senkte. Er sah, wie das Lager sie verschluckte.
Er öffnete den ersten Umschlag. Das Papier trug das Emblem der Syrischen Zentralbank. Er las darauf die Nummer eines Kontos, das auf seinen Namen eingerichtet war und auf das der Betrag von fünftausend amerikanischen Dollar eingezahlt worden war. Sein wieherndes Gelächter erfüllte den Jeep. Abu Hamid gehörte nichts. Er besaß kein Geld, nicht einmal eigene Sachen. Er spürte, wie sich seine Brust, seine Lungen vor Aufregung spannten; in seinem Kopf schwirrte es. Er riß den zweiten Umschlag auf. Ein kleiner Zettel, darauf eine handgeschriebene Adresse.
Er schob das Papier mit dem Emblem der Syrischen Zentralbank in die Brusttasche seines Uniformhemdes und knöpfte sie zu, dann hielt er dem Fahrer den Zettel mit der Adresse vors

Gesicht. Der Fahrer zuckte die Achseln, ließ den Motor an und drehte das Lenkrad.
Ein letzter Blick zum Tor zurück, doch Abu Hamid konnte die Kameraden, Mohammed und Ibrahim, nicht mehr sehen.
Er wurde ins Zentrum von Damaskus gebracht.
Der Jeepfahrer schien sich um rote Ampeln oder Fußgängerwege nicht zu scheren. Von den breiten Straßen in die labyrinthischen Gassen der Altstadt. Vorbei an der großen Moschee, an den römischen Kolonnaden, an dem christlichen Marmorschrein Johannes des Täufers. Durch die engen Straßen, im Zickzack zwischen den Limonadenverkäufern vorbei, die mit Klangbecken klirrten, vorbei an Ständen mit Gewürzen und fein gearbeitetem Schmuck, vorbei an den Tischen der Geldwechsler, an den düsteren Öffnungen der Cafés und schließlich mitten in das große Gewirr des Souq Al-Hamadieh hinein. Nur Militärfahrzeuge durften auf den schmalen Gassen des Basars fahren, und andere Fahrzeuge hätten auch gar nicht die Autorität besessen, sich einen Weg durch das schleppend wogende Gewühl von Käufern und Händlern zu bahnen. Jetzt könnte er glatt eine dieser Gassen kaufen, dachte er, einen ganzen Tisch mit Schmuck abräumen, sich ein Schaufenster voller Stereoanlagen einpacken lassen, einen ganzen Laden mit Anzügen mitnehmen – in seiner Hemdtasche steckte eine Anweisung der Syrischen Zentralbank über fünftausend US-Dollar. Er könnte Margarethe Blumen und Champagner mitbringen. Er könnte sie in das beste Restaurant einladen und dort ein Festmahl bestellen; *mezza* mit *burgul*, süß gekochtem Weizenschrot, außerdem *yalandji*, mit Reis gefüllte Auberginen, und *sambosik*, Hackfleisch in leichtem Blätterteig, und dazu ungesäuertes Brot und soviel *arrak*, bis sie beide umfielen.
Er konnte ihr alles kaufen und sich selbst auch. Er war für seinen Erfolg in Jalta bezahlt worden.
Der Fahrer hielt an. Er hob den Zeigefinger. Er deutete in eine Gasse, die zu eng für Autos war. Auf den Zettel schrieb er neben die Adresse eine Nummer, die Abu Hamid für die Rückfahrt in die Bekaa-Ebene anrufen sollte.

Abu Hamid lief los. Bahnte sich mit Stoßen und Schieben und Schultereinsatz seinen Weg durch das Gewühl.
Er sah die offene Tür, die steinernen Treppenstufen.
Er rannte die Stufen hinauf. Vor ihm war die Holztür. Die Klinke gedrückt, die Tür aufgestoßen.
»Bravo, mein Süßer, sehr gut, daß du mich gefunden hast.«
Seine Margarethe, da stand sie vor ihm. Das blonde Haar fiel ihr glatt auf die Schultern, ihr Körper war in ein Kleid aus prächtigem, weinrotem Brokat gehüllt. Seine Margarethe stand im Herzen einer behaglichen Oase, in einem kühlen, luftigen Zimmer, sie stand im Zentrum eines verblichenen Teppichs, in den man tief einsank, sie stand inmitten der wehenden dunklen Vorhänge und der schweren, fein geschnitzten Holzmöbel. Er hielt es für das Paradies, von dem der Alte vom Berge immer gesprochen hatte, das Paradies der Assassinen.
»Hab' ich das nicht prima organisiert, hab' ich uns nicht ein herrliches Zimmer besorgt?«
Keine Fragen in seinem Kopf. Keine Verwunderung, daß eine Ausländerin, die nur von den kümmerlichen Brosamen des Regimes lebte, so ein Paradies, einen so behaglichen, sauberen, bequemen Platz mitten im Gewirr des Basars auftreiben konnte. Er küßte sie, er spürte die feuchte Wärme ihrer Lippen, er roch die Hitze ihrer Haut im Nacken, er griff nach den sanften Rundungen ihres Hinterns, dann nach ihren Brüsten.
Die Neuigkeit ließ ihn beinahe platzen. Er trat einen Schritt zurück. Er strahlte vor Stolz. Aus der Tasche zog er das Papier mit dem Emblem der Syrischen Zentralbank.
»Ein Stück Papier ...«
»Lies es dir mal durch.«
Er sah, wie sie erst kurz verwirrt war, dann lange überlegte und ihn schließlich völlig ungläubig anschaute.
»Wofür?«
»Das sind *fünftausend Dollar*, für mich!«
»Wofür?«
»Für das, was ich getan habe.«
»Das ist doch ein Witz, oder? Was hast du getan?«

»Das ist kein Witz, das ist wahr. Es ist für mich. Es ist ein Papier von der Syrischen Zentralbank.«

»Du hast überhaupt nichts getan, mein Süßer. Du bist ein Soldat und Revolutionär ... Warum gibt man dir das hier?«

Abu Hamid richtete sich zu seiner vollen Größe auf. Er blickte zu ihr auf, war auf Augenhöhe mit Margarethe Schultz. Er sagte ernst: »Es ist die Belohnung der syrischen Regierung für das, was ich getan habe.«

Sie kniff die Augen zusammen, begriff nicht. »Gar nichts hast du getan. Du bist nach Syrien gekommen und hast in einem Lager gelebt. Du bist auf die Krim gefahren, da warst du einer von vielen, dann bist du zurückgekommen. Und jetzt bist du in einem Lager im Libanon. Was soll an dieser Karriere fünftausend Dollar wert sein?«

»Sie sind der Lohn für das, was ich für die Syrer getan habe.«

»Mein Süßer, du bist doch ein Kämpfer der palästinensischen Revolution, kein Botenjunge für die Syrer.«

»Du beleidigst mich. Ich bin kein ›Botenjunge‹.«

»Hamid, was hast du für die Syrer getan?«

Sie war nahe bei ihm und sie streichelte die Härchen in seinem Nacken.

»Hamid, was hast du für sie getan?«

»Ich darf nicht ...«

»Verdammt noch mal, was hast du getan?«

»Bring mich nicht dazu ...«

»Wozu?«

Es brach aus ihm heraus. »Auf der Krim habe ich den englischen Botschafter getötet und außerdem eine seiner Mitarbeiterinnen ...«

»Und dafür bezahlen sie dich?«

»Dafür belohnen sie mich.«

Sie blickte ihn voller Verachtung an. Er sah, wie ihre Brüste sich unter dem Brokatstoff des Kleides hoben und senkten.

»Was ist dir wichtiger: die palästinensische Revolution oder die Dollars, die du als Söldner verdient hast?«

»Ich wollte dir damit Geschenke kaufen, schöne Geschenke«, versuchte er einzulenken.
»Mein Süßer, ich ficke mit dir, weil ich daran glaube, daß ich in dir die Reinheit der Revolution gefunden habe.«
Er gab ihr die Bankanweisung über fünftausend US-Dollar. Er sah zu, wie sie das Papier zusammenrollte, eine Schachtel Streichhölzer vom Tisch nahm, eines davon anriß, wie sie den Reichtum verbrannte, den er sich auch im Traum kaum hatte vorstellen können.
»Du bist kein Söldner, mein Süßer. In der Reinheit dieses Feuers brennt die Kraft des palästinensischen Volkskampfes.«
Sie hob ihr Kleid hoch, hob es höher und noch höher. Sie zeigte ihm ihre dünnen Waden, ihre Knie, die weißen Oberschenkel, die dunkle Scham, den breiten Unterleib mit der Operationsnarbe, die schweren Brüste. Unter dem Kleid war sie nackt. Sie zog das Kleid aus und warf es hinter sich.
Sie nahm ihn in ihr Bett. Sie zog ihm die Kleider vom Körper, kniete über ihm, gab den Ton an. Sie setzte sich rittlings auf ihn. Als er in ihr war, erzählte er ihr von der Spionin, von der Frau, die er erschossen hatte. Während er ihr von der Erschießung erzählte, bewegte sie sich heftig über ihm und schrie.
Später, als sie im Badezimmer war, um sich zwischen den Beinen zu waschen, sollte ihm klarwerden, was ihr brennender Wunsch nach der Reinheit des Kampfes, nach der reinen Revolution, ihn gekostet hatte.
Abu Hamid lag auf dem Bett. Wenn eine *Araberin* seine fünftausend US-Dollar verbrannt hätte, wäre sie sofort tot gewesen. Aber er verehrte diese Europäerin. Er begriff sie und ihre Liebe für seine Revolution nicht, aber er verehrte sie. Und sie hatte auf ihn gewartet; für ihn war sie ein Stück Paradies.
Ihre leise Stimme an seinem Ohr: »Werden sie dich jagen?«
»Wer?«
»Na, die Engländer, denen du einen Botschafter umgebracht hast, die Israelis, denen du eine Spionin umgebracht hast.«
»In Damaskus, in der Bekaa-Ebene, wie sollen sie mich da kriegen?«

»Aber du bist ja nicht für immer in der Bekaa-Ebene. Du wirst doch den Kampf der palästinensischen Revolution nach Israel tragen.«
Hätte er ihr von seiner Angst erzählt, wäre sie für ihn verloren gewesen, dann wäre er ein aus dem Paradies verstoßener Assassine. Er log ihr Tapferkeit vor.
»Ich glaube an die Unausweichlichkeit unseres Sieges.«
Sie küßte seinen Hals und die Haare auf seiner Brust. Mit der Zunge fuhr sie um die krähenfußartige Narbe auf seiner linken oberen Wange.

Er war ein gutaussehender Bursche, mit sonnengebleichtem blondem Haar und einem wettergebräunten Gesicht. Die Uniform stand ihm ausnehmend gut.
Das himmelblaue Barett, das ihn als Soldaten im Einsatz für die Vereinten Nationen auswies, hatte er leicht schräg aufgesetzt, und seine Schulterklappen verkündeten, daß er Gefreiter im NORBAT war.
Hendrik Olaffson war dreiundzwanzig Jahre alt. Er war ein unbedeutendes Mitglied des Norwegischen Bataillons, das zu den *United Nations Interim Forces In Lebanon* gehörte. Er war jetzt seit acht Monaten mit dem NORBAT im nordöstlichen Sektor des UNIFIL-Einsatzgebietes stationiert.
Intellektuell war er unbedeutend, militärisch war er unbedeutend. Für Major Said Hasan aber war er Gold wert. Nur für Major Said Hasan bestand irgendein Unterschied zwischen Hendrik Olaffson und den Tausenden von Gefreiten der UNIFIL-Truppen, die aus Frankreich, Irland, Ghana, Fidschi und Nepal kamen, all den Männern, die in der Pufferzone zwischen dem Südlibanon und dem Norden Israels eingesetzt waren.
Am NORBAT-Kontrollpunkt an der Straße von Rashaïya nach Hasbaïya unterhielten sich die Soldaten der UNIFIL normalerweise mit den Autofahrern, während sie ihre Fahrzeuge nach Sprengstoff und Waffen durchsuchten. Diese Unterhaltungen wurden meist auf englisch geführt, und für die Soldaten war es ungewöhnlich, einen Reisenden zu treffen, der ebenso

gut Englisch sprach wie sie selbst. Schon nach dem ersten Gespräch vor vier Monaten hatte ein kleines Päckchen Marihuana den Besitzer gewechselt. Genug für je einen Joint für Hendrik Olaffson und die beiden Soldaten, die in der nächsten Nacht Dienst mit ihm hatten. Der Reisende nahm die Straße regelmäßig, ihre Unterhaltungen wurden häufiger, die Marihuanapäckchen dicker.
Schon bald erfuhr Major Said Hasan, der von dem Reisenden alle zwei Wochen einen Bericht bekam, auch etwas über Hendrik Olaffsons politische Ansichten. In einer ruhigen Nacht am Kontrollposten hatte sich der Reisende Hendrik Olaffsons Haßtiraden angehört. Sein Haß galt den Juden. Der Haß hatte seine Wurzeln in Ereignissen aus der Zeit, als sein Vater noch ein Junge war, also lange vor Hendrik Olaffsons Geburt. Hendrik Olaffsons Großvater hatte dem persönlichen Stab von Major Vidkun Quisling angehört, dem Marionettenstaatschef in der Zeit der Besetzung Norwegens durch Hitlerdeutschland. Beim Rückzug der Wehrmacht zu Ende des Krieges hatte sich der Großvater erschossen – und mit seinem Selbstmord einem Kriegsverbrechergericht die Mühe erspart, ihn zu verurteilen. Hendrik Olaffsons Vater war als verachtetes vaterloses Kind in Oslo aufgewachsen, an Schwindsucht erkrankt, und ohne rechten Lebenswillen war er jung gestorben. Das war viele Jahre her. Zu lange, als daß daraus ein Makel in Hendrik Olaffsons Personalakten geblieben wäre. Doch innerlich beschäftigte den Jungen das, was er für die Ungerechtigkeit hielt, die seine Familie ruiniert hatte. All das hatte er dem arabischen Reisenden eines Nachts am Kontrollpunkt anvertraut.
Heute fuhr er einen Dreitonnen-Bedford, weiß lackiert, mit dem Emblem der UNIFIL an der Seite. Er brachte den Lastwagen von der libanesischen Seite der Sicherheitszone, die von den israelischen Streitkräften und ihren Stellvertretern, der Christlichen Südlibanesischen Armee, kontrolliert wurde, durch die Zone nach Israel hinein. UNIFIL-Fahrzeuge wurden nicht durchsucht.
Er fuhr mit dem Lastwagen aus dem NORBAT-Gebiet heraus,

um fünfzehn Soldaten des norwegischen Kontingents abzuholen, die einen viertägigen Urlaub in Tel Aviv genossen hatten. Auf dem Weg zu der Stadt am Meer setzte Hendrik Olaffson nahe des nördlichen Vororts Herziliya im Schutz der Dunkelheit die beiden Rekruten ab, die Abu Hamid ausgewählt hatte. Sie waren auf der Ladefläche des LKW mitgefahren, hinter Kisten versteckt.
Natürlich war Hendrik Olaffson für Major Said Hasan Gold wert. Der Major glaubte, die schwache Stelle in der Rüstung seines Feindes entdeckt zu haben, eine Schwäche, die er ausnutzen konnte.
Als sie den kleiner werdenden Rücklichtern des weißen Lastwagens nachsahen und vom Straßenrand in die Nacht hineinliefen, übernahm Ibrahim die Führung. Mohammed trug die Reisetasche.

»Euer Mann ist alles andere als der große Kommunikator, und unserer hat nichts zu sagen. Die beiden sind schon ein seltsames Paar«, sagte der britische Geheimdienstoffizier.
Major Zvi Dan zuckte die Achseln. »Ob sie miteinander reden können, ist unwichtig. Hauptsache, der eine kann dem anderen zuhören. Das Wichtigste ist, daß sie Respekt voreinander haben.«
»Gestern und vorgestern im Hotel habe ich so etwas wie Respekt zwischen ihnen ganz und gar nicht gespürt. Unser Mann gibt sich sehr ruhig, als wäre ihm das Wasser auf einmal zu tief und er wüßte nicht, wie er wieder an Land kommen soll. Crane redet mit ihm wie mit einem Kind.«
»Respekt ist schwer, wenn einer der beiden so wenig beisteuern kann.«
Der Geheimdienstoffizier sah kurz auf die Uhr. »Dieser Percy Martins wird bald hier sein, das ist ein komischer Kauz ... Wie man aus London hört, lag er schon fast auf den Knien vor dem Direktor, um diese Sache übernehmen zu dürfen ... Er bringt Crane mit.«
»Und euer junger Mann?«

»Dieses Vergnügen bleibt dir einstweilen versagt. Crane hat ihn nämlich für eine Woche an den Strand geschickt und gesagt, er werde ihm einen Arschtritt verpassen, wenn er Sonnenbrand kriegt.«
»Mr. Fenner wird eure Aktion also nicht mit seiner Gegenwart beehren?«
»Nein, der bleibt in London, leider.« Der Geheimdienstoffizier beließ es dabei. Er verspürte kein Bedürfnis, die schmutzige Wäsche der Abteilung vor seinem Freund auszubreiten.
Die Soldatin, die im Vorzimmer vor Schreibmaschine und Aktenschrank saß, steckte den Kopf durch die Tür. Dunkles, wallendes Haar, hellbraune Haut, enge Khakibluse. Der Geheimdienstler fragt sich, wie der ältliche, verkrüppelte Zvi Dan ein solches Talent anzuziehen vermochte. »Martins ist gerade gekommen«, sagte sie träge.

Holt lag am Strand.
Über die Beine hatte er sich ein Hotelhandtuch gelegt, das bis zu der Badehose reichte, die er in der Hotelboutique gekauft hatte. Er trug ein Hemd mit langen Ärmeln. Alle halbe Stunde sah er auf die Uhr, um den Zeitplan, den Noah Crane ihm gegeben hatte, einzuhalten. Eine halbe Stunde aufgedeckt auf dem Rücken, eine halbe Stunde zugedeckt auf dem Rücken, eine halbe Stunde aufgedeckt auf dem Bauch, eine halbe Stunde zugedeckt auf dem Bauch.
Es war sein dritter Morgen. Allmählich wurde das Programm zur Routine.
Am ersten Morgen hatte er noch ausschlafen dürfen. An den nächsten beiden Tagen war der Wecker um halb sechs neben seinem Ohr losgegangen. Zum Frühstück Tee und Toast. Hinaus an den Strand, eine einsame Gestalt, die Klappmesserübungen, Liegestütze und Kniebeugen machte, danach mehrfache Sprints und dann einen Dauerlauf. Der Dauerlauf im weichen Gras des Landhauses in England mochte schon schlimm genug gewesen sein, aber auf dem trockenen Sand des Strandes war es die Hölle. Während des Vormittags wurde gebräunt, zum Mit-

tagessen gab es Salat und kalten Schinken, dann dasselbe Training wie am Morgen, aber bei voller Hitze, und schließlich Erholen am Strand. In der sinkenden Sonne ein letztes Wiederholen der Übungen. Danach war es ihm überlassen, was er tat, hatte Crane gesagt.
Also verbrachte Holt seine Tage am Strand vor der Reihe der viereckigen Hoteltürme.
An den Abenden jedoch, nachdem er sich den Sand und den Schweiß vom Körper geduscht hatte, hatte er sich angewöhnt, durch die Straßen Tel Avivs zu schlendern; anschließend traf er sich dann mit Crane und Martins zum Abendessen.
Er fand Tel Aviv häßlich und faszinierend.
Vielleicht hatte er im Landhaus nie genug Zeit gehabt, sich zu überlegen, was ihn hier erwarten würde; jedenfalls war nichts so, wie er es sich gedacht hatte. Er war die ganze Strandpromenade hinuntergewandert, weit nach Süden, vorbei an den Hotels, vorbei an der schwer gesicherten amerikanischen Botschaft, über das versengte Gras des Clore Park, bis er in den alten arabischen Ort Jaffa gekommen war. Er war die Ben-Yehuda-Straße entlangspaziert, vorbei an den kleinen Juweliergeschäften und den Läden mit antiken arabischen Möbeln. Er war auf der Dizengoff flaniert, an den Straßencafés mit den grellbunten Plastikstühlen entlang. Er fand, daß es ein Land voller schöner Kinder war und ein Land der olivgrünen Uniformen und der überall präsenten Galil- und Uzi-Waffen. Daß der Staat noch keine vierzig Jahre alt war, sah Holt an den wackligen Bauten, an den rasch und lieblos errichteten Häusern. Die Straßen trocken und voller Staub, große Löcher in den Bürgersteigen, von den kantigen Wohnblocks bröckelte der Putz ab. Er glaubte zu begreifen. Wozu sollte ein Land für die Zukunft bauen, wenn Scud-Langstreckenraketen auf es gerichtet waren, wenn es nur neun, zehn, elf Minuten von den Flughäfen des Feindes entfernt war, wenn es von feindlichen Armeen umzingelt war, die mit modernsten Panzern, Geschützen und Helikoptern ausgerüstet waren?
Wenn er sich dem Training widmete oder spazierenging, dachte

er nicht viel nach. Wenn er am Strand auf dem Rücken oder dem Bauch lag, wenn er nach dem Abendessen im Bett lag, dann spukte in seinen Gedanken der Mensch Noah Crane herum.
Er dachte ungern an diesen Mann. Mit Eifer, mit Humor und mit Leistung hatte er sich darum bemüht, Noah Cranes Schutzpanzer zu durchbrechen. Und wie kläglich hatte er versagt.

»Ich finde die Haltung der israelischen Streitkräfte einfach unglaublich«, sagte Percy Martins.
»Sie ist keineswegs unglaublich, sondern völlig logisch«, erwiderte Zvi Dan ruhig.
»Dieses Thema habe ich doch bereits in meinem Bericht erläutert«, sagte der Geheimdienstoffizier Tork beschwichtigend.
»Was soll daran logisch sein, daß die israelische Armee nicht bereit ist, beim Herausholen von Crane und Holt behilflich zu sein.«
»Mr. Martins, falls wir in die Bekaa-Ebene eindringen wollten, so würden wir es tun. Aber *Sie* wollen das, nicht wir.«
»Es muß doch für den Notfall einen Plan zum Herausholen dieser beiden Männer geben. Sie müssen in der Lage sein, über Funk Unterstützung anzufordern.«
»Das Leben von Israelis, Mr. Martins, wird für eine Mission, die nicht die unsere ist, nicht aufs Spiel gesetzt.«
»Dann werde ich eben mit Ihren Vorgesetzten reden, Major Dan.«
»Selbstverständlich steht Ihnen das frei. Darf ich Sie jedoch vor etwas warnen, Mr. Martins? Wenn Sie allzu hohe Wellen schlagen, besteht die Möglichkeit, daß man die Unterstützung, die Sie momentan genießen, einstellt ... aber das müssen Sie selbst entscheiden.«
»Verdammt noch mal, würden Sie sie wirklich im Stich lassen, würden Sie sie da draußen sterben lassen?«
Aus der Brusttasche seiner Anzugjacke zog Percy Martins ein Taschentuch. Es kam ihm nicht sonderbar vor, daß er einen hellgrünen Tweedanzug mit Weste trug, obwohl die Zimmer-

temperatur um die fünfunddreißig Grad betrug. Es war einer von einem halben Dutzend mehr oder minder gleichartiger Anzüge, die er immer anhatte, im Winter wie im Sommer, im Frühling wie im Herbst, außer sonntags. Vor der Knopfleiste der Weste hing eine Uhrkette, die ihm seine Mutter nach dem Tod des Vaters gegeben hatte, und die Uhr war jetzt über sechzig Jahre alt, ging aber noch hervorragend, wenn man sie jeden Morgen aufzog. Er tupfte sich den Schweiß von der Stirn. Er mißbilligte den schicken Safarianzug des Kollegen Tork, und noch mehr mißbilligte er, daß Tork ihm keinen Beistand bot. Seine Zeit beim Geheimdienst war ein lebenslanger Kampf gewesen, und seine Standardreaktion auf Hindernisse war es, ihnen die Stirn zu bieten und die Stimme zu erheben. Kein Mitarbeiter von Century hätte ihn je der Raffinesse beschuldigt.
»Mr. Martins, ich setze schließlich voraus, daß die Risiken einer Mission in der Bekaa-Ebene von Ihrer Behörde zuvor exakt abgeschätzt wurden.«
Tork sah Percy Martins zusammenzucken. Er sah, wie er mit der Zunge über die Lippen fuhr.
»Aber wir *brauchen* Ihre Unterstützung!«
Tork war lange genug von Century weg, um die falschen Erwartungen zu erraten. Er kam sich vor, als hätte er gerade eine Unterhaltung in der oberen Etage von Century belauscht: Natürlich würden die Israelis den Wunsch der Leute vom britischen Geheimdienst sofort erfüllen. Man konnte davon ausgehen, daß die Israelis bereitwillig jede erdenkliche Hilfe leisten würden.
»Mr. Martins, ich glaube, der Major möchte Ihnen nur erklären, daß ...«
»Ich weiß verdammt gut, was er mir erklären möchte. Er möchte mir erklären, daß er zwei Männer in der Scheiße sitzen läßt, weil man in der israelischen Armee nicht bereit ist, die faulen Ärsche in Bewegung zu setzen und ihnen zu helfen.«
Major Zvi Dan sagte: »Mr. Martins, Sie werden mir erlauben, daß ich Ihnen zwei Aspekte der Wirklichkeit dieser Region ins Gedächtnis rufe: Erstens: seit Jahren drängt Israel alle westli-

chen Regierungen dazu, endlich etwas gegen den internationalen Terrorismus zu unternehmen, aber seit Jahren zeigt man uns die kalte Schulter. Daher sind Sie in unseren Augen jetzt natürlich ein bißchen spät dran; Sie schlagen unseren Rat jahrelang in den Wind, und nun erwarten Sie, daß wir vor Begeisterung über Ihre Bekehrung in die Hände klatschen. Wir denken zuerst an uns, zweitens an uns und drittens an uns, genau das haben Sie uns ja gelehrt. Jetzt der zweite Aspekt: in den letzten fünf Jahren haben wir im Libanon knapp tausend Männer im Einsatz verloren. Rechnet man unsere Bevölkerung auf die der Vereinigten Staaten hoch, dann kommen wir in diesen fünf Jahren auf mehr Gefallene als die USA während des gesamten Vietnamkriegs – der doppelt so lange gedauert hat. Hätten wir so viele Einwohner wie Großbritannien, dann hieße das ungefähr siebzehntausend Gefallene, Tote. Wie viele haben Sie bis jetzt in Nordirland verloren, vierhundert? Nicht einmal, glaube ich. Und wie viele im Südatlantik, dreihundertfünfzig? Mehr sicher nicht. Mr. Martins, wenn man Ihnen siebzehntausend Soldaten auf den Falklands umgebracht hätte, würden Sie sich dann darum reißen, Ihre Leute in weitere Abenteuer zu verwickeln, die Ihrem eigenen Land gar nichts einbringen? Ich glaube nicht, Mr. Martins.«

Percy Martins richtete sich starr auf.

»Im Falle einer Krise wäre es verachtenswert, diese beiden Männer im Stich zu lassen.«

»Nicht so verachtenswert wie die besänftigende Politik gegenüber dem Terrorismus, die Ihre Regierung und auch die Regierungen der USA, Frankreichs, Deutschlands oder Griechenlands viele Jahre lang verfolgt haben. Wir haben Ihnen ohnehin beträchtliche Unterstützung angeboten und auch schon geleistet. Sie sollten das Beste aus dem machen, was Sie bekommen.«

Percy Martins schob seinen Stuhl zurück, so daß er laut quietschte. Sein Gesicht war von der Hitze gerötet und von der Abfuhr zusätzlich angelaufen. Er stand auf und drehte sich auf dem Absatz um. Kein Händedruck, kein Abschiedsgruß. Mit großen Schritten ging er hinaus.

Langes Schweigen, dann sagte der Major: »Ich sollte wohl mit Noah Crane reden, ehe er aufbricht.«
Tork griff nach seiner Hand und schüttelte sie zum Zeichen des Dankes.

Sie saßen im Bus, der sich im Schneckentempo durch das Verkehrsgewirr des Spätnachmittags schob. Sie drückte sich an ihn, um bei den ruckartigen Bewegungen des Busses nicht den Halt zu verlieren. Man hob die Augenbrauen. Margarethe war die einzige Frau im Bus, zudem eine Weiße. Ihr Arabisch war ungelenk, aber gut genug für einen deutlich hörbaren, markigen Kommentar über die zukünftige Rolle der Frau in einer sozialistischen Demokratie; gut genug, um auf die aufdringlichen Blicke zu reagieren, die sich auf sie richteten, als sie ihre Hände hinter Abu Hamids Nacken verschränkte.
Sie hatte sehr geheimnisvoll getan. Sie hatte ihm nicht gesagt, wohin sie ihn brachte. Es waren drei Tage vergangen, seit er sie in dem kühlen Zimmer über der Gasse am Souq Al-Hamadieh vorgefunden hatte. Es war das erste Mal in den drei Tagen, daß er dieses Zimmer überhaupt verließ, das erste Mal, daß er sich anzog und sich mehr als ein Dutzend Schritte von dem zerwühlten Bett entfernte.
Am nächsten Vormittag würde er in die Bekaa-Ebene zurückkehren.
Sie nahm ihre Hände von seinem Hals. Sie gab ihm einen Kuß auf die Wange. Die anderen Männer im Bus waren entsetzt. Er liebte sie dafür. Und küßte sie. Er beleidigte die Fahrgäste, und es bereitete ihm Spaß. Er zeigte in der Öffentlichkeit, vor aller Augen, seine Liebe zu einer Frau, zu einer Ungläubigen.
Sie stiegen aus.
Eine dunkle, breite Straße. Hohe Mauern zu beiden Seiten der unbefestigten Gehwege am Straßenrand. Er wußte nicht, wo sie waren. Sie nahm seine Hand. Sie führte ihn forsch voran.
Das Tor war aus dünnem Eisenblech, das auf einen Rahmen genagelt war; zu hoch für Abu Hamid, um hinüberzusehen. Sie zog an einer Schnur, die er nicht bemerkt hatte, und eine Klin-

gel schellte. Es verstrichen einige Minuten, dann ging das Tor quietschend auf.
Sie führte ihn hinein. Sie kamen durch einen düsteren Hof. Den alten Mann, der ihnen das Tor geöffnet hatte, bedachte sie mit keinem Wort. Ihr Gang zeigte, daß sie hier zu Hause war. Sie gingen eine kurze Treppe hinauf, die Tür am oberen Ende war angelehnt.
Durch die Tür in einen kühlen Flur, dann weiter durch einen matt erleuchteten Korridor und in einen langgestreckten Raum. Ihre Schatten zeichneten sich verzerrt vor ihnen auf dem Boden ab. Er sah die verschwommene Gestalt einer verschleierten Frau auf sie zukommen, und die Frau ergriff zur Begrüßung Margarethes Hände und küßte sie auf die Wangen.
Er sah die Reihen der winzigen Gitterbetten, die zu beiden Seiten des langgestreckten Raums die Wände säumten. Jetzt begriff er, was das für ein Raum war. Er sah die Kinderbetten, er sah die Köpfe der schlafenden Babys. Margarethe stand nicht mehr neben ihm. Sie war in eine geflüsterte Unterhaltung mit der Frau vertieft, wobei sie in ihrem ungelenken Arabisch kurze Pidgin-Sätze zusammenbaute; die beiden gingen langsam die Bettreihen entlang und unterbrachen ihr Gespräch nur, um eines der Kinder wieder zuzudecken oder einem anderen mit dem Taschentuch den Schweiß von der Stirn zu tupfen. Er betrachtete die Gesichter der Kinder direkt vor ihm, bemerkte ihre ruhigen Atemzüge, ihren Frieden.
Vom anderen Ende des Raums winkte sie ihn herbei. Automatisch ging er ganz leise auf den Fußballen zu ihr hinüber.
Ein Kind hustete, die verschleierte Frau ließ Margarethe allein und ging zu dem Kind.
»Hier arbeite ich«, sagte Margarethe, »das ist mein neuer Arbeitsplatz.«
»Was sind das für Kinder?«
»Es sind Waisen.«
Er sah die verschleierte Frau, die das Kind aus dem Bett hob und sich an die Brust drückte, um den Hustenanfall zu lindern.
»Warum hast du mich mitgenommen?«

»Das hier sind die Waisen der palästinensischen Revolution.«
Er blickte ihr ins Gesicht. »Was willst du damit sagen?«
»Sie sind die Zukunft Palästinas. Sie sind von den Israelis zu Waisen gemacht worden oder von den faschistischen Christen oder den Schiitenmilizen. Es sind die Kinder der Revolution. Verstehst du das nicht?«
»Was soll ich denn verstehen?«
Er sah, wie die Frau das Kind in sein Bett zurücklegte und behutsam wieder zudeckte.
»Du sollst die Wahrheit verstehen. Die Wahrheit liegt in den Kindern hier. Diese Kinder haben ihre Eltern durch die Hand der Feinde Palästinas verloren. Diese Kinder sind die Wahrheit, sie sind wirklicher als der wertlose Tand, der sich mit fünftausend amerikanischen Dollars kaufen läßt.«
Er schloß die Augen. Er sah die Flamme, die an dem zusammengerollten Papier emporzüngelte.
»Was willst du von mir?«
»Daß du dich nicht korrumpieren läßt.«
Er sah das Glühen in ihrem Gesicht, er sah ihre Inbrunst für den großen Kampf, dem sie nicht durch ihr Blut verbunden war.
»Du willst, daß ich sterbe«, hörte er sich sagen.
»Der Mann, den ich liebe, ist kein Söldner, der für fünftausend Dollar jemanden umlegt.«
»Weißt du, was Israel bedeutet?«
»Der Mann, den ich liebe, hat keine Angst davor, ein Opfer zu bringen.«
»Aber zum Kämpfen nach Israel zu gehen, bedeutet, zum Sterben nach Israel zu gehen.«
»Der Mann, den diese Kinder hier lieben werden, hat nur vor der Feigheit Angst.«
»Nach Israel zu gehen, bedeutet, abgeschlachtet zu werden; es bedeutet, daß man vor ihren Fotografen aufgebahrt wird.«
»Das hier sind die Kinder der Revolution, es sind die Kinder der Gefallenen. Sie müssen Väter haben, Hamid, und ihre Väter müssen am Kampf um Palästina teilnehmen.«

»Habe ich nicht genug geleistet?«
»Ich möchte, daß du meiner Liebe würdig bist, und auch der Liebe dieser Kinder.«
Sie streckte die Hand aus. Er spürte, wie weich ihre Finger im Gegensatz zu seinen waren. Sie beschämte ihn.
»Ich verspreche es.«
»Was versprichst du da, Süßer?«
»Ich verspreche, daß ich nach Israel gehen werde, daß ich in Israel Menschen töten werde.«
Sie küßte ihn auf die Lippen. Sie nahm ihn bei der Hand und ging mit ihm zurück durch den langen Raum, vorbei an den langen Reihen schlafender Kinder.

In einem Eukalyptushain nahe des Nordufers des Yarkon legten sie sich schlafen. Sie waren dicht am Stadtrand von Tel Aviv.
Sie hatten ihre letzten Vorräte aufgegessen, im Gehen, während sie ihr Weg durch Herzilya und Ramat Hasharon führte.
Sie hatten eine Straßenkarte. Gleich bei Tagesanbruch wollten sie aufbrechen. Sie schätzten, daß sie zu Fuß etwas mehr als anderthalb Stunden brauchen würden, von ihrem Versteck bis zum Busbahnhof in der Nähe der Levinsky-Straße am anderen Ende der Stadt.
Nachdem sie den Proviant verzehrt hatten, enthielt die Tragtasche jetzt nur noch die drei Kilo Sprengstoff, dazu den Detonator, den Auslösedraht und den Zeitzünder. Während sie unter den leise rauschenden Bäumen lagen, unterhielten sich Mohammed und Ibrahim mit leiser Stimme darüber, was sie mit dem Geld tun wollten, das sie als Belohnung bekommen würden; was sie sich in den Geschäften von Damaskus kaufen wollten, wenn sie wieder zurückkehren würden.

Ein leiser Wind trug den Duft von blühendem Oleander und das Rumpeln der Lastwagen von der Straße heran. Sie saßen auf dem Fußboden des Schlafsaals, den Rücken gegen die Wand gelehnt.

»Wenn ich hier bin, verspüre ich Frieden in mir«, sagte Margarethe.
»Ich weiß nicht, was Frieden ist«, sagte Abu Hamid.
Auf ihrem Schoß, gegen ihre Brust gekuschelt, lag ein kleines Mädchen, das Milch erbrochen hatte. Ein kleiner Junge, der nach langem Weinen endlich ruhig war, tippte Abu Hamid sachte auf die Schulter.
Es war dunkel rings herum. Das gedämpfte Nachtlicht brannte am anderen Ende des Saals.
»Als du so alt wie sie warst, gab es da keinen Frieden?«
Er flüsterte: »In den Zeltlagern gab es keinen Frieden. Als ich so alt wie sie war, gab es nur die Flüchtlingslager für mein Volk, das vor den Israelis geflohen war.«
»Aber du hattest, was sie nicht hatten: Du hattest die Liebe deiner Mutter.«
»Die für ihre Familie um das Überleben im Lager kämpfte.«
»Was für eine Zukunft gibt es für diese Kleinen hier, mein Süßer?«
»Ihre Zukunft ist der Kampf. Eine andere Zukunft haben sie nicht.«
»Woran aus deiner Kindheit erinnerst du dich noch?«
Er verzog das Gesicht. »Ich erinnere mich an den Hunger. Ich erinnere mich an die Alarmübungen, bei denen wir ganz schnell zu den Gräben rennen mußten, damit wir in Sicherheit waren, wenn ihre Flugzeuge kamen.«
Sie sah zu, wie die Finger des kleinen Jungen den Kragen von Abu Hamids Hemd rhythmisch immer wieder zusammendrückten und wieder losließen. »Du bedauerst es also wirklich nicht, ein Kämpfer geworden zu sein?« fragte sie.
»Ich bedaure es nicht, aber ich hatte ja nie die Chance, etwas anderes zu werden. Natürlich gibt es Palästinenser, die in die Golfstaaten, zu den Saudis, nach Pakistan oder Libyen gegangen sind und für die Leute dort arbeiten. Ich habe diese Möglichkeit nicht, Margarethe. Schreiben kann ich nur meinen Namen. Lesen kann ich nur ein wenig, ein ganz klein wenig ... Das sage ich dir ganz ehrlich. Ich kann nicht in Bahrain oder Tripoli

als Sekretär arbeiten. Sekretäre, die kaum lesen können, bekommen keine Stellungen. In den Flüchtlingslagern gab es keine Schulen, in denen man Lesen und Schreiben und Rechnen lernen konnte. Wir lernten, was die Israelis sind, und wir lernten, wie man zu den Luftschutzräumen rennt ...«
Sie sah, wie der kleine Junge mit den Fingern an Abu Hamids Lippen und seiner Nase herumspielte. Er machte keine Anstalten, die Hand des Jungen wegzustoßen.
»... Aber wenn wir es in unserem Leben nicht schaffen, unser Heimatland von den Israelis freizukämpfen, dann müssen diese Kleinen auch zu Kämpfern erzogen werden. Wir können vor dem, was uns widerfahren ist, nicht einfach die Augen verschließen.«
»Vor zwei Stunden hast du noch gesagt, daß du genug getan hast.«
»Willst du, daß ich mich schäme?«
»Du bist ein Kämpfer, und deshalb gehört dir meine Liebe.«
Die Finger des Jungen hatten das kleine Grübchen der krähenfußartigen Narbe entdeckt. Er stieß ein vergnügtes Gurgeln aus. Abu Hamid unterdrückte die Erinnerung an den stechenden Schmerz, der durch die Wange gefahren war, als das Schrapnellstück des Artilleriegeschosses ihn gestreift hatte, die Erinnerung an die letzten Tage des Rückzugsgefechts um West-Beirut.
»Etwas anderes kann ich ja nicht. Sekretär bin ich jedenfalls bestimmt keiner.«

Major Said Hasan bereitete sich auf dem Ledersofa in seinem Büro ein provisorisches Bett aus Decken und zog sich dann aus. Als er seine Kleider gefaltet hatte, als er in Unterhemd und Unterhosen dastand, ging er an den Schreibtisch und stellte das japanische Radio auf die Kurzwellenfrequenz der Israeli Broadcasting Corporation ein. Er zündete sich eine Zigarette an. Er blätterte in einer Akte auf seinem Schreibtisch, in einer Akte, von der er wie besessen war. Währenddessen hörte er die israelischen Nachrichten in englischer Sprache. Es war ein gutes Radio, es garantierte sauberen Empfang.

Die Nachrichten bestanden seiner Ansicht nach aus lauter Nichtigkeiten. Es wurde gemeldet, daß in Jerusalem »orthodoxe« Juden Bushaltestellen mit Steinen beworfen hätten, an denen Reklameplakate mit Frauen in Badeanzügen klebten. Die Pipeline, die das Bewässerungssystem der Negev-Wüste mit dem See Genezareth verband, war wegen Wasserknappheit zeitweilig abgedreht worden. Der Triumph eines Rabbis, der eine Idee gehabt hatte: automatisch betriebene Traktoren als Lösung für die Feldarbeit auf den Golanhöhen im Brachjahr, in dem jüdische Bauern laut den Geboten das Land nicht beackern durften. Die Inflationsrate. Das öffentliche Gezänk zwischen dem Ministerpräsidenten und dem Außenminister. Neue Statistiken, die den Rückgang des Interesses junger Leute am Leben im Kibbuz zeigten. Der Bericht über das Spiel eines Basketballteams aus Tel Aviv in New York ... Dennoch erfreute ihn der Nachrichtenüberblick.

Hätte man die Rekruten festgenommen, wäre es bestimmt in den Nachrichten gekommen. IBC meldete Explosionen und Verhaftungen immer sehr rasch. Wenn man sie festgenommen hätte, wäre die Meldung darüber an diesem Abend in den Nachrichten gewesen. Er schaltete das Radio aus und legte sich aufs Sofa.

Major Said Hasan lachte, und die glatte Haut seines Gesichts warf sich in Falten vor Vergnügen. Sein ganz persönliches Geheimnis, sein geheimer Anlaß zur Freude. Das Geheimnis des Zeitzünders kannte außer ihm nur noch der Techniker in der Kellerwerkstatt des Luftwaffen-Nachrichtendienstgebäudes. Major Said Hasan hatte es nicht mit dem Kameraden von der Volksfront geteilt, schon gar nicht mit den Ochsen, die aus der Bekaa-Ebene geholt worden waren. Die beiden Ochsen glaubten, der Zeitzünder sei auf fünfundvierzig Minuten eingestellt, sie glaubten, sie wären längst am Kloster Latrun aus dem Bus ausgestiegen und die Detonation würde erst erfolgen, während sie querfeldein durch die besetzten Gebiete nach Ramallah flo-

hen. Die Einstellung des Zeitzünders war das Geheimnis, das außer ihm nur sein Techniker kannte.
Als sein Gelächter verebbte, konzentrierte er sich auf die Akte.
Die erste Seite der Akte war ein detaillierter Plan der Gebäude des Verteidigungsministeriums auf der Kaplan-Straße.
Major Said Hasan war in diese Akte verliebt.

Er trug sein Unterhemd, eine Sporthose und Turnschuhe, und er wusch sich gerade das stopplige Gesicht, als das Telefon im Zimmer klingelte. Er trocknete sich die Augen ab. Wasser spritzte auf den gefliesten Boden. Das Telefon rief gellend nach ihm.
Es war noch kein richtiger Bart, nur ein dunkler Anflug über seinem von der Sonne gebräunten Gesicht.
Er nahm den Hörer ab.
»Holt?«
Cranes Stimme wie Kieselsteine in Holts Ohr. »Zieh dich an und komm runter.«
»Wozu die Hektik?«
»Wir gehen aus.«
»Wohin?«
»Auf eine Reise.«
»Was muß ich mitnehmen?«
»Nur dich selbst, angezogen.«
»Für wie lange?«
»Paar Tage.«
»Verdammt, Crane, das hätten Sie mir doch wirklich gestern abend …«
»Du verplapperst nur Zeit, komm jetzt endlich runter!«
Er hörte das Summen der Leitung. Er knallte den Hörer auf die Gabel. Dann streifte er Hose und Hemd über. Holt kochte vor Wut. Am Abend zuvor hatte er mit dem einsilbigen Crane und dem stummen Percy Martins beim Abendessen gesessen. Crane hatte kaum ein Wort gesagt, außer wenn er mal das Salz gereicht bekommen wollte oder Zucker für seinen Kaffee. Martins schien einen geheimen Groll in sich zu hegen. Niemand hatte Holt irgend etwas gesagt.

Er rannte die Feuertreppe hinunter und trat in das Hotelfoyer. Hinüber zu Crane, der an der großen Glastür stand und gelangweilt auf die Straße hinaussah.

»Ob Sie mich wohl irgendwann einmal wie einen Partner behandeln werden, zum Teufel?«

Crane grinste ihn an. »Los jetzt.«

Sie gingen an den vor dem Hotel wartenden Taxis vorbei. Sie gingen den ganzen Weg bis zum Busbahnhof zu Fuß. Crane war so anständig, am Anfang zu sagen, ein kleiner Spaziergang würde Holt gewiß nicht schaden, wenn er schon sein Morgentraining ausließe. Crane legte ein mörderisches Tempo vor, sein normales Schrittempo. Dreimal setzte Holt zu einer wütenden Beschwerde an, und dreimal wurde er ignoriert.

Es war eine miese Gegend. Laut, überfüllt, schmutzig, ärmlich. Dabei war das der neue Busbahnhof. Holt fragte sich, wie da der alte ausgesehen haben mußte. Sonntag früh, Reisetag für die Soldaten. Auf Holt machte es den Eindruck, als wäre die Hälfte aller israelischen Wehrpflichtigen unterwegs. Junge Männer und Frauen, alle in Uniform, alle mit ihrem Gepäck, die meisten bewaffnet, alle nach dem Wochenendurlaub auf dem Rückweg zu ihren Einheiten. Crane glitt behende durch die Menge der vor den Bussen anstehenden Leute, als gehörte er dazu, und Holt trottete hinterher.

Die Busse fuhren nach Ashgelon und Beer Sheva, nach Natanya und Haifa, nach Kiryat Shmona und Bet Shean. Busse in alle Ecken des Landes. Busse, die die Armee zurück an ihre Arbeit brachten. Was zum Teufel würde geschehen, wenn der Feind an einem Wochenende einmarschierte? Holt holte Crane ein und packte ihn am Arm.

»Wo fahren wir überhaupt hin?«

»Erst mal nach Jerusalem.«

»Warum erzählen Sie mir nicht, was wir vorhaben?«

»Überraschung ist immer gut für den Kreislauf.«

»Warum nehmen wir keinen Wagen?«

»Weil ich gerne Bus fahre.«

»Wann fangen wir endlich an, Partner zu werden?«

»Wenn ich dir sage, wo es hingeht, machst du dir bloß die Hosen voll.«
Crane grinste und schüttelte den Arm ab.
Er deutete auf eine Schlange und sagte Holt, er solle sich dort einreihen.
Holt stellte sich in die Schlange, die ziemlich lang war. Er fragte sich, ob sie wohl noch zwei Plätze bekommen würden, als der Fahrer des einstöckigen Busses endlich die Tür öffnete. Vor ihm in der Schlange standen Soldaten, Männer und Frauen, dann eine Frau mit vier kleinen Kindern, von denen sie zwei auf dem Arm trug, dann noch ein älteres Ehepaar, das mitten in einem lauten Streit war.
Dann waren da noch zwei junge Männer.
Zwei junge Männer, die anders wirkten, anders aussahen, sich anders bewegten. Holt konnte nicht genau bestimmen, weshalb sie so anders wirkten, aussahen, sich bewegten. Der Fremde hier war ja er ... Hellbraune Haut, aber auch die arabischen Juden hatten eine eher hellbraune Hautfarbe ... Ihr schweißnasses Haar war lang und lockig, aber es gab ja auch arabische Juden, die noch in die Schule gingen oder aus irgendeinem Grund vom Militärdienst befreit waren ... Nervöse Bewegungen, gehetzte Blicke über die Schulter, hektisch geflüsterte Worte untereinander ... sie wirkten anders, sahen anders aus, bewegten sich anders. Und dann setzte sich die Schlange in Bewegung. Die Soldaten drängten vorwärts, die Frau brüllte ihre herumlaufenden Kinder herbei, und das ältere Ehepaar keifte noch lauter als zuvor.
Als einziger in der Schlange registrierte Holt die beiden jungen Männer, die anders wirkten, anders aussahen, sich anders bewegten.
Er war ein Fremder. Für ihn war nichts selbstverständlich. Für ihn wirkte nichts gewöhnlich.
Er beobachtete. Langsam kam er voran. Er wußte genau, daß er an die Eingangsstufen des Busses kommen, vor dem Fahrer stehen würde, bevor Crane mit den Fahrkarten zurück wäre. Holt trat ein Stück aus der Schlange heraus, um besser nach Crane

Ausschau halten zu können, um ihn zur Eile antreiben zu können. Er stand nun einen halben Schritt außerhalb der Schlange. Dadurch hatte er den Blick frei auf einen der beiden jungen Männer, der jetzt in einer billigen Reisetasche herumwühlte. Er sah tiefe Furchen der Konzentration auf der Stirn des einen jungen Mannes, und er sah Anspannung im Gesicht des anderen, der sich dicht zu seinem Freund hinunterbeugte. Er sah, daß beide die Hände in die Reisetasche steckten. Dann entspannten sich ihre Züge, die Arme kamen aus der Tasche heraus. Er sah, wie sie einander die Hand drückten, als wäre ein Bund geschlossen, als wäre ein Berg bestiegen.
Er stand allein neben dem Bus, nur er konnte sie sehen.
Der größere der beiden ging davon. Der kleinere kletterte durch die schmale Eingangstreppe in den Bus. Holt hielt nach Crane Ausschau – diesem verfluchten Kerl schien es Spaß zu machen, wenn Holt ins Schwitzen kam ... Holt sah den Großen am Stand des Eisverkäufers stehen. Eben noch total hektisch wegen irgend etwas in einer Reisetasche, und kurz darauf ein Eis kaufen ... Da kam Crane ohne jede Eile vom Fahrkartenschalter herübergeschlendert, und Holt winkte ihm, er solle sich beeilen.
Er sah, wie der Große vom Eisstand über die Fahrbahn rannte, um zum Bus zurückzukommen.
Die Schlange vor dem Buseinstieg stand neben einem Wartehäuschen. Eine dicke, mit Graffiti besprühte Ziegelmauer verdeckte Holt die Sicht auf die Fenster des Busses. Jetzt reichte es ihm aber, wie ein gehorsamer Hund dazustehen und auf Crane zu warten. Holt setzte sich in Bewegung, ging auf Crane zu ...
Er spürte den heißen Luftzug. Er hörte das Tosen des Feuersturms. Er wurde von den Füßen gerissen, flog durch die Luft. Konnte die Füße nicht wieder auf den Boden bekommen, konnte seinen Körper, seine Gedanken, seine Arme nicht beherrschen. Er flog über die Straße, flog auf den Eiskremstand zu. Er sah den Stand auf sich zukommen, er sah den Großen, dem das Eis auf die Brust geschleudert wurde. Er spürte die schneidenden Keulenschläge der Ziegelsteine, die gegen seine

Beine prallten. Er hörte den donnernden Knall einer Detonation.

Holt wurde gegen den Großen geworfen, flog mitten in den Mann hinein, zerquetschte dabei die klebrigen Eistüten.

Die Augen geschlossen. Das Feuer wahrgenommen, die Katastrophe begriffen. Die Ohren taub, sie summten nach dem Hammerschlag des Plastiksprengstoffs.

Der Körper lag unter ihm. Der Körper des Großen wand sich heftig.

Holt begriff es nicht. Explosion, Feuer, Zerstörung, all das nahm er wahr. Er nahm auch wahr, daß der Mann, auf dem er lag, aus seinem Gürtel ein kurzes, zweischneidiges Messer gezogen hatte. Doch es war ihm unbegreiflich, warum dieser Mann, auf dem er lag, jetzt mit dem zweischneidigen Messer nach ihm ausholte. Alles war so total verrückt. Verrückt, daß er durch die Gegend geflogen war, daß er seine Beine nicht hatte beherrschen können, daß rings um ihn Trümmer lagen, daß der Mann unter ihm eine blitzende Messerklinge gegen ihn erhob. Das Messer holte auf volle Armeslänge aus. Der Mann brüllte etwas in einer Sprache, die Holt nicht verstand.

Er sah das Messer auf sich zusausen. Er sah den dreckigen alten Turnschuh. Er sah, wie das Messer aus der Faust flog und klappernd zu Boden fiel. Er sah das Ende des Schwungs von Cranes Tritt.

»Sein Freund hat die Tasche hineingebracht«, stieß Holt hervor, »und der hier ist Eis kaufen gegangen. Er wollte mich erstechen!«

Dann blieb Holt auf einmal die Luft weg. Crane hatte sich mit voller Wucht über ihn geworfen. Holt rang keuchend nach Luft. Er merkte, wie er beiseite gestoßen, weggerollt wurde, und dann hatte Crane den Mann auf den Bauch gedreht und seinen Arm nach hinten gedreht, auf den Rücken gepreßt, so daß dem Mann jede Bewegungsmöglichkeit genommen war. Holt sah den blasigen Speichel auf den Lippen des Mannes und hörte geifernde Worte, die er nicht verstand.

Noch eine Erklärung von Holt, im Stakkato hervorgebracht:

»Sie waren zu zweit in der Schlange. Sie hatten eine Tasche dabei. Der eine ist in den Bus gestiegen, der andere hat Eis geholt. Ich bin einfach mitgerissen und über die Straße geschleudert worden. Direkt gegen ihn, mitten auf ihn gefallen. Dann hat er das Messer gegen mich gezogen.«

»Ein verfluchter Terrorist«, sagte Crane mit einem Pfeifen durch die Zähne, »ein verfluchter arabischer Terrorist.«

Holt sah Crane an. Es waren Cranes Augen, die ihm im Gedächtnis haften blieben. Gnadenlose Augen. Als hätte Cranes Wut jedes Leben in ihnen abgetötet: skrupellose Augen.

»Er hat dich auf arabisch angebrüllt«, sagte Crane.

Crane bewegte sich sehr schnell. Holt mußte zusehen, daß er mitkam. Crane stieß den Araber mit umgedrehtem Arm vor sich her, und Holt rappelte sich rasch auf und beeilte sich, mit ihm mitzuhalten. Crane schob den Araber hastig davon, als wollte er um jeden Preis rasch weg von dem Busbahnhof. Holt wurde übel. Im Gehen stieß er gegen ein abgetrenntes Bein. Er wich dem Torso der ältlichen Frau aus, die mit ihrem Ehemann gestritten hatte, er erkannte die zerfetzten Überreste ihres Kleides. Er glitt mit dem Schuh in einem Strom von Blut und Schleim aus, und er torkelte abrupt zur Seite, um einer jungen Soldatin auszuweichen, die sich auf Knien und Ellenbogen über die Straße schleppte und dabei versuchte, mit den Händen den Blutstrom aus ihrem Bauch zu stillen.

Schreie gellten durch die Luft, und jetzt kam auch das erste schrille Pulsieren von Sirenen.

Holt wankte, stolperte hinter Crane und dem Araber her. Sie mußten sich gegen eine Flutwelle von Einkaufsbummlern, Ladeninhabern, Taxifahrern und den Fahrgästen anderer Buslinien stemmen, die alle auf das qualmende Gerippe des Busses nach Jerusalem zurannten.

Ein Streifenwagen der Polizei kam mit quietschenden Reifen um die Ecke. Crane warf sich direkt davor, mitten auf die Straße, zwang den Wagen zum Halten. Alles ging so schnell. Crane redete auf den Fahrer und seinen Beifahrer ein, riß die hintere Tür auf und zerrte den Araber hinter sich hinein, dann

packte er noch Holt und zog ihn in den Wagen. Die Tür knallte zu.
Der Streifenwagen fuhr ein Stück rückwärts, wendete dann und raste los. Holt roch den Angstschweiß des Arabers, der gegen ihn gequetscht saß, eingeklemmt zwischen ihm und Crane.
»Sagen Sie mir, daß ich es richtig gemacht habe, Crane.«
»Kein Grund zum Prahlen.«
»Ich habe es richtig gemacht.«
»Du hast getan, was jeder Israeli getan hätte. Nicht mehr und nicht weniger.«

Sie hatten ihn im Gang zum Zellenblock warten lassen. Er saß dort nun schon seit über drei Stunden. Man beachtete ihn nicht. Er saß auf einer harten Holzbank und lehnte sich erschöpft gegen die weiß gestrichene Ziegelmauer des Korridors.
Während der drei Stunden waren ganze Scharen von Menschen durch den Korridor gekommen. Soldaten und Offiziere mit Sternen auf den Schulterklappen, ranghohe Polizisten in Uniform, Beamte des Shin Bet in unauffälliger Zivilkleidung. Mit ihm hatte keiner geredet. Niemand brachte ihm Kaffee oder Tee. Die schwere Holztür mit dem versenkten Schloß und dem kleinen Guckloch blieb verschlossen. Holt hörte die Fragen, er hörte die Schläge und die Tritte, und er hörte das Schreien und das Wimmern des Arabers. Die Schreie kamen nur ab und zu, das Wimmern erklang die ganze Zeit über. Holt unterschied inzwischen die Geräusche der Fäuste und Stiefel, er konnte sich Bilder zu den Geräuschen denken.
Dann kam Crane aus der Zelle heraus.
Holt erhob sich. »Ich muß schon sagen, Mr. Crane, ganz egal was in dem Busbahnhof geschehen ist, mit dem Foltern von Gefangenen möchte ich nichts zu haben ...«
Crane starrte Holt an. »Es hat fünf Tote gegeben, zwei davon waren Kinder. Einundfünfzig Menschen sind verletzt, davon liegen acht auf der Intensivstation.«
»Gegen diese Leute kommt man mit dem rechtmäßigen Gesetz an, aber nicht mit dem Gesetz des Dschungels.«

»Aha, dann ist es wohl das rechtmäßige Gesetz, das dich in die Bekaa-Ebene führt?«
»Abu Hamid in der Bekaa-Ebene kann vom rechtmäßigen Gesetz nicht erreicht werden, aber dieser Mann hier ist im Gewahrsam des Gesetzes.«
»Hübsch gesagt, aber totaler Quatsch. Ob du in zwei Wochen noch lebst oder nicht, kann ohne weiteres davon abhängen, wieviel Prügel dieses Arschloch von Araber im Moment kriegt.«
»Wieso denn das?«
»Ich brauche jetzt einen Kaffee.«
»Also wieso?«
»Weil wir ihn geschlagen und getreten haben, und dann hat er geredet. Auf diesen Einsatz ist er von Abu Hamid geschickt worden. Er ist Rekrut der Volksfront in einem Trainingslager, das von Abu Hamid geleitet wird. Trotz der Verletzungen an seinen Händen hat er uns einen verdammt guten Plan dieses Lagers gezeichnet und eine brauchbare Landkarte mit der genauen Lage außerdem. Ist doch ein guter Tausch für eine Tracht Prügel, findest du nicht? Immerhin wissen wir jetzt, wo in der Bekaa-Ebene Abu Hamid zu finden ist.«
»Ich meinte doch nur ...«
»Behalt's für dich, Holt. Ich habe kein bißchen Lust, mit dir durch den Libanon zu schleichen, wenn du ein kilometerbreites Kielwasser von Empfindlichkeit hinter dir herziehst.«
»Schon verstanden«, sagte Holt.
Ein Streifenwagen der Polizei brachte sie zum Busbahnhof zurück.

Das Beit-Sokolov-Gebäude lag auf der anderen Straßenseite und etwas weiter unten auf der Kaplan-Straße als der Komplex des Verteidigungsministeriums.
Der oberste Pressesprecher des Militärs war ein geschäftiger Mann mit breitem Brustkorb, der eine gutsitzende Uniform mit den Aufnähern der Fallschirmjägertruppen trug. Er kam mit schnellem Schritt in den Konferenzraum.

Er ging direkt auf das Podium zu. Bei seinem Hereinkommen war der Saal verstummt. Er wandte sich seinen Zuhörern zu. Sie saßen unter ihm, die Kugelschreiber und Bleistifte über den leeren Seiten ihrer Notizblöcke gezückt. Es waren die Militärberichterstatter der Israeli Broadcasting Corporation, von *Maariv, Yediot Achronot* und der *Jerusalem Post,* die Chefkorrespondenten der amerikanischen und europäischen Fernsehsender und die Redakteure der ausländischen Nachrichtenagenturen. Er blickte sich prüfend um. Zufrieden stellte er fest, daß sich von nirgendwo Mikrofone auf ihn richteten, die seine Worte festhalten konnten.
»Meine Herren, in einer für uns außerordentlich wichtigen Angelegenheit, die direkt die Sicherheit unseres Staates berührt, verlangen wir Ihre Zusammenarbeit. Sie werden am Schluß dieser informellen Pressekonferenz unsere Stellungnahme über die Explosion einer von Terroristen gelegten Bombe im neuen Zentralbusbahnhof heute morgen erhalten. In dieser Stellungnahme heißt es, daß zwei Mitglieder der Volksfront für die Befreiung Palästinas für den Bombenanschlag verantwortlich waren und daß *beide* bei der Explosion umkamen. Nun ist es durchaus möglich, daß Ihre Reporter Ihnen Augenzeugenberichte bringen, in denen es heißt, einer der Terroristen sei verhaftet und in einem Auto vom Tatort weggeschafft worden. Wir verlangen von Ihnen, diese Meldung auf keinen Fall zu bringen. Die Terroristenführer, die diese beiden Männer geschickt haben, dürfen unter gar keinen Umständen erfahren, daß wir einen Überlebenden haben und ihn gegenwärtig verhören. Es geht dabei um Leben oder Tod, meine Herren. Jeglicher Versuch, die Information über diesen Überlebenden an der Zensur vorbei oder aus dem Staat zu schmuggeln, wird Strafverfolgung nach sich ziehen und auf das Härteste geahndet werden. Ihre Fragen ...?«
Der Chefkorrespondent eines großen amerikanischen Fernsehsenders fragte mit gedehnter Stimme: »Geht es wieder mal darum, die Ermordung von Attentätern zu vertuschen?«
Der Militärsprecher hatte diese Frage erwartet. Vier Jahre zu-

vor hatten vier Araber aus dem Gazastreifen im Süden Israels einen vollbesetzten Bus gekapert und damit gedroht, die Fahrgäste umzubringen, wenn nicht fünfundzwanzig Palästinenser aus israelischer Haft entlassen würden. Der Bus war gestoppt und gestürmt worden. Zwei Araber waren beim Angriff des Militärs umgekommen, und zwei weitere hatte man noch lebend gesehen, als sie von Angehörigen des Shin Bet in die Dunkelheit am Straßenrand geführt wurden. Auf einem Feld, wo niemand zusah, waren die beiden Männer mit Knüppeln zu Tode geprügelt worden. Hohe Beamte des Shin Bet hatten daraufhin, nachdem man ihnen Straffreiheit zugesichert hatte, ihren Rücktritt erklärt.

»Die Nachrichtensperre gilt nur für eine Weile. Es gibt hier nichts zu vertuschen, weil es ja einen Überlebenden gibt. Noch in diesem Monat wird er vor einem ordentlichen Gericht wegen Mordes angeklagt werden. Weitere Fragen ...?«

Der Israel-Korrespondent der Agentur Reuters fragte: »Werden wir jemals erfahren, worum es bei dieser Frage von Leben und Tod gegangen ist?«

»Wer kann das heute wissen?«

Die Konferenz war beendet.

Eine Viertelstunde später meldete die IBC in ihren Nachrichten, es stehe nach Auskunft eines Militärsprechers mittlerweile fest, daß bei der Explosion zwei Araber umgekommen seien, die den Bombenanschlag vermutlich auch verübt hätten.

Wegen seiner entstellten Gesichtszüge war es für die anderen Offiziere im Raum schwer, Major Said Hasans Gefühle richtig einzuschätzen.

Der Major hatte seinen Schreibtischstuhl ein Stück nach hinten geschoben. Wie mehrmals an diesem Morgen saß er über sein Radio gebeugt und verfolgte konzentriert die Nachrichten des israelischen Senders.

Er schaltete das Radio aus. Er fand zum eigentlichen Thema der Zusammenkunft zurück. Nun kannte er die Anzahl der Opfer des Anschlags und das Schicksal der beiden Rekruten. Er

wußte, daß die Beweisspur zum Lager Yarmouq am Rande von Damaskus getilgt war.
Wieder neue Märtyrer für die Romantiker der palästinensischen Revolution und wieder neue Opfer für den Feind Israel.

Sofort nach den Nachrichten telefonierte der britische Geheimdienstoffizier mit Major Zvi Dan.
»Ich wollte euch nur nochmals meinen Dank aussprechen. Wenn die erfahren hätten, daß es einen Überlebenden gibt ...«
» ... hätten sie ihr Camp wohl verlegt, und der Kontakt wäre verloren gewesen. Wir haben euch die Chance gegeben, und wir hoffen, sie bringt euch weiter.«

11. Kapitel

Sie hatten in einer Herberge für Soldaten auf der Durchreise geschlafen.
Keine Erklärung von Crane, aber Holt störte das Schweigen mit jedem Tag weniger, den er in der Gesellschaft dieses Mannes verbrachte. Er fand langsam den Rhythmus: mitkommen, nicht ungefragt sprechen, in allem Crane folgen.
Zum Frühstück gab es Obst und Käse. Er fand, daß sein Bart inzwischen zu sprießen begann, langsam genug, aber immerhin sah es jetzt nach etwas mehr aus; es war nicht nur die Faulheit, sich zu rasieren. Beim Blick in den Spiegel, als er am Waschbecken an der Reihe gewesen war, beim Blick auf sein Spiegelbild, da hatte er sich gefragt, ob Jane wohl seinen Bart gemocht hätte ... nur ein ganz flüchtiger Gedanke, denn Crane hatte hinter ihm gestanden und gerade gesagt, er solle die Zahnpasta weglassen, er solle sich an ein Leben ohne Zahnbürsten gewöhnen. Keine Erklärungen, nur eine Anweisung.
Er begriff einfach nicht, warum sie nicht in einem Hotel übernachteten, wo sie doch genügend Spesen machen konnten, um sich eine Suite im Hilton zu leisten, warum sie unbedingt in einer Herberge für acht Schekel pro Nacht schlafen mußten.
Er hatte sinniert. Seine Gedanken waren zu der Reise auf die Krim zurückgekehrt, auf das Schlachtfeld der Leichten Brigade, das er mit Lou Armitage besucht hätte, und zu Tennysons Gedicht.
»Die Fragen zu stellen, ist nicht an uns.«

Das war das Leben mit Noah Crane.
»An uns ist es, im Felde zu fallen.«
Der Himmel verhüte, daß das auch das Leben mit Noah Crane war.
Als er gefrühstückt hatte, stand Crane auf und ging davon. Darauf zu warten, daß auch Holt aufgegessen hatte, was auf dem Teller war, fiel ihm nicht ein. Holt stopfte sich zwei Äpfel in die Hosentaschen, nahm noch eine Scheibe Käse und ging hinterher. Im Korridor legte Crane seine Banknoten auf den Tisch und wartete auf die vier Schekel Wechselgeld. Kein Trinkgeld.
Sie gingen zu Fuß. Crane meinte, daß Holt das tägliche Morgentraining fehlte, deshalb nahm er nicht den Bus. Holt war inzwischen an Cranes Schritt, an sein mörderisches Tempo gewöhnt. Sie kamen aus dem alten jüdischen Jerusalem, hinter ihnen lagen die Mauern der Altstadt und die goldene Halbkugel des Felsendoms. Wenn er jemals nach London zurückkommen sollte ... natürlich würde er zurückkommen ... Wenn er nach London zurückkehrte, würde ihm niemand abnehmen, daß er in Jerusalem gewesen war, ohne die Altstadt durchwandert zu haben, ohne die Via Dolorosa gegangen zu sein. Er war jetzt besser in Form. Das merkte er, denn er konnte allmählich mit Crane Schritt halten. Über breite Straßen, unter dem warmen Laub der Bäume hindurch, über steile Hügel und in das neue jüdische Jerusalem hinein, durch Vororte mit Villen, die aus klinisch sauber geschnittenem Sandstein gebaut waren.
Sie waren am Rande der Stadt, sie erstiegen die letzte Anhöhe.
Mehrere Reisebusse überholten sie auf dem Weg zu der Gedenkstätte.
»Das ist Yad Vashem, Holt«, sagte Crane. »Hier gedenken wir der sechs Millionen unseres Volkes, die Hitlerdeutschland abgeschlachtet hat.«
»Durch die Geschichte wird der Mensch leicht selbstzufrieden

und entwickelt sich dann nicht mehr weiter. Die Iren zum Beispiel ...«

»Erzähl mir hier keinen Blödsinn aus deinen Univorlesungen. Jesaja 56,5: ›... denen will ich in meinem Hause und in meinen Mauern ein Denkmal und einen Namen geben; das ist besser als Söhne und Töchter. Einen ewigen Namen will ich ihnen geben, der nicht vergehen soll.‹ Wir haben nicht vergessen, was unserem Volk angetan worden ist. Der Tag, an dem wir es jemals vergessen, wird der Tag sein, an dem dasselbe mit uns passieren kann.«

»Ich glaube nicht, daß uns die Geschichte lehrt ...«

»Holt, sechs Millionen unseres Volkes sind in die Gaskammern und die Krematorien gewandert. Sie haben nicht gekämpft, sie haben sich gefügt. Und weil wir nicht vergessen, was geschehen ist, werden wir heute immer kämpfen und uns nie wieder fügen. Ich will jetzt keine Diskussion, ich sage es dir nur.«

Sie kamen in einen niedrigen Bunker, der im Herzen der Gedenkstätte lag. Sie standen am Geländer und sahen auf den Steinboden hinab, in den die Namen der einundzwanzig größten Konzentrationslager eingeritzt waren. Vom Geländer hingen vertrocknete Kränze, und an der hinteren Wand aus behauenem Lavagestein brannte ein Feuer. Holt war der Tourist, er blickte sich um, so wie er auf die Kuppeln des Kreml blicken würde oder auf die Bogengänge des Kolosseums, den Triumphbogen, die Freiheitsstatue. Er drehte sich zu Crane um, ob sie nun weitergehen könnten. Er sah die Träne aufblitzen, die über Noah Cranes Wange rollte. Nun konnte auch er nicht anders, er starrte hinunter. Er las die Namen ... Treblinka, Auschwitz, Dachau, Bergen-Belsen, Majdanek, Chelmno ... Er stellte sich hinter Crane, um nicht in dessen private Totenwache einzudringen.

Abrupt fuhr Crane herum und schritt hinaus ins Sonnenlicht. Sie gingen schnell.

Crane ging voran, Holt hinterher.

Sie gingen durch einen gepflegten Park, der zur Erinnerung an Theodor Herzl, den Begründer der Idee eines Judenstaates, angelegt worden war. Sie gingen vorbei an den frischen Baumschößlingen und den Blumenbeeten, durch Alleen von grünen Büschen. Als sie den Park durchquert hatten und von der Anhöhe hinabblickten, sah Holt die terrassierten Reihen der Gräber mit den steinernen Tafeln. Er blieb oben stehen, während Noah Crane auf den schnurgeraden Wegen zwischen den Gedenksteinen umherging. Es war eine persönliche Pilgerfahrt. Lange Zeit sah er zu, wie sich Crane langsam und zögernd von einem Grab zum anderen bewegte.

Holt verscheuchte die Fliegen von seiner Stirn. Ihm wurde soeben eine Lektion erteilt, das war ihm jedenfalls klar. Er bezweifelte, daß Crane irgend etwas zufällig tat.

Am hintersten Ende des Friedhofs blickte Noah Crane auf und brüllte Holt zu: »Sie sind alle hier, Holt, die ganz Mächtigen und die Unbekannten. Männer aus der Stern-Gruppe, aus dem Befreiungskrieg von 1948, aus dem Sinai-, dem Sechs-Tage- und dem Yom-Kippur-Krieg, Netanyahu, der die Aktion in Entebbe geleitet hat, Libanonkämpfer, all die Menschen, die ihr Leben für unseren Staat gegeben haben. Uns ist jeder von ihnen gleich wichtig, ob er nun ein Held wie Netanyahu ist oder ein pickliger LKW-Fahrer, der im Libanon auf eine Mine gefahren ist. Ganz egal, was mir in der Bekaa-Ebene passiert, sie werden mich hier begraben, und etwas Besseres kann ich mir nicht vorstellen.«

»Das ist rührselig, Mr. Crane.«

»Mach dich darüber nicht lustig. Dieses Land hier ist absolut nicht sentimental. Weißt du, daß im Büro des syrischen Präsidenten ein Gemälde hängt, Holt, ein einziges? Es ist ein Bild der Schlacht von Hattin. Hast du je von dieser Schlacht gehört, mit all deinem Schulwissen? Natürlich nicht ... In der Schlacht von Hattin 1187 hat der große Sultan Saladin den Kreuzfahrern in den Arsch getreten. Und der Präsident von Syrien würde auch gerne so einen Tritt austeilen. Er würde uns am liebsten über die Klinge springen lassen oder ins Meer treiben. Verstanden?«

»Verstanden, Mr. Crane.«

»Es ist keineswegs meine Absicht, hier zu enden, Holt.«
»Das freut mich zu hören, Mr. Crane.«
»Deshalb merk dir ja jede Kleinigkeit, die ich dir sage, verdammt gut, und wenn es dir noch so unwichtig erscheint. Du machst genau, was ich sage, ohne zu fragen, ohne zu zögern.« Cranes Stimme polterte über den Friedhof. »Dann erspare ich denen vielleicht die Arbeit, hier ein Loch für mich zu schaufeln.«
»Wollen hoffen, daß ihnen die Mühe erspart bleibt, Mr. Crane.«
Später, um die Mittagszeit, wurden sie an der Stelle abgesetzt, die Noah Crane für den Beginn ihres Marsches ausgesucht hatte.
Sie würden nördlich von Ramallah starten und durch Samaria, durch die besetzten Gebiete bis nach Nablus marschieren.

Über ein abhörsicheres Telefon gab Percy Martins an den Direktor des Geheimdienstes seine Meldung durch.
Aus Torks Botschaftsbüro in Tel Aviv sprach er direkt mit dem neunzehnten Stock des Century-Gebäudes. Normalerweise hätte er mit Fenner reden sollen. Er hoffte inständig, Fenner möge davon erfahren, daß er ihn übergangen hatte.
»Crane hat den jungen Burschen für ein paar Tage ins Westjordanland mitgenommen, damit er dort lernt, richtig zu denken, und sich an die Ausrüstung, an die Anstrengung gewöhnt.«
»Und dann gehen sie los?«
»In der Nähe von Nablus werden sie abgeholt und nach Kiryat Shmona gebracht, dort ruhen sie sich ein paar Stunden aus, danach geht es los.«
»Wie hält sich denn der Augenzeuge?«
»Holt hält sich gut. Er wird keine Probleme machen.«
»Wie werden sie rauskommen?«
»Sie werden wohl zu Fuß gehen müssen.«
»Haben Sie denn niemanden unter Druck setzen können?«

»Versucht habe ich's, weiß Gott, trotzdem werden sie zu Fuß gehen müssen.«
»Sonst irgendwas Neues?«
»Wir haben die Lage des Trainingscamps, das Abu Hamid leitet. Wir wissen ganz genau, wo wir ihn suchen müssen.«
»Der Premier wünscht es sich zum Gedenken an Sylvester Armitage. Ich wünsche es mir zum Gedenken an Jane Canning. Ich verlasse mich auf Sie, Martins.«
Martins, der Befehlsempfänger, der dritte Mann seiner Abteilung, der zum ersten Mal seine eigene Show laufen hatte, antwortete trotzig: »Sie können sich auf uns verlassen, Sir.«

Crane hielt Wache, Holt war eingenickt.
Der Nachtmarsch mit dem vollbepackten Rucksack war für Holt das Anstrengendste, was er jemals vollbracht hatte.

»In dieser Woche noch brechen sie auf, Premierminister.«
»Um mir seinen Kopf zu bringen?«
»Mit dem silbernen Tablett wird es wohl nichts werden, aber sein Kopf wird fallen.« Der Geheimdienstdirektor grinste.
»Er hat verflucht viel Glück.«
»Wer, Premierminister?«
»Dieser junge Mann, den wir da hingeschickt haben.«
»Der Augenzeuge?«
»Genau, ein unglaubliches Glück hat der, wo doch so wenige in seinem Alter noch die Gelegenheit zu echtem Abenteuer geboten bekommen.«
»Wollen wir hoffen, daß er sein Glück auch zu schätzen weiß, Premierminister.«
»Ich muß es Ihnen erzählen, es wäre einfach unehrlich, es zu verschweigen: Ich genieße bereits jetzt die Vorfreude auf den Moment, in dem ich dieses kleine Epos unseren Freunden in den Vereinigten Staaten erzählen kann ...«
»Verzeihen Sie, aber die beiden haben noch einen langen Weg vor sich.«
»Wenn ich nicht den Kopf dieses palästinensischen Mordbuben

bekommen kann, werde ich mir ganz bestimmt einen anderen holen. Es ist Ihr Plan, und es war Ihr Rat, auf den ich gehört habe.«

Der Direktor lächelte gelassen durch den Salon in der Downing Street.

»Die Aktion beruhte von vornherein auf vielen Unwägbarkeiten, Premierminister, und in gewissen Einzelheiten ist sie jetzt noch unwägbarer geworden.«

Der Premier packte seine Papiere ein. Die Unterredung war beendet. »Sein Kopf oder Ihrer. Gute Nacht.«

Die zweite Nacht im Freien. Sie marschierten noch keine anderthalb Stunden, und Holt war schon zum dritten Mal hingefallen, war vom Gewicht seines Rucksacks zu Boden gerissen worden, sobald er kurz die Balance verlor.

Er hörte die Steine den Abhang hinunterkollern. Vor lauter Frustration hätte er losheulen können. Von vorn hörte er Cranes beißende Flüche.

Abu Hamid sah sie näher kommen.

Er stand am Eingang seines Zelts und beobachtete, wie das Mädchen, das den Esel führte, und der im Schrittempo hinter ihr fahrende Jeep sich dem Camp ganz langsam näherten. Er hörte den leise surrenden Motor des Geländefahrzeugs. Selbst auf diese Entfernung, auf über eine halbe Meile Distanz, erkannte er ihn als Fawzis Jeep.

Sie trug die Pluderhose der Schiiten, darüber einen kurzen Baumwollrock, eine große, bauschige Bluse; den Schal hatte sie sich fest um das Haar geschlungen und dann über den Mund gelegt, um so ihr Gesicht zu verbergen. Sie war gekleidet wie ein Dorfmädchen der Bekaa-Ebene. Der Jeep fuhr nur ein Dutzend Schritte hinter ihr, dennoch machte sie keine Anstalten, rascher zu gehen oder beiseite zu treten.

Abu Hamid lutschte an einem nicht ganz reifen Pfirsich, ließ die Zunge über die rauhe Oberfläche des Kerns gleiten. Er wußte, daß in der Bekaa-Ebene, unter den Augen der syrischen

Armee, unter der Herrschaft der syrischen Nachrichtendienste, niemals etwas zufällig geschah. Er wußte, daß es kein Zufall sein konnte, daß das Mädchen mit einem Esel an der Leine auf diesem Pfad ging, der nur zum Camp führte, und auch nicht, daß ihm Fawzis Jeep folgte. Sie war jung, das merkte er, er sah die eckigen Konturen ihrer schmalen Hüften, und auch Pluderhose und Rock konnten ihre magere Figur nicht verbergen.
Abu Hamid nahm den Pfirsichkern aus dem Mund und warf ihn in hohem Bogen in den Stacheldrahtzaun, der um das Camp verlief. Er rief seinen Rekruten zu, sie sollten herbeikommen, ihre Mahlzeit unterbrechen, sich erheben und antreten. Er stellte sie auf, ließ sie drei ungerade Reihen bilden.
Dann wandte er sich dem Eingang des Camps zu.
Der Jeep beschleunigte jetzt und überholte das Mädchen. Der Esel scheute, doch das Mädchen ließ sich nicht beirren, schien den Jeep gar nicht wahrzunehmen. Einen Augenblick lang verschwand sie in der Staubwolke, die der Jeep aufwirbelte, und als sie wieder auftauchte, ging sie immer noch vorwärts, mit schleppendem Schritt, gefolgt von ihrem Esel. Abu Hamid sah, daß dem Esel zwei alte Tragkörbe über den Rücken geworfen waren.
Mit großspurigen Gesten kam Fawzi auf Abu Hamid zu. Seine Hände hoben sich, um Abu Hamids Schultern zu ergreifen, dann küßte er ihn auf beide Wangen. Abu Hamid roch die Creme, mit der sich Fawzi parfümiert hatte. Fawzi klatschte in die Hände, verschaffte sich Aufmerksamkeit, machte sich wichtig. Abu Hamid fand es eine Schande für die palästinensische Revolution, daß Fawzi mit seiner klotzigen Eitelkeit die Macht über ihn und seine Rekruten besaß. Er beobachtete, wie das Mädchen und der Esel auf den Eingang des Camps zukamen. Fawzi wandte dem Mädchen und seinem Esel den Rücken zu, als wäre ihre Zeit noch nicht gekommen. Fawzi richtete das Wort an die Rekruten.
»Kämpfer für die palästinensische Revolution, ich komme, um euch von einer heroischen Aktion der Volksfront tief im Feindesgebiet zu berichten. Ein Kommando der Volksfront hat sich

bis ins Herz des Zionistenstaats vorgekämpft und damit auch die Behauptung der Zionisten widerlegt, ihre Grenzen seien unüberwindbar. Ziel ihres Angriffs war der Zentralbusbahnhof von Tel Aviv. Der Angriff war für Sonntagmorgen geplant, zu einem Zeitpunkt, wo möglichst viele feindliche Soldaten auf dem Busbahnhof wären, um zu ihren Einheiten zurückzukehren. Natürlich haben die Zionisten versucht, den Erfolg unseres Kommandounternehmens herunterzuspielen, indem sie lächerlich verfälschte Zahlen über die Opfer des Anschlags verbreiteten. Doch all ihre Lügen können die Wahrheit nicht überdecken. Achtundvierzig ihrer Soldaten sind tot, über hundert wurden verletzt. Das Heldentum des Kommandotrupps kannte keine Grenzen. Unsere Männer haben einen Angriff durchgeführt, der dem Feind noch mehr Schaden zufügte als der erfolgreiche Überfall mit Handgranaten auf eine Militärparade am Jerusalemer Dung Gate. Kämpfer, ich sage euch, das Heldentum des Kommandotrupps kannte wahrlich keine Grenzen. Ich falle auf die Knie vor solchem Heldentum. Der Plan für den Anschlag sah vor, daß das Kommando die Bombe im Bus von Tel Aviv nach Jerusalem hochgehen lassen sollte. Die Bombe war mit einem Zeitzünder ausgestattet, der es dem Kommando ermöglichte, sie unter einem Sitz zu verstecken und den Bus dann an einer Haltestelle zu verlassen. Doch das, meine Kämpfer, war diesem heroischen Kommando nicht genug. Wenn sie ausstiegen, so fürchteten sie, bestünde eine kleine Chance, daß die Bombe noch rechtzeitig entdeckt und der Anschlag damit vereitelt werden könnte. Wie heldenhaft sie waren, Kämpfer ... Dieses Kommando kannte kein anderes Ziel als die Sache der palästinensischen Revolution ... Sie stellten den Zeitzünder vor und blieben bei der Bombe, bis sie hochging. Durch diese selbstlose Tat stellten sie sicher, daß die Bombe auf keinen Fall entdeckt und entschärft werden konnte. Für die Sache der Revolution gaben sie ihr Leben hin. Männer, dieses Einsatzkommando kam aus eurem Camp. Es waren eure Waffenbrüder. Männer, Mohammed und Ibrahim waren euer eigen Fleisch und Blut. Mit euch teilten sie alle Anstrengungen,

das Essen, das Zeltlager. Sie bekamen die Chance, den totalen Krieg gegen den Feind zu führen, gegen euren Feind, und sie ließen die palästinensische Revolution nicht im Stich.«
Abu Hamid war wie gelähmt. Der Mann, der allen so unsäglich auf die Nerven gegangen war, stand jetzt als Held da. Und der Dieb war auf einmal ein Märtyrer.
Das Mädchen mit dem Esel kam langsam durch das Eingangstor im Stacheldraht.
Die Rekruten starrten Fawzi ehrfürchtig an. Sie hatten ihm die Worte von den Lippen abgelesen. Als ob jeder von ihnen jene Bewunderung ersehnte, die Ibrahim und Mohammed jetzt auf einmal auf sich zogen.
Das Mädchen stand nun neben Fawzi. Lose in der Hand hielt sie einen Strick, der mit den Zügeln verknotet war. Der Esel war alt und geduldig.
Fawzi betrachtete das Mädchen voller Freude.
»Ohne große Tapferkeit und gewaltigen Mut wird die palästinensische Revolution nicht kommen. Doch wir haben diese Tapferkeit, wir haben diesen Mut, und deshalb ist der Sieg der Revolution unaufhaltsam. Seht euch diese junge Frau an, meine Kämpfer, seht sie euch an, und seht die Tapferkeit und den Mut der Revolution. Sechzehn Jahre ist sie alt, sie steht in der vollen Blüte ihrer Jugend. Sie kennt kein anderes Ziel als die Revolution, für die sie ihr Leben, ihr Herz, ihren Geist geben will.«
Abu Hamid starrte das Mädchen an. Es war nicht zu erkennen, ob sie Fawzi überhaupt zuhörte. Ihre Züge waren erstarrt, ihre Augen glanzlos. Er hatte Männer gesehen, die gewohnheitsmäßig den Saft der Mohnblume inhalierten oder Zigaretten rauchten, die aus den Marihuanablättern gedreht waren, und deren Augen waren ebenso glanzlos, die Miene ebenso ausdrucksleer gewesen. Er war sich nicht sicher, ob die Liebe dieses Mädchens der Revolution oder dem Mohn und der Haschischpflanze galt.
»Dieses Mädchen wird allein in die Sicherheitszone gehen. Ohne die Unterstützung von Genossen, mit nichts als ihrem

glühenden Glauben an den endgültigen Sieg der Revolution, so wird sie mit ihrem Esel in die Sicherheitszone gehen. Der Esel ist ihr Freund. Den Esel kennt sie, seitdem sie ein Säugling an der Brust ihrer Mutter war. In den Taschen auf dem Eselsrükken werden einhundert Kilogramm Dynamit stecken. Versteht ihr, Männer? Dieses Mädchen wird zum Kontrollpunkt am Rand der Sicherheitszone gehen, zu den Posten der faschistischen Armee Südlibanons, diesen israelischen Marionetten, zu den Israelis mit ihren Truppentransportern und zu den Folterknechten des Shin Bet. Wenn sie unter ihnen sein wird, wird sie den Sprengstoff zünden. Dann werden sie alle zur Hölle fahren, und sie kommt ins Paradies.«

Sein Blick ließ die junge Frau nicht los. Sie war ein Gespenst. Was Abu Hamid von ihrem Gesicht sehen konnte, wirkte bleich und ausgetrocknet. Er sah darin weder Angst noch Stumpfsinn. Konnte es wahr sein? Konnte jemand derart versessen auf den Märtyrertod sein, daß man einen mit Sprengstoff beladenen Esel in die Reihen des Feindes führte, daß man sich selbst zusammen mit dem Feind zerfetzen ließ? Er wußte von den schiitischen Autobombern, den Helden, die mit ihren Autos die amerikanische Botschaft gesprengt hatten, ebenso wie die französische Botschaft und die Kaserne der US-Marineinfanterie in Beirut. Er wußte von der Autobombe, die gegen die Mauern des Shin-Bet-Hauptquartiers im israelisch besetzten Tyrus gerast war. Er wußte auch, daß man allen Autos, die sich der Sicherheitszone näherten, mit so großem Argwohn begegnete, daß mit einem Esel oder einem Maultier oder einem Packpferd die Chancen heute viel größer waren. Konnte es sein, daß diesem Mädchen so wenig am Leben lag?

»Sie gibt uns allen ein Beispiel. Sie zu sehen, sie zu kennen, ist eine Ehre für uns. Sie stattet euch diesen Besuch ab, damit euch die Erinnerung an ihren Mut Stärke verleihen möge, wenn auch für euch die Zeit kommt, südwärts zu gehen und gegen den Feind zu kämpfen, der euch den Zutritt in euer rechtmäßiges Heimatland verweigert. Zeigt ihr eure Liebe, zeigt ihr eure Bewunderung!«

Abu Hamid reckte die Faust in die Höhe. Weiße Knöchel bohrten sich in die Luft.
»Lang lebe die palästinensische Revolution!«
Die Rekruten wiederholten unter begeistertem Brüllen seine Worte.
»Hoch die Märtyrer der palästinensischen Revolution!«
Der Jubel wurde noch lauter.
»Alle Macht den Feinden des Zionistenstaates!«
»Hoch leben die mutigen Kämpfer für die gerechte Sache!«
Die junge Frau lächelte nicht. Langsam drehte sie den Kopf, so daß ihr leerer Blick einen johlenden Rekruten nach dem anderen erfaßte. Dann wandte sie sich ab. Sie schien dem Esel etwas ins Ohr zu flüstern. Einen Moment lang sah Abu Hamid ihr Profil. Er sah die Rundung des Bauches, er sah das schwere, nach unten ziehende Gewicht ihres Bauches. Ihm wurde klar, daß sie schwanger war. Sie ging mit dem Esel davon, hinaus aus dem Camp. Die Rekruten jubelten ihr die ganze Zeit nach, doch sie drehte sich kein einziges Mal um.
Abu Hamid ließ die Rekruten abtreten und blieb schweigend am Eingang des Camps stehen, während das Mädchen und der Esel auf dem unebenen Weg langsam immer kleiner wurden.
Fawzi strahlte. Er kam zu Abu Hamid hinüber.
»Sie wird alle Dörfer zwischen hier und der Sicherheitszone besuchen. Sie hat eine enorme Wirkung auf die Leute in den Dörfern, genau wie sie auf deine Männer großen Eindruck gemacht hat. Wenn sie den Anschlag durchgeführt hat, wird ein Film von ihr im Fernsehen gezeigt werden, er ist schon gedreht.«
»Steht sie unter ...?«
»Drogen? Du erstaunst mich, Abu Hamid ... Sie ist eine Kämpferin, sie ist so wie du.«
Fawzi fuhr in dem Jeep davon. Er holte das Mädchen mit dem Esel ein, bevor es die Asphaltstraße erreicht hatte.
Wenn er sich sehr anstrengte, konnte Abu Hamid sie immer noch sehen. Ein Mädchen und ein Esel, und dicht dahinter ein Jeep der syrischen Armee.
Die Rekruten gaben sich an diesem Morgen große Mühe beim

Training. Keine dummen Bemerkungen, nur eifrige Konzentration. Sie übten einen geschlossenen Angriff gegen eine befestigte Stellung am Hang vor ihnen, die sie mit Hilfe von 50mm-Maschinengewehren und RPG7-Granatwerfern erstürmten. An diesem Tag sah Abu Hamid keine Notwendigkeit, Teile der Übung noch einmal wiederholen zu lassen.

Holt nahm einen Schluck von seinem Wasservorrat. Die Disziplin beim Einteilen des Trinkwassers war etwas Neues für ihn. Er mußte seine Feldflasche mit sichtlicher Gier betrachtet haben, denn er bemerkte einen belustigten Ausdruck, der um Noah Cranes Mund spielte.

Der Händler trat auf die Bremse, so daß der Mercedes nur noch im Schrittempo fuhr.
Vor ihm auf der schnurgeraden Straße, die entlang des Osthanges am Rand der Bekaa-Ebene von Norden nach Süden verlief, stand eine Kolonne syrischer Armeefahrzeuge. Die Lastwagen, über ein Dutzend nach seiner Schätzung, waren auf der Straßenbankette stehengeblieben. Er näherte sich langsam. An Militärkonvois fuhr er immer ganz langsam vorbei, damit er sehen konnte, was die Lastwagen geladen hatten. Außerdem war es sowieso besser, die syrischen Soldaten langsam zu überholen, und zwar mit heruntergekurbeltem Fenster, um einen etwaigen Zuruf auch ja zu hören – rufen würden sie nur einmal, und wenn man ihrem Befehl nicht folgte, würden sie schießen.
An der Spitze des Konvois stand ein Jeep, und daneben sah er einen sehr fetten jungen Leutnant wild gestikulierend mit einem anderen Offizier reden. Na, aber wer war der Händler Menachem denn, die Korpulenz dieses Soldaten zu belächeln? Immerhin wog er selbst an die hundertzwanzig Kilo ... Dahinter sah er ein junges Mädchen, das einen Esel am Strick führte.
Das Mädchen mit dem Esel erreichte das andere Ende des Konvois und kam auf den Händler zu. Er hielt am Straßenrand und schaltete den Motor ab. Niemand sah zu ihm hin. Er lauschte, doch es kam kein Zuruf, kein Befehl. Die Planenabdeckungen

der Lastwagen waren herabgerollt. Er sah, daß sie Truppen transportierten. Auf einem Dutzend LKWs hatten zwei Infanteriekompanien Platz – das Kopfrechnen war dem Händler zur zweiten Natur geworden. Die Soldaten standen neben den Wagen und sahen zu, wie das Mädchen mit dem Esel langsam herankam. Leise konnte der Händler die schrille Stimme des dikken Leutnants hören, der jetzt nicht mehr bei dem Offizier stand, sondern den Soldaten etwas erklärte. An jedem LKW, an dem das Mädchen den Esel vorbeiführte, jubelten die Soldaten laut auf.

Tief in seinem Innersten, dort, wo seine wahre Existenz verborgen lag, fluchte der Händler. Er erkannte, was hier gespielt wurde, doch erst in zwei Tagen würde er wieder die Möglichkeit haben, eine Nachricht zu hinterlassen. Vor langer Zeit war ihm einmal ein Funkgerät angeboten worden. Er hatte es abgelehnt, hatte gesagt, er würde es ohnehin nicht richtig bedienen können, und außerdem war ja auch jeder Funkspruch, der für Israel bestimmt war, gleichzeitig in den Empfängern des syrischen Geheimdienstes zu hören. Er zog den toten Briefkasten vor.

Sie würden die Bombenträgerin mit allem Pathos quer durch die Bekaa-Ebene paradieren lassen. Sie würde dazu benutzt werden, die jungen Leute in Enthusiasmus zu versetzen. Er sah, daß die Bombenträgerin selbst fast noch ein Kind war.

Der Händler Menachem traf seinen Vorgesetzten, Major Zvi Dan, nur selten. Sicher nicht öfter als zweimal im Jahr. Beim letzten Mal, nachdem er von israelischen Soldaten nachts über die Grenze geschmuggelt worden war, hatte er mit Zvi Dan über die Bombenträger gesprochen.

Diesmal war es ein schmächtiges Mädchen. Er konnte sich noch an das erinnern, was Zvi Dan ihm in jener Nacht bei einem Glas Whisky über die Bombenträger erzählt hatte.

»Denk dir, Menny, neulich haben Leute von IRISHBAT ein Auto voller Sprengstoff in ihrem Sektor gefunden, das die Täter aufgegeben hatten. Man entschärfte also die Bombe, dann sah man nach, warum das Auto aufgegeben worden war. Und weißt du warum, Menny? Die hatten es einfach stehen lassen, weil ihnen das Benzin ausgegangen war ...« Der Händler erinnerte sich daran, wie sie gelacht hatten, bis ihnen die Bäuche weh taten. »Das sind gar nicht alles Selbstmordtypen: Vor kurzem kam einer zu einem Kontrollpunkt, um sich zu ergeben; er sagte, eigentlich sei noch eine Frau bei ihm gewesen, aber die sei schon vorher geflohen. Und weißt du, Menny, einen anderen haben die dreckigen Syrer eine Schutzweste anziehen lassen und ihm erzählt, so würde er die Explosion seines Autos überstehen, dabei waren in dem Wagen über hundertfünfzig Kilo Sprengstoff. Seit kurzem benutzen sie Fernzündung. Der Bombenträger marschiert an den Kontrollpunkt heran, aber ausgelöst wird die Detonation aus der Ferne, durch ein Funksignal, das über einen Kilometer entfernt abgeht. Das tun sie, weil ihnen klar ist, daß nicht jeder Rekrut auf den Märtyrertod scharf ist. Menny, inzwischen wissen wir, daß die Bombenträger gar keine wilden Fanatiker sind, sondern meistens einfach verwirrte Kinder. Schwangere Mädchen, die sich nicht trauen, es ihrem Vater zu erzählen, junge Burschen, die mit dem Vater gestritten haben und davongelaufen sind; einen Jungen hatten wir, dessen Vater die syrischen Soldaten ein Verbrechen vorwarfen und der sich freiwillig meldete, um seinen Vater vor dem Gefängnis zu bewahren. Glaub mir, Menny, das sind nicht alles Khomeini-Fanatiker. Die meisten sind bedauernswerte Kinder. Wir wissen das, weil wir von den letzten sechzehn, die in die Sicherheitszone geschickt wurden, elf lebend geschnappt haben. Aber weißt du, was das Schlimmste ist? Vorher drehen sie mit den Jugendlichen einen Film, den zeigen sie dann im Fernsehen und machen große Helden aus ihnen. Im Südlibanon gibt es ein Dorf, in dem die Eltern eines Jungen wohnen, der den Wagen für einen der großen Autobombenanschläge in Beirut gelenkt hat, und jetzt ist sein Geburtshaus so eine Art Touristenattraktion, sein Vater ist ein berühmter Mann, und im ganzen Dorf hängen Bilder dieses Jungen. Sag mir, Menny, welcher Verrückte macht schon Urlaub im Südlibanon? Höchstens ein Jude, wenn er einen ordentlichen Rabatt kriegt.« Ge-

lächter und noch mehr Whisky. Diese Unterhaltung lag viele Monate zurück.
In der Einsamkeit seines Doppellebens gab es Momente, in denen der Händler am eigenen Geisteszustand zweifelte. Und es gab Momente, in denen er sich schmerzlich zurücksehnte zu den fröhlichen, unbeschwerten Studenten seiner Universität in der Negev-Wüste. Er sah das Mädchen mit dem Esel näher kommen. Zvi Dan hatte ihm erzählt, daß der syrische Nachrichtendienst die Dörfer der Bekaa-Ebene nach jungen Leuten absuchte, die eine Autobombe lenken oder eine Eselbombe führen konnten. Er empfand das Mädchen, den Esel und die schweren Taschen, die über den Rippen des Tieres baumelten, als eine Scheußlichkeit. Eines Tages würde er zu seinen Studenten zurückgehen ... An dem Tag, an dem es keine Eselbomben und keine Autobomben mehr gab, würde Menachem in seinen Vorlesungssaal zurückgehen.
Was immer er beobachtete, wie wichtig es auch sein mochte, er würde bestimmt nicht seine Gewohnheiten ändern. Es würde noch zwei Tage dauern, bis er die Gefahr melden konnte, die einem der Kontrollpunkte am Rand der Sicherheitszone drohte. Sie hatte jetzt die geparkten Lastwagen passiert. Er hörte das Schlurfen ihrer Füße, das Geklapper der Eselshufe. Er sah den schwitzenden Leutnant zu seinem Jeep zurückschlendern. Die Parade für die Soldaten war vorbei.
Er sah das Gesicht des Mädchens, das völlig ausdrucksleer war. Durch das offene Autofenster rief er: »Allah ist groß!«

Sie befanden sich hoch über dem Dorf. Crane hatte es ihm auf seiner Karte gezeigt: Aqraba. Holt lag unbeweglich, wagte sich nicht zu rühren, weil er Cranes Kritik fürchtete. Durch den Feldstecher beobachtete er, wie die Jugendlichen die Soldaten mit Molotow-Cocktails und Steinen bewarfen. Es erinnerte ihn an Fernsehbilder aus Nordirland. Von ihrem Aussichtspunkt waren sie Zeugen der ganztägigen Schlacht zwischen den Jugendlichen und den Soldaten; Schauplatz der Schlacht war ein Dorfplatz, über den Schwaden von Tränengas wehten, und das

Gewirr der Gassen hinter der Moschee. Wenn die Soldaten einmal in Bedrängnis gerieten, hörte Holt Cranes leises Kichern. Dann wieder biß Holt die Zähne zusammen, wenn die Soldaten sich einen Jugendlichen griffen und mit Gewehrkolben auf ihn einschlugen.

Er hörte die Stimme auf dem Gang, die näher kommenden Schritte.
Martins strich die Zeitung glatt. Er hatte die *Times* vom Vortag, die *Herald Tribune* und die neuste *Jerusalem Post* gelesen. Hatte von der ersten bis zur letzten Seite alles gelesen, selbst die Angebote für eine Dreizimmerwohnung in West Kensington bei einem Mietvertrag auf zehn Jahre, die möglichen Gelegenheitskäufe beim Ausverkauf eines Pariser Juweliergeschäfts, die Preise für gebrauchte Subarus in Beer Sheva. Die Frustration nagte an ihm. Martins spürte sehr wohl, daß er ein Eindringling war, daß er das problemlose Verhältnis zwischen Tork, dem Verbindungsmann des britischen Geheimdienstes in Tel Aviv, und dessen israelischen Kontaktleuten gründlich störte.
Er strich seine Zeitung glatt. Er kratzte die Asche aus dem Pfeifenkopf auf die Untertasse des Kaffees, den er drei Stunden zuvor serviert bekommen hatte. Dem Schild »Bitte nicht rauchen« auf der Tür des Geheimdienstoffiziers schenkte er keine Beachtung.
Die Tür ging auf. Martins sah Tork blinzeln, als er den Rauch in die Augen bekam. Sollte er sich doch ... Tork brachte eine schmale Holzkiste mit, olivgrün. Kein Wort des Grußes, noch nicht. Zu allererst mußte Tork zum Fenster gehen, es aufstoßen, dann griff er nach dem Schalter der Klimaanlage und stellte ihn auf Aus.
»Na, bringen Sie die Zeit gut herum?« fragte er schroff.
»Geht schon irgendwie vorbei. Was bringen Sie denn da mit?«
»Ein Gewehr.«
Martins versuchte zu lächeln. »Ein Geschenk für den Ayatollah und seine Mullahs?«
»Wie bitte?«

»War nur ein Scherz.«
»Tja, also, das ist das Gewehr für Crane.«
»Aber wir haben Crane doch extra ein Gewehr aus England mitgebracht – hat mich enorm viel Papierkrieg gekostet.«
»Das war aber nicht das Gewehr, das er haben wollte.«
»Wieso konnte der Mann nicht sagen, was er wollte, verflucht? Beim Probeschießen mit der Parker Hale hat er sich nicht beklagt.«
»Vielleicht haben Sie ihn nie gefragt, was er haben will. Vielleicht haben Sie ihm nur gesagt, was er von Ihnen kriegt.«
»Dieser Mann ist einfach unmöglich.«
»Verschwenden Sie doch keine Zeit mit Ihrer Widerrede. *Wenn* er gefragt worden wäre, hätte er jedenfalls die PM von Accuracy International haben wollen, das ist eine kleine Firma unten in Hampshire.«
»Wie ist das Ding hierher gekommen?«
»Die Israelis haben es gestern gekauft und mit der Diplomatenpost rübergebracht, um Zeit und die Ausfuhrgenehmigung zu sparen. Ich habe es heute früh abgeholt.«
Martins war wütend. »Damit stehe ich wie der letzte Idiot da.«
»Möchten Sie noch eine Tasse Kaffee?« fragte Tork.
»Ihr Kaffee ist mir jetzt völlig egal. Falls es Ihnen bis jetzt entgangen ist: der Leiter dieser Aktion bin ich ... Verdammt noch mal, ich wußte nichts davon, daß Sie ein Gewehr aus Großbritannien herausschmuggeln, ich weiß nicht, wo Holt und Crane sind, ich weiß nicht, wann es losgeht, ich erfahre nichts über die letzten Neuigkeiten aus diesem Palästinensercamp.«
»Ihr Pech.«
»Was soll das heißen?«
»Daß Sie sich damit wohl abfinden müssen.«
»Ich habe in London eine Menge zu sagen, Tork ...«
»Und jetzt sind Sie in Israel. Tut mir ja leid ... aber alle Entscheidungen liegen bei Crane, und so wird es auch bleiben. Zeitpunkt und Route wird Crane bestimmen. Die Entscheidungen trifft er. *Er* geht nämlich in die Bekaa-Ebene, nicht wir,

und dafür bin ich, ganz ehrlich gesagt, dem Himmel enorm dankbar.«

»Sie und ich sollten uns einmal über ein paar Dinge klarwerden.«

Tork blickte auf, bemerkte das Schnarren in Martins' Stimme. In seinen Augen war jeder, der in der Hitze Israels mit einem dreiteiligen Anzug herumlief, ein gräßlicher Affe.

»So wie ich das sehe, Mr. Martins, haben Sie diesen Job gekriegt und sind deswegen hierher geschickt worden, weil Sie ohnehin nichts zu entscheiden haben – tut mir leid.«

»Hat Ihnen das Fenner so erzählt ...? Nun, dann habe ich aber eine böse Überraschung für Sie. Der Direktor persönlich hat mir die Leitung dieser Aktion übertragen, die *Leitung*. Und noch etwas: Geheimdienstarbeit ist wesentlich mehr als diese politischen Analysen, die Sie hier zusammenschreiben. Ich habe ein bißchen was von Ihrem Zeug gelesen – fünfzehn Seiten über die Aussichten der Koalition, acht Seiten über die Wahrscheinlichkeit eines Rechtsrucks, einundzwanzig Seiten über die geplanten Siedlungen im Westjordanland, lauter Mist, wie ihn Fenner gerne hat, genau die Sorte Geschwafel, die Anstruther glücklich macht.«

»Es tut mir leid, wenn Ihnen mein Material zu *komplex* ist, Mr. Martins.«

»Sie können es gerne als komplex betrachten, wenn Ihnen das Spaß macht, Tork, aber Sie sollten sich bewußt sein, daß diese Mission in der Bekaa-Ebene den Interessen Großbritanniens unendlich viel mehr nützt als das triviale Zeug, mit dem Sie die Zeit totschlagen, und wenn die Sache schiefgeht, weil Sie mir die Zusammenarbeit verweigert haben, dann sorge ich dafür, daß man Sie zerlegt«, sagte Martins.

Tork warf ihm einen scharfen Blick zu. Zweimal in der letzten Woche hatte ihn seine Frau gefragt, ob sie diesen Mr. Martins, der da aus London gekommen war, nicht einmal zu sich nach Hause zum Abendessen einladen müßten. Beide Male hatte Tork seiner Frau gesagt, das käme nicht in Frage, der Mann solle ruhig in seinem Hotelzimmer hocken. Tork konnte sich gut vorstellen, wie dieser Angeber sich in den oberen Etagen von Century aufspielte. Schwierigkeiten, wieso sollte es denn Schwierigkeiten geben. Probleme? Probleme waren doch dazu da, gelöst zu werden. Eine gute Show war das, eine Riesen-Supershow.

Als wäre es eine Geste des Trotzes, schaufelte Martins den Tabak aus dem Lederbeutel in den Pfeifenkopf hinein.

»Ich werde in Kiryat Shmona sein.«

»Wozu?«

»Weil ich verantwortlich bin, zum Teufel!«

»Sobald die beiden über die Grenze sind, sobald sie unterwegs sind, können Sie doch gar nichts mehr tun.«

»Irgendwo muß ich schließlich sein, und deswegen werde ich dort sein«, sagte Martins.

Tork überdachte die Alternative. Er überlegte, daß der Mann sonst die ganze nächste Woche, womöglich noch länger, in seinem Büro sitzen und ihn nerven würde.

»Ich werde Sie hinfahren.«

Rebecca war die persönliche Assistentin des Majors. Sie arbeitete seit über zwei Jahren mit ihm zusammen. Major Zvi Dan bezeichnete sie gerne als »seine Augen und Ohren«, weil nur sie die Mysterien des neuerdings computerisierten Archivsystems verstünde. Außerdem sei sie mit dem Gedächtnis eines Elefanten gesegnet. Am Ende jedes Arbeitstages erzähle er ihr von seinen Überlegungen und allen neuen Informationen, und damit seien sie sowohl elektronisch im Computer wie gedanklich in ihrem Kopf gespeichert.

Rebecca saß auf dem Beifahrersitz des Pritschenwagens. Sie trug keine Uniform, sondern Jeans und eine grellorangefarbene Bluse. Zuerst hatte sie sich die Nägel mit einem Manikürstab gepflegt, jetzt trug sie purpurroten Nagellack auf ihre Finger und Zehen auf.

Rebecca war ein fester Bestandteil von Major Zvi Dans Leben. Vielleicht verließ er sich zu sehr auf sie, auf ihr Gedächtnis und ihr Organisationstalent. Sie tyrannisierte ihn – darüber be-

klagte er sich natürlich nur vor ihr. Sie brachte ihn dazu, den Arzt im Verteidigungsministerium aufzusuchen, wenn sein Beinstumpf unsäglich schmerzte, sie zwang ihn dazu, etwas zu essen, wenn er von der Arbeit erdrückt wurde, sie kam einmal pro Woche in seine Junggesellenwohnung hoch oben über dem Viertel Ramat Gan, um seine schmutzige Wäsche einzusammeln und in einen Waschsalon zu bringen.
Sie parkten schon etwas über eine Stunde am Rand der Straße von Nablus nach Jenin.
Gelegentlich blickte Rebecca von ihrer konzentrierten Beschäftigung auf, um sich über Major Zvi Dans wachsende Unruhe zu amüsieren. Der Major umkreiste nervös den Wagen. Er sah auf die Uhr. Er fingerte an der automatischen Pistole herum, die im Gürtel seiner Sporthose steckte. Mit dem Feldstecher suchte er die fahlen, mit Steinen übersäten Hügel und die kleinen, terrassenförmig angelegten Felder ab, aus deren Erde man große Felsbrocken gegraben und an den Seiten zu Mauern getürmt hatte.
Sie hörte Major Zvi Dan vor Aufregung schnaufen. Als sie gekommen waren, hatte er ihr gesagt, im Laufe der nächsten fünf Minuten würden sie mit Crane und dem englischen Burschen zusammentreffen. Aus den fünf Minuten war mehr als eine Stunde geworden. Er fluchte leise vor sich hin, starrte die Straße hinauf, suchte sie nach zwei kleinen, fernen Gestalten ab.
»Sie sollten mal zum Augenarzt gehen, Major.«
Sie hörte die Stimme. Sie warf den Kopf herum. Major Zvi Dan stand wie angewurzelt da und musterte den unwegsamen Hang, der seitlich der Straße abfiel. Nur ein paar kleinere Felsen, niedrige, knorrige Büsche. Sie sah, wie sich der Kopf des Majors in dem Bemühen, den Rufer zu entdecken, drehte und wendete. Sie konnte kein Versteck erkennen.
»Crane?« brüllte Major Zvi Dan. »Kommen Sie schon raus, verflucht!«
Der Boden schien sich zu heben. Die Gestalt schälte sich wie aus dem Nichts. Wo eben graubrauner Fels gewesen war, stand jetzt ein Mann.

»Sie sollten Ihre Augen wirklich mal untersuchen lassen, Major.«
Sie lachte laut auf.
»Auf die Beine, Holt.«
Eine zweite Gestalt tauchte auf. Sie standen beide etwa fünfzehn Meter neben der Straße, auf gleicher Höhe mit dem Pritschenwagen.
Sie trugen Uniformen, ihre Haut war mit Erde beschmiert.
»Ich bin ein vielbeschäftigter Mann, Crane. Ich habe Besseres zu tun.«
Crane trat vor.
»Sie kennen Holt noch nicht, Major.«
Major Zvi Dan musterte Holt von Kopf bis Fuß. »Wie macht er sich?«
»Akzeptabel.«
»Ist er gut genug, um loszugehen?«
»Am ersten Tag hätte er uns dreimal hochgehen lassen. Am zweiten Tag einmal, am dritten Tag auch einmal. Jetzt war er eben eine Stunde lang direkt vor ihnen – das heißt, er ist akzeptabel.«
»Steigen Sie hinten rauf«, sagte der Major kühl.
Rebecca beobachtete die beiden. Sie sah, daß Crane seinen Rucksack mit Leichtigkeit trug, als gehörte er zu seinem Körper ebenso wie das Gewehr mit dem länglichen Zielfernrohr. Sie sah, daß der jüngere Mann ein wenig langsamer war, als wäre für ihn der Rucksack eine Last, als hätte er noch nie zuvor ein Armalite-Sturmgewehr auf dem Rücken gehabt.
»Wie sieht Ihr Zeitplan aus, Crane?«
»Erst aufs Scheißhaus, dann in die Dusche, dann lange ausschlafen. Morgen die Luftaufnahmen und Landkarten, Rucksäcke packen. Übermorgen früh geht's los.«
Sie sah zu, wie Crane sich behende auf die Ladefläche des Wagens schwang, seinen Rucksack abstreifte, und sie sah, wie der junge Mann sich beim Hinaufklettern abmühte, ohne daß ihm jemand half.

Der Mercedes war sauber, den Code hatte der Händler im Kopf.

Im Zwielicht des Abends, bevor die Sterne leuchteten, hatte der Händler die Motorhaube seines Wagens geöffnet und den Kontakt eines Batteriekabels gelockert.

Er stand ein Stück abseits der Hauptstraße. Er parkte oberhalb der spärlichen Lichter des Dorfes Qillaya.

Die Maßnahme war eine Routinevorkehrung. Falls ihn eine syrische Patrouille, eine Einheit der schiitischen Miliz oder eine Bande der Hisbollah aufspürte, hätte er die Ausrede, der Motor sei ihm eingegangen und er könne ihn in der Dunkelheit nicht reparieren.

Er schrieb seine Botschaft, eine wirre Folge von Zahlen, auf ein Stück Papier.

Vom Auto bis zu der Kurve hatte er knapp fünfzig Meter zu gehen. Diese Momente, in denen er sich einem toten Briefkasten näherte, stellten immer die größte Gefahr dar. Auf seinen Fahrten, beim Rasten konnte er jede erdenkliche Vorsichtsmaßnahme treffen, doch der Augenblick von maximaler Gefahr war unvermeidlich. Wenn der tote Briefkasten entdeckt worden war, hatte er ausgespielt. Er atmete schwer. An der Straßenbiegung verlief ein Wassergraben, der angelegt worden war, damit die Asphaltstraße nicht während des Frühjahrs, wenn der Schnee auf den Bergen taute, vom Schmelzwasser unterspült wurde. In dem Graben lag ein verrosteter, löchriger Benzinkanister. Er hinterließ seine Botschaften in dem Kanister, und auch die Botschaften an ihn waren dort deponiert. Er war gut eine Meile von der UNIFIL-Zone entfernt; nur etwas mehr als eine Meile weiter vorn auf der Straße befand sich ein Kontrollpunkt des NORBAT. Er war elf Meilen vom »Heimatzaun« entfernt, von der israelischen Grenze. Er hatte nur ein paar Minuten zu gehen, und er wäre in der Sicherheit des NORBAT-Kontrollpunkts, nur ein paar Minuten zu fahren, und er wäre in der Sicherheit seiner Landesgrenze. Es war immer am schwersten für ihn, wenn er so dicht an der Sicherheit, an der Freistatt war, wenn er kurz davor stand, dem Kontrollpunkt und dem

Heimatzaun wieder einmal den Rücken zu kehren und seine Fahrt durch die Bekaa-Ebene erneut zu beginnen.
Er hatte das Papier in der Hand. Der Händler bückte sich über den Kanister, suchte nach dem Loch, durch das er seinen verschlüsselten Bericht über das Vordringen eines Mädchens mit einem Esel voller Sprengstoff stecken wollte.
Das Licht der Taschenlampe fuhr ihm voll ins Gesicht.
Er glaubte, eine Faust in seiner Magengrube zu spüren.
Er konnte nichts erkennen, konnte nicht hinter das blendende Licht sehen.
Er wartete auf den Schuß.
Seine Blase entleerte sich.
»Menny, ich bin's, Zvi. He, das tut mir leid.«
Die Taschenlampe ging aus. Der Händler blieb stocksteif stehen, er konnte nichts sehen.
Ein Arm legte sich um seine Schulter und dämpfte das Zittern seines Körpers.
»Ich glaube, du hast dich angepißt. He, tut mir wirklich leid. Aber da mußte jemand dein Gesicht sehen.«
Der Händler sah den Schatten, der hinter der Gestalt seines Freundes aufragte, doch der Schatten trat nicht näher.
»Hätte er denn nicht auch ein Nachtglas nehmen können?« flüsterte der Händler.
»Er mußte dich in hellem Licht sehen, das war wichtig ...«
Zehn Minuten lang blieben der Händler und Zvi Dan an dem Wassergraben sitzen. Der Händler lieferte seinen Bericht mit allen Einzelheiten. Zvi Dan gab seine Anweisungen, steckte ihm ein Päckchen zu.
Der Händler ging zu seinem Auto zurück. Als erstes holte er eine alte Hose aus dem Kofferraum und zog sich rasch um, dann schraubte er das Batteriekabel wieder fest. Er fuhr zurück auf die Hauptstraße und in das Dorf Yohmor, wo er die Nacht verbringen wollte. Am Morgen würde er die Dorfältesten darin beraten, welche Ersatzteile sie für die Reparatur des gemeindeeigenen Generators brauchten und wieviel diese Teile vermutlich kosten würden.

Holt fuhr auf seinem Stuhl hoch. Er hatte gedöst. Das Poltern der Stiefel auf den Brettern der Veranda holte ihn in die Wirklichkeit zurück. Dabei konnte er von Glück reden, daß er hatte dösen können. Percy Martins war immer noch in voller Fahrt, Tork schien so etwas wie eine Agonie durchzumachen, und die junge Frau las ein hebräisches Taschenbuch mit grellbuntem Titelbild.

Es war die Veranda der Offizierskantine des Armeestützpunkts. Sie war mit Blumentöpfen geschmückt und mit dichten Weinranken bewachsen, und drinnen gab es Kaffee und Coca-Cola, wenn man sich aufraffen konnte, hineinzugehen und es sich an der Theke selbst zu holen.

Die Frau las in dem Buch und ignorierte Martins völlig, so wie es Jane immer getan hatte, wenn sie in seiner oder ihrer Londoner Wohnung gewesen waren und er sich im Fernsehen ein Cricket-Match angesehen hatte. Tork besaß nicht genug Dreistigkeit, Martins' alten Geschichten einfach den Rücken zu kehren. Martins gab Erinnerungen aus seiner Zeit als Spion im Dienst des Gouverneurs auf Zypern zum besten und empfahl, man solle die bewährten Strategien jener Tage in den besetzten Gebieten anwenden.

Holt sah sich um, drehte sich auf dem Stuhl. Crane und der Major waren beide naß im Gesicht vom Waschen, und Holt sah, daß es eine Katzenwäsche gewesen war, denn sie hatten immer noch Streifen der dunklen Tarncreme hinter den Ohrläppchen und unten am Hals.

»Wird ein langer Tag morgen, Holt ...« sagte Crane.

Martins schaltete sich ein: »Schön, daß Sie wieder zurück sind, wo immer Sie auch waren, Major. Eins hätte ich gerne noch geklärt. Wie ich höre, soll ich in einem Hotel schlafen. Ich hätte gemeint, Sie würden mich in der Kaserne unterbringen.«

»Geht nicht«, sagte Major Zvi Dan.

Rebecca, die junge Frau, fragte Holt: »Mögen Sie Kakao?«

»Hab' ich eine Ewigkeit nicht mehr getrunken. Ja, sehr«, antwortete Holt.

»Ab ins Bett jetzt, Holt. Sofort!« befahl Crane.

Tork sagte: »Ich fahre morgen früh los, zurück nach Tel Aviv, werde wohl schon weg sein, wenn Sie aufstehen ... Also, geben Sie Ihr Bestes. Ich freue mich auf unser Wiedersehen. Holt. Sergeant Crane.«
Holt stand auf und schüttelte dem Geheimdienstoffizier die Hand, ein feuchter Händedruck, ein mattes Lächeln. Crane ging hinein, um sich etwas zu essen zu holen.
Percy Martins trommelte mit den Fingern auf den Tisch. »Ich würde gerne die Frage meiner Unterbringung noch etwas weiter diskutieren.«
Die junge Rebecca las wieder in ihrem Buch. Holt sah die Schmutzkrusten auf den Stiefeln des Majors.
»Gute Nacht allerseits«, sagte Holt.
Er ging in das Zimmer, das man ihm zugeteilt hatte. Eine weiß gestrichene Kammer, ein Bett, ein Tisch, ein Stuhl und drei Kleiderbügel an einem Nagel hinter der Tür. Er verzichtete aufs Waschen, und Zahnpasta war ihm ja auch nicht gestattet. Er streifte die Laufschuhe und Hemd und Hose ab. Dann machte er das Licht aus und ließ sich auf das Bett fallen. In der Nacht davor hatte er vierzehn Stunden geschlafen, und dennoch war er müde. Der Tag war in zwei Hälften geteilt worden. Ein Teil war für die Ausrüstung, der andere Teil für die Planung der Marschroute bestimmt gewesen. Er glaubte zwar nicht, daß es aus freien Stücken geschehen war, eher schon aus Notwendigkeit, aber auf jeden Fall hatte Crane mit ihm, zu ihm gesprochen. Am Ende des Korridors lag Cranes Zimmer, und im Zimmer daneben war die Ausrüstung packfertig für den nächsten Morgen zurechtgelegt. Crane hatte mit ihm, zu ihm gesprochen, als sie zusammen mit den Geheimdienstleuten die Luftaufnahmen durchgesehen hatten, auf denen die Bekaa-Ebene bis ins kleinste Detail abgebildet war.
Er hörte es an der Tür klopfen.
Er hatte gar keine Zeit zu antworten. Die Tür ging auf.
Er sah die Silhouette der Frau im Licht aus dem Korridor. Er sah, daß sie einen Becher mit etwas Dampfendem in der Hand hielt.

Holt lachte laut auf. »Doch nicht etwa Kakao, meine Güte!« Sie lachte zurück. Das Zimmer hatte nur dünne Vorhänge, und als sie die Tür mit dem Fuß hinter sich zuwarf, fiel das Flutlicht von draußen herein. Er konnte sehen, daß sie lachte.
»Es hilft hervorragend beim Einschlafen.«
»Wirklich nett von Ihnen.«
»Und Sie gehen morgen in den Libanon, da brauchen Sie den Schlaf.« Sie setzte sich auf das Bett. Sie trug eine tief ausgeschnittene grüne Bluse und einen weiten Rock.
Es kam ihm vor, als koste sie das Lachen Anstrengung. Ihre Augen wirkten traurig, und um ihre Mundwinkel lagen Sorgenfalten. Er nahm ihr den Becher ab, hielt ihn mit beiden Händen fest, schlürfte den dicken, frisch angerührten Kakao. Kakao hatte er zum letzten Mal getrunken, bevor er aufs Internat gegangen war, als er noch ein kleiner Junge gewesen war und seine Mutter ihm an kalten Winterabenden welchen gemacht hatte.
Holt versuchte zu lächeln. »Eigentlich soll das doch ein Geheimnis sein, daß ich morgen in den Libanon gehe.«
»Mein Mann war auch im Libanon. Er war beim ersten Vorstoß dabei, und dann ging er im letzten Jahr unserer Besetzung noch einmal hin. Bei seiner ersten Rückkehr war er völlig verändert. Er war verbittert, als er wieder zu mir nach Hause kam. Vor dem Einrücken hatte er gerne in einer kleinen Jazzband in unserem Viertel Saxophon gespielt. Danach hat er das Saxophon nie wieder angefaßt. Eigentlich war er Architekt. In seiner Einheit – mein Mann war in einer Panzerbrigade – gab es viele Tote. Er sagte, am Anfang, als die israelische Armee in den Libanon ein marschierte, wurden sie von den Schiiten willkommen geheißen, die Leute in den Dörfern haben parfümierten Reis auf die Panzer gestreut, und als er nach seinem ersten Einsatz wieder zurückfuhr, haben dieselben Schiiten die Israelis gehaßt. Auf den Straßen lagen Minen, in den Bäumen lauerten Heckenschützen. Dann wurde er ein zweites Mal in den Libanon gerufen, '85, kurz bevor der Rückzug anfing. Die Vorgesetzten, die Generäle, die haben es natürlich nicht Rückzug genannt, die

haben Truppenverlegung dazu gesagt. Er hat mir oft geschrieben. Seine Briefe klangen zum Heulen. Er schrieb mir immer, daß er nie wieder dorthin gehen würde, daß er lieber ins Gefängnis ginge, als noch einmal im Libanon eingesetzt zu werden. Er schrieb, die Grundregel zum Überleben dort sei es, ständig das Allerschlechteste anzunehmen, immer als erster zu schießen. Der Libanon hat ihn brutal gemacht. Eine Woche bevor er wieder heimkommen sollte, von seinem zweiten Einsatz dort, schrieb er mir zum letzten Mal. Er schrieb, daß jemand auf seinen Panzer die Worte gesprüht hatte: ›Wenn ich sterbe, dann komme ich in den Himmel, denn die Hölle habe ich schon durchlebt.‹ Am Tag danach wurde er getötet. Ein Dorfjunge hat ihn in der Nähe von Djoub Djanin erschossen. Daß der Täter aus dem Dorf war, weiß ich, weil sie ihn auf der Suche erwischt haben, er war erst dreizehn Jahre alt. Er war dreizehn, und aus Haß hat er meinen Saxophonspieler, meinen Mann, erschossen. So ist der Libanon, Holt.«
»Das tut mir leid.«
»So ist eben unser Leben. Wir sind Juden, wir sind verdammt zur ewigen Hölle des Krieges.«
»Ich weiß nicht, ich glaube, mein Standpunkt ist da doch ziemlich weit entfernt. Ich will hier nicht den dreisten Fremdling spielen, aber ich finde, vieles haben Sie sich hier auch selbst zuzuschreiben. Es tut mir wirklich leid, aber so empfinde ich das.«
»Wenn Sie in den Libanon gehen, dann werden Sie zu uns gehören. Dagegen können Sie nichts machen.«
»Sie kennen mein Motiv, den Grund, weswegen ich gehe?«
»Ich habe ihn gehört. Ihre Vorgesetzten, Ihre Generäle wollen einen Mann umbringen lassen. Sie werden gebraucht, um bei der Hinrichtung behilflich zu sein.«
»Der Mann hat die Frau getötet, die ich liebte«, sagte Holt. Er hob den Becher mit Kakao an die Lippen. Der Kakao lief ihm aus dem Mundwinkel, tropfte auf seine frische Bräune vom Strand in Tel Aviv.
»Gehen Sie in den Libanon wegen der Frau, die Sie geliebt haben oder für Ihre Vorgesetzten und Ihre Generäle?«

Holt schüttelte den Kopf. Leise sagte er: »Ich weiß nicht.«
»Besser, wenn Sie wegen Ihrer Freundin gehen.«
»Hat er Sie geliebt, Ihr Mann, als er gestorben ist?«
»In seinen Briefen hat er geschrieben, daß er mich liebte.«
»Meine Freundin hat mich kurz vorher angefahren, ihre letzten Worte waren eine bissige Bemerkung zu mir. Wir hatten gerade Streit ... Verstehen Sie, was das heißt? Unser letztes Gespräch, meine letzte Erinnerung an sie ist ein Streit. Das ist eine verflucht schwere Last für mich.«
»Mach die Augen zu, Holt.«
Sein Rücken schob sich gegen das Kissen, das an der Wand lag. Seine Augen schlossen sich. Er spürte ihre Bewegungen auf dem Bett. Er spürte die Weichheit ihrer Lippen an seiner Wange. Er spürte die Feuchtigkeit ihrer Lippen auf seinem Mund. Er spürte die Sanftheit ihrer Finger auf den Knochen seiner Schulter.
»Mein Mann, mein Saxophonspieler, der hat mir aus dem Libanon geschrieben, daß die Erinnerung an meinen Mund und meine Hände und meinen Körper das einzige seien, das ihn daran hindere, verrückt zu werden, Holt.«
Mit den Handflächen strich er über die sanften Wölbungen dort, wo ihre Wangen sich zum Hals hin verjüngten. Er küßte sie wie ein Verzweifelter.
»Erinnere dich nur an ihre Liebe, Holt. Mach ihre Liebe zu deinem Talisman.«
Die Erinnerungen waren eine stürmische See. Mit Jane in der Frühlingssonne auf den Hügeln des Moors spazierengehen. Mit Jane in der Dunkelheit eines Londoner Kinos sitzen. Mit Jane in der feuchten Wärme ihres Bettes liegen.
Seine Augen waren fest geschlossen. Er rutschte im Bett zur Seite. Er hörte, wie sie sich die Schuhe auszog, die Bluse abstreifte, den Rock fallen ließ. Er spürte ihre wunderbare Wärme an seinem Körper.
Es brach aus ihm heraus: »Es hilft ihr nichts, es nützt ihr gar nichts, wenn man ihn umbringt!«
»Ehe er nicht tot ist, wirst du keine Ruhe finden. Die Erinne-

rung an sie wird dich immer quälen. Liebe mich, Holt, liebe mich so, wie du sie geliebt hättest. Liebe mich, damit du dich besser an sie erinnern kannst, wenn du im Libanon bist.«

Beim Aufwachen war sie weg.

Als wäre sie nie da gewesen. Als hätte er von Jane geträumt.

12. Kapitel

Seine Augen brannten, die Stirn schmerzte.
Crane hatte die Karten vor sich ausgebreitet, daneben die Luftaufnahmen. Ein Geheimdienstoffizier erklärte ihm die Reihenfolge der Fotos.
Es war die Kleinarbeit, die ihm so zu schaffen machte, die ihn die Augen zusammenkneifen ließ, doch diese Kleinarbeit war unvermeidlich, dringend nötig. Das automatische Spähflugzeug war am vorigen Tag gestartet. Das Spähflugzeug »Delilah« hatte, aus Israel kommend, eine Route nördlich von Metulla über Mardjayoun in der Sicherheitszone genommen. Dann hatte es den Rand des NORBAT-Gebiets überflogen und in 4575 Meter Höhe Kurs auf Yohmor genommen. Sobald Delilah den Qaraaoun-See an der Südspitze der Bekaa-Ebene hinter sich gelassen hatte, nahm die in ihrem unteren Rumpf montierte Kamera den Erdboden ins Visier. Delilahs Flugroute brachte sie entlang der Westseite des breiten Tals, über kleine Dörfer, über Ziegenherden und die Jungen, die sie hüteten, über Frauen, die auf den steinigen Feldern Unkraut jäteten, um sie für die Aussaat des Getreides vorzubereiten, über die steil aufragenden, ziegelgedeckten Dächer der Schiitensiedlungen, über syrische Armeestellungen, über die Fernstraße, die nordöstlich von Khirbet Qanafar nach Qabb Elias verlief, über die kleinen Weingärten, aus denen im Herbst die köstlichen Flaschen mit Cabernet Sauvignon und Pinot Noir kommen würden, über das syrische Hauptquartier bei Shtaura. An der großen Straße von Beirut nach Damaskus drehte sie nach Osten ab und wandte sich nach einer Weile wieder südwärts, entlang der Straße von Bar Elias nach Ghazzé. Und natürlich hatte Delilah,

ein winziger Punkt am wolkenlosen Mittagshimmel, auch eine Ansammlung von Zelten überflogen, die von einem Stacheldrahtverhau und einem tief ausgehobenen Graben umgeben waren. Das Spähflugzeug war von vielen Leuten gesehen worden. Die Hirtenjungen mit den Ziegen hatten es gesehen, die Frauen auf den Feldern und die Männer, die in den Dörfern vor den Kaffeehäusern saßen, die verschlafenen syrischen Soldaten und auch Abu Hamid, der seinen Leuten gerade die Funktionsweise des schweren russischen Fliegerabwehr-MGs vom Typ DSKM erläuterte, und auch Fawzi, der gerade eine Transaktion mit einem Dorfältesten zum Abschluß brachte, und auch ein fahrender Händler in einem alten Mercedes. Viele Leute hatten es gesehen, doch keinem war es wirklich aufgefallen. Das Spähflugzeug kam zweimal pro Woche hier vorbei, es erregte niemandes Aufmerksamkeit.
Diesmal waren die Fotos speziell für Sergeant Crane geschossen worden.
Er betrachtete jedes einzelne mit Hilfe eines Stereoskops. Das Stereoskop machte ihm die Augen kaputt, rief tief drinnen, wo seine Netzhaut geschädigt war, ein bohrendes Pulsieren hervor. Aber er mußte mit dem Stereoskop arbeiten, weil er nur damit aus den zweidimensionalen Ansichten der Fotos einen räumlichen Eindruck bekommen konnte.
Crane redete nur wenig mit dem Kleinen. Für ihn war er »der Kleine«. Er fand, er sei schließlich kein Kindermädchen, und seine Erfahrungen im Umgang mit frischen Rekruten lehrten ihn, daß zuviel Gerede meist nur Verwirrung schuf. Er erwartete, daß Holt ihm zuhörte, und vor allem, daß er ihm zu*sah*. Noah Crane überließ wenige Dinge dem Zufall. Er verlangte, daß sich Holt konzentrierte, alles genau beobachtete, darauf reagierte und es sich merkte.
Am meisten unterhielt er sich mit dem Nachrichtendienstoffizier. Er vertraute dem Mann. Die Planung der Route erforderte Vertrauen, und der Mann hatte immer gute Arbeit geleistet. Vor kurzem erst hatte der schlaksige, spinnenartige Nachrichtendienstoffizier die Details für den Anschlag auf den Kom-

mandanten der Hisbollah-Einheit geplant. Seine Sorgfalt hatte ihm Noah Cranes Vertrauen eingebracht. Sie unterhielten sich auf hebräisch. Crane hatte zwei gleiche Karten auf dem Tisch vor sich ausgebreitet. Die eine markierte er, dicke Striche für die Marschroute und deutliche Kreuze für die Rastplätze, die andere ließ er unberührt.

Der Nachrichtendienstoffizier sammelte die Fotos wieder ein. Noah Crane faltete die unbeschriftete Karte. Er sprach mit zusammengepreßten Zähnen zu Holt, in Stakkatosilben, als wäre ohnehin alles klar.

»Sieh zu, wie ich sie falte. So, wie ich sie falte, sieht man nicht, welcher Teil für mich wichtig ist, sie klappt einfach nur auseinander. Und ich berühre sie nie mit dem Finger. Wenn wir dort draußen sein werden, wenn wir mit ihr arbeiten, dann verwenden wir immer ein Stöckchen oder so etwas zum Zeigen. Wir hinterlassen keinerlei Spuren auf der Karte, keine Fingerabdrücke.«

»Damit niemand unser Ziel erraten kann, falls wir gefangengenommen werden?«

Crane antwortete tonlos: »Wir reden nicht über Gefangennahme. Gefangennahme ist undenkbar. Es ist für den Fall, daß wir die Karte verlieren.«

Er sah, wie der Kleine seinem Blick auswich.

Er ging mit Holt in das Zimmer mit der Ausrüstung, in das Zimmer neben seinem. Er war ein Einzelgänger. Jahrelang hatte er als Scharfschütze alle Verantwortung für sich selbst, für seine eigene Haut, allein übernommen. Noah Crane war nie auf Beförderung ausgewesen, er hatte es vermieden, unerfahrene Soldaten unter seine Fittiche nehmen zu müssen. Er hatte keinen Schimmer davon, wie er die Moral des Kleinen heben sollte, er hatte einfach keinen Schimmer, verflucht. Natürlich merkte er, daß der Kleine die Hosen gestrichen voll hatte, wenn er dicht neben ihm stand, dicht hinter ihm ging, aber er wußte einfach nicht, wie er dem Kleinen Selbstvertrauen einflößen sollte. Und das machte ihm zu schaffen. Für ihn war es wichtig, daß der Kleine sich am Anfang gut hielt ... und wie sollte das

gehen? Wie den Kleinen dazu bringen, daß er sich gut hielt? Die Frage bohrte in Noah Crane, war ein zweiter bohrender Schmerz neben der Erschöpfung seines Zielauges.
Holt war jung genug, um Noah Cranes Sohn sein zu können, aber er hatte nie einen Sohn gezeugt, nie einen Sohn aufgezogen. Natürlich wußte er nicht, wie er mit dem Kleinen reden sollte.
Er hatte die Ausrüstung so zurechtgelegt, wie er es jedesmal tat. Die zwei Rucksäcke standen vorn an der Tür, dahinter lagen die einzelnen Gepäckstücke sauber aufgereiht.
»Du erkennst ihn doch, oder?«
»Ich werde ihn erkennen.«
»Ich würde dir das Fell abziehen, wenn wir den ganzen Weg dorthin gehen, und am Ende erkennst du den Kerl gar nicht.«
»Mr. Crane, ich sehe ihn so etwa einmal pro Stunde vor mir, wenn ich nicht schlafe. Ich sehe sein Gesicht, ich sehe seine Bewegungen, ich sehe ihn rennen. Es ist unmöglich, daß ich ihn nicht erkenne, wenn er da ist.«
»War nicht persönlich gemeint, ich wollte nur sichergehen.«
»Mr. Crane, ist Ihnen schon mal der Gedanke gekommen, daß ich mir bei Ihnen vielleicht auch gerne sicher wäre?«
»Du Grünschnabel, du hast doch keine Ahnung.«
»Ich habe eine ganze Menge Ahnung. Von den Sachen, die normale Menschen so machen. Lücken habe ich bloß, wenn es darum geht, mich irgendwo anzuschleichen und aus dem Hinterhalt Leute umzulegen ... Das haben sie mir auf der Uni nicht beigebracht.«
»Alles, was ich tue, machst du mir nach. Du machst einfach alles genau so, wie ich es sage, dann schaffen wir es auch wieder zurück.«
»Ich hab' schon verstanden, Mr. Crane. Darf ich jetzt auch mal was sagen?«
»Was denn?«
»Es wäre toll, Sie mal lächeln zu sehen, und wenn Sie sogar einmal lachen würden, dann wäre das einfach umwerfend.«
Crane verzog das Gesicht.

»Das hier ist was ganz anderes als unser Marsch zum Aufwärmen neulich. Wir nehmen soviel mit, wie ich tragen kann, und das heißt, daß du dasselbe schleppst. Wir nehmen Wasser für fünf Tage mit, das sind zweiundzwanzig Kilo. Außerdem Kampfrationen für fünf Tage, Erste-Hilfe- und Überlebensausrüstung. Wir haben ein Scharfschützengewehr mit einem Tageslicht- und einem Nachtsichtzielfernrohr dabei, dann noch ein Armalite-Sturmgewehr mit sechs Magazinen. Sieh genau zu, wie ich deinen Rucksack packe, noch einmal packe ich ihn dir nämlich nicht ... Weißt du, es ist gar nicht so leicht für mich, so einen Grünschnabel dabeizuhaben.«

»Ich werde mein Bestes tun, Mr. Crane.«

»Das möchte ich dir auch geraten haben, sonst trete ich dir nämlich in den Arsch.«

Als die Rucksäcke gepackt und die Gewehre ein weiteres Mal gereinigt worden waren, zog sich Crane Hose und Hemd in der olivgrünen Farbe des Militärs an. Er merkte, daß Holt genau zusah, wie er die Ärmel herunterzog und an den Manschetten zuknöpfte, um die Haut seiner Oberarme zu verbergen. Er sah, daß Holt alles genau nachmachte, als er die Schnüre aus braunem, gelbem und schwarzem Stoff durch die Gummischlaufen zog, die an der Uniform aufgenäht waren, um so die Konturen des Körpers verschwimmen zu lassen. Er sah, daß Holt ihn imitierte, als er sich die Insektenschutzcreme auf Gesicht und Hals schmierte, nicht aber auf die Stirn. Er hätte erklären können, daß man sie nicht auf die Stirn schmierte, weil der Schweiß sie einem sonst in die Augen rinnen lassen würde, doch er fand Erklärungen nicht notwendig. Der Kleine mußte ihm einfach zusehen, ihn kopieren und nachahmen. Als Holt angezogen war, wuchtete er ihm den Rucksack auf die Schultern und ließ ihn im Zimmer herumgehen, ließ ihn sich an das Gewicht des Rucksacks gewöhnen, der um die Hälfte schwerer war als der, mit dem Holt sich in der besetzten Zone abgemüht hatte. Sechsmal im Zimmer im Kreis herum, und danach das notwendige Nachziehen der Riemen. Weitere Korrekturen am Hüftriemen. Und die Korrekturen am Schultergurt der Armalite.

»Warum haben Sie mich eigentlich mit der Armalite nicht üben lassen?« fragte Holt.
»Weil unser Leben sowieso nicht allzuviel wert sein wird, wenn es von deinen Schießkünsten mit der Armalite abhängt.«
»Zumindest sollte ich doch damit schießen können.«
»Wenn damit geschossen werden muß, dann werde ich damit schießen. Du bist nur dazu da, es zu tragen.«
Crane streckte die Hand aus. Er nahm Holt die Armbanduhr ab. Er warf einen kurzen Blick auf die Gravur auf der Rückseite: »Unserem geliebten Sohn zum 21. Geburtstag von Mama und Papa.« Er kam sich wie ein Vandale vor. Er riß das Uhrband ab. Dann zog er eine Fallschirmleine durch die Schlitze und verknotete die Enden. Mit Klebeband befestigte er zwei Morphiumampullen an der Leine, beide hinter der Rückwand der Uhr. Er legte Holt die Schlinge der Leine um den Hals und steckte die Uhr mit den Ampullen unter das Hemd.
Als ob er ein Kind für ein Kostümfest verkleidete, band er Holt noch ein Stück grünen Netzstoff um die Stirn. Dann trat er zurück und musterte ihn von oben bis unten.
»Besser wird's einfach nicht«, sagte Crane. Er boxte Holt in die Schulter und grinste versöhnlich.
»Wenn sie in Hollywood mal einen Sprecher für die Titelrolle des Großen Kommunikators suchen, sind Sie bestimmt erste Wahl, Mr. Crane. Am Ende kriegen Sie sogar noch den Oscar dafür.«
»Gehen wir jetzt.«
Er fand den Kleinen großartig, aber er wußte nicht, wie er es ihm sagen sollte. Er merkte, daß es nicht nur ihm so ging. Er hatte gesehen, wie Percy Martins Holt ansah, wenn Holt es nicht merkte. Er wußte, daß sie beide versuchten, an den Kleinen heranzukommen, und beide versagten dabei, beide waren ganz einfach zu alt dafür, verflucht.
»Dir wird das nicht aufgefallen sein, Holt, aber die PM Long Range hat kein Magazin«, sagte Crane. »Sie ist nur für einen einzigen Schuß gebaut. Man bekommt keine Gelegenheit zum Nachladen. Man hat eine Chance, einen Schuß. Ich muß beim

ersten Schuß auf neunhundert Meter innerhalb eines Kreises von zehn Zentimeter Durchmesser treffen, mit einem einzigen Schuß.«
Er sah die Aufrichtigkeit in Holts Blick. »Deshalb mußten sie ja auch den besten Mann dafür suchen, Mr. Crane. Zum Glück haben sie ihn gefunden.«
Sie gingen zur Tür hinaus.
Die Zivilkleider von Holt und Crane blieben zurück und wurden später gefaltet in Plastiktüten gelegt, jeweils mit Namensschildchen.
Mit ihren Rucksäcken beladen, stampften sie den Korridor entlang, hinaus zum Wagen.

Percy Martins redete pausenlos, während er eiligen Schrittes neben Holt herging. Holt folgte Crane in den Sonnenschein hinaus, auf den minensicheren Gelände-LKW zu.
»Ich bleibe hier, Holt, ich bin in Kiryat Shmona, und über Tel Aviv kann ich abhörsicher mit London telefonieren. Alles, was ich im Rahmen des Menschenmöglichen für Sie tun kann, werde ich tun, darauf können Sie sich verlassen ...«
Er sah die junge Frau auf der Veranda der Offizierskantine stehen. An diesem Morgen war sie scharlachrot gekleidet. Er wäre gerne noch einmal zu ihr gegangen, hätte sie gerne geküßt, zum Dank für das, was sie ihm gegeben hatte. Sie sah mitten durch ihn hindurch, als wäre er ein Fremder.
»Sie werden dabei helfen, diese Welt besser und sicherer für ordentliche Menschen zu machen, Holt. Spüren Sie diesen Dreckskerl auf und pusten Sie ihn weg. Machen Sie denen klar, daß es für sie nirgendwo einen Unterschlupf, keine sichere Zuflucht gibt, daß wir sie auch dann finden und erreichen können, wenn sie über alle Berge sind. Ich warte hier auf Sie.«
»Großartig, Mr. Martins.«
Er stieg neben Crane in den Laderaum des Geländewagens, der Major reichte ihm die Hand, zog ihn über die Heckklappe hinauf.
»Gott schütze Sie ...«

Dann hörte Holt nichts mehr. Der Wagen ruckte an. Martins stand auf der Straße und öffnete den Mund zu einem unhörbaren Ruf, winkte ihnen nach, als hätte das Sinn, der weiße Plastik-Nasenschutz wie eine Zielscheibe genau in der Mitte seines vom Sonnenbrand knallroten Gesichts, und ein Lichtreflex spielte auf der Uhrkette, die vor seiner Weste baumelte. Als Holt zur Veranda hinübersah, hatte sich die Frau gesetzt und las in ihrem Buch.

Er fühlte den spitzen Finger, der sich in seinen Arm bohrte.

»Vergiß sie«, sagte Crane, »du solltest momentan andere Dinge im Kopf haben als eine Braut mit Rehaugen.«

Er vermutete, daß Noah Crane noch nie von einer Frau geliebt worden war. Außerdem vermutete er, daß Noah Crane Schmerzen hatte, weil er das Gesicht so verzog und die Stirn in tiefe Falten legte. Die Ladefläche des Gelände-LKWs war mit einer Plane überdacht, und die drei saßen so eng wie möglich an die Fahrerkabine gedrückt. Für vorbeifahrende Autos und für die Menschen auf der Straße waren sie unsichtbar. Sie selbst konnten durch das offene Heck hinaussehen. Der Major und Noah Crane saßen einander zugekehrt auf provisorischen Sitzen, Holt saß zwischen ihnen auf dem Boden auf Sandsäcken. Die ganze Bodenplatte der Ladefläche war mit Sandsäcken ausgelegt. Holt begriff, daß sie dort lagen, um eventuell die Explosion einer Mine abzufangen. Er lächelte still vor sich hin, behielt seine Anwandlung von schwarzem Humor für sich: Er hatte einmal von einem Mann gelesen, der nach einem Schiffbruch hundert Tage lang in einem Schlauchboot auf dem Meer getrieben war, und dieser Mann hatte gesagt, die schlimmsten Momente in dieser Zeit bis zu seiner Rettung seien die gewesen, wenn die Haie unter dem Boot vorbeizischten und ihre Schnauzen in den dünnen Gummiboden bohrten. Holt fragte sich, was wohl schlimmer wäre, die Schnauze eines Tigerhais im Hintern oder die Detonation einer Landmine – prima Alternativen, eine quälende Wahl.

Er hielt das Armalite-Sturmgewehr mit dem Lauf nach oben zwischen den Knien, dabei wußte er nicht einmal, wie man es

wartete, wie man es auseinandernahm, wie man es reinigte. Er war Holt. Er war ein junger Diplomat, ein Dritter Botschaftssekretär. All das war so gräßlich unwirklich.
Sie kamen durch das Dorf Metulla, und durch das offene Heck sah Holt, daß sie gleich darauf einen Grenzkontrollpunkt passierten, durch eine breite Lücke in einem hohen Drahtzaun fuhren. Crane streckte den Arm aus, ohne jede Vorankündigung, griff nach der Armalite und spannte mit raschen Bewegungen den Hahn. Holt hörte das klirrende Geräusch von vorn, als der Beifahrer ebenfalls seine Waffe schußbereit machte.
»Willkommen in unserer Sicherheitszone, Holt.« Der Major schien zu grinsen, und sein Bein scharrte auf dem Boden, als er auf dem Sitz herumrutschte, um seine Dienstpistole aus dem Lederhalfter an der Hüfte zu ziehen. »Es ist unsere Pufferzone oder Schutzsperre. Der Zaun ist unsere allerletzte Verteidigungslinie, um die Schweine aus unserem Land fernzuhalten. Am Zaun haben wir elektronische Detektoren, Körperwärmesensoren, Videokameras und Minenfallen. Aber das ist eben die letzte Linie. Wir versuchen, sie schon vorher aufzuhalten, die Infiltranten, hier in der Sicherheitszone. Wußten Sie, daß jeden Monat zirka neunzig Versuche unternommen werden, die Sicherheitszone zu durchbrechen, die alle scheitern? Die Sicherheitszone ist für uns von größter Bedeutung. Wir können wirklich von Glück sagen, Holt, daß in dieser Zone mehrere tausend Mann der Südlibanesischen Armee stehen, das sind Christen, die hier unten isoliert wurden, als der Libanon praktisch zerfiel. Wir bezahlen sie gut, besser noch als unsere eigenen Soldaten, und weil sie auch um das eigene Leben kämpfen müssen, beschützen sie uns gut. Die Sicherheitszone besteht aus lauter Enklaven, Holt. Neben der Christenenklave gibt es noch Gruppen von schiitischen Moslems, von fundamentalistischen Moslems und von Hisbollah-Moslems. Die Schiiten, die Fundamentalisten und die Hisbollah haben eines gemeinsam: den Haß auf alles Jüdische und auf alles Christliche. Es ist ein sehr interessantes Gebiet. Aber wir handeln uns hier keine Soldaten-

begräbnisse mehr ein. Wegen der toten Soldaten ging uns allmählich die ganze Nation kaputt. Heute sterben die Soldaten der SLA für uns, und sie werden reich belohnt für ihr Opfer. Unsere Leute sind uns mehr wert als alle Shekel, wir können den Preis bezahlen.«

Sie rollten weiter. Über die Heckklappe hinweg sah Holt, daß sie in einer trockenen, kahlen Landschaft bergauf fuhren. Er sah Straßensperren, die sie ohne Anhalten passierten. Er sah eine Subaru-Limousine ohne Nummernschilder, die am steinigen Straßenrand stand; zwei Männer in Zivilkleidung lehnten an der Motorhaube, der eine hielt eine Maschinenpistole in den Händen, der andere hatte ein Galil-Gewehr an der Schulter hängen. Der Wagen lag tief in den Stoßdämpfern. Holt nahm an, daß die beiden für den Shin Bet arbeiteten und daß ihr Wagen mit Panzerplatten gesichert war. Sie kamen an der Abzweigung nach Khiam vorbei, und Holt sah Zäune und Wachtürme, die zu einem Gefangenenlager zu gehören schienen. Sie kamen an der Abzweigung nach Mardjayoun vorbei, der größten christlichen Siedlung in der Zone, wie Holt wußte.

Sie kamen immer höher in die Berge.

Der Major und Crane unterhielten sich jetzt in schnellen, hebräischen Sätzen. Sie redeten über Holts Kopf hinweg, als wäre er gar nicht da, und zweimal beugte sich der Major über Holt und tippte energisch mit dem Finger auf ein Ausrüstungsteil an Cranes Waffengurt. Es war das einzige Teil, das kein Gegenstück an Holts eigenem Gurt hatte.

Der LKW fuhr langsamer, schaltete immer weiter herunter. Dann das Schaukeln, als der Wagen die Straße verließ und einen steilen, holprigen Weg hinauffuhr.

Mit einem Ruck kamen sie zum Stehen.

»Ab hier geht es zu Fuß weiter, Holt«, sagte der Major.

Crane sicherte die Armalite, dann reichte er sie Holt. Er griff nach seinem Rucksack und dem PM-Gewehr, rutschte zur Heckklappe und sprang hinaus. Der Major folgte ihm schwerfällig. Holt zerrte seinen Rucksack die Ladefläche entlang und

schwang sich ebenfalls hinaus. Alle drei rannten ein paar Meter auf einen aus Beton und Stein erbauten Beobachtungsstand zu. Es war früh am Nachmittag. In dem Häuschen war es drückend schwül, als speicherten seine starken Mauern die Wärme.
Holt spürte die Spannung augenblicklich.
Es waren zwei Soldaten und ein Offizier in dem Häuschen. Aus einem Funkgerät rauschte und knisterte es, und einer der Soldaten saß davor, hatte sich Kopfhörer über die Ohren gestülpt, die er mit den Händen fest andrückte. Der zweite Soldat und der Offizier suchten durch die schlitzförmigen Sichtluken das Gelände vor dem Beobachtungsstand mit Feldstechern ab.
Er sah den Major mit dem Offizier sprechen, sah den Offizier den Kopf schütteln und wieder an seine Überwachung gehen.
Holt trat vor. Er stellte sich neben den Offizier. Er starrte hinaus.
Der Kontrollpunkt lag etwa hundert Meter entfernt auf der Straße, auf der eine Schikane aus versetzt gruppierten Betonblöcken so postiert war, daß herankommende Fahrzeuge sie langsam im Zickzack umrunden mußten. Dahinter erstreckte sich die Straße nach Norden, schlängelte sich abwärts auf den grünen Streifen des Litani-Bettes zu. Der Beobachtungsstand lag nach Holts Schätzung etwa dreißig Meter über der Straße.
Eine große Leere. Die Stille, die über der nordwärts führenden Straße lag. Unten am Kontrollpunkt sah er sämtliche Soldaten die Straße hinaufstarren, manche nahmen dabei Feldstecher, andere hielten einfach die flache Hand vor die Stirn, um die Augen vor der Sonne abzuschirmen.
»Wann gehen wir los?« fragte Holt, der sich ärgerte, weil man ihn nicht beachtete.
»Wenn es dunkel ist«, sagte der Major und spähte dabei die ganze Zeit auf die Straße hinaus.
»Und warum kommen wir dann so früh schon her?«
»Weil der Wagen wieder zurück sein muß, ehe es dunkel wird.«
»Und was machen wir jetzt?«
»Du wartest einfach ab, weil ich mich um andere Dinge kümmern muß.«

Holt brauste auf. »Warum kann mir nicht endlich einmal jemand sagen ...«
»Hör schon auf!« fuhr ihn Crane an.
Er hatte Lust, mit dem Fuß aufzustampfen, er war wütend und anscheinend völlig ohnmächtig. Der Offizier hatte sich von dem Sehschlitz abgewandt, durch den er gespäht hatte; er ging eilig und energisch zu dem Tisch, an dem der Funker arbeitete. Der Offizier nahm eine Zigarette aus dem Päckchen, das neben dem Funkgerät lag, zündete sie an und nahm ein paar tiefe Züge, dann bot er auch Holt eine Zigarette an. Crane hob den Blick. Mürrisch schüttelte Holt den Kopf. Zigaretten waren verboten. Zahnpasta war verboten. Seife war verboten. Alles verboten, weil es Duftspuren hinterließ, hatte Crane gesagt. Was zum Teufel war das, eine Duftspur? Was war das überhaupt für ein Jargon? *Duftspur*. Er sah auf, es lag ihm auf der Zunge, einen Streit darüber anzufangen, was eine einzige Zigarette schon ausmachen könne.
Sie wandten ihm alle den Rücken zu, der Offizier, der Soldat, der Major und Crane. Er starrte auf ihre vorgebeugten Rücken, auf ihre Köpfe, die sich gegen die hölzerne Einfassung der Sehschlitze preßten.
Er konnte über Cranes Schulter hinaussehen.
In der grellen Nachmittagssonne mußte er die Augen zusammenkneifen, um in der lichtüberfluteten Steinwüste und auf der schmalen grauen Bleistiftlinie der Straße irgend etwas zu erkennen.
Der Funker kritzelte etwas, dann riß er das Papier vom Block herunter und streckte den Arm aus, um dem Offizier die Botschaft zu überreichen.
Er sah ein Mädchen, das einen Esel hinter sich führte.
Die Soldaten am Kontrollpunkt rannten davon, um hinter den Betonblöcken der Straßensperre Deckung zu suchen; etwas weiter hinten kauerten sich zwei Männer hinter ihrem Auto zusammen.
Unglaublich für Holt. Die Soldaten rannten in Deckung, weil einen knappen Kilometer entfernt ein Mädchen seinen Esel auf

der Straße führte. Ein Mädchen mit einem hellbraunen Esel, und diese Armee voller Männer lag flach auf dem Bauch. Ein Mädchen und ein Esel wie ein Bild aus dem Kindergottesdienst, als er noch kurze Hosen angehabt hatte. Die Vorstellung eines kleinen Jungen vom Heiligen Land – hell und sonnig, gelb und felsig, und ein Mädchen mit einem Esel.

Der Major sagte etwas zu Crane. Crane zuckte die Achseln, nickte. Der Major wandte sich an den Offizier. Der Offizier ging zum Funkgerät, nahm dem Funker die Kopfhörer ab und sprach selbst kurz in das Mikrofon.

Ein Mädchen kam auf der Straße heran und führte einen Esel am Strick. Das war die einzige Bewegung, die Holt durch den Sehschlitz entdeckte. Crane war ans andere Ende des Beobachtungsstandes gegangen, er wühlte in seinen Sachen. Holt sah, daß zwei der Soldaten, die hinter den Sperrblöcken gehockt hatten, jetzt tief geduckt weiterhasteten, um sich noch mehr vom Kontrollpunkt zu entfernen. Alles unglaublich. Crane schob Holt beiseite, er wollte die ganze Breite des Sehschlitzes für sich, und nun stieß er den Lauf der Model PM durch den Schlitz.

»Um Himmels willen, Mr. Crane, das ist ein Mädchen!«

»Lenken Sie ihn nicht ab«, sagte der Major ruhig.

»Aber was in Gottes Namen tut er da?«

»Seien Sie still, bitte.«

Ein Mädchen mit einem Esel, etwas Schönes, etwas Idyllisches. Crane schob eine Kugel in die Kammer vorne am Sicherungshebel, drückte sich das Gewehr gegen die Schulter.

»Welchen Sinn hat denn das bloß, verdammt noch mal? Es ist ein junges Mädchen. Wollen Sie etwa Ihr Gewehr einschießen? Sehen Sie nicht, daß das bloß ein Mädchen ist? Sieht so Ihre Vorstellung von einem Probeschuß aus? ...«

»Ruhe!« zischte der Major. Crane reagierte nicht, stand reglos da.

»Das ist ein Mensch, verflucht noch mal, nicht einfach eine *Zielscheibe!* ...«

Crane drückte ab.

Der durchdringende Knall des Schusses donnerte durch das Innere des Beobachtungsstandes. Holt zwinkerte unwillkürlich mit den Augen. Er hörte das klappernde Geräusch, mit dem die ausgeworfene Patronenhülse auf den Boden fiel.
Er sah durch den Sehschlitz hinaus.
Der Esel stand am Straßenrand neben einem kleinen Lumpenbündel, das das Mädchen war.
Holt starrte sie an, sah von einem zum anderen.
»Verdammt gute Arbeit, was? Jetzt haben Sie also ein Gefühl für das Gewehr gekriegt. War nur eine Araberin, ein gutes Objekt zum Einschießen eines neuen Gewehrs. Erstklassiger Schuß.«
Crane lud noch einmal.
Der Esel hatte sich ein kleines Stück von der Leiche des Mädchens entfernt, er rupfte am Straßenrand Gras aus der Erde.
Crane atmete heftig ein. Holt sah seine Brust anschwellen. Das Gewehr lag so ruhig wie ein Felsblock. Dann atmete Crane aus, kniff die Augen zusammen. Holt sah das erste Krümmen des Abzugfingers, er sah, wie der Finger weiß wurde durch die Anspannung des zweiten Drucks.
Wieder hallte das Krachen des Schusses durch den engen Raum des Beobachtungsstandes. Keuchend stieß Crane seinen verbliebenen Atem aus.
Holt sah die orange Flamme.
Holt sah den Feuerball, wo eben noch der Esel gewesen war.
Der Donner grollte heran. Der glühendheiße Wind leckte durch den Sehschlitz an seinem Gesicht.
Der Esel war verschwunden. Das Mädchen war verschwunden.
Auf der Straße war nur noch ein Krater, in dem ohne weiteres ein ganzes Auto Platz gehabt hätte. Holt starrte hinaus. Und ihn packte eine furchtbare Angst. Er kam sich nackt vor, weil er keine Ahnung hatte.
Crane ließ die Patronenhülse herausspringen. Seine Stimme war ein Flüstern, das Plätschern des Meeres am Kieselstrand, ein leiser Wind im Herbstwald. »Hast du mir zugesehen?«
»Es tut mir leid, was ich eben gesagt habe.«

»Hauptsache, du hast mir zugesehen und genau beobachtet, was ich gemacht habe.«
Er hatte gesehen, daß Cranes Kopf völlig reglos geblieben war. Er hatte den Atemrhythmus bemerkt. Er hatte gesehen, wie Cranes Augenbrauen und Wangenknochen sich in das Okular des Zielfernrohrs hineingeschmiegt hatten. Er hatte die zwei Phasen des Abdrückens registriert.
»Ich habe alles gesehen, was Sie gemacht haben.«
Der Major sagte: »Sie sind im Libanon, Holt, und hier ist nichts so, wie es von außen scheint.«
Sie bekamen Tee serviert.
Crane reinigte das Gewehr, nahm den Abzugsmechanismus ab, um das Tuch durch den Lauf zu ziehen.
Major Zvi Dan hockte sich neben Holt.
»Ich bezweifle, und das soll gar keine Kritik an Ihnen sein, daß Sie irgend etwas vom Militär verstehen.«
»Das macht mir auch keinen Kummer.«
»Wenn Sie als Israeli geboren wären, hätten Sie in der Armee gedient.«
»Es ist nicht mein Krieg.«
»Jetzt glauben Sie noch, das sei nicht Ihr Krieg, aber sobald Sie von hier losgehen, sobald Sie sich aus unserem Schutz entfernen, dann würde Sie jeder Mann und jede Frau in den Dörfern und Siedlungen der Bekaa-Ebene auf den Tod hassen, wenn die von Ihnen nur wüßten. Würden Sie mir glauben, Holt, wenn ich Ihnen erzähle, daß man in der Bekaa-Ebene nicht viel von der Genfer Konvention über die Behandlung von Kriegsgefangenen hält ...?«
Holt zog eine Grimasse, der Mann gefiel ihm. »Glaube ich Ihnen gern.«
»Ich meine das ganz furchtbar ernst. Dort gelten überhaupt keine Konventionen mehr. Dort gibt es keine Offiziere, die für Ihren Schutz sorgen würden. Ihr Leben wäre völlig wertlos, nachdem man sich den Spaß gemacht hätte, Sie zu foltern.«
»Ich habe auch so schon Angst genug, Sie brauchen es nicht noch schlimmer zu machen«, sagte Holt leise.

»Ich will Sie nicht ängstigen, ich versuche nur, Ihnen klarzumachen, daß Sie Noah folgen sollten, ihm in allem folgen sollten. Noah ist ein Scharfschütze, ein Heckenschütze. Wissen Sie, daß man die Heckenschützen selbst in unserer Armee jahrelang mit Naserümpfen betrachtet hat? Es war nicht das Wahre, es war sogar ein bißchen schmutzig. Na ja, sehen Sie sich mal an, was ein Heckenschütze tut. Er nimmt sich zum Beispiel einen Offizier aufs Korn. Wann erschießt er diesen Offizier? Er drückt ab, wenn der Mann morgens pinkeln geht. Dann ist der Offizier tot, seine Leute sind führerlos, und sie trauen sich nicht einmal aus ihren Gräben, um die Notdurft zu verrichten. Also verrichten sie ihr Geschäft im Graben, und das ist nun überhaupt nicht gut für ihre Moral, Holt. Der Feind haßt den Heckenschützen auf den Tod, dafür ist er hochgeschätzt bei den eigenen Leuten, die hinter ihm kommen. Oft sind sie weit hinter ihm, wo sie ihm keinerlei Unterstützung bieten können. Es erfordert einen ganz eigenen, besonderen Charakter, um weit jenseits jeder Unterstützung zu kämpfen. Ihr Mr. Crane, der nie eine Medaille akzeptieren wollte, ist so ein ganz eigener, besonderer Mensch. Folgen Sie ihm in allem.«
Holt setzte sich so weit wie möglich von den Sehschlitzen entfernt. Solange er es vermeiden konnte, wollte er nichts von einem Schlachtfeld sehen, wo der Feind ein junges Mädchen war, das mit einem Esel als Waffenarsenal ankam.

Das Flugzeug hatte Verspätung.
Das Flugzeug war am Ende seiner Karriere in den Lüften angelangt. Bei jeder Zwischenlandung erforderte es umfangreiche Tests und Wartungsarbeiten. Das Flugzeug war schon alt, weil die Middle East Airlines so der Londoner Lloyds-Gesellschaft eine niedrigere Prämie für die Vollkaskoversicherung zahlen mußte.
Das Flugzeug kam aus Paris und landete am Nachmittag. Es hatte sich vom Meer her genähert; im Hitzedunst war die Aussicht auf Beirut schlecht gewesen.
Der Passagier hieß Heinrich Gunter. Er hatte es sehr eilig, die

Schlange an der Paßkontrolle in der von Kugeln durchlöcherten Ankunftshalle hinter sich zu bringen.
Er war fünfundvierzig Jahre alt, und es war seine neununddreißigste Reise nach Beirut, seitdem 1976 das Artilleriefeuer und die Schießereien begonnen hatten.
Er war leitender Angestellter der Züricher Kreditbank, und er war persönlich für die vielen Millionen US-Dollar verantwortlich, die wohlhabende, geruhsam lebende libanesische Unternehmer bei seiner Bank angelegt hatten.
Er war verheiratet, Vater von drei Kindern, und er hatte seiner Frau noch am Morgen gesagt, Beirut sei ganz ungefährlich, wenn man die richtigen Kontakte besaß und entsprechende Vorkehrungen traf.
Er rechnete damit, abgeholt zu werden. Er konnte nicht wissen, daß die Straße zum Flughafen seit drei Stunden unpassierbar war, daß ein abrupt ausgebrochener Konflikt zwischen der Drusen-Miliz und der schiitischen Amal-Miliz den Agenten der Bank daran gehindert hatte, zum Flughafen zu kommen, um ihn dort abzuholen.
Nach der Paßkontrolle ging er eilig davon. Er holte seinen Koffer von der Gepäckausgabe, genug für einen Aufenthalt von höchstens zwei Tagen. Er trat durch die schon oftmals neu verglaste Tür des Haupteingangs in die Ankunftshalle hinaus. Den Agenten konnte er nirgends sehen.
Nach fünfundzwanzig Minuten des Wartens ließ sich Heinrich Gunter von einem hartnäckigen Taxifahrer dazu überreden, sich in die Stadt fahren zu lassen, für einen Pauschalpreis in harter Währung. Der Taxifahrer behauptete, er wisse eine sichere Route zu dem Hotel, in dem ein Zimmer für Gunter gebucht war, und könne die umkämpften Viertel leicht umgehen. Der Tag war schon lang genug gewesen. Beim Frühstück ein Streit mit seiner Frau, weil er nach Beirut flog, eine Auseinandersetzung am Zürcher Flughafen, weil die Swissair-Maschine überbucht gewesen war und er beinahe keinen Platz bekommen hätte, ein paar Drinks in der Transitbar des Aéroport Charles de Gaulle, weil die Middle East Airlines Verspätung hatte, im

Flugzeug dann noch mehr Drinks, weil er nach Beirut flog. Es war ein langer Tag gewesen, und er hatte getrunken, also nahm er das Taxi.

Heinrich Gunter begriff gar nicht, was geschah, bis es zu spät war. Auf dem Rücksitz des Taxis nickte er leicht ein, weil die kleinen Whisky-Fläschchen vom Pariser Flughafen und der Bordservice in der Ersten Klasse der Middle East Airlines nun allmählich, aber beharrlich ihren Tribut forderten.

Als er die Augen wieder öffnete, fuhr das Taxi gerade an den Straßenrand. Die hintere Tür wurde aufgerissen, und eine Hand packte den Ärmel seines Jacketts. Sehr deutlich erkannte er einen Gewehrlauf, keine zwei Handbreit vor seiner Brust. Er spürte, wie er aus dem Wagen gezerrt wurde. Er taumelte auf das Straßenpflaster. Man ergriff ihn unter beiden Armen und zog ihn rasch in eine Seitengasse. Für einen kurzen Augenblick hatte er zwei schmächtige junge Männer gesehen, beide mit behelfsmäßigen Gesichtsmasken aus Baumwolle, beide mit Gewehren bewaffnet. In der Gasse wickelte man ihm ein Stück Stoff um den Kopf, das seine Augen bedeckte. Ein harter Schlag traf ihn am Bein, auf seinen Hinterkopf ging ein Gewehrkolben nieder.

Als man ihn wegschleppte, wehrte sich Heinrich Gunter nicht im geringsten.

Er wußte, was ihm da passierte. Er schluchzte leise, während seine Schuhe auf der Erde der Gasse entlangschleiften. Er hatte nicht einmal um Hilfe gerufen. Er wußte, daß niemand ihm helfen würde.

Fawzi zeigte dem Posten am NORBAT-Kontrollpunkt seine Papiere. Die Papiere wiesen ihn als libanesischen Zahnarzt aus. Er fuhr aus dem UNIFIL-Sektor hinaus. Die Überprüfung durch den Posten war nicht allzu gründlich gewesen. Bei einer gründlichen Durchsuchung hätte man den schmutzigen Overall gefunden, in dem er anderthalb Meilen hinter dem Kontrollpunkt am Hang eines Hügels gelegen hatte. Auch ein leistungsstarkes ostdeutsches Fernglas hätte man gefunden. Und wenn

das Auto bis auf die Türverkleidung durchsucht worden wäre, dann hätte der Posten auch den Funkzünder entdeckt, mit dem ursprünglich der Sprengstoff in den Tragtaschen auf dem Rükken des Esels zur Explosion gebracht werden sollte.
Er fuhr schnell, denn er war voller Zorn.
Er hatte zusehen müssen, wie seine wochenlangen Vorbereitungen von einem Scharfschützen zunichte gemacht worden waren.
Er mußte Major Said Hasan einen Fehlschlag melden.
Das Mädchen war für ihn eine Perle gewesen, und nun hatte sein Triumphzug nur wenige hundert Meter vor dem Ziel geendet. Fawzi spürte das Bohren der Erniedrigung.

Unter *Beruf* trug Percy Martins »Beamter« ein, als er das Anmeldeformular im Touristenheim ausfüllte, und als *Zweck der Reise* gab er »Urlaub« an.
Man hatte ihn nicht gefragt, wo er lieber untergebracht sein wollte. Man hatte ihn von der Kaserne in Kiryat Shmona zum Kibbuz Kfar Giladi gefahren. Allzu enttäuscht war er aber auch nicht darüber. An der Rezeption wurde er als VIP empfangen. Man trug ihm seine Tasche und behandelte ihn voller Respekt. Das Touristenheim, ein sechsstöckiges Gebäude, lag inmitten blühender Gärten und gefiel ihm recht gut.
Er bekam seinen Zimmerschlüssel.
»Was mich interessieren würde«, sagte er zu der Rezeptionistin mit den pechschwarzen Haaren und den pechschwarzen Augenbrauen, »ob man hier in der Gegend wohl fischen kann? Ob man sich irgendwo eine Angel ausleihen kann?«
Percy Martins war ein Pragmatiker erster Güte. Er war sich klar darüber, daß seine Ehe kurz vor dem Zusammenbruch stand, daß die Beziehung zu seinem Sohn so gut wie kaputt war. Er konnte leidenschaftslos seine Karriere betrachten, in der man ihn bei der Beförderung zum Chef der Nahost-Abteilung oder mindestens zu dessen Stellvertreter zweimal übergangen hatte. Von Rückschlägen ließ er sich nicht mehr verletzen. Mit seinem Privatleben wurde er schon irgendwie fertig. Auch im Dienst

konnte er mit Dingen leben, die andere Männer als Demütigung angesehen hätten. Er konnte die Schweigsamkeit Holts und die Arroganz der Israelis ertragen. Jedenfalls redete er sich das ein. Sollte sie doch alle der Teufel holen, sagte er sich. Er würde sich nicht beirren lassen und angeln gehen.
»Man sollte doch meinen, daß es in diesen netten kleinen Bächen, die vom Berg Hermon herunterkommen, Forellen geben müßte. Nun bin ich auf Forellen normalerweise gar nicht so scharf – ich bin eigentlich eher ein Hechtspezialist, wissen Sie. Aber Hechte kennen Sie hier wohl gar nicht. Ein echter Forellenangler würde Hechte ja wohl auch für so eine Art Ungeziefer halten. Aber Sie werden doch bestimmt versuchen, sich für mich zu erkundigen, nicht wahr? Bestimmt tun Sie das. Sehr freundlich von Ihnen.«
Mit dem Schlüssel in der Hand tappte er die Stufen zu seinem Zimmer im zweiten Stock hinauf. Er stellte sich vor, wie er den jungen Holt in das Büro des Geheimdienstdirektors vorgehen lassen und sich dann still im Hintergrund halten würde. Wirklich sehr gut gemacht, Percy. Wir sind alle stolz auf Sie.
Er setzte sich aufs Bett. Er knöpfte seine Weste auf. Er lockerte den Knoten der Krawatte. Sollten sie doch alle zum Teufel gehen. Er senkte den Kopf und verbarg ihn in den Händen. Von niemanden gesehen, ganz allein, war er den Tränen nahe.

Auf dem Teppichboden neben Major Said Hasans Stuhl lag ein Papierknäuel. Es war ein unbeschriebenes Blatt gewesen, das er mit aller Kraft in seiner Hand zerknüllt hatte, als er am Telefon davon informiert worden war, daß das Mädchen und die Bombe ihr Ziel nicht erreicht hatten.
Er hatte seine Anweisungen gegeben. In den Abendnachrichten des staatlichen syrischen Fernsehsenders würde eine Erklärung des Mädchens verbreitet werden. Es würde davon berichten, wie sehr es sich einen Libanon ersehnt habe, der frei von israelischem Terror sei, und wie wichtig ihm die Sache Syriens und die palästinensische Revolution gewesen sei. Danach würde der Nachrichtensprecher die Meldung über die schweren Verluste

bringen, die der heldenhafte Opfermut des Mädchens bei der israelischen Armee und deren Helfershelfern, der Südlibanesischen Christenmiliz, angerichtet hatte.
Die Wahrheit, und hierüber war sich Major Said Hasan gänzlich im klaren, war dabei vollkommen egal. Der Nordrand der Sicherheitszone stellte eine undurchdringliche Grenze dar, objektive Augenzeugen konnte es also keine gegeben haben. In der arabischen Welt würde man der Behauptung des staatlichen syrischen Senders eher Glauben schenken als dem Dementi, das die Israeli Broadcasting Corporation ausstrahlen würde. Es würde über den Äther verbreitet werden, ein junges Moslemmädchen von beispielhafter Reinheit habe sein Leben im Kampf gegen die zionistischen Bestien gelassen – es war mit größter Sorgfalt gefilmt worden, seine Schwangerschaft konnte niemand erkennen. Major Said Hasan war fest überzeugt, daß Autobomben und Eselbomben die besorgten Scheichs, Emire und Sultane in den vom Öl reich gewordenen Golfstaaten eher als jedes andere Mittel dazu brachten, Unterstützungsgelder springen zu lassen. Wieviel Wahrheit doch in dem alten arabischen Sprichwort lag: Die Feinde meines Freundes sind auch meine Feinde, doch die Feinde meines Feindes sind meine Freunde. Sein Land brauchte die Gelder der Golfstaaten. Und der Weg zu diesen Geldern wurde durch ständige, wagemutige Attacken gegen Israel gebahnt, verübt von der jungen Avantgarde der arabischen Völker.
Die Wahrheit mochte egal sein, aber er dachte dennoch nur ungern daran, daß die Bombe kurz vor dem Ziel aufgehalten worden war. Das zerknüllte Papier lag neben seinem Stuhl.
Er griff nach dem Telefon. So mancher Besucher seines Büros stellte mit Erstaunen fest, daß auf seinem Schreibtisch gleich vier Telefone standen. Man hatte schon gewitzelt, auch er habe schließlich nur zwei Ohren und zwei Hände. Ein schlechter Witz, denn von seinen Ohren hatte das Feuer nur Stummel übriggelassen, und an der rechten Hand fehlten ihm alle Finger.
Das erste Telefon stellte eine direkte Verbindung zum Schreibtisch des kommandierenden Brigadechefs beim Luftwaffen-

Nachrichtendienst her. Das zweite Telefon war eine durch einen Zerhacker gesicherte Leitung zum Armeehauptquartier Shtaura in der Bekaa-Ebene. Das dritte Telefon war eine ganz normale Amtsleitung nach außen, und das vierte verband ihn mit der Zentrale des Luftwaffen-Nachrichtendienstes. Er hob den Hörer des dritten Telefons ab.

Er wählte eine Nummer.

Seine Stimme klang weich wie Seide. »Bist du es? ... Entschuldige vieltausendmal, ich war verreist, und seit ich wieder hier bin, immer nur Konferenzen und noch mehr Konferenzen. Viel zu lange war ich weg von dir. Wie war er, mein Schätzchen? ... Wie gut ist seine Moral? Wie groß seine Entschlossenheit? ... Ach, mein Schätzchen, bei dir würde selbst ein Toter noch in Erregung kommen ... Wunderbar. Ich werde dich besuchen, mein Schätzchen, sobald ich dieser verfluchten Arbeit hier den Rücken kehren kann. Auf Wiedersehen, mein Schätzchen.«

Es hatte an der Tür geklopft, deshalb hatte er das Gespräch abgekürzt. Er hörte ihre kehlige Stimme mit dem fremden Akzent so gerne. Er verweilte gern in Gedanken auf den glatten, geschmeidigen Rundungen ihres Körpers ...

Er rief den Besucher herein.

Major Said Hasan streckte die linke Hand zur Begrüßung aus. »Kamerad, du bist mir höchst willkommen ...«

Eine Stunde lang besprach er mit dem militärischen Kommandanten der Volksfront die Pläne für einen Angriff auf das Verteidigungsministerium in Tel Aviv. Der Teil des Gebäudes, in dem sich die Räume des militärischen Abschirmdienstes befanden, war durch einen roten Kreis markiert. Sie besprachen, auf welchem Weg sich ein Kommando dem Komplex am leichtesten nähern könnte, und neigten am Ende eher einer Landung vom Meer her zu, dann überlegten sie lange, welcher Mann wohl den Elan und die Entschlossenheit besäße, eine solche Aktion zu leiten.

Nach einer Stunde war Major Said Hasans Wut über das Scheitern des Mädchens mit der Bombe am Kontrollpunkt in der Sicherheitszone fast völlig verflogen.

Weit hinter ihnen, schon außer Sichtweite, erklang das dumpfe Krachen der Artillerie, und weit vor ihnen am Himmel platzten die Leuchtkugeln mit grellem Schein und tauchten beim Herabsinken die dunkle Landschaft in gleißendes Licht.
Holt zupfte an den Riemen des Rucksacks und schüttelte sich, um die Last bequemer zu verteilen. Sie standen vor dem Beobachtungsposten.
»Ich sagte doch, du sollst nicht hineinsehen«, sagte Crane. Crane hatte den Leuchtkugeln den Rücken zugewandt.
»Aber Sie haben mir nicht gesagt, welchen Sinn die Dinger haben.«
»Ich bin doch kein verdammtes Auskunftsbüro!«
»Warum schießen sie die Leuchtkugeln ab, Mr. Crane?«
»Weil diese Leuchtkugeln einem die Fähigkeit rauben, im Dunkeln zu sehen. Wir müssen ein Stück durch das NORBAT-Territorium hindurch, deshalb schießen wir Leuchtkugeln zwischen den NORBAT-Stellungen und unserer Route in die Luft, damit blenden wir ihre Nachtsichtgeräte. Verstanden?«
»Hätte doch nichts geschadet, wenn Sie mir das gleich gesagt hätten.«
»Werd bloß nicht frech, Kleiner.«
»Also, dann bringen wir diese Show jetzt mal in Gang.«
Sie nahmen einander in den Arm. Einen ganz kurzen Moment lang. Der eine umfing den anderen, sie drückten sich die Waffengurte in den Magen und die Gewehre in die Rippen, und von der Last ihrer Rucksäcke schwankten beide leicht.
Sie waren zwei Schatten.
Die Sterne waren gerade herausgekommen. Zu Mitternacht würde der Mond genau über ihnen stehen, abnehmender Mond im letzten Viertel.
Sie überquerten die Straße neben dem Beobachtungsposten. Dann verschwanden sie in der Dunkelheit, entfernten sich von der Straße und dem Licht der langsam herabsinkenden Leuchtkugeln.
Sie hatten den Schutz der Sicherheitszone hinter sich gelassen. In seinem Kopf war nichts außer der Konzentration auf seine

Schritte und auf die verschwommene Gestalt, die vor ihm ging. Kein Gedanke an Jane, die er in seinem vorigen Leben geliebt hatte, kein Gedanke an die Frau, die ihm in der vorigen Nacht Trost gespendet hatte, kein Gedanke an die Anführer und die Generäle, kein Gedanke an sein Land. Nur die Behutsamkeit, der vorsichtige Tritt seiner Stiefel und der Blick auf Noah Crane, der vor ihm ging.

13. Kapitel

Es begann mit einer beiläufigen Unterhaltung.

Am Flugplatz südlich von Kiryat Shmona gab es ein Häuschen, in dem Hubschrauberpassagiere in bequemen Sesseln aus Rohr ihren Start abwarten konnten. Ein Kellner schenkte Orangensaft aus, ein Radio war auf den Soldatensender eingestellt, und es gab ein paar Topfpflanzen, die sogar frisch gegossen waren.

Der Pilot kam in das Wartehäuschen, um Major Zvi Dan zu sagen, daß es noch etwas dauern würde, ehe er ihn und seine Assistentin zurückfliegen könne.

»Viel Verkehr, was?« fragte der Major.

Der Pilot kannte Zvi Dan. Er sagte manchmal im Scherz, er sei im Grunde eine Art Busfahrer für Zvi Dan, der bestimmt öfter von Tel Aviv nach Kiryat Shmona komme als jede Großmutter zu ihren Enkeln auf Besuch.

»Es sind einige vor mir dran mit Auftanken und den üblichen Inspektionen. Erst kommen die Helikopter, die morgen Einsatz haben.«

Weil der Pilot Zvi Dan kannte, wußte er auch, daß der Major beim Abschirmdienst arbeitete. Er konnte also frei sprechen.

»Was denn für ein Einsatz?«

»Große Sache weiter oben.«

»Ich bin momentan nicht ganz auf dem laufenden.« Zvi Dan nippte an dem Plastikbecher mit Saft.

»Morgen früh starten ein paar Bomber nach Norden, und für den Notfall haben die Hubschrauber Bereitschaftsalarm für eine Rettungsaktion.«

»Na gut, wir sind also erst später dran, wann ist das schon mal

anders? Ist doch die alte Devise bei der Armee: Erst wird Dampf gemacht und dann ewig gewartet.«
Rebecca war auf den letzten Seiten ihres Buches, war vor Spannung gefesselt.
»Ist eine ganz ordentliche Menge von Hubschraubern, die da morgen Bereitschaft haben; die Bomber fliegen einen schwierigen Einsatz.«
»Ach ja, wohin denn?«
»In die Bekaa-Ebene, nicht direkt in den Bereich der Boden-Luft-Raketen, aber hart an den Rand davon. Die Raketen sind auch nicht so sehr das Problem, aber das Zielobjekt ist so klein, und bei kleinen Zielen muß der Anflug viel genauer sein ... all das übliche Gejammer der Bomberpiloten eben.«
»Und was ist nun das Ziel?«
Der Pilot beugte sich vor und sprach ganz leise. »Wir haben gehört, daß eins von den zwei Dreckschweinen, die den Bus hochgejagt haben, beim Verhör voll in die Mangel genommen worden ist – na ja, darüber wissen Sie ja sicher mehr als ich, jedenfalls war es alles fauler Zauber, daß alle beide umgekommen wären. Offenbar waren die zwei aus einem bestimmten Camp in der Bekaa-Ebene losgeschickt worden, und das nehmen sich die Bomber jetzt vor ...«
Major Zvi Dan setzte sich kerzengerade auf. Orangensaft spritzte auf sein Uniformhemd.
»Was denn, hab' ich was Falsches gesagt?«
Er sah nur noch, wie der Rücken des Majors durch die Tür verschwand.
Rebecca blickte auf und zog ein Gesicht. Sie hatte nicht zugehört. Sie las weiter in ihrem Buch.
Major Zvi Dan stürmte in die Nacht hinaus, rasend vor Wut.
Er riß die Tür des Flugplatzkontrollraums auf. Er stampfte auf den Stuhl des Flugsicherungsoffiziers zu. Er packte die Lehne, drehte den Mann auf dem Stuhl zu sich herum.
»Ich bin Major Zvi Dan, militärischer Abschirmdienst, Offizier mit der Prioritätskategorie A. Aus wichtigen Gründen, die

ich geheimhalten muß, verlange ich sofortige Starterlaubnis nach Tel Aviv.«
Er schüchterte den Flugsicherungsoffizier so ein, daß dieser keinerlei Widerspruch wagte.
Es war kaum zu fassen: Da waren zwei Männer in Richtung der Bekaa-Ebene aufgebrochen, mit dem Ziel, ein Trainingscamp zu erreichen, eine Zielperson zu identifizieren, einen Terroristen zu liquidieren, und die Luftwaffe hatte vor, ebendieses Camp zwei Tage vor ihnen anzufliegen und mit einem Teppich von Splitterbomben zu überziehen. Die rechte und die linke Hand, Lichtjahre voneinander entfernt. Warum konnte in diesem verfluchten Land nicht einmal etwas ordentlich funktionieren?
Er stürmte in das Wartehäuschen zurück. Er hinkte in dem kleinen Raum auf und ab, versuchte seine Ungeduld niederzukämpfen.
Der Pilot kam herein. »Anscheinend haben Sie jemandem eine Bombe unter den Hintern gelegt, Major. Wir haben die Erlaubnis zum Start in zehn Minuten.«

Es war genau der Bewegungsrhythmus, den Holt auf dem Marsch durch die besetzten Gebiete gelernt hatte. Doch das war die Generalprobe gewesen. Jetzt war es anders. In den besetzten Gebieten hatte ihm Crane Flüche zugezischt, wenn er Steinchen lostrat, wenn er trockenes Holz knacken ließ, wenn er stolperte und ganze Geröllhalden abrutschen ließ. Jetzt war er auf sich allein gestellt, und wie. Mußte es ohne Hilfe schaffen. Nicht daß er die Flüche nötig hatte, wenn er ein Steinchen rollen ließ – er hätte sich selbst jedesmal vor Ärger am liebsten geohrfeigt.
Holt wußte, daß sie ein Tempo anschlugen, bei dem pro Stunde eine Meile zurückgelegt werden sollte. Um sechs war es dunkel geworden, und um sechs würde es wieder hell werden. Eine Stunde nach Einbruch der Dunkelheit waren sie losgegangen, die TRP würden sie eine Stunde vor dem Morgengrauen erreichen. Unbewußt nahm er bereits den Jargon auf; die »Tages-

rastposition« war zur TRP geschrumpft. Zehn Stunden unterwegs, zehn Meilen zurückzulegen. Ohne Kleider wog Holt sechsundsiebzig Kilo. Er trug aber noch weitere sechsunddreißig Kilo mit sich herum, die seine Kleidung, der Rucksack und der Gurt ausmachten. Zudem trug er die Model PM, denn die Armalite hatte sich Crane umgehängt. Er erinnerte sich an den Wettlauf auf dem Rasen des Landhauses in England, als er nichts und Crane den Sack voller Steine geschleppt hatte. Jetzt war die Last auf seinem Rücken, seinen Hüften, seinen Armen teuflisch schwer.
In der ersten Stunde hatte er mehrere Steinchen losgetreten, in der zweiten schon weniger. Sie marschierten nun die dritte Stunde, und er bewegte sich so, wie Crane es ihm gezeigt hatte. Sein Stiefel ging nach vorn, kam auf dem Boden auf, der Fußballen rollte ab und prüfte den Halt. Wenn der Boden der Prüfung standhielt, wenn sich keine Steine lockerten, dann folgte das Körpergewicht nach. In diesem Rhythmus ging es Schritt für Schritt, jede einzelne Bewegung wurde geprüft.
Für die Orientierung nichts als das Licht der Sterne über ihnen. Crane ging fünfzehn Meter weiter vorn. Holts Aufgabe war es, mit Crane mitzuhalten. Crane gab das Tempo vor, Holt mußte folgen. Crane war eine Silhouette vor ihm, deren Konturen durch die farbigen Tarnschnüre in seinem Kampfanzug und den unförmigen Rucksack verwischt wurden. Holt mußte ihn ständig im Auge behalten, denn Crane würde nicht alle paar Meter stehenbleiben, um festzustellen, ob Holt hinterherkam. Vor einer Woche noch, vor dem Marsch durch die besetzten Gebiete, hätte Holt nicht geglaubt, daß es soviel Können und Sorgfalt erforderte, sich nachts fortzubewegen.
Es war tatsächlich ein Rhythmus.
Der Rhythmus blieb immer der gleiche, seit dem Augenblick, an dem sie die Straße bei dem Beobachtungsposten verlassen hatten, seit ihrem Aufbruch.
Alle dreißig Minuten blieben sie stehen. Holt sah Crane dann den Arm heben und seitlich aus der Marschrichtung verschwinden. Ein paar Sekunden lauschten sie, suchten die Finsternis ab,

wobei Crane und Holt Rücken an Rücken saßen, jeder für einen Halbkreis von 180 Grad zuständig. Keine Unterhaltung, kein Flüstern, nur angestrengtes Horchen und Spähen. In den besetzten Gebieten hatte Crane Holt gesagt, warum man immer aus möglichst tiefer Stellung lauschte und prüfte, ob man verfolgt wurde oder ob sich vor einem etwas regte. Crane hatte gesagt, Hunde und Katzen sähen unter anderem auch deshalb nachts so gut, weil die niedrige Augenhöhe ihnen die meisten Objekte als Silhouetten vor dem Himmel zeigte. Bei diesen kurzen Aufenthalten konsultierte Crane jedesmal seine Karte, hielt sie über die Linse seiner tritiumgespeisten Betalampe, die nur ein winziges, selbst aus der Nähe kaum erkennbares Glühen erzeugte, bei dem er gerade noch genug sehen konnte.
Während der dritten Stunde überquerten sie den Litani. Bis zur Hüfte wateten sie durch das reißende Wasser und stiegen dann von Felsbrocken zu Felsbrocken, um keine Fußspuren im Uferboden zu hinterlassen. Straßen gab es keine, und Holt bemerkte, daß Crane sogar die steinigen Pfade mied, auf denen sie die Bewohner der Dörfer hätten treffen können, Leute aus Qillaya am anderen Flußufer im Osten oder aus Qotrani jenseits der Hügelkuppe im Westen. Für Holt war es erstaunlich, wieviel man im Licht der Sterne sehen konne, eine Fertigkeit, die er noch nie geübt hatte. Der Weg, auf dem sie gingen, war von wilden Tieren getreten worden, vermutete er, vielleicht von einer Herde Steinböcke, vielleicht huschten auf diesem Pfad auch die pummeligen Klippschliefer entlang, vielleicht war es die gewohnte Route einer Hyäne oder eines Fuchses.
In der vierten Stunde waren sie nördlich der schmalen Straße zwischen Qillaya und Qotrani, hoch über dem Litani, und querten eine relativ steil abfallende Felswand. An der Felswand bewegten sie sich seitwärts im Krebsgang. Als sie einmal die Gipfellinie eines kleineren Sattels passieren mußten, wechselte Crane sofort die Richtung. Holt wußte auch schon, warum sie nicht oben auf dem Rücken der Hügellinie entlanggingen; Crane hatte gesagt, daß dort oben am ehesten Soldaten zu erwarten waren, denn die Grundausbildung jedes Offiziers hielt

dazu an, den Punkt der besten Übersicht aufzusuchen. Eine wahnsinnige Anspannung in Holts Beinmuskeln, die beim Klettern auf der schrägen, unebenen Fläche das Gleichgewicht gegen die schwankende Last des Rucksacks zu halten versuchten.

Als die fünfte Stunde anbrach, sank er am HP zu Boden. Die Haltepunkte, an denen sie alle halbe Stunde kurz Pause machten, schienen ihm jedesmal weiter auseinanderzuliegen. Er wußte, daß er sich das nur einbildete, er wußte, daß sich die Erschöpfung des Nachtmarsches bemerkbar machte. An den HPs lehnte er sich gegen Cranes Schulter, und es bedurfte eines harten Stoßes in die Rippen, um ihn daran zu erinnern, daß die Rast am HP nicht der Erholung diente, sondern der Absicherung, daß der Weg vor ihnen frei war und daß auf dem Weg hinter ihnen niemand folgte.

Er hatte die erste Nacht zur Hälfte hinter sich gebracht; bis zu dem Camp würden sie insgesamt drei Nächte lang marschieren, und danach kam dann noch der Gewaltmarsch zurück. Er war grauenhaft müde, dabei war die erste Nacht gerade halb vorbei. Er hörte seinen keuchenden Atem, er spürte das heftige Rasseln in seiner Lunge. Kein Laut kam von Crane, als hätte der Mann nur einen kleinen Spaziergang durch den Park hinter sich ... Verfluchter Kerl.

Rebecca saß am Steuer, fuhr vom Flughafen Sde Dov im Norden von Tel Aviv quer durch die Stadt.

Major Zvi Dan saß neben ihr, immer noch wütend, und sagte kein Wort. Die Straßen waren hell erleuchtet. Blitzende Schaufenster, Gedränge auf den Bürgersteigen, vollgestopfte Cafés. Die Wut brannte in ihm. Alte und junge Leute flanierten auf den Straßen, betrachteten die Schaufenster, lachten, scherzten und sangen, und keine hundert Meilen weiter nördlich kämpften sich zwei Männer in der Dunkelheit durch Flüsse und über Felshänge immer weiter und immer tiefer in Feindesgebiet hinein. Jede Logik war aus seinem Denken verschwunden, überlagert von seiner gereizten Laune. Natürlich verlangte er nicht,

die Bürger Tel Avivs sollten alle in die Synagogen rennen und zum Gebet niedersinken, und auch nicht, daß sie den Mund halten, ihre Musik abschalten und auf Zehenspitzen die Dizengoff-Straße hinuntertrippeln sollten, trotzdem stachelte es seine Wut noch weiter an, wenn er zusehen mußte, wie so viele so wenig Ahnung hatten und derartig unbekümmert waren.
Rebecca setzte ihn in der Kaplan-Straße ab, vor dem Davidstor des Ministeriums. Sie sagte etwas zu ihm darüber, wann sie am Morgen wiederkommen würde, doch er nahm es nicht wahr. Er rannte, so schnell seine Beinprothese es gestattete, auf die Schranke und die Nachtposten zu. Und er fand seinen Ausweis nicht ... der Ausweis war nicht in der Brusttasche ... doch in der verdammten Hosentasche fand sich dann der Ausweis. Er hätte der Ministerpräsident sein können oder der Generalstabschef, er wäre nicht durch das Davidstor gekommen, wenn er nicht seine Brieftasche mit dem Ausweis darin in der hinteren Hosentasche gefunden hätte.
Sie ließen ihn durch. Sie beeilten sich dabei keineswegs. So machten es eben Wachtposten, kleine Männer mit viel Macht: Sie beeilten sich nicht, wenn es jemand anders eilig hatte.
Er stürmte auf den Flügel zu, in dem die israelische Luftwaffe untergebracht war.
Dauernd der Schmerz im Bein, wenn er zu rennen versuchte ... Durch die Tür hindurch, noch eine Kontrolle ... Die Treppe hinauf, am Beginn des Korridors noch eine Kontrolle ... durch den Korridor hindurch in den von Neonlicht erhellten Raum, in dem sich die Kommandozentrale der israelischen Luftwaffe befand. Ein großer, ruhiger Raum, wo die diensthabenden Männer und Frauen sich nur leise flüsternd unterhielten, wo Funkgeräte vor sich hinplärrten und Fernschreiber ihre papiernen Botschaften heraustickerten. Ein Raum, dessen Wände mit riesigen Wandkarten tapeziert waren und der in der Mitte von der zentralen Kontrollkonsole beherrscht wurde. Von diesem Raum aus hatte man trotz der weiten Entfernung den Funkkontakt mit den Hercules-Transportern während ihres langen, einsamen Flugeinsatzes bei der Rettungsaktion in Entebbe auf-

rechterhalten, und von diesem Raum aus waren auch die F16-Maschinen auf den Tausenden von Meilen langen Flügen für die Bombardierungen des PLO-Hauptquartiers in Tunis und des irakischen OSIRAK-Reaktors vor Bagdad dirigiert worden. Alle, die in diesem Raum arbeiteten, hielten sich für die Elite der israelischen Eliteeinheit zur militärischen Vergeltung. Alle, die in diesem Raum arbeiteten, blickten den hereinstürmenden, hinkenden Armeemajor zuerst überrascht, dann belustigt an.
Eine große Ruhe herrschte in dem Raum. Unterkühlte, gelassene Ruhe war die Stärke der Männer und Frauen, die den Kampfpiloten ihre Unterstützung gaben. Major Zvi Dan hatte seine Ruhe verloren. Er war schmutzig, er war müde, sein Haar war zerzaust.
Alle Blicke lagen auf ihm.
Ein junge Frau, deren Schulterabzeichen sie als Leutnant auswiesen, glitt von einem Stuhl, um ihm den Weg abzuschneiden.
»Ich muß mit dem diensthabenden Brigadier sprechen, und zwar sofort!« Major Zvi Dan atmete schwer. Keine Kondition mehr, nicht mit dem künstlichen Bein.
»In welcher Angelegenheit denn, Major?«
»In einer Angelegenheit, die strikter Geheimhaltung unterliegt.«
»Ob Sie es nun glauben oder nicht, Major, alle von uns, die hier arbeiten, sind Geheimnisträger.«
Hinter ihr erhob sich leise plätscherndes Gelächter. Sie war ein hübsches Mädchen, sie trug ihr rotbraunes Haar hoch zusammengebunden, ein eng anliegendes Uniformhemd, darunter einen fast schon minikurzen Rock und sorgfältig umgeschlagene weiße Söckchen.
»Bitte sorgen Sie dafür, daß ich umgehend mit dem diensthabenden Brigadier sprechen kann.«
»Er schläft jetzt.«
»Dann müssen Sie ihn eben wecken«, knurrte Zvi Dan.
»Nach den Vorschriften ...«
Zvi Dan sah drohend auf sie herab. »Junge Frau, ich habe schon für dieses gottverlassene Land gekämpft, da konnten Sie sich

noch nicht einmal ihren kleinen Hintern selbst abwischen. Ersparen Sie mir also Ihre Vorschriften, und gehen Sie ihn wekken!«
Den letzten Satz brüllte er heraus, und sie ging tatsächlich. Zwar zeigte sie ihm mit einem scharfen Blick ihre Abneigung, doch sie ging los und weckte den diensthabenden Brigadier.
Der diensthabende Brigadier hatte schlechte Laune. Er war ein müder, bleicher Mann mit wirrem grauem Haar und einem leichten Lispeln in der Stimme.
»Major, ich habe hier eine Nachtschicht mit achtzehnstündigem Dienst. In dieser Zeit leiste ich mir eine Ruhepause von zwei Stunden. Meine Leute wissen, daß ich mich in dieser Pause nur in Angelegenheiten von allerhöchster Dringlichkeit stören lasse. Also, was ist das für eine Angelegenheit?«
»Sie starten morgen einen Schlag gegen ein Camp der Volksfront in der Bekaa-Ebene, das sich auf 35° 45' Länge und 33° 38' Breite befindet?«
»So ist es.«
»Die Aktion muß abgeblasen werden.«
»Auf wessen Befehl?«
»Auf meinen.«
»Der Schlag ist vom Generalstabschef autorisiert worden.«
»Dann wußte er nicht, was er damit tat.«
»Erzählen Sie mir mehr, Major.«
»Dieses Camp darf nicht angegriffen werden.«
»Weshalb nicht? Haben die dort Gefangene von uns?«
»Nein.«
Der diensthabende Brigadier warf einen listigen Blick auf Major Zvi Dan, als wäre sein Unmut nun verraucht und als fände er das Rätselraten ganz lustig.
»Dann läuft wohl eine Aktion am Boden gegen das Camp – über die der Generalstabschef nicht unterrichtet ist.«
»Es läuft tatsächlich eine Aktion. Der Generalstabschef wird über die Einzelheiten kaum informiert sein.«
»Gegen dieses Camp?«

»Ja, derzeit ist eine Aktion gegen genau dieses Camp im Gange.«
»Eine Aktion der israelischen Streitkräfte?«
»Nein.«
»Interessant... Tja, wer kann das also sein? Vielleicht die Amerikaner, die Marshmallow-Jungs?«
»Die Engländer.«
»Aha, also die Engländer sind zu Fuß unterwegs in die Bekaa-Ebene, ja? Wie viele sind es denn?«
»Zwei.«
»Zwei Engländer auf dem Weg in die Bekaa-Ebene, so so. Was wollen die denn dort, bei der Grapefruiternte helfen ...?«
»Diese Sache ist keineswegs lustig gemeint.« Major Zvi Dan warf dem diensthabenden Brigadier einen langen kalten Blick zu. Die Kälte resultierte aus seiner frischen Erinnerung. Zwei Männer in Kampfanzügen, mit massigen, schweren Rucksäkken, ihre dunklen, bärtigen Gesichter voller Tarncreme, ihre mörderischen Waffen. »Die Briten haben in Zusammenarbeit mit unserer militärischen Abschirmdienstabteilung zwei Leute in die Bekaa-Ebene geschickt, die zu Fuß die Anhöhe über diesem Camp erreichen sollen, um von dort einen Mann zu identifizieren, der ein Attentat auf ihren Botschafter in der Sowjetunion verübt hat, und diesen Mann dann zu erschießen.«
»Die Politik Israels, Major, die Politik des Staates, der Ihren Sold zahlt, ist es, den Terrorismus immer an seinen Wurzeln zu bekämpfen. Von diesem Camp aus wurde ein Anschlag auf unser Heimatland durchgeführt. Man erwartet und verlangt von uns, daß wir zurückschlagen.«
»Sie werfen ein paar Bomben ab, und vielleicht treffen Sie etwas, vielleicht auch nicht.«
»Aber das erwartet man von uns.«
»Ihre Aktion wird zur Auflösung des Camps führen. Sie zerstören damit eine reelle Chance darauf, daß ein ganz bestimmter Mann, dessen Tod wichtig wäre, umgebracht wird. Lassen Sie Ihre Flugzeuge morgen angreifen, und Sie sorgen dafür, daß zwei Tage später zwei tapfere Männer an ihrem Zielort ankom-

men, nur um zu entdecken, daß ihr Ziel nicht mehr dort ist. Brigadier, wie oft erwischen Sie schon genau die Leute, die Sie auch erwischen möchten, trotz all Ihrer Phantom-Flugzeuge, trotz all Ihrer Bomben?«
»Danke, Major.«
»Und das bedeutet?«
»Daß ich wohl den Oberkommandierenden der Luftwaffe aufwecken werde. Wo kann man Sie erreichen?«
Er schrieb seine Durchwahlnummer auf. Er riß das Blatt Papier ab und gab es dem diensthabenden Brigadier.
»Die ganze Nacht über.«
»Ich verspreche Ihnen gar nichts. Ich gebe das Problem nur an meinen Vorgesetzten weiter.«
Die Ruhe kehrte in den Kontrollraum zurück.
Sie alle, die Leute an ihren Schreibtischen und Konsolen und Kartenpults, sahen gemeinsam mit dem diensthabenden Brigadier der zufallenden Schwingtür nach, sie hörten die unregelmäßigen Schritte verklingen.
Die junge Frau im Rang eines Leutnants fragte: »Was sind wir den Engländern überhaupt schuldig, Sir, mit ihrem Waffenembargo und ihrer dauernden Kritik an uns?«
Der diensthabende Brigadier erwiderte: »Die Engländer hätten 1947 beinahe meinen Bruder erhängt, weil er Mitglied der Irgun war. Achtundvierzig Stunden vor dem Gang zum Henker haben sie ihn begnadigt. Damals war ich noch ein kleiner Junge... Die ersten, die ich zu hassen lernte, waren die britischen Soldaten, die meinen Bruder gefangengenommen und gefoltert hatten, und zwanzig Jahre danach war ich Gast in ihrer Stabsakademie, in der Stabsakademie der Royal Air Force. Wir schulden ihnen nur das, was für uns das Beste ist, und die Entscheidung darüber liegt glücklicherweise nicht bei mir.«

In den Stunden nach Mitternacht war Major Zvi Dan an seinem Schreibtisch der Kopf in die Hände gesunken.
Das Telefon stand dicht neben ihm; es blieb stumm.

Ende der siebenten Stunde des ersten Nachtmarsches, Zeit für die vierzehnte kurze Ruhepause an einem Haltepunkt.
Über ihnen, hoch oben an einem schrägen Hang, waren die Lichter des Dorfes Meïdoun zu sehen. Am vorigen Haltepunkt hatte Crane Holt im Schein der Betalampe den kleinen Kreis auf der Karte gezeigt, und dann hatte Crane langsam den Kopf geschüttelt, als wäre an diesem Ort etwas Böses. Holt wußte, daß Crane bereits eines seiner biblischen Gebote gebrochen hatte. Die Bibel nach Crane, dem Propheten, schrieb vor, daß sie Siedlungen in mindestens einem knappen Kilometer Entfernung zu umgehen hatten. Aber es gab einfach keine andere Wahl. Sie mußten den steilen Hang unterhalb des Dorfes hinter sich bringen, dicht über dem Litani, der unter ihnen durch eine schmale Schlucht toste. Sie waren eingeklemmt. Es war eine beschissene Stelle, und das Gesetz wurde gebrochen. Jenseits der Schlucht sah Holt die Bewegungen von Autoscheinwerfern, die auf der gewundenen Straße nordwärts fuhren. Im Westen lag ein Schiitendorf, unter ihnen war der reißende Fluß. Im Osten verlief die wichtige Militärstraße.
Holt hörte das Kollern. Er hörte, wie weiter unten ein Stein losgetreten wurde. Nach der langen Stille ihres Marsches durch die Nacht war sein Gehörsinn schärfer als je zuvor. Er erstarrte. Neben ihm stand Crane halb auf. Crane war nun eine gebückte Statue. Von dem Hang unter ihnen kam jetzt das Geräusch weiterer kollernder Steine. Crane bedeutete Holt mit der geöffneten Handfläche, er solle sich nicht rühren.
Sie hörten eine junge, schrille Stimme und ein Pfeifen, dann das laute Kläffen eines Hundes. Das Pfeifen, das Kläffen und die kollernden Steine kamen näher.
Cranes Hand lag auf Holts Schulter und drückte ihn zu Boden, immer tiefer, bis sein Gesicht sich an die kühle Erde des Felshangs preßte.
Lieber Himmel, sollte etwa hier schon alles enden? Kaum ein Drittel des Weges geschafft, keine acht Meilen vom Startpunkt entfernt? Möge Gott verhüten, daß es hier schon endete, nur weil ein Dorfjunge mit seinem Hund im Ufergestrüpp des Li-

tani Kaninchen jagen ging. Er bemühte sich, seinen Atemrhythmus unter Kontrolle zu halten. Das Atmen war auch so ein Kapitel für sich in Cranes Bibel. Alles hing von der Kontrolle der Atmung ab, davon, daß sie geregelt und gleichmäßig blieb und daß man die Luft sozusagen schluckte. Zuerst roch er den Jungen, dann sah er ihn.

Es war ein Geruch nach Urin und Tierfutter. Ein intensiver, süßlicher Geruch. Kein Zigarettengeschmack war in seinem Mund, keine klebrige Zahnpasta und auch kein Seifenduft auf seiner Haut. Er konnte den Jungen ganz deutlich etwas früher riechen, als er ihn tatsächlich erblickte.

Zuerst war der Junge ein schemenhafter Umriß. Er schälte sich wie ein Geist aus der Dunkelheit unter ihnen, doch er kam rasch näher, kletterte behende einen steilen Pfad hinauf, der von dem Dorf in die Schlucht des Flusses führte. Es war ein Augenblick, in dem alles zu Ende sein konnte. Einen Ruf des Jungen hätte man im Dorf gehört, von seinem Gebrüll wäre das ganze Dorf aufgestört worden. Bei einem Angstschrei hätten die Männer des Dorfes sofort ihre Waffen ergriffen und wären herbeigerannt. Und dann war da auch noch der Hund. Der Hund folgte seinem Herrn dicht auf den Fersen, sprang hinter ihm her, blieb nur manchmal stehen, um irgendwo zu schnuppern oder ein Bein zu heben, holte dann den Jungen wieder ein. Holt wußte, daß die Dörfer in der Gegend die reinsten Waffenarsenale waren. Jede kleine Ansiedlung besaß automatische Gewehre und Raketenwerfer und MGs. Er fragte sich, ob Crane schon die Hand an dem stoffbezogenen Griff seines Messers hatte. Er verfolgte die Aufstiegslinie des Jungen, und er sah, daß der Junge mit dem Hund nur zehn Meter entfernt an ihnen vorbeikommen mußte. Er versuchte, seine Atmung zu verlangsamen, versuchte, das Rasen seines Herzschlags unter Kontrolle zu bekommen.

Der Junge war jetzt auf gleicher Höhe mit ihnen, behielt weiterhin sein Tempo bei. Der Junge bemerkte nichts von ihnen. Ewige Sekunden im Leben des jungen Holt. Er wollte nichts sehen, wollte nichts wahrnehmen. Hatte die Augen geschlossen.

Wollte den Moment der Entdeckung nicht miterleben, falls dies ihr Schicksal sein sollte. Wenn Crane den Jungen erstach, würden sie den Jungen im Dorf bald vermissen und zu suchen beginnen, und wenn sie ihn fänden, würde die Spur seiner Mörder verfolgt werden. Der Fels, der sich ihm in den Unterleib bohrte, wurde immer spitzer, immer schneidender mit jedem Moment, den er bäuchlings auf ihm lag. Cranes Körper drückte sich an ihn, und Holt spürte nicht das geringste Zucken einer Bewegung. Seine Blase schien bis zum Bersten gefüllt. Die ersten Anzeichen eines Krampfs regten sich in seinem Knie. Ein vertrocknetes Blatt kitzelte ihn im Nasenloch. Er mußte dringend pissen, wollte sein Bein ausstrecken, herzhaft niesen, aber wenn er sich anmachte oder das Bein bewegte oder nieste, dann war das Unternehmen aufgeflogen, ehe es richtig begonnen hatte.

Er hörte das Knurren des Hundes.

Der Junge war schon ein Stück über ihnen, er schien es eilig zu haben. Der Junge rief den Hund zu sich.

Holt öffnete die Augen einen Spaltbreit. Der Hund stand zwei oder drei Meter vor ihnen. Der Hund war ein Knochengerüst, mit braungeflecktem Fell, soweit Holt erkennen konnte; er ließ sich gerade auf seine Hinterläufe fallen, zur Verteidigung bereit, und knurrte Crane an.

Der Junge warf einen Stein und rief erneut nach dem Hund, lauter diesmal.

Das Knurren war ein immer deutlicher werdender Verdacht. Seine Blase platzte gleich, der schmerzhafte Krampf breitete sich aus, der Niesreiz stieg höher.

Der Hund jaulte auf. Der zweite Stein, den der Junge nach ihm warf, traf ihn genau im Genick.

Der Junge brüllte nach seinem Hund, befahl ihm nachzukommen.

Holt hörte, wie die Geräusche leiser wurden. Er hörte die Geräusche des Jungen und seines Hundes auf dem Bergweg verebben. Er lag mit dem Gesicht nach unten. Er spürte nur die Erschöpfung, er war zu müde, um Erleichterung zu empfinden.

Er fühlte Cranes Hand an seiner Schulter, die ihn hochzog. Cranes Mund lag an seinem Ohr, ein beinahe geräuschloses Flüstern. »Wir müssen die verlorene Zeit wieder aufholen.«
»Habe ich mich gut gehalten?«
»Das war ja keine Miliztruppe, keine Soldaten, nur ein kleiner Junge. Das war gar nichts.«
Crane stand auf und ging davon. Holt gab ihm fünfzehn Schritte Vorsprung, dann setzte auch er sich in Bewegung.
Er erinnerte sich an den Text des Liedes, er sang die Worte leise vor sich hin:
»Wish me luck, as you wave me goodbye,
Wish me luck, wish me luck, wish me luck ...«
Und er glaubte ihre Stimme zu hören.
»Sei nicht kindisch, Holt.«
Er verspürte Haß gegen sich selbst. Er hatte sich gewünscht, daß der Junge ein Messer ins Herz bekam. Er hatte das Gesicht dieses Jungen nie gesehen, er kannte den Namen des Jungen nicht. Er wußte überhaupt nichts über den Jungen, und doch hätte er gejubelt, wenn Crane dem Jungen auf einmal sein kurzes Kampfmesser in den Bauch gestoßen hätte, wenn Crane dem Jungen die scharfe Klinge durch die Kehle gezogen hätte. Wenn der Junge vom Pfad abgewichen wäre, wenn der Junge nachgesehen hätte, warum sein Hund so knurrte, dann wäre Holt der Mord an dem Jungen willkommen gewesen. Als hätte ihn eine gewaltige Flut überspült, als wäre er nicht mehr derjenige, der sich bei Noah Crane über die Folter an einem Palästinenser beschwert hatte. Er fühlte sich innerlich beschmutzt.
Als wäre es gestern gewesen, erinnerte er sich an ein Erlebnis drei Tage nach seinem zehnten Geburtstag, als er in den Ferien mit einem Freund an dem Fluß in der Nähe seines Zuhauses spazierengegangen war. Sie hatten einen Fuchs gefunden, dessen Hinterlauf sich in dem dünnen, scharfen Draht einer Kaninchenschlinge verfangen hatte. Der Draht war blutbeschmiert gewesen, ein kleines Stück über dem Gelenk am Hinterlauf des Fuchses, dort wo er sich tief in das Fell und das Fleisch des Tiers hineingefressen hatte. Unter dem Draht stand

das Bein des Fuchses in einem unnatürlichen Winkel ab. Obwohl er erst vor drei Tagen zehn Jahre alt geworden war, hatte er gewußt, daß der Fuchs nicht mehr zu retten war, weil er sein Bein unrettbar verletzt hatte. Und er hätte ihn auch gar nicht befreien können, denn der Fuchs bleckte ihm und seinem Freund die Zähne entgegen, und er hätte sie bestimmt gebissen, wären sie nahe genug gekommen, um das andere Ende des Drahts von dem Haselbuschstamm loszuwickeln, an dem er festgebunden war. Sie hatten ein paar glatte Steine vom Fluß geholt und den Fuchs damit beworfen, bis er reglos dalag und sie sich ihm nähern konnten, und dann hatten sie den Fuchs mit noch ein paar Steinen totgeschlagen. Die ganze Zeit über, während sie den Fuchs totschlugen, hatte er laut geweint. Er erinnerte sich noch heute daran, wie er am Abend danach in seinem Bett auch noch geweint hatte wie ein kleines Kind. Und jetzt hätte er gejubelt, wenn dieser Junge erstochen worden wäre.
Er ging hinter Crane her. Wieder ein Gebot aus Cranes Bibel. Er fixierte einen Punkt ein Stück rechts von Crane, so daß die vorwärtsgehende Gestalt am Rande seines Gesichtskreises war. Crane hatte ihm gesagt, daß er so besser würde sehen können. Er lernte dazu. Er veränderte sich.

Jedes Jahr im Frühsommer und im Spätherbst lud der Botschafter der Vereinigten Staaten den Premierminister Großbritanniens zum Dinner in die prächtige Residenz im Londoner Regent's Park. An diesen beiden Abenden war das Haus hell erleuchtet, Drinks wurden gereicht, und es herrschte herzliche Gastfreundschaft. Es war Tradition bei diesen Empfängen, daß der britische Premier in Begleitung mehrerer Kabinettsmitglieder erschien, deren Ressorts in besonderer Weise mit den Beziehungen »über den Großen Teich hinweg« zu tun hatten; dazu waren wichtige Industrievertreter mit Wirtschaftskontakten zu den USA als Gäste geladen. Auf amerikanischer Seite war es meist der Außenminister, der in einer Sondermaschine über den Atlantik kam. So ein Dinner war in erster Linie ein gesellschaftliches Ereignis, gleichzeitig aber auch die Gelegen-

heit, in gelockerter Atmosphäre Meinungen und Ideen auszutauschen.
Ein warmer, schwüler Abend. Leichter Nebel stieg von den Wiesen des Parks auf. In der Auffahrt mischten sich mit dem Dunst noch die Abgase der schweren Limousinen. Durch die Nachtluft erscholl fröhliches Geplauder, das laute Durcheinander von Gästen, die sich verabschiedeten.
Der Premier gab dem Botschafter an der Tür einen herzlichen Händedruck.
»Ein wundervoller Abend, wie immer.«
»Ein prachtvoller Abend zum Feiern, Premierminister.«
Unten vor den Stufen standen die Männer vom Special Branch um den Wagen des Premiers herum, dessen Innenbeleuchtung zum Einsteigen einlud. Man hörte das Krächzen eines Funkgeräts im Begleitwagen der Polizei. Wenn etwas an dem Abend nicht ganz gestimmt hatte, dann höchstens die Tatsache, daß der Botschafter und der Premier beim Dinner an den gegenüberliegenden Enden des Tisches gesessen hatten und kaum dazu gekommen waren, ein paar Worte zu wechseln.
»Sie wissen mehr als ich: Was gibt es denn Besonderes zu feiern?«
»Einen amerikanischen Triumph im Kampf gegen den Terrorismus. Wir sind sehr stolz darüber. Ich wollte es Ihnen schon den ganzen Abend erzählen.«
»Was für einen Triumph?«
»Auf unserem Luftwaffenstützpunkt Vicenza in Norditalien haben die Leute vom Schutzdienst, amerikanisches Personal, vor zwei Tagen am Zaun einen Libanesen aufgegriffen. Der Mann lag in einem Unterschlupf und beobachtete die Vorgänge hinter dem Drahtzaun durch ein RLV-Gerät im Taschenformat. Verzeihung, einen Restlichtverstärker meine ich. Unsere Jungs haben ihn gleich reingeschleppt, direkt in die Wachabteilung.«
Die Sicherheitsbeamten am Auto wurden nervös. Andere Gäste hielten sich respektvoll außer Hörweite und warteten darauf, dem Botschafter für den Abend danken zu können.

»Und was sagen die Italiener dazu?«
»Das ist ja das Schöne. Ungefähr in diesem Moment setzt mein Kollege unten in Rom die Italiener gerade davon in Kenntnis, daß unser Gefangener gegenwärtig an Bord einer Transportmaschine der U.S. Air Force unterwegs in die Staaten ist. Diesmal haben wir nicht lange gefackelt. Aber das ist erst der Anfang ... Warten Sie, die Krönung kommt gleich.«
Die Schlange der Gäste wuchs an. Der Chauffeur des Premiers schaltete den Motor des Rover wieder ab.
»Passen Sie auf ... TWA-Flug 840 von Rom nach Athen, im Frühling '86, eine Explosion in 4600 Meter Höhe reißt ein großes Loch in den Rumpf, durch das vier Passagiere hinausgesaugt werden. Drei dieser vier Menschen waren amerikanische Staatsbürger. Die Explosion ereignete sich unter dem Sitz einer Libanesin, die den Sprengstoff dort versteckt hatte, bevor sie in Rom ausstieg. Soweit alles klar? Jetzt kommt die Krönung: Die Frau hatte sich in Kairo für die Etappe nach Rom eingecheckt. In Kairo hatte sie ein Mann an die Maschine gebracht, offenbar ein Palästinenser, wir haben seine genaue Beschreibung, und wir haben seine Fingerabdrücke auf dem abgerissenen Ticket am TWA-Schalter in Kairo. Wir wissen, daß er die Sache geplant hat und die Frau nur als Kurier tätig war. Und dieser Mann ist identisch mit dem Witzbold vor dem Zaun in Vicenza. Gleiche Fingerabdrücke. Der Dreckskerl sitzt momentan in einem großen Vogel, Premierminister, er ist unterwegs zum Andrews-Luftwaffenstützpunkt, und von dort kommt er in eine winzige Zelle im Militärgefängnis. Und deshalb dürfen Sie jetzt mit mir feiern.«
»Wirklich beachtlich«, sagte der Premier leise.
»Sie werden ja noch wissen, was unser Präsident gesagt hat. Er sagte zu diesen Schweinen: ›Ihr könnt wegrennen, aber verstecken könnt ihr euch nicht.‹ Und das ist nun der Beweis. Zum ersten Mal können wir den Worten auch Taten folgen lassen, einmal nicht nur reden, sondern handeln. Wir glauben, dies könnte die Wende im Kampf gegen den weltweiten Terrorismus sein. Frieren Sie etwa, Premierminister ...?«

»Nein, ich friere nicht.«
»Es ist das erste Mal, daß so etwas passiert, und das erste Mal zählt. Uncle Sam macht den Anfang, Uncle Sam ist der erste, und deswegen feiern wir.«
»Ein schöner Glückstreffer«, sagte der Premier geistesabwesend.
»Bei diesem Spiel muß man sich das Glück verdienen. Sehen Sie, wir wußten ja schon seit einem Jahr, daß dieser Mann im Libanon ein- und ausging, mal in Damaskus und mal in der Bekaa-Ebene gesehen wurde. Wir haben die Möglichkeiten eines militärischen Kommandounternehmens in der Bekaa-Ebene, das den Kerl dort umgelegt hätte, sorgfältig untersucht. Nicht zu machen, keine Chance. In der Bekaa-Ebene würde eine ganze Division der Marineinfanterie verschluckt werden, das war das Ergebnis unserer Analyse, und selbst wenn wir hineingekommen wären, hätte es keinen Weg zurück gegeben.«
»Sie sind sehr gut informiert.«
»Na ja, immerhin aus zweiter Hand, mein Assistent hier war vorher in Beirut postiert ... Wir hätten riskiert, daß sie Gefangene von uns durch Damaskus marschieren lassen, eine verflucht dumme Sache wäre das. In den Libanon hineinzugehen, war also undenkbar ... nun ja, ist auch egal. Hauptsache, daß wir die ersten gewesen sind. Natürlich geht es nicht gegen Sie, Premierminister, aber wir fühlen uns sehr gut im Moment, sehr stark. Wissen Sie, in Wirklichkeit geht es nämlich nicht nur darum, diese Leute zu erwischen, sondern sie dann auch vor Gericht zu stellen. Ein Mord ist ja nichts wert im Vergleich zur vollen Härte einer Gerichtsverhandlung.«
Der Premier gratulierte nochmals mit einem Lächeln und ging die Stufen zu seinem Wagen hinunter. Der Motor sprang an, die Türen knallten zu. Der Wagen fuhr an, dicht gefolgt von der Eskorte.
Das Alter des Premiers war deutlich zu sehen; die Anstrengung, die Amt und Verantwortung abverlangten. Ein langer Seufzer der Erschöpfung.
»Veranlassen Sie, daß mein Büro den Direktor des Geheim-

dienstes holt. Ich rufe ihn aus Downing Street an, sobald ich dort bin.«
Der Premier sank in die Polster. Der Mann vom Special Branch auf dem Beifahrersitz gab die Anweisung weiter.
»Was haben Sie denn zu erledigen?« fragte der Privatsekretär leise.
»Ich muß bloß eine Sache abblasen. Nichts, weshalb Sie sich Sorgen machen müßten.«

Er hatte von den Fischen geträumt, die er fangen würde; in der Tiefe seines Schlafs entsann er sich der Unterhaltung, die er in der Bar des Gästehauses mit einem Traktorfahrer aus dem Kibbuz Kfar Giladi geführt hatte. Einen reißenden Fluß zum Angeln gab es nicht, wohl aber einen Zuchtteich, keine Fliegen oder Blinker als Köder, sondern Regenwürmer vom Komposthaufen. Zum Teufel mit der Tradition. Percy Martins träumte von straffen Angelschnüren ... bis das Klingeln in seinem Ohr explodierte wie ein großer, sprühender Regenbogen.
Er tastete im Dunkeln nach dem Lichtschalter. Er nahm den Hörer ab.
»Martins.«
»Ist diese Leitung sicher?«
»Nein.«
»Hier Direktion.«
»Lieber Himmel ... guten Abend, Sir.«
»Guten Morgen, Percy. Sagen Sie, sind unsere Freunde noch da?«
»Schon weg.«
»Können Sie sie erreichen?«
»Nein.«
»Warum nicht?«
Martins setzte sich kerzengerade in seinem Bett auf. »Weil, äh ... weil sie kein, äh, Telefon haben, Sir. Tatsächlich schleppen sie jeder bereits eine Last von über fünfunddreißig Kilo. Ich möchte vermuten, Sir, daß weder ich noch Sie fünfunddreißig

Kilo auch nur eine Zeitlang halten könnten, geschweige denn eine längere Strecke damit zu Fuß gehen.«
»Danke, Percy. Die Einzelheiten brauche ich gar nicht. Bestätigen Sie mir nur, ob Sie eine Möglichkeit haben, mit ihnen in Verbindung zu treten, falls Sie sie aus dringenden Gründen zurückholen wollten.«
»Das ist nicht drin, Sir. Es ist sogar absolut ausgeschlossen. Wir haben keinerlei Verbindung mit ihnen.«
»Danke, Percy. Machen Sie weiter so. Auf Wiedersehen dann.«
Martins legte den Hörer auf. Er schaltete das Licht wieder aus. Doch er fand in Gedanken nicht wieder zurück zu den Freuden einer gekrümmten Angelrute. Er dachte an zwei Männer, die sich durch die Nacht kämpften, sich immer weiter von sicherem Gelände entfernten, und er verspürte eine große Zufriedenheit darüber, daß diese beiden Männer keine Sendeempfangsanlage mit sich trugen und deshalb unwiderruflich weg waren.

Langsam wie eine Katze vor dem Kamin, die sich einen Moment lang gestört fühlt, öffnete Major Zvi Dan die Augen. Er blickte über seine auf dem Tisch liegenden Hände hinweg durch den Raum.
Rebecca, die junge Frau, saß in dem einzigen Sessel, den es im Zimmer gab, und las ein neues Taschenbuch.
»Neuigkeiten?«
Sie schüttelte den Kopf.
Er verzog das Gesicht. »Mehr kann ich einfach nicht unternehmen. Wenn ich noch höher gehe, dann bringe ich die Leute dort nur gegen mich auf.«
»Sie müssen eben abwarten, Kaffee?«
Mit einer Handbewegung winkte er ab. Noah Crane und Holt würden auch keinen Kaffee trinken auf ihrem Weg in die Bekaa-Ebene.
»Wenn sie dieses Camp bombardieren, dann schmeiße ich alles hin. Wenn sie die Aktion durchführen, reiche ich den Abschied ein.«

Sie musterte ihn neugierig. »Warum ist Ihnen die Sache eigentlich so wichtig?«
»Weil ... weil ...« Major Zvi Dan rieb sich mit festem Druck den Schlaf aus den Augen. Er hustete den Schleim aus der Kehle. »Weil ... wegen dieses jungen Burschen, wegen Holt. Der dürfte nicht mit dabei sein, er ist nicht für so etwas ausgerüstet. Es wäre ein Verbrechen, wenn wir ihre Mühe zunichte machten.«
Er ließ den Kopf wieder in die Hände sinken. Er schloß die Augen. Das Telefon neben ihm blieb stumm.

»Premierminister, es ist unmöglich, sie zurückzurufen, weil sie keine Sendeempfangsanlage bei sich haben. Auch ohne Sendeempfangsanlage schleppt jeder von ihnen bereits eine Last von über fünfunddreißig Kilo. Ich möchte vermuten, daß weder Sie noch ich fünfunddreißig Kilo auch nur eine Zeitlang halten könnten, geschweige denn längere Strecken damit zu Fuß querfeldein gehen.«
In einem warmen Schlafrock saß der Premier vor dem erloschenen Kamin im privaten Salon. Der Direktor hatte sich die Pfeife angezündet, kümmerte sich nicht um die dichten Rauchschwaden, die er in dem kleinen Raum erzeugte.
»Sie haben kein Funkgerät mit, weil ein Funkgerät samt Reservebatterien jeden der Männer mit weiteren fünf Kilo belastet hätte. Außerdem stellen Funkbotschaften immer eine Gefahr der Ortung durch den Feind dar, so gut der Sender auch abgeschirmt ist ... Darf ich Sie fragen, was Ihren Enthusiasmus für diese Aktion unterminiert hat?«
Der Premier suchte nach Worten, geriet in seiner Müdigkeit ins Stammeln. Er gab seine Unterhaltung mit dem amerikanischen Botschafter wieder. Dann sank der Premier auf dem Stuhl in sich zusammen.
»Ich will, daß sie zurückgerufen werden.«
»Und Sie können nicht bekommen, was Sie haben wollen.«
Vier Uhr morgens. Das Glockenspiel von Big Ben hinter den

großen, stillen Gebäuden auf Whitehall wurde vom böigen Wind in Fetzen herangetragen.
»Ich habe mich zu etwas überreden lassen, was ich niemals hätte erlauben dürfen.«
»Wir sind doch ein unabhängiger Staat, wir sind nicht an die Ansichten der Vereinigten Staaten von Amerika gebunden.«
»Ich bin zu etwas Idiotischem verleitet worden, und zwar von Ihnen.«
»Sie selbst sagten, daß Sie seinen Kopf haben wollten oder den meinen.« Der Direktor hatte keine Angst vor seinem Staatsoberhaupt. Ein frostiges Lächeln. »Ist es etwa Ihr eigener Kopf, um den Sie fürchten?«
»Sie werden unverschämt.«
»Premierminister, ich stelle mir äußerst ungern vor, daß Sie die Genehmigung nur aus dem einzigen Grund gegeben haben, um danach vor unseren Cousins auf der anderen Seite des Atlantiks damit prahlen zu können.«
»Sie haben mich zur Geisel gemacht.«
»Zu wessen Geisel?«
»Zur Geisel des Zufalls, des Schicksals dieser beiden Männer. Stellen Sie sich doch vor, was geschähe, wenn die beiden als Gefangene in Damaskus präsentiert würden, denken Sie nur, wie das syrische Regime diese Sache ausschlachten könnte, denken Sie an die Demütigung, die wir hinnehmen müßten.«
Der Direktor des Geheimdienstes bohrte den Pfeifenstiel in die Luft. »Jetzt hören Sie mal mir zu. Das Ganze hat nichts mit einem Punktegewinn über unsere amerikanischen Verbündeten oder mit einer Prahlerei vor dem Weißen Haus zu tun ... Hören Sie mir genau zu: Ihr Botschafter wurde ermordet. Das allein würde schon ausreichen, es wäre genug, um eine noch viel vernichtendere Reaktion als dieses Kommando zu rechtfertigen, aber Miss Jane Canning gehörte zu meinen Leuten. Miss Jane Canning wurde ebenfalls ermordet. Ich lasse nicht zu, daß jemand meine Leute ermordet. Der Arm meiner Rache erstreckt sich weit über alle Berge, er erstreckt sich bis an die Kehle eines elenden Kerls, der dumm genug war, Miss Jane

Canning zu ermorden. Haben Sie mich verstanden, Premierminister?«
Er richtete sich vor dem Premier auf. Er funkelte den Premier an. Er zog heftig an seiner Pfeife. Er griff nach den Streichhölzern.
»Wann werde ich Gewißheit haben?«
»Ob es Abu Hamids Kopf ist, der auf einem silbernen Tablett serviert wird? Oder meiner oder Ihrer?« Der Direktor lachte kurz auf. »In drei oder vier Tagen wissen Sie es.«
Er ging hinaus. Dem Premier war, als ob er aus einem bösen Traum erwachte, als die Tür hinter seinem Rücken ins Schloß fiel.

Genau eine Stunde vor Tagesanbruch erreichten sie die erste Tagesrastposition.
Die TRPs hatte Crane anhand der Luftaufnahmen im voraus ausgewählt. Auf den Fotos von diesem Stück Hochland über dem Litani und dem Dorf Yohmor waren keinerlei Spuren zu sehen gewesen, weder von Truppenbewegungen noch von Weidetieren. Es war ein Gewirr von großen, unregelmäßigen Felsbrocken, die Wind und Schnee zerfressen hatten.
Sie gingen an der TRP vorbei, bewegten sich noch zweihundert Meter weiter geradeaus und kehrten dann wachsam in einem weiten Bogen zurück. In Cranes Bibel hieß das, daß man auf diese Weise sicherging, nicht verfolgt zu werden.
Zwischen den Felsen half Crane Holt dabei, den Rucksack abzustreifen. Eine Stunde lang saßen sie Rücken an Rücken, horchten und beobachteten aufmerksam.
Dann flüsterte Crane: »Ich nehme an, du glaubst, du hättest dir ein bißchen Schlaf verdient.«
Holt war zu müde, um ihn in die Seite zu boxen, zu erschöpft zum Lachen.
Der Morgen graute rasch, die Dämmerung breitete sich über den schartigen Rändern des Djabal Bir ed-Dahr aus. Ein neuer Morgen über dem Libanon.

14. Kapitel

Abu Hamid streckte sich, spuckte auf den Lehmboden vor seinem Feldbett und schüttelte sich, um wach zu werden.
Die Lichtstrahlen bohrten sich durch den nachlässig verschlossenen Schlitz der beiden Zeltklappen. Er sah sich in dem kleinen Raum um und bemerkte, daß Fawzis Bett unberührt war. Fawzis Kommen und Gehen folgte einem unerklärlichen System. Wieder spuckte Abu Hamid aus, dann band er die Schnüre los, mit denen die Zeltklappen zusammengehalten wurden. Er gähnte und reckte sich ausgiebig. Er hatte sieben Stunden geschlafen und war dennoch erschöpft. Er hatte zwar Schlaf, aber keine Ruhe gefunden, weil ihm die ganze Nacht lang wirre Gedanken durch den Kopf gegangen waren, zusammenhanglose Gedanken, im Stotterrhythmus eines schadhaften Motors. Durch seinen Kopf waren schmerzliche Erinnerungen aus vielen Jahren gerattert.
Die Sonne fiel sengend ins Zelt. Das Öffnen der Zeltklappe war für die Fliegen das Signal gewesen, mit ihrer täglichen Heimsuchung zu beginnen. Unter dem Bett zog er seine persönliche Rolle Toilettenpapier hervor. So wenig auf der Welt gehörte ihm, daß er sein persönliches Toilettenpapier enorm schätzte. Er machte sich zur Latrine auf.
Das Feuer flackerte schon unter der Kochstelle. In der Luft lag der satte Duft eines leise köchelnden Fleischtopfes und das trockene Aroma von frischgebackenem Brot. Bei ihrem neuen Koch hatte er eine kluge Wahl getroffen, ein guter Junge, der es sich brav verdiente, daß ihm der Schießstand und die tagelangen Übungsmärsche durch die Berge und die Wadis erspart blieben. Jeden seiner Rekruten würde er vielleicht noch zum Kämpfer

machen, nur den Koch bestimmt nicht. Der Koch würde nie in Israel kämpfen müssen, denn keiner der übrigen Rekruten konnte Ziegeneintopf so gut zubereiten wie dieser Junge. Er durfte sich mit aller Berechtigung darauf beschränken, nach Holz zu suchen, Kaninchen zu fangen, die Kühlkammer auszuheben und zum Gemüsekaufen ins Dorf zu gehen. Abu Hamid ging an der Kochstelle vorbei. Er steckte den Finger in den leise blubbernden Topf. Er verbeugte sich, er übertrieb seine Zufriedenheit, und der Koch senkte den Kopf mit einem breiten Grinsen, um sich für das Kompliment zu bedanken.

Vor der Wand der Latrine stand eine ganze Schlange von Rekruten und wartete. Abu Hamid war noch Meter entfernt, und schon hörte er das Sirren der Fliegen.

Er erinnerte sich an die Geschichten, die man ihm aus lang vergangenen Zeiten erzählt hatte, aus der Zeit vor seiner Geburt, von seinem Großvater, der ein Kornhändler gewesen war, immerhin so erfolgreich, daß ihm eine Villa am Meer in Jaffa gehört hatte, in dem Ort, den die Zionisten heute Yafo nennen und der sich in der ausufernden Weite der Stadt Tel Aviv verloren hatte. Seit seiner frühesten Kindheit hatte man ihm vom Haus des Großvaters erzählt, dort, wo heute Israel war. Sein Vater hatte gesagt, das Gebäude sei heute ein Restaurant mit italienischer Küche. In seiner Familie gab es leider keine Fotos von dem Haus, aber man hatte ihm erzählt, daß die Zimmer alle auf einen kleinen Hof gingen, der in den lang vergangenen Zeiten mit schattenspendenden Weinranken bewachsen war. Vor vielen Jahren hatte er seinem Vater gesagt, daß er eines Tages wieder den Fuß in dieses Haus setzen, diesen Hof wiedersehen würde, oder er würde auf dem Weg zu dem Haus sterben. Sein Vater hatte achselzuckend gemurmelt: »Wenn Gott will ...« und ihm die Wange geküßt, als Abu Hamid sich der Volksfront angeschlossen hatte.

Aus der Erinnerung seiner Familie wußte er, daß sein Großvater und seine Großmutter wie auch seine Eltern und seine Onkel und Tanten im Jahre 1948, als das Kriegsglück sich gegen die arabischen Armeen gewandt hatte, aus ihren Wohnungen in

Jaffa vertrieben worden waren. Das Haus des Großvaters blieb zurück, der Kornspeicher am Hafen war verloren und wurde geplündert, um die Flut der aus Europa ankommenden jüdischen Siedler zu ernähren.

Abu Hamid erreichte die Warteschlange vor der Latrine. Er ging an die Spitze der Schlange, stellte sich an den Anfang und brüllte dem Rekruten drinnen zu, er solle sich beeilen und endlich rauskommen.

Sein Großvater und die Sippe, der er vorstand, waren im Winter 1948 in einem Flüchtlingslager in den Hügeln oberhalb von Jericho angekommen. Abu Hamid hatte vom Hunger, von der Kälte, von der Obdachlosigkeit gehört, die in diesem Lager im Westjordanland herrschten, von der mangelnden finanziellen Unterstützung durch die Regierung des jugendlichen Königs Hussein, von der kärglichen materiellen Unterstützung durch die frisch entstandenen Hilfsorganisationen. Seine Eltern hatten in Jaffa geheiratet, als sie selbst fast noch Kinder gewesen waren, sein Vater hatte für den Großvater in der Buchhaltung von dessen Firma gearbeitet, doch ihre eigenen Kinder wurden erst geboren, als sie schon in der feuchtkalten Atmosphäre des Flüchtlingslagers angekommen waren. Man hatte ihm erzählt, daß er 1960 in einem Zelt geboren worden war und daß seine Mutter nach der Entbindung beinahe eine Lungenentzündung dahingerafft hätte.

Der Rekrut kam aus der Latrine heraus. Mit ihm kam der Gestank in einer dichten Wolke, als wäre dieser vorher im Innern gefangen gewesen. Abu Hamid atmete tief durch und trat eilig ein. Er hockte sich über die Grube. Er hielt den Atem an. In der Hand hielt er die Rolle mit dem weichen gelben Papier.

Erinnerungen aus seiner frühen Kindheit an das Flüchtlingslager. An die sengende Hitze im Sommer, wenn die Sonne vom wolkenlosen Himmel auf den staubigen Fels des Hügels herabbrannte, an die Kälte, den Regen und den Wind im Winter, wenn die Fußwege im Camp reißende Bäche waren und die Jauchegruben überliefen, und daran, daß es keine Schule für die Kinder gegeben hatte, keinen Aufenthaltsort für sie außerhalb

des Stacheldrahts rund um das Lager. Dann eine deutliche Erinnerung, an Kämpfe in den Hügeln über dem Lager, als er sieben Jahre alt war, an den Anblick der zurückweichenden jordanischen Truppen und die hoch aufwirbelnden Staubwolken der israelischen Panzer und Schützenpanzer, die ihnen nachjagten. Sehr klar jetzt die Erinnerung an seinen Großvater, der seine Sippe einen weiteren Schritt von dem Haus wegführte, das heute ein italienisches Restaurant war. Die Sippe schloß sich dem Flüchtlingsstrom an – er hatte Blasen an den Füßen gehabt und vor Hunger einen ganz geblähten Bauch –, der vor den Gewehren der Israelis den Jordan auf der Allenby-Brücke überquerte, und wieder in Zelten endete, in einem neuen Lager am Rande der Stadt Amman.
Er sah das Schimmern zweier stecknadelkopfgroßer heller Punkte. Zwei rubinrote Lichtflecken, die ihn aus dem Dunkel anfunkelten. Die Lichtflecken kamen aus dem Schatten, dort wo die Tür des Klosetts den Boden der Grube berührte. Er wußte, was er vor sich hatte, doch er betrachtete die Lichtflekken wie hypnotisiert und voller Faszination, bis er die gelben Stummel der gefletschten Zähne und die gesträubten grauen Schnurrhaare sah. Eine Ratte. Der Atem stockte ihm. Er mußte nach Luft schnappen, nach der stinkenden Latrinenluft. Er beobachtete die Ratte, er hoffte, die Ratte würde nicht hinter ihn huschen, wo er sie nicht sehen konnte, wenn sie sich seinen heruntergelassenen Hosen näherte.
Er bohrte in dem vernarbten Grübchen auf seiner Wange. Er hatte Angst vor den Nadelaugen der Ratte. Mit heruntergelassenen Hosen konnte er nicht einfach nach der Ratte treten.
Er erinnerte sich an die Schule in dem Lager bei Amman, das Wahdat geheißen hatte. Er erinnerte sich an die ermutigenden Worte des blonden Lehrers aus der Schweiz und an die freundliche Dame aus Frankreich, die in Wahdat eine Klinik geleitet hatte. Er erinnerte sich auch an den Tag, an dem Husseins Panzer nach Wahdat hineingedonnert waren. Er war damals zehn gewesen und erinnerte sich noch sehr gut daran. Er sah im Geiste noch vor sich, wie die schildkrötenartigen Panzer das

Lager niederwalzten, das Schulgebäude beschossen, weil das aus Beton war und deshalb von den palästinensischen Kämpfern verteidigt wurde; auch die Klinik, die ebenfalls wie eine Festung verteidigt wurde, war zur Zielscheibe geworden. Sie waren Palästinenser, Araber, Einwohner von Wahdat. Ihr Feind war nicht Israel, ihr Feind war die Armee eines arabischen Königs.
Er bewegte sich ganz langsam. Er fürchtete, ein plötzliches Zucken würde die Ratte aufschrecken, könnte sie provozieren. Wegen dieser Erinnerungen hatte er keine Ruhe finden können, als er im Zelt gelegen hatte. Zehn Jahre alt, und schon wieder war er Flüchtling gewesen. Sein Großvater führte die Sippe nicht mehr aus dem Lager Wahdat hinaus, sein Großvater wurde in einem flachen Grab am Rand des Lagers beerdigt als einer von vielen. Beim Auszug aus Amman führte sein Vater die Familie an. Der Zehnjährige war gerade alt genug, um den ruhmreichen Kampf der palästinensischen Volksfront des Doktor Georges Habbash zu begreifen. Die Volksfront hatte die Flugzeuge der imperialistischen Feinde zur Landung auf der Wüstenpiste von Gakhanna gezwungen, sie hatte amerikanische, englische und Schweizer Maschinen in die jordanische Wüste entführt. Ein zehnjähriger Junge konnte begreifen, daß die Entführungen der feindlichen Flugzeuge für die Volksfront ein Erfolg war, aber er konnte nicht begreifen, weshalb der König von Jordanien diese Entführungen als Provokation ansah, als Rechtfertigung dafür, der palästinensischen Autonomie innerhalb seines Reichs, diesem Staat im Staat, ein Ende zu machen. Der Großvater war tot, die Großmutter erblindet, die Sippe hatte wieder einmal kein Heim, war erneut entwurzelt.
Abu Hamid kam mit bleichem Gesicht aus der Latrine. Er überließ es der Ratte, den nächsten zu fixieren. Er ging auf den Stacheldraht zu und sog gierig die reine Luft ein. Jeden Morgen dasselbe. Jeden Morgen, wenn er aus der Latrine kam, glaubte er, sich gleich übergeben zu müssen, vor den Augen der Rekruten kotzen zu müssen.
Erinnerungen daran, wie seine Sippe schließlich wieder in ei-

nem Zelt gelandet war, diesmal am Rand des Lagers Rashidiye vor den Toren der Stadt Tyrus an der libanesischen Küste. Die Sippe war wie ein rollender Stein, sie kollerte von einem Zelt in Jericho zu einem Zelt vor Amman und weiter in ein Zelt bei Tyrus. Als Abu Hamid fünfzehn Jahre alt war, als er den Eid der Volksfront leistete, starb gerade seine blinde Großmutter. Es war Ende 1975. Er wußte noch alles, was in jenem Jahr geschehen war. Er erinnerte sich an den Märtyrertod der Genossen, die das Hotel Savoy in Tel Aviv gestürmt und nur unter hohen Verlusten des Feindes ihr Leben gelassen hatten. Er erinnerte sich an das heldenhafte Kommando, das mit seinem Bombenanschlag auf ein Café am Jerusalemer Zion-Platz fast hundert Feinde getötet oder verwundet hatte. Er erinnerte sich an die Leute, die die OPEC-Konferenz überfallen und damit die Aufmerksamkeit der Welt auf das Leid des palästinensischen Volkes gerichtet hatten.
Er starrte hinaus auf den unbewegten Hang jenseits des Drahtzauns um das Camp. Er nahm die Stille in sich auf. Er lauschte der Stille. So groß war die Stille, so tief das Schweigen, als bestünde gar nicht die Möglichkeit eines Krieges.
Seine Erinnerungen brachten ihn auch zu dem Tag zurück, an dem seine Sippe getrennt worden war. Er wußte nicht, wo seine Onkel und Tanten, seine Cousins und Cousinen, seine Neffen und Nichten geblieben waren. Er wußte, daß sein Bruder, der zwei Jahre jünger als er gewesen war, 1982 im Kampf gegen die Israelis in Sidon sein Leben gelassen hatte. Er wußte, daß seine Schwester im gleichen bitteren Sommer in Damour verwundet worden war. Und er wußte, daß seine Eltern noch im Palästinenserlager Rashidiye waren, das von der schiitischen Miliz belagert wurde.
Langsam ging er am Zaun entlang. Er sah Rattenlöcher und weggeworfenes Papier, das im Stacheldraht hängengeblieben war. Seitdem er der Volksfront angehörte, lebte er mit einem Traum. In diesem Traum ging er durch die Straßen von Jaffa, bis er zu dem Haus kam, das jetzt ein italienisches Restaurant war. In dem Traum zerrte er jene Leute, die aus einem Fami-

lienheim eine Gastwirtschaft gemacht hatten, aus dem Haus seines Großvaters hinaus, stellte sie davor an die Wand und erstach sie mit seinem Bajonett. In dem Traum nahm er seine Eltern an der Hand und führte sie aus dem Lager Rashidiye nach Jaffa, brachte sie in das Haus, das seinem Großvater gehört hatte, überreichte ihnen den Schlüssel zu dem Haus und sagte ihnen, daß ihnen nun wieder gehörte, was einst ihr rechtmäßiges Eigentum gewesen war.

Der Traum ging ihm durch den Kopf, als er am Zaun entlangging. Wenn er davon träumen konnte, war er stark. Die Frau hatte ihm die Kraft gegeben, von dem Haus in Jaffa zu träumen. Die Frau hatte ihm ein Versprechen abgenommen; das Versprechen, nach Israel zu gehen, um dort Juden umzubringen. Als hätte er niemals gezweifelt. Margarethe hatte ihm den Mut verliehen, davon zu träumen, durch die Straßen von Jaffa zu gehen. Er sah sie in dem matt erleuchteten Schlafsaal des Waisenhauses vor sich.

Etwas riß ihn abrupt aus den Gedanken.

Er stand vor dem Treppengeländer am Eingang eines Luftschutzbunkers.

Abu Hamids Blick fiel auf den Schlafsack, der am Fuß der Stufen lag, er sah den schwarzhaarigen Kopf in dem Schlafsack.

Ärger stieg in ihm auf. Er glaubte, einen Rekruten ertappt zu haben, der in dem Bunker verschwunden war, um sich vor der Arbeit zu drücken. Er nahm eine Handvoll Steinchen vom Boden und warf sie auf den Kopf hinunter. Er hörte den Fluch, er beobachtete das hektische Gefuchtel, er erkannte Fawzis Gesicht.

Beinahe mußte er lachen, denn so groß sein instinktiver Ärger auch gewesen sein mochte, er war nichts gegen die Wut des im Schlaf überraschten syrischen Offiziers.

»Ich dachte, du wärst ein Drückeberger«, sagte Abu Hamid. »Ich habe nicht damit gerechnet, daß sich unser politischer Liaisonsoffizier in einem Luftschutzbunker versteckt.«

»Ich habe den ganzen Dreck in den Augen!«

»Schläfst du etwa hier besser als auf einem Bett?«

»Bist du ein Idiot, oder schläfst du selbst noch?«
»Willst du damit sagen, wenn ich mich nicht auch mit meinem Schlafsack im Luftschutzkeller verkrieche, dann bin ich ein Idiot?«
Fawzi wand sich aus dem Schlafsack, so daß die Schultern freilagen. Von dem feuchten, dunklen Treppenfuß aus brüllte er hinauf: »Letzte Nacht bin ich spät zurückgekommen. Ich bin hier reingewandert, als wäre es ein Hotel an der Corniche in Beirut. Raff dich mal probeweise nachts aus deinem Bett auf, du Held, und mach einen kleinen Test bei den Wachen. Zähl doch mal nach, wie viele von ihnen schlafen. So wie ich hier reingekommen bin, wärt ihr alle tot, wenn ich ein Feind gewesen wäre.«
Abu Hamid spottete: »Ich dachte, wir stünden hier unter dem Schutz der allmächtigen Armee der Arabischen Republik Syrien. Vertraust du diesem Schutz so wenig, daß du in einem Bunker schläfst?«
»Wenn ich in diesem Camp schlafe, jetzt, da ich wieder hier bin, werde ich im Bunker schlafen, bis ...«
»Bis *was* passiert?«
»Bis der Luftangriff vorbei ist.«
»Was denn für ein Luftangriff?«
»Du bist wirklich ein Idiot, Abu Hamid, du bist einfach dumm.«
»Dann teile mir deine große Weisheit doch bitte mit.«
»Selbst ein Idiot muß wissen, daß ein Luftangriff fällig ist ... Vor sechs Tagen ging eine Bombe im Busbahnhof von Tel Aviv hoch ... Jeder Idiot weiß doch, daß auf eine größere Aktion innerhalb Israels jedesmal die Vergeltung der israelischen Bomber folgt, oder hat Abu Hamid das vergessen? Bis jetzt ist der Angriff der Bomber nicht gekommen, aber glaube nicht, daß der Israeli schläft – der schläft niemals. Israel wird uns bombardieren. Israel sucht nur noch ein Ziel. Ich möchte jedenfalls nicht von dem Lärm aufwachen, den deine Dummköpfe hier machen, wenn sie versuchen, Streljas abzufeuern oder mit ihren schweren Fliegerabwehr-MGs herumzuballern. Ich möchte

einfach nur ein paar Meter tiefer in den Bunker hineinkriechen können, falls sie unser Camp bombardieren. Solange sie ihren Angriff nicht gemacht haben, würde sich doch nur ein Idiot zum Schlafen ins Zelt legen.«

Abu Hamids Widerstand war verschwunden. Leise fragte er: »Aber warum unser Camp? Sie sind doch beide tot, niemand hat sie verhören können, oder?«

»Ich bin nur vorsichtig, und weil ich vorsichtig bin, werde ich ein hohes Alter erreichen. Ich habe vor, in meinem Bett zu sterben, Abu Hamid.«

Er sah das Erstaunen vor sich, das sich rasch auf dem Gesicht des alten Mannes auf den Stufen des Hotel Oreanda ausgebreitet hatte. Er sah, wie der Schreck in die Augen der jungen Frau trat, die neben dem Mann gegangen war. Er konnte nicht sicher wissen, ob man ihn erkannt hatte, ob er identifiziert worden war. Er zitterte.

»Aber wenn wir uns in Löchern verkriechen, dann zeigen wir ihnen doch, daß wir Angst haben.«

Fawzi rollte seinen Schlafsack zusammen, kam die Stufen hinauf und rülpste. »Das ist mir ziemlich egal.«

»Dann bist du ein Feigling.«

»Dann bin ich einer, der am Leben bleibt.«

Abu Hamid blickte in den wolkenlosen Himmel hinauf. Er sah einen Adler schweben, hoch oben, vom Aufwind getragen. Er sah den Frieden, der in der Ebene herrschte.

Das Telefon klingelte.

Rebecca nahm den Hörer ab.

Sie schrieb etwas auf. Sie sagte kein einziges Wort. Dann legte sie auf.

»Der Oberkommandierende der Luftstreitkräfte möchte Sie in seinem Büro sprechen, sofort«, sagte sie. »Und bitte tun Sie mir den Gefallen, ziehen Sie sich ordentlich an.«

»Also sind sie beide tot. Tüchtige Jungs.«

»Sie starben im Namen der Freiheit.«

Der arabische Reisende zuckte die Schultern. Er lehnte an einer Mauer aus Sandsäcken. Das Marihuana hatte den Besitzer gewechselt, ein in Zeitungspapier gewickeltes Päckchen, das unter den NORBAT-Soldaten verteilt werden würde.
Der Reisende und Hendrik Olaffson sprachen leise. Die übrigen Soldaten des UNIFIL-Kontrollpunkts waren damit beschäftigt, Fahrzeuge zu durchsuchen. Sie konnten sich unterhalten, ohne daß jemand sie hörte.
»Von unserer Position aus konnten wir das Mädchen gut sehen, das gestern mit der Bombe auf dem Esel hier ankam. Unseren Kontrollpunkt hatte sie nicht passiert, anscheinend hat sie sich querfeldein an uns vorbeigeschlichen, aber wir konnten sie gut sehen, als sie auf den Posten der SLA und der Israelis zuging. Ich sage dir, mein Freund, die haben sie schon erwartet. Da bin ich absolut sicher. Sie war noch ganz weit weg, da brachten die dort ihre Leute in Sicherheit – gleich als sie aufgetaucht ist, als sie noch Hunderte von Metern entfernt war, da lagen die alle schon in ihren Deckungen. Ganz bestimmt haben die sie erwartet, die waren auf sie vorbereitet.«
»Was für ein großartiges, tapferes Kind.«
Hendrik Olaffson raunte: »Sie hatten einen Scharfschützen, der sie erwartete. Wir haben später mal nachgerechnet. Sie haben sie auf eine Distanz von mindestens tausend Metern erschossen. Eine Kugel, ein einziger Schuß, und sie war tot. Dann ein zweiter Schuß, um die Bombe auf dem Esel hochzujagen. Unglaublich, wie der geschossen hat.«
»Du bist ein guter Beobachter, mein Freund.«
»Da ist noch etwas, das ich dir erzählen könnte.«
»Sprich.«
»Gestern abend, gleich nach Einbruch der Dunkelheit, haben die Israelis westlich unseres Einsatzgebiets jede Menge Leuchtspurgeschosse abgeschossen. Aber keine Artillerie, nur die Leuchtkugeln. Und das ist äußerst ungewöhnlich. Ja, oft kommen erst Leuchtkugeln und danach dann die schweren Geschütze, aber diesmal waren es nur Leuchtkugeln.«
Der Reisende hob die Hand. »Ich bin nur ein einfacher reisen-

der Händler, mein Freund, du aber bist ein ausgebildeter Soldat mit großem Fachwissen. Was bedeutet es deiner Ansicht nach, daß sie diese Leuchtkugeln abgeschossen haben?«

Der junge Norweger beugte sich vor. Er sagte nicht, daß er die Erklärung, die er für die Leuchtkugeln anbot, von seinem Kompanieführer gehört hatte, einem Offizier im Rang eines Hauptmanns, der seit vierzehn Jahren Soldat war. Er tat so, als wäre es seine eigene Meinung. »Damit haben sie unsere Überwachungsausrüstung geblendet. Wenn sie den Verdacht haben, daß Palästinenser oder die Hisbollah irgendwo eindringen wollen, dann feuern sie immer auch Granaten ab. So aber haben sie nur unsere Nachtsichtgeräte unbrauchbar gemacht. Ich vermute, daß sie das getan haben, damit wir nicht sehen konnten, was sie vorhatten. Und warum würden sie so etwas tun? Wieder eine Vermutung: sie mußten das NORBAT-Gebiet durchqueren. Und dann noch etwas: während der ganzen Nacht danach hat kein Fahrzeug den Kontrollpunkt in Richtung Israel verlassen, also gibt es keinen Grund zu der Annahme, daß jemand erwartet wurde, der aus dem Libanon kam und nach Israel zurück wollte. Ich glaube daher, daß die Israelis ein Kommando in den Libanon *hinein*geschickt haben.«

»Du glaubst das?«

»Ich bin mir sogar sicher.«

»Mein Freund, du bist eine große Hilfe für die Sache der Freiheit.«

Nachdem er den Becher mit starkem, gesüßtem Tee ganz ausgetrunken hatte, verabschiedete der Reisende sich freundlich.

Das Marihuana wurde unter den NORBAT Soldaten am Kontrollpunkt verteilt; eilig in kleine Portionen verpackt und dann an all jene Männer im Bataillon weiterverkauft, denen nur das berauschende Kraut den Dienst der UNIFIL-Truppen erträglich machte.

Für einen Gefreiten der norwegischen Armee wurde Hendrik Olaffson allmählich ein ziemlich reicher junger Mann. Innerhalb der NORBAT-Einheit floß ihm das Geld in Strömen in die Tasche, und er hatte wenig Gelegenheit, es auszugeben; selten einmal gab es einen viertägigen Urlaub in Tel Aviv, daneben nur die etwas häufigeren Abende, an denen die Männer nach Nord-israel hineinfuhren. Sein ganzes Geld, norwegische Banknoten, hatte er in einem Schlitz am Boden seines Seesacks versteckt.

»Der da ist es.«
»Bist du sicher?«
»Es ist der, der an den Sandsäcken lehnt.«
»Keinerlei Zweifel?«
»Ich bin sicher.«
Seit drei Tagen begleiteten die beiden Männer vom Shin Bet den großgewachsenen arabischen Teenager Ibrahim am Rand des vom NORBAT kontrollierten UNIFIL-Sektors von einem Aussichtspunkt zum anderen. Die Shin-Bet-Mitarbeiter, die beide fließend arabisch sprachen, waren mit Uzi-Maschinenpistolen bewaffnet. An einen von ihnen war Ibrahim ständig mit Handschellen gefesselt.
Sie waren anderthalb Kilometer von dem NORBAT-Kontrollpunkt entfernt und blickten von einem felsigen Hang über ein kleines Tal hinweg auf die mit Sandsäcken gesicherte Stellung. Daß der Teenager sehr eifrig mit dem Shin Bet zusammenarbeitete, überraschte die beiden Männer keineswegs. Die Erfahrung lehrte sie sogar, daß die Tatkraft eines Infiltrantenkommandos nach der Festnahme immer sehr rasch der Verzweiflung wich. Die Verhörspezialisten, die die ersten Informationen mit Tritten und Schlägen aus Ibrahim herausgeprügelt hatten, waren schon vor Tagen ersetzt worden. Sie hatten ihre Aufgabe erfüllt, sie gehörten nicht mehr zu der neuen Umgebung, in der der Teenager sich jetzt befand. In seinen anfänglichen Aussagen hatte Ibrahim den Verhörbeamten berichtet, zwischen den Schreien natürlich, wie er und Mohammed nach Israel gekommen waren, hatte ihnen von dem UNIFIL-LKW erzählt. Und seit drei Tagen waren die zwei Shin-Bet-Mitarbeiter und ihr Gefangener mit Hilfe von starken Zeiss-Feldstechern auf der Suche nach dem Fahrer des UNIFIL-Lastwagens.

Ein Blick durch die Feldstecher zeigte ihnen einen kräftig gebauten jungen Soldaten mit sympathischem Gesicht, unter dessen lässig aufgesetztem blauem Barett eine blonde Haarmähne hervorsah.
»Absolut sicher?«
»Das ist der Mann, der den Lastwagen nach Tel Aviv gefahren hat.«
Sie lobten den Teenager. Sie ließen ihn glauben, daß sie seine Freunde wären. Sie spiegelten ihm vor, seine Zukunft könnte möglicherweise auch anderswo liegen als im Hochsicherheitstrakt der Haftanstalt Ramla.
Sie brachten ihn zurück in die Sicherheitszone. Auf der Fahrt nach Israel hinein bekam er eine Decke über den Kopf gezogen. Als sie den Stützpunkt wieder erreicht und ihre Erkundigungen gemeldet hatten, wurde ein zweites Team eingeschleust, um von jetzt an den norwegischen Soldaten ständig aus angemessener Entfernung zu überwachen.

»Wie ich höre, Dan, haben Sie letzte Nacht im Luftwaffen-Kommandoraum herumgebrüllt und dort verlangt, daß eine ganze Aktion abgeblasen wird.«
»Korrekt, Sir.«
Der Oberkommandierende der Luftwaffe musterte Major Zvi Dan kühl. »Ich vermute, Sie stellen ein solches Ansinnen nicht aus Spaß.«
»Es ist dringend erforderlich, diese Aktion zu stornieren.«
»In zehn Minuten starten sie ...«
»Ein Verbrechen.«
»... falls ich keinen Grund dafür bekomme, ihren Auftrag zurückzuziehen. Ich gebe Ihnen eine Minute, Dan.«
Major Zvi Dan sah auf seine Armbanduhr. Er wartete ab, bis der Sekundenzeiger auf der Zwölf stand.
»Erstens: ein Angriff auf dieses Camp, von dem der Bombenanschlag auf dem Busbahnhof ausging, würde der militärischen Führung der Volksfront den Hinweis geben, daß mindestens einer ihrer Männer gefangengenommen und erfolgreich

verhört wurde, und daraufhin würden sie das Camp sofort auflösen. Zweitens: eine Auflösung des Camps hätte das Verschwinden von Abu Hamid zur Folge, des Volksfront-Kämpfers, der momentan dieses Camp leitet. Drittens: vergangene Nacht ist ein Zwei-Mann-Kommando von Israel aus in Richtung Bekaa-Ebene losmarschiert, das den ausdrücklichen und alleinigen Auftrag hat, Abu Hamid zu erschießen, der – angestiftet von den Syrern – für das Attentat auf den britischen Botschafter in der Sowjetunion verantwortlich ist. Viertens: das Kommando ist von den Engländern auf die Beine gestellt worden, und unser Land kann Freunde gut gebrauchen. Wenn wir ihnen diese Aktion verpatzen, wird uns Großbritannien nicht gerade aus der Hand fressen. Fünftens: diese exakt geplante Aktion mit einem Scharfschützen führt mit großer Sicherheit dazu, daß ein bekannter, bereits tätig gewordener Terrorist ausgeschaltet wird, während ein Luftangriff vielleicht ein paar unwichtige Rekruten tötet, aber keinerlei Erfolgsgarantie bietet. Sechstens: ich fände es abscheulich, wenn zwei mutige Männer, von denen einer Jude ist, sich völlig umsonst in diese Gefahr begeben ...«

Er hielt inne. Der Sekundenzeiger seiner Uhr war wieder über der Zwölf angelangt.

Er atmete tief ein.

Der Oberkommandierende der Luftwaffe griff nach dem Telefon, hob den Hörer ab und wartete kurz, bis sich jemand meldete. Er warf dem Major einen Blick zu; sein Lächeln war frostig.

»Es geht um den Einsatz Sierra Delta Sechs, da nehmen wir als Ziel die Option Zwo.«

Er legte auf.

»Vielen Dank, Sir.«

»Nicht mir sollten Sie danken, sondern dem Generalmajor in Ihrer Abteilung. Letzte Woche war ich bei einem Vortrag, den der Leiter des Abschirmdienstes hielt. Dabei wiederholte er etwas, das er damals nach dem Massaker bei der Synagoge von Istanbul gesagt hat, wo ein Anschlag der Gruppe Abu Nidal zweiundzwanzig Juden das Leben kostete. Damals hatte er gesagt, und neulich wiederholte er es: ›Man kann nicht einfach blindlings um sich schlagen. Dieser Krieg ist keiner von Tagen, Wochen oder Monaten; die Verantwortlichen werden wir bis ans Ende der Welt jagen. Also brauchen wir eine genaue Adresse, ehe wir handeln – dann aber schlagen wir zu.‹ Ich schätze diese Meinung ... Sie kennen eine genaue Adresse, sie kennen den Namen. Ich bete zu Gott, daß Sie Ihre Lieferung an diese Adresse auch anbringen.«

Major Zvi Dan nickte zustimmend.

Er ging aus dem Zimmer. Er fühlte, wie eine gewaltige Erschöpfung über ihn kam.

Holt lag in einer Felsrinne und schlief. Er hatte sich eng zusammengerollt, ein Fötus im Mutterleib, die Knie an den Körper gezogen und so dicht an die Brust gedrückt, wie es die sperrige Ausrüstung an seinem Gurt nur erlaubte. Die Sonne stand hoch am Himmel, beinahe im Zenith, doch er hatte nichts von seiner Kleidung abgelegt, nicht einmal die Kampfstiefel ausgezogen. Eine leichte Decke lag über ihm.

Er war zu müde zum Träumen. Er war tief in den schwarzen Abgrund des Schlafs geglitten.

Selbst aus nächster Nähe war es nicht zu erkennen, daß zwei Menschen in der Felsrinne rasteten. Auch aus der Luft hätte man sie nicht entdeckt, denn der schmale Spalt im gelblichen Fels war mit einem dünnen olivgrünen Tarnnetz abgedeckt. Der Rucksack lag neben Holts Schulter; er durfte sich beim Schlafen nicht daran anlehnen, weil sein Körpergewicht etwas vom Inhalt beschädigen könnte.

Holt wachte auf, als Crane ihn an der Schulter rüttelte.

Einen Moment lang wußte er nicht, wo er war. Kurze Sekunden der Begriffsstutzigkeit. Nicht in seinem Bett im Haus des Arztes im Exmoor, nicht in seinem Bett in der Londoner Wohnung, nicht in seinem Bett in der Moskauer Wohnung, nicht in seinem Bett im Hotel in Tel Aviv. Cranes Griff an seiner Schulter war unbarmherzig, das Rütteln zwang ihn zum Aufwachen.

Weil sie unter dem Tarnnetz eingeschlossen waren, drangen ihm die Schwaden der Brennstoffwürfel aus Hexamin in die Nase. Der scharfe Geruch sagte Holt, wo er sich befand. Als er auf dem Marsch durch die besetzten Gebiete zum ersten Mal den Hexamingestank unter dem Tarnnetz gerochen hatte, war er fast erstickt. Er hörte das Blubbern des Wassers.

»Zeit für ein Täßchen, Kleiner.«

Er sah die beiden Teebeutel im siedenden Wasser tänzeln.

»Wie lange war ich denn weg?«

»Ich hab' dich zwei Stunden schlafen lassen, du sahst mir so aus, als bräuchtest du zwei.«

»Ich brauche genauso wenig Schlaf wie Sie.«

»Nie im Leben«, winkte Crane ab.

Sie unterhielten sich leise flüsternd. Wenn Crane sprach, mußte sich Holt zu ihm hinüberbeugen, um ihn zu verstehen.

Crane reichte ihm die Feldflasche und begann, sich mit der Moskitocreme einzureiben. Holt trank hastig von dem brühendheißen Tee, verbrannte sich die Schleimhäute im Mund und schluckte. Während er die Creme auf seiner Haut verteilte, beugte sich Crane mit dem Feldstecher in der Hand langsam vor und zurück, suchte die Gegend unter ihnen und rings herum ab.

»Alles klar?«

»Einstweilen ja.«

Holt gab die Feldflasche zurück. »Ich muß pinkeln, wo geh' ich da am besten hin?«

»Spazierengehen gibt's hier nicht.«

»Was dann?«

»Du rollst dich auf die Seite, machst deinen Hosenschlitz auf, und dann pinkelst du. Ganz einfach.«

»Aber dann muß ich darauf schlafen, darauf sitzen.«

»So wirst du lernen, im Dunkeln zu pinkeln, bevor wir uns hinlegen und bevor wir wieder aufbrechen. Das ist die Zeit zum Pinkeln und zum Scheißen, hab' ich dir ja vorgemacht ... So, weck mich in einer Stunde, und stell keine Dummheiten an. Mach nur das, was ich dir gesagt habe.«

»Wenn ich zwei Stunden schlafen durfte, können Sie auch zwei Stunden haben.«
»Glaubst du, ich schlafe zwei Stunden lang, während du mir die ganze Zeit auf den Rücken starrst?«
Crane war eingeschlafen. Decke über dem Kopf, zu einer Kugel eingerollt, regelmäßige Atemzüge, das leise Rasseln seines Schnarchens.
Und verflucht ungemütlich war es in der Felsrinne auch. Er mußte ja todmüde gewesen sein, daß er auf diesen Steinen hatte schlafen können, jetzt taten ihm Schultern, Rippen, Rücken, Hüfte und Schenkel auf jedem Zentimeter einzeln weh.
Vorher, ehe er gewußt hatte, wie es war, während der Nacht zu marschieren und den Tag über in einer Rastposition abzuwarten, hätte er geglaubt, die Nacht sei der Feind und der Tag der Verbündete. Jetzt dachte er anders. Die Nacht war der Freund, die Dunkelheit der Komplize. Nachts und im Dunkeln konnte er in den Schatten verschwinden, da war er auf den Beinen und konnte sich bewegen. Das Tageslicht war ein Greuel, tagsüber war er in einer Spalte zwischen zwei Felsen gefangen, wo er weder aufstehen noch herumgehen konnte. Die Deckung war etwa hüfthoch, und wenn er aufstand oder herumging, könnte ihn jemand entdecken. Lange Zeit musterte er Crane, der wenige Zentimeter von ihm entfernt lag. O Gott, wie gerne hätte er ihn geweckt, mit ihm geredet! Keine Chance. Es blieb gerade genug Zeit für ein paar Worte während der Augenblicke zwischen dem Einschlafen und der Wachübernahme, wieder ein paar Worte vor dem Aufbrechen und noch ein paar Worte vor der Tagesrast. Es war verteufelt ... und er sah dem ruhigen Auf und Ab von Cranes Atmen zu.
Erste Arbeit des Tages. Nach der Crane-Bibel. Holt legte die sechs Magazine der Armalite, die sie auf ihr Gepäck verteilt hatten, vor sich hin. Nur fünf waren geladen. Holts Job war es, die dreißig Schuß Munition von einem Magazin in ein anderes umzufüllen, und zwar so, daß dabei jedesmal ein anderes Magazin leer blieb. Die Crane-Bibel besagte, daß in Magazinen, die ständig gefüllt waren, auf die Dauer der Federmechanismus er-

schlaffte. Im Evangelium nach Crane stand auch, daß die meisten Fehlschüsse eigentlich auf Fehlern im Magazin beruhten. Beim ersten Mal in den besetzten Gebieten hatte Holt fast eine Stunde gebraucht, um die hundertfünfzig Schuß umzuladen; jetzt ging es schon doppelt so rasch.
Die zweite Arbeit des Tages. Reinigen der Armalite und der Model PM von außen mit einem trockenen Tuch und Graphitschmiermittel. Das Evangelium nach Crane untersagte die Verwendung von Waffenöl, weil dieser Schmierstoff beim Schießen verbrannte und eine Rauchspur hinterlassen würde. Er prüfte die beiden Kondome über den Mündungen der beiden Waffen auf festen Sitz.
Er hatte rasenden Hunger. Hätte für eine Tafel Schokolade seine Mutter verkauft, nun ja, zumindest im Pfandhaus versetzt. Die Crane-Bibel verbot alle Süßigkeiten zum Lutschen, denn wenn man an ihnen lutschte, dann zerbiß man sie irgendwann auch, und beim Zerbeißen machten sie einen solchen Lärm im Schädel, daß das Gehör völlig untauglich wurde; also keine festen Süßigkeiten. Vor dem Einschlafen hatte Holt einen weichen Keks und ein Stück Käse gegessen. Am späten Nachmittag würden sie ihre Hauptmahlzeit zu sich nehmen, hatte Crane gesagt. Der alte Bock hatte behauptet, es würde ein echtes Festmahl werden. Und dann hatte er noch gesagt, es sei von Vorteil, hungrig zu sein, weil der Hunger die Sinne schärfe.
Er hörte sie schon von weitem. Es schien ihm, als hörte er die Flugzeuge deshalb aus dieser enormen Entfernung, weil er so hungrig war.
Durch die Maschen des Tarnnetzes glaubte er die silbernen Konturen sehen zu können, die lange Kondensstreifen hinter sich zogen, von Süden nach Norden. Für Holt war es ein seltsames Gefühl zu sehen, wie die israelischen Flugzeuge über ihm frei herumflogen, während er selbst in einer Felsrinne eingezwängt lag. Er verfolgte die Kondensstreifen mit den Augen, bis sie sich auflösten.
Er hatte den Feldstecher in der Hand. Er richtete ihn auf das Dorf Yohmor unter ihnen. Er sah, wie die Männer gemächlich

von ihren Häusern auf das Kaffeehaus in der Ortsmitte zugingen. Er sah die Kinder zum Ufer des Litani hinuntertollen, um hineinzuspringen und darin zu schwimmen. Zwischen der Felsrinne und dem Fluß sah er einen Jungen eine Schafherde hüten, zähe Biester mit verflucht sicherem Tritt, die gerade ein kleines Plateau erklommen, das offenbar einen Tümpel oder eine Quelle barg, denn das taschentuchgroße Fleckchen Erde war grün bewachsen.

Hinter Yohmor, weiter oben am Ende des Tals, verlief eine gewundene Straße. Als erstes fiel ihm die Staubwolke auf, dann drang auch das Dröhnen der Motoren durch das Tal zu ihm hinüber. Sechs gepanzerte Transporter, alle voll beladen, dazu zwei Lastwagen und zwei Jeeps. Durch den Feldstecher betrachtete er die Panzer genau. Durch den Feldstecher konnte er die Nummer der Einheit auf dem Geschützturm ablesen. Solche Panzer hatte er noch nie gesehen, das waren Sechzig-Tonnen-Monster für den Gefechtsfeldeinsatz. Er sah die langen, schmalen Kanonenrohre der Panzer. Holt kam sich vor, als würde er gegen den Stein der Felsrinne gequetscht. Eben waren vier Jagdflieger im Wert von mehreren Millionen Pfund Sterling über das Schlachtfeld hinweggedonnert, jetzt fuhren sechs Panzermonster mitten hindurch. *Damit* wurde diese Schlacht entschieden. Bestimmt nicht mit Holt. Holt war etwas ganz Gewöhnliches. Holt wußte ja nicht einmal, wie man mit so einer verdammten Armalite überhaupt schoß ... Crane schlief weiter. Holt hatte noch nie jemanden gesehen, der so gut schlief wie Crane. Ja, der Mann regte sich und drehte sich herum. Ja, er schnarchte unruhig. Aber er schlief weiter.

Crane hustete mit einem kehligen Ton. Er rollte von der Seite auf den Rücken, schüttelte sich und hustete nochmals. Darauf würde Holt ihn hinweisen. Crane wälzte sich auf die andere Seite. Muß dem Propheten Crane mal erzählen, was für einen Lärm er mit seiner Husterei macht. Holt würde es genießen. Er würde es genießen, weil er dabei ein entsprechend sorgenvolles Gesicht machen und todernst sagen konnte, Cranes Husten stelle eine Gefahr für den Erfolg der Aktion dar ...

Keine Regung.
Holt bewegte sich nicht, versuchte den Atem anzuhalten.
Wagte nicht, sich zu bewegen, wagte nicht zu atmen.
Cranes Fuß hatte die Steine bewegt.
Holt sah die aufgestörte Schlange aus dem Schlupfloch huschen.
Crane hatte auf den Steinen gelegen, und unter den Steinen hatte sich die Schlange verkrochen.
In seinem Gurt hatte Holt ein Messer, in der Hand den Feldstecher.
Cranes Körper rollte auf die Seite.
Wenn Crane sich wieder zurückdrehte, würde er auf der Schlange zu liegen kommen.
Als Kind hatte Holt Bücher darüber gelesen. Holt kannte sich bei Schlangen aus. Im Exmoor gab es auch Schlangen, und Kinder wissen über Schlangen sowieso Bescheid.
Eine Sandrasselviper, *Echis carinata*. Heimtückisch und todbringend, verbreitet in ganz Nordafrika, im Nahen Osten bis hinunter zur arabischen Halbinsel.
Die Schlange glitt langsam über den Stein hinter Cranes Steißbein.
Mein Gott, mach, daß er sich nicht umdreht. Mein Gott, laß den alten Bock jetzt nicht husten.
Die Schlange war nur knapp sechzig Zentimeter lang. Sie war sandbraun mit bläßlichen Flecken und mahagonibrauner Zeichnung.
Holt sah das Züngeln im Maul der Schlange.
Crane schien tief und fest zu schlafen. Er glaubte, wenn er ihn jetzt anriefe, um ihn zu wecken, dann würde Crane mit einer plötzlichen Bewegung aufschrecken. Er konnte sich auch nicht zu ihm hinüberlehnen und ihn beim Aufschrecken festhalten, denn mit jeder Vorwärtsbewegung würde er die Schlange mit seinem Körper zudecken.
Das verfluchte Vieh machte es sich bequem. Das verfluchte Vieh blieb dort reglos liegen. Einzelne Sonnenstrahlen drangen durch das Tarnnetz herein. Zwei warme Steine für die

Schlange. Holt schätzte, daß der Kopf, das Maul der Schlange nicht viel mehr als zehn Zentimeter von Cranes Rücken entfernt war.
Keine Chance, das Messer zu nehmen. Nach dem Messer zu greifen, würde bedeuten, den Körper zu drehen, die Schlaufe zu öffnen, die den Messergriff sicherte, und das Messer dann aus der Stoffscheide herauszuziehen. Drei Bewegungen vor der entscheidenden Aktion, vor dem Schlag auf den Schlangenhals. Das Messer konnte er nicht einsetzen.
Crane machte ein Geräusch. Holt sah, wie sich der Muskel unter dem dünnen Stoff von Cranes Hose anspannte. Der alte Bock machte Anstalten, sich herumzurollen, der Prophet nahm Anlauf zur nächsten Veränderung seiner Schlaflage.
Die Bibel nach Crane. Wenn du etwas zu erledigen hast, dann mach's gleich. Wenn du handeln mußt, dann scheiß nicht lange herum.
Holt sah auf seine Hand. Erstaunlich. Seine Hand war ganz ruhig. Hätte eigentlich nicht sein dürfen, eigentlich müßte sie zittern. Doch die Hand war ruhig.
Mach schon, scheiß jetzt nicht herum.
Der Kopf der Schlange lag auf einem Stein. Er markierte den Punkt in Gedanken. Der Punkt befand sich drei Zentimeter hinter dem Kopf der Schlange.
Eine einzige Chance für Holt. So wie die eine Chance, die Crane haben würde, wenn er den Schuß abgab.
Seine Hand fuhr rasend schnell durch die Luft.
Der Feldstecher war ein verschwommenes Nachbild.
Er spürte, wie die Sehrohre des Feldstechers den zentimeterdicken Leib der Schlange einquetschten.
Mit aller Gewalt schlug er zu, rammte den Feldstecher in den dicken Hals der Schlange, genau drei Zentimeter hinter ihrem Kopf. Leib und Schwanz der Schlange schlugen heftig gegen seinen Arm, ringelten sich ihm ums Handgelenk, kalt und glatt und trocken. Das Maul der Schlange stieß wütend gegen die Plastikkappen der Feldstecherobjektive. Er sah die verspritzte Flüssigkeit auf dem Plastik.

Als das Winden und Ringeln langsamer geworden war, als der lange Leib seinen Arm nicht mehr so fest umfing, zog er das Messer aus dem Gurt und säbelte der Schlange den Kopf ab, dort, wo er zwischen den beiden Sehrohren des Feldstechers und dem Stein eingezwängt war.
Der Kopf fiel herunter. Mit der Klinge stieß er den Kopf tiefer zwischen die Steine.
Jetzt zitterte er. Er sah die Messerklinge vor seinen Augen blitzen. Er konnte die Klinge nicht still halten. Seine Hände begannen zu beben.
Tränen stiegen ihm in die Augen.
Holt hörte das heisere Flüstern: »Kann ich mich schon wieder bewegen?«
»Ja, können Sie.«
»Was war das?«
»Eine Sandrasselviper.«
»Und ich kann mich jetzt bewegen?«
»Sie können Ringelreihen tanzen, wenn Sie Lust haben.«
Cranes Kopf schob sich unter der Decke hervor. Ohne Hast sah er sich um. Als Cranes Blick auf den leblosen, abgetrennten Schlangenleib fiel, sah Holt, wie sich sein Gesicht verzog.
Holt schob die Steine mit der Spitze seines Messers auseinander, um den Kopf der Schlange freizulegen, und Cranes Miene verzog sich noch mehr.
»Wie wär's mit einem Täßchen Tee, Kleiner?«
Holt nickte.
»Hör mal, Kleiner, laß dir ja nie von jemandem sagen, daß du nicht schwer in Ordnung bist.«

15. Kapitel

Nachdem sie gegessen hatten, nachdem sie das Eßgeschirr ausgewischt und wieder in den Taschen an ihren Gurten verstaut hatten, begann Crane zu reden.

Seine Stimme war dabei immer nur ein Flüstern, ganz leise. Manchmal, wenn Holt eine Frage dazwischenwarf und in der Aufregung über die plötzliche Gesprächigkeit die Kontrolle über seine Stimmbänder verlor, hob Crane ohne einen Ton tadelnd und mißbilligend den Zeigefinger. Aber diese Mißbilligung war jetzt nicht mehr verächtlich gemeint. Es war, als hätte Holt in Cranes Augen eine Bewährungsprobe bestanden.

Sie saßen Rücken an Rücken. Nach dem Essen war das Ausruhen bei Tageslicht zu Ende. Ihre Köpfe waren dicht beieinander, vom Mund zum Ohr war es nicht weit. Den Müll hatte Holt schon eingesammelt und in die Plastiktüte gesteckt, die für Abfälle bestimmt war. In einer Stunde würde es dunkel werden, und nach Einbruch der Dunkelheit würden sie noch eine weitere Stunde abwarten, bis sich ihre Augen und Ohren an die Nacht gewöhnt hatten, dann würden sie aufbrechen.

Crane blickte in die Schlucht hinab und hatte die Hauptstraße vor sich, die in die Bekaa-Ebene hineinführte. Bei ihrer nächsten Tagesrastposition würden sie hoch oben über der Ebene angekommen sein. Holt richtete seine Aufmerksamkeit auf die steilen Hänge über ihnen und weiter westlich; dabei mußte er in die tiefstehende Sonne blicken, die bald hinter den Gipfeln des Djabal Niha und des Djabal el-Barouk, 1830 Meter über dem Meeresspiegel, verschwinden würde.

Für Holt waren es Augenblicke von tiefempfundenem Glück.

Meistens hörte er zu, meistens redete Crane, im Flüsterton. Crane sprach von den Fertigkeiten eines Scharfschützen, vom Überleben in feindlichem Gelände, vom Kartenlesen und von Tarntechniken. Er ging mit Holt die Route des kommenden Nachtmarsches durch, wobei sein Finger über der Karte schwebte, sie aber niemals berührte. Er zeigte ihm die nächste TRP, und er zeigte ihm den Pfad, dem sie während des dritten Nachtmarsches folgen würden, und wo sie dann ihre letzte TRP einnehmen würden, ein Stück oberhalb des Ausbildungscamps. Er zeigte ihm, auf welchem Weg sie das Bergdorf Khirbet Qanafar hoch über dem Tal umgehen würden, wie sie dann zwischen Khirbet Qanafar und der Schwestersiedlung Kafraiya eingezwängt sein würden, und er zeigte ihm auch die Lage des hochempfindlichen syrischen Horch- und Radarpostens, ein gutes Stück weiter oben auf dem Djabal el-Barouk. Er zeigte Holt auf der Karte, von wo er schießen würde, mit der Sonne im Rücken, so daß die Sonne die Leute im Camp blenden würde.
Ein Glücksgefühl für Holt, weil er endlich akzeptiert wurde. Crane vertraute ihm.
»Wollen Sie eigentlich, daß er stirbt?«
»Ich bin bloß Soldat, der dafür bezahlt wird, das zu tun, was man ihm befiehlt.«
»Dafür kriegen Sie aber verdammt viel bezahlt.«
»Ein lächerlicher Preis für das, was ich mache.«
»Ich bekomme dafür nichts bezahlt«, sagte Holt.
»Dein Problem, Kleiner.«
»Ich hab' Ihr Zimmer in der Kaserne gesehen, da hab' ich lange nachgedacht, wofür Sie Ihr Geld wohl ausgeben.«
Crane grinste ohne besonderen Ausdruck, doch es lag ein helles Funkeln in seinen Augen. »Würde zu lange dauern, dir das zu erklären.«
In diesem Moment fiel ein Vorhang, dann kam Bewegung in Cranes Gesichtsausdruck. Holt sah kurz die Reue darin aufflackern. Es kam ihm vor, als hätte er mit einem Skalpell einen wichtigen Nerv verletzt.

»Haben Sie jemals Geld dafür bekommen, einen Mann zu töten?«
»Hab' nur immer meinen Sold von der Armee gekriegt.«
»Haben Sie eigentlich viele Leute umgebracht?«
»Hör mal, Kleiner, ich mach' mir doch nicht bei jedem eine Kerbe in den Gewehrlauf ... Ich tue das, wofür man mich bezahlt, und ich strenge mich an, das, wofür ich bezahlt werde, gut zu erledigen.«
»Sind es bloß ein paar Leute, oder sind es viele, die Sie umgebracht haben?«
»So irgendwie dazwischen, Kleiner.«
Holt beobachtete ihn, sah zu, wie er sich nebenbei die Fingernägel saubermachte, die Tätigkeit dann beendete und statt dessen anfing, auf einem Stöckchen herumzukauen.
»Ist es eigentlich etwas anderes, Menschen auf dem Schlachtfeld zu töten, als einen Mann umzubringen, an den man sich herangeschlichen, den man bewußt herausgesucht hat?«
»Für mich nicht.«
»Denken Sie über diesen Mann nach, den Sie da aus weiter Ferne umbringen werden? Fragen Sie sich manchmal, was er getan hat, ob er schuldig oder unschuldig ist?«
»Nicht allzu oft.«
»Für mich wäre das eine Riesenbelastung.«
»Wollen wir hoffen, daß du dich nicht damit belasten mußt. Sieh dich doch an, du bist privilegiert, gebildet und intelligent – Leute wie du haben mit diesen Schweinereien nichts zu tun.«
»Diesmal habe ich schon damit zu tun.«
»... Denn normalerweise bezahlen Leute wie du irgendwelche Handlanger für diese Sachen. Verstehst du mich?«
»Aber fühlen Sie denn gar nichts dabei?«
»Ich habe meine Gefühle sozusagen zugedeckt, und auf diese Weise spucken sie einem nicht ins Gesicht.«
»Wie sieht Ihre Zukunft aus, Crane?«
Wieder das gelassene Lächeln. »Und wie sieht deine aus, Kleiner?«
Holt beobachtete einen Vogel, der im stolzen Flug eines Adlers

auf die Gipfel über ihnen zuschwebte. Ein schöner, großartiger Vogel. Er meinte, es müsse einfach ein Adler sein. Kein Flügelschlag, nur der schwebende Gleitflug von Kraft, von Freiheit. Er grinste. »Na ja, ich würde sagen, erst mal hier wieder rauskommen.«

»Sonst wäre ich gar nicht hermarschiert. Ohne Rückfahrkarte gehe ich niemals los. Ich gehe hier rein, und ich habe vor, zurückzukehren.«

»Ich werde zurück nach England fahren, und dann muß ich die schwere Entscheidung über meinen nächsten Schritt treffen. Ich kann im Außenministerium bleiben, als ob überhaupt nichts gewesen wäre, als hätte Jane Canning niemals existiert. Oder ich könnte kündigen ... ich könnte ihnen alles hinschmeißen, ich könnte Kurse geben oder in die Wirtschaft gehen. Also, ich weiß noch nicht. Da, wo ich herkomme, das ist eine rauhe, wilde Landschaft. Und ganz friedlich. Da unten passiert nie etwas. Wenn sie bei uns zu Hause wüßten, daß ich im Libanon bin, na ja, da hätte das halbe Dorf gar keine Ahnung, wo das liegt.«

»Du hast Glück, daß du überhaupt eine Wahl hast«, sagte Crane.

»Und wie sieht Ihre Zukunft aus?«

»Ich werde langsam zu alt für diesen Quatsch hier.«

Der Vogel glitzerte in der sinkenden Sonne. In der Schlucht hinter ihm lag schon ein graues Zwielicht. Der Vogel war so groß wie die stolzen Bussarde, die er in Exmoor oft gesehen hatte.

»Was tut ein alter Heckenschütze als Rentner?«

»Sitzt in den Cafés auf der Dizengoff-Straße herum, hört all den Unterhaltungen zu und kann selbst nie mitreden. Mit meiner Arbeit kann man nicht groß angeben, meine Arbeit hat's ja im Grunde nie gegeben. Ein alter Heckenschütze, Kleiner, der wird als Rentner verflucht einsam sein.«

»Kommen Sie doch mit nach England.«

Crane schnaubte verächtlich.

»Dahin, wo ich wohne. Da würde es Ihnen gefallen.«

»Laß gut sein, Holt.«
Er blieb hartnäckig. »Das wäre phantastisch für Sie.« Er grinste, während er Pläne für Cranes Pension schmiedete. »Sie könnten für die Fischwaidbehörde arbeiten, an den Lachsflüssen nach dem Rechten sehen. Sie könnten dort Wildhüter sein. Das ist ein riesiger Nationalpark, da brauchen sie Aufseher ...«
»Du bist schon ganz in Ordnung, Kleiner, aber nicht so, daß du mir mein Leben organisieren kannst.«
»Sie haben schließlich genug Geld als Startkapital, Sie könnten sich ein Häuschen ...«
»Das Geld ist schon verplant.«
Er sah auf zu dem Vogel, konnte das blöde Vieh nicht mehr entdecken. Die ganze Hügelkette suchte er ab. Er blickte in die Sonne. Er fluchte insgeheim. Ewige Verdammnis war in Noah Cranes Bibel die Strafe dafür, daß man direkt in die Sonne sah und sich damit selbst blendete.
»Wird eine schwierige Strecke heute nacht, Kleiner«, sagte Crane. »Auf dem Marsch können wir auf Patrouillen der regulären syrischen Armee treffen, auf Hisbollah-Leute oder einfach nur auf Arschlöcher aus schiitischen Dörfern. Heute nacht fängt es an, ernst zu werden.«
»Hab' verstanden.«
An seiner linken Ferse entwickelte sich eine Blase, Holt erwähnte sie nicht einmal, und er sprach auch nicht von den wundgeriebenen Stellen an seinen Schultern, die von den Rucksackriemen kamen. Er begann damit, die Patronen in den Magazinen des Armalite-Gewehrs zu wechseln.
Später, wenn es ganz dunkel wäre, würde er sich ein Stück von der Felsrinne entfernen und sich hinhocken. Dann würde er lernen, wie man sich mit einem glatten Stein den Hintern abwischt. So richtig hervorragende Aussichten hatte er.

Der Handel wurde im Korridor des Hauses besiegelt. Heinrich Gunter bemerkte jedoch nichts von der Transaktion.
Heinrich Gunter, leitender Bankangestellter aus Europa mit einer schönen Wohnung und einem guten Einkommen samt Pen-

sionsvorsorge, lag brutal gefesselt auf dem Kellerboden unter dem Korridor. Daß er in einem Keller war, wußte er, weil man ihn gleich nach dem Betreten des Hauses eine Treppe hinuntergestoßen hatte. Er trug immer noch die Binde über den Augen. Seine Handgelenke waren hinter dem Rücken fest zusammengeschnürt. Die Stricke an den Fußknöcheln schnitten in seine Haut ein. Als man ihn aus dem Taxi gezerrt hatte, war ihm seine Brille abhanden gekommen. Mit der Zunge fuhr er über die scharfe Kante des abgebrochenen Zahns hinter der angeschwollenen Lippe.
Im Korridor des Hauses wurde Gunter verkauft. Eine gewisse Ironie lag darin, daß unter den Männern, die die USA als den Großen Satan betrachteten, ausgerechnet amerikanische Dollars in bar für die Transaktion verwendet wurden.
Für 25 000 US-Dollar wechselte der Schweizer Bankier den Besitzer: Nun gehörte er nicht mehr den freiberuflichen Abenteurern, die ihn gekidnappt hatten, sondern der Partei Gottes, der Hisbollah.
Das Geld wurde in einem Lederbeutel übergeben, Hände wurden geschüttelt, Küsse ausgetauscht. Nach wenigen Minuten war die Flasche mit fadem, warmem Pepsi-Cola ausgetrunken, die Kellerluke ging wieder auf, und Gunter wurde völlig unzeremoniell und unbekümmert die Stufen hinaufgehievt, auf die Straße geschoben und in den Kofferraum eines Autos gesteckt. Dann lag er im Dunkeln, voller Schrecken, und erstickte fast an den Auspuffgasen.

Weil die Informationen des Reisenden zuallererst, ohne vorherige Einsichtnahme durch irgendeinen anderen Geheimdienstoffizier, direkt auf dem Schreibtisch von Major Said Hasan landeten, verschaffte ihm der Anruf, den er jetzt machte, große Befriedigung.
In der Arabischen Republik Syrien von heute existieren mehrere miteinander konkurrierende Geheimdienstbehörden. Genau das war natürlich die Absicht des Präsidenten: Sie sollten auch konkurrieren, sie alle sollten das Glücksgefühl eines ge-

lungenen Coups kennenlernen. Der Präsident von Syrien glaubt, die sich überlagernden Kompetenzen könnten dafür sorgen, daß keine der Einzelorganisationen einen zu großen Einfluß erlangt. Ein zu beachtlicher Apparat könnte ja auch eine Bedrohung für die Stabilität des präsidentiellen Regimes darstellen. Doch der Präsident war früher einmal Pilot, und in der Arabischen Republik Syrien von heute besitzt die nachrichtendienstliche Abteilung der Luftstreitkräfte das höchste Gewicht.

Major Said Hasan benutzte sein Telefon Nummer zwei. Es war jenes mit dem vorgeschalteten Zerhacker, das ihm eine abhörsichere Leitung zum Militärhauptquartier von Shtaura am Westrand der Bekaa-Ebene verschaffte.

»Daß das Mädchen mit dem Esel abgefangen wurde, gibt uns Grund zu der Vermutung, der Feind habe einen Agenten, der sich in der Bekaa-Ebene frei bewegen kann, und auch, daß dieser Agent in häufigem Kontakt mit seiner Führung steht. Besondere Wachsamkeit wird vonnöten sein ...«

Er nahm einen tiefen Zug aus seiner Zigarette. Er rauchte nur amerikanische Marlboros, die ihm der Wurm Fawzi immer gratis brachte. Für Major Said Hasan war Fawzi nichts weiter als ein Tier, das man mit dem Stiefelabsatz zertrat, denn er war nie aktiver Soldat gewesen. Fawzi versorgte Major Said Hasan mit Zigaretten und wichtigen Informationen im Gegengeschäft für die Erlaubnis, sich zwischen Beirut, der Bekaa-Ebene und Damaskus frei bewegen zu können. Der Wurm war von ihm abhängig, er war ebenso eine Konkubine wie das süße ausländische Schätzchen des Majors.

»... Wir haben außerdem Grund zu der Annahme, daß der Feind vor zirka vierundzwanzig Stunden an einem Kontrollpunkt nordwestlich von Mardjayoun ein Kommando in das NORBAT-Gebiet zwischen den Dörfern Blat und Kaoukaba eingeschleust hat. Vermutlich hat das Kommando das NORBAT-Gebiet durchquert, um in die Bekaa-Ebene zu gelangen. Es ist absolut vordringlich, dieses Kommando aufzuhalten.«

Der Schreibtisch vor ihm war leer. Seine Papiere, vor allem der

Plan des Verteidigungsministeriums in der Kaplan-Straße Tel Avivs, lagen sicher im Safe. Er hatte den Abend frei für sein süßes Schätzchen. Die gesunden Finger seiner linken Hand spielten am Clipverschluß des Lederbeutels. Er glaubte, die Saphire und Brillanten des Anhängers würden sich auf der weißen Haut ihres Halses gut machen. Der Anhänger hatte ihn nichts gekostet. In Damaskus gab es viele Kaufleute, die Major Said Hasans Gunst zu erringen versuchten.

»Ich möchte hervorheben, daß beide Angelegenheiten von allerhöchster Priorität sind. Wir warten also gespannt auf Resultate.«

Es kam ihm nicht seltsam, nicht im geringsten amüsant vor, daß er diesen Einsatzbefehl einem hohen Brigadekommandeur der Armee gab. Major Said Hasan gehörte dem Luftwaffen-Nachrichtendienst an.

Falls der Spion gefaßt und das eingedrungene Kommando gestellt wurde, so wäre es ein Triumph für Major Said Hasan. Falls man sie nicht erwischte, so wäre es ein Fehlschlag für das Armeehauptquartier Shtaura.

Und jetzt zu seinem süßen Schätzchen, zu der einzigen Frau, die ihn nicht anstarrte, die nicht vor ihm zurückzuckte.

Die Lastwagen kehrten zurück.

Abu Hamid sprang als erster von der Ladefläche. Als Kommandierender hatte er das Recht, sich als erster waschen zu dürfen.

Er war schmutzig. Der Staub klebte in seinem Gesicht. Seine Uniform war überall mit Ruß verschmiert von den eingestürzten, abgebrannten Balken, an denen er gezerrt hatte.

Die Folgen von Luftangriffen hatte er schon gesehen, in Tyrus, Sidon, Damour und West-Beirut, doch das war bereits viele Jahre her. Lange Zeit war es her, seitdem er zum letztenmal in einer Kette von Helfern gestanden hatte, die den scharfkantigen Schutt von geborstenem Beton beseitigten. Viele Jahre, seit er dabei geholfen hatte, die schweren Ketten von Kränen zu dirigieren, um die riesigen Flächen der Fertighauswände und -bö-

den anzuheben, die von den Detonationen umgeworfen worden waren.
Sie waren zehn Meilen weiter nördlich gewesen. Sie hatten in einer Ruine im Dorf Madjd el-Aandjar nach Opfern gegraben. Früher war das Gebäude ein Hotel gewesen; bis zu diesem Morgen hatte es einer Einheit der Kämpfenden Volksfront als Schlafquartier gedient. Viele Leute hatten bei den Bergungsarbeiten geholfen, hatten im Schutt gestochert und vorsichtig die Leichen freigelegt. Ganze Schwadronen der Armee mit schwerem Räumgerät waren dort gewesen, dann die Leute aus dem Dorf und auch Männer von der Demokratischen Front, von der Gruppe Abu Moussa und vom Sa'iqa. Die Leute von der Demokratischen Front, von der Gruppe Abu Moussa und vom Sa'iqa hatte man nicht nur hergebracht, damit sie bei der Bergung der Toten halfen, sondern sie sollten auch mit eigenen Augen den Schaden sehen, den der Luftangriff des Feindes angerichtet hatte.
Als sie fertig waren, als es langsam dunkel wurde, hatte Abu Hamid seine Rekruten zusammengeschart. Mit kräftigen Worten hielt er ihnen einen Vortrag über die Barbarei der zionistischen Unterdrücker und versicherte ihnen, bald würde es soweit sein, daß auch sie das Recht auf Rache bekämen.
Er war unterwegs zu seinem Zelt, rief dem Koch zu, er solle ihm warmes Wasser bringen, und freute sich darauf, endlich die Kleider abzustreifen. Er ging um eines der Kuppelzelte herum.
Vor seinem eigenen Zelt sah er Fawzi sitzen.
Abu Hamid sprach ihn an: »Nach dem, was ich heute so gesehen habe, hätte es dir auch nicht viel genützt, wenn du in deinem Bunker geschlafen hättest.«
»Heute nacht schlafe ich wieder im Zelt«, sagte Fawzi, »die Zionisten haben ihre Geste gemacht.«
»Es war grauenhaft. In Stücke gerissene Menschen ...«
»Wir können von Glück reden, daß die Genossen den Märtyrertod gestorben sind, sonst hätte es vielleicht uns erwischt.«
»Wir sind nun um so entschlossener«, sagte Abu Hamid, »wir

werden unseren Kampf niemals aufgeben. Sag das denen in Damaskus.«
»Kannst es ihnen selbst sagen, du Held, morgen früh kommt ein Wagen und holt dich ab.«
Im Innern seines Zeltes zog Abu Hamid die schmutzigen Sachen aus. Er stand nackt da. Dann wurde ein verzinkter Eimer mit warmem Wasser in das Zelt gebracht. Er dachte an die Waisenkinder. Er dachte an die verstümmelten Leichen. Er konnte sich gar nicht mehr vorstellen, daß er je aus Angst gezögert hatte. Er dachte an das Haus seines Großvaters. Er dachte an das Blut, das aus einer Bajonettwunde spritzen würde.

»Ich empfinde nichts für ihn«, sagte Holt.
»Für wen?« Crane half ihm dabei, den schweren Rucksack auf die Schultern zu wuchten.
»Für Abu Hamid. Ich hasse ihn nicht, aber leid tut er mir auch nicht.«
»Ist auch besser so.«
»Aber wenn ich dabei helfen soll, ihn umzubringen, dann sollte ich doch etwas spüren.«
»Gefühle kommen einem bei der Arbeit nur in die Quere«, sagte Crane.
Sie gingen los.
Die Sterne leuchteten ihnen mit schwachem Schein den Weg.

Die Techniker, die in dem kleinen, festungsartig ausgebauten Horchposten oben auf dem dritthöchsten Gipfel des Berges Hermon arbeiteten, prahlten gerne damit, sie könnten sogar die Telefongespräche zwischen dem syrischen Präsidenten aus seinem Büro in Damaskus und seiner Mutter abhören, wenn er sich bei ihr für eine Tasse Tee mit Zitrone ankündigte.
Der Horchposten aus vorgefertigten Kabinen und schweren Steinringen befand sich 2300 Meter über dem Meeresspiegel. Im Yom-Kippur-Krieg war er von den Syrern erobert worden. Die weiblichen Angehörigen der technischen Besatzung hatten sie vergewaltigt und abgeschlachtet, die Männer verstümmelt,

gefoltert und ermordet. Am letzten Tag der Kämpfe, nach einer besonders erbittert tobenden Schlacht, war der Horchposten zurückerobert worden. Für den Militärapparat Israels war der Horchposten von unschätzbarem strategischen und taktischen Wert. Hinter den Antennen lagen äußerst komplizierte elektronische Anlagen, hergestellt in den USA und in Israels eigenen Werken, zum Abhören und Weiterleiten von Funksignalen aus dem Äther. Der Horchposten lag etwa fünfunddreißig Meilen von Damaskus und vierzig Meilen von Shtaura am Westrand der Bekaa-Ebene entfernt.
Die Gipfel des Hermon stellten die äußerste Nordwestgrenze des Israelitenreiches unter der Führung von Moses und Josua dar. Und als »Moses'Augen und Josuas Ohren« bezeichneten die heutigen Techniker das hohe Türmchen mit den langen Antennenmasten, das ins Muttergestein des Berggipfels einbetoniert war.
Beim Auffangen der Telefon- und Funksignale aus Damaskus an das Armeehauptquartier Shtaura gab es keinerlei Probleme; eher schon dabei, die gewaltigen Datenströme zu analysieren und auszuwerten, eine Arbeit, die weit hinter den Linien, im Innern Israels stattfand.
Massen von Daten aus Damaskus und der Bekaa-Ebene strömten ungefiltert über Antennen-Relaisstationen zum Verteidigungsministerium in der Kaplan-Straße, ehe dort die Computer darangingen, aus dem Jargon verschlüsselter Funkmeldungen und über Zerhacker geführter Telefongespräche einen Sinn herauszulesen.
Manche der Botschaften, die Moses' Augen und Josuas Ohren aufnahmen, waren schwieriger zu dechiffrieren als andere. Der Telefonanruf von Damaskus nach Shtaura, der auf einer mit Zerhacker gesicherten Leitung geführt worden war, bot nur wenig Interpretationsspielraum. Doch die Funksprüche, die kurz danach von Shtaura aus an die Einheiten von Bataillonsgröße, zu deren Stellungen in Rashaïya, Qaraaoun und Aïtanit abgingen, waren leichtes Spiel für die Computer.

Die Befehle aus Shtaura an Rashaïya, Qaraaoun und Aïtanit waren, wie die örtlichen Kommandanten bald bemerkten, von Damaskus aus veranlaßt worden. Man handelte sofort nach ihrem Eingang.
In dieser Nacht wurden die Patrouillen verstärkt und zusätzliche Straßensperren errichtet.

Major Zvi Dan hatte vorgehabt, bis tief in die Nacht im Büro zu bleiben, um den kleinen Berg Papier aufzuarbeiten, der sich während seines Aufenthalts in Kiryat Shmona auf dem Schreibtisch angesammelt hatte.
Hinter ihm lag ein vergeudeter Tag. Es war ihm nicht gelungen, die Lethargie zu bezwingen, die ihn nach der Anspannung seines frühmorgendlichen Kampfes zur Abwendung des Luftangriffs gepackt hatte. Mit seiner Arbeit kam er nur langsam voran, doch er würde die ganze Nacht hindurch arbeiten und am Morgen zurück nach Kiryat Shmona fliegen. Rebecca war nach Hause gefahren. Manchmal, wenn sie nicht da war, empfand er ihre Abwesenheit ebenso schmerzhaft wie den Verlust seines Beins. Schon zum drittenmal las er den frisch eingetroffenen Bericht der amerikanischen Central Intelligence Agency über das Verhör eines Palästinensers, der in Norditalien verhaftet worden war. Israel hatte im Krieg gegen den internationalen Terrorismus so lange allein an vorderster Front gestanden, daß es ihn belustigte, wenn die westlichen Staaten nun auf einmal Schlange standen, um ihre Tatkraft zu demonstrieren.
Er konnte sich noch gut an die nörglerischen Reaktionen derselben Staaten erinnern, als die israelische Luftwaffe einen in Libyen registrierten Gulfstream-Kleinjet auf dem Flug von Tripolis nach Damaskus abgefangen hatte. Der Geheimdienst war davon überzeugt gewesen, Abu Nidal befinde sich an Bord. In dem Monat davor hatten Abu Nidals Schakale auf den Flughäfen von Rom und Wien einhundertfünfunddreißig Zivilisten getötet oder verwundet. Diese westlichen Staaten hatten ihre scheinheiligen Mißbilligungserklärungen abgegeben, weil der Geheimdienst falsch gelegen hatte. Er erinnerte sich an zahlrei-

che Beispiele für öffentliche Kritik an israelischen Vergeltungsaktionen seitens der Regierung Großbritanniens, und jetzt schickten diese selbst ein Team zu Fuß in die Bekaa-Ebene hinein ... Natürlich hatte er geblufft. Er hätte nie seinen Abschied genommen. Natürlich wäre er ganz einfach wieder an seinen Schreibtisch, zurück an seine Arbeit gegangen, wenn die Jets das Volksfront-Camp bombardiert hätten. Er kannte kein anderes Leben als den Dienst zur Verteidigung seiner Heimat, und wenn er ein Christ gewesen wäre – viele seiner Freunde waren Christen –, hätte er gesagt, das sei eben das Kreuz, das er zu tragen habe.
Er fragte sich, ob die Amerikaner wohl den Schneid aufbringen würden, auf Dauer in vorderster Front zu stehen. Er dachte an die Tausende, Zehntausende amerikanischer Bürger, die im Ausland lebten und in Gefahr wären, wenn ein Palästinenser in Washington vor Gericht stünde, in die Todeszelle käme, endlose Berufungsverhandlungen durchmachen und schlußendlich auf dem elektrischen Stuhl landen würde.
An seiner Tür klopfte es leise.
Er fuhr hoch. Er war in Gedanken weit weg gewesen.
Man reichte ihm ein einzelnes, gefaltetes Blatt: eine Telexnachricht.
Die Tür ging wieder zu.
Er las das Fernschreiben.
Es war wie ein Schlag in den Magen, wie die Explosion, die ihm das Bein abgerissen hatte.
Er griff nach dem Telefon und wählte eine Nummer.
»Hallo, hier Zvi. Komm bitte unbedingt sofort zu mir in mein Büro ...«
Er hörte, wie der britische Geheimdienstoffizier zögerte und sagte, er habe Gäste zum Abendessen eingeladen und ob es nicht bis morgen Zeit habe.
»Am Telefon kann ich dir das nicht erklären, aber du solltest schon sofort herüberkommen.«

Die Shin-Bet-Agenten beobachteten, wie der Norweger seinen Stützpunkt verließ. Durch das Nachtsichtgerät war er für sie deutlich erkennbar. Sie sahen, daß er seine Uniform gegen zivile Kleidung eingetauscht hatte. In seinem weißen T-Shirt und der hellgelben Hose zeichnete sich der Mann klar im grünlichen Bild des Objektivs ab. Sie beobachteten, wie er zusammen mit drei Kollegen einen Jeep mit dem Zeichen der UNIFIL-Truppen bestieg und südwärts in Richtung der israelischen Grenze davonfuhr.

Der Wagen nahm mehrere Seitenstraßen, um die Kontrollen der syrischen Armee auf der Ausfallstraße von Beirut zu umgehen. Von dem Rohr, das steil aus der Verankerung der Windschutzscheibe aufragte, flatterte die Flagge der Hisbollah. Das weiße Tuch war mit dem Wort *Allah* bedruckt, doch das zweite »l« hatte die Form eines Kalaschnikow-Gewehrs. Der Wagen nahm eine ausgefahrene, selten benutzte Straße und fuhr in engen Serpentinen ostwärts in die Berge hinein.

Tork las das Fernschreiben. Bei ihm zu Hause war der gute israelische Wein reichlich geflossen. Sein Jackett hing auf der Stuhllehne. Er löste die Krawatte, öffnete den Kragenknopf.
»Scheiße ...«
Er überlas die Anweisung, mit »besonderer Wachsamkeit« nach einem Spion in der Bekaa-Ebene Ausschau zu halten. Immer wieder aber las er den Befehl, es sei »absolut vordringlich, das eingedrungene Kommando aufzuhalten«.
»... so verflucht schnell.«
»Für Crane wäre es nur logisch anzunehmen, daß der Feind auf der Hut ist.« Major Zvi Dan zögerte. »Aber er hat eben Holt dabei.«
»Und das ist ein grüner Junge. Ich muß die Leute von Century darüber informieren ...«
»Dann sag ihnen auch gleich, daß du nicht das geringste dagegen tun kannst und wir ebensowenig.«

Es dauerte zwei Stunden, ehe Graham Tork ernüchtert zu seinen Gästen zurückkehrte.
Die codierte, von seinem Büro in der Botschaft abgeschickte Meldung befaßte sich mit der Wahrscheinlichkeit, die aufgrund aufgefangener Funksprüche der syrischen Armee bestand, daß die Aktion von Noah Crane und Holt aufgeflogen war.

Irgendwie wußte er, daß er sich mit seiner Angelei zum Narren gemacht hatte.
Der erste Fisch war aufregend gewesen, der zweite recht interessant und die nächsten vierunddreißig ganz einfach langweilig. Wenn er die mit Trockenfutter gemästeten Forellen nicht herausgezogen hätte, wären sie mit dem Netz gekommen, um diese Arbeit zu erledigen.
Doch er hatte Zeit totgeschlagen, und inzwischen war ihm deutlich klargemacht worden, daß man ihm keinen Zutritt zur Geheimdienstabteilung der Kaserne von Kiryat Shmona gestatten würde und daß jede Neuigkeit – was immer es sein mochte – zunächst nach Tel Aviv gehen würde.
Er hatte ein Bad genommen. Er hatte ein sauberes Hemd angelegt und seine Hosen, frisch gebügelt, unter der Matratze seines Bettes hervorgezogen. Das Haar hatte sich Percy Martins mit einer Bürste geglättet.
Abendessen im Speisesaal. Natürlich Fisch. Eine halbe Flasche weißen Avdat, um den faden Geschmack der industriell ernährten Regenbogenforelle hinunterzuspülen.
Vor und nach dem Essen hatte er versucht, Tork anzurufen. Bei dem direkten Anschluß in der Botschaft ging niemand dran. Die Vermittlung konnte ihm nicht helfen. Es war ihm unvorstellbar, daß der Mann bei der Zentrale der Botschaft nicht hinterlassen hätte, unter welcher Nummer er zu erreichen wäre, aber die Vermittlung leugnete, daß sie eine solche Nummer kenne. Er ging in die Bar hinüber. Die Verschwörung war klar zu erahnen: Die Mistkerle von Century hatten sich mit diesem hochnäsigen Arschloch Tork zusammengetan, das roch er zehn Meilen gegen den Wind. Sie hatten ihn ausgesperrt. Eigentlich

war es geradezu kriminell, daß ein Mann von seiner Erfahrung und seiner Loyalität so behandelt wurde. Der Dienst änderte sich, und in der Anstellung von Kreaturen wie Fenner und Anstruther, vor allem in ihrer Beförderung über seinen Kopf hinweg, zeigte sich, wie sehr der Dienst schon vom Kurs abgekommen war. In den vielen Jahren seiner Zeit beim Dienst hatte er gute Arbeit geleistet. Er hatte große Erfolge gehabt und verdammt wenig Lob dafür bekommen. Er war sicher, daß seine Erfolge, in ihren Einzelheiten jedenfalls, dem Direktor des Geheimdienstes vorenthalten worden waren ... Wenn der Direktor nur die Hälfte davon wüßte, wäre Percy Martins schon lange an der Spitze der Nahost-Abteilung, säße in Anstruthers Stuhl und träte Fenner in den Arsch. Er war bereit, seine halbe Pension darauf zu verwetten, daß dem Direktor nie erzählt worden war, wie er seinen Posten in Amman mit der – praktisch todsicheren – Voraussage gekrönt hatte, die Volksfront stehe kurz davor, eine Fiesta der Flugzeugentführungen vom Stapel zu lassen. Während seiner drei Jahre auf Zypern hatte er sogar seinen Kollegen auf der amerikanischen Seite angesprochen und ihn über die persönliche Gefährdung seines Botschafters informiert, all das stand in seinen Berichten – aber er war sicher, daß der Direktor nie davon gehört hatte, bestimmt auch nicht daran erinnert worden war, als man den Botschafter dann erschossen hatte. Die ersten klaren, eindeutigen Erkenntnisse über das israelische Atomprogramm in Dimona, das war der Höhepunkt seiner Zeit in Tel Aviv – die Anerkennung dafür war nicht an ihn gegangen, die hatten die Yankees eingesteckt. Du lieber Himmel, und was hatte er dem Dienst alles geopfert. Mit seiner Ehe hatten diese Opfer angefangen, mit seinem Sohn war es weitergegangen. Er hatte sich nie beklagt, weder als er in den Außendienst versetzt worden war noch als seine Frau ihm gesagt hatte, sie käme nicht als Familienangehörige mit ihm, noch als sein Sohn größer geworden war und ihn immer mehr wie einen unerwünschten Fremden behandelt hatte. Ein absolut enttäuschendes Fazit an der Heimatfront, aber er hatte es kein einziges Mal gezeigt, hatte nie die Arbeit darunter leiden lassen.

Holt und Crane in die Bekaa-Ebene zu schicken, war Percy Martins' letzter großer Coup, bei Gott, und er würde nicht zulassen, daß man diese letzte große Aktion im neunzehnten Stock des Century-Hochhauses gar nicht bemerkte.

Er hatte viel geleistet, mußte sich wegen nichts schämen, und dafür hatte er weniger Anerkennung geerntet als der letzte Türsteher von Century. Jetzt saß er in einem Kibbuz fest, wo es nichts zu angeln gab und von wo er keinerlei Verbindung zu einer verflucht guten Aktion im Libanon hatte. Natürlich hätte er sich vor seinem Abflug aus London unbedingt darum kümmern müssen, die Ausgangspositionen hinreichend klarzumachen. Und dieser Tork bot ihm nicht die geringste Unterstützung. Diesem Mann in die Eier zu treten, war garantiert das mindeste, was er tun würde, sobald er wieder im Century-Hochhaus war ...

Er hatte seine Rechnung abgezeichnet, hätte eigentlich eine ganze Flasche Avdat trinken sollen, aber bei den Spesen war er nie unmäßig gewesen, und jetzt war er auf dem Weg in die Bar.

Percy Martins hatte noch nie verstanden, weshalb die meisten Hotels einem vorschrieben, im Halbdunkel und zur Begleitung von dröhnend lauter Musik zu trinken. Undeutlich erkannte er einige Amerikaner aus dem klimatisierten Bus, der am Nachmittag angekommen war. Diesen Leuten zog er die Einsamkeit vor. Die Frauen mit blauen Haaren, die Männer in Karohosen und beide Geschlechter mit schrecklich durchdringendem Organ. Alle Tische bis auf einen hielten die Amerikaner besetzt. An diesem einen Tisch saßen zwei Männer, und die kamen Martins ziemlich ärmlich vor, weil sie beide nur ein Glas frisch ausgepreßten Orangensaft vor sich hatten. Weder jung noch alt waren die zwei. Offensichtlich Israelis. Der eine hatte eine Lederjacke an, die an den Ärmeln abgewetzt war, der andere trug eine ausgebleichte Jeansjacke. Sie unterhielten sich nicht, sondern blickten starr geradeaus.

Und dann gab es noch die skandinavischen Jungs. Er erkannte sie sofort als Skandinavier, an ihrer unmöglichen Sprache, die so klang, als würde man Englisch rückwärts reden. Außerdem

tranken sie und waren ziemlich laut. Sie taten genau das, was Martins mit Skandinaviern eben so verband.
Sie waren zu viert. Er hatte die Wahl zwischen ein paar lauten amerikanischen Frauen und ihren Ehemännern, den abstinenten Israelis und vier fröhlichen Skandinaviern. Sie hockten an der Theke und bestellten sich gerade eine neue Runde. Er nahm an, daß sie zur UNIFIL gehörten. An der Theke nickte er ihnen zu, machte sie auf sich aufmerksam und bestellte dann ein Bier.
Sein Glas war halb leer, und er hatte noch kein Gespräch angeknüpft, da wankte der ihm am nächsten stehende junge Mann beim Erzählen eines Witzes einen Schritt nach hinten und stieß ihn am Ellenbogen an, als er gerade das Glas hob, so daß ein guter Schluck auf dem frisch gewaschenen Oberhemd landete.
Damit war nun eine Unterhaltung angebahnt. Taschentücher wurden gezogen, Entschuldigungen wurden vorgebracht, erst auf norwegisch, dann auf englisch, nachdem Martins etwas gesagt hatte. Man stellte einander vor.
Er erfuhr, daß der junge Mann, der ihn angestoßen hatte, Hendrik hieß. Er erfuhr, daß Hendrik zum NORBAT der UNIFIL gehörte. Er erfuhr, daß Hendrik und seine Freunde einen Abend pro Woche frei hatten und nach Kiryat Shmona fahren durften.
Der Abend ließ sich gut an, fand er. Ein feuchtes Hemd war ein geringer Preis für ein bißchen Geselligkeit.
Hendrik bestellte ihm ein neues Bier.
»Sie sind also aus England, Mr. Martin?«
»Martins. Ja, ich bin Engländer ... Prost.«
»Auf Urlaub hier?«
»Ja, das könnte man wohl sagen, daß ich auf Urlaub hier bin, Hendrik.«
»Für uns ist es kein Urlaub, müssen Sie wissen. Südlibanon ist kein Urlaub. Und was hat Kiryat Shmona einem Urlauber aus England zu bieten?«
»Ach, ich sehe mich ein wenig um, so aus allgemeinem Interesse ... Ihr Glas ist ja leer, lassen Sie sich bitte von mir einladen.«

Martins schnippte mit den Fingern nach dem Barmann. Hätte er sich umgedreht, wäre ihm aufgefallen, daß die beiden Gläser mit Orangensaft unberührt blieben, denn die beiden Israelis beugten sich gespannt vor, die Gesichter in höchster Konzentration. Vier Bier für die Soldaten, ein Whisky-Soda für Martins.
»Und wie gefällt es Ihnen, Hendrik, der Dienst bei den Vereinten Nationen?«
»Sind Sie Jude?« Das Gesicht des jungen Mannes schob sich dicht an seines heran.
»Natürlich nicht«, erwiderte Martins.
»Die Juden behandeln uns wie den letzten Dreck. Sie sind so arrogant zu uns. Sie machen uns immer Probleme.«
»Aha, tatsächlich?«
Sein Whisky war noch mehr als halb voll, doch der Barmann hatte das Glas auf Geheiß eines der Soldaten an sich genommen. Er goß es erneut voll.
»Sehr aufmerksam von Ihnen. Was sagten Sie gerade, Hendrik?«
»Ich sagte, daß die Juden uns immer Probleme machen.«
»Nicht nur euch, mein Bester«, sagte Martins leise. In seiner Stimme war jetzt der Anflug eines Rausches zu hören.
»Jeden Tag untergraben sie die Autorität der Vereinten Nationen.«
»Tatsächlich?«
»Es vergeht kein Tag, an dem sie nicht in das UNIFIL-Gebiet eindringen.«
»Wirklich? Tun sie das wirklich?«
»Ja, immer wieder dringen sie ein und machen Ärger, und wir müssen danach den Schaden beheben.«
»Kaum zu glauben.«
Der junge Mann hatte eine sympathische Offenheit an sich, fand Martins, im Vergleich zu seinem Holzklotz von Sohn jedenfalls, diesem jämmerlichen Schlappschwanz, der nie ein höfliches Wort für seinen Vater übrig hatte.
»Sehr anständig von Ihnen ...« Wieder verschwand das Whis-

kyglas. Percy Martins spürte die sorglose Wärme in seinem Körper.
»Haben immer schon Ärger gemacht, die Juden. Vor langer Zeit schon, als Sie noch gar nicht geboren waren, mein Junge. Gehört zu ihrer Natur. Aber verstehen Sie mich nicht falsch, Antisemit bin ich keiner, nie einer gewesen, aber sie stellen meine Geduld auf eine harte Probe, bei Gott. Das war schon immer so, verflucht schwierig, mit diesen Leuten ins Geschäft zu kommen, sie zur Zusammenarbeit zu bewegen.«
»Geschäfte oder Urlaub?«
Martins beugte sich vor, onkelhaft und vertraulich. »Ein bißchen mehr Geschäfte als Urlaub.«
»Welche Art Geschäfte denn?«
Martins schwankte. »Vorsicht, mein Bester. Das ist nichts für so junge Ohren ...«
In London trank er selten. Ein Glas Bier im Pub oder ein kleiner Scotch, wenn er abends kurz aus dem Century-Haus ging, um sich irgendwo *fish and chips* oder eine Pizza zum Mitnehmen zu holen und dann noch bis spät in die Nacht zu arbeiten. Zu Hause gab es nie Alkohol. Wenn er Alkohol im Haus hätte, würde ihn seine Frau austrinken oder der Junge, wenn er einmal von der Uni nach Hause kam. Aber das hier war doch ein erstklassiger junger Mann, der eine gesunde Weltanschauung besaß, ein sehr vernünftiger Bursche. Zum Teufel, weshalb mußte diese verfluchte Musik so laut spielen? Und weshalb mußten diese verfluchten Amerikaner miteinander herumschreien, als säßen sie in verschiedenen Staaten?
»Gestern nacht zum Beispiel.«
»Entschuldige, mein Junge, was war gestern nacht?«
»Sie haben ein Infiltrantenteam durch unsere Linien geschleust ...«
Martins fuhr zusammen. »Woher wissen Sie davon?«
Er verlor beinahe das Gleichgewicht. Er hielt sich am Rand der Theke fest.
»Sie haben gestern nacht ein Infiltrantenteam hineingeschleust.«
Martins brüllte: »Ich hab' Sie ja verstanden, Sie brauchen sich

nicht zu wiederholen. Ich habe Ihnen eine Frage gestellt. Woher, zum Teufel, wissen Sie, was gestern nacht passiert ist?«
Er bemerkte nicht, daß seine laute Stimme die Amerikaner zum Schweigen gebracht hatte. Er sah auch nicht, wie der Mann hinter ihm, der mit der Lederjacke, rasch vom Tisch aufstand und zur Tür ging.
»Wieso schreien Sie denn so?«
»Weil ich eine Antwort haben will, mein Junge.«
»Worauf wollen Sie eine Antwort?«
»Woher Sie wissen, daß gestern nacht ein Team von Infiltranten aufgebrochen ist!«
»Geht Sie das denn etwas an?«
»Antworten Sie mir endlich!«
Er sah nur noch verschwommen. Die seltsam angespannte Aufmerksamkeit im Gesicht des jungen Hendrik fiel ihm nicht auf.
»Ein Engländer, auf Urlaub – was den wohl ein Infiltrantenteam angeht?«
»Es geht mich sehr wohl etwas an, woher Sie davon wissen.«
»Sie sind betrunken, Mister.«
Der junge Mann vor ihm wandte sich ab, als wäre er nicht mehr an ihm interessiert. Martins packte das weiße T-Shirt und riß ihn herum.
»Woher wissen Sie von der Aktion gestern nacht?«
»Nehmen Sie Ihre Hände von mir weg!«
»Woher wissen Sie ...?«
Alles ging sehr schnell. Als hätten die Norweger urplötzlich genug von dem ältlichen Engländer. Martins' Geschrei hing noch in der Luft, da schoben sie sich an ihm vorbei, stürmten zur Schwingtür hinaus.
Aus den Lautsprechern ertönte ein Ragtime.
Der Mann am Tisch ließ die zwei Gläser mit Orangensaft stehen und eilte zur Tür hinaus, um seinen Kollegen aus der Telefonzelle zu holen.
Vom Parkplatz her war zu hören, wie der Motor des UNIFIL-Transporters dröhnend ansprang.

»He, Hendrik, was hat der besoffene Heini denn von dir gewollt?«
Hendrik Olaffson saß am Steuer. »Ach ja, danke, daß ihr mich von dem weggeholt habt.«
»Worum ging's denn?«
Langsam sagte er: »Das war ein Engländer. Er sagte, er sei Tourist, aber er war nicht angezogen wie ein Tourist, und außerdem gibt's hier gar keinen Tourismus, das ist mal das erste. Das zweite war, daß er total komisch wurde, als ich ihm erzählt hab', daß die Israelis gestern nacht durch unsere Zone geschlichen sind. Er sagte: ›Woher wissen Sie von dem Infiltrantenteam gestern nacht?‹, das waren seine Worte.«
Eine Stimme aus dem Dunkel auf dem Rücksitz des Jeeps: »Hendrik, könnte es sein, daß die Engländer eine Gruppe von Infiltranten durch unseren Sektor geschickt haben, die nach Norden gegangen ist?«
»In die Bekaa-Ebene? Das wäre doch Wahnsinn.«
»Kann sein, Wahnsinn. Aber ein Wahnsinn, der uns viel Dope bringen kann, Hendrik ...«
Sie lachten, waren alle guter Laune.
Am Kontrollpunkt in Metulla wurden sie durchgewinkt.

Am Empfang des Gästehauses im Kibbuz Kfar Giladi schob die Rezeptionistin dem Mann mit der abgeschabten Lederjacke das Gästebuch hin. Ihr Finger deutete auf den Namen und die Unterschrift von Percy Martins, britischer Staatsbürger, Regierungsbeamter.

Sie waren auf einem Pfad am Hang des Hügels. Er hielt es für einen Ziegenpfad. In Exmoor gab es wilde Ziegen, und Holt kannte den Geruch gut. Der Pfad schien ihm regelmäßig begangen zu werden. Es war die fünfte Stunde des Nachtmarsches, und der Mond stand am Himmel, abnehmend im letzten Viertel, was nach Cranes Bibel die beste Zeit für nächtliche Infiltranten war. Ein Maximum an Sicherheit und trotzdem genug Licht zum Vorankommen, dabei hatte Holt größte Mühe, auf dem Pfad zu bleiben. Ohne Cranes verschwommene Umrisse vor ihm als Wegweiser wäre es ihm absolut unmöglich gewesen. Er hatte keine blasse Ahnung, wie es Crane gelungen sein konnte, den Pfad auf den Luftaufnahmen zu erkennen.

Die fünfte Stunde, und der Marsch ging jetzt gut voran. Zwei Stunden vorher war es weniger gut gelaufen, da hatten sie die Asphaltstraße überqueren müssen. Eklige Situation, vorhin an der Straße, sie hatten eine Viertelstunde reglos liegen müssen, ehe sie losrannten, und beim Warten hatte Holt die Angst in sich nagen gespürt. Jetzt war sie weg, die Angst, denn die Straße lag hinter ihnen, unter ihnen. Der Hang war steil, und meistens bewegte sich Holt seitlich fort, im Krebsgang, weil sich der schwere Rucksack so am besten tragen ließ. Der Rucksack hätte eigentlich leichter sein müssen. Es waren jetzt fünf Liter Wasser weniger drin, also fünf Kilo leichter, aber es schien überhaupt keinen Unterschied zu machen. Er fühlte sich gut, die Blase war nicht schlimmer geworden, und die wunden Stellen unter den Rucksackriemen ließen sich ertragen. Er war Sohn eines selbständigen Akademikers, er war auf eine Privatschule gegangen, er hatte Zeitgeschichte studiert, er war auf der Überholspur ins Außenministerium gekommen. Und all das hatte ihn nicht im geringsten darauf vorbereitet, im Krebsgang einen Hügelhang im Südlibanon zu bewältigen, und ebensowenig half es ihm für den Fall, daß die Blase an seiner Ferse aufging oder die aufgescheuerten Stellen auf seinen Schultern sich entzündeten.

Er fand, allmählich bewegte er sich schon instinktiv. Er fand, er habe jetzt den Rhythmus des Marschierens im Blut.

Er versuchte, an seine Freundin zu denken. Sehr schwer fiel es, sie sich vorzustellen, weil seine Gedanken ganz auf Schrittfolgen konzentriert waren, auf Tagesrastpositionen und Wasserrationen und darauf, Crane im Auge zu behalten und ihm zu folgen. Der alte Bock auf einem alten Ziegenpfad … Schwer, sich Jane vorzustellen. Es kam ihm wie ein Verrat an ihrem Andenken vor, an dem Grund für sein Hiersein. Sie war nur ein Funken, der in seinem Kopf kurz aufleuchtete wie ein Glühfa-

den. Die schönen Zeiten mit Jane hatten nichts zu tun mit dem zweimal täglichen Wechseln der Munition in den Magazinen, nichts zu tun mit dem Niederkauern hinter einem Felsen nach Einbruch der Dunkelheit, nur ein Stein zum Abwischen des Hinterns, nichts zu tun mit einer Heckenschützenwaffe »Model FM« für große Distanzen, die einem nur eine Chance gab, einen einzigen Schuß. Nur fühlen konnte er seine Jane. Sie rieb seine Haut; so wie der Schmerz der Rucksackriemen seine Haut rieb, so wie die Ferse des Kampfstiefels seine Haut rieb, so konnte er sie zwar spüren, aber sehen konnte er sie nicht. Immer wenn er versuchte, sie sich vorzustellen, dann war es auf einmal die junge Frau, Rebecca, die er sah.
Er wußte nicht, ob Crane das Tempo erhöht hatte oder ob er selbst langsamer geworden war. Er spürte Janes Körper an seiner Haut, er sah Rebeccas Körper an seiner Haut. Es kam ihm gemein vor, so als ob er seine Jane im Stich ließ.
Er mühte sich ab, mit Crane Schritt zu halten, er mühte sich ab, das sanfte Gesicht, die Lippen, den Hals, die Augen seiner Freundin zu sehen.
Da trat er gegen den Stein.
Der Pfad war nicht breiter als dreißig Zentimeter. Rechts davon war ein jäher schwarzer Abgrund. Die Linke hielt er ausgestreckt, um sich an dem Hang abzustützen, der über ihm aufragte.
Er hatte voll gegen den Stein gestoßen. Er hatte sich nicht vorwärtsgetastet, hatte nicht den Boden unter dem vorderen Fuß geprüft. Er hatte sich dem Instinkt überlassen.
Der lose Stein rollte weg.
Der Stein rutschte vom Pfad hinunter.
Der Stein schien ihn auszulachen. Er fiel von dem Absatz, schlug weiter unten auf und setzte andere Steine in Bewegung. Weitere Steine, die fielen, aufschlugen und andere in Bewegung setzten.
Er erstarrte. Ein Schwindelanfall schien an ihm zu zerren, als ob das Gewicht des Rucksacks versuchte, ihn den Abgrund hinabzureißen, den rollenden Steinen hinterher.

Komm wieder zu dir, Holt. Reiß dich zusammen, Holt. Kein Platz im Kopf für die Freundin, für irgendeine Frau. Kein Platz für wundgescheuerte Stellen oder für Blasen an den Fersen. Nimm dich jetzt verdammt gut zusammen, Holt. Er zog den Fuß nach vorn. Er ließ die Stiefelsohle auf dem Boden des Pfades abrollen. Prüfte ihn, belastete vorsichtig den Fuß. Der erste Stein, den er in dieser Nacht losgetreten hatte. Crane war seinetwegen nicht stehengeblieben. Cranes Schattenumriß wurde kleiner, entfernte sich immer mehr.

Und die ganze Zeit über die Stakkatoechos der rutschenden, kollernden, donnernden Steine unter ihm.

Er hatte sein Tempo wiedergefunden, als die Leuchtkugel abgeschossen wurde.

Ein dumpfer Ton tief unten und hinter ihnen. Ein weißer Lichtpunkt, der in die Höhe stieg ... Cranes Bibel. Leuchtkugel in Bodennähe, durch Stolperdraht ausgelöst: mit dem nächsten Baum verschmelzen und ganz langsam zu Boden sinken. Leuchtkugel in der Höhe: blitzartig fallen lassen, Gesicht voran, als gäbe es kein Morgen mehr.

In dem Augenblick, bevor die Leuchtkugel zu grellem Schein aufplatzte, lag Holt auf dem Gesicht, auf Bauch und Knien.

Die Leuchtkugel schien beim Platzen gegen die Schwerkraft anzukämpfen. Sie hing hoch oben am Himmel. Ihr immer heller werdendes Licht ergoß sich über den Hang. Das Epizentrum lag hinter ihnen, aber er spürte trotzdem, wie sich seine Hände und die Umrisse seines Körpers, seines Rückens in dem Licht abzeichneten, wie es sich ihm in die Augen bohrte. Er lag vollkommen ruhig. Vor sich konnte er die Sohlen von Cranes Stiefeln sehen.

Die Leuchtkugel fiel herab und erlosch.

Ein Zischen von Crane. Holt sah Cranes rasche Armbewegung, die ihn vorwärts trieb. Er hatte sich erst halb aufgerichtet, da ging Crane schon weiter. Holt kämpfte gegen die Last des Rucksacks an, die ihn zu Boden drückte, und gegen die Last der Model PM und gegen die Last des Gürtels.

Crane war weg. Dunkelheit dort, wo es eben hell gewesen war.

Hätte die Augen zumachen sollen, verflucht. Hätte das Licht nicht in die Augen kommen lassen dürfen, verflucht.
Die zweite Leuchtkugel wurde abgefeuert.
Holt ließ sich fallen. Die Augen diesmal geschlossen, fest zugekniffen.
Er versuchte zu tun, was Crane ihn gelehrt hatte, er versuchte, Cranes Bibel Vers für Vers zu befolgen. Nichts lag über seinen Ohren, sein Gehör war scharf und unbeeinträchtigt. Er hörte die Stimmen weiter unten. Konnte nicht abschätzen, wie weit weg sie waren. Stimmen, aber keine Worte zu verstehen.
Als das Licht nicht mehr in den Augen schmerzte, blickte er nach vorn. Die Leuchtkugel fiel gerade zu Boden. Der Pfad vor ihm war frei. Crane konnte er nirgends entdecken.
Es kamen noch zwei weitere Leuchtkugeln.
Am Fuß des Hügels wurde mit Maschinengewehren geschossen. Das Aufleuchten der roten Leuchtspurmunition auf dem Hang schien für Holt kein System zu haben, es sah nach blindlings abgegebenen Schüssen aus. Langsam kannte er sich in dem Jargon schon aus. Es handelte sich vermutlich um *Präventivfeuer*. Er hätte verdammt gerne gewußt, ob die da unten *Infrarotsichtgeräte* oder Feldstecher mit *Restlichtverstärkern* hatten.
Weiter unten sah er Bewegung. Er glaubte die Geräusche von Männern zu hören, die dort im Dunkeln herankamen, den Hügel erkletterten. Wieder hörte er ihre Stimmen. Verflucht, und er war so allein. Seine Entscheidung, nur seine, ob er davonrannte oder still liegenblieb. Nur er konnte entscheiden, ob er für die Leute dort unten unsichtbar war und sich deshalb frei bewegen konnte oder ob die Schüsse ihn hatten hervorlocken sollen, ins Sichtfeld der IR-Sichtgeräte und der RV-Feldstecher.
Verdammt allein. Weiterkriechen war ausgeschlossen; beim Kriechen machte er mehr Lärm als ein Elefant. Wenn er vorankommen wollte, würde er auf die Beine kommen, aufrecht gehen müssen, langsam, jeden Schritt abwägend.
Er lag mit dem Gesicht nach unten. Er dachte daran, wie sehr er doch auf Cranes wortkarge antreibende Art angewiesen war.

Mühsam richtete er sich auf. Er lauschte auf die Stimmen und die Bewegungen am Fuß des Hügels. Durch den Kopf ging ihm ein Gedanke: allein auf dem Hügel zu sein, wenn man ihn faßte, in diesem Moment nicht mit Noah Crane zusammenzusein.
Das Gefühl des Alleinseins trieb ihn voran.
Es fielen keine Schüsse mehr. Es wurden keine Leuchtkugeln mehr abgefeuert. Die Stimmen wurden leiser, die Geräusche erstarben.
Er versuchte sich zu erinnern, wie weit es bis zum nächsten Haltepunkt war. Er versuchte, sich die Karte vor Augen zu rufen, die Crane ihm gezeigt hatte, ehe sie aufgebrochen waren. Es war jetzt die sechste Stunde der Nacht. Holt hatte der Karte nicht viel Beachtung geschenkt, brauchte es ja auch nicht, denn er hatte Crane gehabt, der ihn führte.
Allein nahm Holt den Nachtmarsch wieder auf.
Vielleicht war es fünf Minuten, vielleicht auch eine halbe Stunde später, da stieß er auf Crane, der mitten auf dem Pfad saß.
Er hätte ihn umarmen können.
»Patrouille der regulären syrischen Armee«, flüsterte Crane.
Holt sprach direkt in Cranes Ohr. »Routine?«
»Normalerweise sind die nachts nicht unterwegs. Normalerweise liegen sie im Bett und haben ihre Schwänze in der Hand.«
»Warum waren sie dann auf Patrouille?«
»Du bist doch der Schlaue von uns beiden, Kleiner.«
»Haben die uns etwa erwartet?«
»Du bist auf die Uni gegangen.«
Holt zischte ihn an. »Jetzt sagen Sie schon.«
»Ich bin nicht ganz sicher, ob der eine losgetretene Stein das Ganze ausgelöst haben kann, also warte ich einfach ab.«
»Sind wir etwa aufgeflogen?«
Im matten Licht des Mondes sah Holt, daß Crane den Mund zum Lächeln verzog. »Da sie hinter uns sind, gibt es sowieso nur eine Richtung, in die wir gehen können.«
Sie gingen los.
Er war sich der aufgescheuerten Stellen auf der Schulter und der

Blase am Fuß nicht mehr bewußt. Holt war sich nur noch jedes einzelnen Schrittes seiner Stiefel bewußt.
Sie umgingen das schlafende Dorf Aïtanit, dann das ruhige Dorf Bab Maraa, sie kletterten hoch auf den Hügel, um das Dorf Saghbin zu meiden, in dem Hunde die Stille der Nacht störten.
Unter ihnen, im Osten, war die in Mondschein getauchte Fläche der Bekaa-Ebene zu sehen. Holt kam die Ebene wie eine Henkersschlinge vor.

16. Kapitel

Vor ihm ausgestreckt, unter ihm, in grellem Sonnenlicht, lag die Ebene.
Er konnte weit hinübersehen, bis zu der graublauen Mauer der jenseitigen Hügelwand. Bei dem leichten Dunst fiel es ihm schwer, Einzelheiten in den Felsen auszumachen. Hinter den Hügeln zeichneten sich die *djebel* an der Grenze des Libanon mit Syrien ab. Mit Mühe konnte er in weiter Ferne die dunkle Masse des Berges Hermon erkennen.
Holt und Crane hatten die Tagesrastposition noch im Dunkeln erreicht, und Holt hatte die erste Wache übernommen, so daß der Morgen gerade über den fernen Hügeln heraufgedämmert war, als er sich unter dem Tarnnetz in die dünne Decke gehüllt und zu schlafen versucht hatte. Offenbar hatte ihn Crane länger als die eine Stunde schlafen lassen. Sie befanden sich oberhalb des Dorfes Saghbin. Für diese TRP hatte Crane eine Ansammlung verwitterter, konturloser Felsen ausgewählt, über die sich das Tarnnetz leicht ziehen ließ. Holt wußte, daß Cranes Bibel vorschrieb, das Versteck niemals an einem isolierten Ort, in einer offensichtlichen Deckung anzulegen, sondern dafür immer eine möglichst nichtssagende, öde Stelle auszusuchen. Soweit er schätzen konnte – und er fand solche Schätzungen in diesem Terrain ziemlich schwierig –, war die nächste ähnliche Felsansammlung etwa hundert Meter von ihrer Position entfernt. Während er zwischen den Felsbrocken lag, in dem gefilterten Licht des Tarnnetzes, spürte er, wie schutzlos sie in ihrem Versteck waren. Es kam ihm undenkbar vor, daß ein Feind sie nicht entdecken könnte, wenn er den Hang mit dem Feldstecher absuchte. Doch Crane schlief schnarchend und grunzend wie ein

Mann, für den Gefahr nicht existiert. Der Platz zwischen den Felsen unter dem Tarnnetz reichte für zwei Menschen nur dann, wenn sie sich eng aneinanderpreßten.
Die Hügelwand, aus der hier und dort solche Felsansammlungen hervorragten, senkte sich gleichmäßig zur Talsohle ab. Holt sah, daß dort unten das Gestein des Hügels gutem Ackerboden wich. Schnurgerade verliefen die Begrenzungen der Felder, die sich durch die unterschiedlichen Farben der Saaten voneinander abhoben. Die Hügel waren gelblichbraun, in der Ebene selbst herrschten Grünschattierungen vor, und jetzt sah Holt auch den Litani, der sich in engen Windungen durch die Mitte des Tals schlängelte. Er sah die künstlich angelegten, geraden Bewässerungsgräben, in denen das lebenswichtige Naß vom Fluß auf die Felder gelangte. Zum Zeitvertreib versuchte er zu erraten, was auf den taschentuchgroßen Feldern jeweils wuchs. Er sah die Stangen, die die Weinranken stützten, an denen jetzt gerade die Frühlingstriebe hervorkamen, die zurückgeschnittenen Bäume in den Obstgärten, die aufgehackten Linien der Kornsaaten, die schon kräftig entwickelten Schößlinge der Haschischpflanzen und die weißlichen Schläuche der Plastikbahnen, unter denen Salatköpfe gediehen.
Echter Luxus, dachte Holt, wäre jetzt ein warmes Bad, eine Rasur, eine Tube Zahnpasta ...
Die wenigen Bäume, die hier wuchsen, Pinien oder Zypressen, standen in kleinen Grüppchen unten im Tal. Er schätzte, daß das Dorf Saghbin etwa eine Meile tiefer lag. Durch den Feldstecher war das Dorf recht deutlich zu sehen, aber mit bloßem Auge konnte er die einzelnen Gebäude nicht voneinander unterscheiden. Er interessierte sich für das Dorf, weil er in Gedanken die kleinen Häuser dort mit der Luftaufnahme des Palästinensercamps verglich, die er gesehen hatte, und er versuchte sich vorzustellen, wie es sein würde, wenn sie erst etwas mehr als eine halbe Meile oberhalb des Camps lagen. Verflucht ungeschützt ... Wenn das Dorf Saghbin das Camp wäre ... wenn es notwendig gewesen wäre, sich dem Dorf auf eine gute halbe Meile zu nähern und dann dort noch im hellen Tageslicht end-

lose Stunden zu warten ... Es war ihm unvorstellbar, wie das gelingen sollte. Und Crane, der neben ihm schnarchte und sich herumwälzte, schlief seelenruhig, schlief so fest, als wäre das alles erst morgen ein Problem.

Das Dorf war ein weitläufiges Gewirr von schlichten Betonhäusern und etwas älteren Gebäuden aus Stein mit einer Moschee und einem Minarett in der Mitte. Der in hohem Singsang vorgebrachte Ruf zum Gebet drang vom Turm des Minaretts zu ihm herüber.

»Wie wär's mit einem Täßchen Tee?«

Crane hatte ein Auge geöffnet. Eben noch hatte er geschnarcht, und jetzt dachte er an Tee. Wenn die Ernten in Assam und auf Sri Lanka einmal mißrieten, dachte Holt, dann würde Crane bestimmt den Geist aufgeben.

»Nichts dagegen.«

»Fertig mit den Magazinen?«

»Ja, fertig.«

»Was gibt's Neues?«

»Alles ruhig wie ein Grab.«

Crane streckte sich zu seiner vollen Länge aus. Holt hörte die Gelenke knacken.

»Dann bist du eine Gefahr für mich, Kleiner.«

»Wieso denn das?«

»Kleiner, wenn du anfängst zu glauben, in der Bekaa-Ebene sei es ruhig wie in einem Grab, dann ist das genau der Moment, wo du anfängst, nachlässig zu werden.«

»Ich hab' nur gemeint, daß alles recht friedlich ist, und das stimmt ja auch.«

Crane nahm den Feldstecher. Der Tee würde noch warten müssen. Holt war verärgert, was Crane ignorierte.

»Recht friedlich, ja? Hab' ich da richtig gehört? Weiter hinten, da wo *du* heute nacht den Stein losgetreten hast, wo sie die Leuchtkugeln abgefeuert haben, da wimmelt's jetzt von Soldaten. Nur ein Blinder würde die nicht sehen, aber jedenfalls sind sie da ...«

Er drehte den Kopf, richtete den Blick nach Norden.

»… Dann hätten wir da den Jungen mit seinen Schafen, oder hast du den auch nicht gesehen? Er ist etwa eine Meile hinter uns, nicht viel weiter weg, und hundertzwanzig Meter tiefer. Der wird die Augen nach Hyänen offenhalten, weil er Lämmer dabeihat. Und wenn der irgendwas entdeckt, was für ihn nach Hyänen aussieht, dann schreit er los, kannst deinen Arsch drauf wetten …«
Wieder eine Drehung des Kopfes. Crane spähte zum Dorf hinunter.
»Da unten wandert gerade eine ganze Bande in die Moschee rein, um sich die Knie aufzuschubbern, oder hast du die nicht gesehen? Alle in Uniform, oder ist dir das nicht aufgefallen? Die dürften von der Hisbollah sein, was meinst du? Wenn die Soldaten eine Spur von uns finden oder wenn der Junge da sieht, wie du dich gerade am Hintern kratzst, dann sind die Freundchen von der Partei Gottes ganz schnell hier oben, verstanden?«
»Schon verstanden.«
»Dann erzähl' mir nicht solchen Blödsinn, daß hier alles ruhig wäre.«
»Es machte einen ganz ruhigen Eindruck.«
»Ruhigen Eindruck? So, dann sieh dir mal den Jungen da drüben an …«
Crane reichte Holt den Feldstecher. Er zeigte ihm, in welcher Richtung er suchen sollte. Holt fluchte insgeheim. Jetzt, da er den Jungen mit den Schafen gezeigt bekam, sah er ihn sofort. Er hätte sich in den Arsch treten können. Der Junge mit den Schafen trug eine weite beigefarbene Hose und eine graue Decke über den Schultern, und die Schafe hatten schmutziges weißbräunliches Fell und schwarze Köpfe. Er hatte sie übersehen, hätte sie ohne den Hinweis nicht entdeckt.
»Tut mir leid.«
»Bringt dir wenig, Kleiner. Die Augen aufhalten, das bringt was.«
Holt beobachtete den Jungen mit den Schafen. Es war, als ob der Junge zur Musik einer Flöte tanzte. Nur für sich allein,

denn er war sicherlich überzeugt davon, daß niemand ihn sehen konnte. Der Junge hüpfte durch die Luft, hielt die Arme über dem Kopf verschränkt, sprang von einem Fuß auf den anderen, verbeugte sich vor unsichtbaren Tanzpartnern.
Crane flüsterte: »Wenn der mit seiner Show aufhört, wenn er plötzlich losrennt, dann wird es sehr ernst. Fall' ich dir auf die Nerven, Kleiner?«
Holt grinste. »Ach, wie kommen Sie denn darauf?«
»Dann werd' ich dir jetzt einen Vortrag halten. Diese Soldaten da hinten, die hassen dich. Der Junge mit den Schafen, der haßt dich. Die Burschen unten in der Moschee, die hassen dich. Hier draußen bin ich der einzige, der auf deiner Seite steht. Bilde dir bloß nicht ein, daß nur weil du ein Tommy bist, nur weil du weder Ami noch Jude bist, die Leute hier dich vielleicht nicht hassen könnten. Unser Problem damals, als wir '82 herkamen, das war ganz einfach, daß wir vorher nie geahnt hatten, wie sehr sie uns hassen. Wenn sie uns Ärger machten, dann haben wir ihnen in den Arsch getreten, ihre Häuser in die Luft gejagt, ihre Männer in Gefängnislager abtransportiert. Die hassen uns abgrundtief. Und sie sind gefährlich, weil sie alle diesen Märtyrerquatsch im Kopf haben; die haben keine Angst davor, eine Kugel zwischen die Rippen zu kriegen. Im Kampf gegen die hat man keine Chance, denn wenn man sie tötet, schickt man sie damit ins Paradies, wogegen sie im Prinzip gar nichts einzuwenden haben. Deshalb sind sie so fanatisch. Bring ein paar um, schon kommen die nächsten; die reißen sich alle darum, ins Paradies zu kommen. Sie haben uns das Leben drei Jahre lang zur Hölle gemacht, als wir in der Bekaa-Ebene waren. Sie haben aus dem Hinterhalt geschossen, sie haben Minen gelegt, sie haben uns nie in Ruhe gelassen. Jedes Bombardement brachte ihren Milizen neue Rekruten. Und sie kämpfen auch nicht nach euren feinen Regeln. Sobald ich in der Bekaa-Ebene bin, vergesse ich alles, aber auch wirklich alles, was ich damals bei den britischen Fallschirmjägern über Fairneß und Anstand gelernt habe. Behandle jeden so, als wäre er dein Feind, als wollte er dir an die Gurgel, das habe ich hier gelernt. Zögere niemals, son-

dern töte sofort, denn die haben keine Angst. Das Mädchen mit dem Esel, das hatte auch keine Angst ...«
»Und Sie, haben Sie Angst?«
»Nur wenn du mir am Rockzipfel hängst und dabei erzählst, alles hier wäre ganz friedlich.«
Der Gesang vom Minarett hatte aufgehört. Auf den Feldern wurde die Arbeit wieder aufgenommen. Holt sah die Frauen mit den Hacken, Rechen, Spaten und Schaufeln.
Crane riß Holt den Feldstecher aus der Hand.
Er richtete ihn auf die Zufahrtsstraße nach Saghbin.
Er schien zu lächeln.
Auf der Straße war eine Staubwolke zu sehen. Crane gab Holt den Feldstecher zurück.
Holt sah den Wagen, dessen Räder die langen Staubfahnen aufwirbelten.
»Merk dir genau, wie dieser Wagen da aussieht.«
»Warum?«
»Weil ich sage, du sollst dir genau merken, wie dieser Wagen da aussieht.«
Es war ein alter Mercedes. Für Holt grenzte es an ein Wunder, daß der Wagen noch fuhr. Das Blech war ringsherum verrostet. Einer der vorderen Kotflügel sah aus, als hätte er eine Auseinandersetzung gehabt. Das Dach zierten helle Streifen von Spachtelmasse. Im Fond des Wagens sah Holt Kisten stehen, er sah, daß die Rückbank hinter dem Fahrer herausgenommen worden war. Aus seinem Blickwinkel sah er das Gesicht des Fahrers nicht, nur seinen massigen Bauch.
»Ich werde es mir merken.«
»Wird Zeit, daß du lernst, wie man ein Täßchen Tee macht. Also, an die Arbeit.«

Das Telefon auf Major Zvi Dans Schreibtisch klingelte. Rebecca hob ab.
Sie hörte kurz zu und reichte ihm dann den Hörer.
Sie sah seinen Unmut; er hatte es lieber, wenn sie ihm vorher sagte, wer am Apparat war.

»Dan hier ... Wie war der Name? Percy Martins. Ja, ich bin über die Anwesenheit eines Percy Martins in Kfar Giladi informiert ... Was meinen Sie damit, ob er problematisch ist? ... Also, ich kann Ihnen bestätigen, daß er es ist, aber abgesehen davon kann seine Rolle in Israel nicht als Angelegenheit des Shin Bet betrachtet werden ... Wie bitte? ... Das ist doch unmöglich ... Sie machen wohl Witze? ... Ja, ich wollte eigentlich heute abend hinfliegen – dann nehme ich lieber den Wagen und fahre gleich los ... Ja, alles, was mit diesem Mann zu tun hat, ist problematisch ... drei Stunden.«
Er legte auf. Sein Kopf sank auf die Hände herab.
Rebecca sah ihn an. »Ist es schlimm?«
»Unglaublich ist es.« Als wäre Major Zvi Dan persönlich verwundet worden.
»Steht es schlecht für den jungen Mann?«
»Über dem bricht gerade alles zusammen.«

Schon Vormittag, und Percy Martins lag noch im Bett; in seinem Zimmer waren die Vorhänge zugezogen. Die Frau, die zum Saubermachen und zum Wechseln der Bettwäsche gekommen war, hatte er angebrüllt und achtkantig hinausgeworfen. Den Weckruf hatte er ignoriert. In seinem Kopf pochten wahre Trommelwirbel. Er ahnte, daß irgendein Unheil in der Luft lag, wußte nur noch nicht genau, was es war. Anscheinend glaubte er, wenn er erst auf wäre, sich gewaschen, rasiert und angezogen hätte, dann würde sich ihm die Katastrophe offenbaren ... und das wollte er vermeiden. Er drückte sich um die Gewißheit.
So blieb Percy Martins in seinem Zimmer, zog den Pyjama nicht aus und merkte nicht, daß draußen an der Treppe auf einem Stuhl ein Mann vom Shin Bet saß, der den Korridor überwachte und die Tür zu seinem Zimmer im Auge behielt.

Ein ruhiger Vormittag im NORBAT-Sektor.
In den letzten drei Stunden hatten die Soldaten nur vier Autos und zwei Karren mit Marktwaren angehalten und durchsucht.

Die Sonne hing träge am Himmel, eine bleierne Lethargie hatte sich über den Kontrollpunkt gelegt, über dem Asphalt flimmerte die Luft. Zwei der Norweger dösten in der Hitze unter dem Wellblechdach, das ihre mit Sandsäcken geschützte Stellung abdeckte, auf einem wackeligen Tischchen neben der Straße legte ein dritter eine Patience.
Hendrik Olaffson, adrett gekleidet in einer frisch gereinigten Uniform, trug das automatische NATO-Gewehr lässig in der Armbeuge. Er starrte die Straße hinunter. Er beobachtete die Straßenbiegung. Er wartete darauf, daß der Reisende vorbeikam.

Er merkte, daß sie einen Umweg genommen hatten.
Der Fahrer des Jeeps drehte sich häufig zu Abu Hamid um und warf ihm einen amüsierten Blick zu, als lache er insgeheim über einen Witz. Der Fahrer hatte kaum noch Zähne. Wenn er Abu Hamid sein Grinsen zeigte, drang sein stinkender Atem durch die Lücken zwischen den wenigen verbliebenen Zähnen. Abu Hamid kannte sich in Damaskus nicht gut genug aus, um zu wissen, wohin sie fuhren. Aber er würde nicht fragen, warum sie nicht den üblichen Weg nahmen, auf dem sie sonst von der Straße nach Beirut durch die Stadt zum Luftwaffen-Hauptquartier kamen, wollte dem Dummkopf diese Freude nicht machen.
Sie fuhren durch enge Gassen. Abu Hamid fand, der Mann fahre wie ein Verrückter. Er hatte den Sicherheitsgurt angelegt, und das war ein Zeichen von Angst gewesen, und er wußte, daß es keinen Sinn hatte, dem Kerl zu sagen, er solle langsamer fahren oder auf die Fußgänger und Radfahrer Rücksicht nehmen. Der Kerl würde es höchstens lustig finden, wenn er ihm sagte, er solle die Verkehrsregeln einhalten.
Unter wildem Rucken, so daß Abu Hamid geschüttelt und nach vorn gegen den straffen Gurt geschleudert wurde, donnerte der Jeep durch die engen Gassen, ließ Frauen mit Einkaufstaschen beiseite springen, streifte einen Karren, vor den ein dünnes, klappriges Pferd gespannt war.

Sie kamen auf einen Platz. Der Platz wirkte beengt, eingezwängt von den Gebäuden ringsherum. Es war ein düsterer Platz, weil die Häuser hoch waren und die Sonne verdeckten. Abu Hamid nahm an, daß die Sonne nur zur Mittagsstunde auf das Kopfsteinpflaster schien. An den Häusern des Platzes bröckelten die Stuckfassaden ab, und auf den Balkons war Wäsche aufgehängt.

Er spürte, wie er am Arm gezupft wurde. Der Wagen wurde langsamer. Er sah das belustigte Augenzwinkern des Fahrers. Der Fahrer tippte ihn mit seinen nikotingelben Fingern an, bedeutete ihm, er solle auf die Mitte des Platzes sehen.

Er war nicht darauf vorbereitet.

Er keuchte, würgte, versuchte krampfhaft, die Galle wieder herunterzuschlucken, die in seiner Kehle hochgeschossen war.

Drei Männer hingen dort am Galgen.

Es war später Vormittag. Man hörte den Verkehrslärm, die Rufe der Straßenhändler, die Schreie der Marktweiber, und dort am Galgen waren drei Männer an Stricken aufgehängt. Kapuzen bedeckten ihre Köpfe, ihre Arme waren hinter dem Rükken zusammengebunden, auch die Füße waren gefesselt. Daß es Männer waren, wußte er, weil unter den langen weißen Roben, in die man sie gehüllt hatte, ihre Hosenbeine hervorsahen, außerdem trugen sie Herrenschuhe. Die drei Körper hingen vollkommen regungslos; auf dem engen Platz ging kein Windhauch. Jeder der Männer hatte an seinem Umhang ein Schild mit großen schwarzen Buchstaben. Der Fahrer sah ihn mit fröhlichem Grinsen an.

»Gefällt's dir?«

»Wer sind die drei?«

»Kannst du nicht lesen?«

»Wer sind sie?«

»Es sind Iraker.«

»Und was haben sie getan?«

»Woher soll ich das wissen? Man hat ihnen vorgeworfen, daß sie ›die Sicherheit des Staates vor dem israelischen Feind gefährdet‹ haben. Es sind Iraker, sie haben Bomben in Damaskus hochgehen lassen, sie haben viele Menschen umgebracht ...«

Der Jeep fuhr langsam an den roh behauenen, frischen Pfosten des Galgens vorbei. Abu Hamid starrte hinaus. Er sah, daß der Schnürsenkel eines der Männer offen war, daß sein Schuh nur lose am Fuß hing. Abu Hamid hatte blitzartig ein Bild vor Augen. Er sah einen Mann in Todesangst, der auf dem Boden einer Zelle kauerte. Er hörte stampfende Schritte, die einen Gang entlangkamen. Er spürte die Scham des Mannes, den man abholen kam, um ihn auf einem öffentlichen Platz zu hängen, und dessen Finger ihm nicht einmal die kleine Würde erlaubten, seine Schuhe zuzubinden.

»... Das ist mir jedenfalls erzählt worden, daß sie in der Stadt Bomben hochgejagt hätten. Die Regierung sagt, daß sie Agenten Israels waren. Wer bin ich, daran zu zweifeln? Im Morgengrauen hat man sie aufgehängt. Gefällt es dir?«

Der Fahrer kicherte. Abu Hamid sah die Flecken auf den Hosen der drei Männer. Er nickte stumm.

»Ich finde es gut«, sagte der Fahrer. »Es geschieht nicht oft, daß sie die Feinde des Staates draußen aufhängen, wo wir sie sehen können. So etwas sollte man öfter ...«

Der Fahrer trat auf die Kupplung und schaltete abrupt herunter. Er drückte auf die Hupe.

Rasch verließen sie den Platz. Wenige Minuten später waren sie wieder auf den breiten Boulevards, die das bekannte Gesicht von Damaskus darstellten. Sie waren unterwegs zum Luftfahrt-Ministerium.

»Hat Major Said Hasan dir befohlen, mich hier entlang zu bringen, so daß ich die Männer sehe?«

Abu Hamid sah die schwarzen Zahnlücken und die gelben Stümpfe, er hörte das vergnügte Meckern des Fahrers.

»Was uns betrifft, wir halten ihn nicht für unbedingt verläßlich«, sagte der Kamerad von der Volksfront.

»Er hat sich bewährt.«

»Wir sind von seiner Entschlossenheit nicht überzeugt.«

Major Said Hasan rutschte unruhig hin und her. Immer noch glaubte er ihre scharfen Nägel in seinem Rücken zu spüren. Die Haut auf seinem Rücken und weiter unten, über seinem Hintern, war ganz besonders empfindlich, weil die Chirurgen von dort damals das lebende Gewebe genommen hatten, um es auf sein verbranntes Gesicht zu verpflanzen. »Er war der beste Schüler in Simferopol, und auf der Militärakademie hat er uns das Ausmaß seiner Entschlossenheit bewiesen.«
Der Kamerad zuckte die Achseln. Es war schon lange her, daß die Volksfront eine eigene Entscheidung hatte fällen können.
»Wenn Sie sicher sind ...«
»So habe ich jedenfalls entschieden.«
Major Said Hasan ging an die Tür seines Büros. Im Vorzimmer sah er den jungen Palästinenser mit gesenktem Kopf sitzen. Es kam ihm vor, als wäre der junge Mann sehr müde. Er setzte ein Lächeln des Willkommens auf, er winkte Abu Hamid in sein Büro hinein.
»Hatten Sie eine gute Fahrt, Hamid?«
»Ja, ich hatte eine gute Fahrt«, murmelte Abu Hamid.
»Haben Sie die Sehenswürdigkeiten von Damaskus gesehen?«
»Ich habe die Erhängten gesehen.«
Major Said Hasan streckte die Arme aus, zog die Schultern hoch. »Wir sind wie eine der alten Städte aus der Legende, Hamid, die an allen Toren von Feinden belagert werden; doch wenn wir gnadenlos in unserem Kampf sind, dann wird keiner der Feinde unsere Mauern erklettern oder unsere Tore erstürmen. Bitte, Hamid, nehmen Sie Platz.«
Aus einem Einbaukühlschrank holte Major Said Hasan eine kalte Flasche Fruchtsaft und goß Abu Hamid daraus ein. Er ging wieder an seinen Schreibtisch, zog den Plan des Verteidigungsministeriums in der Kaplan-Straße aus der Schublade und breitete ihn auf dem Tisch aus. Mit dem Rücken der Hand, die keine Finger mehr hatte, strich er die Karte glatt.
»Sie haben großes Glück, Hamid. Sie sind vor allen anderen ausgewählt worden. Man hat Sie dazu bestimmt, einen großen Schlag für Ihr Volk zu führen ...«

Der Kamerad sagte: »Wir wollen, daß du einen Angriff auf Israel anführst.«
Major Said Hasan sah, daß der Kiefer des jungen Mannes zitterte. Er sah, daß er mit den Schuhen auf dem Teppichboden unruhig hin und her scharrte.
Major Said Hasans Stimme klang wie Sirup: »Sie zögern, Hamid, natürlich zögern Sie. Sie fragen sich jetzt, ob Ihre Schultern auch breit genug sind, um die Last dieser Verantwortung zu tragen, nicht wahr? Ihre größte Sorge ist es, ob Sie auch kompetent genug sind, eine Mission von solcher Wichtigkeit durchzuführen ... Hamid, Ihr Zögern könnte von anderen als Zeichen von Feigheit ausgelegt werden, doch nicht von mir. Hamid, *ich* habe Vertrauen in Sie. Ich kann mir nicht vorstellen, daß Sie weniger mutig sind als ein junges Mädchen, das auf seinen Feind mit einem Esel voller Sprengstoff losgeht.«
Er sah, wie Abu Hamids Blick umherirrte und zuletzt auf seinem Kameraden verharrte.
»... Sehen Sie mich an, Hamid, sehen Sie mein Gesicht an. Ich trage die Narben der vordersten Front im Kampf gegen Israel. Nur ungern wäre ich unter jenen, die sagen könnten, daß Ihr Zögern der Beweis dafür ist, daß Sie nicht mutig genug sind, meinem Beispiel zu folgen ...«
Er sah, wie Abu Hamid den Kopf hob. Er hielt seinem Blick stand, Auge in Auge.
»Ich weiß, Hamid, daß die Anweisung der Syrischen Zentralbank niemals eingelöst worden ist. Und ich weiß auch, daß Sie im Beisein der Waisenkinder der palästinensischen Revolution Ihren Einsatz für diesen Kampf gelobt haben ...«
Er sah, wie Abu Hamids Augen sich weit öffneten. Er sah die Verwirrung in seinem Gesicht.
»Weil ich alles von Ihnen weiß, habe ich Sie auserwählt.«
»Wir wollen von dir, daß du einen Angriff auf das Verteidigungsministerium des Zionistenstaates anführst«, sagte der Kamerad zu ihm.
»Sie werden von hier direkt in das Bett Ihrer Geliebten gehen. Sie sind der moderne Erbe des Mantels der Assassinen, Hamid.

Sie werden von Ihren Gesinnungsgenossen verehrt, Sie werden geliebt von all jenen, die zu schwach oder zu jung sind und nicht selbst kämpfen können, die aber hinter Ihnen stehen und für Sie beten werden.«
»Du mußt uns deine Antwort geben, Hamid«, sagte der Kamerad.
»Sie werden vom Bett Ihrer Geliebten aufbrechen, vom Duft ihres Körpers ... Es ist eine ganz einfache Wahl, Hamid. Entweder Sie sind der Liebe Ihres Volkes würdig, oder Sie stehen als Feigling vor Ihrem Volk da. Sie werden mich doch nicht enttäuschen, Hamid, gerade mich, der ich Ihnen so vertraut habe?«
Major Said Hasan sah die Trance in Abu Hamids Blick. Er wußte, daß er gewonnen hatte. Er fragte sich, warum dieser Idiot so lange brauchte, um sein Zögern zu überwinden. Es war ihm herzlich egal, daß Abu Hamid schreckliche Angst davor hatte, ein Kommando beim Angriff auf das Verteidigungsministerium in Tel Aviv zu befehligen. Es gab keinen Ausweg für ihn, keine Fluchtmöglichkeit; er war eine Ratte, die man zertreten würde, und diese Ratte würde kämpfen. Die Ratte würde kratzen und beißen, um doch noch zu überleben. Schreckliche Angst hieß Verzweiflung, schreckliche Angst war eine gute Sache. Er war sicher, daß der Bursche einen guten Kampf liefern würde.
»Ich werde es tun«, sagte Abu Hamid.
Es war vorbei. Major Said Hasan sagte dem Kameraden, er könne Abu Hamid jetzt für die Aktion vorbereiten. Er sagte, sie sollten dafür in Damaskus übernachten und danach solle Abu Hamid in sein Camp in der Bekaa-Ebene zurückkehren und zehn Männer auswählen, die ihn nach Israel begleiten würden.
Major Said Hasan wandte sich abrupt wieder seinem Schreibtisch zu. »So, ich habe noch zu tun«, sagte er knapp.

Seit vierundzwanzig Stunden hatte er kein Tageslicht mehr gesehen, hatte er nichts als Brot gegessen und nur Wasser getrun-

ken. Alle paar Stunden wurde er im Kofferraum irgendeines Autos hin und her transportiert. Er sprach nicht Arabisch, deshalb verstand er die leisen Stimmen der Leute nicht, die ihn gefangengenommen hatten. Heinrich Gunter, gefesselt, geknebelt, die Augen verbunden, verschwendete schon lange keinen Gedanken mehr an die Außenwelt, an die Welt jenseits des Kofferraums eines Autos oder des Kellers in irgendeinem Haus. Er dachte nicht mehr an seine Frau oder seine Kinder, noch daran, was für Demarchen seine Regierung oder was für Aktionen seine Bank wohl unternehmen würde. Wären seine Hände frei gewesen, hätte er noch die Krawatte umgebunden gehabt, er hätte versucht, sich das Leben zu nehmen. Soviel war ihm klar: Er war das klassische Opfer eines Kidnappings. Er war der Mann, der alle Warnungen in den Wind geschlagen hatte, der geglaubt hatte, er habe einen sicheren Weg in die Stadt arrangiert.
Während er unter Schmerzen im Kofferraum des Autos hin und herrollte, lernte Gunter alle Tiefen der Verzweiflung kennen. In Gedanken fand er nicht die allerkleinste Ecke, in der er sich verkriechen konnte, um ein wenig Trost zu finden. Er konnte sich keine Macht der Welt denken, die ihm helfen würde. In die harten Wände des Kofferraums vergoß er seine Tränen. Zu Hause hatte er die Fotos von Männern im Fernsehen gesehen, die Geiseln gewesen waren. Fröhliche, lachende Gesichter aus Familienalben und Firmenarchiven, die Gesichter von Journalisten, Geschäftsleuten, Priestern und Universitätsdozenten. Er hatte auch die Bilder von den wenigen gesehen, die aus der Gefangenschaft herausgekommen waren, diesen gehetzten Menschen mit eingefallenen Wangen und tiefliegenden Augen mit dunklen Rändern. Die wenigen Ausnahmen, die ihre Freiheit wiedergewonnen hatten.
Doch Gunter dachte jetzt weder an die vielen Gefangenen noch an die wenigen Befreiten. Er glaubte nicht mehr an die Möglichkeit einer Befreiung, er glaubte nur noch an den Segen des Todes.
Irgendwann zu Mittag, als der Wagen anhielt, rumpelnd von ei-

ner Straße abkam, gab man ihm zu essen. Die Kapuze wurde ein paar Zentimeter gelüftet. Man gab ihm Brot in kleinen Stückchen; wenn er ein Stück gekaut und geschluckt hatte, bekam er das nächste.
Er hatte keine Ahnung, wo er war, in welcher Gegend des Libanon er sich befand, und eigentlich kam ihm das auch ziemlich unwichtig vor.

Holt spielte den Küchenchef. Es war eine Art Witz zwischen ihnen gewesen, daß Holt die Speisefolge für die Hauptmahlzeit des Tages planen durfte.
Sein Magen knurrte vor Hunger. Wieder ein Satz aus Cranes Bibel. In der Bibel stand, daß Hunger etwas Gutes war. Wer Hunger hatte, war nicht schläfrig. Und wenn man schläfrig war, würde man einen Hinterhalt nicht rechtzeitig bemerken.
Crane saß mit überkreuzten Beinen und kerzengeradem Rükken unter dem Tarnnetz und hatte den Feldstecher vor den Augen. Holt kauerte auf Händen und Knien über den Hexamin-Tabletten, die in dem Gestell brannten, und auf dem Gestell siedete das Wasser im Kochgeschirr. In Cranes Bibel stand, daß man als Brennstoff ausschließlich Hexamin-Tabletten benutzen durfte, weil alles andere eine Rauch- und Duftspur hinterlassen würde. Zwei Tabletten, etwa so groß wie die Kaminanzünder, mit denen seine Mutter zu Hause im Wohnzimmer die Holzscheite in Brand setzte.
Sie würden ein verflucht gutes Essen bekommen. Es mußte einfach ein gutes Essen werden. Gott allein mochte wissen, wo sie in vierundzwanzig Stunden sein würden. Oberhalb des Camps, dort würden sie morgen den ganzen Tag über sein und mit den Feldstechern nach Abu Hamid suchen. Nach Cranes Plan wäre ein Schuß in der Abenddämmerung am besten. Und Holt konnte sich vorstellen, daß sie weder die Zeit noch den Appetit dazu haben würden, sich etwas zum Essen zu kochen, wenn der Moment zum Einsatz der Model PM allmählich näher rückte. Also mußte es an diesem Nachmittag ein gutes Essen werden, und er durchwühlte den Rucksack nach den Päckchen

mit der Verpflegung, holte das Beste und das Schmackhafteste hervor.
Holt hörte das leise Pfeifen, mit dem Crane die Luft durch die Zähne einsog. Er blickte auf, sah, daß Crane den Feldstecher abgesetzt hatte, daß er sich hart auf die Unterlippe biß, so daß sie ganz weiß wurde. Dann bemerkte Crane, daß er beobachtet wurde, entspannte sich und hob den Feldstecher wieder an die Augen. Holt sah weg.
Nicht zum erstenmal, sondern oft schon hatte Holt den mühsam unterdrückten Schmerz auf Cranes Stirn, in Cranes Augen, auf Cranes Mund gesehen. Er sah weg. Er wollte Crane nicht in die Augen sehen, denn er hatte Angst.
Es war das beste Menü, das er zusammenstellen konnte.
Als *hors-d'œuvre* kein Krabbencocktail, keine marinierte Makrele, sondern ein Tütchen isotonisches Pulver, mit Wasser vermischt, ein Vitaminstoß mit Zitronengeschmack. Als zweiten Gang keine Geflügelcremesuppe, keine Consommé, sondern eine kurze, dicke Paprikaschote zum Kauen. Als Hauptgericht kein Steak mit Pommes frites, keine Lammkoteletts, sondern kochendes Wasser in den Plastikbeutel mit den dehydrierten Huhn-mit-Reis-Flocken. Als Dessert weder Erdbeerflan noch Sherrycreme, sondern ein Vollkorn-Müsliriegel, der beim Essen zu explodieren schien, mehr und mehr wurde und den Mund füllte. Zum Hinunterspülen kein Kaffee, sondern ein Täßchen Tee aus dem Beutel. Und zum Abschluß ein Kaugummi. All das zusammen, fand Holt, war ein verteufelt gutes Essen.
Er hatte das Pulver schon gemischt, er hatte die Paprikaschoten herausgeholt, hatte die Müsliriegel bereitgelegt. Sobald er das Huhn mit Reis aufgegossen hatte, konnten sie sich über das Festmahl hermachen, während neues Wasser für die Teebeutel kochte.
Holt blickte auf. Er sah, daß Crane den Kopf gesenkt hielt, die Augen fest zugekniffen. Hätte er bloß nicht hingesehen …
»Es ist serviert, Mr. Crane.«
Er sah, wie das Gesicht blitzartig wieder zum Leben erwachte, er sah Crane grinsen, als gäbe es kein Problem.

»Hervorragend gemacht, Holt.«
Sie aßen. Holt lernte, indem er Crane beobachtete. Das isotonische Getränk geleert, das Tütchen über den Mund gehalten, damit nichts danebentropfte, die Paprika genießerisch auf der Zunge gerollt, um die scharfe Würze auszukosten, die klebrigen Überreste des Huhns mit Reis sorgfältig vom Kochgeschirr abgewischt, der Tee in langen Schlucken getrunken.
»Was haben Sie für ein Problem, Mr. Crane?«
Crane warf mit einem Ruck den Kopf herum. »Ich habe kein Problem.«
»Erzählen Sie es mir.«
»Daß ich in diesem Scheiß-Libanon bin, das ist vielleicht mein Problem ...«
»Wenn Sie ein Problem haben, dann habe ich ein Recht darauf, zu erfahren, was es ist.«
Crane fauchte ihn an. »Daß ich dich hier dabeihabe, das ist ja wohl Problem genug.«
»Mr. Crane, wir sind aufeinander angewiesen, und Sie haben Schmerzen. Ich habe den Eindruck, daß Sie Augenschmerzen haben ...«
»Mach endlich das Kochgeschirr sauber, pack den Krempel wieder ein!«
»Wenn Sie ein Problem mit den Augen haben, dann muß ich es wissen, um Ihnen zu helfen.«
Crane saß dicht neben ihm. Holt sah den Zorn auf seinem Gesicht.
»Wie willst du mir denn helfen?«
Holt wiegte den Kopf. »Ich weiß nicht, aber ich ...«
»Wozu brauche ich wohl meine Augen?«
»Für alles.«
»Zum Schießen, du Blödmann. Ich brauche die Augen zum Schießen. Meine Augen müssen so gut sein, daß ich auf einen knappen Kilometer innerhalb von zehn Zentimetern genau treffe.«
»Und was ist nun mit Ihren Augen?«
Crane sank in sich zusammen. Er rieb sich den Handrücken so

fest über die Augen, als wollte er etwas aus ihnen herauspressen. »Netzhauterkrankung.«
»Können Sie noch schießen?«
»An der Straßensperre habe ich doch geschossen.«
»Sie hatten zwei Treffer an der Straßensperre.«
»Aber ich weiß eigentlich nicht, warum. Gut, ich hab' zweimal getroffen, aber das Mädchen hatte sowieso keine Chance. Im Grunde war es ziemlich egal. Und vielleicht habe ich deshalb getroffen ...«
»Haben Sie deswegen den Auftrag übernommen, wegen des Geldes, für eine Operation?«
»Es gibt eine Klinik in Houston. Da haben sie eine Erfolgsrate von eins zu fünf, und das ist mehr als überall sonst. Es geht um das Auge, mit dem ich schieße, Kleiner.«
»Mr. Crane, wenn Sie nicht mehr schießen können, was machen wir dann?«
Holt sah in Cranes rechtes Auge. Er sah die blutroten Äderchen, die auf die Iris zukrochen.
»Kannst dein Leben drauf wetten, Holt, ein letztes Mal schieße ich noch.«
Holt wischte das Geschirr sauber. Er sammelte den Abfall ein und steckte ihn in die Plastiktüte. Er reinigte die Model PM und die Armalite. Er wechselte die Munition in den Magazinen. Es schien ihm, als ob plötzlich eine tiefe Dunkelheit über ihn hereingebrochen wäre. Er schmierte sich Insektenschutzcreme auf Wangen und Hals und Handrücken. Er fühlte sich betrogen. Er zog sich den Stiefel aus und rollte die Socke herunter, um das Pflaster auf der Blase zu wechseln. Sie hatten ihn einem Mann mitgegeben, der am Ende war. Er ließ eine Glukosetablette im Mund zergehen. Da war er in der Bekaa-Ebene, mit einem Scharfschützen, dessen Sehkraft rapide nachließ. Es war der reinste Witz.
»Es ist jetzt schlimmer, oder? Schlimmer, als es vorher war?«
Crane nickte.

Innerhalb der Kaserne von Kiryat Shmona, ein gutes Stück abseits des Haupttors, standen die vorgefertigten Bauelemente der Büros des Shin Bet. In früheren Zeiten hatte die Hauptaufgabe der Organisation für die innere Sicherheit Israels darin bestanden, die arabische Bevölkerung im Westjordanland zu überwachen. Seit der Besetzung des Libanon 1982 waren die Hauptaktivitäten des Shin Bet aber auf die Nordgrenze und die Sicherheitszone gerichtet. Der Gebäudebedarf hatte mit der Entwicklung der neuen, beschwerlichen Pflichten nicht schrittgehalten. Die provisorisch wirkenden Fertighäuser aus Profilelementen schienen die fromme Hoffnung auszudrücken, die Umverteilung staatlicher Mittel auf Aktivitäten im Zusammenhang mit dem Libanon möge nur vorübergehend sein. Es war aber nur eine Hoffnung. Die Mittel des Shin Bet wurden von dem starken Durst nach Rache und Gewalt unter den schiitischen Dorfbewohnern in der Sicherheitszone und der Gegend nördlich davon geradezu aufgesogen. Es gab keinerlei Anzeichen dafür, daß die engen Arbeitsräume in der Kaserne in naher Zukunft einmal wieder leerer werden könnten.

Major Zvi Dan war allein hineingegangen, hatte Rebecca draußen warten lassen, wo sie in der Nachmittagssonne auf einer Betonschwelle saß. Er drängte sich in einem winzigen Kämmerchen mit drei Shin-Bet-Beamten. Verdrießlich stellte er fest, daß sie in ihrem provisorischen Quartier nicht einmal eine halbwegs anständige Kaffeemaschine angeschafft hatten.

Die Fahrt von Tel Aviv hatte ihn unsäglich müde gemacht.

»... So, Major, nun wissen Sie also, was mit dem norwegischen Soldaten los ist, und was dieser Engländer, dieser Martins, hier anrichtet.«

»Um Martins kümmere nur ich mich.«

»Der Fall des Gefreiten Olaffson ist eine sehr unangenehme Sache.«

»Ich weiß nicht, was Sie da tun können. Solange er bei der UNIFIL ist, können wir ihn nicht belangen, und die Befehlshaber der UNIFIL-Truppen werden ein Ersuchen auf seine Auslieferung zum Verhör kaum positiv beantworten.«

Der ranghöchste Shin-Bet-Mann schichtete seine Papiere aufeinander. »Dieser Olaffson hat also die beiden Bombenleger der Volksfront nach Tel Aviv gebracht?«
»Richtig.«
»Und er wußte über den Auftrag der beiden Bescheid?«
»Wahrscheinlich nicht genau, aber er mußte wohl annehmen, daß sie einen Terroranschlag planten.«
»Dann wird der Gefreite Olaffson aus erster Hand erfahren, was es heißt, Ziel eines Terroranschlags zu sein.«
Major Zvi Dan bekam den Bericht der beiden Agenten ausgehändigt, die Olaffson im Gästehaus des Kibbuz Kfar Giladi beschattet hatten, die in der Bar gewesen waren und die Unterhaltung zwischen dem norwegischen Soldaten und einem Angehörigen des britischen Geheimdienstes belauscht hatten.
Er las den Bericht durch. Er zuckte zusammen.
»Mit Martins rede ich selbst.«

»Mein Freund, du bist ein großer Kämpfer für die Sache der Freiheit.«
»Ich gebe nur weiter, was ich gehört habe.«
»Wiederhole es bitte noch einmal, mein Freund.«
»Er fragte: ›Woher wissen Sie, daß gestern nacht ein Team von Infiltranten aufgebrochen ist?‹, das hat er mich gefragt«, sagte Hendrik Olaffson. Er sprach ganz langsam und deutlich. Er gab dem Reisenden Zeit, die Worte auf einem Zettel zu notieren.
Der Reisende steckte den Zettel ein. Er ergriff die Hände des jungen Mannes und küßte ihn auf beide Wangen.
»Ist das für euch wertvoll?«
»Es ist sehr wertvoll«, sagte der Reisende. »Wir werden dir unsere Dankbarkeit noch beweisen.«
Nachdem er gegangen war, steckten die vier Soldaten an dem Kontrollpunkt die Köpfe zusammen. Sie sprachen über Mengen in Kilogramm, sie sprachen von dem Geld, das sie mit dem Haschisch verdienen konnten, mit dem man sie belohnen würde.

Weit weg, auf der anderen Seite des Tals, unsichtbar im dichten Gebüsch, beugte sich ein Fotograf über seine Kamera mit einem aufgeschraubten 2000-mm-Objektiv und nahm vorsichtig den Film heraus.

Martins hatte sich im eigenen Zimmer zum Gefangenen gemacht, nicht einmal die Vorhänge hatte er zurückgezogen. Durch den Spalt in der Mitte hatte er den Beginn des Tages, die Mitte des Tages und das Ende des Tages gesehen. Jetzt war es dunkel, und er hatte das ungemachte Bett verlassen, um sich mit übereinandergeschlagenen Beinen auf den Boden zu setzen, an die Wand gegenüber der Zimmertür gelehnt. Er wußte, daß sie ihn holen kommen würden. Er trug seine Anzughosen, Hemd und Socken, und er war unrasiert. Obwohl er den ganzen Tag über nichts gegessen hatte, war er nicht hungrig. Er suhlte sich nur in Selbstmitleid.

Als das Klopfen kam, fuhr er zusammen. Es war nicht das fragende Tappen des Zimmermädchens, sondern das Donnern einer geballten Faust gegen die Türfüllung.

Er gab keine Antwort.

Er sah zu, wie die Tür krachend aufflog und der Mann, dessen Schulter sie aufgestoßen hatte, ins Zimmer hereintaumelte. Der Mann trug eine Lederjacke, die an Ärmelaufschlägen und Ellenbogen abgeschabt war. Er hatte den Mann schon irgendwo gesehen, aber seine abgestumpfte Erinnerung sagte ihm nicht, wo es gewesen war. Ein zweiter Mann stand in der offenen Tür.

Langsam stand Martins auf. Worte waren nicht nötig. Martins ging zu dem zerwühlten Bett und bückte sich, um sich die Schuhe anzuziehen. Er fragte sich, ob sie es bei Century schon wußten. Er fragte sich, wie viele dort wohl feiern würden, daß er in Ungnade gefallen war.

Er ging zur Tür. Als sie in den Gang hinaustraten, legte der Mann in der Lederjacke die Hand auf Martins' Oberarm; er schüttelte sie ab.

Einer der Männer war vor ihm, der andere hinter ihm. Er ging zwischen ihnen. Er verspürte eine große Müdigkeit, eine große

Traurigkeit. Dann kamen sie ins Freie hinaus, auf die Feuertreppe. Martins begriff. Wenn er der Mann in der Lederjacke gewesen wäre, hätte er es genauso gemacht.
Mit einem Wagen wurde er in die Kaserne von Kiryat Shmona gebracht. Sie verfuhren nach einer Standardmethode. Er war auf die Rückbank des Wagens geschoben und zur anderen Tür hinübergewinkt worden. Ihm war klar, daß die Tür verriegelt war. Der Mann in der Lederjacke setzte sich neben ihn. Er dachte, daß man so vermutlich Hochverräter, gefährliche Verbrecher oder Triebtäter behandelte. Er blickte starr geradeaus. Als der Mann in der Lederjacke ihm eine Zigarette anbot, schüttelte er den Kopf.
Sobald sie in der Kaserne waren, wurde er in ein kleines, kahles Zimmer gebracht. Er setzte sich an einen Tisch. Starr blickte er auf sein Gegenüber, auf Major Zvi Dan.
Zwei Männer, die auf harten Plastikstühlen saßen, zwischen ihnen ein schmaler Tisch mit Resopalbeschichtung. Er hörte, wie sich die Tür hinter ihm schloß.
Martins war sicher, noch niemals mit solcher Verachtung angesehen worden zu sein.
»Wird unser Gespräch etwa aufgenommen?«
»Natürlich.«
»Ich finde das wirklich nicht angemessen.«
»Mr. Martins, in Ihrer Lage sollten Sie sich nicht erlauben, mir vorzuschreiben, was angemessen ist.«
»Sie können mich nicht wie einen feindlichen Agenten behandeln.« Er spürte, daß sein Selbstvertrauen langsam zurückkehrte. Er setzte sich aufrechter hin.
»So betrachten wir Sie aber.«
»Das ist doch grotesk.«
Major Zvi Dan sprach sehr leise, er sprach, als wäre er besorgt, er könne die Beherrschung verlieren. »Schließlich haben Sie sich verhalten wie ein feindlicher Agent. Sie haben Menschenleben in Gefahr gebracht.«
»Quatsch. Ich war nur ein wenig unachtsam. Ich hatte zuviel getrunken.«

»Sie haben Holts und Noah Cranes Leben aufs Spiel gesetzt, auf jeden Fall aber haben Sie die Aktion der beiden aufs höchste gefährdet.«

»Vollkommen lächerlich. Ich war betrunken, Männer betrinken sich eben manchmal. Und dabei war ich ein wenig indiskret, so etwas kommt doch vor. Was immer ich diesem Skandinavier erzählt habe, für den war das doch Kauderwelsch, er kann davon kein Wort verstanden haben.«

»Sie haben Informationen von größter Brisanz dem Feind zugespielt.«

»Dem Feind?« schnaubte Martins. »Sie haben ja einen beachtlichen Sinn fürs Theatralische, Major. Ich habe mich lediglich mit einem Gefreiten der Einheit NORBAT unterhalten ...«

»Mit einem feindlichen Agenten.« Major Zvi Dan machte ein Gesicht, als glaubte er, sich mit einem Kretin, einem zurückgebliebenen Dummkopf zu unterhalten. Er sprach jedes Wort ganz deutlich aus. »Im Zentralbusbahnhof von Tel Aviv explodierte neulich eine Bombe, Sie erinnern sich vielleicht. Holt und Crane haben es bestimmt nicht vergessen. Zwei Terroristen waren dafür verantwortlich. Diese Terroristen waren aus der Bekaa-Ebene, aus dem Libanon nach Israel gekommen ...«

»Wollen Sie mir hier einen Vortrag über alte Zeitungsmeldungen halten?«

»... aus dem Libanon. Und zwar kamen sie durch den UNIFIL-Sektor, durch die Sicherheitszone, und die Grenze passierten sie versteckt in einem Fahrzeug der Vereinten Nationen.«

»Na und?«

»Ihr Gefreiter aus Norwegen hat dieses Fahrzeug gelenkt.«

»Mein Gott ...« Percy Martins stockte der Atem.

»Ihr Gefreiter, dem Sie anvertraut haben, daß ein Infiltrantenteam existiert, ist ein Agent des Feindes.«

»Gütiger Himmel ...« Martins sank in sich zusammen. Er spürte, wie es in seinen Gedärmen rumorte, wie ihm die Knie schwach wurden. »Ich dachte nicht ... Ich konnte doch nicht wissen ...«

»Wir sind davon überzeugt, daß die Information, die Sie ihm gegeben haben, bereits auf dem Wege nach Damaskus ist.«

»Das können Sie doch gar nicht wissen«, sagte Martins.

Sehr bedächtig hob nun Major Zvi Dan einen braunen Umschlag vom Boden auf. Er zog mehrere Fotos daraus hervor und breitete sie auf dem Tisch aus. Er zeigte auf eines der Fotos, das er Martins hinüberschob.

Martins sah den Hinterkopf des Gefreiten der UNIFIL-Truppen. Er sah einen Mann, der sich gerade vorbeugte, um Olaffson die Wange zu küssen.

»So zeigen sie einem ihre Dankbarkeit«, sagte Major Zvi Dan.

»Wie hätte ich das denn ahnen können?« fragte Martins.

»Sie waren betrunken, Sie waren unzurechnungsfähig.« Die Antwort kam wie ein Schlag.

»Was kann ich jetzt noch tun?«

»Wenn Sie nicht zu stolz zum Beten sind, dann können Sie beten. In ihrer Naivität sind Sie hierher gekommen, um eine politische Schachpartie zu spielen. Sie sind hierher gekommen, um die eigene Karriere zu fördern. Jetzt können Sie nur noch für das Leben der Männer beten, die Sie auf derart kriminelle Weise in Gefahr gebracht haben.«

»Werden Sie es nach London weiterleiten?«

»Daß sie uns einen Idioten hergeschickt haben? Vielleicht sind in London alle Idioten, vielleicht will dort jeder nur Spielchen spielen.«

»Was haben Sie jetzt mit mir vor?«

»Sie werden sich zunächst aus dem Kasernengelände, wo sie keinen weiteren Schaden anrichten können, nicht mehr fortbewegen.«

»Und danach?«

»Danach werden Sie mit Ihrer Schande leben müssen.«

»Was sind die Konsequenzen?«

»Sie haben den Syrern bestätigt, daß es eine Aktion gibt. Sie haben die Syrer über das Interesse der Briten an dieser Aktion aufgeklärt. Wenn die Syrer die Verbindung zwischen der Aktion

und dem Attentat in Jalta herstellen können, dann kennen sie auch das Ziel der Aktion. Sie werden die Zielperson von dort wegbringen, außerdem werden Sie Ihren Mann und meinen Mann abfangen. Wenn die Syrer diese Verbindung herstellen können, sind unsere Leute verloren.«
»Um Gottes willen, es tut mir so leid«, murmelte Martins.
»Beten Sie darum, daß die Syrer ebenso idiotisch sind wie Sie... Ich persönlich halte das aber für unwahrscheinlich.«
Major Zvi Dan schob den Stuhl quietschend zurück und stand auf. Die Tür öffnete sich. Martins wurde mit hängendem Kopf von den beiden Männern abgeführt.

Sie hatten die Karte studiert, sie hatten sich den Weg, den sie nehmen würden, und die Lage der Haltepunkte eingeprägt.
»Wie lange heute nacht?«
»Acht Stunden.«
»Und dann sind wir beim Camp?«
»Ja, in acht Stunden werden wir oberhalb des Camps sein, Kleiner.«
»Wie geht es Ihren Augen?«
»Du kümmere dich lieber um deine eigenen Probleme: ob du den Kerl auch erkennst. Deine Besorgnis kann ich nicht gebrauchen.«
»Wenn alles vorbei ist, sollten Sie mit mir kommen, Mr. Crane, nach England.«
»Du redest zuviel, Holt.«
»Ich habe in meinem Leben noch nichts geleistet. Wenn ich soviel geleistet hätte wie Sie bisher, dann würde ich nichts lieber tun, als mich zurückzuziehen, in der freien Natur zu leben, am Fluß entlangzuwandern, den Frieden zu genießen, dort im Exmoor, wo ich wohne. Ich habe diesen Frieden noch nicht verdient, Mr. Crane. Aber Sie schon.«
»Ist es so schön da?« fragte Crane.
»Sie wären dort völlig ungebunden. Die Tiere dort sind frei, die Menschen sind frei, das Licht und die Luft sind wundervoll. Keine Gewehre, keine Bomber, keine Minenfelder, verflucht

noch mal, Sie haben sich diesen Frieden verdient, Mr. Crane. Werden Sie wenigstens drüber nachdenken?«

»Kann schon sein.«

Sie hatten sich die Rucksäcke aufgeschnallt. Holt ließ Crane gut zehn Meter vorgehen, dann folgte er ihm nach. So begann der letzte Nachtmarsch.

Routinemäßig bekam Major Said Hasan am frühen Abend einen Bericht über die Vorkommnisse der letzten vierundzwanzig Stunden ausgehändigt, der vom Armeehauptquartier in Shtaura zusammengestellt worden war. Wie immer las er diesen Bericht in allen Einzelheiten. Ganz unten auf der Liste las er, daß eine Patrouille in der Nacht als Reaktion auf verdächtige Bewegungen an einer Stelle südwestlich des Dorfes Aïtanit in der Bekaa-Ebene Leuchtkugeln abgefeuert hatte. In dem Bericht stand weiter, bei einer eingehenden Suche während des Tages habe man einen Pfad am Hang eines Hügels genau geprüft, dort jedoch keine Hinweise gefunden, die ein weiteres Durchkämmen des Gebietes gerechtfertigt hätten.

Der Major ging zu seiner Wandkarte. Er setzte eine Stecknadel mit rotem Kopf in den Bereich des UNIFIL-Sektors, aus dem der Verdacht eines eingedrungenen Infiltrantenteams gemeldet worden war. Mit einer zweiten roten Stecknadel markierte er die Stelle, wo die Patrouille die verdächtigen Bewegungen wahrgenommen hatte. Er trat einen Schritt zurück. Im Geiste zog er eine Linie zwischen dem Punkt des Eindringens und dem Punkt mit den verdächtigen Bewegungen. Sie verlief nach Norden, auf der kürzestmöglichen Route in Richtung der Hügel auf der Westseite der Bekaa-Ebene.

In der Ebene, so zeigte seine Karte, befanden sich achtzehn verschiedene syrische Armeelager und dazu die Camps der Volksfront, der Demokratischen Volksfront, der Gruppe Abu Moussa, dem Sa'iqa, der Kämpfenden Volksfront. Daneben gab es die Dörfer, in denen die Hisbollah saß, und die Häuser der Leute vom Islamischen Heiligen Krieg. Außerdem beherbergten einige Gemeinden auch noch »Revolutionswächter«

aus dem Iran, die seit ihrer Ankunft tatenlos in der Bekaa-Ebene herumsaßen. Laut der Karte an der Wand gab es insgesamt dreiundvierzig Ziele, die für ein feindliches Infiltrantenteam von Interesse sein könnten.
Im Augenblick war er hilflos. Aber er war ein Mann mit viel Geduld.

Im Camp knisterte das Feuer. Der Koch überlegte sich, daß er am Morgen das letzte Holz für die Zubereitung des Frühstücks verbrauchen würde, daß er am Vormittag neues Holz suchen mußte.

17. Kapitel

Es war eine klare, kühle Nacht.
Die Hitze des Tages hatte sich an den felsigen Hängen verloren. In der Nacht kam ein frischer Wind auf und kühlte den Schweiß, der Holt in Strömen von Hals und Brust hinunterrann. Das Marschtempo war nicht schneller oder langsamer, als es in den beiden vergangenen Nächten gewesen war, trotzdem schwitzte er wie ein Schwein, so kam es ihm vor. Das Tempo des Nachtmarsches lag weiterhin bei einer Meile pro Stunde, natürlich nicht auf den Meter oder die Minute genau. Eigentlich hätten sie jetzt leichter vorankommen müssen, weil sie schon fast die Hälfte des Wassers verbraucht und damit weniger Gewicht zu tragen hatten, aber er schwitzte dennoch, trotz der Kühle des nächtlichen Marsches. Es kam ihm vor, als sickerte zusammen mit dem Schweiß auch alle Kraft aus seinem Körper. Wenn sie ankamen, wenn sie den Hügel oberhalb des Trainingscamps erreichten, dann würde er nur noch ein ausgewrungener Lappen sein, glaubte Holt. Er trat keine Steinchen mehr los, ließ keine Zweige knacken und kein von der Sonne trockenes Laub knistern. Jeder Schritt war konzentriert, jedes bewußt verzögerte Auftreten war sorgsam vorbereitet.
Crane war ein Schemen vor ihm. Er war ein verschwommenes Schemen, das nur an den Haltepunkten Formen annahm, wenn Crane stehenblieb, sich niederkauerte und auf Holt wartete, der neben ihm zu Boden sank. An den ersten Haltepunkten dieser Nacht sprachen sie nicht miteinander. Sie setzten sich nur und lockerten ihre Beinmuskeln, und Holt ließ seine Gedanken wandern, weit weg von der Konzentration und der Sorgsamkeit und der Anspannung des Marsches. Kein Wort wurde ge-

wechselt, nicht einmal im Flüsterton, denn Holt mußte nicht extra darüber aufgeklärt werden, daß sie sich nun tief hinter den feindlichen Linien befanden. Er hatte alles im Kopf, es war ihm alles erklärt worden, und er erinnerte sich daran. Sie gingen nordwärts auf halber Höhe des Hangs zwischen der Talsohle und den Gipfeln des Djabal al-Barouk. Oben auf dem Djabal al-Barouk stand ein hochmoderner, von den Sowjets gebauter Komplex von Radaranlagen und Antennen, der von der syrischen Luftwaffe bemannt wurde. Eine kritische Zone. Die Radaranlagen und Antennen waren vor Überraschungsangriffen geschützt. Rings um den Luftsicherungs- und Funkabhörkomplex würde, laut Cranes Bibel, eine Radarüberwachungsanlage vom Typ GS-13/Divisionsbedarf installiert sein, die mit 50-kW-Netzteilen arbeitete und Ortungsreichweiten von zwölf Kilometern für Personen und von fünfundzwanzig Kilometern für Fahrzeuge besaß. Auf dem Marsch entlang der Hänge oberhalb des Tals und unterhalb der Anlage auf dem Gipfel des Djabal al-Barouk hatte Crane Holt in hastigen Spurts hin- und herrennen lassen, wie ein Segler, der vor dem Wind kreuzte. Sie änderten die Richtung alle fünfzig oder sechzig Meter, als glaubte Crane, er könne mit diesen Manövern einen schläfrigen Posten am Überwachungsradar täuschen. Natürlich wäre alles viel schneller gegangen, wenn sie weiter unten marschiert wären, auf den weniger steilen Hängen unten an der Talsohle, doch Crane hatte ihm am letzten TRP erklärt, je weiter sie hinter die syrischen Stellungen vordrängen, desto größer sei das Risiko, auf ein Minenfeld zu stoßen oder in ein Wadi zu geraten, wo irgendeine Einheit zur Verteidigung gegen Panzervorstöße ihre Position mit Tretminen gesichert hätte. In dieser Nacht lernte Holt viel auf den Märschen zwischen den Haltepunkten. Er lernte etwas über die Technik, den Radarantennen zur Bodenüberwachung zu entkommen, und darüber, wie man die natürliche Deckung des Geländes nutzte, um trotz einer möglichen Beobachtung mit Nachtsichtgeräten unentdeckt voranzukommen. Er lernte die Gefahr erspüren, die niedrig fliegende Flugzeuge bildeten, die über ihnen brummten und nicht einmal Navigationslampen eingeschaltet hatten, als Crane ihre Richtung abschätzte und abrupt beiseite hastete, um aus der Fluglinie zu kommen, nur für den Fall, daß die dort oben Infrarot-Ortungsgeräte an Bord hatten.

Sie gingen weiter. Einschätzen konnte Holt die Gefahr nicht. Er konnte sich nur an die rauh geflüsterten Warnungen erinnern, die er vor dem Aufbruch von der Tagesrastposition aufgenommen hatte. Sie schleppten sich von einem Haltepunkt zum nächsten. Die Erschöpfung erfaßte Holts Beine, seinen Rücken, seine Schultern. Während der kurzen Pausen an jedem Haltepunkt gelang es ihm immer weniger, sich genügend zu erholen.

Er begriff, warum ihn eine derartige Erschöpfung packte ... Er war hilflos ... Der Mann, der ihn hier ständig weiter vorantrieb, hatte eine Krankheit, die die Netzhaut seines rechten Auges zerfraß. Er war mit einem Scharfschützen unterwegs, der einen Auftrag übernommen hatte, um mit dem Lohn dafür eine Operation bezahlen zu können, die – mit einer Erfolgschance von zwanzig Prozent – die nachlassende Sehkraft seines Zielauges retten würde. Er selbst war ein Blinder, und das gute Auge seines Anführers war kaputt ... doch damit mußte er sich abfinden. Auf der ersten Hälfte des Marsches dieser Nacht hatte er rasende Wut gegen Crane verspürt. Inzwischen war die Wut verraucht, überlagert von den müden Beinen und den schmerzenden Füßen. Er empfand so etwas wie Mitgefühl für Crane. Nur daß Mitgefühl für Crane eine verflucht sinnlose Sache war. Mitgefühl half wenig gegen Netzhauterkrankungen.

Sie hielten sich westlich und blieben hoch oben, um das Dorf Aïn Zebde zu umgehen. Danach würden sie noch höher klettern müssen, um so dem kleinen Ort Khirbet Qanafar auszuweichen. Hinter den Lichtern von Khirbet Qanafar, zweieinhalb Meilen dahinter, würden sie allmählich den Hügel herunterkommen, bis sie schließlich oberhalb des Trainingscamps lagen.

Es war spät am Abend.
Die Stadt war ein gespenstischer Ort von zuckenden Autoscheinwerfern und unsteten Schatten von Kerzenlichtern.
Wieder einmal Stromausfall in Damaskus. In diesem Monat geschah es häufiger, daß der Strom abgeschaltet wurde; fünf Stunden Dunkelheit diesmal, und niemand empfand es als etwas Besonderes. Der Verkehr bewegte sich in einem grusligen Dunst aus Abgasen. Die Cafés waren vom flackernden Licht der Kerzen beleuchtet. Abu Hamid sah, daß nur wenige der Cafés Laternen angezündet hatten. So wie die Kraftwerke an Öl sparen mußten, so knapp war auch die Versorgung der Bevölkerung mit Petroleum.
Er fühlte sich schwer belastet von den Dingen, die er mit dem Kameraden besprochen hatte. Den ganzen Nachmittag und den ganzen Abend über hatte er zugehört, hatte versucht, den Angriffsplan auf das Verteidigungsministerium an der Kaplan-Straße im Kopf zu behalten, all die Einzelheiten, die ihm der Kamerad mitteilte. Er hatte kein Wort aufschreiben dürfen, hatte sich alles, was man ihm sagte, auswendig merken müssen. Er kannte die Anzahl der Männer, die an dem Anschlag teilnehmen, kannte die Waffen, die sie bei sich tragen würden. Er kannte den Namen des Hafens auf Zypern, von dem er mit ihnen auslaufen würde, kannte die Zeiten von Ebbe und Flut, die das Auslaufen bestimmten. Er kannte die Geschwindigkeit des Küstenkutters. Er kannte die taktischen Pläne, mit denen die schwerbewaffneten Patrouillenboote der Küstenwache abgelenkt werden sollten. Er kannte die Stelle am Strand von Palmahim, südlich von Tel Aviv, an der Sympathisanten zwei geschlossene Lastwagen abstellen würden. Er kannte die Fahrzeit von Palmahim bis zu dem Komplex an der Kaplan-Straße. Er kannte die Sicherungsanlagen des Ministeriumskomplexes.
Durch das Tohuwabohu der Autohupen, durch die ausgefallenen Ampeln, durch die wogenden Menschenmassen auf dem Basar bahnte sich der Jeep seinen Weg bis zu der engen Gasse.
Mit einem Ruck kam der Jeep zum Stehen. Seine Scheinwerfer

erfaßten einen Viehtreiber, der auf ein Pferd einschlug. Das Tier weigerte sich, den mit Gemüse beladenen Karren weiterzuziehen. Da es den linken Vorderhuf nicht richtig aufsetzte, vermutete Abu Hamid, daß das Pferd lahmte. Der Jeepfahrer brüllte den Viehtreiber an. Der Viehtreiber brüllte das Pferd an. Abu Hamid stieß die Tür des Jeeps auf. Er stieg aus und knallte sie wieder zu. Dann verschwand er im Dunkel der Nacht, im Menschengewühl. Jetzt war er nicht mehr der Palästinenser, den man ausgewählt hatte, mit einem Schiff zum Strand von Palmahim zu fahren, das im Süden der Stadt Tel Aviv lag. Jetzt war er nicht mehr der Mann, der das Zeichen der Märtyrer auf der Stirn trug. Er hätte sich umdrehen können, hätte sich in den schmalen Gassen verlieren können. Er hätte ohne weiteres fliehen können. Aber er war die Motte, und die Gasse war das Licht. Die Frau war das Licht.

Als er an der Tür klopfte, machte sie ihm auf. Sie trug den losen Umhang der arabischen Frauen.

Er sah die seidige weiße Haut ihres Halses. Er sah die vollen Rundungen ihrer Brüste und ihrer Hüften. Er sah die Hände, die sich zum Gruß seinem Gesicht entgegenstreckten.

Sie hieß Margarethe Anneliese Schultz.

In der Bundesrepublik Deutschland, in den Computerarchiven des Wiesbadener Bundeskriminalamts, waren über sie, ihre Biographie und ihre Aktivitäten so viele Daten gespeichert, daß der Ausdruck auf Endlospapier fast sechs Meter lang gewesen wäre.

Margarethe Anneliese Schultz war jetzt dreiunddreißig Jahre alt. Sie war die einzige Tochter eines Pfarrers, der eine kleine Gemeinde wenige Kilometer nördlich von München betreute. Als Einzelkind war sie verwöhnt und verhätschelt worden. Schon früh in ihrem Leben hatte sie die Kunst erlernt, ihren Willen durchzusetzen, entweder mit Wutausbrüchen oder mit einem sanften Lächeln. Innerhalb der finanziellen Möglichkeiten ihres Elternhauses war ihr jeder noch so abstruse Wunsch erfüllt worden.

Sie hatte hervorragende Abiturnoten gehabt und bekam einen Studienplatz an der soziologischen Fakultät der Freien Universität Berlin. Ihr Vater hatte eine Cousine, die nach Berlin geheiratet hatte. Ihr Vater hatte geglaubt, es sei eine gute Idee, wenn seine Tochter ihr Studium in einer anderen Stadt absolvierte, dabei aber doch ein wenig unter den Fittichen der Familie bliebe. Im Sommer 1974 war Margarethe Anneliese Schultz von zu Hause aufgebrochen, war mit zwei Koffern in den Zug nach West-Berlin gestiegen. In diesem Sommer erholte man sich in der Bundesrepublik gerade vom Freudentaumel nach dem deutschen Sieg bei der Fußballweltmeisterschaft; die Nachrichten brachten Meldungen von den tödlichen Schüssen auf einen Richter vor seiner eigenen Haustür, von dem selbstauferlegten Hungertod des Holger Meins, vom Urteil gegen Ulrike Meinhof.

Seit jenem Tag, als sie ihr zum Abschied nachgewinkt hatten, als der Fernzug vom Bahnsteig des Münchner Hauptbahnhofs abgefahren war, hatten Dr. Schultz und seine Frau ihre geliebte Tochter nie wieder zu Gesicht bekommen. Nur ein Brief war von ihr angekommen, den sie eine Woche nach ihrer Ankunft in West-Berlin geschrieben hatte. Schon im ersten Monat ihres Aufenthalts in West-Berlin blieb sie ihren Vorlesungen fern und tauchte in den Untergrund ab. Sie war von einer Zelle der Roten-Armee-Fraktion rekrutiert worden, die sich zum Ziel gemacht hatte, den bewaffneten Widerstand im Namen des unterdrückten Proletariats neu zu beleben und damit den Kampf von Ulrike Meinhof, Andreas Baader, Jan-Carl Raspe, Gudrun Ensslin und Holger Meins weiterzuführen. Als Teil des »harten Kerns« von Revolutionären lernte sie eine Welt kennen, die sie berauschte. Sie lebte in konspirativen Wohnungen, machte für junge Männer mit Parabellum-Pistolen vom Typ Firebird Kaliber 9 mm die Beine breit, aß in teuren Restaurants, deren Rechnungen mit der Beute aus Banküberfällen bezahlt wurden, und fuhr in gestohlenen BMW- und Mercedes-Limousinen herum. Ihre Eltern hatten sie bei der Münchner Polizei als vermißt gemeldet.

Acht Monate, nachdem sie verschwunden war, hatten Mitarbeiter des Bundeskriminalamts den Pfarrer aufgesucht, um mit ihm im Wohnzimmer seines Hauses eine fünfunddreißig Minuten lange Unterhaltung zu führen, nach der er betend auf die Knie gefallen war und von seiner Frau getröstet werden mußte.

Die Pfarrerstochter war zu einer Bankräuberin geworden. Die geliebte Tochter des Pfarrers hatte bei einem Banküberfall, bei dem ein Polizist erschossen worden war, am Steuer des Fluchtwagens gesessen. Der kleine Engel des Pfarrers stand nun auf der Fahndungsliste, unter den Männern und Frauen, die von sämtlichen Polizeibehörden des Landes gejagt wurden.

Hineingeraten war sie über eine Fotografie-Arbeitsgruppe an der Uni. Anfangs hatte sie nur den Auftrag, Opfer von geplanten Attentaten, Ziele von geplanten Bombenanschlägen zu fotografieren. Sie hatte eine ruhige Hand. Die Fotos gelangen ihr gestochen scharf. Einige Jahre vergingen. Die RAF schlachtete die Mächtigen des Staates ab. Die kapitalistischen Ausbeuter wurden umgelegt. Generalbundesanwalt Siegfried Buback, hingerichtet. Jürgen Ponto, Präsident der Dresdner Bank, hingerichtet. Baron von Mirbach, Militärattaché an der deutschen Botschaft in Stockholm, hingerichtet. Hanns Martin Schleyer, Präsident des Bundesverbandes der Deutschen Industrie, hingerichtet. Die Regierung blieb hart. Die Gründer und Gründerinnen der Bewegung konnten durch die Morde nicht freigepreßt werden. Dann kam jene Woche, in der die Verzweiflung ihren Höhepunkt fand. In Mogadischu im afrikanischen Staat Somalia wurde eine gekidnappte Lufthansa-Maschine voller Urlauber durch einen Einsatz der Sondereinheit GSG-9 wieder befreit. Daraufhin erhängten oder erschossen sich die Anführer der Terroristen in ihren Zellen. Die Bewegung bekam durch den Mangel an Aktion und durch den Verlust ihrer Stars einen schweren Dämpfer. Margarethe Anneliese Schultz, deren Foto auf den Fahndungsplakaten prangte, deren Name sich auf einer Anklageschrift der Bundesanwaltschaft befand und die als wahrscheinlichste Zukunft zwanzig Jahre hinter Gittern vor sich hatte, fuhr in die Schweiz, nahm einen Zug nach Italien und buchte dort einen Flug nach Damaskus.

Sie vergaß den Kampf im Namen des stumpfsinnigen Proletariats ihres Heimatlandes und widmete sich der Sache des palästinensischen Volkes. Sie verfuhr haushälterisch mit ihrer Gunst; sie gewährte sie nur, wenn es ihr auch Vorteile verschaffte.

Sie hatte sich einen Beschützer gesucht, einen Mann von so hohem Einfluß, daß sie sicher sein konnte, niemals in die BRD in den Hochsicherheitstrakt eines westdeutschen Frauengefängnisses ausgeliefert zu werden.

Er war ein widerlicher Kerl, dieser Major des Nachrichtendienstes der syrischen Luftwaffe, aber er hatte Einfluß. Sie wärmte ihm sein Bett. Sie gab sich große Mühe, ihn zu verwöhnen. Auf ausdrücklichen Wunsch des Majors Said Hasan gab sie sich seit Monaten einem jungen palästinensischen Kämpfer der Volksfront hin.

Er sah den Anhänger an ihrem Hals.

Der Anhänger bestand aus einem Saphir, der von einem Halbmond aus Diamanten eingefaßt war.

Der Anhänger hing an einem goldenen Kettchen mit vielen feinen Gliedern.

Er erinnerte sich an die Worte. An die hervorgeplapperten Worte, die dem chirurgisch wiederhergestellten Mund von Major Said Hasan entschlüpft waren ... »daß Sie im Beisein der Waisenkinder der palästinensischen Revolution Ihren Einsatz für diesen Kampf gelobt haben« ... Er erinnerte sich an die Worte, mit denen man ihn aufgestachelt hatte.

Das Kettchen, an dem der Anhänger befestigt war, lag auf der seidigen Haut ihres Halses.

Sie küßte ihn auf den Mund, auf die Ohrläppchen. Sie sprach von ihrer heißen Liebe. Ihr flacher Bauch rieb sich an seinem Unterleib. Er spürte die Wärme ihrer Brüste durch das baumwollene Hemd hindurch.

Abu Hamid war gerade in das Zimmer eingetreten, lehnte mit dem Rücken an der geschlossenen Tür, hörte die gedämpften Rufe und Geräusche vom Basar, und er wußte, daß er die Frau, die er geliebt hatte, töten würde.

Er war ruhig. Er verspürte keine Angst. Es war nicht so wie damals, als die Frau, die eine Spionin für die Israelis gewesen war, ihn voller Verachtung angesehen hatte. Es war eher so wie damals, als er auf die Suche nach dem Mann gegangen war, der sein Transistorradio gestohlen hatte. Es war so wie damals, als er von der Bank vor dem Hotel Oreanda aufgestanden war, als er über die verkehrsreiche Straße auf die Stufen der Hoteltreppe zugegangen war. Als er das Sturmgewehr gehoben hatte, um damit auf den alten Mann und die junge Frau zu zielen, die durch die Schwingtür aus Glas traten.

Major Said Hasan hatte mit ihm gespielt wie mit einem Kind. Das Spielzeug, mit dem er ihn verlockt hatte, waren die Brüste und die Scheide von Margarethe Schultz gewesen. Er hielt sie in den Armen. Er roch ihr frisch gewaschenes Haar und die sinnliche Wärme ihres Körpers.

»Ich liebe dich, du mutiger Junge.«

»So wie du ihn liebst?« murmelte Abu Hamid mit leiser, kehliger Stimme.

»Ich liebe dich um deiner Tapferkeit willen, mein mutiger Junge.«

Sie bog den Kopf weit zurück, sie reckte sich, um ihn auf die Stirn zu küssen. Dabei straffte sich ihr Hals. Der Anhänger schien auf ihrer Haut zu tanzen, und das Kerzenlicht fing sich im kristallklaren Funkeln des Saphirs und wurde von den prächtigen Diamanten reflektiert.

»So wie du ihn liebst?«

Er hielt ihren Hinterkopf mit der linken Hand umfaßt, seine Finger faßten in die lockere Fülle ihres Haars. Seine rechte Hand lag an ihrem Nacken, die Finger berührten das schlanke, feste Band des Kettchens.

»Ich liebe nur dich, du mutiger Junge.«

Sie hatte nicht in sein Gesicht geblickt. Sie hatte ihm nicht in die

Augen gesehen. Sie hatte nicht das Lächeln gesehen, das seine Lippen umspielte. Er dachte daran, wie ihre Wange sich an das gräßliche, künstlich zusammengeflickte Gesicht von Major Said Hasan schmiegte. Er dachte daran, wie die fingerlose Hand die seidige Haut ihrer Schenkel begrabschte.
Die Finger seiner linken Hand, die in ihren Haaren lag, rissen den Kopf von Margarethe Schultz nach hinten. Er sah die Überraschung in ihren Blick treten. Mit der Rechten zerrte er an dem Anhänger, bis der Verschluß an ihrem Nacken nachgab. Dann zwang er sie, sich vornüber zu beugen, drückte ihren Kopf nach unten, bis sie nur noch seine Füße sehen konnte. Vor sie, zwischen ihre nackten Füße, zwischen seine Stiefel, ließ er den Anhänger fallen. Sein Stiefel krachte auf den Saphir und den Halbmond mit Diamanten. Er dachte daran, wie sie ihn dazu gebracht hatte, sich dafür zu schämen, daß er Geld genommen hatte, und daran, wie sie die Anweisung der Syrischen Zentralbank zerrissen hatte. Sie aber hatte einen Anhänger mit Saphiren und Diamanten genommen, sie hatte den Körper von Major Said Hasan genommen. Er bohrte den Absatz in den Teppich. Er hörte ihr Keuchen, als er den Fuß jetzt beiseite nahm und ihren Kopf noch weiter nach unten drückte, so daß sie den zertrümmerten Anhänger sah.
Sie hatte die Liebe von Abu Hamid entgegengenommen. Sie hatte ihm den Schwur abgenommen, er würde nach Israel gehen, den Kampf nach Israel tragen und seinen Tod nach Israel bringen.
Als er ihren Kopf nach oben zog, als sie ihm ins Gesicht sehen konnte, spuckte sie ihn an.
Sie fauchte: »Du bist widerlich … Du bist ja nicht einmal gut im Bett, nicht einmal so gut wie er …«
Er sah ihre Augen hervortreten. Er sah den blauen Schimmer, der ihre Lippen überzog. Er sah ihre Finger, die seine Handgelenke packten. Er sah, wie ihre Zunge aus dem Mund trat.
Als er ihren Hals losließ, als sie auf dem Teppich zu Boden glitt, kauerte er sich über sie.

Er hörte das eigene unterdrückte Schluchzen. Er lag über ihr. Er spürte die Nässe auf ihrer Haut, dort, wo seine Tränen hinfielen.

Percy Martins lag auf dem Bett.
Es waren Stunden vergangen, seit er in dem kahlen Raum herumgegangen war. Er hatte nur einmal herumzugehen brauchen, um zu begreifen, wo man ihn hier untergebracht hatte. Hinter den Vorhängen vor den Fenstern hatte er die Gitterstäbe aus Metall entdeckt. Er hatte bemerkt, daß durch das Schlüsselloch der Tür kein Licht fiel. Draußen auf dem Korridor hatte er einen Mann husten gehört.
Er lag auf dem Bett.
Er war kurz davor, einzuschlafen, da machte ihn das Murmeln von Stimmen vor seiner Tür plötzlich hellwach. Er hörte das schabende Geräusch des Schlüssels im Schloß. Er setzte sich in seinem Bett auf.
Es war Rebecca, die junge Assistentin von Zvi Dan. Sie brachte ihm eine Tasse Tee. Er sah, daß der Tee frisch aufgebrüht war, er dampfte noch in ihrer Hand. Sie reichte ihm die Tasse.
»Diese Freundlichkeit kommt etwas unerwartet.«
»Nein, das bedeutet gar nichts.«
»Warum dann?«
»Ich finde, man hat Sie genug getreten, ich dachte fast, die würden hier anstehen, um Sie weiter zu treten. Es gibt eine Menge Leute, die Ihnen gerne einen Tritt geben würden.«
»Die Menschen treten eben gern auf einen Dummkopf ein, wenn der Dummkopf schon am Boden liegt.« Martins trank den Tee, verbrühte sich den Gaumen.
»Aber Sie zu treten, nützt Holt nichts.«
Er sah ihr in die Augen.
»Es ist wohl eine dumme Frage, aber wissen Sie schon etwas Neues?«
»Neues könnten wir nur aus dem syrischen Funkverkehr erfahren. Wir hören ihre Funksprüche ab, und bis jetzt haben wir nichts darüber aufgefangen.«

Martins sank wieder auf seinem Bett zusammen. »Dieses verdammte Warten ist schrecklich; Warten auf die Nachricht von der Katastrophe, auf die unabwendbare Schande.«

»Was halten Sie eigentlich von Holt?«

»Er ist einer der großartigsten jungen Männer, die ich je getroffen habe, und ich bin noch nicht einmal dazu gekommen, ihm das zu sagen.«

Sie wandte sich ab, ging zur Tür hinaus. Er hörte, wie der Schlüssel umgedreht wurde. Dann lag er im Dunkeln und nippte an dem heißen, süßen Tee.

Von drei Männern vorwärtsgestoßen, stolperte und taumelte Heinrich Gunter blind über den unwegsamen Boden des Hügels.

An einen der Männer war er mit Handschellen gefesselt.

Seine Schuhe hatte man ihm wiedergegeben, aber sie scheuerten ihm die Füße wund. Straßenschuhe ohne Socken hatte er zum letzten Mal vor so langer Zeit getragen, daß er sich gar nicht mehr daran erinnern konnte. Die Schuhe hatten sie ihm zurückgegeben, nicht jedoch das Hemd, das Jackett und die Hose. Er war in Unterwäsche, die inzwischen schon stank, und über die Schultern hatte man ihm eine grobe Decke geworfen. Als sie aus dem Auto gestiegen waren, hatten sie ein Foto von ihm gemacht. Alles ging sehr schnell, er hatte das Ganze gar nicht recht wahrgenommen. Man hatte ihm die Kapuze vom Kopf gerissen, er war vom Licht geblendet gewesen. Gerade genug Zeit, um den Gewehrlauf zu sehen, von dem der bohrende Schmerz an seinem Kinn herrührte, und die Gesichtsmaske des Mannes, der den Fotoapparat auf ihn richtete. Zweimal hatte der Verschluß geklickt, der Blitz aufgeleuchtet, dann fiel die Kapuze über ihn herab, tauchte ihn wieder ins Dunkel. Daß sie ein Foto von ihm machten, hatte ihn verstört. Es war, als holte ihn das Fotografieren in eine Welt zurück, die er verstehen konnte, in eine Welt der Lösegeldforderungen und Erpressungen, der Schlagzeilen und der Radionachrichten, in die Welt der Berner Regierung, in die Welt, die er kannte und die

hilflos war. Das Fotografieren hatte die Erinnerung an seine Familie ausgelöst, an seine Frau, seine Kinder, sein Zuhause. Bilder von seiner Frau, die tatenlos in ihrem gemeinsamen Zuhause sitzen mußte, von seinen Kindern, die das Ganze nicht verstehen konnten.
Es war leichter für ihn, wenn er nicht in seiner eigenen, sondern in der Welt dieser Menschen war, wenn er in der Welt seiner Entführer lebte. Deren Welt bestand aus Gewehrläufen und Handschellen; sie bestand darin, eine Geisel mit einer Kapuze über dem Kopf über den unwegsamen, steilen Boden unterhalb des Djabal al-Barouk zu führen.

Crane erstarrte.
Holt, der hinter ihm ging, machte noch drei Schritte, ehe er Cranes Reglosigkeit bemerkte.
Crane hielt die Handfläche mit gespreizten Fingern hinter dem Rücken hoch. Das war für Holt die Warnung zum Stehenbleiben.
Es war die fünfte Stunde des Nachtmarsches. Holt war zu Tode erschöpft. Der Mond, der jetzt im letzten Viertel war, warf ein silbriges Licht über sie.
Ganz langsam ging Crane in die Knie, kauerte sich nieder. Eine kaum merkliche Bewegung, es dauerte eine Ewigkeit, bis er unten war.
Holt machte es ihm nach. Die Rucksackriemen schnitten tief in seine Schultern ein. Der reinste Segen, eine Erleichterung, rasten zu dürfen, nicht mehr den Rucksack schleppen zu müssen.
Crane wandte den Kopf, bedeutete Holt, sich neben ihn zu hocken.
Holt spürte, wie sich die Nervosität in seinem Körper ausbreitete. Als Crane stehengeblieben war, hatte Holt sich vorwärtsbewegt wie ein Roboter, hatte sich nur noch darum gekümmert, keinen Stein loszutreten und keinen Zweig knacken zu lassen. Jetzt war sie weg, die ausschließliche Konzentration auf jeden Schritt. Er kam vor, er blickte angestrengt in die schwarzgraue Stille, die vor ihnen lag, aber er sah nichts. Er merkte, daß

er den Schaft der Model PM mit aller Kraft umklammerte, dabei war das verfluchte Ding nicht einmal geladen, und über den Feuerdämpfer am vorderen Ende der Mündung war immer noch das Präservativ gezogen. Hätte Holt eine Menge genützt beim Verteidigen ihrer Stellung … Er war jetzt bei Crane, robbte ganz dicht an ihn heran.
Crane griff nach hinten und zog ihn zu Boden, drückte so fest, daß Holt bäuchlings auf dem schmalen Pfad lag.
Holt hörte den Stein weiter vorn kollern. Eine schreckliche Ruhe war in ihm, der Atem blieb ihm in der Kehle stecken. Vor ihnen war ein Stein losgetreten worden. Andere waren hier unterwegs. So verflucht nahe bei dem Camp, und da mußten sie auf andere Leute treffen. Crane griff nach seinem Gurt, die Hand bewegte sich mit dem Tempo eines Gletschers.
Ausgerechnet auf diesem Pfad. So viele Wege im Südlibanon, so viele Pfade auf den Hügeln der Westseite der Bekaa-Ebene, und, bei Gott, sie mußten ausgerechnet auf diesem hier auf jemanden treffen. Holt atmete vorsichtig aus, versuchte sich zu beherrschen, bemühte sich, nicht zu keuchen.
Er hörte die Stimmen so deutlich, als stünde er neben ihnen. Wörter, die er nicht verstand, Wörter in einer fremden Sprache, aber es schwang Ärger darin.
Er konnte nichts sehen, nur die Stimmen drangen durch die nächtliche Stille an sein Ohr.
Ein gutturaler Akzent, englische Worte, ein flehentlicher Ton.
»Ich kann doch nichts sehen, ich sehe doch nicht, wo ich anstoße.«
»Vorsichtiger gehen.«
»Aber ich kann nichts sehen …«
Holt hörte den dumpfen Ton eines Tritts. Er hörte das gedämpfte Keuchen, dann das Wimmern.
»Ich sehe doch nicht, wo ich hintrete.«
Ein Geräusch, als würde eine schwere Last geschleift, dann neue Stimmen, arabische Stimmen, die zu mehr Eile drängten. Holt verstand sie nicht, aber er begriff, was sie meinten.
Crane hielt sich das kleine Nachtsichtgerät vors Auge. Er be-

nutzte es nur selten. In Cranes Bibel stand, daß es gefährlich war, sich auf das Nachtsichtgerät zu verlassen, weil es schwer war, sich vom Nachtsichtgerät auf die natürliche Sehkraft im Dunkeln umzugewöhnen. Die Leute machten so viel Lärm, wie Holt beim ersten seiner Probenachtmärsche in den besetzten Gebieten veranstaltet hatte – das war jetzt so lange her, beinahe schon in vorgeschichtlicher Zeit.
Der Akzent des Mannes, der da gejammert hatte, er könne nichts sehen, klang für Holt nach einem Deutschen, Österreicher oder Deutschschweizer. Gerade ging eine ganze Lawine von Steinen neben dem Pfad ab, man hörte wieder einen Fußtritt und wieder das Wimmern. Holt schien es, als gingen sie jetzt rascher, als entfernten sich die Geräusche allmählich.
Holt wartete darauf, daß Crane etwas sagte.
Er hörte das Jaulen einer Hyäne über ihnen. Er hörte das Bellen eines Hundes hinter ihnen im Tal, dort, wo die Lichter des Dorfes Aïn Zebde schimmerten. Er wartete darauf, daß Crane etwas sagte.
Methodisch, wie es seine Art war, steckte Crane das kleine Nachtsichtgerät zurück in das Fach an seinem Waffengurt.
»Es ist ein Europäer«, flüsterte Crane.
»Was macht denn ein Europäer hier in ...?«
»Mein Gott, hast du in der Schule nicht zählen gelernt? Drei Schlägertypen führen einen europäischen Gefangenen auf unserem Pfad entlang. Einen Europäer, dem sie einen Sack über den Kopf gezogen haben, der nicht sehen kann, wohin er tritt, gefangen von Arabern – wenn man das zusammenzählt, ist es eine Geisel.«
»Eine Geisel ...« Holt wiederholte das Wort, schien von dem Wort beeindruckt zu sein.
»Die transportieren hier auf meiner Route eine Geisel, zum Teufel.« In Cranes geflüsterten Worten schwang heller Zorn.
»Und was wollen wir tun?«
»Weitergehen, müssen wir ja.«
»Warum müssen wir das?«
»Weil wir einen Zeitplan einzuhalten haben, mein Kleiner. Wir

haben eine Verabredung. Wir müssen hinter ihnen bleiben, uns ihrem Tempo anpassen. Es bleibt keine Zeit, hier zu rasten. Außerdem habe ich sie lieber in Sichtweite vor mir, ich weiß lieber genau, wo sie gerade sind.«

»Eine Geisel?«

»Hab' ich doch gesagt.«

»Ganz bestimmt eine Geisel?«

»Er ist an einen der drei gefesselt. Er hat einen mitteleuropäischen Akzent. Er hat keine Hosen an, nur eine Decke haben sie ihm übergeworfen. Und wir sind in einem Gebiet, das die Syrer kontrollieren, deshalb transportieren sie ihn in der Nacht. Sie dürften vom Islamischen Heiligen Krieg oder von der Hisbollah sein, die trauen den Scheißsyrern genausowenig über den Weg wie ich ... Tritt jetzt bloß keinen Stein los, Kleiner.«

Vorsichtig, ganz vorsichtig erhob sich Holt. Er stand aufrecht. Dabei hörte er die ganze Zeit über die leiser werdenden Geräusche der anderen weiter vorn. Er ließ Crane losgehen, wartete ab, bis er fünfzehn Schritte vor ihm war. Er wand sich, um den Druck der Rucksackriemen auf seinen Schultern zu verteilen. Ein behutsamer Schritt vorwärts, auf einem Pfad, den sie nicht allein benutzten.

Er konnte nichts dagegen tun. Er hätte sich ausschließlich auf jeden nächsten Schritt konzentrieren sollen. Nichts anderes hätte in seinem Kopf Platz haben dürfen, keine Ablenkung, keine Störung, nichts anderes als das Gewicht auf dem Ballen seines Fußes, der den Boden auf lose Steinchen, auf trockene Zweige, auf liegengebliebenes Laub prüfte.

Die Ablenkung, die Störung in seinem Kopf, waren die Gedanken an Liebe und an Vergeltung.

Er hatte seiner Freundin, seiner Jane, der persönlichen Assistentin des Militärattachés, gesagt, daß er sie liebte. Vor langer, langer Zeit hatte er seiner Freundin gesagt, daß er sie liebte. Nun war seine Freundin zu Asche geworden, er wußte nicht einmal, ob ihre Eltern die Asche verstreut oder begraben hatten. Zu wenig hatte er sie gekannt, um von ihnen zu erfahren, ob sie mit ihrer Asche aufs Meer hinausgefahren waren oder sie in einer Heidelandschaft voller Erika oder in der Stille eines Waldes begraben hatten. Seine Freundin war jedenfalls jetzt Asche, sie war weg, zu Staub und Erde geworden. So viele Dinge, an die er sich erinnerte. Wie er sie in der Mensa des Instituts für Osteuropakunde und slawische Sprachen getroffen hatte und von ihr begeistert gewesen war. Wie er auf sie gewartet hatte und sie zu spät gekommen war, die Verabredung war auf der Straße vor dem Odeon-Kino im Leicester Square gewesen, und er hatte darum gebeten, daß sie ihn nicht versetzen würde. Wie er in ihre Studentinnenwohnung gekommen war, mit einem Strauß Freesien und einer Flasche Beaujolais, und sich gefragt hatte, ob er wohl an diesem Wochenende noch einmal in seine eigene Wohnung zurückkommen würde. Wie er sie umarmt und geküßt hatte, als sie ihm damals erzählte, sie habe sich eine Stelle in Moskau besorgt, und ob das nicht geradezu wunderbar sei, weil er selbst doch in ein paar Wochen auch dorthin gehen würde, und wie sie darüber geflucht hatten, daß er in diesen paar Wochen nicht bei ihr und sie nicht bei ihm sein konnte. Wie er wütend auf sie gewesen war, weil sie ihn beleidigt hatte, für immer und alle Ewigkeit, Amen, im Treppenhaus des Hotel Oreanda in Jalta …

»Sei nicht kindisch, Holt.«

Er hatte seinem Ausbilder, seinem Mr. Martins, der in der Nahost-Abteilung des Secret Intelligence Service arbeitete, gesagt, er wolle Rache. Doch das war jetzt schon Lichtjahre her. Er würde den Mann erkennen, den sie Abu Hamid nannten, im selben Moment, wenn sein Feldstecher ihn erfaßte. Gar kein Zweifel. Er hatte den Mann, den sie Abu Hamid nannten, neun oder zehn Sekunden lang gesehen. Er glaubte nicht, daß er dieses Gesicht und die krähenfußartige Narbe darauf jemals vergessen würde. Aber verflucht, es war jetzt eine Ewigkeit her, daß er Rache wollte, daß er Martins gesagt hatte, er wolle sowohl das Auge wie den Zahn. Er spürte, daß sein Rachedurst erloschen war, er ahnte, daß er einfach nie den Mumm gehabt hatte, nein zu sagen, weder zu Mr. Martins in England noch zu Mr. Crane in Israel. Er ahnte, daß er nur deshalb auf der Westseite der Bekaa-Ebene war, weil er einfach nie den Mumm gehabt hatte, zu einer so primitiven Regung wie Rache nein zu sagen. Er ahnte, daß es ihm nicht im geringsten nützen würde, wenn ein Scharfschütze Abu Hamid erledigte. Er wußte, daß all das für Jane nichts ändern würde und auch nicht für ihre Eltern, falls die überhaupt je davon erfuhren. Und würde es für ihn etwas ändern?

»Man sollte ihn umbringen.«

Sie erreichten den siebenten Haltepunkt dieser Nacht.

Hier hatte Crane einige Minuten Rast eingeplant. Ein präziser Mann war dieser Crane; jeder Haltepunkt wurde pünktlich erreicht, er war das perfekte Instrument der Rache.

Holt preßte sich an Crane. Der Wind kühlte den Schweiß, der an seinem Körper herabrann, und er fror.

»Kann ich etwas sagen?«

»Flüstern, Kleiner.«

»Wo sind sie jetzt?«

»Vor uns, etwa eine Viertelmeile.«

»Und es ist eine Geisel?«

»Schätze schon.«

Holt schluckte heftig. Er packte Crane am Ärmel des Uniformhemds.

»Er ist wertvoller.«

»Du redest in Rätseln, Kleiner.«

»Eine Geisel ist wertvoller als der Schuß auf Abu Hamid.«

»Weißt du, was du da sagst?«

»Es bringt viel mehr, eine Geisel lebend in die Freiheit zu führen, als Abu Hamid tot zurückzulassen.«

»Das habe ich nicht gehört.« Crane entzog ihm seinen Arm.

»Eine Geisel zu befreien, das wäre wirklich eine barmherzige Tat.«

»Da hast du aber wohl etwas übersehen, Kleiner.«

»Jedenfalls sehe ich nicht beiseite, wenn einer meiner Mitmenschen in Gefahr schwebt.«

»Du übersiehst etwas ganz Wichtiges.«

»Was kann denn wichtiger sein, als einen Menschen aus dieser Hölle zu befreien?«

»Dein Versprechen, das übersiehst du dabei.«

»Eine Geisel, die lebend gefangengehalten wird, eine unschuldige Geisel ...«

Crane wandte sich ab, er sprach mit leiser Stimme, die durch den Nachtwind schnitt. »Ich habe mein Wort gegeben, Kleiner. Für mich ist ein Versprechen nicht nur so in den Wind gesagt.«

»Eine Geisel zu befreien, hat einen Wert. Hat es einen Wert, Abu Hamid zu töten?«

»Ich habe mein Wort gegeben. Tut mir leid, wenn dir das nicht wichtig ist.«

»Sie sind es nicht wert, die Leute, denen Sie Ihr Wort gegeben haben.«

»Zeit zum Abmarsch.«

»Die Freiheit einer Geisel ist mehr wert als Ihr Versprechen.«

»Ich sagte, es ist Zeit zum Abmarsch.«

Holt stand auf.

»Wenn ich hier je lebend rauskomme, Mr. Crane, dann werde ich Sie hassen, weil Sie eine Geisel im Stich gelassen haben.«

»Wenn du hier je lebend rauskommst, Kleiner, dann wird es wegen meines Versprechens sein ... Und jetzt hör auf, gegen den Wind zu pissen.«

Mit seinem Nachtsichtgerät suchte Crane das Gelände ab. Sie gingen los. Der Abstand zwischen ihnen tat sich wieder auf. Vor ihnen hörte Holt die entfernten Geräusche der Gruppe der drei Geiselnehmer und ihres Opfers. Unten im Tal, östlich von ihnen, lag der kleine Ort Khirbet Qanafar. Sie bewegten sich ganz leise, während sie sich den abschüssigen Hang entlangtasteten. Der nächste Ruheplatz würde die Tagesrastposition oberhalb des Trainingscamps sein.

In dem Ort Khirbet Qanafar lag der Händler auf einem Feldbett und schlief tief und fest.

Am Anfang, vor vielen Jahren, als er seine Vorlesungen in Beer

Sheva hatte sausen lassen und mit falscher Identität in den Libanon gegangen war, hatte er lange Zeit abends kaum Schlaf gefunden, hatte ständig die bohrende Angst vor der Entdeckung verspürt. Jetzt nicht mehr, er schlief sogar hervorragend, unter einer Decke, die, so vermutete er, sonst auf dem Bett des Dorfältesten lag.
Neben dem Stuhl mit seinen Kleidern hatte der Händler zwei Plastiksäcke ausgebreitet, in denen vorher Kunstdünger gewesen war. Auf dem Plastik lagen alle beweglichen Teile des Pumpenaggregats, das sonst das Wasser von einem der drei Bewässerungsbrunnen von Khirbet Qanafar aus der Tiefe beförderte. Er hatte den Motor am Nachmittag und am frühen Abend auseinandergenommen, dann hatte er mit dem Dorfältesten und dessen Sohn gegessen. Am Morgen, wenn er wach war, sich gewaschen und gefrühstückt hatte, würde er damit beginnen, den Motor wieder zusammenzubauen. Er wußte, daß diese Arbeit viele Stunden in Anspruch nehmen würde, vielleicht fast den ganzen Tag. Er wußte, daß er am Abend des nächsten Tages immer noch in Khirbet Qanafar sein würde. Alles lief genau nach Plan. Crane würde seinen Schuß in der Abenddämmerung abgeben. Er schlief ruhig, er war an der richtigen Position, so wie er es versprochen hatte.
Doch wie lange noch, wie viele Jahre würde der Universitätsdozent noch die Rolle eines Ersatzteilhändlers für Elektrogeräte spielen und in den Betten seiner Feinde schlafen?

Als Abu Hamid den weichen, leblosen Körper erkalten fühlte, stand er vom Bett auf.
Die Kerze war erloschen, aber der Strom war wieder angeschaltet worden, deshalb fiel etwas Licht von der Straße ins Zimmer.
Sie lag zu seinen Füßen. Es fiel kaum auf, nur ihr Hals war ein bißchen überstreckt, und der Kopf lag etwas zu schief.
Er ging ans Fenster. Er zog die dünnen Vorhänge beiseite. Er sah den wartenden Jeep am Anfang der Gasse. Die Zigarette des Fahrers glimmte rot auf.
Er hatte seine Instruktionen für die Attacke auf das Verteidi-

gungsministerium in der Kaplan-Straße bekommen. Sie hatten ihm sein Leben abverlangt und das Leben der Männer, die mit ihm kommen würden. Verständlich, daß sie ihn jetzt gut bewachten.
Er legte sich noch einmal auf ihr Bett. Er roch den Duft in den Kissen und den Laken. Er erinnerte sich an die schmalen, tastenden Hände des kleinen Jungen, die sie behutsam auf seine Schultern gelegt hatte.

Sie drückten Heinrich Gunter nach unten, so daß er auf Händen und Knien war. Beim Vorwärtskriechen auf dem harten Felsboden spürte er die feuchte Modrigkeit einer Höhle.

Alles genau nach Cranes Bibel. Sie erreichten die Tagesrastposition, gingen noch ein Stück weiter und kehrten dann in einem Bogen zurück.
Sie richteten sich ein. Unter ihnen lagen jetzt die Lichter des Camps, der spotzende Ton des Generators drang sogar bis zu ihnen den Hang hinauf.

18. Kapitel

Die Morgendämmerung zog hinter der gegenüberliegenden Wand des Tales auf und tauchte es in goldenes Licht.
Es war wie eine strahlende Explosion, als die kraftvollen Strahlen der niedrigen Sonne die Konturen und Farben der Bekaa-Ebene hervortreten ließen. Jetzt bei Tagesanbruch, kurz vor sechs Uhr, war das Tal ein Ort stiller Schönheit. Die Sonne zeichnete die klaren, geometrischen Linien der Bewässerungsgräben nach, ließ die frühen Gerste- und Weizensaaten in sanften Grüntönen leuchten, umspielte die rauhen Zacken der graugelben Felsgebilde, glitzerte auf den roten Schindeldächern von Khirbet Qanafar, schien auf die Wellblechdächer eines Milizlagers hinab. Die Sonne spiegelte sich auf der Windschutzscheibe eines fahrenden Autos. Die Sonne ließ lange Schattenzungen an einer Herde Schafe lecken, die ein kleines Kind in die Berge brachte, wo es kühler sein würde, wen die Sonne höher stand. Die Sonne ließ das grelle Weiß einer Fahne aufblitzen, in deren Mitte die Umrisse des Zionistenstaates und darüber zwei gekreuzte Gewehre mit aufgesetzten Bajonetten abgebildet waren. Und auch den kegelförmigen Zelten des Camps verlieh die aufsteigende Sonne Konturen.
Das Camp war keine Überraschung, es war ihm von den Luftaufnahmen her vertraut.
Er sah den Stacheldraht. Er sah den Graben zum Schutz vor Panzerangriffen. Er sah die dicht gedrängt stehenden großen Schlafzelte. Er sah die Sichtblende der Latrine. Er sah die Deckel der Luftschutzgruben und der unterirdischen Waffenkammern. Er sah das Zelt des Kommandanten, das abseits stand. Er sah das Dach über der Feldküche.

Der Generator war beim ersten Schein des Morgengrauens abgeschaltet worden, als brauchte man den Strom nur zum Schutz vor den Gefahren der Nacht. Es herrschte absolute Stille. Die einzigen Bewegungen waren das lässige Schreiten, Umwenden und Stampfen des Wachpostens am Eingang des Camps, die emsige Geschäftigkeit des Kochs, die zitternd zur Sonne aufsteigende Rauchsäule und die flatternde Fahne, auf der das Emblem der Volksfront prangte.
Oberhalb des Camps, an einer Stelle, wo die steilen Wände flacher wurden und in einem sanften Hang zum Boden der Ebene hin ausliefen, hatten die Gletscher der Eiszeit einen Überhang im Fels entstehen lassen. Die Nische darunter war nicht sehr tief, kaum einen Meter, aber der Felswulst darüber hatte eine Länge von über drei Metern. Der Überhang fiel nicht weiter auf. Rechts und links des Felsgebildes würde man innerhalb einer halben Meile auf weitere neun solcher urzeitlichen Verwüstungen des Bodenprofils stoßen.
Die Nische unter dem Felsüberhang war der Ort, den Crane für die letzte Tagesrastposition ausgesucht hatte.
Crane schlief.
Holt hatte Wache.
Die Sonne stand jetzt über dem Djabal Aarbi auf der Ostseite der Bekaa-Ebene. Holt fand es erstaunlich, wie rasch die Klarheit des Lichts zu verschwommenem Dunst umschlug. Die Sonne kletterte höher. Er zog die Uhr aus der Uniformhose und sah nach, wie spät es war. Crane schlief tief, als könnte er die Erholung gebrauchen. Er hätte Crane gerne länger schlafen lassen, ihm die Chance gegeben, das Auge auszuruhen, frische Kräfte zu sammeln und den Kopf freizubekommen. Doch die Uhr war unerbittlich. Crane würde ihn zerfleischen, wenn er ihn länger als die vereinbarte Zeit schlafen ließ. Er tippte Crane an die Schulter. Seit sie an der Tagesrastposition angekommen waren, hatten Crane und er je eine Stunde geschlafen. Aber jetzt stand die Sonne am Himmel, und das Camp erwachte zum Leben. Er konnte nicht abschätzen, wann sie das nächste Mal Zeit zum Schlafengehen haben würden.

Crane wachte auf.
Unglaublich, wie leicht ihm das fiel. Für Holt war es ein Weltwunder, wie Crane aufwachte. Ein kurzes Augenreiben, ein halbes unterdrücktes Gähnen, ein wildes Kratzen der Achselhöhle, ein Stirnrunzeln, ein Grinsen: Schon war Crane wach.
Winzige Gestalten bewegten sich zwischen den Zelten, das erste Transistorradio begann mit seiner quäkenden Musik, die in Fetzen vom Wind herübergetragen wurde.
»Gut geschlafen?«
»Ja, bestens ... was regt sich?«
»Da unten wird's so langsam Zeit zum Kacken, Duschen und Rasieren. Wissen Sie, Mr. Crane, es ist doch einfach unglaublich, daß wir hier sind und die da unten. Ich meine, Sie haben zwar gesagt, daß es so sein würde, aber bis ich hierhergekommen bin, habe ich es nie so richtig glauben können.«
»Du denkst zuviel nach, Kleiner, das ist der große Nachteil einer akademischen Bildung.«
»Wie geht's dem Auge?«
»Kümmere dich um deine eigenen Sachen.«
Holt hörte Cranes veränderten Ton, er sah, wie er sich abwandte. Crane fuhr sich mit der Zunge im Mund herum, als ob er sich so die Zähne putzte, als wäre das ein Ersatz für Zahnpasta.
»Was regt sich sonst noch?«
»Ein Junge mit ein paar Schafen, da drüben ...« Holt deutete nach rechts, zeigte durch das Tarnnetz hindurch, das sie verbarg. »Mäßiger Verkehr auf der Straße. Sonst nichts. Wann soll ich anfangen, ihn zu suchen?«
Der Feldstecher war in Cranes Rucksack. Crane schüttelte den Kopf. »Denk mal nach, Kleiner. Wo steht die Sonne? Die Sonne scheint direkt zu uns rein. Setz das Glas an, und du riskierst erstens, daß dir die Augen durchbrennen, und zweitens einen Lichtreflex. Beides wäre ziemlich übel. Also läßt du das Glas erst mal noch stecken, bis die Sonne ein ganzes Stück höher steht. Geduld, Kleiner.«

»Mr. Crane ...«
»Ja?«
»Was haben die mit der Geisel gemacht?«
Um Cranes Mundwinkel spielte leichte Verärgerung. »Wozu willst du das wissen?«
»Ich will es eben wissen.«
»Machst du wieder eine Riesenszene deswegen, wirst du mir alles vollkotzen?«
»Was haben sie mit ihm gemacht?«
Crane flüsterte: »Eine Viertelmeile hinter uns ist eine Höhle, da sind sie hin mit ihm. Wir sind knapp hundert Meter über ihnen vorbei. Vermutlich wollen sie ihn da festhalten. Manchmal bleiben sie mit ihnen in Beirut, manchmal bringen sie sie in die Bekaa-Ebene ... Beirut wäre besser für ihn, hier wird's nicht gerade Hotelkomfort sein.«
»Mr. Crane ...«
»Ja.«
»Wenn wir den Schuß erledigt haben, wenn wir den Rückweg antreten ...«
»Nein.«
»Nichts, was wir tun können?«
»Willst du nach Hause, oder willst hier sterben? Wenn du nach Hause willst, dann machst du einen großen Bogen um die Höhle, wenn du tot sein willst, dann lädst du dich zu Kaffee und Kuchen ein ... tut mir leid, Kleiner.«
Holt ließ den Kopf hängen, seine Worte kamen gemurmelt, der Wind pfiff durch das Tarnnetz. »Es kommt mir schrecklich vor, ihn allein zu lassen.«
»Hör mal, hier ist schon Alexander der Große durchgekommen, Nebukadnezar war hier, und die Römer haben's auch mal versucht. Später kamen die Kreuzritter, die Türken, die Franzosen, die Amis, die Syrer, und mein Volk hat's auch probiert. Alle haben versucht, die Gegend hier zu zivilisieren, und der Libanon hat sie alle geschafft. Das sind schlichte Tatsachen, kein Wissen von der Uni. Und Tatsache ist auch, daß du daran nichts ändern kannst, Holt, nicht mit deinem ganzen akademi-

schen Wissen. Du kannst einen Dreck daran ändern ... vergiß den Mann.«
»Es ist eine Schweinerei von uns, ihm den Rücken zu kehren.«
Crane sah Holt einen Moment lang scharf an, schwieg aber. Er machte seine Schnürsenkel auf, zog sie noch fester und sicherte sie mit einer doppelten Schleife. Aus einer Seitentasche des Rucksacks nahm er einen Streifen Kaugummi. Er legte sich die Armalite über den Schoß. Holt beobachtete ihn. Crane hatte das Gesicht dicht am Netz, er musterte das Bild, das sich ihm dort unten bot, unten im Camp. Cranes Hand legte sich auf Holts Schulter.
»Wirst es schon überstehen, Kleiner.«
Holt schluckte heftig. »Was haben Sie vor?«
»Mich ein bißchen umsehen, eine Deckung weiter vorn suchen.«
»Sie haben doch gesagt, wir würden in neunhundert Meter Entfernung bleiben.«
»Ich will aber fünfhundert«, sagte Crane.
»Ist es wegen des Auges?«
»Ich will eben auf fünfhundert ran.«
»Schaffen Sie's aus neunhundert denn nicht?«
»Laß gut sein, Holt.« Beinahe knurrte er.
Holt schüttelte den Kopf, konnte es nicht glauben. Laut Cranes Bibel durfte man bei Tageslicht die Deckung überhaupt nicht mehr verlassen. Laut Cranes erstem Buch würde nicht einmal ein Idiot versuchen, sich nach Tagesanbruch oder vor Sonnenuntergang über offenes Gelände zu bewegen. Laut Cranes erstem Kapitel durfte sich das Team niemals aufteilen. Laut Cranes erstem Vers war eine Distanz von neunhundert Metern die beste für Heckenschützen. Doch Holt konnte ihm nicht widersprechen. Er starrte Crane nur an. Es war, als würde Crane durch seine Angst, seine geweiteten Augen, etwas weicher.
»Ich bin nicht lange weg, eine Stunde, ein bißchen länger vielleicht. In einer Stunde nimmst du den Feldstecher ... Die sind ja alle blind da unten, die sehen doch ihre eigenen Arschlöcher

nicht. Alleine würde mich nicht mal ein Bussard von oben entdecken. Ich such' mir einen Platz in fünfhundert Meter Entfernung, dann komm' ich zurück. Inzwischen findest du mir raus, welcher von denen der Dreckskerl ist, und dann bleiben wir dran, verfolgen ihn und lernen ihn kennen. Am Spätnachmittag, wenn die Sonne tiefer sinkt, wenn sie hinter uns steht und ihnen in die Augen scheint, dann geh' ich noch mal los. Ein Schuß auf fünfhundert Meter. Danach bleiben wir beide, wo wir sind, bis es dunkel ist. Ich komm' dich holen, und wir brechen wieder auf ... Verstanden, Kleiner?«

»Verstanden, Mr. Crane.« Holt sprach mit etwas brüchiger Stimme, wie ein Kind, das Angst vor dem Alleinsein hat.

Das Tarnnetz hob sich langsam, und dann war Crane verschwunden.

Ein Stück rechts von dem Überhang stand ein massiger Felsblock, und Holt sah noch, wie Cranes Gestalt, deren Konturen durch die Tarnfarbenschnüre in der Kleidung verwischt wurden, den Felsblock erreichte.

Danach sah er ihn nicht mehr.

Holt strengte seine Augen aufs äußerste an. Er spähte auf das öde, formlose Terrain zwischen sich und dem Camp hinab, und er sah nicht die kleinste Bewegung. Er fand es unfaßbar, daß Noah Crane in einem solchen Gelände unsichtbar werden konnte.

Fawzi blinzelte in die Sonne. Er reckte sich, gähnte und zog seinen Hosengürtel enger.

Er hatte gut geschlafen, tief und fest. Ein Lächeln trat auf seine Lippen. Er hatte allen Grund zur Fröhlichkeit. Er schüttelte den Schlaf ab, er aalte sich im Sonnenschein und in der Erinnerung an den vorigen Abend. Die Ernte des Vorjahres: gut gelagerte, gut getrocknete Stauden und alles gut verpackt. Jede Menge Grund zum Grinsen, denn im verschlossenen Innenraum seines Jeeps lagen fünf Pakete, und jedes Paket wog zehn Kilo, und jedes Kilo war Spitzenqualität.

In die Bekaa-Ebene abkommandiert zu werden, als Verbindungsoffizier zum Camp dieser Rekruten, hatte den gewaltigen Vorteil des ständigen Zugangs zur alten und zur neuen Ernte auf den Haschischfeldern. Während der Wochen, in denen er das Camp aufgebaut und die Jungs von der Volksfront betreut hatte, hatte er seine Schäfchen ins Trockene gebracht. Er kassierte bar in US-Dollars. In harten Dollars, in Banknoten. Für Dollars konnte man mit den Zollbeamten am Flughafen ins Einvernehmen kommen. Seine baren Dollars, minus der Kosten für das Einvernehmen, würde er in der Tasche, im Portemonnaie haben, wenn er nach Rom, Paris und Athen fuhr. Das waren seine heiligen Städte, zu denen er pilgern würde, sobald der blöde Hamid mit seinen zehn Auserwählten nach Damaskus gefahren war, zur letzten Einsatzbesprechung vor dem Abflug nach Zypern und der Seereise an die israelische Küste.

Jede Menge Grund zur Fröhlichkeit, und das Beste für Leutnant Fawzi war, daß nun sein letzter Tag und seine letzte Nacht in der elenden Langeweile der Bekaa-Ebene angebrochen waren.

Die Rekruten standen vor dem Koch in einer Schlange und warteten auf ihre Ration. Fawzi bestellte sich ein Omelette mit drei Eiern. Dazu wollte er Kaffee. Er ging zu seinem Zelt zurück, holte sich von drinnen einen Stuhl und wartete, daß ihm das Essen gebracht wurde.

Der beißende Rauch des Feuerholzes, das vom Morgentau noch feucht war, wehte ihm in die Nase.

Er hielt den Feldstecher so, wie Crane es ihm beigebracht hatte. Daumen und Zeigefinger lagen jeweils um das vordere Ende des Sehrohrs, die ausgestreckten Handflächen schirmten das blanke Glas vom direkten Sonnenlicht ab.

Holt hatte aufgehört, nach Crane Ausschau zu halten. Er lag auf dem Bauch, völlig reglos, und drehte nur ganz leicht den Kopf, während er aufmerksam die Gesichter der Gestalten absuchte, die lethargisch zwischen den Zelten hin und her gingen. Er hatte die Schlange vor der Feldküche abgesucht und auch die

Schlange vor der Latrine. Wenn die Männer aus ihren Zelten traten, verfolgte er sie mit dem Feldstecher, bis sie wieder darin verschwanden.
Er hielt es für unmöglich, daß er Abu Hamid durch den starken Feldstecher ins Gesicht geblickt und ihn nicht erkannt hatte. Er hatte keinen Mann mit einer krähenfußartigen Narbe auf der Wange gesehen. Er hatte keinen Mann mit dem wiegenden Gang gesehen, mit dem Abu Hamid die Straße vor dem Hotel Oreanda überquert hatte. Er erinnerte sich an das lange Warten auf der harten Bank in dem Gang, der zum Zellentrakt eines Polizeireviers in Tel Aviv führte. Er erinnerte sich an die Schläge, mit denen man den Bombenleger traktiert hatte. Was war nun, wenn der Mann gelogen hatte ... Was, wenn der Mann gelogen hatte, um unter den Schlägen und Stiefeltritten seine Haut zu retten? ... Zweifel stiegen in ihm auf.
Wenn er nun den ganzen Weg zurückgelegt hatte und Abu Hamid gar nicht im Camp war? Oder wenn er den ganzen Weg zurückgelegt hatte, aber Abu Hamid nicht erkennen konnte?
Zum vierten Mal begann er seine Suche am südlichen Zaun des Camps, musterte Gesicht für Gesicht, wanderte nach Norden und zweifelte immer mehr.

Er hatte ihre Leiche auf das Bett gelegt.
Er hatte die Bettdecke über sie gebreitet. Er hatte die Decke hoch genug gezogen, um die Würgemale an ihrem Hals zu verbergen.
Aus der Vase am Fenster nahm er eine Blume, eine Rose. Er legte die Blume über ihrer Brust auf die Bettdecke.
Er schloß die Tür hinter sich. Er ging die steile Treppe hinunter und hinaus in den Lärm und das Gedränge der Gasse. Er ging aufrecht und mit der Entschlossenheit eines jungen Kommandoleiters, der den Auftrag übernommen hatte, einen Angriff auf das Verteidigungsministerium in der Kaplan-Straße anzuführen.
Abu Hamid stieg auf den Beifahrersitz des Jeeps.

Holt legte den Feldstecher auf dem harten Boden zwischen seinen Händen ab. Unter ihm flimmerte die Hitze im Tal. Die Sonne wurde grell von den Zelten reflektiert und ließ den Stacheldraht aufblitzen, wo er noch nicht angerostet war. Am Feldstecher lag es nicht, er hatte sogar die Ratten unter dem Draht hindurchflitzen sehen. Er begriff allmählich den Tagesablauf des Camps. Die Männer saßen in einem Halbkreis, schlugen nach Fliegen und sahen einem riesigen, fetten Burschen zu, der ihnen vormachte, wie man ein Maschinengewehr auseinandernahm und wieder zusammensetzte. Er konnte jetzt nur einen Teil der Gesichter sehen; aber er hatte jeden einzelnen von ihnen gemustert, ehe sie zu der Lektion gekommen waren, auch den uniformierten Ausbilder. Es war ein verzweifelter Augenblick gewesen, die Suche nach der krähenfußartigen Narbe auf der linken oberen Wange des Ausbilders, ein letzter Versuch. Der Koch kniete vor dem Feuer und blies hinein. Nur der Koch, der Posten am Eingang des Camps und ein Mann, der auf einem Stuhl vor seinem Zelt eingeschlafen war, nahmen nicht an der Lektion teil. Da war er den weiten Weg mit Crane hergekommen, drei Nachtmärsche, eine zusammengedrängte Ewigkeit, und Abu Hamid war nicht da. Sein Kopf und der ganze Körper taten ihm weh, und die Verzweiflung übermannte ihn.

Major Zvi Dan trat in den Raum, der die Kommunikationszentrale beherbergte und in dem es still und düster war.
Leise zog er die Tür hinter sich zu.
Es war eine Welt, in der sich nie eine laute Stimme erhob, in der die uniformierten Männer und Frauen sich alle nur sehr gemessenen Schrittes bewegten. Der Raum war das Reich der Elektronik. Er war dominiert vom Klappern der Fernschreiber, vom grünlichen Schein der Computerbildschirme und vom leisen Surren der Aufzeichnungsanlagen. Weil die Sache so wichtig war, weil Crane und Holt in die Bekaa-Ebene eingedrungen waren, wurden alle Funksprüche des syrischen Mi-

litärs, die die Antennen auf dem Berg Hermon auffingen, direkt an die Kommunikationszentrale in Kiryat Shmona weitergeleitet.
Leise fragte er den Hauptmann der Nachrichtenabteilung, ob es irgendwelche Neuigkeiten für ihn gebe. Es gab keine Neuigkeiten.
Major Zvi Dan riß ein Blatt von dem kleinen Notizblock ab, den er in der Tasche des Uniformhemds trug. Auf dem Zettel standen Ziffern, die eine UKW-Funkfrequenz bezeichneten. Er bat darum, daß diese Frequenz ab Mittag ständig abgehört würde.

Immer noch beobachtete er das Camp. Er hatte in Gedanken durchgespielt, was Crane ihn fragen würde und was er darauf antworten würde. Er ist bestimmt nicht da unten ... Vielleicht hat er sich ein wenig verändert ... Wenn er dort unten wäre, würde ich ihn erkennen ... Und wenn er nun einen Bart trägt ...? Ich würde ihn trotzdem erkennen ...
Es gab keinen Grund mehr, das Camp länger zu beobachten. Die Männer saßen immer noch vor dem Maschinengewehr, sie übten in Dreiergruppen, was sie gelernt hatten. Crane hätte nur Hohn für sie übrig gehabt. Das Feuer in der Feldküche war ausgegangen, der Koch war mit dem Abwaschen des Stahlgeschirrs beschäftigt, und der Posten am Eingang ging so monoton auf und ab, als schliefe er im Stehen. Im Camp gab es für Holt nichts zu sehen.
Er versuchte, Crane durch den Feldstecher auszumachen.
Konnte ihn nicht finden, ebensowenig wie er den Mann fand, für dessen Tod er einen so weiten Weg auf sich genommen hatte.
Holt war verzweifelt. Er war noch nie so allein gewesen.

»Wenn Sie Ihre Information keinem anderen anvertrauen wollen, dann müssen Sie eben warten.«
Der Reisende machte es sich in dem weichen Sessel bequem. Das Vorzimmer war kühl und geschmackvoll möbliert. Er

hatte eine Tüte mit Walnüssen zum Knabbern dabei. »Meine Information ist nur für Major Said Hasan bestimmt.«
Der Sekretär gab sich keine Mühe, seine Verachtung zu verbergen. Der Mann stank und war gekleidet wie ein Bauer. Seine Schuhe hatten Straßenschmutzspuren auf dem Teppich hinterlassen.
»Er ist zu einer Besprechung gefahren, und ich muß jetzt selbst weg.«
»Dann warte ich eben hier.«
Die Walnußschalen bröselten auf den Teppich. Der Reisende machte keine Anstalten, sie aufzuheben. Er kaute vergnügt auf den saftigen Nüssen herum.

Holt sah die Staubwolke, die von den Rädern des Jeeps aufgewirbelt wurde. Er griff nach dem Feldstecher. Er sah die Schriftzeichen auf der Motorhaube des Jeeps, vermutlich syrische Armee. Er sah, daß neben dem Fahrer ein Passagier in dem Jeep saß.
Das Bild verschwamm vor seinen Augen. Holts Kopf fuhr zur Seite, weg von der Straße, weg von dem Jeep. Das vergrößerte Bild sprang von der Straße zu den Zelten, von den Zelten zum Eingang des Camps, vom Wachtposten zum Koch.
Der Koch war aus dem Camp gekommen, hatte den Stacheldraht hinter sich gelassen. Er erkletterte jetzt den Abhang westlich des Camps. Es war klar, daß er auf der Suche nach Holz war. Durch die gewaltige Vergrößerung, durch den tunnelartigen Eindruck des Feldstechers schien der Koch direkt auf den Felsüberhang zuzukommen. Holt sah, daß der Mann vor sich hinpfiff. Er beobachtete, wie er erfreut grinste, als er ein großes Stück trockenes Holz fand. Er beobachtete, wie er sich das Holz unter den Arm klemmte und höher stieg. Er beobachtete, wie der Mann gemächlich, ohne jede Eile, weiter nach Holz suchte und dabei den Abhang hinaufkletterte.
Holt wußte nicht, wo Noah Crane sich versteckt hielt.

Am Eingang des Camps sprang Abu Hamid aus dem Jeep heraus und ging durch die Lücke im Stacheldraht. Der Jeep wendete.
Er sah kurz bei Fawzis Lektion zu. Fawzi würde sich bestimmt in die Hosen machen, wenn er je in die Lage käme, im Ernstfall ein schweres MG abzufeuern. Er hatte eine trockene Kehle. Er ging zur Feldküche hinüber. Das Feuer war erloschen. Kein warmer Kaffee erwartete ihn. Hoch oben am Hang über dem Camp sah er den Koch nach Brennholz suchen.

Der Feldstecher suchte das Gelände ab.
Der Koch hatte inzwischen eine Menge Holz unter dem Arm, so viel, daß er bereits zweimal leicht gezögert hatte, als fragte er sich, ob er überhaupt noch mehr Holz brauchte.
Das offene, abschüssige Gelände bot keinerlei Deckung, bis auf ein paar seit langem tote Bäume, die verstreut herumlagen und ausbleichten. Die Sonne hatte die Rinde heruntergeschält.
Der tiefe, laienhaft ausgehobene Graben rings um das Camp.
Mülltüten und zerknülltes Zeitungspapier hatten sich im Stacheldrahtverhau verfangen. Die Rekruten saßen alle gelangweilt und träge herum, schenkten dem vor der Klasse gestikulierenden Offizier keine Aufmerksamkeit mehr.
Der Neuankömmling …
Der Mann, der neu ins Camp gekommen war, stellte sich hinter den sitzenden Ausbilder und hörte ihm kurze Zeit zu, wandte sich dann aber ab.
Der Feldstecher folgte ihm.
Etwas in seinem Gang, etwas in seiner Haltung. Die beiden Okulare preßten sich mit aller Kraft gegen Holts Brauen und Backenknochen. Er hatte die rechte Seite des Gesichts gesehen, er hatte das Gesicht von vorn gesehen, und er hatte das lockige Haar auf dem Hinterkopf gesehen.
Der Neuankömmling schien ziellos herumzuspazieren. Plötzlich verschwand er hinter einem Zelt. Holt fluchte.

Der Mann tauchte wieder auf, er kam zurück und hatte eine Zigarette im Mund. Das Gesicht von links.

Holt konnte den Feldstecher kaum ruhig halten. Sein Atem ging in Stößen, seine Hände bebten. Er holte tief Luft, füllte sich die Lungen. Er zwang sich, ruhig zu atmen, so zu atmen, wie es ein Scharfschütze tat, die Beherrschung über seinen Körper zurückzuerlangen. Cranes Bibel: Atmen war entscheidend.

Er sah, wie der Mann die linke Hand zum Gesicht hob. Er sah, wie der Zeigefinger zu einer Stelle auf der linken Wange fuhr. Er sah, wie die Hand wieder herabsank.

Er sah die krähenfußartige Narbe.

Er stieß keuchend die Luft aus.

Das Bild im Feldstecher tanzte wild auf und ab. Die tunnelförmige Sicht fuhr in die Höhe, fiel nach unten. Er hatte die krähenfußartige Narbe gesehen. Das dunkle kleine Grübchen, von dessen Mitte vier sternförmige Linien ausgingen.

Der Koch ...

Der Koch stieg immer noch weiter den Hügel hinauf, bückte sich da und dort nach einem Stück Holz, völlig unbekümmert.

Abu Hamid ...

Verglichen mit den anderen Männern im Lager, kam Abu Hamid Holt irgendwie größer vor, als er ihn im Gedächtnis hatte, und auch dünner; das Haar war etwas länger und fiel ihm über den Kragen seines Uniformhemds. Jeder Zweifel war verflogen. Er spürte, wie die Freude in ihm aufstieg – und dann, auch das merkte er, eine plötzliche, stärkere, heftigere Angst. Aber Noah Crane und Holt hatten es geschafft, sie waren zu Fuß in diese verfluchte, eklige Bekaa-Ebene gekommen, und sie hatten ihren Mann gefunden. Sie hatten ihn in nächster Nähe vor sich, hatten ihn hinter den Linien, jenseits der Sieben Berge, aufgespürt. Aber wo zum Teufel war Noah Crane?

Der Koch ...

Der Koch hatte das gesammelte Holz in einem Bündel abgelegt und kletterte noch höher hinauf. Er würde noch einen Armvoll sammeln und dann zu der ersten Ladung hinuntertragen. Der Koch lief im Zickzack auf dem Hang entlang und suchte.

Abu Hamid ...
Abu Hamid ging zwischen den Zelten umher. Für Holt sah er aus wie ein Mann ohne jedes Ziel. Mal stellte er sich neben dem Offizier auf, der den Rekruten seine Erklärungen gab. Dann wieder drehte er sich um und wanderte davon, als ödete ihn all das an. Er ließ sich ziellos treiben. Im Geiste sah Holt Jane und den Botschafter vor sich. Er sah die Blutlachen auf den Stufen des Hotels. Er sah die weiße Totenblässe auf ihrem Gesicht, auf seinem Gesicht. Er fragte sich, ob es wirklich stimmte, daß Rache süß sei, oder ob es nicht nur ein schwacher Ersatz wäre, eine Art Saccharin ... Er wußte jetzt, wie erregend es war, Abu Hamid entdeckt zu haben, doch er konnte sich nicht vorstellen, daß er auch Freude, Erfolg und Zufriedenheit über den Tod Abu Hamids verspüren würde. Er hatte noch nie im Leben einen Menschen verletzt, nicht einmal in der Schule, nicht einmal beim Rangeln auf dem Spielplatz. Er wußte keine Antwort.
Der Koch ...
Als hätte er einen elektrischen Schlag bekommen, zuckte der Koch zurück, ließ die gesammelten Zweige zu Boden fallen. Jetzt erschien Crane, schien direkt vor den Füßen des Kochs nach oben zu schnellen. Holt erlebte alles mit. In dem Tunnel seines Feldstechers war das Bild des Kochs, der zurückzuweichen versuchte, und Crane, der hochschnellte, nach dem Koch griff und ihn packte. Der Koch schrie; es war ein schriller, weittragender Schrei. Der Schrei gellte über den Hügel. Der Schrei war deutlich zu hören für Holt, der dreihundert Meter von dem Koch entfernt war, und auch unten im Camp, das fünfhundert Meter entfernt war. Holt hörte die ansteigende Kadenz des Schreis. Er sah das Aufblitzen der Klinge. Er sah Cranes Körper mit dem Körper des Kochs verschmelzen. Er hörte, wie der Schrei abbrach, erstickt wurde.

Fawzis Worte waren auf einmal unwichtig. Zuerst waren die Rekruten zusammengezuckt und herumgefahren, dann waren sie aufgesprungen. Sie hatten den Koch auf dem Hügel gesehen, hatten gesehen, wie er sich umdrehen wollte, wie er flüchten wollte. Sie hatten den Angreifer gesehen. Sie hatten den Todesschrei des Kochs gehört. Abu Hamid stürzte von seinem Zelt auf die Rekruten, auf das schwere DSKM-Maschinengewehr zu.

Holt lag auf dem Bauch und drückte sich so fest wie möglich in die Nische unter dem Felsüberhang. Er sah das Messer aufblitzen, er sah den Koch in die Knie sinken und dann nach vorne fallen. Ihm waren die Konsequenzen sofort klar. Ihre Tarnung war aufgeflogen. Er saß zwar in Deckung, aber Crane hatte jetzt keine Deckung mehr. Er dachte, der Koch müsse geradezu über Crane gestolpert sein, er müsse tatsächlich so nahe an Crane herangekommen sein, daß er Cranes Tarnung mit dem Stiefel aufgestört hatte.
Holt beobachtete Crane. Die gewaltige Vergrößerung des Feldstechertunnels schien ihm Intimität mit Crane zu verleihen, der doch dreihundert Meter weiter unten auf dem Hang war. Er glaubte, das Durcheinander von Überlegungen in Cranes Miene erkennen zu können. Crane sah den Hang hinunter, auf das Trainingscamp am Fuß des Hügels. Holt folgte seinem Blick, richtete den Feldstechertunnel abrupt auf das Camp. Die Rekruten strömten auf die Eingangslücke im Stacheldrahtverhau zu. Zurück zu Crane. Holt sah, wie Noah Cranes Hände sich an seiner Hüfte zu schaffen machten, dann sah er ihn sich bücken. Schnelle Bewegungen jetzt, eine Entscheidung war gefallen, ein Entschluß getroffen. Crane war wieder auf den Beinen. Holt sah, daß er seinen Gurt nicht mehr trug. Er sah noch einmal genau hin, um sicherzugehen. Crane trug seinen Gurt nicht mehr um die Hüfte. Laut Cranes Bibel nahm man den Gurt niemals ab, weder zum Schlafen noch bei natürlichen Bedürfnissen. Crane trug seinen Gürtel nicht mehr. Crane wandte Holt den Rücken zu. Er sah weit nach oben auf den Hügel, als wäre sein Blick auf eine Stelle eine halbe Meile über dem Felsüberhang und außerdem viel weiter südlich gerichtet.
Holt hörte Cranes Ruf. Crane formte die Hände vor dem

Mund zum Schalltrichter, um seinen Ruf zu verstärken. Crane brüllte etwas in Richtung einer Stelle weiter oben am Hang. Holt nahm an, daß Crane etwas auf hebräisch rief, daß es eine Warnung war.

Crane rannte in spitzem Winkel auf die Stelle weiter oben am Hang los.

Jetzt begriff Holt, aber inzwischen hätte es auch ein kleines Kind begriffen.

Sie waren jung, seine Verfolger. Sie kamen auf dem Hang schnell voran. Sie schwärmten zwischen den Felsbrocken auf dem unwegsamen Gelände aus. Und er führte sie auf die falsche Spur. Sein Warnruf war eine Täuschung gewesen, er führte sie von Holt weg.

Die ersten Schüsse des Maschinengewehrs krachten. Drei, vier Patronen. Das erste rote Aufblitzen eines Leuchtspurgeschosses war zu sehen.

Holt konnte den Blick, den vergrößerten Blick durch den Tunnel, nicht von Crane abwenden. Seine Verfolger – Teenager, die halb so alt wie Crane waren – mußten ihn einholen, sie würden ihn garantiert einholen. Ein zweiter Feuerstoß, eine zweite Leuchtspurgarbe. Holt konnte Cranes Gesicht jetzt nicht mehr sehen, er sah nur noch die wiegende Bewegung von Cranes Rücken, der rannte, von Holt wegrannte, um sein Leben rannte. Holt sah auch das Aufstieben der einschlagenden Kugeln in Fels, Schotter und Steinen.

Crane ging in die Knie. Er stolperte und fiel. Dann stand er wieder auf.

Abu Hamid stieß einen lauten Triumphschrei aus.

Drei, vier Feuerstöße mit der Munition vom Kaliber 12,7. Gezielte Schüsse aus einem feststehenden MG. Mündungsgeschwindigkeit 820 Meter pro Sekunde. Er hatte gesehen, wie sein Ziel zu Boden ging, wieder aufstand, zusammenbrach und nochmals aufstand. Er hatte seinen Treffer.

Holt sah Crane stürzen.
Er schien zu humpeln. Er beugte sich beim Rennen tief vor und beschrieb eine Zickzacklinie, aber er wurde immer langsamer, jeder Schritt schien mehr zu schmerzen. Holt begriff. Die Treue der Füchsin zu ihrem Jungen. Die narbenübersäte, von der Welt enttäuschte, zynische Füchsin sorgte sich um die Sicherheit ihres Jungen, das noch naß hinter den Ohren war. Das Schießen hatte aufgehört. Keine Schüsse mehr. Holt sah, daß die Verfolger Crane jetzt schon so nahe waren, daß weitere Schüsse weder sicher noch notwendig waren. Die Verfolger setzten über die immer kürzer werdende Distanz, jagten ihr Opfer. Wieder hörte er Crane brüllen, eine weitere Warnung für imaginäre Komplizen irgendwo weiter vorn vortäuschen.
Dann sah Holt die Öffnung der Höhle.
Holt sah Kopf und Schultern der ersten Gestalt aus dem Eingang der Höhle kommen. Die Höhle war etwa hundert Meter vor Crane. Sie lag am Rand von Holts Sichtfeld. Zur Hälfte war ihm die Sicht auf die Höhle verdeckt. Vier Männer kamen aus der Höhle gerannt. Einer der Männer fiel auf, weil er nur mit grauweißer Unterwäsche bekleidet war, die sich von dem Hellrosa seines Körpers abhob. Chaos herrschte auf dem Hang, Chaos für den verletzten Crane, Chaos für die drei Männer der Hisbollah, die entdeckt und aufgestöbert worden waren, und Chaos auch für die gefesselte Geisel. Die drei Männer rannten davon. Die Geisel blieb allein zurück. Die Distanz zwischen Crane und seinen Verfolgern wurde immer kleiner.
Holt sah zu. Crane wurde überrannt.
Er ließ den Feldstecher von den Augen sinken.
Sein Kopf fiel vornüber, fiel auf den staubigen Boden der Nische unter dem Felsüberhang.
Tränen ließen ihm die Sicht verschwimmen und hinterließen einen bitteren Geschmack auf seinen Lippen.
Crane wurde hügelabwärts gezerrt. Die Geisel eskortierten sie hinter ihm her.
Es war ein Augenblick, in dem die Lichter ausgingen, in dem jegliche Hoffnung verloren schien.

Es war eine heftige Auseinandersetzung.
»Ich habe ihn verwundet, durch meine Schüsse. Meine Jungs haben ihn gefaßt. Ich sollte mit ihm gehen.«
»Du hast hier etwas zu tun.«
Abu Hamid und Leutnant Fawzi Auge in Auge.
»Wir waren es, die ihn erwischt haben ...«
»Ich werde den Israeli abführen ...«
»Damit du den Ruhm dafür einstecken kannst.«
»Nein, damit du deinen Einsatz vorbereiten kannst.«
In der Hand hielt Fawzi die Dienstmarke, die man dem Gefangenen vom Hals gerissen hatte, und er hielt sie genauso fest umschlossen, wie er auch den Gefangenen nicht mehr loslassen würde.
»Ich sollte ihn nach Damaskus bringen.«
»Ich befehle dir aber, hier zu bleiben. Du wirst deine Pflicht erfüllen.«
Fawzi ging davon. Er ging zu der Gruppe von Rekruten, die sich um den Gefangenen geschart hatte. Er stieß den Mann beiseite, der den Gefangenen mit seinen Stiefeln trat. Er glaubte, daß inzwischen wohl jeder der Männer ein paarmal auf den Gefangenen eingetreten hatte. Er sah das Blut, das aus dem Knie des Gefangenen sickerte. Er sah den verzerrten Mund, der einen höllischen Schmerz unterdrückte. Er untersagte den Rekruten, den Gefangenen weiter zu treten.
Er ging zu seinem Zelt. Er konnte genug Englisch, das Verständigungsmittel zwischen ihm und der gefangenen Geisel, um den hastig hervorgestoßenen Dank entgegenzunehmen.
Er setzte sich an den Tisch zwischen seinem und Abu Hamids Bett. Er schaltete das batteriebetriebene Funkgerät ein. Er wartete. Als die Lämpchen glimmten, als er genug Strom zur Übermittlung hatte, gab er seine Erfolgsmeldung nach Damaskus durch.

Holt beobachtete.
Die Leiche des Kochs wurde den Hügel hinuntergetragen, auf einer Trage aus Gewehrriemen und dem Holz, das er gesam-

melt hatte, und zusammen mit der Leiche brachten sie die Armalite mit, die Crane bei sich gehabt hatte. Ein zweiter Trupp durchsuchte die Höhle und brachte Nahrungsrationen, Waffen und Campinggerät zurück.

Holt beobachtete alles. Ihn ließen sie vollkommen in Ruhe. Die Rekruten der Volksfront interessierten sich nicht für jenen Teil des Hügels, wo Holt unter dem Felsüberhang im Schutz des Tarnnetzes lag.

Holt beobachtete das Camp. Er sah Crane flach auf dem Boden liegen, er sah seine blutigen Beine. Er sah auch die Gewehre, die Crane bei jedem Schmerzenskrampf aufs Korn nahmen.

Sie hatten Cranes Gurt nicht gefunden. Der Gurt lag zwischen den Felsen, tief in irgendeiner Spalte versteckt, an der Stelle, wo Crane seine fingierte Flucht begonnen hatte. Holt versuchte, sich die Stelle einzuprägen, er versuchte, sich jede Einzelheit von Cranes Bewegungen ins Gedächtnis zu rufen, damit er die Stelle auf jeden Fall wiederfinden würde, an der Crane sich gebückt hatte, um den Gurt zu verstecken.

Major Said Hasan drehte seinen Stuhl so herum, daß er dem Reisenden den Rücken kehrte und vor sich die Wandkarte hatte. Er musterte die zwei roten Markierungsnadeln, die in der Karte steckten. Major Said Hasan hatte sich angewöhnt, jede neue Information zunächst zu wiederholen, um so jedes mögliche Mißverständnis, jede falsche Betonung, jede irreführende Interpretation auszuschließen.

»Die Information kam also von einem Engländer?«

»Von einem Engländer mittleren Alters, der im Gästehaus des Kibbuz Kfar Giladi wohnt und der gesagt hat: ›Woher wissen Sie, daß gestern nacht ein Team von Infiltranten aufgebrochen ist?‹ Das waren seine Worte.«

»Und mit ›gestern nacht‹ meinte er die Nacht, in der Olaffson meinte, die Israelis hätten Leuchtkugeln abgefeuert, um die NORBAT-Nachtsichtgeräte zu blenden?«

»Stimmt genau, Major.«

Er sprach mit sich selbst, vergaß den Reisenden völlig. Er

starrte auf den roten Stecknadelkopf, der den Verdacht eines Feindkontakts markierte.
»Warum wagen sich die Engländer wohl in die Bekaa-Ebene?«
Der Reisende zuckte die Achseln. Ein paar Walnußschalen fielen aus seinen Kleidern auf den weißen Flor des Teppichs.
»Ein Unwürdiger wie ich, Major, wie soll der das ahnen?«
Er mußte nachdenken. Er brauchte eine Weile zum Konzentrieren. Doch Major Said Hasan wurde diese Weile versagt.
Ein lautes Klopfen an der Tür. Sein Sekretär kam hastig hereingestürmt und reichte ihm ein Blatt Papier. Er las den Text. Den Reisenden schien er gar nicht mehr zu sehen. Er griff nach einem Telefon. Er verlangte, man solle den jüdischen Gefangenen mit einem Hubschrauber der Luftwaffe nach Damaskus bringen. Er verlangte, der jüdische Gefangene müsse unbedingt im Gewahrsam des Luftwaffen-Nachrichtendienstes sein. Um seinen Anordnungen Nachdruck zu verleihen, berief er sich auf die Autorität und auf die Angst vor der Autorität der Behörde, in der er arbeitete.

Major Zvi Dan war in höchster Unruhe. Er stand in der Mitte der Kommunikationszentrale. Lose in der Hand hielt er die Abschrift des aufgefangenen Funkspruchs. Zum dritten Mal las er den Text jetzt, als könnte er durch mehrmaliges Lesen einen Strohhalm zum Festhalten darin finden. Kein Trost, nichts zum Festhalten.

FEINDLICHER FUNKSPRUCH
ZEIT DER SENDUNG:
10.47 UHR ORTSZEIT
ABSENDER FUNKSPRUCH:
TRAININGSCAMP VOLKSFRONT ZUR BEFREIUNG PALAESTINAS, KHIRBET QANAFAR, BEKAA

EMPFAENGER FUNKSPRUCH: HQ LUFTWAFFEN-NACHRICHTENDIENST, DAMASKUS

CODE: SERIE 2, LUFTWAFFEN-NACHRICHTENDIENST

TEXT: ISRAELISCHER SOLDAT IDENTIFIZIERT ALS NOAH CRANE, RELIGION: JUEDISCH, ID-NR. 478391, WURDE AUF BEOBACHTUNGSPOSTEN BEI CAMP GEFANGENGENOMMEN UND VERWUNDET. UNGEKLAERTE VERBINDUNG ZU SCHWEIZER STAATSBUERGER HEINRICH GUNTER, DER BEI DIESER AKTION UNVERLETZT BEFREIT WURDE. DURCHSUCHUNG DES GEBIETS IN CRANES FLUCHT RICHTUNG ERGAB KEINERLEI HINWEIS AUF WEITERE INFILTRANTEN. ERBITTE BEFEHL DASS ICH PERSOENLICH NACH DAMASKUS MITKOMME.
UNTERSCHRIFT: FAWZI, LEUTNANT.

Kein Trotz, kein Strohhalm, es wurde bei jedem Lesen nur schlimmer. Der Nachrichtenoffizier kam zu ihm herüber. Leise fragte er: »Diese Frequenz, die wir überwachen sollten – ist das weiterhin aktuell?«
»Ja«, sagte Major Zvi Dan.
Er ging aus dem Raum. Er trat in den hellen Sonnenschein hinaus. Es war Mittag, und die Sonne glänzte auf dem Staub des Paradeplatzes, auf den Blechdächern der Baracken und auf dem Stahlmantel der Schützenpanzer. Von den Mannschaftsquartieren hörte er das fröhliche Plärren der Musik des Soldatensenders. Er kam an der Veranda der Offiziersmesse vorbei. Er

wußte, daß Rebecca ihn ansah, aber er brachte es nicht übers Herz, mit ihr zu sprechen. Sein Gesicht sagte ihr vermutlich ohnehin alles.

Er war mit Katastrophen vertraut. Seine Arbeit war dem Unheil oft äußerst nahe. Viele Male hatte er den Schmerz und die Katastrophe miterlebt, wenn ein Agent im Einsatz verlorenging. Aber der Schmerz wurde niemals dadurch erträglich, daß er vertraut war.

Er ging in den Gebäudeblock hinein. Er ging an dem Wachtposten vorbei, der es sich auf dem Stuhl vor der Tür bequem gemacht hatte. Mit einer Geste befahl er, ihm die Tür zu öffnen. Percy Martins saß auf dem Bett. Major Zvi Dan sah den stumpfen Ärger, mit dem Martins ihn begrüßte. Er reichte dem Engländer das Blatt Papier. Er ließ ihn das Blatt in der Hand halten, wie um es authentischer wirken zu lassen, dann übersetzte er es Zeile für Zeile aus dem Hebräischen.

»Mein Gott …«

»Sie haben ein Recht darauf, es zu erfahren.«

»Und Holt, was ist mit Holt?«

»Der ist jetzt allein.«

»Was können wir für ihn tun?«

»Er ist jenseits unseres Einflusses.«

»Aber er ist nur ein grüner Junge.«

»Dann hätte er nie dorthin geschickt werden dürfen.«

»Kann man ihm denn gar nicht helfen?«

»Wenn Crane noch frei wäre und sie Holt gefaßt hätten, dann könnten wir vielleicht etwas für Crane tun, ein bißchen; aber selbst dann müßte er eine ganze Menge selbst erledigen. Ich bezweifle, daß es andersherum genauso funktioniert.«

Percy Martins schlug die Hände vors Gesicht. Seine Stimme klang dumpf durch seine Finger.

»Ist das passiert, weil ich diesen Fehler gemacht habe?«

»Das kann ich nicht beurteilen.«

»Was werden sie mit Crane tun?«

»Ihn foltern.«

»Und wird er reden?«

»Wie würden Sie auf Folter reagieren, auf fachgerechte Folter, Mr. Martins? Also ziehen Sie bitte Ihre Schuhe an.«
»Wohin bringen Sie mich?«
Ein kaltes, resigniertes Lächeln lag auf Major Zvi Dans Miene. »London wird erfahren wollen, was geschehen ist. Falls sie es können, werden sie alle Mechanismen in Gang bringen wollen, um den Schaden zu begrenzen.«
Er brachte Martins zu einem Büro mit einem abhörsicheren Telefon.
Er wählte für ihn die Nummer des britischen Geheimdienstoffiziers in der Botschaft in Tel Aviv.

In einer mächtigen Staubwolke hob der Helikopter der syrischen Luftwaffe vom Camp ab. Die Gewalt der Rotorblätter, die ihn in die Höhe brachten, ließ die Zelte wackeln und wirbelte den Müll im Stacheldrahtzaun durcheinander.
Heinrich Gunter trug jetzt Hemd und Hose eines Rekruten der Volksfront. Kleider hatte man ihm zwar gegeben, aber keinerlei Erklärung. Er hatte keine Ahnung, wie seine plötzliche Befreiung vonstatten gegangen war. Er glaubte, daß er seine Befreiung dem Mann verdankte, der auf dem Boden des Hubschraubers lag. Der Mann war in eine Uniform mit Tarnstreifen gekleidet, er war am Bein schwer verwundet, aber niemand hatte sich die Mühe gemacht, die Verletzung zu versorgen; er war mit Handschellen gefesselt, außerdem zielte der syrische Offizier, der im Trainingscamp mit eingestiegen war, mit seiner Pistole auf ihn. Er sah, daß der Mann, dem er seine Befreiung zu verdanken glaubte, sich auf die Lippen biß, als hätte er große Schmerzen, als wollte er denen, die ihn gefangen hatten, seinen Schmerz nicht zeigen, als unterdrückte er jeden Aufschrei, jedes Keuchen.
Durch die Sichtfenster des Gazelle-Helikopters sah Gunter unter ihnen die helle, friedliche Weite der Bekaa-Ebene vorüberziehen.

Sie beklatschten ihn, die Männer und die Jungen, und auch die Frauen hinter ihren verschleierten Gesichtern jubelten ihren Dank. Man hörte das Brummen des reparierten Generators, das Plätschern des Wassers, das aus großer Tiefe gefördert wurde und jetzt wieder in den Bewässerungskanälen fließen konnte.
Der Händler lächelte und nahm die Gratulationen mit einer Verbeugung entgegen.
Der Dorfälteste von Khirbet Qanafar lud den Händler ein, an seinem Tisch das Mittagsmahl mit ihm einzunehmen. Er akzeptierte die Einladung mit Vergnügen. Er glaubte, ein gebratenes Rebhuhn zu riechen. Er akzeptierte mit Vergnügen, weil es ihm gut in seine Pläne paßte, möglichst lange, möglichst bis zur Abenddämmerung in dem Ort Khirbet Qanafar zu bleiben.
Der Händler hatte die Schüsse etwa zwei Meilen weiter nördlich im Tal gehört. Dann traf die Neuigkeit ein, man habe einen Israeli gefangengenommen und eine Geisel befreit. Nur ein Mann gefangengenommen ... Während der vielen Jahre im Libanon hatte er die Kunst der Täuschung gelernt, konnte seine Gefühle verbergen.
Es würde ihm eine Ehre sein, mit dem Dorfältesten und dessen Söhnen das Mittagsmahl einzunehmen.

Er war genauso vorgegangen, wie seiner Meinung nach auch Crane vorgegangen wäre.
Als die Sonne endlich in seinem Rücken stand, kroch Holt unter der jämmerlichen Deckung des Tarnnetzes hervor und den Hügel hinab. Es kam ihm vor, als hätte es mehr als eine Stunde gedauert. Flach auf dem Bauch kriechend, den Bauch gegen den Boden und den von der Sonne versengten Fels gedrückt, so hatte er die dreihundert Meter von der Rastposition zu der Stelle zurückgelegt, wo Crane den Koch erstochen hatte.
Er sah das Blut. Das Blut bekräftigte die Wahrheit. Und die Wahrheit war, daß man Noah Crane gefangengenommen und durch eine Luke in einen Militärhubschrauber gestoßen hatte.
Er konnte die triumphierenden Schreie unten im Camp hören.

Da sangen und johlten sie ihre Parolen, ihre Stimmen wetteiferten miteinander. Dann fand er Cranes Gurt. Er war zwischen zwei kleineren Steinen versteckt und unter dem wuchernden Netz einer Schlingpflanze halb verborgen.
Crane hatte seinen Gurt mit Absicht zurückgelassen. Stand ja in Cranes Bibel: Tue nichts ohne guten Grund.
Langsam, mit größter Sorgfalt, jede Bewegung abgemessen und bedacht, kroch Holt auf dem Bauch zurück zur Rastposition, während die Hitze über ihm flimmerte und die Sonne auf den Baumwollstoff seines Uniformhemds niederbrannte.
Genau wie Crane es getan hätte.

19. Kapitel

Es war zwei Uhr nachmittags.
Es war die Zeit des Tages, zu der die ganze Bekaa-Ebene schlief. Das einzige, was sich tief unten im Tal bewegte, wo der Litani-Fluß und die Bewässerungskanäle die grünen Schattierungen erzeugten, waren die Schmetterlinge, die zwischen den Pflanzen flatterten. Zu dieser Tageszeit verschwanden die Männer nach Hause, die Frauen in den kühlen Räumen ihrer Wohnungen, selbst die Kinder versammelten sich unter den schattenspendenden Bäumen. Die Soldaten in der nahen Behelfskaserne hatten es sich auf ihren Feldbetten bequem gemacht. Die Hirtenjungen dösten, ihre Tiere hatten die Beine unter den Körper gezogen und atmeten schwer. Eine gewaltige Trägheit lag wie eine Decke über der Ebene.
Um zwei Uhr mittags erreichte Holt wieder seine Tagesrastposition.
Er kroch unter das Tarnnetz und sog sich die warme Luft in die Lungen. Lange, kräftige Atemzüge. Der Schweiß rann ihm über den ganzen Körper. Er trank Wasser, bis sein Bauch und seine Blase nichts mehr aufnehmen konnten. An Wasser mangelte es ihm nicht. Er hatte ja das Wasser aus Cranes Rucksack. Zu essen hatte er auch genug, weil Cranes Rationen dazukamen. Während er nach Luft schnappte und sich Wasser in die Kehle schüttete, konnte er sich in der Felsnische sogar ausstrekken, denn auch Cranes Platz stand ihm jetzt zur Verfügung. Crane hatte ihm sein Wasser, sein Essen und seinen Platz überlassen. Er war allein.
Als er sich etwas ausgeruht und seinen Durst gestillt hatte,

nahm er sich Cranes Waffengurt vor. Nacheinander öffnete er eine Tasche nach der anderen.
Zwei Flaschen mit je einem Liter Wasser.
Eine Tasche mit dehydrierter Nahrung, die Notration für einen Tag.
Eine Tasche mit zwei Reservemagazinen für das Armalite-Sturmgewehr.
Eine Tasche mit den Überlebensutensilien. Streichhölzer, Kerze, Feuerstein, Lupe, Nadel und Faden, Angelhaken und Nylonschnur, Kompaß, Beta-Lampe, Sägeblatt, Kapseln mit Schmerzmitteln, Antibiotika und Antihistaminika, Skalpellklingen, Pflaster, Knebelbinden und ein Kondom.
Eine Tasche war ein Messerfutteral. Das Messer steckte in dem Koch.
Eine kleinere Tasche, in der fünf Patronen für die Model PM lagen. Diese Tasche nahm Holt von dem Gurt herunter und steckte sie an seinen eigenen.
Er war sicher, daß im Grunde nur eine Tasche für ihn wirklich wichtig war. Vor Tagen schon hatte er festgestellt, daß eine einzige Tasche an Cranes Gurt keine Entsprechung an seinem hatte. Vielleicht war er leicht nervös, weil er nun in ein Geheimnis eindringen würde, das vorher Noah Crane allein gehört hatte. Holt zweifelte nicht daran, daß Crane ihm den Gurt wegen dieser Tasche, wegen der größten der vielen Taschen, zurückgelassen hatte. Er machte den Druckknopf auf und zog eine rechteckige, grün angestrichene Metallkiste heraus. Er sah die Schalter und Abstimmknöpfe. Pfeile und Beschriftungen auf englisch waren auf der Kiste eingeprägt.
Er las. Seine Lippen bewegten sich mit den Worten, die krächzend aus seiner Kehle kamen.
»Eigentum der Streitkräfte der Vereinigten Staaten von Amerika.«
Eine andere Aufschrift. »Funkfeuer/Not-Peilsender, Modell V.«
Er mußte sich anstrengen, um in dem fleckigen Halbschatten des Tarnnetzes die kleingedruckten Anweisungen zu entziffern.

»Signalton von jeweils drei Sekunden ... Als Leitstrahl zu orten auf 1000 m ... Funktionsdauer: 2 Wochen ... Antenne voll ausfahren für maximale Leistung ... Ein/Aus-Schalter ... Roter Punkt, grüner Punkt ...«

Holt schauderte. Er zitterte trotz der Hitze. Er begriff. Der Peilsender war die allerletzte Rettung. Er war für den Fall des Scheiterns gedacht, und da Crane vom Scheitern nicht redete, hatte er ihm auch davon nie erzählt. Doch Crane hatte ihm diesen Peilsender hinterlassen. Holt sah, daß der Schalter entweder auf dem grünen oder dem roten Punkt stehen konnte, und er wußte nicht, auf welcher Frequenz man sie abhören würde, er wußte nicht, welche Reichweite das Ding effektiv hatte, und er wußte auch nicht, wie stark das hügelige Terrain den Signalton beeinflussen würde, aber auf jeden Fall hatte ihm sein Mentor den Apparat hinterlassen ... Moment, Moment mal, Holt. Komm jetzt bloß nicht auf dumme Gedanken, steck bloß nicht heulend den Kopf in den Sand, frag dich nicht, ob du nun auf Grün oder auf Rot stellen sollst, und sitz nicht nur auf deinem Hintern da und bete. Er war zwischen dem Trainingscamp direkt unter ihm, dem Milizlager weiter vorn und den bewaffneten Männern in dem Dorf Khirbet Qanafar gefangen, all das lag unter ihm, und über ihm waren die Soldaten, die die Abhöranlage auf dem Djabal el-Barouk bewachten ... Moment mal, Holt ... Er überlegte, ob das Zurücklassen des Peilsenders nur als Fluchtmöglichkeit hatte dienen sollen oder ob es von Crane vielleicht auch als Ermutigung gemeint war.

Er packte das Gerät wieder ein. Mit Mühe fand er einen Platz dafür an seinem eigenen Gurt.

Als Ermutigung.

Er wandte sich um, drehte den ganzen Körper. Er hob den Feldstecher an die Augen. Er hatte gesehen, daß Abu Hamid nicht in den Hubschrauber eingestiegen war. Er hatte Abu Hamid mit dem Feldstecher in sein Zelt verfolgt. Das Camp hielt jetzt Siesta. Nur der Posten am Eingang bewegte sich, und auch der nicht allzu oft.

»Er erwartet Sie, Major.«
»Ihnen kann man ja nur gratulieren, Fawzi.«
»Dafür danke ich Ihnen herzlich, Major.«
»Und jetzt erzählen Sie mir, was passiert ist.«
Fawzi beugte sich auf dem Stuhl nach vorn. Er hatte die Aufmerksamkeit von Major Said Hasan und dessen angesengten Augen und verbrannten Ohren.
»Ich nahm gerade mit den Rekruten die Einzelheiten beim Auseinandernehmen und Wiederzusammensetzen des DSKM-Maschinengewehrs durch. Der Koch des Camps suchte weiter oben am Hang Brennholz für sein Feuer. Über diesen Crane muß er wohl geradezu gestolpert sein. Er schrie. Einen einzigen Schrei konnte er ausstoßen, ehe der Israeli ihn erstach. Aber dieser Schrei alarmierte uns. Ich ging sofort an das Maschinengewehr, und als der Israeli sich davonmachte, begann ich zu feuern. Ich muß zugeben, Major, daß ich anfangs danebenschoß, aber nach kurzer Zeit hatte ich die Distanz richtig eingestellt und erzielte einen Treffer, der ihn kampfunfähig machte. Sobald mir das gelungen war und ich erkannte, daß der Israeli uns nicht mehr davonrennen konnte, stellte ich die Gruppe zu seiner Gefangennahme zusammen. Unter meiner Führung stürmte eine Gruppe von Volksfront-Rekruten den Hügel und nahm den Israeli gefangen. Er war nicht mehr in der Lage, uns Widerstand zu leisten.«
»Sehr gut gemacht, Fawzi.«
»Ich habe nur meine Pflicht erfüllt, Major.«
»Und was war mit der Geisel, diesem Heinrich Gunter?«
Fawzi zuckte die Achseln. »Ich kann Ihnen nur meine persönliche Meinung sagen, Major. Ich glaube, daß wir durch reinen Zufall auf ihn gestoßen sind. Ich kann mir nicht vorstellen, daß er mit dem Israeli in irgendeiner Verbindung stand. Und die Geisel selbst hat auch keinerlei Anzeichen dafür erkennen lassen. Ich glaube, der Israeli ist ganz zufällig in die Richtung gerannt, die ihn vor die Höhle brachte, wo die Geisel gefangengehalten wurde. Und die Leute dort, die von der Hisbollah oder vom Islamischen Heiligen Krieg waren, haben ihre Geisel dann

vor Schreck ganz einfach im Stich gelassen und ihre Ausrüstung obendrein. Aber für uns ist es doch ein Glücksfall, die Geisel befreit zu haben, oder?«
»Allerdings ist das ein Glücksfall. Im derzeit stattfindenden diplomatischen Machtkampf, in dem unser Land sich mit den Lügen der Westeuropäer konfrontiert sieht, wir seien aktive Unterstützer des Terrorismus, ist es sogar hervorragend, daß wir diesen Heinrich Gunter nun seinem Botschafter zurückgeben können, ganz hervorragend. Noch wichtiger aber ist momentan der Israeli.«
Fawzi wurde vertraulicher. »Meiner Ansicht nach, gemessen an seiner Fluchtrichtung und seinen sonstigen Handlungen, hat er versucht, weitere Mitglieder seines Infiltrantenteams vor der Gefahr zu warnen ...«
Major Said Hasan klatschte in die verstümmelten Hände. »Weiter hinten in der Sicherheitszone versperren wir ihnen den Rückzug. Die Befehle dafür sind bereits ausgegeben. Die kriegen wir schon.«
Soweit die Informationen von Major Said Hasan. Er hatte den Beweis für ein eingedrungenes Team. Er hatte die Meldung über den Verdacht eines Kontakts. Er hatte die Mitschrift einer Unterhaltung mit einem Engländer in Kiryat Shmona. Er hatte alle Details über die Gefangennahme eines Israelis namens Crane auf dem Hügel oberhalb eines Trainingscamps für Rekruten der Volksfront.
Major Said Hasan stand vor seinem Spiegel. Er zupfte an seiner Uniformjacke, rückte seine Krawatte zurecht und strich sich die wenigen Haare auf dem Kopf glatt.

»Ich bringe schlechte Nachrichten, Premierminister.«
Der Direktor des Geheimdienstes stand in der Mitte des Zimmers. Seine Pfeife steckte in der Tasche. Der Premier kam gerade aus einer Sitzung mit dem gesamten Kabinett. Man hatte ihm eine Nachricht hineingebracht, die Diskussion über die Probleme der innerstädtischen Ballungsbereiche war vertagt worden, und der Premier war herausgekommen.

Der Premier stand am Fenster und blickte in den frühjahrsfrischen Garten hinaus.
»Libanon?« Er murmelte das Wort nur.
»Sie werden sich erinnern, daß wir zwei Männer losgeschickt haben. Der eine war ein Experte im unerkannten Eindringen in feindliches Gelände und außerdem ein bewährter Scharfschütze, und der andere, den wir geschickt haben, war der junge Diplomat, der Augenzeuge bei dem Attentat war ...«
»Natürlich erinnere ich mich daran.«
»Tja, wir haben den Scharfschützen verloren. Der Scharfschütze ist lebend in syrische Gefangenschaft geraten und per Helikopter nach Damaskus gebracht worden.« In seiner Stimme klang die Totenglocke mit.
»Nicht mehr und nicht weniger habe ich erwartet.«
»Der junge Diplomat wurde nicht gefaßt.«
»Und ich wollte die Sache noch abblasen.«
»Andererseits sagten Sie auch, der junge Diplomat bekäme immerhin die Gelegenheit zu echtem Abenteuer geboten. Jetzt bietet sie sich ihm jedenfalls wirklich.«
»Wo ist das Ganze geschehen?«
»Genau im Zielgebiet.«
»Holt, so hieß er doch, dieser Diplomat? Hat er eine Chance, von dort wegzukommen?«
»Ehrlich gesagt, nein«, sagte der Direktor knapp.
»Sie waren also am Ziel und haben nicht geschossen?«
»Wenn sie die Zielperson erwischt hätten, dann wären wir darüber informiert. Es deutet aber nichts darauf hin.«
Der Premier fuhr herum, mit giftigem Blick, die Worte hervorstoßend: »Sie haben mich zum Narren gemacht. Man wird mich in allen westeuropäischen Botschaften und in Washington auslachen. Die britische Regierung hat schweren Schaden erlitten. Solche Unwichtigkeiten werden Sie natürlich wenig kümmern.«
»Premierminister, im Moment gilt meine Sorge vor allem Holts Sicherheit und dem Leben von Noah Crane.«
»Und wenn Ihr Mr. Holt nun gefangengenommen oder getötet

wird, was ja wohl höchstwahrscheinlich ist, werden Sie dann immer noch von Rache schwafeln? Werden Sie ein zweites Geheimkommando in den Libanon losschicken? ... Das war doch einfach grotesk, das war doch eine kriminelle Dummheit.«

»Mit Vorwürfen ist den beiden Männern leider nicht geholfen, Premierminister.«

»Und was hilft ihnen dann, beten vielleicht?«

»Leider fällt mir auch nichts ein. Ich werde Sie auf dem laufenden halten, Premierminister.«

Nach seinem Weggehen war der Raum in Stille getaucht. Der Premier ging auf und ab. Hinter den geschlossenen Fenstern hüllte der Wind das Armee-Oberkommando in Staub und neigte die Bäume in dem ummauerten Garten. Wolkenfetzen zogen vorbei, das Licht im Zimmer war dämmrig, und das Gesicht des jungen Mannes namens Holt war ihm unbekannt. Der Premier schürzte die Lippen in wütendem Nachdenken, aber trotz aller Anstrengung konnte er sich das Gesicht des Jungen in dieser Gefahr nicht vorstellen, ebensowenig wie das des Attentäters Abu Hamid oder das ferne Gelände der Bekaa-Ebene.

Der Premier griff nach einem Telefon und verlangte sein Kabinettssekretariat in der Downing Street.

Die Worte sprudelten rasch hervor: »Eine geheime Aktion im Libanon ist gescheitert. Ich möchte den Außenminister um zwei Uhr hierhaben, und zwar zusammen mit seinen wichtigsten Leuten, die für den Nahen Osten zuständig sind ...« Der Premier machte eine kurze Pause. »Und dann möchte ich, daß Sie mir eine Liste von Namen zusammenstellen, etwa drei oder auch vier, die man als Ablösung für den Direktor des Geheimdienstes ins Auge fassen könnte ... Opfer? Was meinen Sie damit, ob es Opfer gegeben hat? Mein lieber Mann, wir haben es hier nicht mit einem Eisenbahnunglück zu tun, sondern mit einer diplomatischen Katastrophe.«

Der Premier machte sich zum Mittagessen auf – Suppe mit Vollkornbrot und ein Glas frisch gepreßten Orangensaft. Ein

Arbeitsessen mit seinen wichtigsten Beratern, und die Tagesordnung befaßte sich mit geplanten Regierungsinitiativen zur Förderung der Industrieinvestitionen in Schottland.

Er aß sein Essen kalt. Holt wagte nicht, die Hexamin-Tabletten anzuzünden, um Wasser zu erhitzen. Auf der Schachtel stand, daß die dehydrierten Flocken Rindsgulasch sein sollten. Er goß kaltes Wasser auf die Flocken und rührte sie mit dem Finger zu einem braunen Brei um. Davon aß er soviel, wie er konnte, wie ihm möglich war, ohne zu kotzen. Er trank einen halben Liter Wasser. Er überprüfte die Uhrzeit, er vermaß den verstreichenden Nachmittag. Er versuchte, nicht mehr an Noah Crane zu denken.

Als er gegessen und getrunken hatte, als er den bohrenden Hunger gestillt und den Schmerz der Einsamkeit geschluckt hatte, zog Holt das Kondom vom Lauf der Model PM herunter. Gewissenhaft reinigte er das Präzisionsgewehr Schritt für Schritt mit dem Graphitfett.

Während er die beweglichen Teile des Gewehrs putzte, sah er von seinem Aussichtspunkt auf die Zelte hinunter. Er meinte, bald müsse die Siesta nun vorbei sein, bald würde das Camp wieder zum Leben erwachen.

Genau wie Crane es getan hätte ...

Holt konnte es nicht verhindern: Er konnte die Gedanken an Crane nicht verscheuchen, hatte es versucht und war gescheitert. In einem Kerker, einem Kellerloch, einer Zelle. Die Verhörspezialisten brüllten jetzt auf ihn ein, die Schläge prasselten auf ihn nieder.

Er fragte sich, ob er genug Zeit haben würde, um darauf zu warten, daß es soweit war, daß die Sonne am späten Nachmittag am Horizont versank.

»Mein Name ist Noah Crane«, sagte er. »Meine Dienstnummer bei den israelischen Streitkräften ist 478391.«

Der Tritt des Soldatenstiefels ließ ihn über den gefliesten Boden fliegen.

»Mein Name ist Noah Crane ...«
Wieder der Tritt des Soldatenstiefels, in die Nierengegend unten am Rücken.
»Meine Dienstnummer bei den israelischen Streitkräften ist 478391.«
Der Stiefel stampfte auf die Knöchel seiner Hand nieder.
Er hielt die Augen geschlossen. Als erstes waren sie mit ihren behandschuhten Fäusten auf seine Augen losgegangen. Die Augen waren dick zugeschwollen. Das Bein, das am Knie von der Maschinengewehrkugel zerfetzt worden war, tat inzwischen nicht mehr so weh. Die frischeren Wunden schmerzten viel mehr. Man hatte ihm keine Handschellen angelegt, ihn nicht gefesselt, dennoch war er zu schwach, zu erschöpft, um sich zu schützen. Er lag auf der Seite, er versuchte, sich zusammenzurollen wie ein schlafendes Kind, aber damit war er keineswegs geschützt, weil sie ihm dann eben gegen den Hinterkopf traten, in den Nacken, in die Nieren, in die Wirbelsäule. Er wußte, daß er mit vier Männern im Zimmer war. Er wußte, daß sie in einem der oberen Stockwerke des Gebäudes waren, weil grelles Licht durch die verdunkelten Stabjalousien drang. Mit ihm in dem Raum waren zwei Männer, die Uniformen der Luftwaffe und Rangabzeichen von Feldwebeln trugen. Außerdem war der Leutnant dabei, der ihn aus der Bekaa-Ebene hergebracht hatte. Crane wußte aber, daß es auf diese drei Männer nicht ankam. Derjenige, auf den es ankam, trug die Uniform eines Majors. Der Mann saß auf einem harten Holzstuhl an der Wand und drückte seine Zigarettenstummel auf den Fliesen aus. Das Gesicht des Mannes war chirurgisch wiederhergestellt worden. Ehe Cranes Augen zugeschwollen waren, hatte er die glatte Babyhaut des Majors gesehen, der seine Fragen ruhig und in kultiviertem Englisch stellte.
»Mr. Crane, Sie verschlimmern Ihre Lage doch nur.«
»Mein Name ist Noah Crane.«
»Ihr Knie benötigt dringend medizinische Versorgung, die Ärzte und die Schwestern warten schon im OP ...«

»Meine Dienstnummer bei den israelischen Streitkräften ist 478391.«
»Sie müssen mir sagen, welchem Zweck Ihre Mission in der Bekaa-Ebene diente ...«
»Mein Name ist Noah Crane.«
»Sie müssen mir sagen, was für ein Ziel Sie damit verfolgt haben.«
»Meine Dienstnummer bei den israelischen Streitkräften ist 478391.«
»Mr. Crane, Sie sind kein Kriegsgefangener. Sie haben vor Zeugen mit Ihrem eigenen Messer einen armen jungen Koch ermordet, Mr. Crane. Für uns sind Sie ein gewöhnlicher Verbrecher. Mr. Crane, wissen Sie, welches Schicksal gewöhnlichen Verbrechern für den Mord an Unschuldigen hier bevorsteht ...?«
»Mein Name ist Noah Crane.«
»Unser Strafrecht kennt ein bestimmtes Hinrichtungswerkzeug, Mr. Crane. In unserer Sprache nennen wir es *khazuk*, leider habe ich kein Exemplar davon bei mir, um es Ihnen zu zeigen. Jedenfalls ist es ein dünner, spitzer Stab, der in den Körper des Verurteilten getrieben wird, Mr. Crane. Unsere Richter benutzen den *khazuk* als Mittel zur Abschreckung. Dem Scharfrichter steht es völlig frei, in welchen Körperteil er den *khazuk* bohrt. Das Ergebnis ist letztlich dasselbe, nur der Zeitpunkt des Todes variiert ...«
»Meine Dienstnummer bei den israelischen Streitkräften ist 478391.«
Er hörte das Rascheln der Zigarettenschachtel. Er hörte das Klicken des Feuerzeugs. Er spannte seine Muskeln an. Er konnte seinen Körper nicht schützen. Es war das Signal. Wenn der Major sich eine Zigarette anzündete, sich zurücklehnte und den Rauch ausstieß, dann folgten immer die Stiefeltritte. Der Leutnant trat am härtesten zu. Crane keuchte. Der Leutnant trat zu, als hinge seine Beförderung davon ab. Er hätte am liebsten geheult. Die schweren, metallenen Stiefelspitzen trafen ihn an den Schultern, am Rücken, in der Wirbelsäule.
»Mr. Crane, Sie scheinen mir ein Rassist zu sein. Mir scheint,

nur weil Sie Jude sind und ich Araber bin, glauben Sie, daß Sie etwas Besseres wären als ich. Mir scheint, Sie halten mich für einen Dummkopf ...«

»Mein Name ist Noah Crane.«

»Mr. Crane, soll ich Ihnen zeigen, daß ich keineswegs ein Dummkopf bin?«

»Meine Dienstnummer bei den israelischen Streitkräften ist 478391.«

Wieder die Stiefel, das Treten und Trampeln, und die Hände, die an seinem kurzen Haar zerrten und den Kopf nach oben rissen, damit man ihn ins Gesicht schlagen konnte. Es kam ihm vor, als ob er fiele, in eine tiefe Grube, mit dunklen Seitenwänden und einem schwarzen Grund. Er dachte an Holt, an das grelle Sonnenlicht am Hügelabhang, an das grelle Licht, das eine Kugel auf ihrer Bahn verfolgte. Er fiel, taumelte, war hilflos. Und er dachte an Holts Gesicht, an das Gesicht des Kleinen. Neunhundert Meter, und auf zehn Zentimeter genau zu treffen ... O Gott, diese Schmerzen ... O Gott, der Schmerz im Steißbein. Und der Schmerz war Schwärze, Dunkelheit, der Schmerz durchbohrte ihn, und er fiel nach hinten, fiel zu Boden.

Er verspürte eine große Ruhe. Er fühlte inmitten der prasselnden Stiefeltritte Frieden in sich. Eine kleine Anhöhe. Rosenstöcke, Oleanderbüsche, frisch gegossene Alpenveilchen. Er hörte die im Singsang vorgetragenen Gebete des Rabbis. Er hörte das Krachen der Salutschüsse. Er hörte die schöne Melodie des Hornisten. Er ging die Anhöhe des Theodor-Herzl-Parks hinauf. Er war ein Fremder unter all den Männern aus Kiryat Shmona, die zu der Feier auf den Friedhof in Jerusalem gekommen waren, er kannte weder den Rabbi in seiner grünen Armeekleidung noch den Stabschef in seiner gestärkten Uniform. Er kam am Boden der Grube an, es war das Ende der Dunkelheit, das Ende der Schwärze. Die Sonne schien hell auf den Hang des Theodor-Herzl-Parks.

»Mr. Crane, ich muß Ihnen jetzt zeigen, daß ich kein Dummkopf bin, und deshalb müssen Sie mir antworten ... Als Sie in

den NORBAT-Sektor eingedrungen sind, hielt sich ein Engländer im Kibbuz-Gästehaus von Kfar Giladi auf. Warum war diese Aktion wohl von Interesse für die Engländer?«
Er zwang sich, die Augen zu öffnen. Seine Sicht war durch die zugeschwollenen Wangen und Augenbrauen eingeschränkt.
Er zögerte. »Mein Name ist Noah Crane.«
»Als Sie in den Libanon eindrangen, hatten Sie einen Engländer bei sich. Mr. Crane, wo ist dieser Engländer jetzt? Warum ist überhaupt ein Engländer an der Aktion beteiligt?«
Er starrte das künstliche Gesicht an, die rosa schimmernde Haut. In seiner Stimme lag keine Herausforderung mehr. »Meine Dienstnummer bei den israelischen Streitkräften ist 478391.«
Er schob sich nach oben, und der Schmerz fuhr ihm durch den ganzen Körper. Jetzt kniete er vor dem Major. Er starrte zu dem Gesicht auf. Er war am Verlieren, denn er hatte eine Reaktion gezeigt. Er dachte an Holt, an das frische, junge Gesicht von Holt. Er glaubte, daß er den Jungen gern hatte. Er fand, er hätte der Vater des Jungen sein sollen. Und er bat seinen Jungen um neunhundert Meter, und er bat ihn darum, innerhalb eines Kreises von zehn Zentimeter Durchmesser zu treffen. Er fühlte die Verzweiflung in sich aufsteigen.
»Mr. Crane, ich stehe vor einer schweren Entscheidung. Soll ich Sie von hier aus in ein Militärgefängnis bringen lassen, wo Sie auf irgendeinen Gefangenenaustausch warten können, oder soll ich Sie ins Gefängnis von El-Masr überstellen lassen, wo Sie die Vorlieben des Scharfrichters in der Handhabung des *khazuk* erwarten würden ... Mr. Crane, warum ist ein Engländer an der Aktion beteiligt? Warum hatten Sie einen Beobachtungsposten oberhalb eines Lagers von Rekruten der Volksfront bezogen?«
Heiser flüsterte er: »Mein Name ist Noah Crane.«
Als wären sie beide die einzigen im Raum. Als hätten sich die Folterknechte verflüchtigt. Der Major mit seinem operierten Gesicht, der Scharfschütze mit seinem aufgeplatzten, geschwollenen, blutenden Gesicht.

»Was haben die Engländer mit diesem Camp zu tun? Helfen Sie mir, Mr. Crane, denn ich möchte diese Sache begreifen. Was ist denn so besonderes, was ist so wichtig an diesem Camp?«
Der Major warf den Kopf nach hinten. Sein Lachen erklang glockenhell. Er hob die Hände – wie hatte er nur so blind sein können. Der Major strahlte Crane mit sichtlichem Vergnügen an. Er sprach mit leiser Stimme, als wollte er sich nur diesem armen Kerl anvertrauen, der da vor ihm kniete.
»Abu Hamid?«
»Meine Dienstnummer bei den israelischen Streitkräften ist 478391.«
Er sah die Freude in den seltsam weit auseinanderstehenden Augen von Major Said Hasan. Er sah die Zufriedenheit auf dem Mund, dem die Lippen fehlten.
»Sie kennen den Namen Abu Hamid, Mr. Crane?«
»Mein Name ist Noah Crane.«
»Abu Hamid ist der Kommandant des Camps, in dem gegenwärtig Rekruten der Volksfront ausgebildet werden ... Und Abu Hamid ist der Mörder eines britischen Diplomaten ... Abu Hamid ist für mich wie ein Spielzeug ...«
Wieder lachte der Major.
»Sie haben mich für einen Dummkopf gehalten. Und da haben Sie sich in mir getäuscht, Mr. Crane.«
»Meine Dienstnummer bei den israelischen Streitkräften ist 478391.«
»Sie fangen an, mich zu langweilen, Mr. Crane. Ich weiß jetzt, was ich wissen wollte. Ich kenne das Ziel Ihrer Aktion. Sie können sicher sein, Mr. Crane, daß die Zielperson ab sofort aus der Reichweite Ihres englischen Plans entfernt wird.«
Er glaubte, Holt selbst sehen zu können. Er glaubte, den herausragenden Lauf der Model PM sehen zu können.
Mit einem Ruck versuchte Noah Crane auf die Beine zu kommen, doch sein verletztes Knie gab nach. Er fiel nach vorne. Wie eine Kanonenkugel krachte er auf den sitzenden Major nieder. Er sah den Hals, er sah die verpflanzte Haut über dem Krawattenknoten, unter dem kantigen, glatten Kinn. Seine Hände

fanden den Hals. Seine Hände schlossen sich fest um die Kehle.
Er glaubte, den tunnelförmigen Blick durch das Zielfernrohr vor sich zu haben, das Schwanken des Fadenkreuzes auf der Brust eines Mannes mit dunkler Haut und dunklen Haaren, der durch eine krähenfußartige Narbe auf der linken oberen Wange auffiel.
Er umklammerte die Kehle. Er spürte die Schläge des Leutnants. Er spürte die Finger des Feldwebels, die ihn wegreißen wollten. Er hörte das immer kürzer werdende Schnappen nach Luft.
Es kam ihm vor, als spürte er den leichten, zweistufigen Widerstand beim Abdrücken der Model PM in den eigenen Fingern. Das Sonnenlicht drang in klaren Strahlen durch die wassergrünen Bäume des Theodor-Herzl-Parks. Da waren die Melodien der Singstimmen, da war die Liebe seines Volkes, und da war auch Holts Liebe für ihn.
Er drückte zu. Sie konnten ihn nicht zurückreißen. Er hörte ihre Rufe, er spürte ihre Schläge, die auf ihn einhämmerten. Er hielt die Kehle fest umschlossen. Der Mann leistete jetzt keinen Widerstand mehr. Er sah die rosa Gesichtsfarbe dunkler werden, sah sie einem hellen Graublau weichen. Er sah die Pistole in der Hand des Leutnants.
Noah Crane kam es vor, als könnte er den kleinen Holt abdrükken hören.

Der Außenminister ließ die Handfläche auf die polierte Platte des Mahagonitisches krachen.
Es war eine sehr theatralische Geste, aber das war ihm völlig egal. Einer seiner Mitarbeiter machte Notizen in Kurzschrift, für die Nachwelt. Seine beiden führenden Berater von der Nahost-Abteilung des Außenministeriums steckten die Köpfe zusammen. Er wußte, daß sie eine Affäre hatten ... Eine Affäre, selbst eine ehebrecherische Affäre, zwischen einer Staatssekretärin und einem Vize-Staatssekretär, zwischen zwei Mitarbeitern, die siebzig Stunden in der Woche für ihn

tätig waren, war ein bedauerliches, aber durchaus erträgliches Ärgernis.

Was im Libanon, in der Bekaa-Ebene geschah, war dagegen unerträglich. Es war das Ende der Welt.

»Ich begreife nicht, wie das passieren konnte.«

Der Premier malte Strichmännchen auf einen Notizblock und schwieg.

Der Außenminister wurde langsam hitzig. »Erst jetzt, im Augenblick des Scheiterns werde ich also überhaupt davon informiert, daß dieses geheime Abenteuer im Libanon stattfindet. Sie haben es zwar nicht für nötig befunden, mich zu konsultieren, aber ich sage Ihnen gerne, in welchem Sinne ich Sie beraten hätte: Vergessen Sie die Sache, das hätte ich Ihnen geraten. Man hat mich jedoch um meine Meinung nicht gefragt, und wie stehen wir jetzt da? Wir hatten zwei Agenten eingeschleust. Der eine wurde mittlerweile gefaßt und schüttet in Damaskus sein Herz aus. Der andere hat keinerlei Ausbildung und wurstelt nun blind in der Bekaa-Ebene herum, ein kopfloses Huhn, das die in Kürze einfangen werden. Premierminister, haben Sie auch nur eine entfernte Vorstellung davon, welchen Schaden es für die britischen Interessen im Nahen Osten und den Golfstaaten bedeutet, wenn Crane und Holt in Damaskus auf einem Schauprozeß präsentiert werden? Dieser Wahnsinn hat jahrelange harte Arbeit unserer Wirtschaftskreise, jahrelange geduldige Diplomatie zunichte gemacht. Ich brauche wohl nicht darauf hinweisen, daß ich mich gezwungen sehe, meine Rolle als Mitglied der Regierung Ihrer Majestät zu überdenken.«

»Die Aktion hatte große Aussichten auf Erfolg«, sagte der Premier trübsinnig.

»Tja, Erfolg ... Erfolg ist etwas ganz anderes, Erfolg ist alles, was zählt, aber wir haben ja keinen Erfolg. Statt dessen haben wir es mit einer Aktion zu tun, die so schlecht vorbereitet war, daß man selbst im Keller des Weißen Hauses ein wenig skeptisch gewesen wäre.«

»Wenn man dieses Tier hätte töten können ...«

»Wenn, Premierminister, *wenn* ... aber der eine ist bereits gefangen, beim zweiten wird es nicht mehr lange dauern. Es ist eine Katastrophe, und zwar eine Katastrophe, die absolut vermeidbar gewesen wäre, wenn Sie Ihre Berater ins Vertrauen gezogen hätten.«

»Wir mußten Stärke demonstrieren, die Stärke der freien Welt gegen den Terrorismus.«

»Ihr Begriff von Stärke ist offenbar ein anderer als meiner. Ich wüßte nicht, wie ich Ihnen noch weiter von Nutzen sein könnte.«

Der Außenminister schob seinen Stuhl zurück. Mit einer ausladenden Gebärde schaufelte er seine Papiere und die Libanonkarte in den aufgeklappten Attachékoffer hinein. Er erhob sich.

»Dann gehen Sie schon«, sagte der Premier. »Wenn Sie mir nichts weiter anzubieten haben als eine Rücktrittsdrohung, dann raus!«

Der Mitarbeiter, der das Gespräch festhielt, schrieb fieberhaft. Dann klappte er abrupt seinen Block zu und steckte ihn ein. Der Außenminister geleitete sein Team hinaus.

Lange Zeit blieb der Premier vornübergebeugt am Tisch sitzen und nahm die Einsamkeit des Zimmers in sich auf.

Und kein tröstliches Gesicht. Nur das Gebet, der junge Mann namens Holt möge rennen, möge um sein Leben rennen, weg von diesem gottverlassenen Ort, weg von der Bekaa-Ebene.

Genau wie Crane es getan hätte ...

Holt machte alles aus dem Gedächtnis nach.

Die Sonne sank am Himmel. Weiter unten wurden die Schatten der Zelte länger. Er sah die ersten Gestalten aus den Zelten treten, als wäre mit der herannahenden Kühle ihre Ruhezeit beendet.

Er teilte sich die Felsnische mit einer kleinen Eidechse. Das Reptil zeigte keinerlei Angst vor ihm. Er spürte an der Eidechse eine gewisse Lebensfreude, so wie er Lebensfreude im Gesang der Buchfinken und Rotkehlchen gehört hatte, die zu dem moosüberwachsenen Vogelbad auf dem Rasen im Garten seines Elternhauses kamen.

Er hatte das Gewehr gereinigt. Er hatte das Putztuch durch den Lauf gezogen, vom Schloß her gezogen, so stand es in Cranes Bibel, denn wenn man das Tuch von der Mündung durch den Lauf zog, riskierte man damit eine winzige Beeinträchtigung in der Präzision der Züge. Er hatte die Teleskopbeine der Laufstütze ausgefahren und justiert, so daß sie genau gleich lang waren. Vorsichtig schob er den Feuerdämpfer außerhalb des Tarnnetzes über den Lauf. Er nahm eine Plastikflasche mit Wasser aus Cranes Rucksack, hielt sie nach vorn und kippte sie dann aus, so daß das Wasser über den Fels und die Erde unterhalb der Mündung lief. Er sah, wie das Wasser herausrann und wie sich der Boden verfärbte. Laut Cranes Bibel verringerte feuchter Boden vor der Position eines Scharfschützen die Möglichkeit, daß im Augenblick des Schusses, wenn die Kugel und die heißen Gase durch den Lauf sausten, Staub unter der Mündung aufgewirbelt wurde. Ein einziges Staubwölkchen kann deine Stellung verraten, Kleiner.

Genau wie Crane es getan hätte.

Er hatte Geschichte studiert und eine Diplomarbeit über die Zeit von 1653 bis 1658 geschrieben, in der Oliver Cromwell Lordprotektor des Commonwealth gewesen war. Er war auf der Überholspur des diplomatischen Dienstes ins Außenministerium der britischen Regierung eingetreten. Er hatte den Posten eines Dritten Botschaftssekretärs bekleidet, dessen Spezialgebiet die politisch-gesellschaftliche Entwicklung der Union der Sozialistischen Sowjetrepubliken gewesen war. Jetzt lag er in Gesellschaft einer Eidechse auf dem Bauch unter einem Felsüberhang hinter den Sieben Bergen. Er dachte darüber nach, ob er wohl mit einer Remington-Mag-Kugel vom Kaliber 7 mm ein zehn Zentimeter großes Ziel auf neunhundert Meter treffen konnte.

Holt sah, wie sich die Zeltklappe bewegte. Er griff nach dem Feldstecher. Holt sah Abu Hamid aus der dunklen Öffnung des Zeltes heraustreten. Er sah zu, wie Abu Hamid gähnte, sich reckte und auf den Boden spuckte.

Er betrachtete die Länge der Schatten. Er zog seine Uhr unter dem Hemd vor. Holt meinte, die Sonne stehe noch zu hoch, und er müsse deshalb mindestens eine weitere halbe Stunde warten.

»Soweit wir aus ihren Funksprüchen ersehen konnten, ist Crane nach Damaskus geflogen worden«, sagte Zvi Dan.
Martins fragte: »Werden Sie ihn zurückbekommen können? Durch einen Austausch?«
»Lebendig? Falls er noch am Leben ist? Frühestens in Monaten oder Jahren und auch nur dann, wenn wir ein Juwel zum Tauschen haben. Wir haben aber kein solches Juwel. Und tot? Falls sie ihn schon umgebracht haben? Dafür würden sie uns einen hohen Preis abpressen. Als wir ihnen beim letzten Mal einen ganzen Schwarm von Gefangenen freigelassen haben, bekamen wir im Austausch dafür drei Särge: In dem einen lag die falsche Leiche, die zwei anderen waren mit Steinen gefüllt. Beantwortet das Ihre Frage?«
Vom Bett aus sah Martins zu Major Zvi Dan auf. »Nichts Neues über Holt?«
»Gefaßt haben sie ihn nicht, davon hätten wir erfahren. Sie wissen aber, daß Crane nicht allein war, denn sie haben Sperren weiter südlich errichtet, in der Nähe unserer Grenze.«
»Ich danke Ihnen, daß Sie mich auf dem laufenden halten.«
»Es ist zu spät, um wütend zu sein«, sagte Major Zvi Dan.

Abu Hamid hatte nicht geschlafen. Er hatte sich auf das Feldbett gelegt und das Radio angedreht. Das Radio würde ihm sagen, wann seine Schicksalsstunde geschlagen hatte.
Er erwartete, im Radio zu erfahren, wann die Leiche von Margarethe Schultz gefunden wurde. Er konnte sie im Geiste vor sich sehen, und er sah auch den grellroten Farbfleck der Blume, die er auf ihre Brust gelegt hatte. Er empfand keine Schuldgefühle. Was er getan hatte, war in seinen Augen Rechtens gewesen. Das, womit man ihn dafür bestrafen würde, war in seinen Augen ebenfalls Rechtens. Natürlich würden sie ihn nicht verhaften. Natürlich würde er nicht ins Gefängnis von El-Masr

kommen. Natürlich würden sie ihn nicht im Morgengrauen zu einem kleinen Platz fahren und dort durch die Bodenklappe eines Galgens fallen lassen. Was sie ihm antun würden und was in seinen Augen Rechtens war, das würde der Auftrag zur Landung an der israelischen Küste sein.
Die zehn Rekruten hatte er bereits ausgewählt. Er ging durch das Camp und suchte jeden der zehn einzeln auf. Das waren jene, die an seiner Seite stehen würden. Das waren jene, die ihm Deckung geben würden.
Er würde sich niemals fassen lassen.
Hinter sich hörte er das erste Gezänk aufflackern. Der eine war ausgewählt worden, ein anderer nicht. Diese Schwachköpfe wußten noch nicht einmal, wofür er sie überhaupt ausgesucht oder nicht ausgesucht hatte. Aber schon gab es Streit. Nachdem er mit den zehn Männern geredet hatte, schlenderte er zur Kochstelle, sagte ein paar aufmunternde Worte zu dem jungen Kerl, der sich freiwillig zum Essenkochen gemeldet hatte, stieß mit dem Fuß neues Holz ins Feuer und bekam Rauch ins Gesicht, so daß er husten mußte.

Es war eine Abmachung.
Jane war nicht Teil dieser Abmachung. Und auch nicht sein Vaterland, das Vereinigte Königreich von Großbritannien und Nordirland. Die Abmachung bestand zwischen ihm und Crane, weil Crane festgenommen worden war und weil er die Geisel befreit hatte. Daß er jetzt zum ersten Mal in seinem Leben mit einem Präzisionsgewehr schießen würde, auf neunhundert Meter ein Ziel von zehn Zentimeter Durchmesser zu treffen versuchen würde, hatte nichts mehr mit Rache oder Patriotismus zu tun. Er würde für Noah Crane schießen, diesen elenden alten Bock. Er würde das Gewehr für Noah Crane anlegen, der eine Netzhauterkrankung in seinem Zielauge hatte. Er würde Noah Crane jetzt nicht im Stich lassen.
Er sah die Rauchwolke an der Kochstelle aufwallen. Er beobachtete den Rauch und die Kurve, die ihm der Wind mitgab. Mit dem Kompaß an seinem Gurt konnte er abschätzen, daß

sein Ziel genau in ost-südöstlicher Richtung lag. Er betrachtete die Rauchfahne und verglich sie mit seinem Kompaß. Das war die wichtigste Berechnung. Wenn er sich hier verrechnete, würde er das Gedenken Noah Cranes verraten. Er schätzte, daß die Rauchfahne nach Ost-Nordost zog. Indem er tief in seiner Erinnerung nach den Zahlen grub, die Crane ihm einst gesagt hatte, brachte er die Formel hervor, mit der sich die seitliche Ablenkung einer Kugel bei Seitenwind aus fünfundvierzig Grad mit einer Geschwindigkeit von zehn Meilen pro Stunde errechnen ließ. Auf neunhundert Meter würde der Wind die Kugel um hundertsechzig Zentimeter von ihrem Kurs abbringen. Auf achthundert Meter dagegen betrüge die Ablenkung nur hundertdreiundzwanzig Zentimeter. Dafür waren es auf tausend Meter bereits zweihunderteins Zentimeter.
Crane hatte gesagt, die Tagesrastposition sei neunhundert Meter vom Zentrum des Lagers entfernt. Wenn Crane sich geirrt hatte, wenn es hundert Meter weniger waren, dann würde Holt um sechsunddreißig Zentimeter danebenschießen. Und wenn Crane sich so geirrt hatte, daß es hundert Meter mehr waren, dann würde Holt um zweiundvierzig Zentimeter danebenschießen. Es war ein Unterschied, der aus einem tödlichen Treffer einen Streifschuß machen oder die Kugel ganz danebengehen lassen konnte.
Das Ziel mußte still stehen und keinerlei Bewegung ahnen lassen. Für die Distanz von neunhundert Metern brauchte die Kugel zwei Sekunden Zeit. Wenn die Zielperson in diesen zwei Sekunden auch nur einen Schritt machte ... Mist ... daneben.
Die Entfernung von neunhundert Metern mußte auf jeden Fall stimmen, denn darauf würde die Zieleinrichtung eingestellt sein. Wenn sie in Wirklichkeit nur achthundert Meter betrug, dann würde die Kugel ihr Ziel sechsundvierzig Zentimeter zu hoch erreichen. Und wenn sie in Wirklichkeit tausend Meter betrug, dann würde die Kugel das Ziel einundfünfzig Zentimeter tiefer als geplant treffen.
All diese genauesten Berechnungen mußten stimmen. Wenn eine von ihnen falsch war, würde er seine Abmachung brechen.

Holt grinste die Eidechse an. Die Eidechse war sein einziger Freund.
Er achtete darauf, daß der Sicherungsbügel vorgelegt war. Er zog das eingefettete Schloß zurück. Einen Augenblick lang starrte er auf die Kugel, die in seiner Handfläche lag. Dann steckte er die Kugel in die Kammer der Model PM und schob den Hebel nach vorn.

Er hatte zwei Rekruten gesehen, die miteinander kämpften, mit Zähnen und Stiefeln und Fäusten. Er erinnerte sich an eine Menschenschlange, die er einmal vor dem GUM-Warenhaus in Simferopol gesehen hatte. Männer und Frauen, die vor dem GUM in Simferopol in einer Schlange gewartet hatten, ohne zu wissen, wofür sie eigentlich anstanden. Zwei seiner Rekruten kämpften miteinander, einige andere stritten heftig, dabei wußte gar keiner, wofür die zehn überhaupt ausgewählt worden waren.
Sie sammelten sich um ihn, jene zehn, die er ausgesucht hatte. Vier von den zehn waren Männer, denen er schon vorher die Aufgabe von Zugführern im Camp zugedacht hatte. Von den übrigen sechs erschienen ihm zwei ganz allgemein als gute Soldaten. Ein weiterer hatte in der Ausbildung fünf Treffer hintereinander mit der RPG-7 gelandet. Einer spielte gern mit Drähten und den elektrischen Kräften herum und wußte, wie ein Funkgerät funktionierte. Dem einen hatten die Israelis 1982 seinen Zwillingsbruder umgebracht, der würde bestimmt mit allem Ingrimm kämpfen. Einer brachte Abu Hamid zum Lachen, konnte hebräisch und englisch schreiben und überdies die Sprache der Juden sprechen.
Vielleicht dachten sie, sie würden nach Simferopol geschickt werden ...
Er bedeutete ihnen, sich zu setzen.
Es war das Zentrum des Camps. Sie befanden sich zwischen der Kochstelle und der ersten Reihe der Kuppelzelte. Er hatte eingeübt, was er ihnen sagen würde. Die russischen Ausbilder in Simferopol hatten immer gesagt, ein Kommandant müsse seine

Befehlsausgabe und die taktischen Erläuterungen vorbereiten.
Die sinkende Sonne lag warm auf seinen Schultern, auf seinem Nacken; die Sonne würde bald hinter der scharfen Linie des Djabal el-Barouk verschwinden und die Dämmerung bringen.

Er war ein Wechselbalg.
Holt war nicht mehr der Geschichtsstudent und der Diplomat, jetzt war er der Techniker.
Er trug keine Liebe mehr im Herzen, keinen Haß in seinen Gedanken.
Das schmale Fadenkreuz des Schmidt & Bender-Zielfernrohrs der PM mit einem Ausschnitt von 12 x 42 zuckte kein bißchen über dem Rücken eines sitzenden, lebenden, atmenden menschlichen Wesens. Das Fadenkreuz lag auf seinem Ziel.
Er dachte weder an seine Freundin noch an seinen toten Botschafter. Er dachte nur an die Flugzeit einer Gewehrkugel, an den Winkel der Windablenkung und an die Distanz zwischen der Tagesrastposition und dem Zentrum des Camps, abgemessen von Crane anhand der Luftaufnahmen.
Mit dem Daumen schob Holt den Sicherungshebel zurück.
Keiner der Menschen, die ihn kannten, hätte in diesem Augenblick gewußt, wer dieser Wechselbalg war. Weder seine Eltern noch die Männer und Frauen im Außenministerium, noch seine Kollegen aus der Moskauer Botschaft ... und auch Jane nicht, ganz bestimmt nicht Jane Canning.
Er umfaßte den Gewehrschaft weit vorn, dicht hinter der Stütze, mit der linken Hand. Der Kolben bohrte sich hart in seine Schulter. Sein rechtes Auge war mit dem ringförmigen Okular des Zielfernrohrs wie verwachsen. Sein Zeigefinger tastete nach dem Abzugsbügel, fuhr in den Bügel hinein und suchte nach dem Abzugshebel.
Er atmete tief und pfeifend ein, füllte seine Lungen mit Luft. Genau wie Noah Crane es getan hätte.

»Dieses Unternehmen wird unserem Feind große Angst einjagen. Und unser Volk wird allen Grund zum Stolz haben. Jeder von euch, jeder von uns hat die Grausamkeit des Feindes schon zu spüren bekommen. Es ist eine Ehre für uns, die Gelegenheit zu bekommen, unsererseits einen Schlag gegen den Feind zu führen ...«
Er sah das Glühen ihrer Augen, er sah den Ingrimm auf ihren Mienen. Er spürte in sich nun doch Freude darüber, daß er sie anführen würde.

Der halbe Atemzug war ausgestoßen.
Auslöser bis zur ersten Druckposition gezogen.
Wish me luck, as you wave me goodbye,
Cheerio, here I go, on my way.
Wish me luck, as you wave me goodbye ...
Er summte vor sich hin. Die Atemluft kam gepreßt aus seiner Kehle. Das Fadenkreuz stand ganz ruhig.
Er drückte ab.
Holt feuerte.

Der Weg einer Kugel in der Bekaa-Ebene.

»Unser Ziel liegt in Tel Aviv ...«
Er schien sich hoch aufzurichten. Es war, als würde er aus seiner hockenden Stellung in die Höhe gerissen und dann nach vorn gestoßen. Wie von einer fremden Kraft getrieben.
Blutend fiel Abu Hamid gegen den Rekruten, der fünfmal hintereinander mit der RPG-7 getroffen hatte, und gegen den Rekruten, der sich mit Funkgeräten so gut auskannte.
Abu Hamid fiel um und bewegte sich nicht mehr.

20. Kapitel

Der Kabinetts-Unterausschuß für Wirtschaft beendete endlich seine Sitzung.
Es war eine volle Viertelstunde her, seit der Sekretär leise hereingeschlüpft war und dem Premier die dringende Nachricht neben seinen Papieren auf den Tisch gelegt hatte.
Der Vorsitzende des Unterausschusses, der Schatzkanzler, stapelte am anderen Ende des Tisches säuberlich seine Unterlagen.
»Verzeihen Sie meine Neugier, Premierminister, aber Sie strahlen eine Fröhlichkeit aus, die ich mir nur schwer als Ergebnis unseres Themas der letzten zwei Stunden erklären kann.«
»Merkt man es so deutlich, Harry?«
»Äußerst deutlich, Premierminister.«
Der Premier lehnte sich zurück, ein seliges Lächeln auf den Lippen. Die Sitzungsteilnehmer verstummten.
»Eine der härtesten Anforderungen meines Amtes ist es, wahre Macht, wirklichen Einfluß auszuüben«, sagte der Premier. »Ich versuche es oft genug, aber es gelingt mir nur selten.«
»Aber diesmal ist es Ihnen gelungen?« Der Schatzkanzler wußte, wie er auf die wenig subtilen Andeutungen zu reagieren hatte. »Können Sie darüber sprechen?«
Der Premier las noch einmal die mysteriöse handschriftliche Nachricht: *Weder Ihrer noch meiner, sondern Abu Hamids, auf besagtem silbernen Tablett.*
»Natürlich behalten Sie das hier bitte für sich ... Als Lou Armitage und seine Mitarbeiterin in Jalta erschossen wurden, ließen wir eine Falschmeldung verbreiten, nach der es die Tat eines Verbrechers aus der Gegend gewesen sei. Tatsächlich aber wußten wir, daß der Mörder der Volksfront zur Befreiung Pa-

lästinas angehörte. Ich habe daraufhin eine Geheimdienstoperation eingeleitet, bei der als Aufenthaltsort des Mörders die Bekaa-Ebene im östlichen Libanon ermittelt wurde. Ich traf eine Entscheidung, die mir keineswegs leicht fiel: Ich ließ ein Team in die Bekaa-Ebene einschleusen, um so genau und gezielt Vergeltung am Mörder unseres Diplomaten zu üben. Dies als die unmißverständlichste Botschaft an die Syrer, daß wir uns niemals ungestraft angreifen lassen ... Und gestern, meine Herren, in der Abenddämmerung des gestrigen Tages, ist die Rache vollzogen worden.«

»Das ist ja erstklassig, Premierminister.«

»Ich will gar nicht bestreiten, daß mir dieser Entschluß gewaltiges Kopfzerbrechen bereitet hat, wegen der Konsequenzen eines Scheiterns der Aktion, für das ich selbstverständlich die Verantwortung übernommen hätte, aber wer nicht wagt, der nicht gewinnt. Die Regierung unseres Landes, unseres Heimatlandes, hat damit gezeigt, daß wir im Krieg gegen den internationalen Terrorismus an vorderster Front stehen.«

»Ich kann Ihnen nur auf das allerherzlichste gratulieren, Premierminister.«

»Vielen Dank, ich nehme Ihren Glückwunsch gerne entgegen, so wie ich auch nachher den Glückwunsch des amerikanischen Präsidenten entgegennehmen werde, wenn ich ihn anrufe. Wir sind keine Nation von Prahlhänsen, meine Herren, ich betrachte uns immer gerne als eine Nation, die ihre Erfolge im Stillen genießt ... Tja, es war eine gute Sitzung. Vielen Dank, Harry.«

Major Said Hasan wurde mit allen militärischen Ehren in dem Teil des Soldatenfriedhofs beigesetzt, der für Offiziere der Luftwaffe reserviert war, die im Dienste der Arabischen Republik Syrien gestorben waren. Viele wichtige Würdenträger und hochrangige Offiziere waren erschienen. Die Todesursache wurde in den Morgenzeitungen von Damaskus als Herzversagen infolge einer wiederaufgeflammten alten Kriegsverletzung angegeben, die ihm schon immer zu schaffen gemacht hatte.

Unter den Männern, die den Sarg zu dem tiefen Grab trugen, war auch Fawzi. Für diese Gelegenheit hatte er seine neue Uniform angezogen, auf der die Rangabzeichen eines Hauptmanns prangten, und der Brigadegeneral an der Spitze des Luftwaffen-Nachrichtendienstes, der direkt vor Fawzi den Sarg zum Grab geleitete, hatte dem jungen Mann selbst gesagt, er habe in der Situation ganz recht getan, den Israeli zu erschießen. Außerdem sei der tapfere Major gewiß ohnehin so schwer an der Kehle verletzt gewesen, daß schon der erste Angriff des Israelis ihm den Tod gebracht habe.
Nach der Beerdigung, nachdem die Trauergäste auseinandergegangen waren, nachdem die Kapelle und die Ehrengarde ihre Busse bestiegen hatten, spazierte der Brigadegeneral mit Hauptmann Fawzi zu einem entlegenen Teil des Friedhofs hinüber, wo sauber gemähte Rasenflächen im Schatten hoher Zypressen lagen. Der Brigadegeneral bot Fawzi eine Stellung in seiner Abteilung an, außerdem übertrug er ihm die Aufgabe, einen Ersatzmann für die Leitung des Angriffs auf das israelische Verteidigungsministerium in der Kaplan-Straße zu suchen. Als sie alles besprochen hatten und zu den Autos zurückgingen, legte der Brigadegeneral seine Hand auf Fawzis Schulter.
»Sag mir, wer hat Hasans Jungen erschossen?«
»Zu meiner Scham muß ich gestehen, ich weiß es nicht.«
Den Namen Holt erfuhr niemand. Holts Geheimnis war absolut sicher, seit Cranes Finger die Luftröhre von Major Said Hasan zusammengepreßt hatten, seitdem Cranes Leben durch das Krachen einer auf nächste Distanz abgefeuerten Makharow-Pistole beendet worden war.

»Kommen Sie rein, Percy ... Mein Gott, Mann, Sie sehen ja völlig fertig aus.«
»Bin letzte Nacht nicht ins Bett gekommen, und um fünf Uhr morgens ging meine Maschine.«
»Es war eine großartige Aktion.« Der strahlende Direktor winkte Martins, Platz zu nehmen, brüllte ins Vorzimmer hin-

über, man solle Kaffee hereinbringen, und zog eine halbvolle Flasche Cognac aus einem Seitenfach seines Schreibtisches.
»Vielen Dank, Sir.«
»Ich sage Ihnen, als dieser Scharfschütze erwischt wurde, da dachte ich, jetzt sei alles aus für uns.«
Martins machte es sich in dem Sessel bequem. Ein Assistent brachte ihm Kaffee, in Porzellangeschirr, und der Direktor gab einen guten Schuß Cognac dazu. In diesem Moment fühlte Martins weder sein Alter noch seine Müdigkeit.
»Nun ja, es ist ja auch ziemlich schwer daran gearbeitet worden, Holt auf seine Rolle vorzubereiten. Von Anfang an, schon damals in dem Landhaus, war mir klar, daß das Ganze mit einem Chef und einem Gehilfen keinesfalls klappen konnte, daß die beiden unbedingt ebenbürtige Partner werden mußten. Also habe ich Holt durch ein recht hartes Trainingsprogramm gescheucht, habe ihn so lange traktiert, bis ich halbwegs sicher sein konnte, daß er ebensogut auch allein operieren könnte – und das hat sich eben ausgezahlt.«
»Und Sie hatten herzlich wenig Unterstützung da unten – noch etwas Cognac?«
Martins hielt ihm die Tasse hin. Ziemlich überrascht war er darüber, daß seine Hand nicht zitterte. Er trank. Er spürte, wie sich seine Wangen unter den Bartstoppeln röteten. Ganz bewußt hatte er sich nicht rasiert. Schließlich kam er direkt von der Front.
»Das könnten Sie nicht besser sagen, Sir, herzlich wenig Unterstützung war das. Ich mußte darauf bestehen, mit Händen und Füßen darum kämpfen, daß ein spezielles Programm geplant wurde, um sie nach dem Schuß wieder herauszuholen. Freunde habe ich mir damit bestimmt keine gemacht, aber meinen Willen habe ich gekriegt. Ich hatte arrangiert, daß sie einen Sarbie-Peilsender mitnahmen, und außerdem konnte ich die Burschen dort unten soweit einschüchtern, daß sie einem ihrer Agenten, der in der Bekaa-Ebene operiert, den Empfänger dafür ins Auto bauten. Das war in meinen Augen ja auch das mindeste, nachdem sie gleich am Anfang die Hosen voll bekommen und den

geplanten Hubschraubereinsatz abgeblasen haben. Also gut, Holt hat geschossen, er war schlau genug, sich nicht entdecken zu lassen, und dann blieb er ruhig in der Deckung, bis es dunkel wurde und er abziehen konnte. Ich hatte ja vorhergesagt, daß ein Schuß auf derartige Distanz ein totales Chaos in Hamids Camp verursachen würde, weil sie ja keine Ahnung haben konnten, wo der Schütze saß. Holt machte sich jedenfalls im Dunkeln auf den Weg, und als er ein gutes Stück weit weg war, schaltete er den Peilsender ein. Dieser Mann vom Mossad, ihr Agent, hat ihn dann mit seinem Wagen abgeholt. Sie wissen, ich bin der letzte, der mit Lob hinterm Berg hält, wenn es was zu loben gibt, und dieser Agent hat seine Sache sehr gut erledigt: Er machte Holt mit Lichtzeichen und Hupen auf sich aufmerksam, und kaum war er eingestiegen, fuhr er wie der Teufel los in Richtung Grenze …«

Der Cognac raste durch seinen Körper. Er spürte seine durchschwitzten Socken, die er im Flugzeug hätte wechseln sollen. Der Direktor saß vornübergebeugt an den Schreibtisch gelehnt, ein eifriger Zuhörer.

»… So weit, so gut, aber die Syrer hatten den Peilsender natürlich auch empfangen und reagierten darauf, außerdem hatten sie ohnehin schon Straßensperren zwischen Holt und dem Schlupfloch in dem UNIFIL-Sektor und die Sicherheitszone errichtet. Nun, da hab' ich dann wirklich vom Leder gezogen, Sir. Ich befand mich in ihrer Kommunikationszentrale, und dort habe ich darauf bestanden, daß ein Helikopter eingesetzt wurde. Da sind böse Worte gefallen, Sir. Sie jammerten noch irgendwas über Boden-Luft-Raketen und lauter solchen Quatsch, aber im Endeffekt bekam ich meinen Willen. Also ließen sie einen Hubschrauber starten, der erreichte den Wagen etwa drei Meilen von den Straßensperren entfernt, eine ziemlich knappe Angelegenheit, und sie flogen Holt und ihren Agenten aus. An der Art, wie dieser Teil der Aktion gelaufen ist, habe ich nicht das geringste zu kritisieren. Tja, das war die Kurzfassung, Sir.«

»Beachtlich, Percy.«

»Vielen Dank, Sir.«
Aus der lederbezogenen Kiste auf dem Tisch bot der Direktor des Geheimdienstes Martins eine Zigarre an und nahm sich selbst ebenfalls eine. Der Rauch wehte in Schwaden durchs Zimmer.
»Nehmen Sie sich erst mal das Wochenende frei. Angeln Sie sich den größten und fettesten Hecht, und Montag früh sind Sie wieder hier. Bis dahin folgendes, ganz unter uns: Mr. Anstruther hat mir erklärt, er wolle gern an der Warenbörse reich und berühmt werden. Mr. Fenner geht zurück nach Cambridge, er hat eine akademische Zukunft vor sich. Ab Montag früh, Percy, sind Sie der Leiter der Nahost-Abteilung.«
»Das ist sehr freundlich von Ihnen, Sir.«
Der Direktor schwang die Beine vom Tisch.
»Und was ist mit Holt, Percy?«
»Ein seltsamer junger Mann, Sir. Nicht eben leicht im Umgang. Aber natürlich hat er eine Menge durchgemacht, das haben wir ja wohl alle. Er bestand absolut darauf, daß ich ihn auf der Fahrt vom Flughafen am Bahnhof Paddington absetze. Ich habe die Telefonnummer, unter der man ihn in den nächsten Tagen erreichen kann. Er ist nach Hause gefahren ... Ich habe noch etwas für Sie, Sir, so eine Art Souvenir.«
Martins führte den Direktor zum Vorzimmer hinaus. In der Ecke bei der Tür, hinter dem Kleiderständer, stand die Model PM. »Er wollte den Tragriemen haben. Das wäre genug, um ihn an Crane zu erinnern, sagte er. So hieß der Scharfschütze, Sir.« Martins legte das Gewehr, das makellos sauber war, auf einen Ecktisch im Büro des Direktors.
»Sehr gut, Percy. Die Abteilung wird stolz auf diese Trophäe sein.«
Nachdem Percy Martins gegangen war, vermutlich um sich bei irgendeinem Fischhändler Köder zu besorgen, stellte sich der Direktor ans Fenster seines hoch oben gelegenen Büros und suchte die Skyline ab, das Auge fest gegen das Okular des Zielfernrohrs gepreßt; er zielte auf die Flaggen über den Gebäuden der Stadtverwaltung am anderen Themse-Ufer, er verfolgte den

Flug einer Möwe. Er dachte, der junge Mann habe unglaubliches Glück, diese Gelegenheit bekommen zu haben. Er selbst hätte alles darum gegeben, die Chance zu bekommen, dieses Gewehr im Dienste seines Landes abzufeuern. Er würde es am Abend in die Downing Street hinüberbringen, es war genau das Richtige, um einer verflucht guten Show die Krone aufzusetzen. Durch seinen Assistenten ließ er dem Kabinettssekretär ausrichten, der Sicherheitsdienst solle sich darauf vorbereiten, daß er um sechs Uhr hinüberkommen würde, und zwar mit einem Gewehr in der Hand.

Gemeinsam räumten Major Zvi Dan und Rebecca das Zimmer in der Kaserne von Kiryat Shmona aus, das Noah Crane als Zuhause gedient hatte.
Sie brauchten nicht mehr als einen Müllsack aus schwarzem Plastik. In diesen Sack kamen sein zweites Paar Stiefel, seine beiden alten Uniformen, die Unterwäsche, die Socken und die Schlafanzüge, die wenigen zivilen Kleidungsstücke. Ein Brief von einer Klinik in Houston, ein paar alte Zeitungen. All das kam in den Plastiksack, der langsam voll wurde. Aus den Funksprüchen, die vom Berg Hermon aufgefangen worden waren, hatte Major Zvi Dan erfahren, daß Crane den Inhalt des Plastiksacks nie wieder brauchen würde.
Er verschloß den Sack mit einem Knoten.
»Haben wir irgend etwas damit gewonnen?« fragte Rebecca.
»Wir haben einen Mann verloren, der unbezahlbar war«, knurrte Major Zvi Dan.
»Überhaupt nichts?«
»Einen Agenten haben wir eingebüßt. Menny kann nie wieder dorthin zurück. Er war vielleicht auch unbezahlbar, auf seine Weise.«
»Die Engländer haben etwas gewonnen.«
»Ja, aber nur etwas, bei dem sie sich jetzt eitel und eingebildet fühlen können.«
»Hat nicht wenigstens Holt etwas gewonnen?«
»Ich möchte bezweifeln, daß er Ihnen gesagt hätte, er habe ir-

gend etwas gewonnen, das für ihn von Wert war, wenn Sie ihn gefragt hätten.«
Rebecca trug den Sack, und Major Zvi Dan humpelte hinter ihr her. Sie trug den Sack an den Rand des Kasernengeländes, wo der Müll verbrannt wurde. Mit dem Zeigefinger bohrte Major Zvi Dan ein Loch in den Sack, zog etwas Zeitungspapier heraus und zündete es mit seinem Feuerzeug an.

Eine Gruppe von Armeeingenieuren wurde abkommandiert, um die Kuppelzelte abzubauen. Sie arbeiteten mit nackten Oberkörpern in der Mittagshitze. Die Rekruten waren nicht mehr da, um ihnen zu helfen, sie waren schon am Morgen mit einem Bus zum Lager Yarmouq bei Damaskus gebracht worden.
Hoch oben am Hang, über der Arbeitstruppe, war ein kleiner, unauffälliger Felsüberhang. In einer Nische unter dem Überhang, im Schatten und bisher unentdeckt, lagen zwei Rucksäcke. Auf dem einen Rucksack lag ein sauber zusammengelegtes Tarnnetz, auf dem anderen eine angebrochene Schachtel mit Patronen.
Jenseits des Stacheldrahts waren ein paar sonnengebleichte Steine aufgeschichtet. Der Steinhaufen markierte das Grab eines jungen Mannes, der sich selbst den Namen Abu Hamid gegeben hatte, der ein Kämpfer für sein Volk von Flüchtlingen gewesen war, ein ausländischer Kadett an der Militärakademie von Simferopol, der früher einmal Angst vor dem Tod und seit langem eine krähenfußartige Narbe auf der Wange gehabt hatte.
Das Grab war tief, und die Steine waren schwer, um so die Leiche vor den Hyänen zu schützen, die auf dem Gelände nach Abfällen suchen würden, sobald die Armeeingenieure die Zelte auf ihre Lastwagen geladen haben und davongefahren sein würden.

21. Kapitel

Im Dunkeln ging er ins Moor hinaus.
Tief unter ihm in der Ferne, jenseits der schwarzen Leere, sah er die Scheinwerfer der Wagen, die auf den Straßen zwischen Dulverton und Exford, zwischen Hawkridge und Withypool, zwischen Liscombe und Winsford fuhren.
Das Moor war sein Revier, genau wie es die Bekaa-Ebene für ihn und Crane gewesen war. Er ging leise in dieser Wildnis umher, prüfte jeden Schritt im voraus, und zur Gesellschaft hatte er die Hirschrudel, die jagenden Füchse und die wühlenden Dachse, außerdem die Schafe, die man aus den Ställen im Tal gelassen hatte und die jetzt das frische Gras des Frühsommers weiter oben abweiden durften.
Er ging zu Fuß, bis die Morgendämmerung königsblau über die endlose Weite des Moors kroch, und als es langsam Zeit wurde, sich in der Tagesrastposition zu verkriechen, verließ er das Moor und ging auf der Asphaltstraße zu dem Steinhaus, in dem seine Eltern wohnten.
Am frühen Morgen packte er eine Reisetasche. Er sagte seiner Mutter, er werde wieder arbeiten gehen, und er bat seinen Vater, ihn zum Bahnhof Tiverton Junction zu fahren.
Sein Vater sah seinem Sohn in die Augen, die voller Rätsel waren und nichts erklärten.
»Geht es dir gut, Holt?«
»Mir geht's ganz gut, aber alle anderen haben draufgezahlt.«